DU MÊME AUTEUR

Aux Éditions Gallimard

L'AUTRE MOITIÉ DU SOLEIL, [illegible]

AUTOUR DE TON COU, *nouvelles*, [illegible]

AMERICANAH, [illegible]

NOUS SOMMES TOUS DES FÉMINISTES [illegible] LE DANGER D'UNE HISTOIRE UNIQUE, [illegible]

NOUS SOMMES TOUS DES FÉMINISTES [illegible]

CHÈRE IJEAWELE, OU UN MANIFESTE POUR UNE ÉDUCATION FÉMINISTE [illegible]

[illegible] ET AUTRES [illegible]

NOTES SUR LE CHAGRIN [illegible]

[illegible]

Aux Éditions Anne Carrière

L'HIBISCUS POURPRE [illegible]

DE LA MÊME AUTRICE

Aux Éditions Gallimard

L'AUTRE MOITIÉ DU SOLEIL, 2008 (Folio n° 5093)

AUTOUR DE TON COU, 2013 (Folio n° 5863)

AMERICANAH, 2015 (Folio n° 6112)

NOUS SOMMES TOUS DES FÉMINISTES, *suivi de* LE DANGER DE L'HISTOIRE UNIQUE, 2023 (Folio n° 5935)

NOUS SOMMES TOUS DES FÉMINISTES, 2023 (Folio Bilingue n° 243)

CHÈRE IJEAWELE, ou UN MANIFESTE POUR UNE ÉDUCATION FÉMINISTE, 2017

LES ARRANGEMENTS ET AUTRES HISTOIRES, 2018 (Folio Bilingue n° 214)

NOTES SUR LE CHAGRIN, 2021

LE TREMBLEMENT, *précédé de* LUNDI DE LA SEMAINE DERNIÈRE, 2023 (Folio n° 6618)

Aux Éditions Anne Carrière

L'HIBISCUS POURPRE, 2004 (Folio n° 6113)

Du monde entier

Nicole Goy

offert par MDL

CHIMAMANDA NGOZI ADICHIE

L'INVENTAIRE DES RÊVES

roman

Traduit de l'anglais (Nigeria)
par Blandine Longre

nrf

GALLIMARD

Titre original :

DREAM COUNT

NOTE DE L'ÉDITEUR

Ce roman est une œuvre de fiction.

Pour relater le destin de ses quatre personnages, l'autrice a en partie puisé son inspiration dans une affaire judiciaire au retentissement international.

Néanmoins, ce livre ne prétend aucunement faire le récit de cette affaire et de ses protagonistes.

L'histoire racontée ici est inventée, et les personnages, les intrigues, les propos relèvent de la seule imagination de l'autrice, qui invite le réel pour créer une œuvre littéraire.

À la mémoire de ma mère bien-aimée,
la magnifique
Grace Ifeoma Adichie (née Odigwe)
29 novembre 1942 - 1er mars 2021

Uwa m uwa ozo, i ga-abu nne m

CHIAMAKA

UN

J'ai toujours rêvé d'être connue, telle que je suis vraiment, par un autre être humain. Parfois nous vivons durant des années avec des désirs intenses que nous ne pouvons nommer. Jusqu'au jour où une fissure apparaît dans le ciel, s'élargit et nous révèle à nous-mêmes, comme le fit la pandémie, car ce fut pendant le confinement que j'entrepris de passer ma vie au crible et de nommer des choses restées longtemps innommées. Au début, je me jurai de profiter autant que possible de cette séquestration collective : puisque je n'avais d'autre choix que de rester enfermée chez moi, j'appliquerais au quotidien de l'huile sur mes tempes dégarnies, je boirais huit grands verres d'eau par jour, me servirais du tapis de course, ferais de longues nuits voluptueuses et me tamponnerais la peau avec de riches sérums. J'écrirais de nouveaux récits de voyage à partir de vieux carnets mis de côté et, si le confinement se prolongeait, je rassemblerais peut-être suffisamment de matière pour enfin composer un livre. Mais, au bout de quelques jours, je vrillais déjà dans un puits sans fond. Les mots et les mises en garde tourbillonnaient, virevoltaient dans mon esprit, et il me semblait que tous les progrès de l'humanité reculaient à vive allure pour atteindre un stade ancien de désordre qui aurait dû ne plus exister à présent. Ne vous touchez pas le visage ; lavez-vous les mains ; ne sortez pas de chez vous ; vaporisez du désinfectant ; lavez-vous les mains ; ne sortez pas de chez vous ; ne vous touchez pas le visage. Me laver le visage revenait-il à le toucher ? J'utilisais toujours un gant de toilette, mais un matin la paume de ma main effleura ma joue et je me figeai, laissant le robinet couler. Ce ne pouvait pas être bien grave, puisque je ne sortais jamais, mais qu'entendait-on par « ne vous touchez pas le visage » et « lavez-vous les mains » alors que personne ne savait comment tout avait commencé, quand cela se terminerait, ni même de quoi il s'agissait précisément ? Le matin, je me réveillais assaillie par l'angoisse, mon cœur s'emballant sans ma permission, et parfois je pressais la main contre ma poitrine et la gardais dans cette position. J'étais seule dans ma maison du Maryland, enveloppée dans le silence de la banlieue, les rues inquiétantes bordées d'arbres, qui semblaient eux-mêmes apaisés par le calme ambiant. Aucune voiture ne passait. En regardant dehors, je vis une harde de cerfs qui traversaient à longues foulées la pelouse devant la maison. Peut-être une dizaine, voire une quinzaine – rien à voir avec le cerf solitaire que j'apercevais de temps à autre, mastiquant timidement de l'herbe. J'avais peur de ces animaux, de leur audace inhabituelle, comme si mon univers était sur le point d'être envahi non seulement par des cerfs mais aussi par d'autres créatures inconcevables tapies dans l'ombre. Parfois je mangeais à peine, entrant sans but dans le cellier pour y grignoter des biscuits salés, et d'autres fois je sortais du congélateur des sachets oubliés de légumes et cuisinais un plat de haricots épicés qui me rappelait mon enfance. Les journées informes se confondaient et j'avais la sensation que le temps se repliait sur lui-même. J'avais des douleurs lancinantes dans les articulations, dans les muscles du dos, de part et d'autre du cou, comme si mon corps savait trop bien que nous ne sommes pas faits pour vivre ainsi. Je n'écrivais pas car je n'y arrivais pas. Je ne mettais jamais en marche le tapis de course. Pendant les appels Zoom, chacune de nos voix se répercutait, atteignant les autres sans les toucher, la distance entre nous tous se creusant toujours davantage.

Un après-midi, ma meilleure amie, Zikora, qui vivait non loin, à Washington, m'appela et m'apprit qu'elle était au Walmart pour acheter du papier toilette.

« Tu es sortie ! m'exclamai-je, hurlant presque.

— Je porte deux masques superposés et des gants, dit-elle. La police supervise la file pour le papier toilette, tu te rends compte ? » Zikora poursuivit en igbo : « Les gens se crient dessus. J'ai très peur que l'un d'eux finisse par sortir une arme. Le Blanc qui fait la queue devant moi est louche ; il est arrivé dans un camion énorme et il porte une casquette rouge. »

Nous ne parlions jamais un igbo pur – des mots anglais venaient forcément parsemer nos phrases –, mais cette fois Zikora, vigilante, se débarrassait de l'anglais au cas où des inconnus l'entendraient, et sa voix manquait donc de naturel, comme dans un mauvais drame télévisé sur l'époque précoloniale. *Un homme qui conduisait un gros véhicule et portait une casquette couleur de sang.* Je me mis à rire, elle m'imita, et je me sentis brièvement libérée, revivifiée.

« Franchement, Zikor, tu n'aurais pas dû sortir.

— Mais nous avons besoin de papier toilette.

— À mon avis, il est grand temps que nous commencions à nous laver les fesses », dis-je et, une seconde plus tard, Zikora et moi lancions à l'unisson : « Vous n'êtes pas propres ! »

Au fil des années, j'avais si souvent raconté cette histoire à propos d'Abdul, notre gardien à Enugu – le svelte Abdul dans sa longue djellaba, se dirigeant un soir vers les latrines à l'arrière de la maison, avec à la main sa bouilloire en plastique remplie d'eau, qui s'était retourné pour me dire calmement : « Vous autres, chrétiens, vous utilisez du papier après avoir fait vos besoins. Vous n'êtes pas propres. »

« Le plus grand crime qu'on puisse commettre aux États-Unis aujourd'hui, dis-je pendant l'appel Zoom avec ma famille, c'est de semer le désordre dans les longues files de gens venus acheter du papier toilette dans les supermarchés. En ce moment, la police est très occupée à surveiller ces queues d'un bout à l'autre du pays. »

J'espérais qu'ils riraient tous – nous riions tellement par le passé – mais seul mon père s'esclaffa. Une énième dispute était sur le point d'éclater entre mes frères jumeaux.

« Je n'ai jamais compris pourquoi les Américains appellent ça du papier *toilette*, dit ma mère. C'est vulgaire. Pourquoi ne pas parler de papier hygiénique ? Ou de rouleaux de papier ? »

Nous nous retrouvions sur Zoom tous les deux jours – mes parents à Enugu, mon frère Afam à Lagos, et son jumeau, Bunachi, à Londres. Chaque appel était pareil à une journée nuageuse, morne et accablée par les dernières mauvaises nouvelles en date.

Mes parents parlaient de la mort, des mourants et des défunts, tandis que les jumeaux se lançaient effrontément des piques sans plus se soucier de leur épargner leur hostilité réciproque. C'était comme si nous ne pouvions plus être nous-mêmes parce que le monde n'était pas lui-même. Nous discutions du nombre croissant de cas au Nigeria, qui évoluait de jour en jour, chaque État en lice dans une compétition macabre. C'était celui de Lagos qui était le plus touché pour l'instant, puis ce serait le tour de celui de Cross River. Afam nous envoya la vidéo d'une ambulance qui traversait sa résidence en faisant hurler sa sirène, avec la légende : *Un de moins*. Bunachi disait que les médecins, au Royaume-Uni, n'étaient pas près de recevoir des blouses de protection, car les ouvriers chinois qui les fabriquaient étaient morts. J'étais toujours la dernière à me joindre à eux, leur faisant croire que j'étais déjà en ligne avec des rédacteurs en chef, alors qu'en réalité je me contentais de regarder fixement mon téléphone, rassemblant mes forces avant de cliquer sur « Rejoindre ». Mes parents avaient quitté Paris pour rentrer au Nigeria juste avant le confinement, et ma mère disait souvent : « Vous vous rendez compte, si nous étions restés coincés en Europe ? Là-bas, les gens de notre âge tombent comme des mouches.

— Vous vous rendez compte, si nous avions le même taux de mortalité qu'en Europe, répondit mon père.

— Dieu protège le Nigeria ; il n'y a pas d'autre explication, affirma Afam.

— Comme par magie », répliqua Bunachi avec hargne. Et d'ajouter : « L'Europe comptabilise en toute transparence les morts du coronavirus, voilà tout.

— Non, non, non, dit mon père. Si nous avions un taux de mortalité élevé, nous serions incapables de le cacher. Nous sommes trop désorganisés, ce n'est pas comme en Chine.

— Jésus, Marie, Joseph. Tous ces chiffres sont des êtres

humains, des êtres humains, dit ma mère, le visage tourné vers la télévision.

— Ce matin, j'ai pris une cuiller pour aller à un distributeur de billets, raconta Afam.

— Une cuiller ? répéta ma mère, nous faisant de nouveau face.

— Je ne voulais pas toucher la machine, alors j'ai tapé mon code avec la cuiller, et puis je l'ai jetée.

— Tu ne portais pas de gants ? demanda ma mère.

— Si, mais comment savoir si le coronavirus ne passe pas à travers ? dit Afam.

— Le virus meurt au bout de quelques secondes sur une surface inerte. Tu as juste perdu une cuiller », déclara Bunachi qui, comme toujours, avait la science infuse. Quelques jours auparavant, il avait soutenu que les respirateurs artificiels n'étaient pas le bon traitement contre le Covid. Bunachi était comptable.

« Quoi qu'il en soit, tu n'aurais pas dû sortir, Afam, dit mon père. Que vas-tu faire de cet argent liquide, de toute manière ? Vous avez fait de bonnes provisions.

— J'ai besoin d'espèces. C'est très tendu à Lagos, répondit Afam.

— Comment ça ? » demanda Bunachi. Afam l'ignora, et il fallut que mon père pose à son tour la question : « Que veux-tu dire par tendu ?

— Des foules se rassemblent devant les résidences privées de l'île pour réclamer de l'argent et de la nourriture. Vous savez que beaucoup de gens gagnent leur vie au jour le jour ; ils n'ont pas d'économies. Tous ces petits vendeurs de rue. J'ai vu une vidéo où un homme dans une foule raconte que personne ne veut du confinement, que c'est la faute des riches qui partent à l'étranger et attrapent le coronavirus.

Puisque, avant le confinement, ce sont eux qui lavaient nos vêtements et regonflaient nos pneus, ils estiment que ce serait désormais à nous de les nourrir. Je dois dire qu'il y a là une certaine logique.

— Il n'y a rien de logique là-dedans, répondit Bunachi. Ce sont juste des criminels.

— Ils ont faim, précisa Afam. Je suis même allé à pied au distributeur. J'ai entendu dire que si on ose sortir dans une belle voiture, ils vous prennent en chasse avec des bâtons. »

Il habitait dans une résidence de demeures imposantes où les visiteurs avaient besoin d'un code de sécurité à usage personnel pour franchir le portail électronique. Le lendemain, il nous raconta que la foule avait frappé les gardes et donnait à présent de grands coups contre le portail pour essayer de désactiver le système de sécurité.

« Ils ont allumé un feu tout près de l'entrée, dit-il. Je n'ai jamais vu notre groupe WhatsApp aussi actif. On s'est tous cotisés et on réfléchit au meilleur moyen de leur faire parvenir cet argent.

— Tu continues de penser qu'ils sont inoffensifs ? railla Bunachi.

— Je n'ai jamais dit qu'ils étaient inoffensifs. J'ai dit qu'ils avaient faim », répliqua Afam.

Sur son écran, nous voyions de la fumée grise qui montait dans le ciel crépusculaire. Mon frère avait l'air fragile et démuni, debout sur son balcon au sol de marbre, près d'une grande plante en pot. Celle-ci était d'un vert si profond, ses feuilles si luxuriantes, que je me surpris à me souvenir d'une époque où la vie suivait son cours ordinaire et où mon frère était le maître de ses journées, brassant ses affaires, un jeune Big Man de Lagos avec du pouvoir plein les poches. À présent il se tenait là pendant que sa femme se barricadait avec leurs deux enfants dans la cuisine, la pièce avec la porte la plus solide. Il essayait de ne pas montrer sa peur, ce qui lui donnait finalement un air apeuré, et je songeai : nous sommes tous extrêmement fragiles, et nous l'oublions si facilement. Une détonation déchira l'air, et je bondis, me demandant l'espace d'un instant si elle venait de l'écran d'Afam ou de mon jardin.

« Vous avez entendu ça ? dit Afam. On aurait dit une explosion, près du portail.

— Rien de grave, répondit mon père. Ils ont dû jeter un aérosol d'insecticide dans le feu.

— Afam, rentre et verrouille toutes les portes », conseilla ma mère.

Afin de changer de sujet, je dis que tous les sites de vente en ligne étaient à court de vitamine C concentrée. Bunachi, évidemment, savait déjà tout ça et affirma que la vitamine C n'empêchait pas d'attraper le virus, qu'il nous enverrait la recette d'une infusion à base de basilic frais à inhaler tous les jours.

« Personne n'a de basilic frais », répondit Afam avec brusquerie.

Bunachi se mit à réciter les dernières statistiques des décès par pays, et je dis alors : « Ma batterie est en train de me lâcher », puis je raccrochai. J'envoyai à Afam un texto que je terminai par une ligne d'émojis cœur rouge : *Tiens bon, frangin, tout finira par s'arranger pour vous.*

Ma cousine Omelogor m'apprit qu'il ne se produisait rien de ce genre à Abuja, une ville comme toujours plus calme que Lagos, semblable à une Lagos blanchie par le soleil et se vidant de sa sève.

« Il y a des gens qui meurent et d'autres qui fêtent leur anniversaire, me dit-elle.

— Comment ça ?

— Le chef de cabinet du président est mort hier du Covid, et ce matin Ejiro m'a invitée à son anniversaire. Je lui ai dit que si je voulais courir le risque de mourir, je choisirais un meilleur moyen que sa soirée d'anniversaire. »

Je fus ébranlée d'entendre Omelogor prononcer des mots comme « mort » et « mourir » ; ses conversations tournaient rarement autour des symptômes ou du nombre de décès. Elle parlait des sachets de nouilles instantanées Indomie qu'elle refermait avec du gros scotch avant de les déposer à l'entrée d'une pouponnière ; ou bien de la hausse soudaine de la fréquentation de son site Internet, For Men Only, depuis le début du confinement – davantage de visiteurs uniques venus d'un plus grand nombre de pays, quantité d'entre eux lui demandant de faire une vidéo pour enfin se dévoiler. « Je trouve ça presque intime, de me demander de faire une vidéo », disait Omelogor d'une voix rieuse. Parmi les personnes que j'aimais, Omelogor était celle qui restait le plus égale à elle-même, invaincue par cette situation dont personne ne connaissait l'issue ; elle semblait toujours bien réveillée, douchée, l'esprit fourmillant de projets. « Chia, cette épidémie va finir par passer. Les êtres humains ont survécu à des tas de pestes au cours de l'histoire », disait-elle souvent d'un ton qui me remontait le moral car elle percevait mon découragement, même si le mot « peste », curieusement, m'évoquait des sangsues.

« N'appelle pas ça une peste », répliquais-je.

Parfois, nos téléphones posés contre un livre ou une tasse, nous ne parlions pas, nous contentant de partager nos silences et les sons environnants. Il n'y avait qu'avec

Omelogor que le silence était tolérable. Pendant mes appels Zoom avec des amies, toute absence de bruit me faisait l'effet d'un échec, de sorte que je parlais sans discontinuer, en songeant que nous nous adaptons bien vite, ou feignons de nous adapter, à une vie réduite à un écran et un micro. Zikora disait qu'elle aimait travailler de chez elle, sur son lit, parce qu'elle pouvait ainsi entendre les pleurs perçants de Chidera dans le salon et la voix basse, aux intonations apaisantes, de sa mère à elle.

Chidera pleurait tellement, réclamant d'aller à l'aire de jeu, qu'elle avait fini par lui permettre de regarder des dessins animés pour la première fois de sa vie ; il avait paru effrayé quand le premier épisode avait démarré mais il restait maintenant assis devant la télévision, hypnotisé, et braillait quand la mère de Zikora l'éteignait. LaShawn, à Philadelphie, faisait du pain au levain et laissait des assiettes de poulet frit sur le palier pour sa mère, en quarantaine à l'étage, parce qu'elles ne voulaient pas prendre le moindre risque. Hlonipha, à Johannesburg, disait qu'elle avait débranché le wifi et qu'elle peignait des aquarelles, mais que celles-ci la rendaient triste parce qu'elles lui paraissaient trop délavées, trop effacées. Lavanya, à Londres, buvait sans arrêt du vin rouge, levant la bouteille devant son écran quand elle se resservait. Sa voisine était morte du coronavirus, une vieille dame qui vivait seule avec son chien, et comme personne n'était venu le chercher, elle l'entendait aboyer et cela lui brisait le cœur, mais elle ne savait pas si les chiens pouvaient attraper la maladie, eux aussi.

Bientôt les appels Zoom devinrent un méli-mélo d'images hallucinatoires. À l'issue de chacune de ces conversations, je me sentais encore plus seule qu'avant, non pas parce que l'appel était terminé, mais parce que, justement, il avait eu lieu. Parler revenait à se souvenir de tout ce que nous avions perdu. J'avais tellement envie d'entendre une autre personne respirer près de moi. Je rêvais que je serrais ma mère dans mes bras dans le vestibule de notre maison, à Enugu, et je me réveillais surprise, car je n'avais pas consciemment pensé à cette étreinte. J'aurais aimé ne pas être seule. Je regrettais que Kadiatou ait refusé de s'isoler chez moi avec Binta. Mais je comprenais qu'elle préfère rester chez elle, alors même que je m'inquiétais tant à son sujet. Quelques jours avant le début du confinement, elle m'avait dit : « J'attends dans mon appartement. » J'attends. Nous attendions tous, c'était un fait. Le confinement était l'attente inconnue d'une fin inconnue, et celle de Kadiatou était exacerbée par une souffrance indomptée. Je la contactais tous les jours et quand elle ne répondait pas, pour m'assurer qu'elle allait bien, je téléphonais à Binta. Kadiatou et moi utilisions WhatsApp pour les appels en visio, car elle n'avait pas Zoom. « Comment ça va, Kadi ? » demandais-je, et elle répondait : « Nous allons bien, grâce à Dieu. » Parfois, elle ajoutait : « Mademoiselle Chia, vous en faites pas pour moi. » Elle s'exprimait d'une voix douce, soucieuse de ne pas causer d'ennuis. Et pourtant, quelques semaines plus tôt seulement, cette même voix, paniquée, hurlait au téléphone : « Il va envoyer des gens pour me tuer ! Il va envoyer des gens pour me tuer ! » Elle avait refusé de voir un psychologue, secouant la tête en disant : « Je peux pas parler à un inconnu, je peux pas parler à un inconnu. » Elle voulait simplement que le procès soit derrière elle, mais les tribunaux avaient reporté les audiences, et je craignais qu'elle ne succombe aux ténèbres, ainsi suspendue dans les limbes du confinement.

« Comment je vais retrouver un travail après ça ? Comment je vais retrouver un travail ? me demandait-elle, d'un air si découragé que j'en aurais pleuré.

— Vous pourrez ouvrir votre restaurant une fois le procès terminé, Kadi.

— Après le corona, plus personne ira au restaurant », répondait-elle avec impassibilité.

Au cours d'un appel, je fus étonnée par un accès d'agressivité de sa part. « Arrêtez d'envoyer de l'argent, mademoiselle Chia. Vous me donnez déjà assez. » Kadiatou ne m'avait jamais parlé sur ce ton. Une tension étouffée s'installa malgré la distance, par écrans interposés.

« D'accord, Kadi », finis-je par acquiescer. Elle raccrocha sans dire au revoir, et j'attendis quelques jours avant de la rappeler. Chaque fois que je demandais à Binta « Comment va ta maman ? », elle répondait invariablement : « Elle pleure la nuit. »

Plus personne ira au restaurant. Je n'arrivais pas à imaginer cette nouvelle existence faite d'isolement, où l'on n'allait plus manger au restaurant, parce que j'avais besoin de croire que le monde pouvait redevenir un lieu d'enchantement.

Le silence qui régnait au-dehors m'effrayait. Les informations m'effrayaient. J'apprenais par les journaux que des personnes âgées, hommes et femmes, mouraient seules, comme si elles n'avaient pas été aimées, tandis que ceux qui les aimaient pleuraient derrière des panneaux vitrés. À la télévision, je voyais des corps semblables à des mannequins rigides que l'on transportait enveloppés dans des draps blancs, et la disparition de ces inconnus me causait de la peine. Je parcourais Twitter à la recherche de hashtags *coronavirus* et, sur Google Translate, je collais les tweets de médecins italiens qui avaient l'air de savoir de quoi ils parlaient. Ce n'était pas grand-chose, parce que tout le monde en savait en définitive si peu, avançant à tâtons dans l'obscurité. J'imaginais que je développais chacun des nouveaux symptômes dont j'apprenais l'existence, et ceux-ci ne cessaient de changer – chaque jour apportant son lot de surprises inédites, que ce soit une éruption de rougeurs sur le visage ou des plaies sur les pieds, comme une apocalypse en roue libre dont on ne pouvait entrevoir le dénouement. Si un orteil me démangeait ou que je me réveillais avec la gorge enrouée, je paniquais et me répétais « Respire, respire » en suivant les instructions des applications de méditation que je n'avais jamais prises au sérieux par le passé.

Souvent une torpeur sourde m'engourdissait peu à peu tout le corps, et parfois mon agitation se manifestait par une bouffée de chaleur. Les appels Zoom devenaient contraints tant il fallait faire preuve de bonne humeur, en particulier quand je me retrouvais avec des amies qui brandissaient toutes leur verre de vin. Je commençais à les éviter, tout comme j'évitais les appels de groupe avec ma famille. Je ne répondais même plus à Omelogor, alors qu'il n'y avait personne dont je me sente aussi proche, mais parler avec elle me demandait désormais un effort, parce que parler tout court en était devenu un. Je restais au lit sans rien faire, et j'avais beau me sentir coupable de ne rien faire, cela n'y changeait rien. J'envoyais des textos à des amis pour dire que j'étais en train d'écrire et, parce que je mentais, je leur donnais trop de détails au lieu de me montrer succincte. Afin d'atténuer mon pessimisme, je décidai de ne plus suivre les informations. Ignorant Internet et la télévision, je lus des romans d'Agatha Christie et m'évadai volontiers dans leur univers d'invraisemblance respectable. Puis les informations m'engloutirent de nouveau tout entière. Je buvais de l'eau chaude avec du gingembre, y ajoutais du jus de citron d'une vieille bouteille fissurée retrouvée au fond de mon réfrigérateur, du poivre de Cayenne, de l'ail et du curcuma en poudre de mon placard à épices, une mixture qui me donnait la nausée. Le matin, j'hésitais à me lever, parce que sortir du lit rendait de nouveau le chagrin envisageable.

Dans cette vie en suspens, inédite, je trouvai un jour un cheveu gris sur ma tête. Il était apparu pendant la nuit, près de ma tempe, enroulé sur lui-même, et, dans le miroir de la salle de bains, je le pris d'abord pour une peluche. Un unique cheveu gris légèrement luisant. Je le déroulai sur toute sa longueur, le relâchai, puis le déroulai de nouveau. Je ne l'arrachai pas. Je prends de l'âge, songeai-je. Je prends de l'âge, le monde a changé et personne ne m'a jamais connue telle que je suis vraiment. Une bouffée de mélancolie pure me fit venir les larmes aux yeux. Tout se résume à ce souffle fragile qui nous anime. Où ont donc filé les années, et ai-je tiré le meilleur parti de ma vie ? Mais, au bout du compte, à quelle aune mesure-t-on ce genre de choses, et comment saurais-je si j'y suis parvenue ?

Il me suffisait de regarder en arrière pour être submergée par les regrets. J'ignore dans quel ordre les choses s'enchaînèrent – si je me mis d'abord à ressasser des regrets puis cherchai sur Google des renseignements sur les hommes de mon passé, ou si ces recherches me laissèrent accablée de regrets. Je repensais à tous les commencements et à la légèreté de l'être dans ces instants-là. Je déplorais le temps perdu à espérer que ce que je possédais se transformerait en prodige. Je déplorais un fait dont j'ignorais même la plausibilité, à savoir que j'étais peut-être passée à côté de quelqu'un qui m'aurait sans doute non seulement aimée, mais aussi connue telle que je suis vraiment.

Il y avait eu un Coréen qui suivait le même cours de musique que moi en première année à l'université, il y avait si longtemps, ma première année aux États-Unis alors que tout était encore neuf. « Introduction à la musique ». L'enseignante, une petite femme blanche enthousiaste, parlait à toute allure, et le flot de son anglais américain, teinté d'un fort accent régional, était si étrange, comme un grasseyement sans fin, que je me sentais souvent perdue. Un jour, je jetai un coup d'œil à l'étudiant assis à côté de moi afin de vérifier s'il avait saisi les derniers mots qu'elle venait de prononcer et, sur la page de son cahier, ce ne furent pas des lettres familières que je vis, mais des images délicates aux traits extrêmement concis, des plus insaisissables. Fascinée, je fixai du regard la belle calligraphie coréenne, impressionnée que ce garçon sache écrire de tels caractères et en tirer du sens. Dans mon souvenir, c'est ainsi que je le remarquai d'abord, mais nos souvenirs sont mensongers. Comment savais-je que c'était du coréen alors que j'étais incapable de faire la différence entre cette langue, le japonais et le chinois ? J'ignore comment, mais je le savais, tout comme je savais qu'il était forcément originaire de Corée, puisqu'il écrivait en coréen ; il n'était pas américain, nous étions pareils, la solitude devait donc dominer ses journées autant que les miennes. Je voulais retenir son attention mais ne faisais rien pour l'attirer. Il était beau, trapu et bien bâti, et, à mes yeux, il émanait de ses courts cheveux hérissés une merveilleuse insolence. Il entrait toujours dans la salle de classe tête baissée, comme intimidé ou préoccupé, se débarrassant de son sac à dos d'un mouvement d'épaule avant de s'installer à un bureau. Je nous imaginais main dans la main, assis sur la pelouse où les élèves américains mangeaient leurs sandwichs au soleil. Nous serions semblables à ces étudiants qui partaient à la plage en voiture et qui, à leur retour, se garaient devant la résidence universitaire, éméchés, insouciants, dégoulinants de sable et d'eau salée. Tous les mercredis et les vendredis, avant le cours de musique, j'envisageais d'écrire mon numéro de téléphone sur un bout de papier ; cette initiative me paraissait audacieuse, palpitante, une chose que les gens faisaient dans les films, les gens qui savaient s'y prendre. Pendant des semaines, dans cette salle de classe, je fus assise à côté de lui, cette proximité pareille à une vibration électrique dans l'air, mais j'attendis la semaine précédant les examens de fin d'année pour noter mon numéro. J'ajoutai : *Tu veux qu'on se retrouve plus tard ?* Puis je déchirai le mot et, alors que nous nous installions pour passer notre examen, j'écrivis simplement mon nom et mon numéro au dos d'un ticket de caisse du café. Je ne le lui donnai pas. Je rendis ma copie et m'en allai. Je ne le revis jamais, mon beau Coréen aux cheveux hérissés. Tout au long du semestre suivant, je parcourus régulièrement des yeux les salles de classe et les couloirs et, à une ou deux reprises, j'aperçus un Asiatique aux traits anguleux que j'observai un instant avant de me rendre compte que ce n'était pas lui. Peut-être était-il reparti en Corée. Serions-nous ensemble aujourd'hui, mon Coréen et moi, parents d'un ou deux enfants, séjournant à Séoul et à Lagos, installés à New York ? Je n'aime pas cette ville. Il y a dans l'air une sorte d'âcreté ; son anonymat vous corrode. Là-bas, j'ai l'impression d'être sans amarres, comme un petit caillou secoué dans une grande calebasse indifférente. J'y habitai pendant un an, juste après l'université, dans un deux-pièces situé entre la 42e Rue et Lexington

Avenue, après avoir persuadé mon père que les écrivains en herbe devaient absolument vivre à New York. Que recelait donc cette ville qui m'incitait à me cacher, à passer des journées entières terrée dans mon appartement, à me faire livrer mes repas ou à éviter de croiser le regard de l'aimable portier ? Quand je renonçai à mes tentatives d'écriture d'un roman, je trouvai un emploi dans une agence publicitaire et je déménageai, certaine de ne jamais revenir. Pourtant, New York figurait souvent dans mes vies imaginées, peut-être parce que cette ville est justement censée y figurer. Paris y figurait aussi, une ville qui ne me plaît pas davantage. Elle exhibe son statut d'exception avec trop d'évidence et par conséquent sans grâce ; Paris présume qu'elle vous charmera simplement parce qu'elle est charmante. De plus, les Parisiens noirs ont le teint gris, comme si le mépris cordial que la France réserve aux Français noirs avait formé une couche de cendre sur leur peau. Cette description des Parisiens noirs, je la dois à un homme que je crus aimer pendant trois ans de ma vie. Non, à un homme que j'aimai pendant trois ans ; après notre rupture, j'aurais néanmoins préféré ne pas l'avoir aimé. Darnell. Il s'appelait Darnell.

« Ils ont l'air gris et délavés. Les Français traitent leurs concitoyens noirs comme de la merde, mais si tu es afro-américain, ça passe à la rigueur », disait-il.

Un jour, me raconta-t-il, alors qu'il descendait d'un train dans une gare parisienne, des hommes en uniforme fondirent sur les voyageurs et demandèrent leurs papiers seulement aux Noirs – *Vos papiers ! Vos papiers**[1] *!* Il leur suffit d'un bref coup d'œil au passeport américain de couleur

1. Les mots ou phrases en italique suivis d'un astérisque sont en français dans le texte original. *(Toutes les notes sont de la traductrice.)*

bleue de Darnell pour qu'ils lui fassent signe de circuler ; en regardant derrière lui, il vit quatre Français noirs humiliés, regroupés contre un pilier de la gare, tandis que les autres passaient leur chemin sans se sentir concernés. Je voulais que Darnell me dise que cela l'avait ému, peiné ou mis en colère, mais il déclara que cet incident illustrait la réification du paradigme subjectif néo-racial. Ou quelque chose comme ça.

DEUX

Je le rencontrai à un dîner d'anniversaire. D'après mon amie LaShawn, on le surnommait le Denzel Washington du monde universitaire, il y avait de longues listes d'attente pour suivre ses cours d'histoire de l'art et des étudiantes aux yeux énamourés le traquaient pendant ses permanences dans son bureau. Il ne ressemblait pas à Denzel, mais c'était évidemment une simple métaphore pour désigner les hommes comme lui, à la beauté discrète. Dès que je le vis, la pesanteur se déroba sous moi. L'attirance que je ressentis fut immédiate, dévorante, élémentaire, chaque atome de mon être s'élançant soudain vers lui. Cet instant entraîna une capitulation, plutôt qu'une perte. Il avait la peau sombre et l'air tout aussi sombre. À quelques reprises nos yeux se croisèrent un instant, mais il détournait les siens, puis ne me prêtait presque aucune attention. Il y avait une sorte de mollesse nonchalante dans son allure, dans sa manière d'afficher son pouvoir ; il savait qu'il n'avait pas à fournir trop d'efforts, que le monde succombait facilement à son éclat. Quand il prenait la parole, tous les convives paraissaient captivés comme s'ils étaient assis à ses pieds, attendant que des miettes de son extraordinaire perspicacité tombent dans leur direction.

« Il s'est opposé aux droits civiques et a soutenu l'apartheid en Afrique du Sud, et je suis censé le pleurer ? dit-il, très lentement, comme s'il estimait que son auditoire aurait dû avoir le bon sens de ne pas aborder ce sujet. Avons-nous oublié son discours de campagne sur les “droits des États” ? Et je ne parle même pas de sa guerre désastreuse contre la drogue. C'est dingue, les Reaganomics nous ont démolis. »

C'était la première fois que j'entendais le mot Reaganomics et par la suite, pendant des années, chaque fois que quelqu'un le prononcerait en ma présence, une émotion à la fois nostalgique et douce-amère me consumerait. Le dîner était terminé, tout le monde se disait au revoir, et pourtant Darnell m'ignorait toujours. J'aurais aimé être assez courageuse pour faire le premier pas, comme Omelogor, mais je n'étais pas de celles qui prennent l'initiative avec les hommes, je ne savais pas comment m'y prendre. Pour finir, il me demanda mon numéro, sans empressement, comme s'il avait pu s'en passer, et malgré tout je me sentis triomphante.

De toute ma vie jamais je ne mentis autant qu'avec Darnell. Je mentais pour lui plaire, pour être la personne qu'il voulait que je sois, et parfois pour lui arracher quelques misérables marques de réconfort. *Je suis malade*, lui écrivais-je pour le forcer à réagir, après lui avoir envoyé pendant des jours des textos restés sans réponse. Parfois il se manifestait immédiatement, d'autres fois il attendait un jour ou deux. *Bon rétablissement*, se contentait-il d'écrire ; et non pas une question qui ouvrirait la porte d'une discussion, par exemple *Comment te sens-tu maintenant ?* ou *Qu'est-ce qu'il t'arrive ?* Mes journées s'écoulaient, complètement vides, jusqu'au moment où je le revoyais. Je laissais toujours mon téléphone posé sur mon bureau à côté de moi, jamais en mode silencieux, par crainte de manquer l'un de ses appels. Dès qu'un bip indiquait l'arrivée d'un texto, je m'en emparais et j'éprouvais de l'agacement vis-à-vis de quiconque m'avait écrit, comme si cette personne, en m'envoyant un message, s'était accaparé l'espace réservé à Darnell. Ses silences me stupéfiaient ; comment la force de mes sentiments ne provoquait-elle pas en lui une obsession semblable ? Je l'imaginais dans les entrailles de la bibliothèque, fouillant dans des boîtes remplies de documents, éternuant à cause de la poussière, sans qu'il ne songe à moi, tandis que chacune de mes pensées était tournée vers lui. J'essayais de nouveau d'écrire un roman, et j'échouais déjà à nouveau, mais face à ces silences, mon échec était encore plus criant. Je ne cessais de commencer et de recommencer, établissant des liens ténus en rapport avec Darnell dans tout ce que je lisais, m'attardant sur les passages qui parlaient d'amour, des hommes ou des relations de couple, comme si ces phrases pouvaient éclairer le mystère qu'était Darnell.

« Je m'inquiétais pour toi, disais-je quand enfin il réapparaissait.

— Mais je suis plongé dans les archives à chaque instant, et toi, tu travailles à ton roman.

— Ça ne nous empêche pas de prendre des nouvelles tous les jours, non ? Même si c'est juste un coucou rapide par texto avant ton cours ou quand tu vas aux toilettes », insistais-je, désespérée et incapable de réprimer ce désespoir. En guise de réponse, il se contentait d'un regard, ce regard méprisant qui exprimait avec tant d'éloquence sa souveraine déception et qui insinuait : « Tes besoins sont tellement ordinaires. » Je voulais de l'amour, une histoire d'amour traditionnelle. Je voulais que mes rêves et les siens s'accordent. Que nous soyons fidèles, que nous découvrions nos moi véritables, que nous nous disputions et soyons brièvement privés l'un de l'autre, toujours conscients que la douceur de la réconciliation ne serait jamais loin. Mais cette idée de l'amour était banale, affirmait-il, le fruit des récits mièvres et bourgeois dont Hollywood abreuvait les gens depuis des années. Il voulait que je sois insolite, intéressante, et il me fallut du temps pour comprendre ce que cela signifiait.

« Qu'est-ce que tu as déjà fait de *vicieux* ? m'interrogeait-il. Dis-moi. »

Je lui racontais des choses qui ne s'étaient jamais produites, des histoires mouvementées et détaillées qui me passaient par la tête, comme celle du kinésithérapeute aux mains souples qui s'était interrompu au milieu d'un massage pour sortir un godemiché enroulé dans un morceau de tissu argenté. À mes yeux, la sexualité, cet enchevêtrement primitif des corps, avait toujours été liée à l'espoir d'une affinité, d'un sens, de beauté, voire de béatitude. Mais je mentais à Darnell parce que la vérité l'intéressait moins que l'insolite. Et il m'observait tandis que je racontais chacune de ces histoires, comme pour en estimer la valeur. Il lui arrivait de demander à réécouter celles qu'il aimait, et chaque fois je les enjolivais un peu plus. J'avais toujours la sensation que quelque chose était sur le point de me glisser entre les doigts. Nous étions tous deux des adultes, et Darnell gagnait sa vie en enseignant à des adultes, pourtant mes mensonges et ses attentes étaient empreints d'une affreuse puérilité. Il me confia que son ex-petite amie s'incisait les cuisses avec des lames de rasoir, y laissant des entailles ensanglantées. Une Somalienne qui s'appelait Sagal. Rien que ce prénom. Sagal. Je l'imaginais souple et agile, traversant une pièce avec grâce. Il affirmait qu'elle était brillante et aventureuse, sans me dire ce qu'il entendait par ce second qualificatif. Je n'avais pas envie de demander ce qu'elle était devenue. Elle était un fantôme qui existait dans le seul but d'exacerber mon manque d'assurance.

Un jour, il réapparut après une semaine de silence en m'apprenant qu'il était allé dans l'Alabama afin d'examiner des lithographies d'art afro-américain.

« Quoi ? Je n'étais pas au courant.

— Ben oui. » Il haussa les épaules et se laissa aller en arrière sur sa chaise comme si notre conversation l'ennuyait déjà, tout en étudiant la file de gens au comptoir du café. Darnell n'était pas quelqu'un que l'on pouvait connaître entièrement, me sembla-t-il, mais un mystère qui s'épaississait de jour en jour.

« Je pensais quand même que tu me le dirais si tu allais dans un autre État.

— Qu'est-ce que ça aurait changé ? J'aurais très bien pu être à la bibliothèque. »

Mais cela changeait tout. Et si un accident d'avion, une tornade ou un ouragan s'était produit ? Et quand bien même il ne se serait rien passé, je voulais juste savoir, ou plutôt je méritais de savoir s'il était ou non sur son campus, à quelques kilomètres de chez moi. Même s'il prenait le volant pour se rendre ne serait-ce que dans la banlieue de Philadelphie, je méritais d'être tenue au courant – dire qu'il avait quitté l'État pour aller jusque dans le sud du pays, en Alabama, à plus de mille cinq cents kilomètres de là, tout en m'ignorant pendant une semaine ! Les larmes me montèrent aux yeux.

« On en est où ? Tu me considères comme ta petite

amie ? » demandai-je. Le ton nasillard, détestable, de ma voix ne m'échappa pas.

« On en est où ? » répéta-t-il, son tic s'activant au coin de sa bouche, un spasme qui exprimait tantôt de l'irritation, tantôt du mépris. « C'est une question rebattue empruntée au bourbier contemporain que constitue la culture populaire. Ce genre de langage est l'ennemi de la pensée. »

Je détournai le regard en tâchant de ravaler mes larmes. Au mur du café étaient accrochés des dessins joyeux : un verre à vin flexible au bord décoré d'une fraise, une sucette plantée dans un mug de café.

« Ce qui compte, c'est que je sois là », dit-il, son visage se radoucissant brièvement, et sous la table il pressa sa jambe contre la mienne.

« Je t'aime. » Il ne répondit évidemment pas, alors j'ajoutai : « Darnell, je veux t'entendre me dire "je t'aime".

— Si ce n'était pas le cas, je ne serais pas là.

— Dis-le quand même, s'il te plaît. J'ai envie de l'entendre.

— Je t'aime. » Un marmonnement, mais pour moi une victoire. J'étais une mendiante qui n'avait honte de rien.

« J'adorerais entendre ça au lit.

— Quoi ?

— Quand tu dis "merde, merde, merde", ça manque tellement de romantisme.

— Tu es en pleine montée d'hormones, ma petite. »

Je ris. J'étais toujours si prompte à lâcher des rires forcés. Je lui avais expliqué qu'un médecin avait enfin diagnostiqué le mal épouvantable qui m'affligeait depuis des années et qui me faisait souffrir, vraiment souffrir, plusieurs jours chaque mois, durant lesquels j'avais pour moi-même un tel dégoût que mon esprit se fermait, mon corps gonflé se vidait de toute énergie et de tout espoir – un trouble dysphorique prémenstruel.

« En quoi c'est différent d'un syndrome prémenstruel ? » C'est tout ce que Darnell m'avait demandé, avec une froideur objective, comme si j'étais une étude de cas dépourvue d'âme. Chaque fois que je lui confiais des détails intimes, il répondait d'un air détaché ou sur un ton allègrement railleur qui me piquait au vif. Mais je dissimulais ma peine dans un rire, car éprouver de la peine aurait donné l'impression que j'avais besoin d'attention, or Darnell trouvait le besoin d'attention assommant. L'amour que je lui portais était une créature exsangue, privée de raison. Même nos relations physiques n'étaient pas une consolation. Pour un homme attiré par des histoires insolites, il se montrait individualiste, prévisible, indifférent aux besoins d'autrui, et quand il s'apprêtait à jouir et lançait « Merde, merde, merde », je fermais mon esprit à ces mots, ce qui poussait mon corps à se barricader à son tour. L'amour peut être une forme d'automutilation, si de fait c'est bien de l'amour. Nous faudrait-il un autre mot pour désigner cet état d'euphorie malsaine ? Cette absence ardente de contentement ? Je vérifiais en ligne ce que l'on disait de Darnell, lisais des choses que j'avais déjà lues et examinais des photos que j'avais déjà vues. Je créais de faux comptes de messagerie et lui envoyais des e-mails en me faisant passer pour des étudiantes amoureuses de lui, et j'éprouvais du soulagement quand il ne leur répondait pas, tout en m'inquiétant à l'idée qu'il le ferait peut-être plus tard. Je suis aujourd'hui déconcertée quand je repense à la folie de mes émotions.

Tous les ans, mon père nous emmenait au Portugal pour des vacances en famille, d'abord à Lisbonne, puis à Porto et à Madère, la seule occasion où il dépensait sans compter. Il affirmait vouloir ainsi manifester sa gratitude envers le Portugal, venu au secours du Biafra durant la guerre. De la même manière qu'il se mettait à encourager le Portugal pendant la Coupe du monde dès que les équipes noires africaines étaient éliminées. Au gré des années, je vis Lisbonne changer. Nous étions par le passé les seuls Africains à faire les boutiques de l'Avenida da Liberdade, et les commerçants se mettaient à parler anglais aussitôt que nous passions le seuil de leur magasin. Puis, après le boom pétrolier en Angola, les rues se remplirent d'Angolais en Gucci et en Prada qui achetaient justement du Gucci et du Prada, et les vendeurs commencèrent à s'adresser à nous en portugais, supposant que nous étions nous aussi angolais.

« Une ironie historique, l'Angola qui sauve l'économie portugaise », dit mon frère Bunachi, tandis que nous observions une vendeuse portugaise qui, un genou à terre, aidait une Angolaise à essayer une paire de chaussures de marque. Je pris discrètement des photos de la cliente aux cheveux permanentés tirés vers l'arrière, et qui, hautaine, gardait les yeux mi-clos pendant qu'on lui enfilait les souliers. J'envoyai les clichés à Omelogor avec une légende railleuse : *Le Portugal à genoux*, à quoi elle répondit : *Très drôle, tu devrais mettre ton roman de côté et te lancer dans la littérature de voyage*. Elle plaisantait, mais l'idée fit aussitôt son chemin dans mon esprit. Le tourisme était si souvent tourné vers le passé, mais qu'en était-il du présent ? Les restaurants et la vie nocturne en disaient davantage sur un endroit que les musées et les vieux châteaux. Je quittai mon emploi, grisée par le nouveau projet qui m'attendait, et déjà j'imaginais mes articles et une lettre de présentation expliquant que je composais de « Plaisantes observations écrites d'un point de vue africain ».

Je voyageais confortablement, réservais des taxis, faisais les boutiques et me promenais seule. Je racontais que j'avais mangé une omelette trop salée dans un célèbre hôtel parisien, passé une soirée dans la rave d'un club de Budapest avec d'autres femmes qui voyageaient seules ou encore compté les vêtements mis à sécher sur des cordes à linge au-dessus des rues pavées du Trastevere à Rome. Tous les magazines de voyage refusèrent mes articles. L'un d'eux me renvoya ma lettre de présentation barrée d'un NON en majuscules suivi d'un point d'exclamation. Celui-ci me déstabilisa. Cette barre et ce point étaient si agressifs. Je relus mon article en quête d'indices susceptibles d'expliquer en quoi il méritait une telle gifle. Un simple « non » aurait suffi, même si je trouvais excessif d'inscrire des lettres aussi imposantes – et capitales – en travers de la page. D'autres publications m'envoyaient un fin morceau de papier, un quart de feuille, avec deux lignes impersonnelles m'informant que cet article ne correspondait pas à leur ligne éditoriale.

Sur un forum en ligne consacré à la littérature de voyage, je demandai aux autres auteurs si l'un d'eux avait déjà reçu un « non » assorti d'un point d'exclamation. J'étais la seule. Mais ils me firent part des refus qu'ils avaient essuyés de leur côté, quand un rédacteur en chef avait par exemple accepté de publier un article puis fait marche arrière après la révision finale. Quelqu'un fit observer que le point d'exclamation était peut-être une coquille. Non, répondis-je, car il était manuscrit. Quelqu'un d'autre expliqua que les propositions d'articles se transmettaient de plus en plus souvent par voie électronique et que, très bientôt, plus personne ne recevrait de réponses grossières de la part d'un rédacteur en chef mal luné. *Les jugements d'un rédacteur en chef sur votre travail ne sont jamais définitifs,* fit observer un autre participant. *Il est possible que cet adepte du point d'exclamation apprécie votre prochain article et décide de le publier.*

Je le remerciai. Dans la jungle d'Internet, il existait encore des inconnus capables de faire preuve de gentillesse. Sur ces forums, je trouvai des astuces et des idées, je me fis des amis virtuels qui avaient publié des récits dans de vrais magazines de voyage, et il m'arrivait parfois d'aller visiter des endroits où ils étaient allés, eux aussi.

Au retour, dans l'avion, je me sentais revigorée, l'esprit palpitant, les pages de mon carnet noircies. Les idées se bousculaient dans ma tête, mais, quand je m'installais dans mon bureau et que j'essayais de les entrelacer pour en faire des phrases, elles m'échappaient aussitôt, demeurant obstinément séparées les unes des autres, refusant de s'unir. Alors, le cerveau embrumé par la contrariété, j'écrivais des choses qui ne correspondaient pas tout à fait à ce que je voulais dire, et j'avais l'impression que mes mots authentiques étaient à ma portée, terriblement proches, sans que pourtant je ne réussisse jamais à les saisir.

« Tu te lances dans la littérature de voyage, maintenant ? demanda ma mère. Tu es devenue exploratrice de terres étrangères ?

— Non, plutôt observatrice des habitants de terres étrangères et dégustatrice de leur gastronomie », répondis-je en souriant.

Elle leva les yeux au ciel et battit des mains – On aura tout vu ! semblait-elle dire. Je ne lui en voulais pas de sa méfiance. J'étais à nouveau là avec mon orgueil démesuré, après avoir enchaîné les petits boulots depuis la fin de mes études, au lieu de rentrer au Nigeria pour rejoindre mon père et Afam dans l'entreprise familiale.

« Tu ne touches rien tant que ton article n'est pas publié ? Comment vas-tu payer toutes ces observations et ces dégustations ?

— Avec mon propre argent.

— Avec l'argent de ton père, tu veux dire, celui qu'il dépose sur ton compte.

— Maman, si quelqu'un met de l'argent sur ton compte, il t'appartient, pas vrai ?

— Tu ne l'as pas gagné. »

Elle non plus n'en gagnait pas, et elle dépensait davantage l'argent de mon père que ce dernier ne le faisait. Mais je n'aurais évidemment jamais dit une chose pareille de vive voix. Plus tard, je surpris une conversation entre mes parents et, au ton théâtral de ma mère, je compris qu'elle tenait à ce que je les entende.

« D'abord, c'était les romans, et maintenant, la littérature de voyage. Et si nous n'avions pas les moyens de financer tout ce qu'elle a envie de faire ?

— Mais nous les avons.

— Tu dois arrêter de gâter ta petite dernière. Ce n'est pas bon pour elle ; elle a toujours été trop délicate, ce n'est pas lui rendre service. »

Mon père répondit par un bref murmure, un son neutre, pacifiant. Sous sa nature perspicace, prudente, il y avait aussi un rêveur qui savait ce qu'était un rêve et laissait les autres rêver. Ma mère me protégeait à sa façon, la seule qu'elle connaisse, en m'assenant des vérités pleines de bon sens, ayant fait leurs preuves, dictées par la norme. Souvent je la voyais m'observer, les yeux troublés par la perplexité, moi son bébé, sa seule et unique fille, qui refusait de revenir au pays, errant ici et là comme une feuille sèche pourchassée par le vent. Il me manquait le genre d'ambition qui lui était familière, ce dont elle tenait les États-Unis pour responsables. Il fallut des années avant qu'elle cesse de me demander quand je reviendrais m'établir au Nigeria, comme si ma vie ici était un simple prélude. Les États-Unis étaient comparables à une fête dont l'hôte est paré à toute éventualité, n'importe laquelle. Je voulais rester, car ici personne ne me jugerait jamais trop bizarre. Mais je me gardais bien de le dire à ma mère, parce qu'il me paraissait injuste d'attendre d'elle qu'elle le comprenne.

Darnell chercha le nom de mon père sur Google. « Putain, la vache. C'est vraiment sa valeur nette ? s'exclama-t-il.

— Tu sais bien que ces choses sont toujours exagérées, dis-je.

— Non, je ne le sais pas. Certains d'entre nous ont des parents qui ignorent qu'on peut estimer sa "valeur nette". C'est vrai, je savais que tu étais une princesse, avec ton appart tape-à-l'œil en plein centre-ville, et le fait que tu quittes ton boulot du jour au lendemain pour te consacrer à la littérature de voyage, ajouta-t-il, tout en encadrant de ses doigts repliés "littérature de voyage" de guillemets invisibles. Mais je ne m'attendais pas à ça, putain. »

Dès lors, il blagua souvent sur la fortune de ma famille, des taquineries toujours constellées d'épines. Il me dit que l'un de ses amis aidait bénévolement une famille africaine émigrée installée dans le New Jersey à obtenir des papiers avant d'ajouter : « Une vraie famille africaine, pas comme la tienne », à croire que l'opulence faisait de nous des Africains impurs.

L'alcool aidant, son humour mordant, qui n'était pas

tout à fait de l'humour, se déchaînait et emplissait la pièce. Après quelques verres avec ses amis, il aimait dire : « Vous savez que les ancêtres de Chia ont probablement vendu les miens ? Elle est l'héritière d'une vieille fortune igbo qui remonte à des siècles. Sur cette côte d'Afrique de l'Ouest, ils ne vendaient pas que des fruits du palmier aux Blancs. »

Ses amis se raidissaient, affichant des expressions mitigées, comme s'ils ne pouvaient se permettre de rire tout en ne pouvant pas non plus s'en empêcher. Au début, je répondais en plaisantant : « La guerre du Biafra a anéanti les vieilles fortunes igbos, donc notre argent est flambant neuf. » Mais la blague tombait à plat, et je me contentai par la suite d'arborer un sourire qui leur assurait mes remords. Du moment que cela calmait la colère sourde de Darnell. C'était une forme étrange de rancœur, car elle n'était pas dépourvue d'une certaine admiration. Lors d'un gala de bienfaisance auquel l'un de ses amis nous avait invités à New York, Darnell déclara d'un ton vantard au Blanc qui, issu d'une vieille famille anglo-saxonne protestante, avait payé notre repas : « Les savons chics que vos ancêtres new-yorkais faisaient venir de Londres dans les années 1880 étaient fabriqués avec l'huile de palme que la famille de Chia exportait depuis l'Igboland.

— C'est merveilleux », répondit l'homme sans cesser de hocher la tête, le visage rougi par l'alcool, s'efforçant de dissimuler son embarras.

J'en fus troublée, mais je songeai qu'il y avait eu pire le jour où la conseillère universitaire chargée d'accueillir les étudiants étrangers avait demandé à sa collègue, alors que j'attendais pour remplir un formulaire : « Alors, l'argent de sa famille, il est vraiment si sale ? »

J'en étais restée muette de stupeur. Ce n'est qu'après

m'être éloignée dans le couloir que je pensai à une repartie que je n'aurais de toute façon pas eu le courage de lancer : « La fortune de ma famille est plus propre que vous ne le serez jamais. »

Je repoussai mon premier voyage en Inde parce que Darnell sortit soudain de son silence. Il apparut sur le seuil de mon appartement, après des journées de textos restés sans réponse, son sac noir en bandoulière devant lui. Dès que je le vis, le ciel et la terre ne firent plus qu'un, et tout fut parfait. Mon excitation me rendait aussi fébrile que les jours où j'avais bu trop de café. Je ne tenais plus en place, lui demandant ce qu'il avait envie de faire, s'il préférait que je commande à dîner ou que nous sortions, et son sweat avait une tache, est-ce qu'il voulait que je lance une machine ? Il était paresseusement allongé sur mon canapé, et je m'assis à côté de lui et lui effleurai tendrement la joue. D'habitude, je ne le touchais jamais à moins qu'il ne me touche le premier, parce que mon faible pour les caresses aurait pu être vu comme un énième défaut. Il pressa ma paume contre son visage et, l'espace d'un instant, j'eus l'impression que nous nous connaissions, que notre avenir se dessinait avec certitude. Plus tard, je lui demandai s'il voulait bien lire l'article que j'avais écrit. Je ne le lui avais jamais proposé parce que je savais qu'il ne valait mieux pas, mais cette journée me semblait exceptionnelle et nimbée d'espoir. L'article, intitulé « Comment nous autres Nigérians voyageons avant même de partir en voyage », portait sur les obstacles que j'avais rencontrés à cause de mon passeport, les refus de visa, les délais d'attente prolongés, les regards noirs et chargés de soupçons du préposé aux visas à l'ambassade d'Inde. Sur le passeport nigérian en tant qu'objet de méfiance.

« C'est un peu différent, je veux savoir ce que tu en penses, dis-je.

— Il te faut un lecteur objectif », répondit-il. Il s'abstint de regarder l'ordinateur portable que j'avais poussé dans sa direction. Me dire qu'il me fallait un point de vue objectif était sa façon à lui de décliner mon offre.

« Tu évalues pourtant le travail de tes amis.

— Ce n'est pas pareil », répliqua-t-il sèchement.

Je ne lui proposai plus jamais de me lire, de la même manière que je ne lui confiais pas mes angoisses, afin de le protéger du fardeau que je pouvais être.

Alors que je modifiais ma réservation d'hôtel à Delhi, il me demanda : « Est-ce vraiment de la littérature de voyage si tu voyages dans le luxe ?

— Ce n'est pas vraiment du luxe.

— Pour toi, peut-être. Il y a des gens qui partent avec un sac à dos et logent dans des auberges de jeunesse, ce genre de trucs.

— Mais il y en a d'autres qui voyagent comme moi. Je ne crois pas que la littérature de voyage doive se limiter au tourisme à petit budget.

— Lecteur, reste dans la classe qui est la tienne ! Tes arrogants supérieurs te l'ordonnent ! railla-t-il.

— Si tu lisais mes articles, tu saurais que ça n'a rien à voir. »

Il me lança un coup d'œil, et je me rendis compte qu'il trouvait ma réponse impertinente, ce qui n'avait pas été mon intention.

« Je ne voulais pas parler de *toi* en particulier, mais des gens en général, me défendis-je avant de rire. Si on lisait ce que j'écris, on verrait que je ne suis pas arrogante du tout.

— Bon, bon, d'accord », concéda-t-il avec, au coin de la

bouche, ce tic qui mettait en pièces mon amour-propre. Je commençai à m'inquiéter : me montrais-je condescendante ? Je relus mon dernier article et coupai le paragraphe qui racontait que j'avais pris un taxi pour parcourir pendant des heures la campagne autour de Zurich. Peut-être était-il arrogant de se balader en taxi plutôt que de prendre un autocar de tourisme. Mais c'était une histoire vraie, alors pourquoi faire semblant ? Je replaçai le paragraphe, puis l'effaçai de nouveau. Je me sentais aussi déroutée que je l'avais été en dernière année universitaire, au cours d'une excursion au Mexique avec un groupe d'amis pendant les vacances de printemps. Une fille que je ne connaissais pas m'avait demandé : « Tu prends un taxi pour aller à Tulum ? Mais qui fait ça ? Le prix de la course suffirait à nourrir pendant un an les gosses qui vivent dans les montagnes. » Je me rappelais ses sourcils pâles, son visage échauffé et accusateur, à croire que je m'étais approprié l'argent destiné à nourrir des enfants dans les montagnes. Je ne savais même pas de quelles montagnes elle voulait parler. Mais j'avais annulé ma réservation de taxi et pris le bus, comme tout le monde. Plus tard, LaShawn me le reprocha : « Pourquoi tu as fait ça ? On avait carrément envie d'y aller en taxi avec toi. »

Je regrettais de ne pas avoir tenu bon à l'époque. Je réinsérai le paragraphe à propos de ma virée de près de sept heures dans la campagne zurichoise avec mon chauffeur chaleureux et bavard, issu d'une famille d'agriculteurs de Vnà et qui parlait le romanche, une langue dont j'ignorais jusqu'alors l'existence. Était-il là encore condescendant de lui consacrer une partie de mon article ? Je finis par effacer de nouveau le paragraphe.

Les amis de Darnell étaient le genre de personnes qui pensaient en savoir beaucoup. Leurs conversations étaient toujours alimentées de plaintes ; tout était « problématique », même les choses qu'ils approuvaient. Ils avaient l'esprit de clan, mais le manifestaient avec anxiété, se tournant les uns autour des autres, se surveillant sans cesse pour flairer une faille, une anomalie, un sabotage en préparation. Ils se montraient ironiques quand il s'agissait d'aimer ce qu'ils aimaient, par crainte d'aimer ce qu'ils n'étaient pas censés aimer, et incapables d'éprouver de l'admiration, si bien qu'ils critiquaient ceux qu'ils auraient pu se contenter d'admirer. *Personne ne se voit accorder une bourse aussi vite à moins de coucher avec un type blanc et chauve. La moitié de ce bouquin a été carrément volée à un postdoc. Il a fini ce truc trop vite, ce n'est pas de la vraie recherche, il ne fait pas le poids.*

En leur présence, je me sentais complètement demeurée. J'étais la fille d'un homme riche et j'avais publié deux articles dans un magazine en ligne dont personne n'avait jamais entendu parler. Si encore j'écrivais des essais compliqués pour des revues prestigieuses.

« D'après Darnell, tu as visité l'Amérique centrale et l'Amérique du Sud », me dit Shannon, la femme noire qui enseignait la civilisation américaine. Elle semblait moins guindée et beaucoup plus jeune que les autres, avec ses teeshirts imprimés, ses jolies tresses fines et cuivrées remontées en deux chignons de petite fille.

« Oui », répondis-je.

Elle me dévisagea, attendant que je poursuive.

« J'ai découvert que de nombreux pays d'Amérique latine étaient extrêmement métissés », dis-je, et je songeai immédiatement que je devais paraître idiote.

« Il est intéressant de réfléchir aux tenants et aux aboutissants de l'invisibilité de la diaspora noire en Amérique latine », déclara Shannon. Elle parlait très souvent des « tenants et des aboutissants ». Ils le faisaient tous.

Je repensai à mon article sur le Brésil qui comparait deux restaurants : « Comment être insouciant à Rio ou m'as-tu-vu à São Paulo ». J'avais trouvé ce titre ingénieux, mais je percevais à présent combien l'article tout entier était superficiel. Shannon ne lirait de toute manière jamais un obscur magazine en ligne fondé en Nouvelle-Zélande.

« J'ai eu du mal à croire que la moitié de la population brésilienne était noire. On ne voit jamais de Noirs sur les images représentatives du Brésil », dis-je dans l'espoir que cette remarque serait plus convaincante.

Darnell remua sur son siège et pinça les lèvres ; je voyais bien qu'il n'était guère impressionné, peut-être était-il irrité. Si seulement j'avais su m'exprimer comme ses amis.

« C'est un effacement structurel, un génocide symbolique, parce qu'il suffit de ne pas être vu pour ne pas exister, précisa-t-il.

— Exactement. À ceci près que ce génocide n'est pas seulement symbolique », déclara Charlotte, la femme blanche qui enseignait la sociologie.

« J'ai survécu au génocide », dit Thompson d'un ton pince-sans-rire ; ce Garifuna originaire du Belize était plasticien et sa barbe m'évoquait une carte noire peinte sur son menton. Je ris, reconnaissante, parce que Thompson adoucissait toujours la dureté de leurs regards.

Lors de notre première rencontre, il m'avait demandé si Chia était un diminutif, puis il avait répété « Chiamaka » en donnant l'impression que je pouvais être quelqu'un d'intéressant.

« Justement, à propos de littérature de voyage, reprit-il d'un ton chantant, serait-ce t'insulter que de dire que tu es trop belle pour écrire des articles touristiques, Chia ? Tu aurais pu être actrice. »

Je lançai un coup d'œil à Darnell. Puisqu'il avait l'air amusé, je m'esclaffai et répondis : « Je suis parfaitement incapable de jouer la comédie.

— C'est le cas de nombreux acteurs, dit Thompson.

— Pour info, Thompson, une femme peut être belle et se consacrer à un métier n'ayant aucun rapport avec son physique », affirma Shannon avec beaucoup de sérieux, comme si Thompson n'avait pas cherché à plaisanter. « De surcroît, il nous faut davantage d'écrivaines voyageuses. Voyager en tant que femme comporte des défis uniques en leur genre.

— C'est vrai, acquiesça Thompson.

— La littérature de voyage est un genre complaisant », décréta Charlotte en me regardant. Elle était petite et menue, avec le visage constipé et sans humour d'une personne qui avait besoin de se plaindre pour s'épanouir.

« Je vois ce que tu veux dire, m'empressai-je de répondre. Mais j'espère que mes articles ne sont pas trop complaisants. Je reviens des Comores, un pays tellement fascinant.

— L'une de mes amies à l'université Brown y a travaillé, dit Charlotte.

— Ah, vraiment ? » Elle parlait de l'Afrique seulement comme d'un endroit où ses amis avaient « travaillé » – untel ou unetelle avait travaillé en Tanzanie, au Ghana, au Sénégal, en Ouganda –, et j'imaginais son Afrique où toute une foule de Blancs se donnaient du mal sous un soleil ardent sans être remerciés pour leurs efforts. C'était hilarant, mais j'essayais toujours de faire mine d'être attentive et intéressée.

« Sympa, ton tee-shirt, dit Thompson à Shannon.

— Ce vieux machin », répondit-elle en baissant les yeux vers le vêtement en question, sur lequel était imprimé un portrait de Mary J. Blige coiffée d'un chapeau, le visage en partie dissimulé.

« Suis-je le seul à penser que la beauté de Mary J. n'est pas suffisamment reconnue ? Ce sujet mérite d'être exploré, dit Thompson.

— C'est quoi, cette obsession misogyne pour la beauté, aujourd'hui ? répliqua Shannon.

— Pourquoi est-ce misogyne ?

— Il faudrait plutôt se demander pourquoi le talent de Mary J. n'est pas suffisamment reconnu, intervint Charlotte.

— Personne ne conteste son talent, dit Thompson. Elle est belle, mais, à l'évidence, l'industrie musicale ne récompense pas le physique de certaines femmes noires.

— En plus, avec la complicité des femmes récompensées », ajouta Charlotte, comme si elle jugeait défavorablement non seulement l'objectivation des femmes, mais aussi le fait qu'elles puissent être attirantes. Il était évident qu'elle cherchait à me faire passer un message : l'intérêt que présentait la beauté n'était pas digne de son attention, la beauté en soi était problématique et la beauté était apparemment mon seul atout. Elle me dévisagea, et je détournai les yeux, m'employant à découper mon steak cuit à point. Je m'y pris soigneusement, ralentie par mon assurance en chute libre.

« Je n'arrive pas à croire que j'ai renié mes principes et acheté un iPhone. Apple est tellement problématique », dit Shannon, qui tenait délicatement son téléphone au creux de sa paume comme une offrande faite à contrecœur.

— Apple a pour ambition d'homogénéiser nos pensées et nos actes, déclara Charlotte. Il ne s'agit pas d'inciter à la créativité ou de résoudre des problèmes ; ce projet vise à développer le conformisme et la banalité de masse. C'est à mettre en parallèle avec les tenants et les aboutissants de l'hétéronormativité. » Puis elle se tourna vers moi et me dit : « Tu manges la mort. »

J'essayai désespérément de faire le lien entre Apple, mon assiette et la mort.

« Oh. Tu veux parler de mon steak. En tout cas, c'est une mort savoureuse », répondis-je en arborant soudain mon sourire radieux et factice. Je voulais que Darnell prenne ma défense – il mangeait lui aussi de la viande, même si, ce soir-là, il avait commandé une salade de boulgour –, mais il garda le silence.

Charlotte n'en avait pas terminé avec moi. « Si encore les gens voyaient la quantité de viande non digérée qui traîne dans leurs intestins. C'est dégoûtant. Sans oublier que la consommation de viande a des conséquences terribles pour le Sud global, surtout l'Afrique.

— Charlotte, Charlotte, Charlotte, l'interrompit Thompson. Ce n'est pas ainsi que nous convertirons qui que ce soit à la cause du changement climatique. Il nous faut une meilleure stratégie de com.

— La conciliation n'envoie jamais le bon signal », répliqua Charlotte, et Thompson, souriant, tendit un bras vers elle pour la serrer brièvement contre lui.

« As-tu déjà écrit sur le Belize, Chia ? Tu devrais y aller. Je t'y emmènerai, proposa-t-il avec un clin d'œil appuyé.

— Eh, Thompson. Qui t'a autorisé à emmener ma nana où que ce soit ? » demanda Darnell.

Sa possessivité, aussi espiègle soit-elle, provoqua en moi un vif élan de bonheur. *Ma nana.* J'adorais l'entendre prononcer ces mots, et il le faisait si rarement. Parfois, en public, il était si indifférent à moi que je craignais qu'il n'attende simplement la fin de la soirée pour m'annoncer que c'était terminé entre nous.

« Nous pourrions y aller cet été, quand Darnell fera ses recherches sur le terrain avec des sculpteurs agriculteurs ou ce genre de trucs, insista Thompson avant de partir de son rire retentissant.

— Ah mais, cet été, Chia a prévu de s'isoler pour écrire, dit Darnell. Dans sa maison du Maryland. Son père lui a acheté une propriété dans une banlieue résidentielle du Maryland parce qu'elle voulait un endroit paisible pour écrire son bouquin. Oui, juste pour écrire tranquillement dans cette baraque, avec une cheminée et une employée de maison.

— Génial, c'est la vie que je veux ! s'exclama Thompson.

— Les riches qui achètent des maisons qui restent inoccupées une partie de l'année alors qu'il y a une crise du logement, c'est une forme de violence, dit Charlotte.

— En réalité, il s'agit d'une maison de famille, répondis-je. Mes parents y logent quand ils me rendent visite. » Prenant conscience que j'étais un peu trop sur la défensive, je tentai une plaisanterie – « Darnell a oublié de dire que l'employée de maison n'a pas été livrée avec la propriété » –, laquelle, naturellement, tomba à plat. Un léger dédain brillait dans les yeux de Charlotte. Je mastiquais ma viande, haïssant cette femme tout en rêvant d'obtenir son approbation. Darnell m'avait montré des photos qu'il avait prises dans la résidence secondaire des parents de Charlotte, sur lesquelles on voyait des chiens au poil soyeux et des pièces au décor miteux, aux teintes défraîchies, typiques de la Nouvelle-Angleterre fortunée. Je me demandai si cette maison était elle aussi « une forme de violence », à moins que cette violence ne se manifeste seulement quand des gens différents d'elle possédaient des résidences secondaires. Je ne l'aurais jamais dit, bien entendu, car il me manquait le courage d'Omelogor. Je me contentai d'arborer mon habituel sourire de désespoir et de résignation mêlés. « Charlotte ne m'aime pas, confiai-je plus tard à Omelogor, mais si j'étais une Africaine pauvre, elle serait moins antipathique.

— C'est n'importe quoi, tu n'as pas besoin de sa sympathie, répliqua aussitôt ma cousine. Ces gens ne supportent pas les riches qui viennent des pays pauvres, parce que ça signifie qu'ils ne peuvent pas te plaindre.

— Ce n'est pas vraiment le genre de Charlotte », dis-je, consciente que ce n'était pas cette femme que je protégeais ainsi, mais Darnell. Après tout, nos amis intimes offrent un aperçu partiel de qui nous sommes vraiment, nous les choisissons, la nature ne nous les a pas alloués, contrairement aux membres de notre famille, et le fait que Darnell était proche de Charlotte dévoilait un certain aspect de sa personnalité. Omelogor pouvait se montrer extrêmement cinglante à propos des gens qui ignoraient tout de l'Afrique, et je ne voulais pas que Darnell se retrouve pris au piège de son dédain. J'atténuais et modifiais déjà les anecdotes que je lui racontais au sujet de Darnell, l'estomac légèrement noué à l'idée qu'elle s'en aperçoive, elle qui me connaissait si bien. Je lui dis un jour que les rédacteurs en chef me répondaient plus aimablement depuis que j'avais rencontré Darnell. « C'est donc grâce à l'essence magique de Darnell ? » rétorqua-t-elle.

C'était plus facile au téléphone, au moins elle ne me dévisageait pas avec insistance, la tête penchée sur le côté – il n'existait pas de regard plus perçant que le sien. Elle voyait les gens, elle voyait clair en eux. De seulement deux ans mon aînée, elle avait cependant toujours veillé sur moi avec vigilance, prête à intervenir et à me protéger de moi-même. Je dis à Darnell qu'elle était brillante et intrépide, se distinguant avec éclat partout où elle allait, une étoile-née qui accomplissait des choses éblouissantes en tant que banquière à Abuja.

« Tu parles d'elle comme d'un mythe, constata Darnell.

— Ah bon ?

— Ouais. Comme si elle ne pouvait rien faire de mal. Son père est riche, lui aussi ?

— Oh non, c'est un simple maître de conférences », répondis-je en toute hâte et, aussitôt, la honte se répandit lentement en moi. Pourquoi avais-je parlé de la sorte de mon cher oncle Nwoye ? C'était vrai, il n'était pas riche et l'argent ne lui importait absolument pas, mais dire de lui, sur ce ton, qu'il n'était qu'un « simple maître de conférences » était inutilement rabaissant, une remarque destinée à contenter Darnell et non à définir qui mon oncle était réellement.

« C'est un précurseur et il a fait ses études à Cambridge ; il jouit d'une renommée internationale dans son domaine, ajoutai-je. C'est le frère de ma mère. Il est adorable, très gentil, et distrait, aussi, pour des tas de choses. On dit souvent que c'est le seul universitaire qui ne sait pas se servir d'une télécommande. »

Un rédac-chef adjoint d'*Out Wonder* me contacta pour me dire qu'il appréciait mon article sur Copenhague et souhaitait en lire une version révisée avec un peu plus de peps. Un vrai rédac-chef, pas quelqu'un qui travaillait en indépendant de chez lui à Auckland. *Out Wonder*, un magazine avec un comité de rédaction, qui rétribuait en argent, pas en exemplaires d'auteur. Je fermai les yeux et vis le sommaire, les noms de vrais écrivains s'étalant sur la page et, quelque part parmi eux, le mien, moi. Naturellement, un article publié ouvrirait la voie vers d'autres publications, des commandes et des éditeurs en quête de nouveaux visages. Ce serait peut-être la genèse de mon livre : Tout commença avec un article sur Copenhague. Je n'étais pas capable d'écrire un roman, mais un recueil de récits de voyage pleins de légèreté était à ma portée, recueil dont j'avais déjà le titre bien en tête : *Les aventures non aventureuses d'une Africaine.* J'accéderais à la cour des grands. Ma mère croirait enfin en moi, mon livre entre les mains, le feuilletant, en envoyant des exemplaires à tous ses calomniateurs, réels et imaginaires. Je relus mon article sur Copenhague comme s'il avait été écrit par quelqu'un d'autre afin d'y déceler l'étincelle magique susceptible d'expliquer l'intérêt d'*Out Wonder*.

Une élégante cycliste a manqué de me renverser ce matin parce que j'observais distraitement d'autres élégantes cyclistes qui se rendaient au travail en sens inverse. Qui plus est chaussées de jolis souliers, et non de baskets. Elles ne transpirent donc pas ? Et pourquoi tout le monde dans mon hôtel parlait-il anglais, alors que j'avais envie d'entendre du danois ? Ce petit établissement de charme souhaitait-il affirmer son patriotisme en proposant une extraordinaire diversité de réglisse dans mon minibar ? Telles étaient les questions qui me préoccupaient. J'avais des fringales nocturnes et ce que je désirais par-dessus tout, c'étaient des bonbons, des bonbons bien sucrés, pas de petites friandises colorées, qui toutes avaient un affreux goût de médicament.

Un peu plus de peps ? J'ignorais ce que cela signifiait, mais je décidai de repartir pour Copenhague afin d'y dénicher ce peps et de réécrire mon article sur place. J'étais si enthousiaste que je me sentais redynamisée, pleine d'entrain. Je parlai d'*Out Wonder* à Omelogor et à Zikora, mais je ne dis rien à Darnell, car j'avais peur de son indifférence, laquelle entamerait ma bonne humeur. J'avais pourtant envie qu'il vienne avec moi, puisque j'avais envie qu'il fasse tout avec moi.

« Savais-tu que le Danemark avait fait le commerce d'esclaves africains ? lui demandai-je.

— Évidemment, répondit-il, condescendant, comme si j'étais la seule personne à l'avoir jusqu'alors ignoré.

— Je suis justement en train de me renseigner sur le fort aux esclaves construit par les Danois au Ghana. » Je ne m'intéressais pas à la traite des Noirs danoise, mais je tenais à ce que Darnell le croie ; c'était un sujet sombre, suffisamment grave. « J'envisage de retourner au Danemark. À Copenhague et à Aarhus. Tu veux venir ? Tes cours ne reprennent pas avant deux semaines.

— Franchement, ça ne me plaît pas trop d'être un "homme entretenu". Quand je pense à ce que le voyage à Maurice t'a coûté, j'en ai encore des sueurs froides.

— Cette fois, j'ai des billets achetés avec des miles, donc, en théorie, ils sont gratuits, dis-je, ce qui était faux.

— Je vais voir », répondit-il d'un air sceptique, mais je savais qu'il viendrait. Simplement, il lui fallait d'abord observer le rituel consistant à afficher sa réticence. Quand je payais, il refusait toujours, alors qu'il voulait que je paie, je le savais. Parfois il retardait le moment de sortir son portefeuille, même pour les plus petites dépenses, par exemple pour un pack de bières acheté en fin de soirée dans un Walgreens. Pour son anniversaire, il déchira le papier cadeau cuivré dans lequel j'avais emballé un MacBook et un iPhone, puis me dit : « Merci, bébé, mais tu abuses, c'est trop, c'en est presque vulgaire.

— L'écran de ton téléphone est fissuré, et tu répètes sans arrêt que ton ordinateur portable rame.

— Oui, mais quand même. Tu aurais pu n'en choisir qu'un seul. » Il garda pourtant les deux. Et le jour où, penaude, je glissai un billet de première classe dans le livre qu'il lisait, il me dit : « Hé, t'essaies de m'acheter ? »

Je ris. Mais dans un sens, c'était vrai. Je payais les bouteilles de bon vin, les massages, les sorties au restaurant, une femme de ménage pour son appartement : des changements dans son quotidien qui l'incitaient à se moquer de lui-même parce qu'il les appréciait, des expériences qui ne lui étaient possibles que s'il restait avec moi. C'était une façon de l'acheter. Il fut de mauvaise humeur tout au long de ce voyage d'anniversaire, comme s'il avait de la rancœur à cause de ce qu'il avait accepté, tandis que j'étais sur mes gardes et indécise, marchant sur des œufs afin de ne pas l'offenser. « Putain, la vache. C'est somptueux, une vraie douche à l'italienne dans un aéroport », fit-il observer dans le salon de première classe, et je faillis m'excuser. Une fois à Maurice, tout l'irrita, rien ne méritait d'éloges. Il voulut annuler l'excursion en bateau ; il se moquait de voir la cascade ; il avait de toute façon pris du retard dans ses corrections de copies. Son humeur grincheuse était peut-être un acte d'expiation : il était problématique d'aimer les voyages luxueux et à présent, le moins qu'il puisse faire, c'était de ne pas y prendre de plaisir. Mo, un homme ratatiné qui ressemblait à un Indien, nous conduisait le long de routes sinueuses en nous indiquant telle ou telle curiosité avec animation. *La mère de ma femme habite ici. Avant, il n'y avait là qu'une forêt à l'état sauvage.*

Je discutais avec lui, attendant que Darnell fasse de même, mais il regardait par la vitre et n'ouvrit la bouche que pour se plaindre d'une piqûre d'insecte qui le démangeait dans le cou. Mo n'arrêtait pas de jeter des coups d'œil à Darnell dans son rétroviseur, espérant une réaction, un échange d'homme à homme. « C'est passionnant ! » m'exclamais-je d'un ton exagérément enjoué afin de compenser l'indifférence de mon compagnon. À l'aéroport, le jour de notre départ, j'ouvris mon portefeuille pour donner à Mo un pourboire en dollars américains. J'avais quelques billets de vingt et un de cent. Je pliai celui-ci en deux et le plaçai dans sa main.

« Merci, dit-il en s'apprêtant à tourner les talons. Bon voyage ! À la prochaine fois ! » Un instant plus tard, il revint sur ses pas en courant. « Vous m'avez donné..., commença-t-il, hésitant. Vous vouliez vraiment me donner ça ? C'est peut-être une erreur ?

— Non, ce n'est pas une erreur, Mo. Merci beaucoup.

— Merci, merci », répondit-il, s'inclinant et se courbant devant moi.

Je le regardai s'éloigner précipitamment, attendant que sa petite silhouette franchisse les portes de l'aéroport. Puis j'éclatai en sanglots. C'en était trop : la froideur extrême de Darnell que, malgré tous mes efforts, je n'arrivais pas à dérider, et l'obséquiosité des Mauriciens, comme s'ils inspiraient et expiraient non pas de l'air mais des bouffées de servilité. Omelogor m'avait dit un jour qu'elle était heureuse que le Nigeria ne soit pas un pays touristique, parce que « les habitants deviennent des accessoires, et les pays des spectacles mis en scène plutôt que des lieux ». Je l'avais trouvée un peu trop véhémente, comme d'habitude, mais elle avait entièrement raison. Soudain, tout me parut voué à l'échec, irrémédiablement. J'avais mal dans le bas du dos et mes tempes palpitaient. Je restai plantée là, en pleurs.

« Qu'est-ce qu'il y a ? demanda Darnell avec impatience, tirant derrière lui nos bagages à main.

— Ça me brise le cœur, ce que le tourisme fait aux gens dans les pays pauvres.

— Tu es en pleine montée d'hormones », dit Darnell.

Il avait raison. J'aurais mes règles deux jours plus tard, et je me sentais gonflée, constamment tremblante, au bord des larmes. Mais il avait lancé cette remarque avec une telle désinvolture, comme s'il m'avait jeté une pierre, que je pleurai de plus belle, cherchant un mouchoir dans mon sac à dos pour essuyer mon nez qui coulait.

« Chia, ressaisis-toi. Tout le monde s'imagine que tu pleures à cause de moi », dit Darnell.

Dans l'avion du retour, je me repliai sur moi-même, fatiguée et indisposée, parlant peu, mais assez pour qu'il sache que je cherchais seulement à survivre, et non à le rejeter. Mon corps gonflé était tendu, douloureux, prêt à éclater. J'eus une soudaine envie de discuter de Darnell, de vraiment discuter de lui, non pas avec mes précautions habituelles, mais en ayant cette fois arraché l'emballage protecteur. Je commençai à rédiger un texto à l'intention d'Omelogor, puis je m'interrompis. À de nombreuses reprises au cours de ma vie, il m'avait suffi de parler à ma cousine pour m'armer d'un courage que je ne pensais pas posséder, stimulée par ses propos toujours aussi virulents et assurés. Pourtant, à présent, je ne voulais pas que l'on exige de la force de ma part. Je voulais seulement me plaindre de ma faiblesse puis battre en retraite, retourner à ma faiblesse. À quoi bon me retrouver entravée par les attentes démesurées d'Omelogor ? Je ne cherchais pas à ce que l'on m'aide à quitter Darnell, je n'avais pas l'intention de quitter Darnell, je voulais seulement parler. Il valait mieux que je m'adresse à Zikora. Lui confier que j'étais en couple mais que je ne me sentais jamais à l'aise, que je manquais d'assurance, et que rien ne me donnait le sentiment que cela changerait un jour. Avec Darnell, j'étais comme un petit animal, glabre, tout juste né, incompétent par nature et qui ne cessait de chuter. Je dirais ces choses à Zikora dans le seul but de les énoncer, non parce que j'étais en quête de solutions ou de résolutions. Je me sentis aussitôt mieux, grâce à cette simple décision. Dès que je me retrouvai seule dans mon appartement, j'appelai Zikora.

« Zikor », dis-je, et elle fondit en larmes. Zikora n'était pas du genre à pleurer. Quelqu'un avait dû mourir, ou était mourant. Mes mains se mirent à trembler violemment et j'aurais préféré ne pas avoir téléphoné, ne serait-ce que pour retarder l'annonce d'une mauvaise nouvelle.

« Zikor, *o gini*[1] ? Qu'est-ce qui ne va pas ? demandai-je.

— J'ai trente et un ans », parvint-elle à articuler d'une voix déformée par les sanglots. Je fus gagnée par la crainte, abrupte et tranchante, qu'on ne lui ait diagnostiqué une maladie grave, que ce ne soit *elle* et pas quelqu'un d'autre qui allait bientôt mourir.

« J'ai trente et un ans. Je croyais qu'à cet âge-là je serais mariée et que j'aurais déjà un premier enfant.

— Oh, fis-je, si incrédule et si péniblement soulagée que j'eus peur d'éclater de rire.

1. La plupart des termes étrangers en italique figurent dans le Glossaire en fin d'ouvrage.

— Trente et un ans et aucune perspective d'avenir, ajouta Zikora.

— Mais il te reste encore deux semaines avant ton anniversaire, protestai-je, bêtement, comme si elle avait pu trouver un homme et l'épouser en un si court laps de temps.

— Samedi, mon amie Nkechi se marie dans le New Jersey. Les autres invités vont s'interroger et faire des messes basses. Tu vois bien comment, en ce moment, la seule question qui compte c'est : est-ce qu'elle est mariée ? »

Je ne m'en étais pas rendu compte jusqu'alors, mais Zikora, contrairement à moi, fréquentait principalement des Nigérians, et toutes ses amies étaient un peu plus âgées, leurs préoccupations un peu différentes des miennes.

De mon côté, c'étaient ma mère et mes tanties qui me parlaient de mariage ; lors du Noël précédent, l'une des tanties du village m'avait dit : « Chiamaka, j'ai très envie de vin, ça fait trop longtemps que j'ai soif de vin. » Je l'avais regardée sans comprendre, puis j'avais souri en prenant conscience qu'elle voulait parler de ma cérémonie du vin. Je lui avais répondu comme on le fait couramment quand on veut la paix : « Je prie, tantie. C'est entre les mains de Dieu. »

Je me demandai ce qui réconforterait davantage Zikora : minimiser l'importance du mariage ou lui conseiller d'être optimiste et de se persuader que cela arriverait bientôt. « Tu n'es pas obligée d'y aller, lui dis-je alors. Explique à Nkechi que tu dois te rendre à Hong Kong pour le travail, vu que tu as un poste génial dans un cabinet d'avocats de Washington tout aussi génial, et ensuite achète-lui le cadeau le plus cher sur sa liste de mariage. »

Au moins, Zikora rit un court instant.

Notre conversation me laissa en proie à un trouble tenace, à des pensées agitées. Zikora pleurait – si fort qu'elle dut se moucher à plusieurs reprises, suffoquée par ses larmes, parlant d'une voix haletante – parce qu'elle n'était pas encore mariée à trente et un ans : c'était comme si cela arrivait ailleurs, à une femme qui ne pouvait pas être ma meilleure amie. Elle avait rompu avec ses deux partenaires précédents parce qu'ils évitaient de parler du futur, mais chaque fois elle s'était ressaisie, les yeux toujours tournés vers l'avenir. Elle allait apparemment bien, ne semblait pas vulnérable au point d'être influencée par les attentes d'autrui. De plus, on s'effondrait ainsi quand on passait la barre des trente ans, ou des quarante, simplement pour des raisons symboliques ; les chiffres ronds affolaient car ils donnaient l'impression qu'on était arrivé au terme de quelque chose. À trente et un ans, c'était trop tôt, beaucoup trop tôt, et d'autant plus inquiétant qu'il ne s'agissait pas d'un chiffre rond. Quand ce désespoir s'était-il emparé de Zikora ? Dès la naissance, une main à l'autorité incontestée avait inscrit le mariage dans notre projet de vie, et il devenait un rêve soumis au passage du temps, mais à quel moment son attente s'était-elle transformée en furieux désespoir ? Zikora, avocate brillante et accomplie ; Zikora, organisée, guindée et ambitieuse ; Zikora et sa façon bien à elle de ne jamais accepter la défaite. Dans la certitude de nos existences telles que nous les avions planifiées, une mutation, une fêlure s'étaient-elles produites que j'aurais manquées ? Verserais-je des larmes si je n'étais pas mariée dans deux ans ? Non. Je n'envisageais pas le mariage comme un phénomène façonné par le temps – comment la fusion de deux âmes aurait-elle pu l'être ? Avec Darnell, je ne rêvais pas de mariage, mais du lien véritable, inextricable que nous pourrions nouer, que la peur puisse disparaître. Davantage que le mariage, je recherchais ce qu'à l'époque je n'aurais pas su nommer : le resplendissement d'être connue telle que je suis vraiment.

Ce week-end-là, je pris le train pour Washington et fis une visite surprise à Zikora. Nous allâmes dîner à Busboys and Poets, où une lecture de poésie commençait, et nous nous assîmes pour écouter une femme à l'imposante coiffure afro teinte en bordeaux psalmodier ses textes. Ensuite, nous nous baladâmes dans U Street, main dans la main, riant à des blagues déjà racontées tant de fois. Prendre soin de Zikora mit fin à mon agitation, et bientôt, mon corps n'étant plus sous l'emprise dévastatrice de mes hormones, je recommençai à parler de Darnell comme avant.

Mes parents me rendirent visite cet été-là, mais seulement pour une semaine, avant d'aller à Londres, car ma mère n'aimait pas passer trop de temps aux États-Unis. « Ce pays n'est pas civilisé. Tout est "À faire soi-même". Tout est trop décontracté. Il n'y a qu'à voir les compagnies aériennes, leur première classe est nulle. Les Américains ne savent pas fournir le moindre service avec raffinement. Même leur façon de parler est relâchée. "Allons manger un bout." Un bout de quoi ? » Elle trouvait toujours le moyen de formuler ce type de remarques, lesquelles étaient suivies par les reparties de mon père, tous deux formant ainsi un duo à la mécanique parfaitement huilée, ou deux chœurs alternés.

« L'Amérique est un grand pays parce qu'on y trouve les gens les plus doués qui soient, originaires de toutes les régions du monde », affirmait-il. Ou bien parfois : « L'Amérique est un grand pays parce que c'est le seul à croire en théorie à l'égalité, même si elle n'est pas mise en pratique. »

Il aimait les États-Unis et y aurait volontiers passé davantage de temps si ma mère avait été d'accord ; il lui cédait toujours en tout, sans en éprouver de ressentiment, comme lorsqu'on offre d'exquises friandises à un animal de compagnie déjà nourri et qu'on se délecte du plaisir de ce même animal ronronnant. J'aimais les observer, ma mère parlant sans discontinuer, se plaignant d'une chose ou d'une autre, tandis qu'il murmurait son assentiment, toujours un peu distraitement mais pleinement satisfait. Mon père, issu d'une famille fortunée, exprimait rarement du mécontentement, alors que ma mère se comportait comme si les privilèges qu'elle avait acquis en se mariant lui avaient été attribués dès la naissance. Mais ses récriminations tenaient de la comédie bouffonne, des déclarations à l'emporte-pièce, superficielles, formulées avec l'esquisse d'un sourire vite évanoui, à croire qu'elle aussi savait combien il était difficile de la prendre au sérieux.

J'avais hâte de les revoir. J'aimais leurs courtes visites, le temps que nous passions ensemble était empreint d'une satisfaction langoureuse, à la différence de mes séjours au Nigeria, où rien ne se déroulait jamais ni paisiblement ni lentement – la maison grouillant de chauffeurs, de domestiques apportant et remportant des plateaux de boissons sur des tables à roulettes pour les visiteurs installés dans le petit salon ; ma mère pestant contre les vautours qui cherchaient à profiter de mon père ; mon père qui, justement, travaillait jusque tard le soir, rentrant fatigué et contrit ; ma mère qui recevait les membres de son club pour des séances de commérages dans le salon, où planait une odeur de Guinness. Pendant leur visite d'une semaine, je retombais en enfance et redevenais leur petite fille. Leur seule et unique fille. La petite dernière. Ma mère et moi allions faire du shopping à Washington, où elle m'achetait des sacs hors de prix ou des bijoux dont je n'avais pas besoin, et nous déjeunions dans un hôtel tandis que j'écoutais d'une oreille ses bavardages distrayants. *Je verse maintenant le salaire d'Emmanuel sur le compte bancaire de sa femme, parce que cet homme est complètement irresponsable et je veux être certaine que ses enfants ont de quoi manger. À Noël, je vais parler franchement à tantie Njide, j'en ai assez de toutes ces rumeurs qu'elle répand à mon sujet. À vrai dire, je ne sais pas ce qu'il fait dans la vie, cet homme que ta cousine veut épouser. Je n'aime pas son visage, il ressemble à un ritualiste. Ton père se laisse de nouveau manipuler par ces villageois. Il a déjà tant fait pour eux. Les nôtres sont tellement ingrats.*

J'informai Darnell de la visite de mes parents dans l'espoir qu'il exprime le désir de les rencontrer, mais il répondit : « Ah, OK. »

Je rassemblai alors tout mon courage pour énoncer : « Je serais vraiment heureuse que tu viennes dans le Maryland quand mes parents seront là.

— Je ne suis pas sûr que ce soit une bonne idée. Il faut que tu profites au mieux de leur présence. Je ne veux pas que tu sois sous pression. »

Qui avait parlé de pression ? Je lui demandais de rencontrer mes parents, et il prenait ses distances, faisant passer ce repli pour de la prévenance. « OK » fut tout ce que je trouvai à répondre.

« Je pourrais venir la semaine d'après », dit-il.

Je ne savais pas quoi ajouter. En fond sonore, Stevie Wonder chantait.

« OK », répétai-je, puis je m'efforçai de retrouver ma gaieté : « Bon, comme ça tu pourras au moins enfin faire la connaissance de Kadiatou !

— Ton employée de maison ?

— Euh, oui, mais c'est comme si elle faisait partie de la famille, tu sais.

— Certains chercheurs soutiennent que les esclaves et leurs maîtres faisaient tous partie d'une seule et même famille, avec la nourrice noire qui élevait les bébés blancs, tout ça.

— C'est injuste, Darnell.

— Allez, c'était pour rire. »

À peine mes parents furent-ils installés que ma mère me demanda : « Alors, Chia, le fils du docteur Ojukwu et toi, avez-vous convenu d'une date pour le mariage ? »

Le fils du docteur Ojukwu, perpétuel objet de risée, était un brillant ingénieur, mal à l'aise en société, qui approchait beaucoup trop son visage de ses interlocuteurs. Il m'avait envoyé des lettres d'amour tourmentées pendant des années.

« Maman !

— Quand est-ce qu'il va venir nous saluer, l'Américain noir ? »

Je m'en voulais à présent de lui avoir parlé de Darnell dans un rare moment d'imprudence.

« Il avait prévu de passer, mais il est très pris par ses recherches, il écrit un livre, c'est une étoile montante dans les cercles universitaires. » Je regrettai ces paroles dès que je les eus prononcées. Trop de paroles, qui cherchaient désespérément à être crues. J'aurais dû lui dire que nous avions rompu afin de m'épargner d'autres questions.

« Quelle est sa discipline ? s'enquit ma mère.

— L'histoire de l'art.

— L'histoire de l'art. » Elle lâcha un reniflement. Rien à voir avec l'ingénierie ou la médecine.

« Il est très demandé. Plusieurs universités essaient de le débaucher.

— Il écrit un livre d'histoire de l'art et c'est pour ça qu'il n'est pas venu dans le Maryland pour saluer tes parents ? Tu écris pourtant un livre, toi aussi ?

— Mais non, maman, ce n'est pas ça. » Je m'interrompis, troublée, et j'eus l'impression qu'un crime était sur le point d'être révélé.

« Ma fille, mon soleil, est-ce que tout va bien ? » demanda-t-elle avec de l'inquiétude dans son regard méfiant. Sa prodigieuse capacité à toujours trouver à redire dissimulait une profonde appréhension. Elle voulait que le monde soit parfait pour les personnes méritantes, et ces personnes méritantes étaient celles qu'elle aimait.

« Tout va bien », assurai-je. Je l'étreignis, enfouis mon visage dans son cou aux effluves floraux. Chaque fois que je passais devant les boutiques détaxées d'un aéroport, une seule bouffée de parfum capiteux déclenchait en moi un accès de nostalgie d'une douloureuse intensité – me ramenant à l'enfance, quand ma mère et moi étions assises devant son énorme coiffeuse et qu'elle me faisait des couettes, jamais trop serrées, tout en chantant mes louanges : *Omalicha m, nwa m mulu n'afo, anyanwu ututu m.* Ma belle. Fruit de mes entrailles. Mon soleil du matin.

Ma mère aurait préféré que mon père m'achète une autre maison, parce que l'épais bosquet d'arbres protégés à l'arrière de la mienne l'inquiétait. « Pourquoi on nous interdirait de couper quelques arbres ? Pourquoi ces Blancs aiment-ils vivre dans des forêts dangereuses ? Un jour, des serpents et des animaux sauvages finiront par tuer quelqu'un », marmonnait-elle en igbo à chacune de leurs visites. Ce qu'elle fit avant que nous sortions, debout derrière les portes vitrées coulissantes qui donnaient sur la terrasse, scrutant les arbres d'un air presque accusateur.

Je l'observais, une mèche de sa perruque satinée frôlant son menton, tandis qu'elle posait des questions d'un ton impérieux dans les boutiques du centre commercial City-Center, puis lançait d'une voix forte : « Nous aurions dû aller à New York. » Pendant le déjeuner, je continuais de l'observer, alors qu'elle faisait tourner son vin dans son verre et déposait doucement sa serviette sur ses genoux. Tout cela lui procurait du plaisir et, de mon côté, j'avais du plaisir à la voir ainsi.

« Oh, il n'y a rien à la maison pour le repas de ton père, fit-elle remarquer.

— Kadi a dit qu'elle resterait pour préparer quelque chose.

— Ça se mange, la cuisine de Kadiatou ? maugréa ma mère. Qui accepterait d'avaler des feuilles de manioc ? C'est de la nourriture pour chèvres. *Tufia.* »

Je ris. Avec ma mère, toutes les cuisines africaines, celle des Igbos exceptée, subissaient le même sort. Au retour d'un voyage à Nairobi avec mon père, elle s'était bornée à dire : « Personne n'a donc appris aux Kényans à utiliser des assaisonnements et des épices ? »

Quand enfin nous rentrâmes de nos courses, mon père, affalé sur le canapé, les jambes calées sur un tabouret, regardait le journal télévisé, le volume poussé un peu trop fort.

« Nous t'avons abandonné, dit ma mère. Je me suis inquiétée pour ton repas.

— Avant de s'en aller, Kadiatou m'a servi quelque chose de bon, du riz et une sauce.

— Tu as mangé cette nourriture guinéenne ? »

Mon père sourit d'un air penaud, hésitant à reconnaître qu'il appréciait la cuisine de Kadiatou.

« Le chauffeur peut partir ? demanda ma mère. Nous n'avons plus besoin de lui aujourd'hui ?

— Non. »

Les épaules de ma mère s'affaissèrent, comme si nos courses l'avaient épuisée. Je savais pourtant que cette activité lui redonnait de l'énergie, qu'elle s'animait devant les vitrines. Ce mouvement était un signal à l'attention de mon père, qui se leva d'un bond en disant : « Assieds-toi. Je vais avertir le chauffeur. »

Il sortit et se dirigea vers le SUV noir garé dans l'allée ; mes parents, qui employaient invariablement la même compagnie, exigeaient toujours d'avoir le même chauffeur, Amir, originaire de Jordanie. Mais cette fois, Amir n'étant pas disponible, le chauffeur était un Sud-Asiatique qui, d'après ma mère, était dangereux parce qu'il freinait trop vigoureusement. Une fois revenu, mon père lui demanda : « Vous vous êtes offert un bon repas ?

— Oui. »

Elle lui montra le contenu de nos sacs, comme à son habitude – *regarde celle-ci, celui-là était le dernier en stock, cela faisait des années que je cherchais cette couleur* – tandis qu'il y jetait des coups d'œil indifférents.

« Cette boutique Dior était minuscule. Nous aurions dû aller à New York, dit-elle.

— Londres et Paris t'attendent », la taquina-t-il.

Elle enleva sa perruque et la posa sur une table basse, se calant plus confortablement dans le canapé à côté de mon père. Sans sa perruque, ses tresses plaquées lui étiraient le visage, donnant un aspect bridé à ses yeux très écartés, deux joyaux fendus en amande. J'avais huit ans la première fois que je vis ma mère à travers le regard d'autrui. Nous étions au village pour Noël, notre maison comme toujours prise dans un tourbillon d'activités, un flot de gens allant et venant, l'air enfumé à cause des nombreux feux de bois allumés d'un bout à l'autre du village. Ma mère se trouvait près de la fontaine, non loin de l'entrée à colonnades, entourée par une foule de jeunes enfants, leur tendant à chacun des billets de quelques nairas puis disant brusquement : « Je t'ai déjà donné, va-t'en maintenant ! » J'étais tapie près de la porte et, à côté de moi, des villageois venus manger le riz de Noël étaient assis sur des bancs. Deux femmes, munies de cuillers en plastique, enfournaient du riz wolof dans leur bouche tout en observant ma mère.

« *O dika ife akpulu akpu* », fit remarquer l'une d'elles. Ressembler à une sculpture, à un objet d'art, signifiait qu'on possédait une beauté exceptionnelle, et je m'en étonnai, car jusqu'alors je n'avais jamais considéré ma mère comme une personne à part entière, qui serait autre chose que ma mère. J'éprouvai ensuite un élancement de tristesse comme si, en entendant des inconnues exprimer leur admiration pour elle, une intimité qui n'appartenait qu'à nous deux était perdue à jamais. J'appris plus tard combien il était rare qu'elle soit ainsi admirée, parce qu'elle laissait toujours dans son sillage de l'envie, de l'amertume, voire de la haine.

Le sort lui avait été trop favorable – beauté, richesse, un mari qui l'adorait et qui jamais n'allait voir ailleurs – et elle dominait paisiblement son petit monde comme si elle méritait tout ce qu'elle possédait. Les gens attendaient d'elle de l'humilité, afin de prouver qu'aucune femme n'était digne de mériter tant de choses. Elle était coupable d'être non seulement vaniteuse comme un paon, mais aussi un obstacle inamovible en travers du chemin menant à mon père. On racontait qu'il ne donnait jamais un kobo sans qu'elle l'y autorise au préalable. Parmi tous ses détracteurs, les pires étaient des hommes mécontents dont mon père avait refusé de financer les improbables business plans.

« Veux-tu une tasse de thé ? lui demanda-t-elle.

— Oui. Chia, j'espère que tu en as acheté du déthéiné. »

Je me levai pour aller le préparer. Un autre rituel de l'enfance : mes parents buvant du Lipton après le dîner, leurs deux sachets ratatinés reposant côte à côte dans la soucoupe de ma mère. C'était au cours de ce genre de soirée que mon père parlait de la guerre du Biafra, et tandis que je l'écoutais, il m'évoquait un sorcier béni donnant vie à de la matière vide. Mes frères et moi appelions cette histoire « l'exposé de papa sur la Bank of British West Africa ».

« Après la guerre, je suis reparti de zéro, oui, de zéro, racontait-il. Le gouvernement nigérian m'a volé mes maisons et mes entrepôts à Lagos, à Port Harcourt, à Kaduna. Pendant la guerre, les banques ont confisqué nos comptes professionnels et, une fois le conflit terminé, ces mêmes banques ont refusé de m'accorder des prêts. Chaque Igbo a reçu vingt livres sterling, seulement vingt, en compensation de tout ce qu'il possédait avant la guerre. Tout l'argent que j'avais sur mes comptes personnels, l'argent que j'avais gagné et dont j'avais hérité, tout s'est volatilisé. Mon arrière-grand-père, qui faisait le négoce du piment avec les Portugais, a construit la première propriété moderne de Port Harcourt. Mon grand-père était l'un des plus gros commerçants qui traitaient avec les Britanniques. Il a été le premier Igbo à ouvrir un compte à la Bank of British West Africa. Le premier ! Mon père a travaillé dur, il a fait prospérer ce que mon grand-père lui avait transmis. Et puis, en un clin d'œil, pendant la guerre, tout a disparu ! Le gouvernement a tout volé, tout ! »

Pour accompagner ce dernier mot, ses mains dessinaient une courbe dans le vide. Il ne haussait jamais la voix, son visage conservait son calme coutumier, mais c'était dans cette courbe tracée par ses doigts que j'en comprenais autant sur lui, sa circonspection, sa paranoïa latente. Il avait toujours un petit bagage sous son lit et, dans un coffre-fort dont nous connaissions tous le code, une enveloppe remplie d'espèces auxquelles personne n'avait jamais touché. La guerre s'était achevée avant ma naissance, mais elle laissa à jamais planer au-dessus de lui l'ombre d'un « au cas où », et il n'était jamais complètement détendu, restait toujours discrètement préparé à agir, affirmant que les Igbos étaient susceptibles de subir de nouvelles attaques de masse à tout moment, comme dans les années 1940, 1950 et 1960. Il nous avait poussés tous les trois à faire des études de commerce, alors que je n'avais jamais eu le niveau en cours d'économie. « Mes enfants doivent prendre la relève, disait-il. Quand je mourrai, je veux être sûr que mon entreprise poursuivra son développement. »

Un jour, pour le taquiner, je lui demandai : « Quelle importance, papa, si tu n'es plus là ?

— Nous voulons que ce que nous avons créé continue d'exister longtemps après notre disparition. C'est ainsi que nous aspirons à l'immortalité », répondit-il, et parce qu'il était rare qu'il s'exprime avec tant de solennité au sujet d'un avenir dont il serait absent, ses propos sur l'immortalité me firent monter les larmes aux yeux.

Quand les amis de Darnell parlaient des livres qu'ils avaient lus, je les écoutais – il ne s'agissait jamais de romans, toujours d'ouvrages universitaires avec des titres à rallonge –, puis je les commandais sans en parler à Darnell et j'essayais de les lire, mais on aurait dit des textes sacrés d'une secte fermée au code indéchiffrable. Ceux que j'avais renoncé à terminer finissaient derrière un pouf dans mon bureau, et je m'empressai maintenant d'aller les cacher au sous-sol afin que Darnell ne les voie pas.

« Il arrive à quelle heure ? demanda Kadiatou.

— Il atterrit à BWI à dix-neuf heures. J'irai le chercher. »

Pourvu que vous l'appréciiez, Kadi, pensai-je. Pourvu que vous l'appréciiez. Si elle avait de la sympathie pour lui, ce serait un bon présage. Kadiatou, avec son visage calme et ses yeux pleins de sagesse, son anglais hésitant et sa dignité contagieuse. Parfois, mais c'est rare, on rencontre une personne qui s'incorpore naturellement à sa propre vie comme si les divinités du destin lui avaient réservé cette place depuis longtemps. Il y avait en elle un je-ne-sais-quoi qui m'avait attirée d'emblée, une clarté d'esprit. Au début, elle me tressait les cheveux dans un salon de coiffure de Laurel qui appartenait à l'une de ses parentes, puis ce fut dans mon propre salon, un silence décontracté régnant toujours entre nous. Après chaque séance de tressage, elle rinçait les extensions, puis nettoyait la cuisine et toutes les autres pièces, jusqu'au jour où je lui dis que nous devions nous mettre d'accord sur un salaire et qu'elle devait cesser de me répondre « Donnez-moi ce que vous voulez, mademoiselle Chia, vous m'aidez déjà beaucoup ». L'attention soigneuse et possessive qu'elle consacrait à ma maison me rappelait certaines de mes proches bien intentionnées au Nigeria. Un accroc dans la moustiquaire près de la terrasse, une ampoule à changer au rez-de-chaussée – lorsque je dis que j'appellerais Pedro, Kadiatou lâcha un petit grognement, grimpa sur une échelle et remplaça l'ampoule. « À Conakry, je m'occupe de maison très grande », précisa-t-elle. Quand un artisan venait faire l'entretien du chauffe-eau ou réparer un tuyau, elle restait toujours près de lui, le regardant faire sans un mot. Depuis que Zikora l'avait aidée à trouver un emploi à l'hôtel George Plaza de Washington, elle ne venait plus que lors de ses jours de congé. Elle amenait parfois sa fille, Binta, dont la peau avait la couleur des myrtilles luisantes. Je fus surprise par l'air grave de Binta, dépourvue du culot habituel des adolescentes. Elle paraissait plus mature que les jeunes Américains de son âge. « Dérange pas mademoiselle Chia », lui ordonnait d'abord Kadiatou, la faisant s'asseoir dans le vestibule ou passer l'aspirateur dans l'escalier, et je disais : « Kadi, laissez-la tranquille. » Binta m'interrogeait sur mes voyages, examinait avec déférence ma collection d'objets gravés et de sculptures, tout particulièrement la minuscule poupée noire, en position assise, que j'avais rapportée de Colombie ; sur un marché de Carthagène, une femme noire me l'avait tendrement glissée dans la main quand elle avait appris que j'étais originaire du Nigeria.

« Tantie Chia, moi aussi j'écrirai de la littérature de voyage, me confia Binta avec son accent parfaitement américain, si différent de celui de Kadiatou.

— Il ne faut pas que ta mère t'entende ! Elle veut que tu deviennes infirmière, je crois. »

Et nous explosâmes d'un rire complice.

« Binta dit quoi ? » demanda Kadiatou.

Elle n'était pas loquace, même en peul. Je l'entendais parfois quand elle était au téléphone, tous ses silences et ses murmures, toujours avare de mots. Elle se confiait rarement sur son passé. Je savais qu'elle avait été mariée jeune et que son époux était mort. Je savais que sa grand-mère avait un jour frappé leur vache parce qu'elle ne donnait pas de lait, l'animal étant aussi maigre et sous-alimenté que ses propriétaires.

« Comment elle peut faire, la pauvre vache ? » Ainsi avait-elle conclu cette anecdote, sans rien ajouter. Très souvent, comme s'il s'agissait d'une formule visant à ponctuer son discours, elle faisait remarquer : « Je suis tellement heureuse de venir dans ce pays, comme ça, Binta peut avoir ce pays. »

Un jour, dans la cuisine, je vis que j'avais laissé une large tache de sang sur le tabouret de bar que je venais de quitter ; mes règles abondantes avaient eu raison de mes deux serviettes hygiéniques. Le regard de Kadiatou, qui se tenait tout près, passa rapidement du sang à moi.

« Oh », fis-je, presque honteuse. Ma mère m'avait appris à dissimuler toutes les manifestations extérieures de mon corps féminin, à brûler mes serviettes usagées derrière la maison, le soir, à l'insu de tous, à nettoyer furtivement les taches de sang afin que personne ne les remarque.

« Je nettoie, dit Kadiatou.

— Non, Kadi, je m'en charge. »

Elle s'était déjà emparée du détergent et de l'éponge à récurer rangés dans le placard sous l'évier.

« J'ai des fibromes, dis-je afin de m'excuser, de m'expliquer, voire de m'absoudre.

— Vous avez fibromes ? » répéta-t-elle d'un ton étranglé en me dévisageant fixement ; ses yeux s'assombrirent, mais elle n'ajouta rien et je gardai moi aussi le silence. Peut-être un mal semblable l'empêchait-il d'avoir d'autres enfants, peut-être de grosses tumeurs étaient-elles apparues sur les parois de son utérus, envahissant l'espace sacré où un bébé aurait dû se trouver. J'attendis pour voir si elle m'en dirait davantage, puis, constatant qu'elle restait muette, je résolus de ne plus aborder ce sujet afin de ne pas raviver la souffrance, quelle qu'elle soit, contre laquelle elle se prémunissait.

Quand Kadiatou ouvrit la porte, je remarquai qu'elle s'était poudré le visage. Je trouvai vraiment réconfortant qu'elle ait gardé l'habitude typiquement africaine de « paraître présentable » pour un invité, dans ce cas précis pour Darnell.

« Darnell, voici Kadiatou ; Kadi, voici mon petit ami, Darnell. »

Celui-ci lui jeta à peine un coup d'œil, se contentant de marmonner « Comment ça va ? » avant de se diriger vers un tableau accroché dans le vestibule. Je me demandais parfois s'il avait même conscience que sa grossièreté nonchalante était grossière.

« Bienvenue », dit Kadiatou, l'air serein, dans le dos de Darnell, tandis que celui-ci, bien campé sur ses jambes, contemplait le tableau.

« C'est un Ben Enwonwu, dis-je.

— Je sais. »

Il était de mauvaise humeur, et j'avais déjà l'impression d'avoir commis une faute, ou d'être sur le point d'en commettre une, et cela me semblait inéluctable, comme un poids qui me paralysait.

« Je ne m'imaginais pas que cette résidence était aussi vaste. Ton voisin a une piscine. Comment ça se fait que tu n'en aies pas ? Tu aurais la place, c'est sûr. »

Je laissai échapper un petit son, un demi-rire. Il voulait savoir pourquoi je n'avais pas de piscine, mais aucune réponse ne le satisferait. Tout particulièrement à cet instant, vu sa mine qui se rembrunissait.

« Tu te rappelles la bourse de recherche pour laquelle j'avais fait une demande ?

— La bourse européenne ? En Allemagne ?

— On me l'a refusée.

— Oh non, fis-je, et la déception m'envahit, comme si mon corps avait absorbé la sienne.

— C'était la troisième fois, et pourtant ça ne m'a pas porté chance. Il y a forcément quelqu'un qui me déteste dans le comité de sélection.

— Je suis vraiment navrée, Darnell. »

Quelqu'un le détestait ? Ce raisonnement me paraissait puéril. Mais peut-être avait-il raison, et ce refus était dû à des raisons personnelles. Je voulais l'aider, sans savoir comment. Chaque fois que son humeur s'assombrissait de cette manière, je me montrais maladroite, ne sachant que dire ou que faire, craignant toujours d'aggraver la situation. Je proposai d'aller dîner au restaurant. Il répondit qu'il n'avait pas faim. Pendant qu'il se douchait, je m'assis sur le lit, agitée et indécise, réfléchissant au meilleur moyen de lui remonter le moral. Près de moi, son téléphone vibra et, sur l'écran, je vis s'afficher : *Tu devras faire preuve d'imagination.* Une autre vibration retentit et, malgré mes réticences, je ne pus m'empêcher d'y jeter un coup d'œil : *J'allais t'envoyer une photo, mais il vaut mieux pas.*

Je fixai le message du regard, déroutée, étonnée. Je faillis bondir quand il sortit de la salle de bains, une serviette autour de la taille, et qu'il prit son téléphone. « Autant répondre à des e-mails de boulot pendant que je suis sur le trône », dit-il.

Je ne l'interrogerais pas au sujet des textos. Pas ce jour-là. Mais alors, quand le ferais-je, et que lui demanderais-je ? Je ne savais pas ce qui m'y autorisait, ni même si j'avais le moindre droit sur lui. Il rétorquerait que son téléphone ne me regardait pas, ou que mon attitude était puérile ou mélodramatique, ou bien il formulerait une vague remarque sur la culture populaire ; ou encore il décréterait que mon comportement relevait de la sémiotique de telle ou telle chose. Cette nuit-là, il ne me toucha pas. Il me tourna le dos en annonçant qu'il était fatigué, et je fus incapable de fermer l'œil pendant des heures, en songeant que j'avais sans doute été trop généreuse avec la brume d'oreiller biologique. Le lendemain, il m'annonça qu'il s'en allait parce qu'il avait besoin d'air.

« Qu'est-ce qui ne va pas ? demandai-je.

— Qu'est-ce qui ne va pas ? » répéta-t-il.

Avant qu'il puisse en dire davantage, je repris : « Pardon. Je ne voulais pas manquer de tact. Reste, s'il te plaît. Faisons quelque chose ensemble pour te remonter le moral. »

Il était en train d'appeler un taxi.

« Darnell, s'il te plaît. »

Pourtant, il s'en alla. Un taxi remonta l'allée, s'arrêta devant le garage et Darnell y monta. Tandis que la voiture s'éloignait, je le vis pencher la tête vers son téléphone, comme si j'étais déjà congédiée, oubliée, son esprit à des kilomètres de là.

J'entendis Kadiatou entrer dans la maison avec sa clé et, un instant plus tard, elle s'immobilisa sur le seuil de ma chambre. « Vous mangez pas pendant trois jours, dit-elle.

— J'ai mangé. Je vais bien, Kadi.

— Rien dans le frigo, pas d'assiette dans le lave-vaisselle, rien dans la poubelle de la cuisine.

— J'ai mangé des cacahuètes. »

Elle repartit, puis revint bientôt avec une assiette d'œufs

brouillés accompagnés d'un toast. Les œufs, huileux, seraient trop salés.

« Mademoiselle Chia. Mangez, s'il vous plaît. »

Je souris et, en adressant à Kadi un sourire hypocrite, j'eus l'impression de l'être moi aussi. Je n'avais pas envie de sourire. Darnell ne répondait ni à mes appels ni à mes textos, et je ne savais pas pourquoi.

« Daniel a fait quelque chose ?

— Darnell, pas Daniel. Il est parti sans explication, et il ne m'a pas appelée, pas écrit. »

Elle me dévisageait d'un air indéchiffrable.

« Quelque chose en vous, pas le cœur. L'esprit. L'esprit peut pas se briser même si votre cœur se brise. Votre esprit reste fort.

— Kadi, ce n'est pas grave à ce point ! » répliquai-je d'un ton cassant. Elle formulait des suppositions, insinuait que c'était irrévocable, une possibilité insupportable ; un cœur brisé, même un cœur qui ne l'était pas encore tout à fait, signifiait que la fin approchait.

« Mangez. Ou alors vous voulez du riz ?

— Non, Kadi. Merci. »

Omelogor m'envoya un texto pour savoir si j'avais des nouvelles de Darnell. *Non*, répondis-je. *Rappelle-le*, conseilla-t-elle. *Appelle-le vingt fois de suite. Il te doit une réponse, c'est la moindre des choses*. Elle semblait irritée, et je sentais que c'était autant contre moi que contre Darnell. Elle croyait que tout le monde naissait fort et intrépide, comme elle, et même s'il n'en était rien, elle s'imaginait que les autres pouvaient aisément le devenir. Elle se trompait lourdement. Je n'appelai pas Darnell vingt fois de suite, par crainte de l'agacer. Il finit par me téléphoner une semaine plus tard et ne s'expliqua jamais sur son départ si brusque. Il reviendrait me voir dans le Maryland, si ça m'allait. « D'accord », acquiesçai-je.

Je repensais souvent aux paroles de Kadiatou : *L'esprit peut pas se briser même si votre cœur se brise.* Elles m'avaient agacée, mais cette réaction était peut-être due au refus instinctif d'une vérité indésirable. Kadiatou me réconfortait, et sans doute m'avertissait-elle. Ne laissez pas cet homme détruire votre esprit même s'il vous brise le cœur. Votre cœur peut se briser tandis que votre esprit reste entier. Mais qu'en est-il, lorsqu'un esprit se brise ?

Il va envoyer des gens pour me tuer ! Il va envoyer des gens pour me tuer !

Un jour, des années plus tard, alors que Kadiatou logeait chez moi avec Binta afin d'éviter la foule alarmante des journalistes qui la traquaient, j'entrai sans frapper dans la chambre d'amis pour l'encourager à manger quelque chose, et je la trouvai se roulant par terre d'un côté à l'autre. Non, en réalité, elle ne se roulait pas. Elle se punissait. Par des mouvements saccadés, brutaux, indifférents à ce que son corps pouvait subir.

« Ils me traitent de prostituée ! De prostituée. Mon père au paradis les entend. Ils me traitent de prostituée ! »

Elle me parut essentiellement africaine, ainsi allongée sur le sol, comme si elle lançait des reproches à ses ancêtres tout en les suppliant, les appelant au secours, leur demandant comment ils avaient pu laisser une chose pareille lui arriver. Elle gémissait, des sons primitifs, gutturaux et interminables, en proie à une douleur si grande que la supporter en silence serait revenu à la déshonorer. Je m'accroupis à côté d'elle, pour la toucher sans essayer de la maîtriser, pour lui dire qu'elle n'était pas seule, et je ne cessai de me demander : Ont-ils brisé son esprit ?

Je rentrais toujours au Nigeria pour Noël, mais cette fois je dis à Omelogor que je n'étais pas certaine de venir, car j'espérais que Darnell me proposerait : « Passons les fêtes ensemble. » Je m'attendais à ce qu'Omelogor réagisse avec force, en me recommandant par exemple de ne pas laisser Darnell contrôler ma vie, le genre de remarque que je n'avais pas envie d'entendre. Elle se contenta cependant de répondre : « J'avais l'intention de nous prendre des billets VIP pour le concert Heineken à Lagos avant notre départ pour le village. Je les achèterai quand même, au cas où Darnell oublierait de t'inviter à rester. »

Darnell ne me proposa pas de passer Noël avec lui. Il voulut savoir quand je serais de retour du Nigeria, alors que je n'étais même pas encore partie. Si seulement il savait que je voulais passer Noël où lui le voulait. J'aurais aimé qu'il manifeste l'envie de découvrir le Nigeria, qu'il me dise qu'il tenait à voir mon pays, et j'aurais ainsi pu lui suggérer de nous rendre visite. Sa solide carapace s'assouplirait s'il rencontrait mes parents et s'apercevait que ceux-ci ne se résumaient pas à une « valeur nette ». Mais j'hésitais à simplement l'inviter ; je craignais qu'il ne décline avec une remarque cinglante.

Omelogor était aux États-Unis pour assister à une conférence, et mon estomac se contractait sans répit à l'idée qu'elle allait rencontrer Darnell. J'avais peur de ce qu'elle découvrirait. Mieux valait dîner à la maison, allumer des bougies, servir du vin, et nous passerions une agréable soirée ensemble, Omelogor, Darnell et moi. J'inviterais peut-être aussi Zikora, afin de neutraliser les forces en présence. Et j'aurais pu convier LaShawn afin d'équilibrer un peu la situation, mais elle était en voyage en Italie, et du reste il était absurde de se tracasser autant pour un simple dîner. Zikora et Omelogor feraient parfaitement l'affaire, ma meilleure amie et ma cousine préférée, même si un brouillard flottait toujours entre elles et que l'air n'était jamais entièrement limpide. Mais ce n'était pas de l'aversion. Elles ne se comprenaient tout simplement pas car elles étaient trop différentes, et parce que j'étais le ciment qui les unissait, la raison même pour laquelle elles se connaissaient, je me sentais responsable.

« Omelogor est tyrannique », m'avait un jour confié Zikora, et j'avais répondu : « Non, pas du tout ; elle est juste passionnée, parfois un peu trop. » Je comprenais cependant le point de vue de Zikora. Omelogor, qui voyait si clairement les autres, était aveugle quand il s'agissait d'elle-même – de ses certitudes susceptibles d'intimider, de ses paroles corrosives même si elle n'avait l'intention de blesser personne. Peut-être exhibait-elle aussi sa brillante intelligence avec un peu trop d'aisance. Face à Omelogor, les gens réagissaient parfois comme si sa magnificence n'était pas un fait objectif, mais un complot destiné à leur attribuer de force un statut inférieur. Zikora détestait avoir tort, mais surtout quand Omelogor était présente. Avec Omelogor, Zikora ne parlait que de ses victoires, jamais de ses vulnérabilités. À l'époque où elle préparait son admission en faculté de droit, comme je m'inquiétais parce qu'elle avait cessé de répondre à mes appels, j'allai cogner à la porte de son appartement. Elle m'ouvrit, les yeux vitreux, ses tresses emmêlées, vêtue d'un tee-shirt sale et informe. Elle ne s'était pas douchée depuis des jours. Elle sourit et se mit à me parler d'architecture brutaliste, ou d'un sujet semblable. J'étais trop stupéfaite pour l'écouter vraiment. Je trouvai un flacon de pilules rosâtres acheté en ligne, dont l'étiquette annonçait « Étudiez toute la nuit » dans une police type graffiti fantaisiste. Deux autres flacons contenaient des pilules blanches.

« Zikora ! Qu'est-ce que tu as pris ? »

Elle continuait de parler et, pendant un instant, j'eus peur qu'elle ne m'ait même pas reconnue. Puis elle me dit : « Chia, je n'ai pas dormi depuis dimanche. Quel jour on est ?

— Mercredi. »

Je téléphonai à un ami de ma famille, le docteur Maduka, qui était chirurgien dans le Connecticut. « Elle tient des propos cohérents ? me demanda-t-il.

— Oui, je crois, mais ce qu'elle raconte n'a rien à voir avec ce qu'elle est censée étudier. »

Je devais lui faire boire de l'eau en quantité, fermer les volets, lui retirer ses livres et l'obliger à s'allonger, conseilla-t-il. Zikora accepta de s'étendre, seulement cinq minutes, tout en parlant sans relâche – « C'est le béton brut qui domine, et on dessine des motifs avec des coffrages en bois », répéta-t-elle à quelques reprises, tant et si bien que ces mots s'insinuèrent dans mes oreilles et par la suite, pendant des années, le terme « coffrage » m'évoqua cette folle soirée.

Même couchée, elle était parcourue de spasmes et de frissons, incapable de tenir en place, alors je remplis un bol d'eau et de glaçons et le lui versai sur la tête. « Chia ! » hurla-t-elle. Ce cri me parut cependant moins robotique, et elle accepta la serviette que je lui tendais pour s'essuyer. Avant de s'assoupir enfin, elle marmonna : « Chia, il faut que je sois prise à Georgetown Law. »

Je restai jusqu'à ce que son état se stabilise, puis j'emportai les pilules, hésitant toutefois à les jeter, comme s'il me fallait conserver une preuve de l'étrangeté de cet incident. Les flacons restèrent au fond de mon tiroir pendant des années. « N'en parle pas à Omelogor », se contenta de me dire Zikora, et il n'en fut plus jamais question. N'en parle pas à Omelogor. Peut-être parce qu'elle savait qu'Omelogor aurait aisément intégré Georgetown Law sans jamais envisager d'avaler des stimulants.

Le dîner se déroulait bien. Deux bougies allumées. Des verres de vin rouge. Kadiatou servit les plats livrés par un traiteur de Washington dans d'élégants sachets en aluminium, du poulet et des asperges qu'il avait suffi de faire réchauffer au four. Tout se déroulait bien, oui, mais Omelogor se répandait en louanges excessives à mon égard, et je me rappelai un roman portant sur une jeune Indienne au physique ingrat et à la maigre dot, dont la famille désespérée récitait les vertus à de potentiels prétendants tandis que l'intéressée se tenait dans un coin de la pièce, la tête baissée.

« Nos parents parlent sans arrêt du courage de Chia, qui a décidé de suivre sa propre voie », déclara Omelogor, ce qui était un mensonge. Elle n'en proférait que si elle estimait avoir des raisons valables de le faire. Pourquoi mentait-elle ce soir-là ? Les yeux plissés, Zikora lui lançait des regards qui semblaient dire : « Qu'est-ce qu'elle manigance ? » Darnell ouvrit une deuxième bouteille de vin en faisant observer qu'il était très bon. Zikora et Darnell plaisantaient à propos de musique, sur un sujet qui m'échappait, mais ils riaient, et j'adorais voir Darnell rire ainsi. Omelogor l'interrogea sur son travail, et il fut surpris d'apprendre qu'elle s'y connaissait en art afro-américain.

« Dès que j'ai eu les moyens d'acheter un billet d'avion pour les États-Unis, j'ai voulu aller au MoMA juste pour voir les tableaux de Jacob Lawrence », expliqua-t-elle, ce qui, manifestement, plut à Darnell.

Kadiatou entra pour débarrasser. « Kadi, votre fonio est bien meilleur que ces plats, ça va sans dire, la complimenta Zikora.

— Je mange pas cette sorte nourriture. Pas de goût », répondit Kadiatou avec son sourire serein.

Une fois qu'elle eut quitté la pièce, Darnell me demanda : « Donc, quand tu t'absentes, elle reste ici, dans la maison ?

— Elle va et vient. Elle s'occupe de tout, elle est tellement formidable, loyale et digne de confiance.

— C'est parce qu'elle est musulmane, dit Omelogor.

— Quoi ? » Darnell la dévisageait.

« Elle est digne de confiance parce qu'elle est musulmane. Comme mon gardien musulman à Abuja. Je lui fais entièrement confiance.

— Elle est digne de confiance parce qu'elle est musulmane ? répéta Darnell, lentement, comme pour souligner son incrédulité.

— Partout en Afrique, dans la vie de tous les jours, il y a des chances pour qu'un croyant musulman soit plus honnête qu'un chrétien pratiquant. Demande donc à n'importe quel employeur nigérian s'il préférerait confier son argent à son boy chrétien plutôt qu'à son gardien musulman. »

J'étais extrêmement embarrassée. Cette conversation aurait été normale lors d'un dîner à Lagos ou à Abuja, où tous les convives se seraient exprimés comme Omelogor, chacun renchérissant sur les réflexions effrontées et baroques des autres. En revanche, dans ce pays-ci, ses propos abîmaient l'atmosphère. Omelogor ne savait pas endosser un moi différent selon les circonstances, contrairement à moi. Au Nigeria, je haussais la voix, tandis qu'ici je ravalais plus souvent mes mots. Je craignais de regarder Darnell.

« Mais alors, c'est juste une affaire de stéréotypes religieux, hein ? fit-il.

— Les stéréotypes sont une exagération de la réalité, déclara Omelogor en insistant sur ce dernier mot, et elle prit la bouteille pour remplir le verre de Darnell.

— Je vois.

— Les musulmans sont dignes de confiance jusqu'au jour où ils provoquent une émeute et vous assassinent à cause d'un dessin humoristique publié au Danemark », fit observer Zikora.

Mon Dieu, Zikora s'y mettait à son tour. Elle était suffisamment américanisée pour savoir qu'il ne fallait pas parler ainsi, mais elle réagissait aux propos d'Omelogor ; cette animosité qui, encore une fois, se manifestait entre elles.

Omelogor me regarda, les yeux obscurcis, et je compris que la mention des émeutes et des assassinats lui avait rappelé notre oncle Hezekiah. J'espérais qu'elle ne le mentionnerait pas, j'espérais qu'elle laisserait passer cette ombre. Alors, comme si elle avait lu dans mes pensées, son visage s'éclaira et elle lâcha un rire bref pour faire oublier le ton caustique de Zikora.

« Il est possible de s'en protéger. Mon amie Ejiro donne à son gardien une prime mensuelle qu'elle appelle une indemnité d'information, pour qu'il l'avertisse chaque fois que des musulmans préparent une émeute !

— Toutes ces histoires de domestiques, dit Darnell.

— On n'a pas une vie facile », répliqua Omelegor, et j'aurais préféré qu'elle s'abstienne de plaisanter sur ce genre de sujet, car il était impossible de savoir ce qui pouvait offenser Darnell.

« C'est quoi déjà votre lien de parenté, à Chia et toi ? demanda-t-il. Parce que les ancêtres de Chia ont probablement vendu les miens, tu vois ? Toutes ces vieilles fortunes igbos remontent à des siècles. Sur cette côte d'Afrique de l'Ouest, ils s'en sont mis plein les poches, et pas seulement grâce au commerce des fruits du palmier. »

Il y eut un silence. La blague que Darnell aimait lancer quand il était ivre semblait déplacée dans ce cadre, autour de ma table de salle à manger où fondaient deux bougies.

« C'est tellement paresseux, comme remarque, dit Omelogor d'une voix si glaciale que j'eus du mal à croire qu'elle riait encore un instant plus tôt.

— Paresseux, pourquoi ? » Darnell, qui affichait d'ordinaire un calme nonchalant, s'était raidi, peu habitué à s'attirer des reproches. « Tu vas prétendre que personne ne peut rejeter la responsabilité sur les Africains puisque les Romains pratiquaient l'esclavage et d'autres conneries de ce genre, c'est ça ? »

Omelogor le regardait avec sa franchise coutumière, la tête penchée sur le côté.

« C'est paresseux parce que ce sont des absurdités simplistes.

— L'esclavage existe depuis la nuit des temps », dis-je, et je me sentis immédiatement idiote. J'ignorais pourquoi j'avais ouvert la bouche. Je voulais seulement les ramener à des eaux plus calmes.

Omelogor me jeta un coup d'œil impatient, puis reprit sans hâte : « Si l'un de tes ancêtres avait été esclave dans l'Igboland il y a un siècle, personne n'en saurait rien aujourd'hui. Il aurait été assimilé à la famille de ceux qui l'avaient réduit en esclavage.

— Bon Dieu. On hiérarchise les systèmes esclavagistes, maintenant ?

— Il y a évidemment une hiérarchie : l'un des systèmes

était beaucoup plus barbare que l'autre. C'est un fait. Les marchands d'esclaves igbos n'auraient jamais pu imaginer l'ampleur de la traite transatlantique, parce qu'elle n'avait rien à voir avec l'esclavage tel qu'ils le connaissaient. Les Européens et les Américains ont industrialisé l'esclavage. Ils ont transformé des personnes en choses, comme des bouts de bois. Un bout de bois ne pourra jamais faire partie de ta famille. Un bout de bois ne pourra jamais être humain. Dans l'Igboland, un esclave était encore un être humain.

— À quelle page trouve-t-on ce passage dans l'abrégé d'apologie de l'esclavage ? demanda Darnell, reculant sa chaise sans pourtant se lever.

— Tu veux savoir pour quelle autre raison c'est paresseux ? poursuivit Omelogor. Parce que tu oublies que les Africains étaient aussi des victimes. Tu crois que les gens vendus comme esclaves ne manquaient à personne ? Que personne ne les pleurait ? Tu crois que personne ne les aimait ? Mon grand-père a failli être vendu quand il était enfant. Dans l'Igboland, c'étaient des hommes de l'ethnie des Aros qui enlevaient les gens pour les réduire en esclavage. Ils terrifiaient tout le monde. Ils ont surgi dans la ferme de mon arrière-grand-père et kidnappé mon grand-père et son frère, au beau milieu de la récolte des taros. Mon grand-père avait une vilaine plaie à la jambe et, après une journée de marche, ils l'ont relâché en disant que personne ne voudrait l'acheter à cause de sa blessure. Il a refusé de laisser son frère, mais ils l'ont violemment battu. Son frère a été vendu. Mon grand-père est rentré chez lui depuis la côte, un garçon sauvé par sa blessure mais qui avait perdu son frère. Il l'a pleuré jusqu'à la fin de ses jours. Il a donné le nom de ce frère perdu à son fils aîné. Il n'a plus jamais mangé de taros, et c'est pour ça que la soupe d'*onugbu* de ma mère est différente, elle n'y met pas de taros. Il était déjà très âgé quand ma mère est née, mais elle dit que même alors il parlait constamment de son frère perdu. »

Nous restâmes tous silencieux, comme abasourdis, même Omelogor. J'étais au bord des larmes. J'avais oublié l'histoire de son grand-père maternel. Tantie Chinwe l'avait racontée lors d'un réveillon de Noël. Tout le monde s'était réuni chez nous avant la messe de minuit et, pendant que tantie Chinwe parlait, ma mère avait remué sur son siège et soupiré pour bien montrer que ce récit du temps de l'esclavage lui déplaisait.

« Écoute, tout ce que je veux dire, c'est que les Africains ont vraiment du mal à reconnaître leur responsabilité, certains Africains, finit par reprendre Darnell.

— Et moi, tout ce que je veux dire, c'est qu'il ne faut pas oublier qu'il s'agit d'une souffrance partagée, déclara Omelogor.

— J'espère que le cours est terminé, maintenant, ajouta Zikora.

— D'ailleurs, je trouve que la tribu noire américaine est le groupe ethnique le plus remarquable au monde, dit Omelogor. Voyez un peu : ces gens ont été brutalement dépossédés de tant de choses, mais leur culture domine le monde. » Ma cousine un peu folle, qui ne savait tout simplement pas quand il fallait s'arrêter. J'aurais au moins aimé qu'elle emploie le terme « afro-américain » afin de ne pas aller à contre-courant ; d'ailleurs, pourquoi disait-elle « ces gens » de cette manière, comme si elle excluait Darnell, assis en face d'elle ? Celui-ci la scrutait, ne sachant que penser de ces affirmations ; le voir ainsi, aussi ouvertement incertain, était nouveau pour moi.

« Et si on jouait aux cartes ? proposai-je.

— Volontiers. On apprendra peut-être à reconnaître nos responsabilités avec une partie de Uno », dit Omelogor avant de rire, et l'expression de Darnell se détendit en un faible sourire, presque réticent.

« Avec lui, tu caches ta vraie valeur, me dit plus tard Omelogor.

— Je suis heureuse.

— Chia, c'est presque de l'idolâtrie.

— Quoi donc ?

— Ton amour pour lui.

— De l'idolâtrie ? Parle comme les gens normaux, s'il te plaît.

— Tu te souviens de ton petit amoureux métis à l'école primaire ? Eric ?

— Oui, et alors ?

— Tu te souviens de la fois où les lacets de tes baskets se sont défaits pendant les compétitions interclasses ? Tu étais sur le point de les refaire et il t'a dit "Non, attends", avant de se pencher pour les nouer lui-même.

— Tu n'étais même pas là. C'est moi qui t'ai raconté cette histoire.

— C'est ce que tu mérites, Chia, de l'adoration.

— C'est différent cette fois, mais je suis heureuse.

— Ne va pas te mettre en tête que cette fois, ça y est. Cette personne n'est pas l'homme de ta vie.

— Qui a dit qu'il pourrait l'être ?

— À part Nnamdi, bien sûr », ajouta Omelogor avec douceur ; elle savait à quel point ce sujet était encore délicat, tant d'années après. Nnamdi, mort dans un accident de voiture alors que j'avais dix-sept ans. Nnamdi qui, les matins où l'harmattan soufflait en rafales, posait sur mes épaules son pull rouge et noir pendant l'assemblée du matin au lycée. Nnamdi, l'humidité délicieuse et tremblante du premier baiser de ma vie, tous deux debout, plaqués l'un contre l'autre sous l'avant-toit de notre cuisine. Nnamdi. Serions-nous encore ensemble ? La vie nous aurait-elle séparés ? À dix-sept ans, j'avais tant de certitudes. J'avais choisi les prénoms de nos deux enfants – Richard et Daphne –, c'était avant que je devienne suffisamment avertie pour désapprouver les prénoms anglais. *Je t'aimerai pour l'éternité*, avais-je écrit sur sa dernière carte d'anniversaire, quelques semaines seulement avant sa mort. Il était l'homme de ma vie, si tant est qu'il y en ait un.

Darnell ne s'attendait pas à décrocher l'autre bourse de recherche, qui permettait à des universitaires américains de passer une année à Paris. La bourse allemande était plus facile à obtenir et, comme elle lui avait été refusée, il était certain que celle de Paris ne lui serait pas accordée. Raison pour laquelle, un matin d'automne frais et vivifiant, après avoir jeté un coup d'œil à son téléphone, il se redressa d'un bond, leva le poing en l'air et me prit dans ses bras. Pour une fois, j'eus un aperçu de lui dénué de son venin habituel, la garde baissée, son visage si beau ainsi délivré.

« Tu devrais venir, Chia, dit-il d'un ton décontracté. J'aurai droit à un appartement. Certainement pas aussi bien que ce à quoi tu es habituée, mais espérons que tu t'y feras. »

Il me demandait de vivre avec lui. En trois ans, il n'avait jamais parlé de vie commune. Une fois, après avoir passé la nuit chez lui, j'avais laissé mon pull posé sur son canapé ; le lendemain, je l'avais trouvé plié sur la table. « Tu as oublié ça. » J'avais aussitôt rangé le pull dans mon sac. J'avais compris ce qu'il voulait insinuer, que je ne pouvais prétendre à rien. Mais maintenant qu'il me proposait de l'accompagner à Paris, je m'empressai d'acheter un billet d'avion. Je me sentais en apesanteur, l'espoir montait en moi. À Paris, j'arrondirais enfin ses angles. Je l'entraînerais vers la lumière. Je le guérirais de ses insomnies et lui prouverais avec douceur que nous pouvions avoir besoin l'un de l'autre sans que chacun doive se perdre soi-même. Mes illusions étaient alors si rayonnantes. À l'aéroport Charles-de-Gaulle, le jeune homme noir qui tamponna mon passeport me dit en anglais : « Vos yeux, très beaux. » Puis il étira ses propres yeux avec ses doigts, à l'oblique, pour me faire comprendre qu'il voulait parler de la forme en amande des miens.

« Merci ! » répondis-je, ravie et surprise par cet homme assis dans sa cabine de verre à tamponner des passeports, le pétillement malicieux de son regard, sa peau couleur cannelle. Son compliment était forcément de bon augure pour ma nouvelle vie parisienne avec Darnell : une vie satinée, palpitante, exempte de silences.

« C'était vulgaire, dit Darnell tandis que nous quittions la douane.

— Vulgaire ? répétai-je. Comment ça ?

— Tu n'as pas été très subtile avec lui.

— La dernière chose à laquelle je m'attendais, c'était un compliment, vu ma tête mal réveillée. J'ai juste été agréablement surprise parce que je ne me sens pas belle du tout. Je ne me sens pas belle la plupart du temps.

— Toujours intéressant d'entendre une belle femme se plaindre de ne pas se sentir belle.

— Darnell, j'essaie simplement d'expliquer ce qui s'est passé.

— Ça ne rend pas la chose moins vulgaire. »

Sans bien comprendre ce qu'il voulait dire, j'acquiesçai, avec l'impression d'avoir été réprimandée. La jalousie de Darnell m'aurait enchantée, mais ce n'était pas de la jalousie, parce qu'il savait qu'il était le seul homme qui comptait à mes yeux. Il contrôlait, rationnait ce à quoi j'avais droit. Il réduisait à néant mes plus petits plaisirs, et je l'aidais à les anéantir, sombrant de mon plein gré dans les anfractuosités mesquines de sa volonté. À présent, avec le recul, je perçois si distinctement ma faiblesse, la malléabilité et la docilité dont je faisais preuve sans rien recevoir en retour ; le discernement que l'on acquiert après coup est déconcertant. Si seulement nous avions conscience de nos échecs à l'instant même où nous échouons.

Darnell adorait Paris à cause de James Baldwin ; il n'aurait surtout pas fallu qu'il l'adore pour une raison conformiste. Il suffisait qu'une chose soit obscure pour qu'elle ait de la valeur à ses yeux ; Darnell était un homme du peuple qui détestait ce que le peuple aimait. C'est à Paris que nous nous séparâmes. Nous nous séparâmes parce que j'avais commandé un mimosa à Paris. S'il existait une bande-son de notre rupture, ce serait la voix de Mamadou, son ami sénégalais, disant : « Le cœur de Voltaire est conservé à la Bibliothèque nationale. »

Hélène, l'amie de Mamadou, nous invita à prendre un verre parce qu'elle souhaitait rencontrer Darnell. Ce dernier m'apprit qu'elle était « une reine de la culture parisienne », qu'elle préparait une exposition consacrée à des artistes américains et souhaitait probablement lui proposer un « job temporaire ».

« D'après Mamadou, sa famille est pleine aux as », dit Darnell d'un ton désapprobateur et admiratif à la fois ;

il avait passé un temps fou à choisir sa tenue et changé deux fois de chemise. Nous nous retrouvâmes dans le bar chic d'un hôtel et le serveur s'approcha, son carnet à la main. Mamadou commanda quelque chose dans un français rapide. Hélène demanda un Perrier. Darnell, un verre de vin rouge. J'en buvais d'habitude, comme Darnell, à cause de Darnell. Mais je fus soudain prise d'une envie irrésistible. « Puis-je avoir un mimosa, s'il vous plaît ? dis-je, la seule à m'exprimer en anglais.

— Un mimosa ? répéta le serveur, perplexe. Qu'est-ce que c'est, un mimosa ?

— Ne l'écoutez surtout pas », répondit Darnell dans son français américanisé, que je n'aurais pas compris aussi aisément s'il avait moins laissé à désirer. « Un mimosa est une boisson vulgaire. Elle prendra la même chose que moi.

— Ah, fit le garçon avec l'air de quelqu'un qui n'a pas vraiment saisi la blague.

— D'accord, oui, acquiesçai-je. Je prendrai un verre du même bordeaux, merci. »

L'ambiance s'alourdit légèrement. Il émanait de Darnell une froideur fatale qui me déstabilisa. J'avais commis une erreur, mais j'ignorais laquelle. Mamadou disait : « Le cœur de Voltaire est conservé à la Bibliothèque nationale.

— Son vrai cœur ? demandai-je.

— Oui, son vrai cœur. Il est noir et ratatiné. Les Français le lui ont enlevé en hommage à sa grandeur et l'ont mis dans une bibliothèque. Si nous autres, Africains, faisions une chose pareille, on qualifierait ça de pratique vaudoue primitive. »

Darnell s'esclaffa, le corps maintenant penché vers les autres, à l'écart du mien.

« Je ne savais pas que Voltaire avait si peu de cœur »,

dis-je, cherchant à tout prix à être amusante, à réparer un tort inconnu.

Mamadou et Hélène rirent. Darnell resta impassible.

« Chia, ton visage a une incroyable symétrie, il est si beau, me dit gentiment Hélène.

— Merci.

— Il y a un flux constant, dont les tenants et les aboutissants sont significatifs sur le plan formel, mais c'est dans le mouvement incessant que réside la beauté. La réussite esthétique se produit quand on sort du moule, quand on est original, un peu en décalage », déclara Darnell en prenant les photos apportées par Hélène, comme s'il parlait des installations artistiques qui y figuraient. La première fois que j'avais examiné ces clichés et vu des lames de métal suspendues à des cordes usées, j'avais trouvé l'ensemble froid et hideux.

« Je suis d'accord, c'est superbe », acquiesçai-je, et Hélène me décocha un coup d'œil plein de pitié, mais sans mépris, comme si elle savait reconnaître les femmes dans mon genre. Pendant tout le reste de la soirée, Darnell discuta avec décontraction sans plus me regarder et flirta à quelques reprises avec Hélène. Je sirotai mon vin, le ventre complètement noué. Des flots de mots se déversaient de la bouche de Darnell – à propos du cosmopolitisme dans la peinture afro-américaine, de la théorie archivistique des modernismes afro-américains, de la plasticité afro-américaine et ainsi de suite. Je gardai le silence. Je ne savais pas quoi dire, craignant que la moindre parole de ma part ne fasse qu'aggraver la faute dévastatrice, quelle qu'elle soit, que j'avais commise. J'étais blessée que Darnell ne me jette pas un seul coup d'œil. J'aurais tout aussi bien pu être une sculpture, une statue de sel, un souffle vide.

De retour dans son appartement, à la manière d'un directeur d'école qui retarde un châtiment, il attendit que nous ayons pris notre douche chacun notre tour pour me dire : « Tu as commandé un mimosa au Montalembert ? Comme si tu étais dans ton restau de brunch préféré à Washington ? Sérieux ?

— Quel mal y a-t-il à ça ?

— C'est le stéréotype même du beauf américain à l'étranger. À croire que tu n'as pas voyagé dans le monde entier. »

Son huile à barbe luisait. Quand il avait commencé à se laisser pousser la barbe, des rougeurs qui me démangeaient étaient apparues sur mes joues. Je lui avais dit que j'étais allergique à son huile. « C'est sûrement tes hormones », avait-il répondu. Il n'avait pas changé de marque d'huile et, chaque fois que nous avions fini de faire l'amour, il me regardait me lever pour aller me laver le visage. Je détestais cette huile à barbe. Elle sentait le moisi. Mes doigts tremblaient. Une chose longtemps enfouie en moi venait de surgir, munie de griffes.

« Tu es fâché parce que j'ai commandé un mimosa ? Je ne comprends pas.

— Ce n'est pas parce que je te fais une remarque que je suis fâché.

— J'aime le mimosa. Je n'ai pas à jouer un rôle en adéquation avec l'image que tu as de Paris simplement parce que tu cherches à impressionner une Française.

— Je vois, tu me fais le coup condescendant du mépris de classe.

— Comment ça ? » Pendant un instant, je me demandai si j'avais tort, sans savoir en quoi, au juste. Il me faisait douter de mon droit à être en colère. « Comment ça ? » répétai-je.

Il tourna les talons et j'entendis le cliquetis de la porte de la chambre. Il l'avait fermée à clé pour me tenir à l'écart, pour repousser cette personne qui s'était rendue sinistrement coupable d'un crime en commandant un mimosa à Paris. Je passai la nuit sur le canapé au fin matelas et me réveillai tôt, dans une pièce baignée de lumière froide. Tandis qu'il préparait du café en silence, je réservai un billet d'avion pour Washington.

J'envoyai un message à Omelogor pour l'informer que je quittais Paris le jour même et que tout était terminé. *Je t'aime*, répondit-elle. *Appelle-moi du taxi.*

C'était fait. L'annoncer à Omelogor rendit la chose réelle et, dans ma tête, j'entendis le sortilège se rompre. J'avais tenu si longtemps et maintenant, alors que je lâchais prise, j'étais surprise de la rapidité avec laquelle un mystère peut tomber en poussière. Il n'y avait en moi aucune volonté vacillante, aucune peur. Nous sommes amoureux, et puis nous ne le sommes plus. Où l'amour s'en va-t-il quand nous cessons d'aimer ?

TROIS

En janvier, alors que le monde entier était au courant du virus apparu en Chine mais que l'idée d'un confinement était encore inimaginable, tantie Jane se présenta chez nous, au village, et demanda à me voir. La sœur de ma mère et son ombre survoltée, qui se mêlait toujours des affaires des autres. Je préparais ma valise en prévision de mon retour aux États-Unis. J'étais ballonnée car j'avais mangé trop de *chin chin*. Je n'avais pas envie de voir tantie Jane, parce que je savais déjà de quoi elle voudrait parler, mais je n'avais jamais appris à désobéir aux proches plus âgés que moi.

« Chia, il ne te reste plus beaucoup de temps ! s'exclama-t-elle dès que j'entrai dans le salon. Tu n'as plus d'autre choix qu'une FIV, maintenant. Je connais une femme de quarante-cinq ans qui vient d'avoir des jumeaux. Mais tu dois te dépêcher si tu veux utiliser tes propres ovocytes. Arrête de courir le monde et trouve-toi un homme avec qui faire une FIV. Sinon, tu n'as qu'à prendre un donneur de sperme. Avec tous ces voyages, un jour tu seras fatiguée et, sans enfant, tu auras l'impression que ta vie est vide et insignifiante. »

Ces paroles auraient pu sembler cruelles, ce qu'elles

n'étaient pas ; tantie Jane possédait simplement le franc-parler bienveillant caractéristique des Nigérians. J'avais quarante-quatre ans, je n'étais pas mariée et je n'avais pas d'enfants, une calamité d'autant plus déconcertante que je ne manquais pas de prétendants.

« Ce n'est donc plus la peine d'avoir un époux, tantie ? Tu aurais dû me le dire il y a dix ans », répondis-je en riant.

J'avais environ vingt-cinq ans quand ma mère et mes tantes, maternelles comme paternelles, entreprirent de me faire part de leurs stipulations fermes et précises, souvent réitérées : il fallait qu'il soit catholique et igbo, qu'il ait un diplôme universitaire et qu'il puisse « m'entretenir ». Elles prononçaient toujours ce dernier mot en anglais. Entretenir, un verbe si étrange, comme si j'étais une machine nécessitant de fréquents graissages. Lorsque j'eus une trentaine d'années, ces conditions se firent peu à peu moins restrictives, maintenant que je m'étais enracinée aux États-Unis. Un chrétien ferait l'affaire, peu importait sa confession ; un Nigérian, peu importait son ethnie ; ou encore un Africain ; ou au moins un homme noir ; ou bien un homme, tout simplement. À présent, alors que j'allais bientôt avoir quarante-cinq ans et que mes ovocytes étaient lancés dans une course impitoyable vers l'inutilité, la question du mariage était devenue secondaire. Il fallait que j'aie un enfant, quel que soit le moyen employé. Le jour de Noël, en contemplant la crèche installée pour les petits du village, ma mère avait déclaré : « Un enfant est plus important que le mariage. »

Les principes moraux, si fugaces, ne cessent de fluctuer, de s'amenuiser et de changer au gré des circonstances. Imaginez un peu, si j'avais décidé d'avoir un enfant dix ans plus tôt sans être mariée. Imaginez la réaction horrifiée, explosive, de ma mère.

« Tantie, je continue de prier pour trouver un mari », dis-je.

Tantie Jane, l'air sceptique, me jaugea afin de deviner ce qui posait problème, exactement. Je voulais vraiment un époux et un enfant, mais pas à n'importe quel prix. Je n'avais pas envie d'être célibataire, mais le célibat n'était pas intolérable. La perspective d'un mariage qui ne serait pas l'union de deux âmes, d'un bébé qui ne serait pas né d'un profond amour, serait bien pire. Même mes amies me comprenaient à peine. Elles croyaient que toutes mes belles paroles sur mon désir d'amour véritable étaient de l'affectation, un tour de passe-passe pour me défendre, car comment aurais-je pu justifier autrement le fait que je n'avais pas su trouver un mari ? Qui vivait ainsi, dans un conte de fées ? Une ancienne camarade de lycée écrivit sur le groupe WhatsApp de notre classe : *Qui aurait cru que Chia, la fille d'un homme riche, et une telle beauté, serait encore célibataire, alors que certaines d'entre nous ont déjà des enfants qui terminent le lycée ?* Je consultai les messages du groupe sans signaler ma présence et tentai de me souvenir de celle qui avait publié cette remarque, mais sa photo de profil ne me disait rien. Il était plus facile de prétendre que le célibat m'accablait, ainsi qu'on l'attendait de moi. Les autres avaient du mal à croire qu'on puisse nourrir des aspirations inhabituelles. J'avais toujours recours à ce que disaient les femmes coupables du crime de célibat : Je prie, s'il vous plaît priez pour moi, que ma volonté soit faite par la grâce de Dieu.

« Chia, que s'est-il vraiment passé avec Chuka ? demanda tantie Jane.

— On n'allait pas très bien ensemble, c'est tout.

— Vous étiez pourtant fiancés. »

En réponse à mon haussement d'épaules silencieux, tantie Jane insista : « As-tu découvert quelque chose sur lui ?

— Non, ça n'a tout simplement pas marché entre nous », répliquai-je d'un ton ferme dans l'espoir qu'elle renoncerait à s'en mêler. Si j'avais raconté qu'il me battait, ou qu'il n'était en réalité pas divorcé, ou encore qu'il voyait une autre femme, tantie Jane aurait compris. Ces vraies raisons, substantielles, m'auraient attiré une sympathie débordante et auraient jeté l'opprobre sur lui. Mais tantie Jane n'aurait jamais compris la vérité : j'avais rompu avec Chuka car je n'arrivais plus à ignorer la douleur exquise de vouloir aimer quelqu'un d'adorable que l'on n'aime pas.

Nous nous étions rencontrés à un mariage nigérian dans l'Indiana. Je n'avais pas envie d'y aller, mais ma mère me demanda de les représenter, mon père et elle, parce qu'ils ne pouvaient pas s'y rendre. « Il y a ici quelqu'un d'idéal pour toi, me dit Febechi. Vous irez bien ensemble, vos pères à tous les deux sont des Big Men. »

Je ne connaissais pas bien Febechi, une ancienne camarade de lycée ; déjà à l'époque elle plaisantait toujours à propos de mon père avec un air narquois qui s'apparentait un peu trop à du dépit.

« Febechi, s'il te plaît, laisse-moi manger mon riz tranquillement, *biko.* »

Les présentations qui avaient lieu lors de mariages nigérians manquaient complètement d'émerveillement, étaient tellement prévisibles, planifiées, et ne pouvaient déboucher sur un mariage en accord avec mes convictions – à savoir l'union de deux âmes. Sans parler de la sélection proposée, aussi peu variée que lamentable : des hommes las en quête d'une épouse nigériane, n'importe laquelle, mais de préférence infirmière, parce que quelqu'un, curieusement, avait un jour convaincu les Nigérians vivant aux États-Unis que les infirmières gagnaient bien leur vie et que les hommes ne pouvaient être infirmiers. Un jour, alors que j'assistais à un mariage à Houston, j'avais entendu un invité demander à son interlocutrice : « Si on décide de se marier, es-tu d'accord pour suivre une formation d'infirmière ? »

Febechi, indifférente à mes protestations, amena Chuka à notre table. Il avait une peau couleur terre d'ombre, était bâti comme un joueur de rugby, un mince trait bien taillé reliait sa moustache à sa courte barbe, son crâne chauve brillait à la lueur du lustre de la salle de bal. Il dégageait un je-ne-sais-quoi de léonin. Il était impossible de ne pas le remarquer ; il en imposait. Je fus étonnée qu'il ait besoin d'être présenté à qui que ce soit. Il possédait un sang-froid inhabituel, comme s'il pouvait faire face à une urgence avec un calme authentique. Il était de neuf ans mon aîné, mais semblait plus âgé encore, non pas vieux mais doté d'une maturité frappante, pareil à l'archétype d'un adulte, si courtois et convenable, si raisonnable. Il avait dû être délégué de classe au lycée, de ceux qui sont appréciés tant par les autres élèves que par les professeurs, capables de faire taire un groupe de chahuteurs, mais qui n'hésitaient pas non plus à sortir en douce de l'école avec des amis pour aller boire des bières et fumer des cigarettes.

« C'est bien qu'on vive tous les deux dans la région de Washington », me dit-il lors de cette première rencontre, avec un air d'expectative paisible, et je souris en répondant : « Oui. »

Le salon de sa maison, en Virginie septentrionale, me rappela celui de notre demeure d'Enugu : des canapés de cuir brun clair, une table basse brun clair et de lourds rideaux brun clair, ornés de glands. Pendant un instant, j'eus la sensation étrange d'être poursuivie par le passé.

« Tout est assorti, fis-je, consternée, sans avoir eu l'intention de le laisser autant transparaître.

— C'est une mauvaise chose ? demanda-t-il.

— Non, non, bien sûr que non.

— Tu peux changer tout ce qui te fait plaisir. »

Il m'envoya presque immédiatement des signaux de stabilité. « Chia, je suis trop vieux pour mener qui que ce soit en bateau. Après avoir vu ta photo sur la page Facebook de Febechi, je lui ai dit que j'avais envie de faire ta connaissance. J'ai l'intention de t'épouser. » Je ne dis rien, consciente qu'il prendrait mon silence pour de l'assentiment. J'avais toujours imaginé que, comme mes récits de voyage, l'époux de mon choix sortirait de l'ordinaire, mais pas au point de provoquer l'animosité de mes parents. Un étranger, à l'âme poétique. Et non un brillant ingénieur igbo qui continuait d'utiliser du cirage Kiwi, à l'instar de tous les pères au Nigeria. Mais où pouvait-il bien trouver ces boîtes ? Il avait des manières de garçon « bien élevé », il s'intéressait à ma famille, à mes amis, aux personnes qui comptaient pour moi. Quand je discutais au téléphone avec Afam et Bunachi, il tenait à leur dire bonjour ; il avait envie de rencontrer Omelogor ; il m'accompagna lorsque j'allai rendre visite à Zikora après la naissance de son bébé.

« Ton amie est-elle toujours si hostile ? » me demanda-t-il lorsque nous sortîmes de chez elle.

L'air épuisée, les traits tirés, Zikora était assise sur un canapé, son enfant dans les bras. Quand Chuka s'était approché pour se pencher vers le nourrisson et le regarder, elle avait brusquement changé de position, lui tournant presque le dos, faisant un rempart de son corps pour protéger le bébé. S'était ensuivi un instant d'embarras, pendant lequel Chuka avait reculé pour aller s'asseoir à l'écart, à côté de la mère de Zikora. Jusqu'à notre départ, elle ne lui avait quasiment plus décoché un regard. Mais sa mère avait fait en sorte que notre visite se déroule au mieux en bavardant aisément avec Chuka et en lui parlant des deux écoles qu'elle dirigeait à Enugu.

« Ce n'est pas contre toi, Zikora a pas mal de problèmes, expliquai-je.

— C'est pourtant l'impression que j'ai eue, comme si elle était au courant de quelque chose de mal que j'aurais fait. »

Comme je ne voulais pas dévoiler l'histoire de Zikora, je demandai en plaisantant : « Alors, qu'est-ce que tu as fait de mal ? »

Plus tard, Zikora me dit que c'était son allure de « type bien » qui l'avait agacée, et même elle s'étonnait de l'animosité irrépressible qu'elle avait ressentie, signifiant par là qu'elle n'était pas encore consciente de l'ampleur véritable du traumatisme qu'elle avait subi. Je l'assurai que je comprenais, que Chuka comprenait lui aussi, bien qu'il n'en soit rien. Par la suite, il se montra toujours vigilant en sa présence, même après que je lui eus raconté ce qui était arrivé à Zikora, comme s'il s'attendait à ce qu'elle se comporte bizarrement d'une seconde à l'autre.

« Elle n'a pas un caractère facile », se bornait-il à dire. En revanche, s'agissant d'Omelogor, il déclara : « J'aime bien ta cousine ! » Lors d'un appel vidéo, il entendit ma conversation avec Omelogor, ou plus précisément avec la personne dénaturée qu'Omelogor était devenue en commençant un master aux États-Unis. « Pourquoi les Américains disent "aimer" au lieu de "manger" ? "J'aime ça avec du fromage. Je crois que tu aimeras ce truc accompagné d'une salade." Comment savent-ils que je vais aimer ça ? C'est tellement présomptueux ; ils ont vraiment une vision du monde de privilégiés. »

Chuka approuva : « Elle n'a pas tort ! » Il était amusé, contrairement à moi, qui m'inquiétais pour elle. Je constatais avec perplexité qu'Omelogor avait changé et que sa lumière s'était tarie presque aussitôt après son entrée à l'université américaine. Un jour elle m'appela en pleurs. Je l'avais si rarement vue pleurer que j'en restai confondue, comme si elle avait été conçue différemment, sans le gène des larmes. Je me rappelai la seule fois où elle avait versé des larmes, de vraies larmes, des années auparavant, quand un homme avait été décapité dans le Nord, après la mort d'oncle Hezekiah. Elle était alors étudiante au Nigeria. Mais ce n'était pas pareil ; sa peine était alors circonscrite, concentrée sur une cause précise, à la différence de cet abattement indéfini.

« Omelogor, Omelogor, *o zugo*, ne pleure pas », disais-je, impuissante.

Lorsqu'elle ne pleurait pas, une colère tourmentée la consumait, laquelle n'avait rien à voir avec sa rage lucide habituelle, lorsqu'elle argumentait d'un ton tranchant. Cette colère-là était erratique, comme si Omelogor en était diminuée, perdue. Elle se plaignait de choses qui méritaient d'être critiquées, mais aussi de choses insignifiantes et d'autres choses encore qui m'échappaient complètement.

« J'ignorais que le mot "focus" était entré dans le langage courant, dit-elle avec une amertume excessive au vu de la question débattue. Les Américains parlent sans cesse d'"être focus sur la question des minorités". C'est déjà bien assez pénible qu'ils aient inventé le verbe "impacter".

— Je crois que le mot "focus" a toujours existé.

— Oui, mais seulement dans le domaine de la photo. On peut dire qu'on est focalisé sur la question des autochtones, pas "focus".

— Je vois.

— C'est comme "partager", ce mot absurde que les Américains emploient sans arrêt, si bien que maintenant le monde entier s'en sert. "Partage le document avec elle, oh, ils ont partagé leurs idées pendant la réunion…", c'est tellement aberrant. »

Je n'étais pas certaine de comprendre en quoi « partager » était si aberrant.

« Il suffit d'entamer une conversation avec des Américains pour qu'il y en ait un qui te sorte aussitôt "c'est un peu comme dans ce film…", en citant forcément un film américain idiot. »

La plupart du temps, je l'écoutais, silencieuse et dubitative. Ses plaintes m'évoquaient des ballons de baudruche trop gonflés, superflus, qui finiraient inévitablement par éclater. « Chia, l'Américaine », m'appela-t-elle un jour avec un mépris railleur dont elle n'avait jusqu'alors jamais fait preuve à mon égard. Le mépris railleur n'était pas son genre, pas plus que le dépit. « Le problème de Zikora, c'est qu'elle a toujours abusé d'un trait de caractère typiquement féminin – l'aptitude à tolérer n'importe quoi de la part des hommes », déclara-t-elle lorsque je lui parlai de la situation de Zikora, sur un ton qui ne lui ressemblait pas, avec des mots façonnés comme des armes. Je résolus de ne plus mentionner Zikora en sa présence, du moins tant qu'elle ne serait pas redevenue elle-même. Quand elle me dit : « On comprend mieux les États-Unis quand on les observe de l'extérieur », je songeai qu'elle aurait justement dû continuer d'observer de l'extérieur. Elle était déprimée. Elle était déprimée, mais elle était furieuse de m'entendre le lui dire. Elle n'aurait pas dû interrompre sa carrière de banquière pour venir étudier la pornographie dans une fac américaine. « Je veux faire quelque chose qui aide réellement les gens », avait-elle annoncé, comme si elle entendait ainsi expier sa réussite dans le monde de la finance.

« En étudiant la pornographie ? » avais-je répliqué, amusée. Je crus d'abord qu'Omelogor n'en faisait qu'à sa tête, comme à son habitude, mais elle parvint à me convaincre. La pornographie était devenue un enseignant pour tant de gens, mais un très mauvais enseignant, et elle voulait découvrir comment cette industrie était construite afin d'apprendre à déconstruire son influence. Elle avait à présent même renoncé à son master, soutenant que sa directrice la détestait, or jamais je n'avais imaginé qu'un jour j'entendrais Omelogor formuler une phrase pareille – « Elle me déteste. » Désormais, elle écrivait sur son site Internet, For Men Only, et m'appelait parfois pour me poser des questions, du genre : « Que penses-tu de la strangulation érotique ? »

Chuka trouva son site Internet et lut trois publications à voix haute en riant, et je songeai qu'il était si rare qu'il s'abandonne ainsi à l'hilarité, sans être bridé par son sérieux permanent.

Chers hommes,

Vous savez qu'elle sait que vous l'aimez. Elle le sait peut-être, mais elle veut vous l'entendre dire tous les jours, de la même manière que vous appliquez de l'huile sur votre barbe tous les jours pour l'entretenir. (Avez-vous une barbe ? Non ? Bon, dans ce cas, vos cheveux, vos aisselles ou n'importe quelle autre partie de votre corps dont vous prenez soin au quotidien.) Vous voyez, l'amour a besoin d'être entretenu.

Dites-lui : « Je t'aime tellement. » Si vous êtes capable d'un minimum de créativité, dites-lui : « J'aime ta façon de marcher, ou de parler, ou de sourire. J'aime t'écouter donner ton avis sur des films. J'aime la tête formidable que tu fais quand tu es à moitié endormie. J'aime ça, quand tu es heureuse et que tu ris. Je t'aime. »

C'est beaucoup demander, j'en suis consciente. Il est parfois épuisant de prononcer une ou deux phrases supplémentaires. Mais essayez donc et voyez quels avantages vous en tirerez.

N'oubliez pas, je suis dans votre camp, chers hommes.

Lorsque Chuka lut la publication suivante, il leva les yeux vers moi et me dit : « J'espère que tu n'as pas ce problème avec moi. »

Chers hommes, voici les solutions apportées à trois variantes de la même énigme courante.

« Si je t'ai blessée, je te demande pardon », lui avez-vous dit, ce qui l'a rendue plus furieuse encore. Je sais que vos intentions étaient bonnes mais, la prochaine fois, abstenez-vous d'employer « si ». « Si » signifie qu'une chose n'a pas nécessairement eu lieu. Pour vous, ce « si » est inoffensif. Pour elle, c'est une marque de dédain, comme si vos excuses n'étaient pas sincères. Réessayez sans le « si ».

Parfois, après une dispute, vous êtes gentil, et c'est votre façon à vous de demander pardon, mais la meilleure façon de s'y prendre, c'est de demander pardon. Pas de feindre que tout va bien et d'être gentil. C'est gentil de faire quelque chose de gentil, mais ça n'est pas pareil. Demander pardon, c'est demander pardon.

Elle vous a dit que vous ne teniez pas compte du problème, alors même que vous avez demandé pardon. Je sais que vos intentions sont bonnes quand vous vous excusez. Mais, pour plus d'efficacité et pour atténuer sa rancœur, soyez toujours précis quand vous vous excusez. Ne dites pas simplement : « Je te demande pardon. » Dites : « Je te demande pardon de ne pas avoir fait telle ou telle chose. J'aurais dû faire telle ou telle chose. J'ai eu tort, c'est tout. »

Je sais que c'est une corvée de parler. J'en ai conscience, vraiment.

N'oubliez pas, je suis dans votre camp, chers hommes.

Ce fut après avoir lu la dernière publication que Chuka rit le plus fort.

Chers hommes,

Les femmes n'entendent pas toujours ce que vous dites, elles entendent ce qu'elles ont envie d'entendre. Alors, s'il vous plaît, soyez très clairs. Si vous n'êtes pas intéressé, ne dites pas que vous êtes occupé, dites que vous n'êtes pas intéressé. Vous voulez être gentil et ne pas la blesser, je comprends, mais c'est ce qui vous a mis dans cette situation pénible. Quand elle a demandé à vous revoir après un premier rendez-vous, vous avez répondu que vous étiez occupé ; elle vous a alors envoyé un long texto pour vous engueuler en vous accusant de mener les femmes en bateau. Si vous êtes trop gentil pour dire que vous n'êtes pas intéressé, alors inventez-vous une petite amie ou une épouse. Si vous n'êtes pas intéressé, ne laissez pas la moindre place au doute, sinon, la société secrète des femmes célibataires en quête d'un homme vous condamnera au bûcher, comme un sorcier.

N'oubliez pas, je suis dans votre camp, chers hommes.

Je découvrais un peu plus chaque jour ce qui nous différenciait, Chuka et moi. Il faisait son lit dès qu'il se levait en prenant soin de tendre les draps pour ne pas y laisser un seul pli, et il portait sa chemise impeccablement rentrée dans son pantalon, même le week-end. Des principes inculqués dans les pensionnats nigérians. Dans son placard, ses chaussettes étaient roulées en rangées bien nettes. Il lisait des ouvrages sur la direction d'entreprise et la gestion de projet que je ne considérais pas comme de vrais livres. Il inscrivait son nom en haut à droite sur la page de titre, en lettres géométriques, *Chuka Aniegboka*, et une étrange bouffée de nostalgie me saisissait alors, parce que la dernière fois que j'avais moi-même fait cela, j'étais encore à l'école primaire. Il écoutait les informations internationales de la BBC tous les matins. Il aimait des films que je trouvais assommants, des thrillers stéréotypés qu'il regardait avec beaucoup de concentration. Si j'ouvrais la bouche, il mettait sur pause et disait : « Je ne veux rien rater.

— Mais on sait d'avance ce qui va se passer ! » le taquinais-je.

Il était costaud, soulevait des haltères dans son sous-sol, ses boîtes à outils étaient soigneusement organisées dans son garage et il serrait si fort le couvercle du pot de confiture que je n'arrivais jamais à le dévisser. Un jour, en le regardant remplacer une poignée de porte sur sa terrasse, je songeai, non sans culpabilité, qu'il était semblable à cette porte : robuste, rassurant, sans originalité. Au restaurant, il commandait toujours un steak bien cuit, rien d'autre, et en rentrant chez lui il se dépêchait de passer au four à micro-ondes une portion de riz wolof qu'il se faisait livrer dans de petits récipients en plastique par un traiteur nigérian de Baltimore, en affirmant que ce qu'on lui servait au restaurant ne le rassasiait jamais. Il se signait avant de manger, alors que j'avais cessé de faire le signe de croix des années plus tôt parce que cela me paraissait superflu et prétentieux. J'organisai une sortie à Broadway, et il s'assoupit au beau milieu de la pièce. Je le réveillai d'un coup de coude. « Désolé, j'aurais dû boire un café à l'hôtel », dit-il, comme si la caféine avait pu l'aider à rester éveillé davantage que l'intérêt suscité par le spectacle. Il proposa d'aller prendre un brunch au Four Seasons, et je suggérai un endroit moins guindé.

« D'accord, acquiesça-t-il, dubitatif mais tout disposé à m'écouter. Mais le Four Seasons est un établissement de confiance. » Il vivait dans la foi des marques de confiance. Il ne voyageait qu'avec des compagnies aériennes « conventionnelles », même si cela nécessitait plusieurs correspondances, et il parut stupéfait d'apprendre que je n'étais jamais montée dans un avion de la British Airways. Cette compagnie était arrogante, il me l'accordait, et un plaisir mesquin illuminait invariablement le visage des agents de bord quand ils pouvaient rabaisser les passagers nigérians, mais était-ce une raison valable pour choisir des compagnies dont personne n'avait vraiment entendu parler ? Chaque fois que je partais, il me déposait à l'aéroport et venait me chercher à mon retour, me demandant simplement si mon voyage s'était bien déroulé, sans chercher à en apprendre davantage sur mes aventures. Il ne comprenait pas, il lui était impossible de comprendre. Je l'imaginais me dire : « Tu es diplômée d'une bonne université, pourquoi ne pas trouver un vrai travail ? Tu pourras toujours écrire le week-end. »

Il s'abstenait de le dire, jamais il ne le fit, mais j'imaginais très bien ces mots brûlant de passer ses lèvres. Il lisait mes articles et les commentait toujours d'un « Sympa », comme après avoir goûté à un plat mangeable qui continuait de ne pas l'allécher.

> Les îles San Blas. Oui, l'océan avait la clarté du cristal et, assise dans la pirogue, j'ai baissé les yeux vers l'eau et vu des étoiles de mer, mais cette expérience isolée devient vite ennuyeuse. Au bout d'un moment, les autres passagers ont paru s'ennuyer eux aussi et se sont mis à faire défiler des photos sur leur téléphone. L'apogée de mon séjour ? La boisson qu'on m'a offerte après la sortie en pirogue. Quelqu'un a ouvert une noix de coco fraîche, y a versé une généreuse rasade de rhum, y a planté une paille et m'a tendu le tout. C'était un pur délice parce que c'était sale. Le couteau était d'une propreté douteuse. Le rhum de mauvaise qualité. Le type ne s'était pas lavé les mains. Et j'ai envie d'y retourner, simplement pour en boire à nouveau.

« Tu as aimé ça parce que c'était sale ? » demanda Chuka en me décochant le regard d'ordinaire réservé aux Occidentaux qui se comportaient stupidement, par exemple, quand ils ne saluaient pas leurs aînés. Il lut mon article sur la Grèce, qui débutait ainsi : « À Santorin, comment font les autres touristes pour supporter l'odeur de la merde d'âne ? » Chuka dit ensuite d'un air vague : « Très sympa. » Cette fois, il ne s'était pas contenté de son « Sympa » habituel, ce qui devait signifier que la référence à la « merde d'âne » avait offensé son sens inhérent des convenances.

« J'ai bien aimé les autres îles, dis-je, contrite. Nous pourrions les visiter ensemble pendant tes vacances.

— Nous devrions plutôt aller à Dubaï, répondit-il. C'est

un miracle d'ingénierie et de volonté politique. Il faudrait vraiment que le Nigeria s'en inspire. »

Je trouvais que Dubaï n'offrait que du kitsch aseptisé, mais je n'étais guère étonnée que Chuka aime cet endroit, car les Nigérians en général aimaient Dubaï. Avec Chuka, tout me rappelait ma vie nigériane, familière et pourtant devenue exotique en raison du gouffre qui m'en séparait, comme un tendre anachronisme. « Je ne veux pas te bousculer », répétait-il, comme les garçons le disaient aux filles auxquelles ils tenaient ; ces paroles me donnaient l'impression d'être à part, exemptée de cette précipitation sexuelle que l'on réservait aux filles moins méritantes. Je n'étais pas même certaine de vouloir coucher avec lui. Des mois s'écoulèrent avant que je lui permette de me déshabiller, dans sa chambre, alors que je n'en avais pas réellement envie, mais estimant que je le devais parce que je l'aimais bien malgré tout, parce que j'étais maintenant, à de nombreux égards, sa petite amie et qu'en un sens il le méritait, vu qu'il était si convenable et prévenant. Ce serait sans surprise, j'en étais sûre, voire machinal, mais au moins pas désagréable. Je découvris que je m'étais lourdement trompée. Chuka me stupéfia en me procurant des plaisirs nouveaux, insoupçonnés ; des portes jusqu'alors fermées s'ouvrirent soudain en grand, nos corps se déchaînèrent, et toutes les règles édictées par le passé furent enfreintes. « Tu es adorable, tellement adorable », répétait-il, vigoureux et insistant, tant et si bien que je me sentis grisée par un pouvoir charnel. Pour la première fois de ma vie, j'éprouvais la force du corps qui s'abandonne, ces brefs moments de pur transport sensuel, d'oubli physique. Ensuite, je restai allongée, hébétée. « Je t'aime », me dit-il. Et moi : « Qu'est-ce que tu m'as fait ? » Je voulais déjà recommencer. J'en voulais et voulais encore.

Je racontai à Chuka que les autres enfants, à l'école primaire, me surnommaient Lait-de-Beurre à cause de mes mains douces.

« Je devais avoir neuf ans, et nous participions à un concours de débat avec les élèves d'une autre école. On nous a demandé de nous serrer la main, et l'un des garçons a lâché la mienne très vite, comme si ma paume était brûlante, en disant : "Ta main est trop douce !" Je me souviens du sujet du débat : "Les médecins sont plus importants que les avocats." Notre école avait gagné. Je crois que ce garçon était juste énervé d'avoir perdu, et il s'est mis à se moquer de moi – "Mains doucettes, tu ne fais rien chez toi, tu n'as pas de force, tu n'avales que du lait et du beurre" – et bientôt les autres enfants m'ont appelée Lait-et-Beurre, qui s'est ensuite transformé en Lait-de-Beurre.

— Lait-de-Beurre, répéta Chuka en me prenant la main. Si douce. Ce garçon n'avait pas tort. » Il fit courir son pouce sur ma paume, et je pensai à sa langue. Je passais désormais ma vie à me disperser dans un érotisme inattendu.

« Tu as les mains d'un travailleur manuel, le taquinai-je. Elles sont si rêches.

— Oh, ça ne plaisantait pas, avec mon père, je savais déjà changer un pneu à l'âge de huit ans. Quand je suis parti faire mes études à Lagos, ça m'a vraiment choqué de voir des hommes aller au salon de manucure.

— Tu devrais m'accompagner, la prochaine fois.

— Je ferais n'importe quoi pour toi, mais une manucure dans un salon ? *Mba.* »

J'adorais qu'il dise non à une manucure, et j'adorais ce refus seulement de sa part. Venant d'autres hommes, cela m'aurait paru risiblement rétrograde. Mais Chuka était mon fantasme vieux jeu, un homme viril qui pouvait me prendre fougueusement dans ses bras, me soulever de terre comme une plume, me porter, me protéger. Son refus d'une manucure était en parfaite adéquation avec sa personnalité.

Je l'observais, absorbé dans la banalité de son existence, et ne percevais que sa sensualité : Chuka nettoyant le plan de travail de sa cuisine, méthodique et large d'épaules ; Chuka payant ses courses dans son magasin Whole Foods ; Chuka au volant, les yeux rivés sur la route. Même sa réserve avec ses amis était sensuelle à mes yeux.

Je l'observais pendant les barbecues organisés dans les jardins de ses amis au cours des belles et indolentes journées de cet été-là. J'aimais m'asseoir et écouter leurs fortes voix nigérianes, je me réfugiais dans leur présence, me réjouissant de la nouveauté de ces occasions car j'étais rarement entourée de Nigérians.

« Retire-la tout de suite de cette école publique, avant qu'elle se mette à twerker à la maison », disait l'un d'eux.

« Tu te rends compte, un patient blanc est entré dans mon cabinet et m'a demandé où était le médecin, alors que nous sommes dans l'État du Maryland ! » racontait un autre.

« Je connais quelqu'un à Bowie qui peut te trouver une chèvre à rôtir à la broche », disait un troisième.

Le samedi, Enyinnaya et Ifeyinwa, les meilleurs amis de Chuka aux États-Unis, recevaient dans leur maison, à Bethesda. Ifeyinwa était le genre de femme igbo qui m'intimidait : pleine d'assurance, respirant l'efficacité, capable de gérer n'importe quelle situation et méprisant les imbéciles. Elle occupait un poste important dans l'administration locale, et j'imaginais qu'elle avait gravi les échelons avec ténacité tout en élevant ses enfants et en décrochant un ou deux diplômes universitaires. Elle était grande et portait une perruque courte avec une raie de côté qui ne se souciait pas de paraître réaliste. Je voulais à tout prix qu'elle m'apprécie. Quand nous lui rendions visite, j'apportais des bouteilles de vin. Je me levais toujours d'un bond pour l'aider à servir des *puff-puff* et des tourtes à la viande.

« Merci, mon petit, mais rassieds-toi donc, s'il te plaît, et détends-toi », disait-elle. Elle ne se montrait pas inamicale, mais la froideur de son ton créait de la distance entre nous. Un samedi, Chuka m'apprit que la sœur d'Ifeyinwa, qui vivait au Nigeria, séjournait chez eux, mais ce ne fut qu'en fin de journée que je la croisai, après le départ des autres invités. Elle entra dans la cuisine enveloppée d'un nuage de parfum capiteux. La vue d'une belle femme déclenche spontanément, chez certaines, de l'animosité. Je savais, par expérience, le diagnostiquer. Au début, je crus que la sœur d'Ifeyinwa souffrait de ce mal, compte tenu de l'hostilité qu'elle affichait, s'appliquant à ne pas me saluer pour bien montrer qu'elle se comportait ainsi délibérément. Elle remplit un verre d'eau à la fontaine, et je pris alors conscience que ce n'était pas ma présence qui posait problème. C'était Chuka. Ses gestes impatients en témoignaient. Elle ignorait Chuka. Cette posture de défi, cet air vindicatif, même, étaient adressés à Chuka. Il s'était passé quelque chose entre eux. Une histoire sérieuse, peut-être. Qu'avaient-ils vécu ensemble ? Une jalousie lancinante s'empara de moi, me coupant le souffle. Son long tissage ondulé et brillant retombait sur ses épaules. Elle portait un jean griffé, un peu moulant au niveau de l'entrejambe. Après que sa sœur fut ressortie avec son verre d'eau, Ifeyinwa chercha à alléger l'atmosphère soudain pesante en disant : « Chuka, *biko*, viens m'aider à ouvrir ce truc. »

L'effet que Chuka avait eu sur la sœur d'Ifeyinwa

m'ébranla. Je le voyais à présent différemment et je l'admirais différemment ; sa vitalité, l'énergie contenue, soutenue, qui émanait de lui. Quand il regagna le salon, je me levai et le suivis. Je m'assis à côté de lui. Je ne le quittai plus des yeux jusqu'à notre départ, tandis que ma jalousie montait, s'amplifiait, m'enveloppait.

« La sœur d'Ifeyinwa n'était pas très sociable », dis-je, une fois dans la voiture, puis je regrettai de ne pas avoir simplement demandé ce qu'il y avait eu entre eux par le passé.

Chuka soupira et m'expliqua qu'Ifeyinwa lui avait présenté sa sœur peu de temps après son divorce ; ils s'étaient rencontrés en une seule occasion et il n'avait pas été intéressé. Il ne lui avait jamais donné aucun espoir, ne l'avait jamais menée en bateau. Il ne comprenait pas pourquoi elle était aussi furieuse.

« Parce qu'elle te veut, répondis-je, soudain toute légère tant j'étais soulagée. Quelle femme ne voudrait pas de toi ? »

Il sourit à peine, comme s'il ne savait pas vraiment comment recevoir un compliment.

J'entendis Ifeyinwa dire en riant à une amie : « Un homme igbo de l'État d'Anambra aura forcément une liaison avec une femme si elle lui fait de l'*ukwa*. C'est pour ça que j'ai épousé un homme de l'État d'Imo. Je ne voulais pas le perdre pour de l'*ukwa*. »

Chuka et moi partions toujours les derniers, ainsi, tandis que le jour déclinait, je me dirigeai vers l'évier pour rincer les verres et les mettre au lave-vaisselle.

« Oh, non…, protesta Ifeyinwa.

— Ify, ma sœur, je cherche de l'*ukwa* pour en faire à Chuka. » Un mensonge que je n'avais pas prémédité, mais qui s'échappa de lui-même de ma bouche. Je détestais le goût huileux et farineux de l'*ukwa* – j'étais bien la seule dans ma famille – et je n'avais pas la moindre idée de la façon dont on le cuisinait.

Ifeyinwa plissa légèrement les yeux, surprise, se disant sûrement que cette fille d'un Big Man qui écrivait des « récits de voyage » frivoles et appelait ça un travail était néanmoins assez sérieuse pour vouloir faire de l'*ukwa* pour son homme. Elle me conseilla d'aller au supermarché africain de Catonsville. Des jours plus tard, depuis le fond du magasin où planait une odeur moisie de stockfisch, je lui envoyai un texto : *Je viens d'acheter de l'*ukwa*, merci !*

Tandis que je réglais mes courses, une Afro-Américaine qui faisait la queue derrière moi jeta un coup d'œil au prix qui s'affichait sur la caisse enregistreuse et fit remarquer : « Je ne sais pas ce que c'est, mais j'espère que ça en vaut la peine ! »

Je lui souris. « Oh oui. C'est une spécialité du sud-est du Nigeria. Du fruit de l'arbre à pain. J'en fais pour mon fiancé. »

« Mon fiancé. » Encore un mot qui venait de quitter ma bouche sans prévenir. Comment réussissais-je à endosser cette nouvelle personnalité comme j'aurais enfilé un tee-shirt ? Je suivis une recette sur YouTube et disposai ce dîner surprise sur ma table de salle à manger.

« Chia ! s'exclama Chuka en soulevant le couvercle de la cocotte. *Ahn-ahn !* Où tu as trouvé ça ? Tu sais faire de l'*ukwa* ? Merci, chérie, merci beaucoup. » Il avait sur le visage une expression qui me fit monter les larmes aux yeux. Il était si facile de le rendre heureux, si peu compliqué de combler ses attentes.

Peu de temps après, Ifeyinwa commença à taquiner Chuka

à propos d'un mariage possible. Son approbation me faisait l'effet d'avoir accompli un exploit et me réchauffait le cœur, comme un compliment.

« Qu'est-ce que tu attends, Chuka ? Regarde le nez pointu de Chia. Vos enfants remporteront des concours de beauté.

— C'est Chia qui retarde les choses, répondit-il.

— Ne l'écoute pas ! » dis-je afin de donner l'impression que j'avais hâte de me marier, ainsi qu'elle l'escomptait.

Enyinnaya leva les yeux de l'écran de son téléphone.

« Regardez cette jeune écrivaine nigériane. Tout lui réussit, on est fier d'elle, mais j'ai appris qu'elle s'était mariée et avait décidé de garder son nom de jeune fille. Pourquoi elle embrouille les idées des adolescentes ? Pourquoi réparer quelque chose qui n'est pas cassé ? » Il me lança un regard sournois comme si j'étais susceptible de commettre ce crime moi aussi.

Enyinnaya, petit homme bedonnant, était neurochirurgien. Lors de notre première visite, il prit, sur la pile posée sur la table basse, un magazine médical où sa photo figurait en couverture et me le mit dans les mains, puis resta planté devant moi, attendant que je l'ouvre, embarrassée, à la page où apparaissait son visage.

« Félicitations », lui dis-je, ne sachant quoi ajouter, et il hocha la tête, comme un monarque acceptant l'adulation qui lui était due. Comment cet homme pouvait-il être le meilleur ami de Chuka ? Chez eux, la télévision était toujours allumée sur Fox News.

« La vérité, c'est que l'immigration clandestine détruit ce pays ! lança Enyinnaya. Les démocrates refusent de l'admettre.

— Ton frère, qui vit au Texas, est un immigré clandestin à la recherche d'une femme à épouser pour avoir des papiers », répliqua vivement Ifeyinwa, et je me demandai de quoi ils pouvaient bien parler quand ils étaient seuls, à supposer qu'ils se parlent.

Chuka, en riant, dit à Enyinnaya : « Continue donc de soutenir des gens qui ne veulent même pas de toi. »

Il était devant le plan de travail, en train de déboucher une bouteille d'un mouvement fluide. Quelques heures plus tôt seulement, allongé sur son lit, en boxer, large de torse, il me disait : « Chia, je t'attends. » Il ne s'efforçait pas de paraître suggestif, ce n'était pas son genre, il se contentait de dire « Chia, je t'attends », d'un ton égal qui attisait éperdument mon désir.

Ifeyinwa lui expliquait quelque chose, et il répondit, aussi raisonnable que d'habitude : « Il faudrait d'abord qu'ils t'envoient la facture. »

Elle aurait été parfaitement incapable de deviner comment, sous l'effet de la passion, la nature de Chuka se débridait au point qu'il en devenait quelqu'un d'autre. La façade qu'offre une personne ne révèle jamais tout – elle ne révèle même rien. Le fait que je connaissais ainsi Chuka, que je possédais ce secret partagé, me procurait un singulier frisson. Soudain, je fus impatiente de retourner chez lui. Je me levai et chuchotai à son oreille : « J'ai envie de toi. » Chuka sourit et serra brièvement ma main dans la sienne, encore un geste mesuré qui ne dévoilait rien de ses ardeurs cachées. Plus tard, nous nous embrasâmes et, après cet embrasement, restâmes étendus en silence, comblés et transpirants, et je songeai que le désir peut coexister avec l'amour sans se transformer en amour.

« As-tu parfois envie de t'échapper et de trouver une autre vie ? demandai-je.

— Trouver une autre vie ? » Il se redressa pour me regarder, attendant que j'en dise davantage, mais certaines choses résistent à toute explication ; cela requiert de l'instinct, de l'intuition, un savoir qui réside au centre de l'être et qu'il n'est pas donné à tous de posséder. Dès l'instant où j'avais vu son salon impeccable, son mobilier assorti, j'avais su qu'il y avait de larges pans de moi-même qu'il ne comprendrait jamais.

Puis survint un moment de splendeur. C'était un vendredi en fin d'après-midi, et Chuka et moi avions prévu d'assister à un concert en ville un peu plus tard. Une éditrice prénommée Katie m'envoya un e-mail pour savoir si elle pouvait m'appeler – une vraie maison d'édition new-yorkaise s'intéressait enfin à ma proposition de livre. Enfin. Avant de prendre l'appel, je me lavai le visage et remontai mes tresses en chignon pour avoir l'air présentable, comme si Katie avait pu me voir. Au téléphone, elle entreprit de parler du titre de mon livre – oui, elle me parlait bel et bien du titre de mon livre avec un intérêt manifeste, sans employer des formules vagues ou des « Nous verrons ». Elle avait une voix apaisante, tout en intonations onctueuses et cultivées. Elle ponctuait ses phrases de « voyez-vous ? ». Selon elle, *Les aventures non aventureuses d'une Africaine* était un titre merveilleux, mais *Femme noire en transit* serait sans doute plus percutant, car le mot « Africaine » était restrictif et « noire » plus ouvert. Je trouvais que « noire » avait un sens trop large, que ce mot ne tenait pas compte des humiliations que j'essuyais en raison de mon passeport nigérian, des refus de visa, de la méfiance des ambassades vis-à-vis d'une Nigériane qui voyageait dans le seul but d'explorer le monde. Mais j'acquiesçai, oui, c'était une idée merveilleuse. *Femme noire en transit* me convenait. Je la remerciai et la remerciai encore, à de trop nombreuses reprises. J'étais enthousiasmée, lui dis-je également, et je tenais à ce que le livre soit enjoué, personnel. Oui, bien entendu, répondit-elle, avant d'ajouter, plus gentiment, qu'elle se demandait si je ne devrais pas d'abord écrire un autre livre, plus pertinent, afin de créer un vrai buzz en tant que débutante, voyez-vous ? Je suggérai d'ouvrir l'ouvrage sur l'article intitulé « Dîner dans les trois Guinée », car Conakry, Malabo et Bissau n'étaient pas des villes très connues et la découverte de leurs restaurants plairait au lecteur. Katie poursuivait sur son idée de livre pertinent, et je pris conscience, non sans éprouver une angoisse glaçante, que nous ne parlions pas du tout de la même chose.

« Puis-je vous demander ce que vous entendez par "pertinent" ?

— J'ai vu un reportage sur le Congo aux informations, sur ce que les femmes y subissent, voyez-vous ? Ces viols épouvantables. Et ça dure depuis des années. Je ne dis pas que vous devriez vous y rendre, il faudrait se mettre bien d'accord sur les régions où il est possible de voyager sans risque, mais un livre sur le Congo et les luttes de ses habitants trouverait un véritable écho à l'heure actuelle. »

Dès qu'elle prononça le mot « luttes » d'un ton sentencieux, appuyé, l'articulant avec le plus grand sérieux, je compris qu'elle voyait en moi une interprète des luttes en question. « La Somalie ou le Soudan feraient aussi l'affaire, continua-t-elle. Il s'agirait alors de présenter plus globalement ce qui se passe là-bas. Les gens achèteront ce livre même s'ils n'ont pas vraiment l'intention de le lire ; ils l'achèteront pour montrer qu'ils se sentent concernés, voyez-vous ? »

Sous son discours se cachait un cynisme sordide. Elle me

demanda d'y réfléchir et de la tenir informée ; oui, bien sûr, répondis-je avant de raccrocher précipitamment, par crainte que mes larmes ne me trahissent. Le doute peut s'emparer de vous en un clin d'œil et vous engloutir entièrement. Tout cela était vain. Je me sentis tout à coup bête d'imaginer qu'un éditeur accepterait de publier les récits de voyage légers et décalés d'une Nigériane, qui plus est issue d'une famille aisée, ayant toujours connu une vie facile et adorant les quartiers les plus charmants des villes qu'elle visitait. Peut-être valait-il mieux que je rentre au Nigeria pour travailler dans l'entreprise familiale, ainsi que le souhaitaient mes parents. Au moins, je pourrais rédiger des rapports, vu que les feuilles de calcul resteraient à jamais des énigmes incompréhensibles à mes yeux. Peu à peu, toute mon assurance m'abandonna. Je pleurai, m'arrêtai, puis recommençai.

J'envoyai un texto à Chuka pour lui dire que je n'avais plus envie de sortir ce soir-là, et il m'appela immédiatement. J'expliquai que je n'étais pas dans mon assiette, et il remarqua que j'avais une drôle de voix. « Je vais bien », assurai-je. À quoi bon lui raconter ce qui était arrivé ? Il ne comprendrait pas. Tandis que nous discutions ainsi, il ne me dit pas qu'il montait déjà dans sa voiture, mais quand on sonna à ma porte je sus que c'était lui. J'ouvris. Les larmes eurent raison de moi. Je ne m'attendais pas à pleurer, pourtant, dès que je vis Chuka sur le seuil, stable et inébranlable, sa chemise à col boutonné comme d'habitude rentrée dans son jean, je fondis en larmes. Il me prit dans ses bras, m'enveloppa dans son parfum musqué et demeura silencieux pendant un long moment, sans doute pour me dire que le problème, quel qu'il soit, pouvait être résolu.

« Qu'est-ce qui ne va pas ? »

Je lui racontai tout. Au moins, il écouterait, et c'était peut-être ce dont j'avais besoin. « Comment peut-elle me demander d'écrire sur la guerre au Soudan ? La guerre au Soudan ! »

Chuka resta muet.

« Tu vois bien ? poursuivis-je, souhaitant à tout prix que ce soit le cas. Je veux écrire des récits de voyage légers et amusants mais, pour elle, je suis juste une Africaine qui devrait s'intéresser aux luttes des Africains.

— Le problème, c'est qu'un grand nombre de ces Blancs ne s'imaginent pas que nous avons des rêves, nous aussi. »

Je le fixai du regard, stupéfaite. « Oui. Oui, exactement.

— Chia, tu finiras par trouver l'éditeur qu'il te faut. Il existe forcément quelqu'un, dans le monde de l'édition, qui comprendra. Ne baisse pas les bras. »

La teneur de mes larmes changea. Je sanglotai de plus belle et le serrai contre moi tout en expirant longuement, vidant mon corps de son souffle. Il me comprenait vraiment. Il voyait les parties rayonnantes de mon être et toutes celles qui ne brillaient pas encore.

« Tu comprends, dis-je, presque émerveillée.

— Bien sûr.

— Tu ne m'as jamais rien dit.

— Tu sais bien que je ne suis pas bavard. »

J'eus le moral remonté par cet instant, par la joie extatique d'être connue de lui, et notre avenir ensemble prit forme pour la première fois. Je parlai de Chuka à ma mère, lui expliquai que cet homme divorcé, sans enfants, était ingénieur, catholique, non seulement igbo mais aussi originaire de l'État d'Anambra. Elle garda un instant le silence, abasourdie, car elle n'y croyait plus – sa fille, à qui l'on avait lâché la bride, menant une vie détachée de celle qui était attendue d'elle, se retrouvait à présent avec l'homme qui lui convenait, un garçon du pays. Une fille de presque quarante ans, de surcroît. Dans quel monde un Igbo brillant et sans enfants épousait-il une femme de trente-neuf ans ? Ma mère se mit à chanter – *Abu m onye n'uwa, Chineke na-echelu m echiche oma* – et mes yeux s'embuèrent, car c'était l'air religieux qu'elle entonnait toujours quand elle éprouvait de la joie. Chuka m'apprit que son père organisait déjà la cérémonie *iku aka*, et je songeai à la beauté de cette démarche, la première étape d'un mariage igbo, *iku aka*, frapper à la porte, demander la permission, espérer.

À notre passion s'ajoutait désormais l'espoir. Notre relation était le lit sablonneux d'une rivière dans lequel mes pieds s'enfonçaient et remontaient aisément. Nous parlions igbo en public, nous nous moquions des Américains au restaurant, et c'était comme si nous nous faufilions tous deux sous une tente délicieusement secrète. Chuka, qui se renseignait sur l'industrie de l'édition, faisait remarquer qu'il était absurde de publier sans cesse des auteurs tout juste sortis de l'adolescence. Que pouvaient-ils savoir de la vie s'ils n'avaient encore rien vécu ?

Je me rangeais à son avis avec enthousiasme. Je cherchais toujours à en savoir davantage sur les écrivains qui avaient publié leur premier livre à un âge avancé. Une éditrice récemment arrivée à New York, une Londonienne prénommée Molly, me dit : « Je comprends ce que vous voulez faire, mais ce que vous avez écrit ne suffira pas pour un livre. Vous devez étoffer votre manuscrit. »

« Dans ce cas, tu étofferas ton manuscrit, déclara Chuka quand je lui en parlai. Chia, tu progresses. Tu te consacres pleinement à ton projet. Tu y arriveras.

— Oui », répondis-je. Il n'existe pas d'élixir plus puissant que les encouragements sincères de quelqu'un d'adorable.

Il m'appelait Chérie, sur un ton qui m'évoquait une personne plus âgée, appartenant à une époque révolue. Pendant la fête donnée en l'honneur du fils d'Enyinnaya, qui avait obtenu son diplôme de fin d'études secondaires, Chuka me lança tout à coup un « Chérie ! », et cinq autres femmes au moins levèrent la tête. Elles aussi étaient des Chéries. J'avais rejoint un cercle de femmes surnommées Chérie. Je quittai mon siège et me dirigeai vers lui en souriant, tout en songeant que, dans la vie que je souhaitais mener et dont j'avais la vision à l'esprit, personne ne m'appelait Chérie. Mon cœur, mon amour, peut-être, mais pas Chérie.

Nous étions arrivés en avance à la fête. Dès que je descendis de voiture, les cordons de mon dos nu commencèrent à se dénouer. Chuka, amusé, me demanda si nous devions retourner à la maison afin que je puisse me changer ; il m'avait pourtant prévenue, ces cordelettes n'avaient pas l'air pratiques. Il me prit mon sac à main, le temps que je refasse un nœud plus serré à l'arrière de mon cou.

J'ignorais qu'Enyinnaya se trouvait derrière nous jusqu'au moment où je l'entendis dire : « *Ahn-ahn*, Chuka, pourquoi tu portes son sac à main comme si tu étais son boy ? » Ce furent ses premiers mots. Sans même un salut. Ce fut un instant étrange, pesant, Enyinnaya affichant une mine sévère et grave, un air véritablement atterré. À croire que le fait que Chuka tienne mon sac était un échec existentiel. Une tension disproportionnée plana soudain entre nous dans cette allée menant à la maison, les murmures d'autres invités qui approchaient étant comme étouffés par notre silence. À cause d'un simple sac à main ? Tout ce que je voulais, par cette insouciante journée d'été, c'était participer à la fête d'un jeune diplômé. J'essayai de reprendre mon sac, mais Chuka m'en empêcha.

« Je porte son sac à main parce que j'en ai envie », répondit-il avec fermeté. Enyinnaya haussa les épaules et partit devant nous. Chuka me regarda tendrement. « Désolé, Enyinnaya se comporte parfois comme s'il lui manquait un boulon, mais il n'est pas mal intentionné. » Nous nous dirigeâmes vers la maison sans qu'il ait lâché mon sac et, à mes yeux, il avait pris de l'envergure, il était devenu un dieu glorieux, imposant. Plus tard, je lui fis part de mon incompréhension : comment Enyinnaya pouvait-il être son ami le plus proche ? Il était tout à fait sympathique, évidemment, m'empressai-je d'ajouter, mais Chuka et lui étaient tellement différents.

« Il m'a soutenu à une époque où j'étais au plus bas », répondit-il.

Je le regardai en pensant : Il est à moi. Cet homme fiable, ce trésor, est à moi. Cet homme qui choisit son camp et qui s'y tient. Un hymne vivant à la loyauté. J'étais satisfaite, comblée. J'étais à ma juste place.

Pourtant, dans des instants de quiétude, lorsque j'étais seule, je craignais que mon contentement ne s'apparente à de la résignation.

Chuka annonça que sa famille irait rendre visite à la mienne à la fin du mois.

« Je crois que nous devrions regrouper les étapes autant que possible, accomplir toutes les cérémonies traditionnelles en une journée, puis nous concentrer sur le mariage, afin de gagner du temps. » Je savais qu'il faisait ainsi allusion à mon âge. À trente-neuf ans, la courte période qui me restait pour faire les deux enfants auxquels il tenait tant s'amenuisait.

« Une cérémonie plus modeste ici me convient, mais tu sais qu'ils voudront que le mariage ait lieu au Nigeria », ajouta-t-il.

Je le dévisageai. Le mariage. Je ne m'étais jamais représenté un mariage. Ce n'était qu'un concept dont j'avais vaguement conscience, dans un coin de mon esprit.

Je pensais à la question de ma mère – « Pourquoi a-t-elle pris un imprimeur nigérian ? » – à propos des faire-part de la fille de Mme Okoye, tandis qu'elle examinait avec jubilation le médiocre carton. Mme Okoye et ma mère se détestaient tout en se prétendant amies. J'imaginais déjà les cartons que ma mère ferait imprimer à Londres, deux C entrelacés avec goût sur un beau papier crème. Des enveloppes doublées de papier de soie. *Chiamaka & Chukwuka* dans une police de caractères raffinée. Pour la cérémonie, elle porterait un chemisier aux manches exagérément bouffantes, les pierres chatoyantes de son pagne en tissu George scintillant à chacun de ses pas. Elle veillerait à ce que Mme Okoye ait droit à deux ou trois des luxueuses pochettes cadeau destinées aux invités. Nos parents nous feraient de généreux présents : ceux de Chuka nous offriraient peut-être un appartement à Londres, et les miens une maison plus grande dans le Maryland. Je m'habituerais à une vie où je ne serais plus seule, j'aurais un bébé, j'engagerais une nourrice jamaïcaine et j'essaierais d'avoir un autre enfant. Febechi, je le savais, avait eu son second à quarante-trois ans. Je voyais bien que Chuka ferait un père attentif, patient, penché audessus de notre bambin sur un tricycle, ou assis par terre à côté de lui pour construire une maison en Lego. Cette vision était extrêmement séduisante, comme une photographie prise sous un éclairage flatteur. Mais je ressentais seulement un effroi croissant, une agitation au creux de mon estomac à la pensée d'affronter une vérité dont j'aurais préféré qu'elle ne soit pas vraie : je ne voulais pas ce que j'aurais voulu vouloir.

« Non, dis-je doucement.

— Comment ?

— Je ne suis pas sûre d'être prête. »

Il parut déconcerté. J'avais employé « prête » parce que c'était moins brutal, et je savais que c'était lâche de ma part, « prête » pouvant être interprété comme un report plutôt que comme une conclusion.

« Comment ?

— Je ne veux pas que tes parents rendent visite aux miens. »

Il y eut en lui comme un sursaut, et ses narines se dilatèrent.

« Qu'est-ce que tu veux dire, Chia ? Je t'ai fait part de mes intentions dès le premier jour. »

Plus tard, je repensai à ce mot, « intentions ». Partout au Nigeria, des femmes étaient hantées par ce mot, « intentions », des pères frémissaient de colère en silence, des mères et des tanties demandaient : « Quelles sont ses intentions ? » À force de poser la question, elles insinuaient que l'on avait échoué puisque ces intentions ne s'étaient pas concrétisées, vu qu'il fallait si souvent avoir recours à l'incitation, aux minauderies et à la manipulation pour les susciter.

« Je suis désolée, Chuka. Je suis désolée.

— Désolée de quoi ? fit-il, l'air incrédule. Tu as rencontré quelqu'un d'autre ?

— Non.

— Chiamaka, qu'est-ce que tu racontes ? Qu'est-ce que c'est que ces bêtises ? »

Sa colère me surprit. Il était tellement furieux, furieux que je l'aie repoussé, ou peut-être sa peine, comme la peine a pour habitude de le faire, s'était-elle muée en colère. Son visage était métamorphosé, chacune de ses facettes durcie par la rage, et on aurait dit quelqu'un d'autre. Je fus brièvement gagnée par la peur à l'idée qu'il me gifle. Mais il n'en fit rien. Il n'aurait pas agi ainsi. Ce n'était pas dans sa nature. « Je ne comprends pas. Explique-moi. Qu'est-ce que tu veux dire par là ? » répétait-il. Mais je ne savais pas quoi lui dire, ni même quoi me dire à moi-même et, l'espace d'une seconde, je me rappelai tantie Chinwe racontant un jour que l'un des membres de son Église était possédé. Cette connaissance incomplète de soi était une sorte de possession.

« Chia, j'ai été clair dès le début, ce n'était pas un jeu pour moi. Je veux te faire honneur.

— Je sais. Je suis désolée. Vraiment désolée. » Me faire honneur ? J'aurais aimé pouvoir considérer le mariage comme un honneur, un insigne que l'on m'accorderait. Mais je n'y arrivais pas. L'idée d'épouser Chuka me faisait l'effet d'amputer ma vie pour qu'elle entre dans un nouveau moule, et je ne parvenais à penser qu'à ce qui changerait et que je ne voulais pas voir changer.

Plus tard, je lui envoyai des textos pour m'excuser de nouveau, et il n'y répondit jamais. Même mes messages étaient lâches. De quoi étais-je désolée ? Comment peut-on briser un cœur et ensuite demander pardon ? Il aurait accepté mes excuses, je le savais, si je lui avais dit de me laisser une seconde chance, si je l'avais supplié de revenir. Mais je n'en fis rien. Son amour était ancré dans la notion de devoir ;

il aimait comme un acte de devoir accompli, sur lequel on peut compter, et n'était-il pas puéril de ma part d'y voir de la monotonie, de désirer un amour incandescent, dévorant, libre de toute responsabilité ? Je passai les semaines suivantes dans un état de grande hésitation, l'esprit embrumé par la mélancolie. L'ampleur de ma propre incertitude me plongeait dans la perplexité. Je me réveillais avec en tête des visions lucides de notre passion, de son ardeur, de mes vêtements retirés à la hâte. Qu'avais-je fait, me demandais-je, songeant à ce gâchis gratuit, à cette perte que je ne devais qu'à moi seule ? Il manquait pourtant quelque chose ; un manque qui était présent, en écho, après l'amour, le silence où nous sombrions, lequel n'était pas pesant, mais vide. Les rêves avaient-ils une finalité, était-il réaliste d'imaginer ce que je désirais, était-ce même possible ? Febechi me téléphona à quelques reprises, me laissant des messages sur un ton cassant : « Rappelle-moi s'il te plaît » ; cette entremetteuse maussade, dont le projet avait échoué. Quand enfin je la rappelai, elle me dit : « Chia, cet homme est un beau parti. Tu ne trouveras personne de mieux. La vie n'est pas un roman. »

Elle ne pouvait savoir que je rêvais secrètement d'écrire un roman, mais il me sembla que sa remarque était un coup particulièrement bas, cette façon de mépriser mes sentiments, quels qu'ils soient, en décrétant que c'était de la fiction. Du reste, pourquoi le roman était-il la métaphore de tout ce qui était irréaliste ? Les romans m'avaient toujours paru plus vrais que le réel.

« Franchement, il t'aimait, et tu ne lui en as jamais été reconnaissante », ajouta Febechi avec un soupir. Longtemps après je repensais encore à son accusation, car c'en était une, à savoir que je n'étais pas reconnaissante d'avoir été aimée. À quoi ce genre de gratitude est-elle supposée ressembler ? Faut-il que ce soit un état permanent, une existence guidée par la gratitude parce qu'un homme vous aime ?

QUATRE

Avant de rencontrer Chuka, j'avais un jour dit à un homme : « Je suis reconnaissante de t'avoir. » Mais il ne s'agissait pas d'une gratitude comme l'entendait Febechi. Cette dernière voulait parler de la gratitude qu'une femme doit éprouver parce qu'on daigne l'aimer, ce qui est différent d'une femme aimée de telle manière qu'elle a le sentiment d'être entièrement elle-même. J'avais adressé ces mots – « Je suis reconnaissante de t'avoir » – dans une librairie-café de Londres, à l'Anglais marié qui ne m'avait pas dit qu'il l'était. Il avait un mince bracelet d'argent autour du poignet. Est-ce qu'on apprécie les hommes qui portent des bijoux ? Non, mais celui-ci, oui. Tout avait commencé en ligne, sur un forum pour fans de Jan Morris. Ses commentaires réfléchis me fascinaient, et je n'arrêtais pas de leur attribuer des étoiles avant même d'enregistrer dans mes fichiers sa photo de profil, celle d'un bel homme blanc au visage mince. C'était la première fois que j'enregistrais la photo de profil de quelqu'un, mais il n'y a rien de mal à être un peu curieuse. Il était tellement attirant ; en le lisant j'avais l'impression de m'instruire auprès d'une personne qui ne voulait que le bonheur d'autrui. De toute façon, il s'agissait peut-être d'un homme de quatre-vingt-dix ans qui utilisait une photo trouvée sur Internet. J'avais rompu avec Darnell quelques années auparavant, et j'étais encore repliée sur moi-même, encore vigilante, réticente à avoir ne serait-ce que de simples aventures. L'Anglais ajoutait lui aussi des étoiles à mes publications. J'écrivis : *Le vrai bienfait des voyages, c'est d'être confronté à la réconfortante banalité des autres.*

Et il commenta : *Je n'aurais pas dit mieux.* Bientôt nous échangeâmes des messages privés, des réflexions diverses et des liens vers des articles, et le week-end, quand il ne répondait pas, j'envoyais en objet de mes e-mails : EN ATTENDANT GODOT.

Je serai prochainement à Londres, lui écrivis-je, un voyage que je n'avais absolument pas prévu de faire. *Voulez-vous qu'on prenne un thé ensemble ?* proposa-t-il en suggérant une librairie indépendante comme lieu de rencontre. Plus tard, il me raconterait qu'il avait discrètement enlevé son alliance dans le métro juste avant de me rejoindre dans la librairie toute proche de la station. Il aurait dû y avoir une bande de peau plus claire à la base de son annulaire, mais ce n'était pas le cas ; d'ailleurs, je ne prêtai pas attention à ce doigt avant le soir, des semaines plus tard, où il m'avoua être marié. Lors de notre première rencontre, nous bûmes de l'Earl Grey, lui avec du sucre, moi nature, et il remua trop longtemps le sien dans sa tasse. Il était nerveux, ses gestes brusques. J'étais tendue, incapable de croiser son regard. Il avait paru si naturel d'échanger des messages, et maintenant la réalité était là, où couvait l'inconnu. Il ressemblait au moins à sa photographie, ses cheveux blonds tombant négligemment devant son visage. En revanche, il était beaucoup plus grand que je ne me l'étais imaginé et plus négligé, ses ongles grossièrement coupés, son blouson de cuir marron si décoloré qu'il était beige au niveau des coudes. Nos tasses étaient encore à moitié pleines quand il proposa brusquement : « Et si nous allions marcher un peu ?

— Excellente idée ! » m'exclamai-je en me sentant un peu idiote.

Pendant cette promenade, notre embarras se dissipa. Il me confia qu'il n'avait jamais été aussi plaisant d'être à Londres ; cela faisait un bon moment qu'il n'y était pas venu, car il hibernait chez lui pour écrire son livre. Il trouvait que la poésie tenait en grande partie du récit de voyage, et je répondis que la poésie tenait en grande partie de la poésie, ce qui le fit rire. Il rejetait ses cheveux en arrière d'un geste rapide quand il riait. Il posa les yeux sur moi – en réalité, il les baissa vers moi, car il était si grand –, son regard teinté d'une tendre perplexité, comme si lui aussi était stupéfait de trouver pareil plaisir à simplement arpenter les rues de Londres dans un vent rafraîchissant. « Pardon ! » lança-t-il à un homme qu'il manqua de heurter à un carrefour.

« Vous aviez l'esprit ailleurs, le taquinai-je.

— Oui. » Et ce « oui » recelait des mystères qui se révéleraient peu à peu. Il désigna une rue étroite et dit que c'était là le vestige d'un siècle passé. Son bras frôla le mien. Dans le jour qui baissait, ma gorge se serra, comme si je m'apprêtais à fondre en larmes en pressentant une perte imminente.

Peut être tombai je amoureuse ce jour là ; l'amour survient bien avant qu'on ne le qualifie d'amour. Au cours des semaines suivantes, nous fîmes de nombreuses et longues promenades. Je découvris de quelle manière une ville, parce qu'elle est vue à travers les yeux de quelqu'un d'autre, peut devenir un sanctuaire scintillant, où tout présente un intérêt éblouissant, où tout vaut la peine d'être exploré. Nous feuilletions des livres chez Daunt Books, son lieu de prédilection – savais-je, me demanda-t-il, que cette librairie était à l'origine spécialisée dans la littérature de voyage ? Nous déjeunâmes dans un petit restaurant en sous-sol situé sur le Strand, mangeâmes une pizza dans un établissement italien de Marylebone, nous attardions devant les portes des restaurants pour consulter les menus. Un jour, il fit glisser un mince manuscrit sur la table du café et me dit que je serais la première personne à le lire ; même son éditeur n'en avait pas encore pris connaissance. Une histoire de la littérature anglaise de voyage ; il avait quitté son emploi dans l'édition pour écrire ce livre. Je le lus attentivement, le cœur réchauffé par sa confiance. Il voulut lire l'un de mes textes et, d'abord, je rechignai. « Il n'est pas très réussi », prévins-je quand enfin je lui montrai mon article portant sur mon voyage au Qatar. Nous nous promenions alors dans un parc détrempé par la pluie, et il s'assit sur un banc, sous un chêne, pour le lire à haute voix.

« "Je n'ai jamais rien entendu d'aussi beau que l'appel à la prière des musulmans à l'aube, dans la ville de Doha." C'est un début magnifique. »

Sa voix me fit aimer mes propres mots. Il me lisait des poèmes sur une application de son téléphone, et même quand ceux-ci ne me plaisaient pas, seule sa voix importait. Elle semblait jaillir du passé, cette voix, un son rauque, masculin, et, en l'écoutant, tout particulièrement lorsqu'il lisait, j'étais paralysée par un désir brutal. Il me faisait la lecture du *Désert des déserts*, un livre qu'il adorait, et il me proposa d'aller passer une journée à Oxford pour voir les photographies de Wilfred Thesiger. Un voyage ensemble.

« Oui, j'en serais très heureuse », répondis-je. Soudain

d'humeur exubérante, j'ajoutai : « J'admire la curiosité et le courage qu'il fallait aux gens pour partir vers des destinations inconnues.

— N'est-ce pas du désenchantement par rapport à leur propre vie plutôt que de la curiosité pour celle des autres ? demanda-t-il.

— Les deux, peut-être. » Je mentionnai un célèbre écrivain-voyageur, qui avait à peu près son âge et dont je venais de lire le livre. « Je crois qu'on trouve chez lui ces deux aspects.

— Oh, il est complètement nul », déclara-t-il, et ses lèvres s'étirèrent, se tordirent, et sa beauté disparut un bref instant. C'était de la jalousie, dénuée de l'amertume qui accompagne l'envie. J'étais déçue, ce qui était ridicule, comme s'il devait être au-dessus des bas instincts de notre nature.

« Mènes-tu la vie que tu imaginais avoir un jour ? demandai-je.

— Non, mais c'est pareil pour tout le monde.

— Je crois que ça arrive à certains.

— Et certains croient que ça arrive à d'autres.

— Que veux-tu dire ? Que ça n'arrive à personne ? C'est déprimant.

— Vraiment ? Je trouve ça assez rassurant.

— J'ai besoin de croire que des personnes vivent comme elles l'avaient imaginé. Sinon, à quoi bon continuer ? »

Il arbora un air grave. « Cela t'aide-t-il de savoir qu'il y a dans le monde des tas de gens plus tristes que toi ?

— Mais je ne suis pas triste, je rêve, c'est tout », dis-je. Et je ris afin d'alléger ce qui semblait soudain prendre une sombre tournure. Plus tard, je repensai à ses paroles : « Cela t'aide-t-il de savoir qu'il y a dans le monde des tas de gens plus tristes que toi ? » Il les avait en effet prononcées alors que j'ignorais encore qu'il était marié et, une fois que je le sus, elles prirent une signification nouvelle.

Pour lui, j'adoptai un accent britannique factice. Je ne m'en rendis pas compte tout de suite ; j'étais tellement absorbée par cet homme et par nos longues conversations que je prononçai bientôt certains mots différemment, sans me corriger parce que cela me plaisait. « Je crois que je commence à parler comme toi, » dis-je, et il me raconta qu'il avait commencé à prendre un accent snob à Oxford, mais que ses origines – il venait de l'Essex – resurgissaient dans sa manière d'articuler certains sons. Il y avait une certaine noblesse dans sa simplicité, dans ce qui comptait pour lui : il ne se servait jamais d'un dictionnaire analogique, il finissait tous les livres qu'il entamait, il ne mangeait que des fruits cultivés localement. Je sentais le poids du destin dans des coïncidences, voyais des signes dans nos similarités. Le fait que nous avions tous deux de l'aversion pour les chiens signifiait forcément quelque chose.

« Joyce n'aimait pas les chiens non plus, dit-il. Il avait toujours des cailloux dans sa poche afin de pouvoir en lancer sur eux. »

Par jeu, je tapotai sa poche, et il rit.

« Je ne leur veux pas de mal, poursuivit-il. Simplement, je préfère qu'ils ne s'approchent pas de moi. J'adore les animaux en pleine nature.

— Moi aussi. »

Avec lui, j'avais l'impression de pouvoir mettre à nu tous mes désirs silencieux. Je lui dis que je voulais aimer généreusement et être aimée tout aussi généreusement. J'éprouvai de la timidité à le lui confier, mais je lus de la compréhension dans ses yeux. Dans un minuscule restaurant proche du Victoria & Albert Museum, la serveuse, aux pointes de cheveux teintes en turquoise, me lança : « Qu'est-ce que vous êtes belle !

— Oh. Merci.

— Il n'a jamais été proféré de vérité plus évidente, et pourtant tu sembles surprise, me dit-il en m'observant. Quand on est aussi belle, c'est un peu comme gagner à la loterie, non ?

— Comment le saurais-je ? plaisantai-je, un peu gênée.

— J'imagine que ça peut aussi être un poids, quand on est une femme. »

Je le regardai en lui sachant gré de cette observation pleine de tact. Je lui racontai que, petite, les adultes me pardonnaient des choses et m'en autorisaient d'autres, que les boutons sur mon visage d'adolescente inquiétaient ma mère et que, le soir où ma tantie Jane avait fait remarquer qu'une présentatrice du journal télévisé était très belle, ma mère avait répliqué : « Elle n'arrive pas à la cheville de ma Chiamaka. » Ma mère était imbue de sa fierté et de son amour, mais je ne cessais pour ma part de penser que je ne pouvais être belle à ce point, et si je ne l'étais plus demain, et comment pouvais-je continuer de l'être ?

« Je me rappelle un autre incident qui a eu lieu dans mon club de débat, quand j'étais en SS2, dis-je.

— En SS2 ?

— Oui, la deuxième année de lycée, *senior secondary* au Nigeria. L'équivalent de la première.

— Ah, je trouvais ce "SS" un peu inquiétant, répondit-il, et je ris.

— J'étais l'une des finalistes du concours de débat, avec deux garçons. L'un d'eux a gagné. Il le méritait, il était meilleur que moi, mais j'étais moi aussi douée, c'était en réalité la seule matière où j'excellais. Quand la présidente du club a parlé de nous trois, elle a vanté la grande intelligence des deux garçons, puis elle a dit que j'étais très belle. Ça m'a tellement blessée que je suis rentrée chez moi et j'ai pleuré, mais je n'en ai pas parlé, parce que tout le monde aurait pensé que je me plaignais pour rien, je le savais. À vrai dire, je ne l'ai jamais raconté.

— Tu me l'as raconté à moi », fit-il observer en me tenant la main au-dessus de la table. J'avais terriblement envie de l'embrasser. La serveuse revint avec nos boissons, jeta un coup d'œil à nos mains enlacées et afficha un sourire bienveillant de bonne fée. Nous nous connaissions depuis plusieurs semaines et nous ne nous étions pas embrassés. Nous ne nous étions pas embrassés parce qu'il n'avait jamais essayé. Chaque fois que nous nous séparions, nous nous serrions fort, plaqués l'un contre l'autre dans une étreinte lourde de sens, puis il se dégageait et reculait. Ce mouvement de recul évoquait une hâte insouciante.

« Ne précipitons pas les choses », disait-il, une déclaration qui tenait aussi de l'interrogation ; c'était sa décision, mais il lui fallait toutefois mon assentiment. Une bizarrerie anglaise, presque désuète, pensais-je, qui ne me le rendait que plus désirable. Sans le toucher, je le respirais, je m'imprégnais de lui. J'imaginais qu'il habitait un petit appartement miteux rempli de livres, et je m'imaginais également décorant ce même appartement que je n'avais jamais vu. Il ne s'intéressait pas à l'argent, et je songeais avec amusement à ce que ma mère penserait de lui, ma mère et ses idéaux igbos. Il fallait de préférence qu'un homme ait de l'argent et, s'il n'en avait pas, alors du « potentiel » et de « l'ardeur au travail » suffisaient, pour un temps ; en revanche, un homme qui ne s'intéressait pas à l'argent ? Ce ne pouvait être qu'un parfait extraterrestre. J'avais déjà envie qu'il fasse la connaissance de mes parents. Déjà j'imaginais notre vie ensemble d'un pays à l'autre, entre l'Angleterre et les États-Unis. Par un après-midi pluvieux, alors que nous étions assis dans un petit restaurant et partagions une pizza Margherita, je le regardai porter son verre d'eau à ses lèvres et je pris soudain conscience que j'étais vraiment heureuse. Extrêmement heureuse. De temps à autre, quand quelqu'un entrait dans le restaurant, une rafale d'air froid et une odeur de chaussée mouillée s'engouffraient à l'intérieur.

« Aux États-Unis, cette pizza serait deux fois plus grande avec le double de sel, dis-je en riant.

— Quand j'y suis allé, j'ai été stupéfait qu'on me serve des pommes de terre au petit déjeuner. Des pommes de terre !

— Au moins, elles ne sont pas cuisinées de la même façon qu'au dîner.

— Il y a un manque de sophistication presque agressif chez les Américains, non ? »

Je voyais ce qu'il voulait dire, j'étais même d'accord avec lui, et pourtant ses paroles me restèrent sur le cœur. « Chaque pays a son lot de philistins, dis-je.

— Je ne t'ai pas contrariée, j'espère ?

— Non.

— À ce propos, connais-tu le poème *America* de Claude McKay ? » Il avait adopté un ton plein de sollicitude, apaisant.

« Non.

— “Et voyez sa puissance et ses merveilles de granit”, cita-t-il.

— Je ne le connais pas. »

Il me dévisageait. « Je t'ai contrariée.

— Non, non. J'ai juste envie que tu aimes les États-Unis, ou du moins que ce pays ne te déplaise pas autant. Simplement parce que c'est là où je me sens chez moi, et j'aimerais bien que tu me rendes visite ou peut-être que tu y séjournes quelque temps… c'est idiot, je sais. » Pourquoi étais-je aussi contrariée, comme si une brique était sur le point de s'échapper des fondations d'une maison parfaite en équilibre précaire ? Le poids des sentiments que j'avais pour lui m'effrayait presque.

« Les États-Unis ne me déplaisent pas, loin de là. Et désormais moins encore. Qu'est-ce qui te fait croire ça ?

— Quand nous avons comparé les couvertures britanniques et américaines des livres de Jan Morris, tu as dit que les éditeurs américains avaient tendance à surcharger les leurs. »

Je me mis à rire, car j'avais conscience de la bêtise de mes paroles, et il rit à son tour. « Dans ce cas, nous ferions mieux d'éviter le sujet des couvertures. » Il écarta son verre du bord de la table. « Tu ne repars pas tout de suite ? » demanda-t-il. Il dégageait une certaine hésitation qui, dans d'autres circonstances, aurait pu être interprétée comme de la faiblesse.

« Oh non », répondis-je.

Il se recula sur son siège, comme pour me jauger pleinement. Nous nous regardâmes. « Ça paraît tellement précieux.

— Quoi donc ?

— Tout.

— Oui. » Je tombais amoureuse. J'étais tombée amoureuse.

Nous prîmes le même métro jusqu'à la gare, où nous nous séparâmes, lui pour retourner dans l'Essex, et moi dans le Buckinghamshire, où se trouvait la maison de mes parents. Au fil des semaines, nous devînmes plus proches, mais il continuait de m'étreindre, puis de s'écarter. Nous n'avions en effet pas précipité les choses. Pourquoi fallait-il toujours se voir à Londres ? Pourquoi ne m'invitait-il pas à dîner chez lui ? Il n'habitait pas loin de l'endroit où il avait grandi, et pourtant, à l'entendre, on avait l'impression du contraire, qu'il y avait là une distance incommensurable, mais quand je vérifiai sur Internet, je constatai que c'était à environ quarante minutes en train. Je commençais à m'inquiéter : avais-je affaire à un homosexuel refoulé ? Il avait des manières légèrement efféminées, après tout. Il ne possédait pas le genre de masculinité sans entrave qui imposait sa présence en toute situation. Enfant, il devait volontiers partager ; sa mère n'avait pas dû avoir à le gronder à ce sujet. Je confiai à Omelogor que j'étais amoureuse de cet Anglais, mais que notre relation était encore platonique. J'étais désorientée, réduite à interpréter des signes illisibles.

« Mon seul problème avec les Blancs, c'est qu'ils ne se savonnent pas sous la douche, déclara-t-elle.

— Omelogor !

— Tu as déjà vu des Blancs utiliser du savon quand ils se douchent dans les films ? Ils ne restent pas plus de deux secondes sous l'eau. Ils ne frottent pas les plis et les orifices. Comment on peut être propre, après ce genre de toilette ? » Elle émit le gloussement qui lui tenait lieu de rire. « Qu'est-ce qu'on va en faire, de ce Blanc qui ne se lave pas à l'éponge et qui, par-dessus le marché, ne passe pas à l'action ? »

Je lui demandai d'être sérieuse.

« Chia, c'est la première fois que tu me dis ça, reprit-elle d'une voix douce.

— Quoi donc ?

— Que tu es amoureuse. Tu ne l'as jamais dit quand tu étais avec Darnell. Pas dans ces termes.

— C'est tellement différent. Je ne savais pas que l'amour était censé être aussi facile.

— Il est peut-être timide. Prends l'initiative. Si tu es trop intimidée pour le lui dire, alors montre-le-lui. »

Je m'armai du courage d'Omelogor. La fois suivante, à la gare, lorsque nous nous étreignîmes, je le forçai gentiment à baisser la tête vers la mienne et je l'embrassai, avec la langue, encore et encore, et je sentis qu'il me désirait, jusqu'au moment où il s'écarta.

« J'attends que tu me proposes de t'accompagner chez toi, murmurai-je.

— Chia. » Je levai les yeux vers lui. À la vue de l'expression qui apparaissait peu à peu sur son visage, j'éprouvai de l'anxiété, comme si une immense flamme prête à m'engloutir était proche, et soudain j'aurais préféré qu'il s'abstienne de dire ce qu'il souhaitait me confier.

« Qu'y a-t-il ? demandai-je.

— Je suis marié. »

Il prononça ces paroles dans un demi-chuchotement, un secret à ma seule intention.

Je le fixai du regard, ébahie. « Comment ça ? Tu es séparé ? »

Non, il ne l'était pas. Il était marié, et elle travaillait de longues journées dans un hôpital, et il rentrait tous les soirs pour la retrouver.

« Je voulais t'en parler, mais plus je me taisais, plus ça devenait impossible. »

La tête me tourna. Je m'interrogeai sur ce que cette situation dévoilait de mon aptitude à ne voir que ce que je voulais bien voir : son silence le week-end, le flou autour des détails de sa vie quotidienne.

« J'avais peur de te perdre. Je sais que ça peut paraître complètement fou, mais c'est vrai. »

Je ne répondis pas.

« Je suis désolé. »

Je ne répondis pas davantage.

« Si tu ne veux plus me revoir, je comprendrai.

— Non », fis-je, car déjà l'idée d'un lendemain sans lui me donnait l'impression d'être en exil.

Il poussa un soupir soulagé, précautionneux, en prenant mes mains dans les siennes. « Qu'allons-nous faire ? » demanda-t-il. Je retirai mes mains. J'avais le sentiment d'être tombée dans une embuscade, d'avoir été déloyalement prise au piège d'une culpabilité dont je n'étais pas responsable. « Qu'allons-nous faire ? » Comment pouvait-il me poser une question pareille, si peu de temps après cette révélation, comme s'il ne m'avait pas dupée ? J'avais envie de lui lancer : « Comment oses-tu ? » et « C'est ta faute, pas la nôtre », mais je savais qu'elle était devenue la nôtre à présent, puisque je n'avais pas tourné les talons dès qu'il m'avait avoué être marié. Nous allâmes nous asseoir dans le seul café encore ouvert, près de l'escalier roulant, afin de parler, et je me demandai comment il expliquerait son retard à sa femme. Je fus alors choquée de constater avec quelle rapidité je m'étais faite à l'idée qu'il avait une épouse. De voir combien j'étais calme. Il me dit qu'elle était charmante, mais qu'il s'était encroûté dans la routine de leur mariage. Encroûté. Par la suite, et longtemps, je ne pus supporter d'entendre qui que ce soit parler de croûtes.

Nous fîmes l'amour pour la première fois chez mes parents, sur un couvre-lit fleuri, dans ma chambre, une pièce qui me rappelait l'année où j'avais raté mes A-levels, l'année où j'avais vécu dans cette maison, pour la plupart du temps seule.

« J'ai mes règles, dis-je, hésitante.

— Nous sommes tous faits de sang », répondit-il.

Il se leva pour aller chercher une serviette dans la salle de bains, et j'effleurai son dos, constellé de taches couleur café. Je finirais par les connaître si intimement, ces taches. Il déposa un baiser sur ma clavicule et appuya sa joue contre la mienne. Tant de tendresse. Notre étreinte ne me parut pas physique. Ce fut l'union des parties de nous qui rêvent, le dévoilement absolu de deux êtres humains. Ensuite, il se rendit dans la salle de bains et, à son retour dans la chambre, entreprit de se rhabiller avec des gestes rapides. Il s'assit sur une chaise, à l'écart, et je décelai dans ses yeux une lueur qui ressemblait à du regret, un regard lointain. Quelques instants plus tôt, alors qu'il flottait au-dessus de moi, il avait dit : « Je veux te regarder. » Or maintenant il se tenait raide et distant, le visage fermé, sa chemise légèrement froissée. J'avais envie de pleurer. Je saisissais la manœuvre de repli de cet homme que les mensonges embarrassaient, qui n'avait jamais trompé sa femme jusqu'à ce jour. Je ne pleurerais pas. Je ne pleurerais pas. Quand il m'avait annoncé qu'il était marié, j'aurais dû m'en aller, mais je n'en avais rien fait et c'était ma faute. Je repensai à sa question, « Qu'allons-nous faire ? », et ma colère se raviva. Je m'envelopperais dans ma colère, celle-ci me protégerait jusqu'à son départ ; ensuite, je verserais mes larmes. Il se leva et s'assit près de moi sur le lit. « Tout me semble si précieux », dit-il à voix basse, et chaque chose trouva sa juste place dans l'univers.

Sur les sites consacrés à la littérature de voyage, ses publications avaient changé. *Il serait sans doute utile*, écrivait-il, *de se montrer plus précis dans les conseils que nous donnons sur telle ou telle destination. Cette ville embrasse la diversité, mais quel type de diversité ? Cette région est ouverte d'esprit, mais vis-à-vis de qui, au juste ? Un village fait peut-être bon accueil à des voyageurs japonais, mais pas à ceux qui viennent de Zambie. Une lesbienne noire et une lesbienne blanche s'en sortiront sans doute différemment dans un pays que nous considérons comme favorable aux minorités sexuelles.*

J'étais fièrement amusée et me demandais comment ses lecteurs réagiraient. Il est tombé amoureux d'une Noire africaine, ce qui a modifié sa vision du monde, se diraient peut-être certains. Pour ma part, j'écrivais mes articles en ne pensant qu'à lui. Il était mon premier lecteur. Après avoir lu quelque part que Skopje était la plus ennuyeuse de toutes les capitales européennes, je décidai de m'y rendre en me demandant ce qu'il penserait d'un article intitulé « Comment s'ennuyer dans un endroit déjà ennuyeux ». Je devais m'absenter deux jours et, avant mon départ, nous nous assîmes sur un banc dans un parc pour regarder des photos de Skopje publiées sur des blogs, alors que tant de choses restaient inexprimées entre nous, par exemple que nous aurions dû partir ensemble, ou encore que notre relation n'était pas celle que nous aurions dû avoir.

Une fois à Skopje, je lui envoyai des textos depuis un restaurant rustique. Aucun effort esthétique n'avait été fourni : en plat principal, on m'avait servi de la viande de porc accompagnée de poireaux, le tout sommairement posé sur une assiette. À la table voisine, une femme souriante me demanda, dans un anglais fortement accentué, si j'acceptais d'être prise en photo avec elle. Elle était polie et bien habillée, un foulard de soie négligemment noué autour du cou, et l'ourlet de sa veste était effiloché, ainsi que le dictait la mode. Je m'apprêtais à lui dire que je n'étais pas une célébrité, puis je me rendis compte qu'une tout autre raison expliquait sa requête. J'étais noire. J'acceptai et me tins avec raideur à côté d'elle pendant qu'un homme souriant, sans doute son mari, prenait la photo. C'étaient apparemment des gens du coin ; le restaurant n'avait rien de touristique. Je regrettai presque de ne pas être célèbre, ce qui aurait donné de la valeur à la photo. Cela ne m'était jamais arrivé auparavant, mais j'avais entendu parler de voyageurs noirs pris en chasse pour être photographiés dans des pays d'Europe centrale et de l'Est ainsi qu'en Asie. *Comment est-ce possible, dans le monde d'aujourd'hui ?* répondit l'Anglais. Il m'envoya des liens vers des articles portant sur un volcan islandais entré en éruption et la formation d'un nuage de cendre, lequel allait entraîner l'interruption du trafic aérien. Je pensai aux petites particules de cendre contraignant des avions énormes à rester au sol. *Je suis inquiet*, m'écrivit-il. *Je n'ai pas envie que tu sois coincée là-bas avec des gens qui prennent des photos de toi comme si tu étais un animal de cirque.* Justement, mes vols, de Skopje à Budapest, puis de Budapest à Londres, furent annulés. À l'aéroport, je fus soudain prise d'un accès de panique en m'imaginant bloquée là pendant des jours ou des semaines, loin de l'Anglais, dans cette ville où j'étais une curiosité. Tous les vols étaient annulés, les employés des compagnies aériennes, en pleine confusion derrière leurs guichets, s'excusaient de n'avoir aucune information à fournir. Je ne me sentais pas vraiment dans mon assiette, l'estomac ballonné, une odeur d'ail s'exhalant de tous mes pores. Depuis Londres, l'Anglais chercha des solutions en ligne et appela afin de me suggérer de prendre un autocar pour l'Allemagne, un trajet de vingt-quatre heures ; je serais peut-être retenue en Allemagne, mais cela valait mieux que Skopje où les gens me photographiaient comme ils l'auraient fait d'un oiseau au plumage insolite. Je lui répondis que cela ne me dérangeait pas vraiment.

« Crois-tu qu'on te l'aurait demandé si j'avais été avec toi ? »

Sa question me surprit. « Je ne sais pas.

— J'aimerais être là. J'ai envie d'être bloqué avec toi dans un endroit qu'aucun de nous ne connaît encore. »

Quand enfin je regagnai Londres plusieurs jours plus tard, j'eus droit, de sa part, à une puissante étreinte, presque exagérée, à croire que le nuage de cendre aurait pu ne jamais se dissiper. Cet incident avait dû le déstabiliser car, ce soir-là, d'une voix haut perchée comme s'il essayait de s'en persuader lui-même, il m'annonça : « Chia, en rentrant chez moi, je vais mettre un terme à mon mariage. » Le lendemain, il me dit qu'elle était seule au monde – ses parents étaient décédés quand elle était jeune et, pas plus tard que l'année précédente, sa sœur, atteinte d'un cancer, était morte dans ses bras. Ainsi débuta un cycle : il lui parlerait ce soir, le week-end prochain, à la fin du mois. Puis il m'expliquait qu'il ne lui avait rien dit car il n'y arrivait pas, puisqu'elle n'avait personne sur qui compter, que son chagrin, à la suite de la mort de sa sœur, était encore récent. S'il n'y avait pas eu de nuage de cendre, il n'aurait peut-être jamais évoqué la possibilité de quitter sa femme. Je dormais mal, me réveillais avant l'aube en me demandant s'il avait enfin franchi le pas. Chaque fois que je revoyais son visage, je savais qu'il n'en était rien, et ce que nous possédions autrefois de précieux devint sordide et sans valeur. Je lui disais que je l'aimais, mais cela ne suffisait pas. À de nombreuses reprises, je cessai de l'appeler, de lui envoyer des textos et de le retrouver dans la maison de mes parents. Puis je recommençais. Je mentais à mes amis et leur faisais croire qu'il était célibataire, mais j'étais constamment au bord de la panique à l'idée que quelque chose ne m'échappe et que quelqu'un ne découvre ce qui se passait. Seules Omelogor et Zikora savaient qu'il était marié.

Un jour, alors que nous nous dirigions vers la maison de mes parents depuis la gare, il me raconta une anecdote de son enfance à propos de *crumpets* ; je répétai alors le mot « *Crumpets !* » avant d'éclater de rire, il se mit à rire lui aussi et, au milieu de cette hilarité, je posai les yeux sur un carré de gazon flétri par le froid hivernal et songeai : Je suis triste. Ma tristesse était teintée de douceur, il n'empêche que j'étais triste. La dernière fois que je le vis, à la gare, je lui annonçai que je repartais aux États-Unis et ne reviendrais pas. « Puis-je te rendre visite ? Je viendrai, je trouverai un moyen... », assura-t-il sans terminer sa phrase. Il me tint la main un long moment avant de la lâcher. Pendant de nombreuses années, je m'abstins d'entrer dans cette gare et, le jour où j'y remis les pieds, tout me revint à la mémoire avec la fulgurance d'un coup de poing. Les odeurs d'une gare londonienne animée, de café, de nourriture, les parfums, les voyageurs, les panneaux d'affichage où clignotaient les horaires des trains, les boutiques illuminées et les escaliers roulants. Mon corps s'immobilisa, de lui-même, contre mon gré. Je trébuchai, tant fut viscérale, puissante, la vague déferlante des souvenirs et des regrets, de la peine et de la nostalgie de ce qui aurait pu être.

ZIKORA

UN

Toute la nuit, sa mère resta assise près d'elle, mais sans jamais la toucher. Dans la chambre d'hôpital mal aérée, elles se parlaient à peine. Lorsque Zikora poussa un hurlement, un son fulgurant qui lui fut comme arraché, sa mère dit calmement en igbo : « C'est ça un accouchement. »

Sans blague, répondit Zikora, mais seulement en son for intérieur, car même en souffrant le martyre, elle n'osait manquer de respect à sa mère. Elle s'était préparée à avoir mal, mais ceci n'était pas une simple douleur. C'était une chose qui ressemblait à de la douleur tout en s'en différenciant, qui se propageait de son dos à ses cuisses, puis la déchirait en deux – brutale, accablante, dépourvue de tout repentir. On se serait cru dans l'Ancien Testament. Un fléau. Son corps abandonné, une tempête primitive qui se déchaînait à sa guise. Et pourtant on lui disait qu'elle ne progressait pas. Chaque fois que le docteur K la soumettait à un examen, une invasion de ses doigts gantés, il annonçait : « Vous ne progressez pas », comme si elle était fautive. Que signifiait « progresser », de toute façon ? Comment était-il possible qu'elle ne « progresse » pas alors même que ce supplice, au fil des heures, restait à son paroxysme, pareil à une scie qui lui entaillait sauvagement tout le corps, les intestins et la colonne vertébrale, bien résolue à la détruire. Sa vue se brouilla. De quoi il parle, et qu'est-ce que je fais ici ? Elle ne se sentait pas prête, elle ne l'était évidemment pas, elle ne devait pas accoucher avant deux semaines. Chia n'était pas encore rentrée de Bolzano, Zikora n'avait pas encore reçu sa chemise de nuit neuve qui portait l'inscription JEUNE MAMAN, et sa mère était arrivée seulement la veille. L'effroyable sentiment de ne pas être prête du tout la submergea. Sans compter qu'une nouvelle onde de douleur lui irradiait à présent le dos, secouant son estomac en tous sens, son corps dérouté ne sachant que faire, vomir ou déféquer. Si encore un brin de répit lui était accordé, que tout s'interrompe le temps qu'elle puisse se sentir de nouveau elle-même. Mais l'attente était le seul remède. Une attente impuissante, infortunée. Elle avait prévu de réciter son rosaire entre deux contractions, mais son chapelet était posé en tas sur la table. La prière, forteresse inatteignable. Elle disait souvent, à propos de toutes sortes de broutilles, « Je n'y crois pas », or jusqu'à ce jour ces paroles ne lui avaient jamais semblé réellement pertinentes. Accoucher transcendait tout ce qu'elle avait pu imaginer ; si elle ne s'était pas retrouvée coincée ainsi, jamais elle n'aurait imaginé l'impuissance obscène liée à l'acte de mettre un enfant au monde. Trop peu de choses paraissaient maîtrisables et tant d'autres insupportables : cette pièce minuscule, oppressante, la sensation du tissu sur sa peau. Elle arracha brutalement la blouse d'hôpital, cette tenue légère avec ses fins lacets défaits, ouverte dans le dos, comme expressément conçue pour vous humilier. Nue, elle se jucha au bord du lit et eut un haut-le-cœur. Les lumières crues de la chambre l'éblouissaient, brûlant d'un sentiment d'impossibilité. Elle se leva, se rassit, chercha en vain une position confortable, puis se mit à quatre pattes, son ventre bombé pendant entre ses mains et ses genoux. L'infirmière lui disait « Respirez », ou quelque chose du même genre. Des crampes lui tenaillaient soudain le dos puis s'estompaient, comme des surprises malintentionnées. Elle avait envie de se traîner hors de sa peau ; elle avait envie de se dépouiller de tout ce qui l'encombrait. Si c'était ça, la douleur, alors rien de ce qu'elle avait pu ressentir auparavant au cours de sa vie ne méritait d'être désigné par ce mot.

« J'en ai besoin tout de suite ! cria Zikora. Il me faut l'épidurale maintenant ! »

Le sang lui battait aux tempes et dans les oreilles, et les lèvres de l'infirmière remuaient, mais Zikora n'entendait rien.

« J'en ai besoin tout de suite ! hurla-t-elle.

— Laissez-moi réajuster le moniteur fœtal, cette petite chose qui se trouve juste sur votre ventre », expliqua l'infirmière.

D'épais faux cils, pareils à des plumes noires, saillaient de ses paupières, si bien que ses yeux comme alourdis, mi-clos, donnaient l'impression qu'elle était bien moins vigilante que nécessaire pour accomplir ce travail. Elle déplaça la sonde sur l'abdomen de Zikora et resserra la bande élastique qui la maintenait en place avec des gestes quelque peu impatients ; elle aurait voulu en avoir déjà terminé avec cet accouchement. Zikora se hérissa. Les infirmières parlaient probablement d'elle en salle de soins, se plaignant de cette parturiente difficile et de mauvaise humeur depuis le début, incapable de se tenir tranquille au moment du triage. Un goût âcre lui monta à la gorge, une rancœur dirigée contre ces infirmières et toutes les femmes qui, à l'instar de guerrières, mettaient vaillamment des enfants au monde et s'en tiraient indemnes.

« J'aimerais vous examiner, juste pour m'assurer que tout va bien », dit l'infirmière.

Zikora se raidit à la pensée d'être de nouveau tâtée et palpée. Les ongles de cette infirmière devaient être des griffes acérées, assorties à ses cils ridicules ; comment savoir s'ils ne perceraient pas les gants et ne lui meurtriraient pas le col de l'utérus, ou toute autre partie de son corps qu'ils inspecteraient ?

« Relevez les pieds et laissez retomber les cuisses, ordonna l'infirmière.

— Comment ça ?

— Relevez les pieds et laissez retomber les cuisses. »

Laissez retomber les cuisses. Comment des cuisses pouvaient-elles retomber ? C'était invraisemblable ! Zikora se mit à rire. Comme détachée d'elle-même, elle entendit la pointe d'hystérie qui perçait dans ce rire. L'infirmière la dévisageait avec l'expression résignée de celle qui a déjà été témoin de toutes les formes de folie susceptibles de s'emparer de femmes allongées sur le dos, en train d'accoucher, le corps ouvert au monde.

Zikora était fatiguée, si fatiguée, en suspension dans un espace vide, séparée de son propre corps. L'épuisement se manifestait par vagucs puissantes, quand elle croyait avoir atteint le comble de la fatigue un éreintement nouveau s'abattait sur elle. Il émanait de cet épuisement une sensation chaude et humide, étouffante, mais il promettait aussi un répit, à condition que Zikora cède et se laisse aller. Cela l'effrayait. Toutes les histoires d'accouchements qui avaient mal tourné se profilaient dans son esprit, y prenaient de l'ampleur. Elle mourrait peut-être. Elle mourrait peut-être ici, aujourd'hui, comme Chinyere, la cousine d'Omelogor, morte dans la salle de travail d'un hôpital de Lagos alors qu'elle s'apprêtait à mettre au monde son troisième enfant. On racontait que Chinyere, entre deux contractions, déambulait dans la pièce et faisait des exercices de respiration en bavardant avec les infirmières, quand, au milieu d'une phrase, elle s'était immobilisée et effondrée, mourant sur le coup. Zikora, qui la connaissait à peine, eut pourtant du chagrin. Son cœur battait vite à présent. Le docteur K dit qu'il reviendrait la voir d'ici une heure. Elle serait peut-être morte dans une heure, et elle ne se fiait pas aux compétences de ces infirmières. Mais elle ne pouvait tout de même pas mourir ici, aux États-Unis, dans un bon hôpital proche de Washington, où tout était pris en charge par sa bonne assurance maladie. Chinyere, elle aussi, avait été admise dans un bon hôpital – Chia avait parlé de l'immense télé à écran plat installée dans chacune des chambres, Zikora s'en souvenait –, mais peu importait l'excellence supposée de la maternité, tout le monde y respirait encore la médiocrité de l'air nigérian. Elle avait toutefois lu quelque part que le taux de mortalité maternelle était plus élevé aux États-Unis que partout ailleurs dans le monde occidental – à moins que cela ne concerne que les femmes noires, elle ne savait plus. Elle aurait dû mieux se renseigner. Il était possible de mourir dans ce pays aussi. Si cela se produisait dans cette chambre d'hôpital, avec sa table roulante et une image de fleurs fanées au mur, Zikora deviendrait une énième donnée minuscule et anonyme dans les statistiques, une femme oubliée de plus parmi la multitude de celles qui étaient mortes parce que le bonheur de tomber enceinte leur avait été accordé.

Le docteur K entra, arborant un air calme difficilement supportable.

« Docteur K, je ne me sens pas bien, quelque chose ne va pas », dit-elle, parce qu'il y avait forcément quelque chose qui n'allait pas ; mettre un enfant au monde ne pouvait être aussi pernicieux, d'une cruauté aussi gratuite.

« Tout va bien, Zikora, tout est normal.

— Je suis tellement fatiguée.

— L'épidurale ne va pas tarder. Je sais que c'est inconfortable, mais ce que vous ressentez est parfaitement normal. »

Il s'adressait à elle comme si elle se montrait déraisonnable et qu'il fallait adopter avec elle un ton condescendant permettant de l'apaiser.

« Vous ne savez pas ce que je ressens ! » s'exclama-t-elle. Ce sympathique médecin iranien, qu'elle avait choisi pour son regard compatissant, était à présent un homme obtus qui la sermonnait obscurément à propos d'une situation qu'il ne connaîtrait jamais. « Inconfortable », disait-il ? Un mot si tiède, si peu adapté. Et puis, qu'entendait-il par « normal » ? Que la Nature allait de pair avec des souffrances superflues ? Ses intestins à lui n'étaient pas en feu ; son corps à lui n'était pas enserré par des ondes de douleur atroces au ressac incessant.

« Ressaisis-toi », lui dit sa mère en igbo, dans un quasi-murmure, comme si, hormis Zikora, quelqu'un avait pu la comprendre. *Jikota onwe gi.* Ces paroles si souvent sifflées, marmonnées ou prononcées avec un soupir chaque fois que Zikora agissait mal dans un lieu public où sa mère ne pouvait la gifler sur-le-champ. Ressaisis-toi. Une mise en garde, une lamentation qui signifiait : Abstiens-toi d'étaler quoi que ce soit au grand jour et, si c'est déjà fait, réapproprie-toi ce que tu as révélé. Les faiblesses et les besoins, mais tout particulièrement les besoins ; sa mère affichait du mépris si Zikora exprimait un besoin, aussi anodin soit-il.

Elle était âgée de neuf ans quand tantie Nwanneka, la seconde épouse de son père, avait donné naissance à Ugonna, son frère (ton demi-frère, disait toujours la mère de Zikora). Avant d'aller rendre visite au bébé, sa mère ramassa les cheveux de Zikora en un chignon serré très soigné et lui demanda de porter une robe rose habillée, à la jupe ample, comme pour la messe dominicale. Une délicieuse odeur de friture planait dans la maison de tantie Nwanneka. Le bébé dormait.

« Veux-tu des plantains et du poisson, Zikky ? » proposa tantie Nwanneka.

Avant que Zikora puisse répondre, sa mère déclina poliment : « Zikora a déjà mangé, merci. »

Pendant ce temps, Zikora humait les plantains et le poisson, elle en rêvait ; elle avait déjeuné avant de venir, mais c'était sans importance. Elle goûtait littéralement l'air ambiant, un air si grisant qu'elle faillit se lever pour se diriger, en transe, vers la cuisine. Elle finit par quitter son siège, seulement pour se rendre aux toilettes, et, en ressortant dans le couloir, elle croisa tantie Nwanneka qui allait jeter un coup d'œil au bébé ; Zikora lui dit qu'elle avait un peu faim, juste un peu. Tantie Nwanneka lui apporta une assiette où reposaient des morceaux ovales de plantains frits d'un jaune d'or luisant et un bout de poisson, rien moins que la queue, croustillante à souhait.

« Tu sais comment sont les enfants », dit tantie Nwanneka, en riant, à la mère de Zikora.

Laquelle, les yeux baissés vers son assiette, mangeait sans regarder sa mère.

« En fait, nous sommes en route pour le lac Nike »,

annonça brusquement celle-ci, déjà debout, alors qu'il restait du plantain dans l'assiette de Zikora. Dehors, près de la voiture, Zikora fut prise de vertige, éprouvant de la surprise plutôt que de la douleur quand la main de sa mère s'abattit avec force sur sa joue.

« Ne me couvre plus jamais de honte ainsi », dit calmement celle-ci.

À présent, Zikora la couvrait de nouveau de honte parce qu'elle n'affrontait pas cet accouchement dans un silence stoïque. L'un des principes de sa mère consistait à endurer la douleur avec fierté, notamment les maux qui n'affectaient que les femmes. Quand, adolescente, Zikora avait des crampes, sa mère disait : « Supporte-les, c'est ça, être une femme », et elle n'apprit que des années plus tard que les autres filles prenaient du Buscopan en cas de règles douloureuses.

Le médecin anesthésiste, au visage couvert de taches de rousseur et à la moustache cuivrée, manifestait une gaieté qui sonnait faux. Il parlait trop, et trop vite. Il rappelait à Zikora son associé, Brad, un autre rouquin qui jacassait à n'en plus finir pendant les réunions, et dont la vivacité masquait l'incompétence.

« Il va falloir que vous m'aidiez pour qu'on y arrive, OK ? Il faut que vous restiez parfaitement immobile, OK ? Ça ne prendra pas plus d'une minute, OK ? »

Il n'inspirait absolument pas confiance. Zikora commença à se demander s'il était qualifié et où il avait été formé. Des femmes ne finissaient-elles pas paralysées après des épidurales mal réalisées ?

« C'est votre maman ? demanda-t-il. Salut, maman ! J'aimerais que vous me donniez un coup de main, OK ? Super.

C'est bien pratique, d'avoir de la famille. Si vous pouvez la tenir afin qu'elle ne bouge pas… »

Sa mère, toujours dans son fauteuil, répondit : « Elle peut se débrouiller seule.

— Ah, OK, fit le médecin, troublé.

— OK », répéta l'infirmière, ce qui attisa la fureur de Zikora, parce que ce « OK » faussement étonné, accompagné d'un haussement de sourcils, était un commentaire gratuit qui n'avait qu'une fonction de moquerie.

Pourquoi faire la grimace parce que la mère de Zikora refusait de la tenir pendant l'épidurale ?

Les autres mères restaient-elles assises, raides comme des statues, impeccablement poudrées, leurs lunettes à monture dorée ainsi perchées sur leur nez ? Auquel cas, pourquoi se montrer aussi surprise ?

L'infirmière se disait peut-être que le père du bébé aurait dû se trouver là, à la place de cette mère glaciale, ce qui serait culotté de sa part, car cette infirmière avait probablement trois enfants de pères différents et absents, des enfants mal élevés contre lesquels elle hurlait tout en collant ses faux cils dans un appartement exigu et surchauffé de Baltimore. Zikora se sentait laide et en colère, acceptant cela comme un refuge amer. Un mal de tête lui martelait le milieu du front. Que l'accouchement était mesquin d'infliger autant de sortes de souffrances, même des maux de tête, de banals maux de tête. L'anesthésiste parlait sans relâche. « Aussi immobile que possible, OK ? Ne bougez pas, OK ? » Dans un silence absolu, Zikora se pencha en avant en serrant l'oreiller contre elle, et resta impassible en sentant un liquide froid sur sa peau, puis la brève piqûre de l'aiguille dans son dos. Ses yeux s'emplirent de larmes ; sa colère se recroquevilla peu à peu pour se transformer en une obscurité proche du chagrin. Le produit anesthésiant répandait en elle une étrangeté, une perception fantôme, comme si la moitié de son corps était coupée de l'autre, et que celle-ci se raccrochait au souvenir de cette perte. En réalité, c'était Kwame qui aurait dû se trouver près d'elle, assis dans ce fauteuil, s'appliquant à inventer un jeu de mots avec des « noix ». Cédant à une soudaine impulsion, elle lui envoya un texto : *Je suis en train d'accoucher à l'hôpital East Memorial*. Elle garda son téléphone à la main, le consultant constamment, priant pour que la réponse de Kwame s'affiche sur l'écran, jusqu'au moment où le docteur K lui demanda de pousser.

DEUX

Il se rencontrèrent à l'occasion du lancement d'un livre de cuisine végane auquel elle avait failli ne pas se rendre. Le rooftop du centre-ville où se déroulait l'événement fourmillait de gens chics tandis qu'une personne décrivait au micro les canapés sophistiqués qui circulaient sur des plateaux. L'autrice, une cheffe cuisinière privée, était la femme de Jon, un collègue de Zikora.

« Vous vous êtes déjà croisés, tous les deux ? » Ce fut ainsi que Jon la présenta à Kwame, et celui-ci se pencha vers elle, un mouvement d'une décontraction intime, étonnant sans être déplacé, comme s'ils se connaissaient déjà mais qu'ils étaient seulement bons amis.

« Quand on nous dit que quelque chose a un goût de noix, sait-on de quelle noix il s'agit ? Parce que la saveur d'une noisette n'a rien à voir avec celle d'une noix de cajou, déclara Kwame.

— Je crois que c'est une question de texture, pas de goût », répondit Zikora avant de rire, avec un peu trop d'empressement, car elle ne s'attendait pas à rencontrer qui que ce soit pendant le lancement de ce livre de cuisine végane, or un homme noir très présentable se tenait à présent en face d'elle tandis que s'ouvrait discrètement le champ des possibilités. Lors de leur premier rendez-vous, il lui lança : « Tu es aussi jolie à croquer qu'une noix ! » Il y avait en lui quelque chose d'enfantin, ce qui, contrairement à certains hommes, n'était pas une simple façade dissimulant de l'immaturité ; Kwame était un adulte encore capable de solliciter en lui-même l'émerveillement et l'innocence de l'enfance. Ils s'approprièrent le mot « noix ». Ils l'employèrent comme un verbe, comme un terme d'affection, un adjectif ; et même quand il n'avait rien d'amusant, il continuait de leur appartenir.

Le jour de leur rupture, il la regarda de la tête aux pieds en disant : « Hé, ma belle, sans toi je me noix ! » Aucun d'eux ne savait encore qu'ils se sépareraient plus tard ce soir-là quand ils arrivèrent main dans la main au gala organisé par le cabinet d'avocats où il travaillait, lui dans son costume sombre, elle dans sa robe émeraude, formant un élégant couple noir washingtonien plein d'étincelantes promesses. Elle n'avait jamais connu un homme si prévenant et si peu nerveux de caractère. Il parlait spontanément de sa vie et, au début, sa grande franchise la déconcerta, car Zikora était auparavant sortie avec des hommes si réservés que même des choses anodines devenaient des secrets. Lorsque Kwame la voyait, son visage s'illuminait ; il ne dissimulait pas son plaisir ni ne feignait de ne pas être trop attaché à elle. Il lui dit « Je t'aime » avant elle. Il était censé ressembler aux autres Noirs célibataires hétérosexuels de Washington à qui tout réussissait : grisés par leur propre singularité, comblés par les occasions d'idylles qui s'offraient à eux, conservant toujours l'espoir que quelque chose de mieux encore allait se présenter. Au début, elle retint son souffle, attendant qu'il change, que le vernis se craquelle, qu'il dévoile son âme sinistre, fangeuse. Il demeura cependant lui-même, si bien que peu à peu elle s'ouvrit entièrement à cette vie à deux. Quoique de treize mois son aînée, elle se sentait parfois beaucoup plus âgée, comme si elle savait mieux que lui combien la trame de l'existence n'est pas uniforme. Il était aveugle à l'hypocrisie d'autrui et à la malveillance en amitié, pourtant si évidentes aux yeux de Zikora. Il disait en guise de plaisanterie qu'elle ferait bien d'enquêter sur ses amis afin de le protéger, une boutade qui avait un fond de vérité. « Tu aurais dû me mettre en garde à propos de Maya », lui dit-il un jour en riant. Maya, la petite amie de longue date, à l'université puis en fac de droit, qui lui avait annoncé que c'était terminé entre eux parce qu'elle s'ennuyait avec lui, le laissant profondément ébranlé et célibataire pour des années. Zikora savait que quand il disait aimer la façon dont elle le « comprenait », il insinuait que cela n'avait pas été le cas de Maya. Ou bien quand il disait apprécier le fait que Zikora et lui avaient des origines communes, il sous-entendait que Maya n'était pas africaine, or être africaine était un atout. Avoir des avantages sur son ex flattait l'instinct de compétition de Zikora. Pourtant, l'enfance américaine de Kwame semblait avoir été source de tensions bien différentes de celles de son enfance nigériane. Il avait grandi en Virginie septentrionale avec des rêves déjà nourris à sa place. À l'ardeur de son père, immigré ghanéen, se mêlait la détermination de sa mère afro-américaine de lui ouvrir toutes les portes que l'histoire lui avait claquées à la figure. Son frère cadet et lui avaient pris des cours de violon et fréquenté une école privée où l'uniforme était obligatoire, et, tous les étés, son père engageait des précepteurs et plaçait sur le réfrigérateur des listes d'ouvrages à lire. À peine Kwame eut-il décacheté la lettre d'admission à l'université

Cornell pour un premier cycle d'études que ses parents commencèrent à parler de l'envoyer ensuite en faculté de droit. La première fois qu'il emmena Zikora chez ses parents à McLean pour un déjeuner dominical, leur attitude chaleureuse la surprit. Vu ce qu'il lui avait raconté, elle escomptait un accueil méfiant avant qu'ils ne passent le repas à jauger son mérite. Elle ne s'attendait pas à se sentir aussi à l'aise avec eux, mais elle savait que leur approbation aurait été moins prompte à se manifester si elle n'avait pas eu de bons antécédents. La mère de Kwame l'interrogea sur Watkins Dunn. « L'époux de la maire en a été l'un des associés fondateurs avant sa mort », dit-elle, ce que Zikora ignorait. Le père de Kwame l'interrogea sur la compagnie pétrolière de son père à Enugu. « En fait, c'est une entreprise parapétrolière », précisa Zikora, un peu étonnée que Kwame leur en ait dit autant à son sujet. Le père écoutait les autres d'un air absorbé, inclinant de côté sa tête aux cheveux poivre et sel à la manière d'un charmant diplomate. La mère de Kwame la materna, faisant remarquer : *Vous avez à peine mangé, vous consommez de la viande, n'est-ce pas ? La tarte aux fruits vous convient-elle ?* Après le déjeuner, elle déclara qu'ils se devaient de faire un concert spécial pour Zikora, puis elle s'assit au piano et se mit à jouer tandis que Kwame gémissait et que son père entonnait l'hymne national du Ghana.

« Je suis si contente qu'il soit enfin passé à autre chose », murmura la mère de Kwame à l'oreille de Zikora lorsqu'elles s'embrassèrent au moment des adieux.

« J'aurais aimé que ça se déroule un peu mieux », déclara Kwame une fois qu'ils furent dans la voiture et, par jeu, Zikora lui donna un petit coup de poing dans l'épaule.

« On va chez toi ou chez moi ? demanda-t-il.

— Chez moi. »

Il posait toujours la question, même s'ils allaient plus souvent chez Zikora ; son appartement était plus grand, les fenêtres plus hautes et le séjour baigné de lumière. Il affirmait que ses jeux vidéo rendaient mieux sur l'écran grâce à cette lumière naturelle. Le dimanche, il l'accompagnait à la messe et, pendant le brunch qu'ils prenaient ensuite, il plaisantait à propos de son Église baptiste noire, qui ne l'avait pas préparé à devoir constamment se lever et se rasseoir à la façon des catholiques. « Mais c'est l'amour qui compte. Pour Martin Luther King, Jésus était "un extrémiste de l'amour". »

Il lui raconta que, dans son enfance, leurs séjours au Ghana s'étaient espacés après une brouille entre son père et sa famille pour des histoires d'héritage qu'il n'avait jamais tout à fait comprises.

« Il refuse d'en parler.

— C'est triste de penser que ce genre de choses peut vraiment diviser des familles, répondit Zikora.

— Je sais. Mais nous allons faire en sorte que je renoue avec mes racines africaines, d'accord ?

— Oui, nous allons nous en occuper », dit-elle avant de l'embrasser sur la bouche.

C'était donc ça, le bonheur, une vie à la première personne du pluriel. *Nous avons besoin de lait. Et si nous passions une soirée tranquille à la maison ce week-end ? Nous serons en retard à ce truc. Bon, nous allons le visiter ou pas, ce musée ?*

Il se rendirent ensemble à la fête organisée chaque été par la famille de la mère de Kwame, et Zikora fut émue de découvrir qu'il avait commandé pour elle aussi un teeshirt sur lequel le patronyme de sa mère était imprimé au-dessus d'un arbre aux nombreuses branches. Elle le porta en frémissant de joie à l'idée d'être des leurs, tandis qu'elle le regardait jouer au frisbee avec les adolescents dans un pré bordé de cerisiers. Ils criaient, se taquinaient, et elle constata à quel point ils l'appréciaient et l'admiraient, ce grand cousin à qui tout réussissait, cet avocat washingtonien qui respirait la décontraction. Les femmes flirtaient avec lui et, de son côté, il les complimentait avec générosité et innocence. Tout le monde l'aimait, tenait à être près de lui, à le toucher, à lui parler. Assise à l'ombre, Zikora mangeait de la pastèque avec les parents de Kwame qui, par moments, riaient aux pitreries de leur fils, chacun de leurs gestes exprimant leur fierté : il était en tout point le fils qu'ils avaient espéré. Lorsqu'ils s'esclaffaient, la mère de Kwame donnait un petit coup de coude à Zikora, l'invitant à prendre part à leur gaieté. Quant à Zikora, elle s'aperçut qu'elle s'était redressée sur sa chaise et mangeait avec davantage de délicatesse, comme si elle avait remporté un prix qu'elle n'était pas certaine de mériter et qu'il lui fallait ainsi se montrer sous son meilleur jour.

TROIS

Elle avait toujours imaginé son avenir sur une frise chronologique très précise – d'abord un emploi lucratif et prestigieux, puis un mariage catholique flamboyant, rapidement suivi de deux enfants, ou peut-être trois. Elle remaniait quelques menus détails de temps à autre – parfois elle se voyait à Londres, se rendant au bureau d'un pas vif par des jours de brouillard, ou bien à Lagos, occupée à lire des dossiers dans son SUV climatisé, ou encore sur une autre côte américaine, en Californie, portant des sandales pour aller travailler –, mais les grandes lignes étaient immuables. Elle fit ce qu'il fallait, brigua avec ténacité un poste au cabinet Watkins Dunn, puis attendit que tout le reste lui tombe du ciel, comme prévu. Mais les cieux désinvoltes paraissaient sourds à ses attentes. Les années s'écoulaient, les hommes défilaient, et Zikora pensait sans cesse : Ce sera forcément le prochain, ça ne peut pas ne pas être le prochain. Pourquoi rien ne se produisait ? Elle n'avait jamais eu le moindre doute sur le fait qu'elle se marierait, aussi naturellement que le jour succède à la nuit. Une union à vingt-sept ou vingt-huit ans serait idéale, mais vingt-neuf ans conviendrait aussi et, quand elle fêta son trentième anniversaire, elle eut le sentiment d'avoir été condamnée à une traversée du désert. Des invitations à des mariages arrivaient, de la part d'amies au Nigeria et aux États-Unis, et les enveloppes à l'éclat mat, aux mots imprimés en caractères fleuris, l'écœuraient. Les cieux avaient ouvert des vannes et il pleuvait maintenant des mariages pour tout le monde, excepté elle. À l'approche de son trente et unième anniversaire, elle était plus optimiste, car elle avait commencé à dire des neuvaines à saint Joseph, l'époux de la Sainte Vierge ; à l'archange Raphaël, qui avait aidé un couple dans le livre de Tobie ; et le plus souvent au cœur immaculé de Marie. Elle récitait de simples prières pendant neuf jours, puis recommençait. Cette répétition l'apaisait, comme un nuage se déplaçant doucement, comme un vent qui se levait et retombait, lui apportant l'assurance que son tour viendrait, et ce bientôt. Elle savait que le pape était souffrant – il semblait de jour en jour plus frêle, courbé et comme cassé en deux, s'agrippant à sa férule –, mais quand, un matin au réveil, elle apprit sa mort, la stupeur lui engourdit tout le corps. Jean-Paul II n'était plus, et les certitudes de Zikora volèrent en éclats aveuglants. Elle avait huit ans quand le pape s'était rendu au Nigeria, et cette visite lui avait paru plus importante encore car sa mère avait dit : « C'est le premier voyage qu'il fait depuis qu'on lui a tiré dessus, et il a décidé de venir ici. » À croire que c'était le signe que les Nigérians, dont sa mère et elle, comptaient tout particulièrement. Le doux visage du pape souriait sur la broche dorée agrafée au col de sa mère, sur la photographie encadrée accrochée au mur de la salle à manger et dans les almanachs religieux éparpillés un peu partout dans la maison. C'était un visage qu'elle connaissait bien, mais elle avait été si peu préparée à voir ce sourire en vrai et cet homme en personne, plus petit que ce à quoi elle s'attendait, plein d'énergie et de vitalité, sa peau rosissant au soleil, et pourtant pas moins semblable au Christ. Il paraissait tout droit sorti d'un lieu fantomatique béni, un lieu généreux qu'il avait quitté pour leur apporter seulement de la bonté. Ce jour-là, parmi la foule alignée le long de la route menant au terrain, Zikora, sa mère et ses tanties étaient à l'avant, assez proches pour tendre la main et toucher la jeep du pape, parce que le père Damian leur avait gardé une place, et le soleil illumina brièvement le Saint-Père quand il leva la main pour l'agiter dans la direction de Zikora. Le pape agita la main dans sa direction et lui sourit et, à cet instant, alors qu'il la saluait ainsi, une joie qu'elle n'avait jamais ressentie auparavant descendit du ciel et se posa sur elle. Elle éprouvait un tel bonheur, un bonheur indescriptible. Il l'avait vue. Jamais elle n'en douta. Sa vie se déployait devant elle, la voie de ses rêves parfaitement assurée. Mais maintenant il était mort, et les rêves de Zikora avaient déserté leur refuge habituel. À presque trente et un ans, elle était célibataire et il n'y avait personne de sérieux dans sa vie. Sa respiration s'accéléra tandis qu'elle perdait courage. Son téléphone sonnait, c'était Chia, et elle expira calmement avant de décrocher, mais à peine son amie eut-elle dit « Zikor » que Zikora se mit à pleurer. Son nez coulait, elle toussait, suffoquée par les larmes. Jamais elle n'avait été si peu maîtresse d'elle-même, à pleurer ainsi. Elle aurait pu être mariée et mère d'un enfant à l'heure qu'il était ; sa vie n'avait pas atteint l'objectif qu'elle s'était fixé, et elle ne savait pas pourquoi d'autres personnes se voyaient offrir ce qu'elle méritait, elle aussi. Ses plaintes alarmèrent et troublèrent Chia, qui répétait : « Zikor, arrête de pleurer s'il te plaît. *Biko I bezina.* »

Quand Chia vint de Philadelphie pour la voir ce week-end-là, Zikora était navrée et un peu honteuse du pur désespoir qu'elle avait affiché. Chia insista de nouveau pour qu'elle essaie de rencontrer des hommes sur des sites et, de nouveau, Zikora s'y opposa. Elle ne pensait qu'aux publicités télévisées où des couples peu crédibles paraissaient trop heureux, sur fond d'éclairage tamisé et de musique pleine d'espoir teintés de mensonge, conçus pour vous tromper insidieusement. Il était hors de question de s'exhiber sur Internet – le comble de la honte. Et si l'une de ses anciennes camarades de classe tombait sur sa photo en ligne ? Dans ce cas, répondit Chia, ça voudra dire qu'elle est inscrite sur le même site de rencontres que toi.

« Je serais moi aussi sur des sites de ce genre si mon cœur n'appartenait pas entièrement à Darnell », ajouta-t-elle. Adorable et rêveuse Chia, dont l'expression vaporeuse restait inchangée depuis l'école primaire, à l'époque où elle n'était que « la petite sœur des jumeaux », deux classes en dessous de Zikora. Elle allait se baigner dans leur piscine, plus grande que celle de l'hôtel Presidential, et Chia se tenait là, dans des robes trop jolies pour rester chez soi, dorlotée sans pourtant être gâtée, proposant de lui apporter une serviette ou une bouteille de Fanta, cherchant à lui plaire, si désireuse d'être appréciée et si peu consciente de son propre charme. « Chia n'a pas inventé le fil à couper le beurre », dit un jour la mère de Zikora, et celle-ci eut soudain envie de la défendre, avant même qu'elles ne deviennent vraiment amies. Il fallut attendre qu'elles partent toutes deux s'installer aux États-Unis, après le lycée, et qu'elles se retrouvent à Philadelphie, puis dans le Maryland, pour que se forme, sur un pied d'égalité, une véritable amitié.

« Zikor, je vais te créer un profil en ligne. Juste pour tenter, et tu verras », dit Chia, et Zikora céda.

Chia choisit une photographie sur laquelle Zikora, assise à une terrasse de café, riait d'un air insouciant dans une lumière tachetée d'ombres. Un cliché plutôt réussi. Elle accepta de s'inscrire et, non sans méfiance, examina des profils susceptibles de l'intéresser, cliquant sur chacun d'eux d'un doigt réticent, mais elle commença bientôt à vérifier sa messagerie toujours pleine avec un doux frisson empressé ; c'est peut-être mon futur mari qui m'envoie l'un de ces messages, songeait-elle. Elle bavarda avec quelques hommes au téléphone. « Comment va ton chat ? » demanda l'un d'eux, et elle raccrocha ; c'était la deuxième fois qu'ils se parlaient, et il la prenait encore pour une autre. Il n'y en eut qu'un qu'elle accepta de rencontrer, dans un bar du centre-ville. Sur le site, il appartenait au sous-groupe pour lequel elle avait dès le départ montré une préférence, celui des Noirs internationaux, c'est-à-dire, d'après ce qu'elle avait compris, des Noirs non américains. Un avocat jamaïcain, grand, costaud, à la peau couleur chocolat sur sa photo de profil, qui, au téléphone, lui avait paru responsable. Son accent jamaïcain était plaisant à l'oreille. Pleine d'impatience, elle se jucha sur un tabouret de bar, se prépara à l'idée qu'il serait peut-être plus gros ou plus petit que sur sa photo, consciente que les gens choisissaient des clichés sur lesquels ils étaient plus jeunes, mais, chose absurde, il s'avéra être frêle, maigre et clair de peau, et se présenta en lui disant « Zikora ? Salut », le plus naturellement du monde. C'était bel et bien lui, elle le reconnut à sa voix et à son accent. Il s'apprêtait à s'asseoir quand elle prit son téléphone et son sac à main, puis s'en alla.

Elle essaya un autre site de rencontres, dédié aux Noirs de la région de Washington, où la plupart des utilisateurs faisaient étalage de leurs exploits touristiques : des photos de passeports et de la tour Eiffel, des images de paysages prises pendant qu'un avion entamait sa descente. *J'adore les voyages, et toi tu aimes les voyages ?* À ses yeux, cette obsession des Américains noirs pour le tourisme international illustrait leur statut social inférieur, comme des habitants d'un village de brousse qui se vanteraient d'être allés en ville. *Je peux passer te voir ?* demandaient de nombreux hommes noirs après avoir échangé quelques textos. *Je peux passer te voir maintenant ?* Comment pouvaient-ils être certains qu'elle ne les attendrait pas avec un couteau affûté ou une boisson empoisonnée ?

Elle s'inscrivit ensuite sur un site de rencontres chrétien qui lui parut lugubre, avec trop peu d'hommes et encore moins d'hommes noirs. Le seul avec lequel elle avait des points communs ressemblait à un meurtrier dont on parlait aux informations, qui avait tout juste assassiné deux femmes avant de fourrer leurs corps dans des sacs-poubelles. Elle supprima tous ses profils. Il lui paraissait déloyal de rester sur ces sites, comme si elle doutait du fait assuré que son tour viendrait.

Quand elle envisagea de faire congeler ses ovocytes, elle avait dans les trente-cinq ans. « À votre âge, ce n'est pas recommandé. Je vous conseille de commencer une FIV et d'essayer d'avoir un enfant dès à présent », dit le médecin, tandis que Zikora hochait la tête d'un air entendu pour dissimuler sa désolation. Essayer d'avoir un enfant dès à présent. Si elle avait pu le faire, elle n'aurait pas pris rendez-vous dans ce centre de procréation médicalement assistée afin de faire congeler ses ovocytes. À moins que le médecin ne sous-entende un donneur de sperme, ce qui était hors de question, l'idée d'avoir un enfant issu d'un homme dont elle ne connaissait pas les antécédents étant presque blasphématoire. Elle sortit de la clinique, remonta en voiture et regagna son bureau ; elle ignorait encore qu'elle aurait bientôt deux histoires à la suite avec des hommes qui étaient des voleurs de temps, parce qu'elle resterait avec chacun d'eux en attendant une demande en mariage, attendant encore alors qu'elle approcherait de la quarantaine, attendant toujours. Si elle avait envie d'un joli collier, de vacances ou d'un bel appartement, il lui suffisait de sortir sa carte de crédit, mais son désir le plus sincère, son désir de mariage, dépendait de quelqu'un d'autre.

QUATRE

Le premier voleur de temps avait les yeux toujours en mouvement. Il était farouchement ambitieux, agité, sans cesse en quête de nouvelles affaires à conclure, de sommets inédits à conquérir. Assise face à lui au restaurant, elle se retenait toujours de se retourner ou de jeter un coup d'œil de côté pour voir ce qu'il regardait. Il portait un parfum trop capiteux et tout ce qu'il touchait, chaque pièce dans laquelle il entrait, sentaient le cuir et le rhum. Cette odeur donnait de légers maux de tête à Zikora, mais elle ne le lui avoua jamais. Il avait une licence en droit obtenue à Enugu, un MBA d'une université du Midwest et un master en santé publique décroché à College Park. Il se rendait souvent au port de Baltimore afin d'expédier des conteneurs à Lagos et il aimait bien le mot « tâter ». Je tâte de l'immobilier. Je tâte des investissements. Je tâte des produits pharmaceutiques. La première fois qu'elle se rendit chez lui, l'état de son appartement la stupéfia. Des toiles d'araignée soyeuses pendaient du plafond, des yaourts à moitié terminés couverts de moisissures reposaient sur sa table de chevet et par terre, à côté de son lit, elle découvrit des tasses au fond desquelles croupissaient des restes de liquide visiblement collants, de la vieille bière ou peut-être du jus de fruit. Non seulement il ignorait les miettes de gâteau qui jonchaient son canapé, mais il semblait ne pas les voir. Comment faisait-il pour apparaître en public lavé de la tête aux pieds, dans une tenue parfaitement repassée, avec une coupe de cheveux impeccable et des souliers cirés, en vivant en toute insouciance dans une pareille crasse ? Zikora en ressentit presque de la frayeur, comme si cette hygiène déplorable recelait une signification particulière, un indice encore indéchiffrable mais indubitablement sombre.

« Désolé, ça fait une éternité que je n'ai pas invité une femme chez moi, tu es la première depuis un bout de temps », dit-il en souriant, attendant qu'elle se déride. À sa visite suivante, elle avisa des assiettes pleines de restes mâchonnés d'os de poulet sur la table de la salle à manger, comme s'il n'avait pas été averti de sa venue. Une cuiller graisseuse traînait dans un bol sale près de son lit. « Je vais nettoyer tout ça, désolé », dit-il, sur un ton pourtant peu convaincant, presque enjoué, dans l'espoir qu'elle proposerait de s'en occuper. Ce qu'elle fit, avec ses talons hauts – elle essuya les plans de travail de la cuisine et lava sa vaisselle sale avant qu'ils n'aillent au cinéma.

« As-tu envie d'avoir des enfants ? demanda-t-il un jour, alors que l'attente de Zikora durait depuis plus d'un an.

— Oui, très.

— Tu as déjà été enceinte ? »

Il avait posé cette question d'un ton dégagé, mais elle comprit tacitement qu'il cherchait, implacable, à lui soutirer des informations. Elle fut surprise et contrariée de constater qu'il appartenait à cette catégorie d'Igbos désireux d'avoir des preuves de la fertilité d'une femme avant de proposer le mariage. C'étaient d'ordinaire des individus arriérés, sans instruction, qui louvoyaient aussi ignoblement, troquant le mariage pour un bébé ; pas des hommes comme lui, plusieurs fois diplômés, qui faisaient des dons à l'antenne locale du Parti démocrate et jouaient au golf avec des Américains à Turf Valley. Son vernis progressiste devait être bien fin, sélectif et peut-être même un simple écran de fumée, et elle craignit que d'autres révélations ne lui soient réservées. À une tout autre époque de sa vie, elle lui aurait dit d'aller au diable avec sa question.

« Non, répondit-elle.

— Ta mère a eu des difficultés à avoir d'autres enfants ?

— Elle est tombée enceinte à plusieurs reprises, elle a juste fait des fausses couches », précisa Zikora, percevant à sa voix qu'elle était sur la défensive. Elle comprenait à présent pourquoi il l'interrogeait ainsi : Zikora n'ayant eu ni frère ni sœur, peut-être avait-elle été, au mieux, contaminée par la malédiction de l'enfant unique, au pire frappée d'infertilité.

« Nous pouvons toujours essayer. Qu'en penses-tu ? » Assis dans son lit, il la regardait d'un air magnanime, content de lui, comme s'il lui offrait un cadeau. Était-ce une proposition de mariage ? Elle tenait naturellement à ce qu'on lui propose le mariage sans lui demander d'abord de tomber enceinte, et pourtant l'enthousiasme la gagnait, bien malgré elle.

« J'en pense que ce n'est pas une mauvaise idée, dit-elle, puis elle rit.

— Je n'ai pas confiance dans les nourrices.

— Comment ?

— Une fois que ça arrivera, tu devras t'organiser côté travail, parce que je n'ai pas confiance dans les nourrices. »

Zikora s'adossa contre son oreiller et garda le silence. Même la couette avait l'odeur de son parfum.

« Je subviendrai à tous tes besoins, ma chérie, promit-il en l'attirant gentiment contre lui. Évidemment ; tu n'as pas à t'en préoccuper. »

Il croyait qu'elle avait besoin d'être rassurée sur ce point. Il ne pouvait comprendre qu'elle n'aurait sans doute pas envie de rester sans emploi pendant des années, ni qu'elle tenait elle aussi à imprimer sa marque sur le monde, à posséder des choses qui ne soient qu'à elle. Cet aveuglement était tellement déconcertant de la part d'un homme si ambitieux. À moins que l'ambition ne soit par nature incapable de déceler d'autres manifestations d'elle-même. Dès le début, elle avait perçu que sa vision de la vie contrastait vivement avec celle de ce premier voleur de temps, comme ces images qui circulaient, dont il fallait dire si on les voyait en gris ou en rose, parce que les couleurs paraissaient différentes d'une personne à l'autre, alors que tout le monde regardait la même image. Elle s'était toutefois cramponnée à lui parce que les gens changeaient, et parce qu'elle se sentait capable de le changer. Marions-nous d'abord, songeait-elle, attendons que je tombe d'abord enceinte. Elle continuait de laver la vaisselle sale qui traînait sur sa table ; au moins, il n'en laissait plus sous son lit, c'était un progrès.

Un jour, alors qu'elle avait arrêté de prendre la pilule, il dit d'un air pensif : « Mon père est un pilier de l'église anglicane de Mbaise. Un mariage catholique ne me dérange pas, mais je ne sais pas s'il l'acceptera.

— Je suis flexible », répondit-elle un peu trop vite, avant que son désarroi ne s'affiche sur son visage. Des cratères se formèrent dans son cœur à l'idée d'un mariage qui ne serait pas catholique, une cérémonie insipide dans une église protestante, à la suite de laquelle elle n'aurait même pas l'impression d'être mariée, mais elle ne voulut pas s'appesantir sur la question. Ils pourraient organiser une bénédiction catholique après le mariage, et, une fois les préparatifs sérieusement lancés, peut-être réussirait-elle à le convaincre que les protestants se formalisaient moins des mariages interreligieux que les catholiques. Ce qui comptait avant tout, c'était de mettre les choses en route. Puis Chidimma lui envoya la photo d'un faire-part de mariage. Zikora se trouvait dans une pharmacie CVS, après le travail, à la recherche d'un complément alimentaire qui, avait-elle appris, augmentait la fertilité. Plus tard, elle se souviendrait avec une ironie amère du moment où, tenant le flacon de pilules dans son emballage rose et bleu, elle découvrit l'image sur son écran. Chidimma était une fille insignifiante au lycée, mais, après son départ pour Houston afin d'épouser un homme qui avait fini en prison, elle était devenue une commère enragée, colportant sans cesse les dernières nouvelles sans qu'on le lui ait demandé. D'abord, Zikora fut décontenancée à la vue de son nom complet à lui dans une police cursive, puis un frisson glacial la saisit quand elle prit conscience qu'il s'apprêtait à épouser une fille au Nigeria. Elle secoua la tête, puis la secoua de nouveau. Elle eut soudain la sensation de se trouver dans un film de Nollywood dont l'intrigue minable reposait sur des caprices et des coïncidences. Elle s'interrogea sur la nature de la tromperie. Pourquoi s'était-il donné la peine de jouer cette comédie compliquée, qui paraissait tellement gratuite ? Elle couchait déjà avec lui, il était donc inutile pour lui de mentir en faisant croire qu'il voulait l'épouser, si le sexe était son but ultime. À moins qu'il n'ait fait des demandes à plusieurs femmes, prévoyant d'accorder le mariage en récompense à celle qui tomberait enceinte la première ? Elle voulait savoir, elle le voulait vraiment, pour apaiser son esprit, mais Chia lui dit de ne pas l'affronter, de se contenter de bloquer son numéro et de passer à autre chose. « Que pourrait-il te dire qui aurait un sens à tes yeux ? » ajouta Chia.

Zikora sentit une séparation s'opérer en elle, comme si deux parties de son être existaient en parallèle. Au travail, elle se montrait méticuleuse, doutant de chaque chose, relisant tout deux fois, posant des questions, mais avec les hommes elle avançait à l'aveuglette en ayant envie de croire tout ce qu'ils lui racontaient.

L'autre voleur de temps était un homme qui boudait comme un enfant. Parfois, sans raison aucune, il se taisait pendant des heures, voire des jours, avançant sa lèvre inférieure comme un bambin qui se croit injustement privé. Si elle essayait de s'adresser à lui avant qu'il ne soit décidé à parler de nouveau, il se mettait à fredonner, un fredonnement sans mélodie. Avec lui elle avait l'impression d'être une médium censée deviner ses motivations et réparer des fautes impossibles à circonscrire. « Je suis vraiment désolée », finissait-elle par dire, sans connaître la raison de ses excuses. Il les appréciait tout particulièrement quand elle était au bord des larmes. Il ne tarissait pas d'éloges sur Ellen Johnson Sirleaf et Angela Merkel ; « J'aime les femmes puissantes », déclarait-il souvent ; mais, chaque fois qu'elle était en désaccord avec lui, il lançait sèchement : « C'est irrespectueux ! » Il aimait bien discuter de politique, tant nigériane qu'américaine, et il se montrait perspicace et amusant – « Les politiciens américains sont des mendiants et les politiciens nigérians des voleurs, mais au bout du compte ils sont tous obnubilés par l'argent », affirma-t-il en une occasion –, en revanche il parlait peu de leur relation, et Zikora en était réduite à étudier ses gestes en quête d'un sens à leur donner. Un jour, il lui apporta un cadeau surprise dans un élégant sac en papier, alors qu'offrir un présent juste pour le plaisir ne lui ressemblait pas. Il était frugal et considérait que les restaurants l'escroquaient ; en parcourant le menu des yeux, il disait par exemple : « Cette entrée coûte autant que mes courses de la semaine. » Une boîte carrée enveloppée d'un papier crème doux au toucher. Elle sentit son ventre se nouer et se dénouer, persuadée qu'il s'agissait d'une bague, ce ne pouvait pas être autre chose. Il ne lui avait jamais demandé quel genre de bague elle aimait, mais cela n'avait pas d'importance car elle pourrait toujours s'en acheter une autre et annoncer à tout le monde qu'il la lui avait offerte. Elle ôta le papier couche après couche afin de savourer l'instant avant d'atteindre le coffret et leva les yeux vers lui, qui la regardait avec un large sourire. À l'intérieur elle découvrit une bougie rose, à la longue mèche dressée.

« Tu as dit que tu aimais les bougies parfumées, je m'en suis souvenu », précisa-t-il. Elle marqua une pause avant de le remercier. Une pause durant laquelle une vive humiliation l'enveloppa. Elle n'avait pas pu lui dire qu'elle aimait les bougies parfumées étant donné qu'elle les détestait. Ces objets présentaient des avantages dérisoires si l'on considérait les incendies qu'ils étaient susceptibles de provoquer ; Zikora ne voyait pas leur intérêt puisqu'on pouvait tout aussi bien utiliser des désodorisants. Elle laissa la bougie parfumée sur sa commode sans la sortir de sa boîte. Ce cadeau signifiait que la personne qui aimait les bougies parfumées ne faisait plus partie de la vie de cet homme, ou bien que cette même personne qui aimait les bougies parfumées avait refusé celle-ci avec colère et attendait d'autres actes d'expiation de sa part. Zikora ne l'interrogerait jamais à ce sujet, le silence étant son seul refuge face à la force redoutable de l'humiliation qui menaçait de la diminuer, de la rendre toute petite. Elle aurait pu cacher ou jeter la bougie mais, chaque fois qu'elle passait devant la commode, cet objet était là pour lui rappeler ce qu'elle avait choisi d'endurer. Or elle s'obstinerait à l'endurer, parce qu'elle avait conscience, non sans aigreur, du temps qui filait. Elle avait trente-huit ans et cet homme igbo employé au CDC était d'agréable compagnie dans ses bons jours. S'il la demandait bientôt en mariage, elle pourrait avoir deux enfants à la suite avant ses quarante-deux ans. Elle avait lu quelque part que le risque d'autisme augmentait en fonction de l'âge de la mère, comme si elle n'avait pas assez de sujets d'inquiétude comme ça. Sur l'un des groupes catholiques en ligne auxquels elle participait quelqu'un écrivit : *Pour toutes celles d'entre vous qui servez Dieu, souvenez-vous que Sarah donna naissance à Isaac à un âge avancé. Souvenez-vous d'Élisabeth et de Jean le Baptiste. Ne perdez pas espoir*. Elle perdait justement espoir parce que telle était précisément l'origine de ses craintes, avoir un enfant à un âge avancé. Elle avait envie d'arrêter toute contraception, mais pas avant d'être certaine qu'il entendait l'épouser, et elle essayait de l'interroger par des moyens détournés, jamais directement. Il lui fallait préserver quelques derniers lambeaux de fierté.

« Où en sommes-nous, au juste ? » demandait-elle, à quoi il répondait : « Nous prenons du bon temps. » « Quel avenir envisages-tu pour notre couple ? » ajoutait-elle, et il répliquait : « Un avenir radieux. » Les guides pratiques sur le mariage lui avaient toujours paru idiots, leurs généralisations à l'emporte-pièce, trop vulgaires, mais Zikora se mit à en lire parce que cela ne coûtait rien d'y jeter un coup d'œil. *Faites preuve de résolution. Montrez que vous voulez vous marier sans montrer que vous voulez vous marier. Si vous insistez trop, il prendra ses jambes à son cou. Tout ce qu'on raconte sur les bons petits plats et les hommes est vrai.* Parfois il la retrouvait à la sortie du métro et, dès qu'ils arrivaient chez elle, Zikora se débarrassait promptement de sa sacoche, lui servait une bière tout en mettant à réchauffer du riz et du ragoût et en glissant des pavés de saumon dans le four. Cela pour lui prouver qu'elle était capable d'enchaîner sans heurt travail et tâches domestiques. Quand il passait la nuit chez elle, elle lui préparait son déjeuner pour le bureau, des sandwichs à la dinde et au cheddar enveloppés dans du papier sulfurisé pour éviter qu'ils ne ramollissent. Le week-end, elle faisait à l'avance du ragoût, de la soupe de gombo et du riz wolof et les apportait chez lui dans des barquettes prêtes à être surgelées. Il ne la demandait toujours pas en mariage. *Faites-lui croire que vous êtes enceinte*, conseillait le guide pratique, mais c'était une chose dont elle serait incapable. Elle ne le pouvait tout simplement pas, et pas seulement parce que l'idée d'une grossesse s'accompagnait encore d'une ombre diffuse et douloureuse appartenant au passé. Un dimanche, affalé sur son canapé, il regardait un match de la Premier League anglaise sur une chaîne de sport dont Zikora n'avait jamais entendu parler, hurlant de temps à autre : « Allez, Arsenal ! Allez, Arsenal ! »

Près de son haut-parleur était posée sa PlayStation avec ses fils enroulés, comme une maîtresse qui l'attendait patiemment. Il se rassit pour ouvrir une boîte d'ailes de poulet livrée par une pizzeria. Il lança un regard de biais à Zikora et proposa : « Tu veux du poulet, bébé ? » Elle fit non de la tête, et il mangea deux ailes avant de se concentrer de nouveau sur son match. À cet instant, elle sut qu'il ne la demanderait jamais en mariage. Il l'aimait bien, par commodité, mais pas suffisamment pour perturber son existence avant de se sentir prêt. Et il ne l'était pas, il n'avait pas à l'être, ses ovocytes vieillissants ne le tourmentaient pas. Quand il serait prêt, à supposer que cela arrive, il y aurait une autre femme disposée à lui préparer ses sandwichs et à glisser une pomme dans sa sacoche. Zikora lui enviait presque sa situation, le luxe dont il disposait de pouvoir avancer à son propre rythme, dégagé de contraintes biologiques insensées.

CINQ

« Je croyais vraiment qu'il ferait sa demande pour ton anniversaire, Zikor », dit Chia à propos de ce second voleur de temps. Zikora tressaillit. Elle n'avait pas envie de mettre sa détresse à nu en mangeant des pancakes dans le dernier restaurant où bruncher de Dupont Circle. Tout particulièrement avec Omelogor assise à côté d'elle. Zikora se sentait toujours crispée en sa compagnie, comme si elle devait être sur ses gardes, sans qu'elle puisse vraiment se l'expliquer. Omelogor se montrait toujours si remarquablement sûre d'elle et portait constamment des jugements du haut de ses certitudes, comme si elle insinuait que tout le monde, elle exceptée, était incompétent.

« Tu aurais dû le demander en mariage, toi, Zikora, déclara Omelogor. Quand un couple est solide, peu importe qui fait la demande. »

Zikora ne répondit pas, son irritation logée dans ses tempes en tension. Elle sirotait son café au lait en faisant défiler les titres de l'actualité sur son téléphone. Elle aurait dû refuser l'invitation de Chia, plutôt que de se pointer ici avec son moral en berne et qu'il soit davantage entamé. « Omelogor est en ville, allons bruncher, Zikor, viens, s'il te plaît, viens », avait insisté Chia, qui voulait toujours que tout le monde se tienne par la main et se mette à chanter dans le soleil couchant.

« Les hommes peuvent être timides et faibles. Parfois ils ont besoin qu'on les pousse un peu pour qu'ils fassent ce qu'ils ont de toute manière envie de faire », affirma Omelogor.

Zikora aurait aimé qu'elle se taise, avec son omniscience approximative, qu'elle cesse d'étaler des opinions qu'elle prenait pour des vérités indélébiles. Omelogor avait l'audace de lui suggérer de demander un Igbo en mariage – comme si elle ignorait tout des dommages qu'une telle initiative infligerait à sa dignité. Le genre d'idées qui avaient si peu de rapport avec la vraie vie qu'on les soumettait seulement aux autres, jamais à soi-même. De toute façon, il n'était plus là, ce voleur de temps. Elle avait peu à peu cessé d'être aux petits soins avec lui afin de voir s'il s'inquiéterait à la pensée de la perdre, et sa réponse avait été de s'éloigner progressivement.

« Le problème, c'est que les hommes sont désorientés. Le monde change, et ils découvrent qu'il y a des tas de choses à ne pas faire, mais personne ne leur dit ce qu'il faut faire. » Omelogor continuait de parler à tort et à travers. Il y avait trop à manger sur la table, des burritos aux haricots rouges, des œufs à la truffe, du pain perdu et des toasts à l'avocat ; Omelogor avait commandé de nombreux plats juste « pour goûter ». Zikora connaissait cet excès de prodigalité typique des Nigérians qui en avaient les moyens – son père n'y échappait pas lui non plus quand il séjournait aux États-Unis, commandant trop de choses qu'il ne mangerait pas et dont il n'avait pas besoin –, mais, pour une fois, cela la rebutait.

« S'il avait voulu te proposer le mariage, il l'aurait fait », dit Chia. Elle en était à son deuxième ou troisième mimosa ; ses ongles rose pâle paraissaient si féminins, presque délicats, autour du pied effilé de sa flûte.

« Zikora n'a pas de temps à nous accorder aujourd'hui », constata Omelogor d'un ton taquin.

L'intéressée haussa les épaules sans détacher les yeux de son téléphone. « Je me renseigne sur le pape.

— Je ne savais pas qu'un pape pouvait donner sa démission, fit observer Chia.

— C'est une renonciation, dit Zikora. Il a renoncé à sa charge ; démissionner donne l'impression que c'est négatif.

— C'est une abdication. Il a abdiqué son trône », ajouta Omelogor en gloussant.

Le serveur s'approcha avec une carafe d'eau glacée pour remplir leurs verres.

Près du sien, Omelogor avait placé son étui à lunettes de soleil, une haute boîte bombée en daim bleu marine extrêmement élégante. « Je l'adore ! » s'exclama le serveur, et Omelogor répondit : « Merci » ; « Aussi belle que sa propriétaire », lui dit le serveur ; et Omelogor de rétorquer : « Comment le sauriez-vous ? » Sur quoi, il s'esclaffa. Cette question avait-elle même un sens ? « Comment le sauriez-vous ? » Comment savait-il qu'elle était aussi belle que son étui à lunettes ? Mais le garçon, avec ses courtes dreadlocks et son tatouage de dragon dans le cou, paraissait déjà éperdument amoureux, planté devant la table, tout sourire face à Omelogor. Celle-ci commanda un whisky, et il lui demanda si c'était un cocktail au whisky qu'elle voulait ; elle répondit qu'elle désirait un whisky sec, nature, avant d'ajouter : « Vous n'aimez pas les choses nature, vous ? »

Omelogor s'amusait, le regardant droit dans les yeux

de son air mystérieux, avec son aplomb espiègle à peine moqueur, comme si elle envoyait une invitation annonçant que la fête serait soit paisible soit mouvementée, dans tous les cas imprévisible. Un jour, Chia avait dit à Zikora qu'Omelogor avait refusé deux demandes en mariage en l'espace de quelques mois. Pourquoi attirait-elle autant les hommes ? Elle était assez jolie, sans posséder la beauté éblouissante de Chia, et elle avait le genre de corps costaud qu'ils appréciaient, une poitrine généreuse et un postérieur complètement disproportionné qui, serré dans un jean, semblait obscène. Ses relations avec les hommes recelaient néanmoins quelque chose d'impitoyable. Elle n'était pas attentionnée, ne prenait pas soin d'eux, et cette attitude témoignait de son arrogance, parce qu'elle se croyait dispensée de faire des efforts. Pourquoi continuaient-ils de lui courir après ?

Sans plus prêter attention au serveur, Omelogor parla de son intention de démissionner afin de faire un master aux États-Unis. D'ici un an ou deux. Zikora savait qu'elle était censée se joindre à cette conversation, sur un sujet qui n'était qu'un artifice à ses yeux. Pour l'amour de Dieu, quelle personne saine d'esprit décidait de retourner à la fac pour étudier la pornographie ? Omelogor cherchait probablement à fuir le Nigeria. Tout le monde savait qu'elle réussirait dans la vie, mais la rapidité de cette réussite était suspecte. Dix ans auparavant, elle avait déjà les moyens d'envoyer son frère préparer un master en Angleterre. Les banques nigérianes étaient des cloaques ; il suffisait d'examiner les mains de tous les banquiers doués en affaires pour y trouver du fumier. Omelogor avait sans nul doute sali les siennes. Peut-être était-elle sur le point d'être prise sur le fait, et ces études aux États-Unis constituaient son plan d'évasion.

« Le directeur des programmes universitaires m'a dit que je n'aurais pas besoin de passer le GRE[1], c'est une bonne nouvelle », dit Omelogor. Évidemment, on avait fait une exception pour elle. Avant même de faire sa connaissance, en terminale, Zikora avait toujours pensé qu'Omelogor était de celles qui estimaient avoir droit à un traitement de faveur, pour la simple raison que c'était invariablement le cas. Zikora et ses amies, qui fréquentaient le lycée du campus de l'université d'Enugu, savaient tout des exploits d'Omelogor sur le campus de Nsukka, la fille populaire que les garçons poursuivaient de leurs assiduités, qui s'amusait constamment mais figurait toujours parmi les premiers de la classe. Et puis elle était d'une intelligence telle qu'on lui avait permis d'étudier la littérature et la géographie, plutôt que de lui faire choisir l'une de ces deux matières. Elle avait également eu les meilleurs résultats du collège dans toute l'histoire des deux campus. Sans compter qu'elle sortait avec des garçons plus âgés qui allaient déjà à l'université.

« La pornographie n'est pas un problème moral, c'est un problème social. Ma théorie consiste à dire que les jeunes suivent désormais son enseignement, et que c'est un très mauvais professeur, parce qu'elle est irréaliste, qu'elle rabaisse les femmes et propage une vision faussée de la sexualité. Les jeunes acquièrent de mauvais outils, dont ils finissent par se servir tout au long de leur vie, affirma Omelogor.

— C'est vraiment intéressant. Je n'avais pas vu la question sous cet angle. » Chia roucoulait, comme toujours sous l'emprise de sa cousine.

1. *Graduate record examination* : examen permettant d'entrer dans les établissements universitaires délivrant des diplômes de 3e cycle aux États-Unis.

« Nous devrions nous demander qui renseigne les enfants sur la sexualité, dit Omelogor. Comment as-tu appris ce que tu sais, Chia ?

— Grâce à toi, alors rien d'étonnant à ce que je sois célibataire, répondit Chia, et elles se mirent à rire.

— C'est en grande partie dans les romans que j'ai appris ce que je sais, dit Omelogor. Ce ne sont pas non plus les meilleurs professeurs qui soient.

— Quand tu auras fini tes études, tu décideras peut-être de rester ici, de t'installer, et tu essaieras de survivre sans être une "madame" nigériane, suggéra Chia avec espièglerie.

— Rien ne vaut son pays natal si on a les moyens d'y mener la vie qu'on veut, répliqua Omelogor.

— Jusqu'au jour où on a un accident, intervint Zikora en levant les yeux de son téléphone. Il n'y a pas un seul service de traumatologie digne de ce nom dans tout le Nigeria.

— Je sais, c'est effrayant, acquiesça Omelogor, imperturbable, et Zikora fut déçue de ne pas être parvenue à l'agacer.

— Tu veux donc convaincre les gens de ne plus regarder de films pornographiques ? Au moyen d'une thèse universitaire ? demanda Zikora.

— Oh non, ils n'arrêteront jamais d'en regarder. Je veux juste convaincre un assez bon nombre d'entre eux de rire de la stupidité de ces pratiques. »

Zikora, qui avait espéré qu'Omelogor serait sur la défensive, se sentait à présent prise au dépourvu. « Étudier la pornographie paraît trop sensationnaliste en soi.

— La pornographie est l'une des plus grosses industries au monde, et elle a des répercussions concrètes sur la société. C'est "sensationnaliste" seulement si on la considère comme une question morale dont on devrait feindre de nier l'existence. »

La critique implicite dans les paroles d'Omelogor l'irrita. « Et quelles sont-elles, ces répercussions concrètes de la pornographie sur la société ? Les rapports sexuels ?

— Des femmes meurent à cause de ce que le porno enseigne aux hommes. L'autre jour, j'ai consulté des statistiques sur les admissions à l'hôpital après un rapport anal forcé ou une strangulation érotique ayant entraîné la mort, ou presque.

— Ton jeune séducteur traîne autour de notre table, dit Chia. Tu veux lui en commander un autre ? » demanda-t-elle en désignant le verre d'Omelogor. Puis, comme pour adoucir les tensions ou pour égayer Zikora, ou bien les deux, elle ajouta : « Je me demande qui sera le nouveau pape, Zikor.

— Quelqu'un comme Jean-Paul II, j'espère, répondit son amie.

— Ha ! lâcha Omelogor, aussi provocante que moqueuse.

— Jean-Paul II était charmant », déclara Chia. Celle-ci pratiquait sa religion en dilettante et n'allait pas régulièrement à la messe, mais Zikora savait qu'elle se montrait encore réticente à critiquer l'Église, une leçon qu'elles avaient toutes assimilée dans l'enfance.

« Jean-Paul II avait trop du politicien et du comédien, affirma Omelogor.

— Qu'est-ce que tu racontes ? » Zikora sentit l'irritation resserrer de nouveau son étau autour d'elle.

« Sans parler de Benoît, soldat de la Wehrmacht dans l'Allemagne nazie », renchérit Omelogor avant de rire en se reculant sur son siège, toute réjouie. Elle avait prononcé le mot « Wehrmacht » à la perfection. Elle affichait l'insouciance téméraire de ceux qui blasphèment à dessein, car elle était de ces catholiques qui s'estiment plus malins que les autres et croient en savoir plus que tout le monde sur l'Église. Zikora ignorait même si Omelogor allait encore à la messe ou si elle avait rejoint l'une des Églises pentecôtistes dirigées par des pasteurs nigérians propriétaires de jets privés. Les agnostiques ne la dérangeaient pas, car sa foi était semblable à une plante solitaire capable de se suffire à elle-même si nécessaire. Pourtant, ce genre d'exhibition l'agaçait.

« Zikora, où as-tu appris ce que tu sais de la sexualité ? » demanda Omelogor, et Zikora fit mine de ne pas l'avoir entendue. Soudain la solitude de son appartement lui manqua. Elle se leva en annonçant à Chia qu'elle avait un travail à terminer, mais elle partait en réalité pour échapper au gouffre de désespoir qui menaçait de l'engloutir tout entière.

Zikora ne l'aurait jamais avoué à quiconque, mais le pape Benoît avait laissé de l'aigreur dans son âme. Il y avait quelque chose de fuyant dans ses yeux enfoncés, aux paupières tombantes. Elle savait qu'il n'avait jamais été un nazi, simplement un jeune homme vulnérable obligé de s'engager dans l'armée allemande, mais elle éprouvait de la nervosité quand elle le regardait à la télévision, comme si des secrets inconvenants pouvaient soudain être divulgués et déshonorer l'Église. Elle ne s'attendait pas à ce que les successeurs de Jean-Paul II soient capables de l'égaler, mais elle voulait au moins éprouver un élan d'élévation spirituelle à la vue du pape. Le fait que Benoît XVI ait décidé de renoncer à sa charge lui donnait de l'espoir et la rendait secrètement heureuse. Sur des sites catholiques, elle lut des articles à propos du conclave à venir, mais ces analyses lui semblèrent trop ordinaires, trop profanes – les Italiens voulaient un Italien, l'Amérique latine jouait des coudes pour que ce soit l'un des siens, et personne ne savait qui l'Amérique du Nord soutiendrait. Ces querelles conféraient un aspect lamentablement terre à terre à une élection qui, croyait-elle, aurait dû être céleste, uniquement guidée par l'Esprit saint. Elle mit donc fin à ses lectures et détourna les yeux. De la même manière qu'elle refusait de penser aux prêtres qui, dans son pays, traînaient derrière eux des histoires sordides : le professeur qui, également prêtre, attirait les adolescentes dans sa chambre à coucher dont il verrouillait la porte, ou l'aumônier du campus qui giflait les servants de messe et qui avait une épouse et des enfants. Si Zikora détournait les yeux alors elle n'aurait pas à réfléchir, une habitude de dérobade insufflée par une peur qu'elle n'osait nommer, parce que si elle avait appelé cela de la peur, sa foi n'aurait pas été suffisamment forte pour supporter ce que ses réflexions étaient susceptibles de révéler. « Si on commence à réfléchir, on ne s'arrête plus, alors il vaut mieux ne pas commencer », avait un jour dit quelqu'un au cours d'une réunion de l'association religieuse de l'université, et Zikora avait retenu cette phrase, sans y souscrire tout à fait mais en ayant conscience de son utilité. Ainsi, elle détournait les yeux. Elle les détournait constamment. Si elle voyait des articles dans les journaux à propos de prêtres catholiques ayant abusé d'enfants, elle s'empressait de faire défiler le contenu de son écran, sans jamais les lire, parce qu'il lui semblait que les abus sexuels commis contre des enfants n'avaient aucun rapport avec l'Église qu'elle connaissait ; c'était un problème américain, occidental, des actes dépravés perpétrés par des étrangers. Bien qu'elle ait cessé de lire tout ce qui avait trait au conclave, elle continuait de s'interroger sur le prochain pape. Et si le cardinal Arinze était élu ?

Qu'un Nigérian, un Igbo originaire d'Eziowelle, un parent éloigné de sa mère, puisse devenir le vicaire de Jésus-Christ lui paraissait aussi inimaginable que réjouissant. Pourtant, même si elle avait résolu de ne pas y penser sous l'angle de la politique, il était plus qu'improbable qu'un Africain devienne pape.

Le premier jour du conclave, sa mère l'appela pour demander : « Est-ce que tu suis ce qui se passe ?

— Oui. » Elles se parlaient si rarement, sa mère et elle, leurs silences souvent lourds de non-dits. Il n'y avait dans son souvenir qu'un silence qui ne l'avait pas été : quand, par de douces soirées dominicales, elles arrivaient un peu en avance à l'église pour la bénédiction et s'agenouillaient l'une à côté de l'autre dans l'atmosphère calme que l'encens parfumait, si proches que leurs bras se touchaient presque, jusqu'au moment où les servants de messe apparaissaient pour préparer l'autel.

« Ils vont très certainement élire le cardinal Scola, le Milanais, mais l'Argentin est le meilleur choix, parce que c'est l'intelligence des jésuites qui sauvera l'Église au siècle prochain », dit sa mère, et Zikora fit un petit « hum » pour montrer son assentiment, même si elle ne savait absolument rien de précis sur les cardinaux.

Le premier jour du conclave, une fumée noire s'échappa de la chapelle Sixtine, et Zikora la vit devenir grise sur l'écran de télévision, puis se dissiper, et elle se demanda ce que l'on brûlait pour qu'elle soit noire, en éprouvant une profonde déception qui l'ébranla. Un nouveau pape représentait un nouveau départ, et elle avait désespérément besoin de croire qu'il n'était pas trop tard pour elle, à presque trente-neuf ans, alors que l'avenir ressemblait à une terre en friche dont tous les bons partis avaient été chassés. Quand, le lendemain, une fumée blanche pareille à des nuages purifiés sortit de la cheminée, son cœur bondit dans sa poitrine. Puis le pape François apparut sur le balcon de la basilique Saint-Pierre, solennel, majestueux, humble. Elle s'aperçut immédiatement qu'il se comportait avec naturel ; il n'était pas imbu de sa personne, ne cherchait pas à s'admirer à travers le regard d'autrui, de sorte qu'il était en cela semblable au Christ, et quand il prit la parole, il fit une petite plaisanterie, laquelle amena un sourire sur des milliers de visages. Il était si merveilleux de découvrir son humour, son humanité, si bien que lorsqu'il se mit à prier, entraînant la foule avec lui, Zikora était en larmes. Sainte Marie, mère de Dieu, priez pour nous pauvres pécheurs, maintenant et à l'heure de notre mort.

Zikora y vit un bienfait, un signe. Elle fut gagnée par l'enthousiasme, et son moral remonta. Le sort de ses prières reposait sur ce nouveau pape. Rien d'autre ne pouvait expliquer pourquoi, le week-end suivant, elle se rendit au lancement d'un livre de cuisine végane auquel elle n'avait pas eu l'intention d'assister et où, quelques minutes après son arrivée, Kwame se pencha vers elle pour lui demander : « Quand on nous dit que quelque chose a un goût de noix, sait-on de quelle noix il s'agit ? »

SIX

Le jour de leur rupture, ils rentrèrent chez elle après le gala, et elle dit à Kwame : « Bon, j'ai beaucoup de retard, alors que je n'en ai jamais. »

Il parut déconcerté.

« Je suis peut-être enceinte. » Certaine qu'il serait ravi, elle le lui annonça d'un ton enjoué, presque chantant. Mais, plutôt que de s'éclairer et d'être attendri par la joie, son visage se pétrifia, il pinça les lèvres et, soudain, cet homme d'ordinaire si expansif devint des plus laconiques.

« C'est un choc, dit-il.

— Tu sais bien que j'ai arrêté la pilule.

— C'est un choc », répéta-t-il. Il alla dans le salon puis revint dans la cuisine, où elle se trouvait, et lui dit : « Nos vies n'en sont pas au même point.

— Que veux-tu dire ? » demanda-t-elle.

Il ne réagit pas.

« Kwame », finit-elle par reprendre, une supplication et une prière à la fois, en le regardant, pleine d'amour. Leur conversation ressemblait à une répétition qui tourne mal et non à la vraie conversation qu'ils étaient censés avoir. Elle voulait revenir en arrière de quelques heures seulement, afin qu'ils franchissent de nouveau le seuil de son appartement en riant, Zikora disant : Et si on se préparait des margaritas ? Kwame proposant : Tu ne veux pas commander des burgers ? Ce minuscule bout de légine qu'on nous a servi au dîner m'a ouvert l'appétit.

« Kwame », répéta-t-elle. C'est alors qu'elle le vit, ce haussement d'épaules presque imperceptible. Il avait haussé les épaules. C'était là sa réaction. Depuis les plus profonds abîmes de son être, un haussement d'épaules, pour se débarrasser d'un fardeau.

« Je crois que je ferais mieux de m'en aller. Ça te va ? » demanda-t-il comme s'il avait besoin de sa permission pour l'abandonner. Mais à peine eut-il posé sa question qu'il se dirigeait déjà, en fuite, vers la porte.

Ils avaient souvent fait l'amour sur le canapé de velours, Zikora à califourchon sur lui. Hébétée, elle s'étendit sur ce même canapé et lut les anciens textos de Kwame tandis que les heures filaient, s'imbriquant les unes dans les autres – du temps consacré à se remémorer, et du temps perdu à se remémorer. Elle s'attarda sur un message envoyé quand il était allé en voiture jusque chez un traiteur moyen-oriental de Silver Spring afin de lui rapporter du houmous. *Ils sont à court du nature, ils n'en ont qu'au poivron rouge, désolé, chérie*. Il la connaissait si bien. Il lui fallait du vrai houmous ou rien, elle ne voulait pas de ces saveurs inventées pour satisfaire le besoin de variété des Américains. Elle avait lu quelque part que c'était là que résidait l'amour, dans les petites choses précieuses que l'on retient si aisément sur la personne aimée. Chaque fois qu'elle lui téléphonait, elle était de nouveau interloquée par le *br-br-br* de sa sonnerie qui restait sans réponse, et elle espérait que ses appels, pour une raison obscure, avaient été redirigés vers un autre numéro, jusqu'au moment où elle entendait cette voix, cette voix un peu enfantine de type sympa : « Kwame à l'appareil. Vous savez ce qu'il vous reste à faire ! »

Cette voix qui lui était si familière. Elle connaissait les inquiétudes et les plaisanteries de Kwame, savait interpréter les moindres modulations de son humeur. Elle pressentait, avant même qu'il ne lui en parle, s'il avait eu un problème au travail ou une anicroche avec un client. Et il se montrait toujours sous son vrai jour, lui disait-il, oui, toujours. À moins qu'elle n'ait vu que ce qu'elle avait envie de voir de lui. Avait-elle simplement projeté sur lui la lueur d'une prière exaucée ? Mais comme elle n'était pas la seule à avoir été consciente de son rayonnement, il ne pouvait pas uniquement s'agir d'une chimère qu'elle aurait bâtie dans sa tête. Chia, après l'avoir rencontré, lui dit : « Il est tellement sincère. Le meilleur t'a été gardé pour la fin. » Ils dînèrent chez Chia, et Kwame reprit du fonio et de la sauce d'arachide que Kadiatou avait préparés, expliquant qu'il se souvenait d'avoir goûté à une sauce semblable au Ghana dans son enfance. Il bavarda aisément avec Kadiatou, lui demandant si le *ndappa* était une sorte de polenta et lui racontant qu'un jour, à l'école, il avait fait un exposé sur des langues africaines, dont le peul. Kadiatou sourit et répéta le mot « peul » pour lui apprendre sa prononciation.

« J'aimerais en savoir davantage sur mes racines africaines », lui dit-il, une confidence que Zikora trouva superflue, mais elle s'émut de voir Kadiatou ravie de l'attention que lui accordait Kwame et se montrer inhabituellement loquace, lui parlant de la ferme de son oncle, au pays. « On fait tout dans la ferme, dit-elle en souriant. Il fait tout pousser, fonio, arachides, patates douces quand bonne saison. »

La fois suivante, lorsque Zikora revit Kadiatou, celle-ci déclara, l'air radieuse, comme si l'effet que Kwame avait eu sur elle ne s'était pas estompé : « Mademoiselle Zikora, Dieu vous apporte déjà votre mari. » Sans oublier les parents de Zikora, évidemment. Pour Noël, Kwame l'accompagna à Enugu et voulut s'agenouiller devant son père, mais ce dernier, en riant, lui fit signe de se relever : « Non, non, nous autres Igbos ne faisons pas ça, c'est une coutume yoruba. » Et Kwame répondit : « C'est incroyable, j'aurais dû mieux me renseigner. » « Renseigne-toi mieux » devint une expression que Kwame et le père de Zikora employaient par jeu, à la manière fanfaronne des hommes qui se sentent à l'aise ensemble. Le soir où son père emmena Kwame à son club de tennis sans Zikora, c'était, plaisanta-t-il, pour qu'il se renseigne mieux. Son père eut d'emblée de la sympathie pour Kwame, tandis que sa mère l'observa pendant quelque temps avant de se laisser convaincre à son tour. Au téléphone, Zikora entendit sa mère parler à une amie du « fiancé de Zikora », même si Kwame ne la demanda pas en mariage au cours de son séjour de trois jours à Enugu, avant qu'il ne doive repartir, sans elle, pour des raisons professionnelles.

Il ne fit pas sa demande mais voulut que son père lui décrive les rites du mariage igbo dans les moindres détails. Il ne fit pas sa demande mais il disait à Zikora des choses du genre : « Tu sais que je n'arriverai pas à suivre ce rythme quand nous aurons une cinquantaine d'années », ou encore : « Nous devrions mettre ça de côté pour notre retraite. » Un jour, alors qu'il évoquait en riant la possibilité de voyager autour du monde une fois qu'ils seraient retraités, elle dit : « À condition d'avoir fait suffisamment d'économies pour les études des enfants. » Une ombre était alors passée dans les yeux de Kwame, puis il avait changé de sujet, comme si parler d'enfants ne l'intéressait pas. Pourtant, s'il n'en avait pas voulu, il le lui aurait dit. Il ne possédait tout simplement pas la cruauté nécessaire pour donner de faux espoirs à quiconque.

Kwame était quelqu'un de charmant, de sincèrement charmant. Le silence n'était pas son arme de prédilection ; quand il rencontrait un problème, il en discutait. Pourtant, jour après jour, il ignora ses appels téléphoniques et ses textos, avant de lui renvoyer par coursier la clé de son appartement dans une enveloppe à agrafe, l'objet métallique, solitaire, emballé dans une feuille de papier blanc.

Comme il ne lui avait pas demandé de lui rendre également sa clé, elle se raccrochait à un espoir fou. La troisième fois qu'elle se présenta dans le vestibule de son immeuble, le portier parut compatissant quand il lui répéta que Kwame l'avait averti de son absence prolongée. Dans le hall de réception de son bureau, vaste espace sans âme, Keisha, l'assistante de Kwame, lui dit : « Navrée, il ne souhaite pas vous voir. » Et plutôt que de tourner les talons pour franchir la porte coulissante et émerger dans le soleil, Zikora demanda : « A-t-il dit autre chose ? »

Keisha arqua un sourcil ironique.

« A-t-il dit autre chose ? insista Zikora.

— À part le fait qu'il ne veut pas vous voir ? »

Zikora partit alors, ensevelie sous les décombres de la honte. L'insolente assistante juridique se moquait d'elle, Zikora en avait conscience ; elle sentit les yeux de la jeune femme braqués dans son dos. Elle appela la mère de Kwame et chercha à déceler un indice, une raison, n'importe quoi, dans son intonation. Elle demanda si elle pouvait passer et, après avoir observé une pause, sa mère répondit : « Ce n'est peut-être pas la meilleure idée qui soit. » Zikora s'imagina dans leur salon, tout en teintes neutres et beiges, aux coussins parfaitement tapotés, la pièce toujours prête à impressionner quiconque leur rendrait visite. Elle s'assiérait poliment et, une fois que ses parents seraient installés, sans méfiance, elle se lèverait d'un bond et courrait à l'étage pour voir si Kwame s'y trouvait.

« Il m'a expliqué que vous vous étiez disputés, et il a l'air vraiment contrarié, dit sa mère.

— Je n'arrive pas à le joindre. Il faut que je lui parle. » Zikora se tut un instant et ajouta : « S'il vous plaît.

— J'ai cru comprendre que c'était *vous* qui refusiez de discuter », répliqua la mère de Kwame sur un ton accusateur tellement moralisateur que Zikora se demanda si les événements s'étaient réellement produits ou si elle les avait rêvés. Elle aurait dû tout lui raconter, annoncer « Je suis enceinte », mais ses lèvres refusaient de former ces mots. Au téléphone, dans ce silence hostile, son espoir dépérissait.

« Je vois. Merci », dit-elle avant de raccrocher. Elle regarda par les hautes fenêtres et éprouva la vive désolation de la solitude. Dieu avait battu en retraite, et les demandes d'intercession de Zikora auprès de la Vierge Marie lui semblaient manquer de vigueur, s'amenuiser dès qu'elles étaient prononcées, incapables d'atteindre leur destinataire. En s'observant avec objectivité, elle voyait bien qu'elle s'étiolait, se laissait porter vers la dépression, et elle s'inquiétait à l'idée que le stress soit néfaste au bébé, son inquiétude ne faisant qu'aggraver son stress. Elle se dit qu'elle parviendrait à supporter seule cette solitude monstrueuse comme par le passé, qu'elle devait vaincre la sensation nébuleuse de malaise qui l'enveloppait. Il le fallait, pour le bébé, il le fallait. Et tout en se le disant, elle sentait sa détermination s'affirmer, grandir, puis s'effondrer de nouveau, tandis que le doute s'évertuait à décourager son esprit. Sur un coup de tête, elle se rendit à la basilique de Michigan Avenue. Dire qu'elle vivait à Washington depuis des années et qu'elle n'y avait jamais mis les pieds. Elle considérait comme une vulgaire attraction touristique la plus grande église catholique des États-Unis ; même son nom, basilique du Sanctuaire national de l'Immaculée-Conception, paraissait pompeux. Dès qu'elle en franchit le seuil, des frissons d'admiration respectueuse lui parcoururent tout le corps. La magnificence des lieux la bouleversa, et elle regarda autour d'elle comme si elle se trouvait au pays des merveilles de la sainteté, contemplant les imposantes colonnes de marbre et les mosaïques, si pleines de vie, leurs minutieux détails exécutés avec dévotion : le Christ représenté sur le plafond voûté avec un œil rempli de colère et l'autre rempli d'amour, qui clignait presque. Ici la foi s'affirmait avec audace, lançant : Nous osons nous montrer sans retenue. Un hommage, une réprimande infligée au doute. Elle alluma un cierge pour son bébé. Elle s'attarda dans les chapelles situées au niveau de la crypte, chacune si singulière, et toutes nimbées d'une tendre intimité. Dans la pâle lumière dorée de la chapelle consacrée à Notre-Dame de Pompéi, la foi de Zikora prit son essor et s'arma de courage. Cet édifice immense et majestueux construit pour Dieu, tous les gens qui l'avaient construit pour Dieu, qui rendaient un culte à Dieu et étaient témoins de sa présence en ce lieu – ce Dieu ne pouvait la délaisser désormais.

« C'est complètement insensé. Que s'est-il passé d'autre ? » demanda Chia, comme si Zikora dissimulait la véritable raison de l'abandon de Kwame. Puis Chia se reprit et s'exclama : « Zikor, un bébé, un bébé ! C'est tout ce qui compte maintenant, c'est ce que tu as toujours désiré.

— Pas comme ça. »

Chia proposa d'organiser une *baby shower* chez elle, et Zikora répliqua qu'elle était devenue folle, qu'il était impensable d'envisager une fête alors qu'elle se débattait encore avec une honte abominable. Elle n'avait dit à personne d'autre que Kwame l'avait quittée, mais la sensation que tout le monde était au courant la tourmentait. La paranoïa de ceux qui sont abandonnés. Chaque fois qu'une amie lui téléphonait, son cœur vacillait à l'idée que celle-ci savait et l'appelait pour l'assurer de sa feinte sympathie, tout en dissimulant sa jubilation.

« Chia, que vais-je raconter aux gens ? On dit toujours qu'il ne faut pas se soucier de l'opinion des autres, mais elle m'importe. Je me soucie de ce qu'ils diront quand ils apprendront que je suis enceinte et célibataire.

— Ils en parleront entre eux, et puis, au bout d'un moment, ils s'arrêteront et parleront de quelqu'un d'autre.

— Quand j'envisage l'avenir, tout me paraît tellement difficile.

— Ça ne sera pas simple, mais pas aussi dur que tu le crois, Zikor. On s'imagine toujours que les choses seront pires que ce qu'elles se révèlent être en réalité », affirma Chia. Cette sagesse facile, ces paroles lénifiantes prodiguées sans effort irritèrent Zikora au lieu de l'apaiser. Elle se rappela que Chia avait un jour dit qu'elle préférerait avoir un bébé toute seule grâce à un don de sperme plutôt qu'avec un homme qu'elle n'aimerait pas de tout son cœur. Chia était bizarre, Chia ne pouvait tout simplement pas comprendre.

« Quel nom de famille vais-je donner au bébé ? demanda Zikora avec un rire bref et amer. Je n'ai jamais envisagé d'avoir un enfant sans personne à mes côtés.

— Tu ne seras pas seule. Ta mère sera là. Et moi aussi. »

Zikora soupira. « Chia, s'il te plaît, n'en parle pas à Omelogor, pas pour le moment. » En quoi cela avait-il de l'importance ? Elle ne voulait pas qu'Omelogor le sache pour l'instant, voilà tout.

« Elle ne s'en sort pas très bien à la fac.

— Que veux-tu dire ?

— Je crois qu'elle fait une dépression, mais elle refuse de le reconnaître. Elle n'aurait sans doute pas dû venir aux États-Unis. Ça m'inquiète beaucoup. L'autre jour, elle pleurait sans un mot, elle pleurait, c'est tout. »

Zikora se réjouit de cette nouvelle, de l'idée que le malheur était maintenant distribué à parts égales. Omelogor pleurait ? Omelogor était donc capable de pleurer ? Quoi que l'Amérique lui ait fait, Dieu bénisse l'Amérique.

Lorsqu'une agonie se prolonge, on a le sentiment qu'il faudrait déjà être en deuil mais que c'est impossible de s'y mettre car l'on n'a pas encore atteint une fin acceptable. Kwame était une agonie qui se prolongeait. Zikora ne pouvait pas accepter que ce soit fini ; tant de choses demeuraient décousues, inachevées. En quête de raisons, elle faisait l'inventaire de ses souvenirs de la même manière que l'on passe au crible les vestiges d'un feu pour y trouver des fragments qui n'auraient pas été calcinés. Kwame avait toujours tenu à ce qu'ils décident de tout ensemble, et le grand sérieux avec lequel il prenait la chose amusait parfois Zikora, même quand il s'agissait de broutilles, par exemple le choix d'une table de restaurant lorsqu'il réservait en ligne. « Ça te va, chérie ? » demandait-il en attendant son hochement de tête.

Était-ce à cause de la façon dont elle lui avait annoncé sa grossesse ? Il avait dû entendre l'absence de doute dans la voix de Zikora, comme si la question était réglée. La nouvelle lui avait été délivrée à la manière d'une boîte déjà scellée. Pourtant, elle lui avait dit qu'elle était peut-être enceinte, non qu'elle l'était avec certitude, or s'il avait eu l'impression qu'elle avait déjà pris sa décision sans lui, il aurait pu essayer d'en discuter avec la franche décontraction qui lui était coutumière et qui lui avait si rapidement fait défaut ce jour-là. D'habitude, ils parlaient tout le temps, mais, maintenant que la nécessité d'une discussion se révélait vitale, il s'était esquivé et avait disparu. Lui pouvait se conduire ainsi, simplement s'en aller indemne, choisir de ne rien faire, alors qu'elle n'en aurait jamais la possibilité parce qu'il s'agissait de son corps, et qu'un enfant peut simplement naître ou ne pas naître. À cet égard, cette décision ne pouvait jamais être véritablement prise sur un pied d'égalité. S'il devait être père, il était normal qu'il ait voix au chapitre, mais elle ignorait jusqu'à quel point puisque la Nature exigeait tant de choses en plus de la part de la mère. La conception du bébé était sans doute la seule décision adoptée d'un commun accord, étant donné qu'ils y avaient tous deux participé en en connaissant l'issue. C'était toujours la même histoire : la femme veut l'enfant, l'homme n'en veut pas, et il n'existe pas de terrain d'entente. Quel terrain d'entente pourrait-il y avoir, de toutes les manières ? Il était impossible d'avoir un demi-bébé. Mais Zikora refusait que ce soit leur histoire. Elle refusait d'accepter qu'il se borne à fuir la paternité, comme tant d'autres hommes l'avaient lâchement fait depuis la nuit des temps. Une réaction trop vulgaire, ce que Kwame n'était pas. Elle avait vu quel père merveilleux il pourrait devenir quand il l'avait accompagnée chez son amie Ijemma dans le Delaware. Ijemma était venue aux États-Unis pour accoucher de son deuxième enfant, accompagnée de son aîné, âgé de deux ans, et d'une nourrice. Cela avait amusé Zikora de voir avec quelle rapidité Kwame avait évincé la nourrice pour toute la durée de la visite et s'était agenouillé, une main glissée dans une marionnette, agitant les doigts, adoptant une voix comique et haut perchée, tandis que le bambin, fasciné, gloussait adorablement.

« C'est terrifiant quand quelqu'un que tu connais change ainsi, radicalement, confia-t-elle à Chia. On dirait qu'une artère s'est rompue en lui, que son corps entier est désormais raccordé différemment et qu'il n'est plus lui-même. Je ne comprends pas : j'arrête de prendre un contraceptif, nous continuons à faire l'amour, et puis, dès que je tombe enceinte, il réagit comme s'il n'avait pas la moindre idée que ça puisse arriver.

— Zikor, as-tu réfléchi au fait qu'il l'ignorait peut-être ?

— Que veux-tu dire ?

— Les hommes connaissent très mal le corps féminin.

— *Ahn-ahn*. Même les adolescents, qui ne sont pas censés avoir des rapports, sont au courant des conséquences.

— Si tu savais ! Omelogor a écrit un texte, l'autre jour. Elle a créé un site Internet qu'elle a appelé For Men Only, où elle propose aux hommes d'envoyer leurs questions pour pouvoir leur donner des conseils. » Zikora ravala un gémissement. L'assurance pleine de suffisance d'Omelogor était bien la dernière chose dont elle avait besoin, mais elle ne put s'empêcher de cliquer sur le lien que Chia lui envoya et de parcourir le site.

Chers hommes,

Les femmes connaissent mieux votre corps que vous ne connaissez le leur.

Non qu'il y ait grand-chose à connaître à propos du vôtre. Les femmes savent que votre cerveau se trouve entre vos jambes. Je blague (en fait, non). Les femmes savent que vous angoissez à l'idée de ne pas bander, même à quatre-vingt-dix-huit ans, et elles savent aussi que vous avez près des couilles une glande qui commence à vous causer des ennuis avec l'âge, qui vous oblige à uriner plus souvent et qui peut au pire être atteinte par un cancer.

Mais le corps féminin ? Pfiou. Par où commencer ?

Que vous a-t-on enseigné à l'école pendant les cours d'éducation sexuelle ? Vous étiez séparés des filles et vous avez fini par ne rien savoir du fonctionnement du corps féminin.

Vous avez déroulé une capote sur une banane. Vous ignorez par quel orifice sort le pipi chez une femme.

Par conséquent, comment finissent par se renseigner les millions d'entre vous à travers le monde qui désirent en apprendre davantage sur la sexualité et le corps féminin ? En regardant du X. C'est drôle, on dit que ces films sont réservés aux adultes, alors qu'ils sont en réalité très immatures. Comme de mauvais dessins animés pour grandes personnes. Même si vous aimez le porno, au moins soyez conscients d'une chose : ce sont des fantasmes que vous regardez et, justement, tout l'intérêt des fantasmes c'est qu'ils n'ont aucun rapport avec la vraie vie. Vous regardez du porno et vous croyez que les femmes sont toujours rasées de près, n'ont jamais de règles et qu'il suffit de faire comme si la grossesse n'existait pas. En réalité, la pornographie vous manque vraiment de respect car elle se fonde sur le principe que les hommes sont stupides, si bien qu'elle vous enseigne des tas de sottises en toute impunité. Les statistiques sont effarantes : plus de 60 % d'entre vous regardent régulièrement des films X. VOUS qui lisez ces lignes, où avez-vous appris à connaître le corps féminin ? Arrêtez de vous contenter d'approximations et allez vous renseigner sérieusement.

N'oubliez pas, je suis dans votre camp, chers hommes.

Cette publication agaça Zikora. Elle la lut avec la voix d'Omelogor en tête tout en se rebiffant contre son ton assuré et suffisant. Il était vraiment absurde d'infantiliser les hommes ainsi. Mais d'infimes interrogations s'insinuèrent peu à peu dans son esprit.

Un samedi ou un dimanche matin somnolent chez Kwame, après qu'ils avaient lentement fait l'amour et partagé plus lentement encore un brunch composé d'œufs qu'elle avait cuisinés et de pancakes qu'il avait préparés, il jouait à un jeu vidéo très bruyant, plein de lumières clignotantes, tandis qu'elle lisait les informations en ligne, et elle leva alors les yeux pour lui dire : « Tu te rends compte, un élu des États-Unis ose demander pourquoi les femmes ne pourraient pas retenir leur flux menstruel ! » Elle s'esclaffa, et Kwame l'imita, mais elle se souvenait à présent de sa première réaction, fugace, une hésitation des plus légères, comme s'il s'était abstenu de répondre : « Ah, parce qu'elles n'en sont pas capables ? »

Cependant, même s'il ignorait tout des menstruations, il comprenait certainement le principe de la contraception. À moins que ? Était-il possible que Kwame se soit contenté d'approximations, que le jour où elle avait annoncé qu'elle arrêtait la pilule et qu'il avait répondu « OK, ma chérie », ils n'aient pas saisi de la même manière la portée de cet échange ? Ce soir-là, après avoir pris une douche avec lui, elle s'était passé de la crème sur le visage par petites touches en examinant une tache décolorée, violacée, apparue sur son menton, pareille à une carte. « Ce doit être à cause de la pilule. » Il s'était approché pour la regarder de plus près. « C'est douloureux ?

— Non, c'est juste une réaction. » Puis, en le regardant, elle avait ajouté : « J'ai envie d'arrêter la pilule. » Ce à quoi il avait répondu : « OK, chérie. »

Peut-être aurait-elle dû se montrer plus explicite, peut-être auraient-ils dû en parler ouvertement, ainsi qu'ils discutaient de tant d'autres choses. Pourquoi n'avait-elle pas été plus explicite ? Avait-elle choisi de supposer qu'il comprenait, parce qu'elle ne voulait pas lui donner l'occasion de dire qu'il n'avait pas envie d'un enfant ? Voilà qu'elle se flagellait à présent, endossant le fardeau de la responsabilité, cherchant une raison pour l'excuser. Mais, sinon, elle n'avait d'autre choix que d'accepter qu'elle ne connaissait pas réellement Kwame, qu'il était peut-être impossible de connaître un autre être humain tel qu'il est vraiment.

Elle s'inquiétait à l'idée de ne pas manger suffisamment et, durant des moments silencieux de sourde panique, elle imaginait son bébé flottant dans son utérus, chétif, le teint terreux, privé de nutriments. Elle avait le plus grand mal à ne pas rendre ses repas. Elle suçotait des bonbons au gingembre naturel, parce qu'un site consacré à la grossesse recommandait d'éviter les médicaments antinauséeux, mais elle avait sans cesse l'impression d'être à un cheveu de vomir.

La nausée devint son état normal. Elle ne se souvenait plus de l'époque où son estomac n'était pas constamment barbouillé. Chia lui commanda sur Internet des bouteilles de boisson bio protéinée et, pendant plusieurs semaines, ce fut tout ce que Zikora put avaler. Elle avait envie de cheddar au goût prononcé, mais comme le site spécialisé en grossesse conseillait de ne pas manger de fromages à pâte molle, elle décida de se passer complètement de fromage. Un sentiment de culpabilité terrible et décourageant imprégnait tout ce qu'elle faisait et ne faisait pas, parce qu'elle avait déjà manqué à son devoir envers son bébé en le concevant dans des circonstances aussi peu propices, en lui imposant de naître sans père, sans voir clairement de quelle façon l'avenir se présenterait.

« Zikor, tout ira bien, répétait Chia avant même que Zikora n'ouvre la bouche, comme pour l'en empêcher. Tout ira bien. »

Certains jours tout allait bien et, d'autres jours, elle se noyait, respirant à peine. Lors de la consultation de la vingt-deuxième semaine, depuis peu comblée de bien-être tandis que ses nausées s'amenuisaient, elle se mit à rire à la vue de l'image grise et granuleuse qui se déplaçait sur l'écran de l'échographe. En sortant du cabinet du médecin, elle salua gaiement les secrétaires ; mais, une fois seule dans l'ascenseur, elle s'effondra par terre, alors que tout se désagrégeait autour d'elle. Elle envoya un texto à Kwame. *J'en suis à ma 22e semaine aujourd'hui.*

Il ne répondit pas. Une femme qui portait un jean déchiré était entrée dans l'ascenseur et la regardait.

« Est-ce que ça va ? Vous avez besoin d'aide ?

— Non, répondit Zikora en se relevant. Non, merci. »

Son travail revêtit une importance inédite et séduisante ; il ne l'avait pas trahie et elle avait été à la hauteur sur ce plan, un aspect de sa vie qui restait stable, un refuge où la confusion n'avait pas sa place. Elle se mit à arriver un peu plus tôt et à repartir un peu plus tard, et fut volontaire pour en faire plus encore que d'habitude. Au début, elle porta des robes amples et chics afin de dissimuler son ventre qui s'arrondissait et, quand le doux renflement de celui-ci ne put plus être masqué, elle resta encore plus tard le soir au vu et au su de tous ; lors des réunions du matin, elle lâchait avec une feinte désinvolture que la circulation devenait extrêmement fluide après vingt et une heures afin que tous ses collègues comprennent qu'elle était restée au bureau jusqu'à cette heure-là. Pendant les réunions, elle prenait des pauses pour aller vomir aux toilettes, puis revenait avec un aplomb accompli, comme si elle s'était juste absentée pour faire pipi et remettre du rouge à lèvres. Donna, la seule autre femme en concurrence avec elle pour prétendre à la position d'associé, l'observait avec les yeux de quelqu'un qui vous souhaite de faire un faux pas. Donna parlait souvent de son choix de « ne pas avoir d'enfant », ce qu'elle se délectait à répéter sur un ton insinuant qu'un enfant était une maladie, comme si elle savait à quel point cela agaçait Zikora. Donna était maigre, végane, adepte du yoga et portait des robes ajustées conçues pour des femmes sans poitrine, décolletées mais parfaitement décentes parce qu'elles n'exposaient pas de rondeurs. À présent, elle ne cessait de l'interroger sur sa grossesse, toujours d'une voix sonore afin que leurs collègues masculins l'entendent, braquant des yeux marron doré hostiles sur le ventre de Zikora.

« Tu es sûre de pouvoir gérer ça, Zikora ? »

« Ça va ? Tu veux un verre d'eau ? Tu n'as pas la tête qui tourne ? »

« Tu as l'air épuisée. Pas facile de dormir, hein ? »

Et, avec un rire qui, espérait-elle, ne paraissait pas forcé, Zikora répliquait : « Je ne suis pas atteinte d'une maladie chronique, Donna, je suis simplement enceinte. » Elle faisait des blagues sur sa grossesse. *Essayons de poser ce dossier en équilibre sur mon ventre !* Elle affirmait qu'elle buvait encore de temps à autre, parce que sa propre mère n'avait pas cessé de boire de la Guinness lorsqu'elle était enceinte d'elle. C'était faux, sa mère n'en avait pas avalé une goutte, elle non plus, mais Zikora voulait donner l'impression d'être maîtresse d'elle-même, voire quelque peu imprudente, comme si sa grossesse était une aventure glamour qui n'affecterait aucunement son ascension professionnelle chez Watkins Dunn. Parfois, la silhouette maigre de Donna se dirigeant vers elle dans le couloir lui évoquait un oiseau démoniaque et décharné décrivant des cercles au-dessus du nid d'un autre volatile afin de s'emparer du dernier œuf qui s'y trouvait.

« Je me suis dit que c'était sans doute ma dernière chance d'avoir un bébé. Il y a dix ans, je n'aurais probablement pas voulu le garder, déclara-t-elle à Donna d'un ton désinvolte. C'est drôle, la grossesse, c'est comme les poils. Nous nous épilons les aisselles, la lèvre supérieure et les jambes, parce que nous détestons avoir des poils sur ces parties du corps. En revanche, nous bichonnons et prenons soin de nos cheveux, parce que nous aimons avoir des poils sur le crâne. Mais c'est du pareil au même. C'est le fait de désirer ou pas qui change tout.

— Je n'arrive pas à croire que tu puisses comparer un bébé à des poils, répondit Donna, faisant mine de comprendre de travers, ses lèvres recourbées vers le bas arborant la même expression que lorsqu'elle parlait des gens qui mangeaient de la viande.

— Oh, arrête, ce n'est pas ce que je voulais dire. Simplement notre rapport aux poils est semblable à notre rapport à la grossesse. C'est peut-être la chose que nous désirons le plus intensément et que tout à la fois nous désirons le moins. »

Sans se départir de sa moue, Donna changea de sujet. « Tu arrives à dormir ? demanda-t-elle.

— Oui, je suis en pleine forme, je dors vraiment très bien », répondit Zikora, alors que c'était tout le contraire – calée contre trois oreillers, elle se tournait et se retournait sans cesse en quête d'un confort illusoire, les reflux gastriques lui mettant la poitrine en feu, avec une douleur lancinante, récalcitrante, dans les articulations des doigts. Tous les matins, elle appliquait du correcteur de teint sur ses cernes sombres et un rouge à lèvres écarlate afin que les regards se portent davantage sur cette partie de son visage. Elle se disait parfois que Jon, son autre collègue, l'avait percée à jour. Sensible, il manifestait son soutien de façon subtile, l'épaulant sans attirer l'attention sur sa grossesse, comme s'il savait quelle formidable énergie il lui fallait déployer pour feindre de la sorte, que cela l'épuisait et la décourageait terriblement, et qu'elle pleurait beaucoup tout en se le reprochant parce que c'était une source de stress et que le stress était mauvais pour le bébé.

Un samedi, alors qu'elle faisait la grasse matinée, se réveillant par à-coups et replongeant dans un sommeil agité, elle sursauta en entendant le tintement prolongé de la sonnette.

Elle venait de rêver que Kwame apparaissait à son travail avec un panier couvert d'un linge qu'il plaçait sur son bureau avant de reculer. À l'intérieur gisait un bébé mort, froid et recroquevillé sur lui-même. Un rêve si pénétrant qu'elle distingua un grain de beauté sur la joue de l'enfant, une vision si effrayante qu'elle se leva d'un bond pour se diriger vers la porte d'entrée d'un pas chancelant, s'attendant à moitié à trouver Kwame sur le seuil, avec un panier.

« Mademoiselle Zikora. C'est moi. Kadiatou. Je viens tresser vos cheveux. »

Zikora s'immobilisa, encore désorientée. « Me tresser les cheveux ?

— Oui. »

Elle ouvrit la porte. Kadiatou avait à la main un grand sac en plastique. Sa courte perruque luisait, et elle affichait la mine mélancolique des personnes qui passent vous voir pour présenter leurs condoléances en vous apportant de l'alcool et de l'argent en guise de cadeaux.

« Mlle Chia me raconte ce qui se passe. »

Zikora ressentit une irritation passagère. Il fallait que Chia apprenne à se taire, personne d'autre ne devait savoir. Elle ne voulait pas qu'on la plaigne.

Elle aurait cependant pu croiser Kadiatou en allant au bureau ou en revenant chez elle, et elle n'aurait alors pas pu cacher son ventre bombé, l'être humain qui grandissait à l'intérieur de son corps. Elle la fit entrer. Kadiatou dégageait une légère odeur de jasmin. Sa présence l'apaisa aussitôt ; il émanait d'elle un calme élégant, pas la moindre acrimonie, des traits de caractère que Zikora associait aux Africains francophones. La version nigériane de Kadiatou aurait été dotée d'une vigueur différente, plus tonifiante, et rendrait l'atmosphère instable, voire désagréable.

« J'apporte des choses pour aider votre estomac... » Kadiatou exprima par gestes l'action de vomir.

« Merci, Kadi.

— Vous mangez pas. Vous avez la nourriture ?

— Un peu. »

Kadiatou déballait le contenu de son sac en plastique, dévoilant ses trésors : une boîte contenant du gingembre fraîchement râpé, des herbes feuillues, une petite bouteille remplie d'une sorte d'huile.

« Quelqu'un lance un sort contre Kwame. Comme un *juju* dans le film Nollywood. Quelqu'un est jaloux de vous », dit Kadiatou.

Zikora se mit à rire. « Kadi, vous regardez trop de films de Nollywood ; rien n'est vrai là-dedans. » Mais cela la réconfortait que Kadiatou continue de croire que Kwame était celui que Zikora désirait elle aussi qu'il soit, un homme trop bon pour l'abandonner de lui-même, à présent impuissant, sous l'emprise d'une malédiction démoniaque.

« Il reviendra. Il a peur d'être père, alors il s'enfuit. Les hommes s'enfuient et après ils reviennent. »

Zikora éprouva une pointe d'agacement. Kwame ne fuyait pas parce qu'il ne voulait pas être père – c'était impossible, elle refusait de l'accepter –, et Kadiatou ne savait absolument pas ce qu'elle racontait.

« J'ai des cheveux teinte numéro deux, dit Kadiatou en déployant les longs rouleaux d'extensions qu'elle avait apportés.

— S'il vous plaît, Kadi, pas trop serrées, d'accord ?

— Mlle Chia dit toujours les Africaines tressent parfait mais cassent vos cheveux, et les Africaines américaines tressent très mal mais vos cheveux cassent pas. Alors choisissez. »

C'était une blague que Chia répétait souvent, et Zikora en connaissait la chute. « Je choisis les deux, répondit-elle.

— Même si M. Kwame revient pas, toujours vous avez votre bébé, déclara doucement Kadiatou en plaçant une main sur son cœur. Le bébé il est à vous. »

SEPT

Zikora expulsa un petit garçon. Il était fripé et silencieux, avait la peau qui pelait, des boucles noires, humides, plaquées sur le crâne. Il sortit avec du caca dans la bouche, et l'infirmière eut un petit rire sot avant de dire « Pour un premier repas, on a vu mieux », tandis que quelqu'un d'autre s'emparait vivement de lui pour procéder à l'aspiration du méconium. À présent emmailloté comme un minuscule friand, il fut placé sur sa poitrine. Il était chaud et petit, si petit. Elle le tenait avec raideur, suspendue dans un vide situé entre son moi et ses sentiments, attendant d'éprouver quelque chose. Elle avait l'impression que toute émotion avait été effacée de son être, jusqu'à la capacité à en ressentir une. Elle ne parvenait pas à faire la distinction entre ce moment vécu et ce qu'elle en avait imaginé – tous les films et les livres qui mettaient en scène cet instant entre la mère et l'enfant, la mère découvrant l'enfant, l'enfant dans les bras de la mère. Ce moment n'était pas transcendantal. Aucune hormone du bonheur ne se répandait en elle. Elle regardait son bébé en sachant qu'il était le sien mais l'espace qui aurait dû renfermer sa joie était vide. Un brouillard l'enveloppait, une sorte d'engourdissement. Elle tremblait, le corps entièrement divisé en petits fragments qui tous vibraient, et l'infirmière lui dit que c'était normal. Quelque part dans sa conscience pointait un triomphe discret, parce que c'était terminé, c'était enfin terminé, et elle avait expulsé son bébé. Une telle animalité, une telle violence – les poussées et les contractions, le sang, et puis la chair, les organes et les os, tous malmenés et distendus. Après la dernière poussée, elle avait songé que là, dans cette salle d'accouchement, nous redevenons pendant un bref et brutal instant les bêtes que nous sommes véritablement.

« Quel beau garçon, quel beau garçon », murmurait la mère de Zikora en souriant au petit. À Zikora, elle dit : « Félicitations, *nwa m* », félicitations, mon enfant ; puis elle l'étreignit. Le premier contact physique avec sa propre mère. Zikora lui mit délicatement le bébé dans les bras et consulta son téléphone. Aucune réponse de Kwame. Elle envoya un autre message : *C'est un garçon*. Il réagirait, maintenant qu'il savait que ce n'était plus de Zikora qu'il s'agissait, mais d'un autre être humain dont les gènes étaient en partie les siens, une vraie personne, une personne nouvelle qui un jour lui ressemblerait sans doute ou aurait le même rire que lui. Ou bien il se présenterait peut-être à l'hôpital dans l'heure avec un ballon de baudruche et des fleurs, un bouquet un peu fané acheté au supermarché parce qu'il n'aurait pas eu le temps de passer chez un fleuriste.

« Vous avez une petite déchirure », dit le docteur K, une aiguille à la main. Cela ne finissait donc jamais ? Ce processus prenait des proportions démesurées. La nature ne voulait apparemment pas que les humains se reproduisent, sinon il aurait été facile de mettre un enfant au monde : les bébés glisseraient simplement hors du corps de leurs mères, qui demeureraient indemnes et intactes, bienheureuses d'avoir donné le jour à un être si précieux. Pourquoi rendre aussi alambiqué un phénomène qui n'en avait nul besoin ? Lorsque l'aiguille perça sa chair tendre, à vif, elle hurla. « L'épidurale ne fait plus effet ! Docteur K ! Comment c'est possible ? »

Sa mère lui lança un regard éloquent. *Ressaisis-toi et tais-toi un peu.* Puis elle détourna les yeux de Zikora et interrogea le docteur K : « Sera-t-il possible de le faire circoncire aujourd'hui ?

— Pas avant qu'il ait uriné. Et je ne m'occupe pas des circoncisions. Un autre médecin s'en chargera.

— Quand devrait-il uriner ? » demanda sa mère.

Zikora poussa un autre cri car l'aiguille lui infligeait une douleur injuste, inattendue. Ses yeux se remplirent de larmes. Kwame ne viendrait pas, c'était évident. Elle savait qu'il ne viendrait pas alors même qu'elle l'imaginait sur le seuil de cette chambre d'hôpital, en jean, avec ses chaussures bleues aux allures de baskets, ses pantoufles, comme il disait. Sa mère se renseignait sur les formulaires d'autorisation pour la circoncision. « Peut-on nous fournir ces documents aujourd'hui ?

— Oui, bien sûr, répondit le médecin. J'ai presque terminé, la cicatrisation devrait bien se passer. »

Cet homme était en pleine conversation triviale avec sa mère alors qu'il introduisait une aiguille et du fil dans sa chair. Zikora n'avait pas d'importance à leurs yeux, et elle n'en avait pas davantage à ceux de Kwame ; elle n'était qu'une loque usée, lessivée, une chose privée de sentiments, facile à ignorer et à rejeter.

« Je ne le ferai pas circoncire, annonça-t-elle.

— Mais si, bien sûr, répliqua sa mère.

— J'ai dit que je ne le ferai pas circoncire ! »

Elle n'avait jamais, de sa vie, haussé le ton en présence de sa mère. Même le docteur K interrompit son geste comme pour rendre hommage à la portée de cet instant. Mais sa mère, inébranlable, égale à elle-même, demanda froidement : « Et pourquoi refuses-tu de le faire circoncire ?

— C'est barbare », affirma Zikora, se surprenant elle-même. Elle se rappela ce que le site sur la grossesse avait publié. *Vous autres Américains pratiquez peut-être la circoncision, mais ici, en Europe, nous ne commettons pas cet acte barbare. Nous n'infligeons pas à nos nourrissons des souffrances inutiles. Si nous le tolérons ici, c'est uniquement pour éviter d'être accusés d'islamophobie.* Elle n'avait pas prêté attention aux articles qui parlaient des petits garçons car elle était convaincue d'attendre une fille. Non seulement elle l'avait senti intuitivement, mais tous les signes proverbiaux l'indiquaient : elle portait haut son bébé, avait eu des nausées matinales intenses et sa peau était devenue grasse. Elle se souvenait de cette publication simplement parce qu'elle s'était imposée à son attention et l'avait exaspérée ; elle trouvait qu'il s'agissait d'une critique injustement adressée aux Américains par une personne pleine de préjugés, qui ignorait que toutes sortes de peuples à travers le monde faisaient circoncire les enfants de sexe masculin. Cela lui fournissait à présent des armes commodes.

« La circoncision est un acte barbare, insista-t-elle. Pourquoi ferais-je souffrir mon enfant ?

— Faire souffrir ton enfant ? » répéta sa mère, comme si Zikora était irrationnelle.

Zikora consulta son téléphone : toujours rien de la part de Kwame. Elle envoya un autre texto : *Ton fils.* L'espace d'un instant, elle ressentit le vif désir de perdre connaissance et de s'évader de sa vie. Elle envoya un autre texto à Kwame :

Il pèse 3,100 kg. Puisqu'elle avait déjà mis sa dignité en pièces, autant les éparpiller et l'appeler. Le téléphone de Kwame sonna et Zikora fut redirigée vers la messagerie ; elle rappela, rappela encore et, à la quatrième ou cinquième tentative, en entendant un bip au lieu de la sonnerie habituelle, elle comprit qu'il venait de bloquer son numéro.

« Tu téléphones à Chiamaka ? demanda sa mère.

— Oui, dit Zikora. Elle se dépêche de rentrer.

— Où est-elle partie, déjà ?

— Dans le Sud-Tyrol.

— Ah oui, la région où les Italiens parlent allemand. »

Sa mère le savait, alors que Zikora n'avait pas la moindre idée que cet endroit existait avant que Chia ne lui annonce qu'elle s'y rendait. Sa mère, cette femme de plus de soixante-cinq ans, était restée debout toute la nuit elle aussi mais elle n'avait pas l'air fatiguée ; Zikora commençait à considérer sa résilience et son excellence comme un affront.

« Je vais demander à l'infirmière d'apporter les formulaires.

— Je ne le ferai pas circoncire ! » s'exclama Zikora d'une voix plus forte encore.

Sans lui prêter attention, sa mère prit une brochure sur l'allaitement que l'infirmière avait placée sur la table. Zikora avait envie d'affronter sa mère, de lui lancer des mots à la figure, de gratter ce vernis si parfaitement appliqué.

« J'ai su que j'étais enceinte parce que je l'avais déjà été ! » laissa-t-elle échapper.

Sa mère leva la tête, vaguement déconcertée, comme si elle n'était pas certaine de l'avoir entendue correctement, puis posa de nouveau les yeux sur la brochure.

« Ç'a été un tel soulagement d'avorter. »

Sa mère ne disait toujours rien. Zikora attendait une réaction, une colère virulente, des protestations amères, une ignominie égale à ce qu'elle ressentait, mais sa mère refusait de réagir de quelque manière que ce soit, de lui faire ce plaisir. Quelques instants plus tôt, Zikora n'aurait pas cru que cette scène puisse avoir lieu, qu'elle parvienne à lui avouer ce qu'elle s'était juré de ne jamais confier à personne, tout particulièrement à sa mère. Pourquoi l'avait-elle dit ? Elle ne savait pas, mais c'était fait à présent, tout était révélé. Elle ne se sentait ni mieux ni plus légère ; elle avait seulement l'impression d'avoir dévoilé un secret gardé durant de nombreuses années, ce à quoi sa mère avait répondu par du silence.

« Tu veux que je te rapporte quelque chose de la cafétéria ? finit par proposer celle-ci en se levant. Il faut que tu manges autre chose que de la compote. »

Zikora ferma les yeux, puis les rouvrit. Elle était éreintée et désespérée. Une douleur à vif suppurait entre ses jambes et une faim soudaine, vorace, lui tenaillait le ventre.

« Des frites ? demanda sa mère.

— Oui. »

HUIT

Zikora n'en parla jamais au garçon qui n'était pas amoureux d'elle, le garçon qu'elle cherchait à faire tomber amoureux d'elle, à une époque où elle ignorait encore qu'il ne suffit pas d'être gentille pour se faire aimer. Il fut son premier amant. Elle l'avait rencontré alors qu'elle était étudiante en deuxième année, et depuis deux ans aux États-Unis. Un joueur de basket, qui avait une si bonne opinion de lui-même que c'en était presque comique, grand et portant haut la tête, avec une démarche qui s'apparentait à un petit trot. « Je ne suis pas du genre à m'engager », répétait-il souvent sur un ton rythmé, comme s'il scandait un morceau de rap, mais elle n'entendait pas ce qu'il disait ; elle entendait ce qu'elle avait envie d'entendre : il n'avait pas encore essayé de s'engager. Dès le début, elle compta très peu pour lui. Elle le savait, elle s'en était forcément aperçue, mais elle avait dix-neuf ans, et il fallait bien qu'elle apaise les incertitudes nauséabondes propres à cet âge. La première fois qu'elle s'agenouilla, nue, devant lui, il empoigna sans ménagement une poignée de ses tresses, puis poussa tant et si bien sa tête en avant qu'elle en eut un haut-le-cœur. Un geste chargé de cruauté, un acte dont le mot « salope » était le leitmotiv. Elle ne protesta pas. Elle se fit souple et accommodante. Pendant des week-ends entiers elle attendait que sonne le téléphone fixe près de son lit. C'était rarement le cas. Puis il appelait, avant minuit, pour demander si elle était encore debout afin qu'il puisse lui rendre visite et repartir avant l'aube. Quand la grand-mère de Zikora mourut, elle lui téléphona, en larmes, et il lui dit qu'il était désolé puis, sans marquer de pause, demanda : « Est-ce que tes règles sont terminées, histoire que je puisse passer ? » Comme elles ne l'étaient pas, il s'abstint de venir. Elle croyait alors que l'amour, pour être vrai, devait être pareil à une sensation de faim.

« La capoté a glissé », dit-il ce soir-là avec insouciance. Il avait bu, pas elle.

« Ta façon de dire "capote" est trop amusante », gloussa-t-elle, regrettant qu'il soit déjà ailleurs, la main tendue vers ses vêtements et les yeux posés sur ses clés de voiture. Mais elle ne s'en inquiéta pas, car un préservatif qui glissait une fois ne pouvait tout de même pas porter à conséquence. Certains symptômes peuvent ne rien signifier si un esprit s'en convainc, s'il est tout simplement impossible qu'une chose advienne, de sorte que les mamelons douloureux et les vagues d'épuisement qui déferlaient sur elle avaient nécessairement d'autres causes, jusqu'au jour où il fallut se rendre à la raison ; elle alla donc acheter un test de grossesse à la pharmacie Rite Aid après les cours. Qu'il est fugace, l'instant où votre vie se transforme en une autre vie ! Elle n'avait jamais envisagé de tomber enceinte, ne l'avait jamais imaginé et, lorsque le test se révéla positif, elle resta assise pendant de longues minutes, accablée par l'incrédulité. Elle ne savait pas quoi faire parce qu'elle n'avait jamais pensé qu'elle aurait un jour besoin de le savoir. Elle alla au centre médical et mentit à l'infirmière praticienne, expliquant que le préservatif avait glissé la veille au soir. La femme aux yeux tristes lui donna une pilule du lendemain, et Zikora avala le comprimé blanc avec de l'eau tiède du distributeur de la salle d'attente. Il était évidemment trop tard, elle en avait conscience, ce qui ne l'empêcha pas d'avoir recours à d'autres solutions absurdes et désespérées : elle sauta en l'air et se jeta violemment sur le sol, ce qui la laissa sonnée, trop secouée pour qu'elle soit tentée de réessayer. Elle but des canettes de soda au citron, mit des sachets d'Alka-Seltzer à dissoudre dans des verres d'eau. Elle prit un cintre dans son placard, le déplia et l'empoigna résolument en tâchant d'imaginer comment les femmes désemparées s'y prenaient dans les vieux films, avant de renoncer et de le jeter. Des émotions diverses la paralysaient, déteignaient les unes sur les autres, dégoût-horreur-panique-peur. Elle aligna plusieurs tests de grossesse au bord de son lavabo, comme de minces talismans, puis urina sur chacun d'eux en les suppliant d'afficher un résultat négatif. Tous étaient positifs. Une créature se développait en elle, étrangère, indésirable, qui lui faisait l'effet d'une infestation. Il est des actes de bonté qui ne s'oublient jamais ; on les emporte jusque dans sa tombe, on les garde précieusement en soi pour se les remémorer et les savourer de temps à autre. Telle fut la bonté de l'Afro-Américaine aux courts cheveux lissés du planning familial de Walnut Street. Son sourire illuminait entièrement son visage franc, et elle effleura l'épaule de Zikora pendant que celle-ci, tendue, s'allongeait sur le dos. Elle garda sa main dans la sienne tout le temps que cela dura. « Tout va bien, tout ira bien pour vous », assura-t-elle. Ses doigts serrèrent plus fort ceux de Zikora tandis que des crampes lui poignardaient le bas du ventre. Zikora était complètement seule, et cette femme le savait. « Merci, dit-elle une fois que ce fut terminé. Merci. » Elle se sentait soulagée, légère comme l'air, libérée d'un fardeau. C'était fait. Dans le bus qui la ramenait chez elle, elle pleura en regardant par la vitre les voitures et les lumières d'une ville qui connaissait sa solitude. Ensuite, pendant des années, elle évita de se confesser ; elle ne pouvait se résoudre à formuler ce qu'elle avait commis. Elle refusait même d'y penser, car si elle l'enfermait dans un coin de son esprit alors, un jour, ce serait comme si rien ne s'était jamais produit. Elle méritait le châtiment de Dieu, elle en avait conscience, mais aussi Sa miséricorde, et elle continuait de recevoir la communion à la messe, mais avec davantage d'humilité qu'à l'ordinaire, davantage de gratitude. Une semaine avant d'obtenir son diplôme de Georgetown Law, elle passa le week-end avec Chia et, le dimanche matin, lui demanda où elle pouvait aller à la messe parce qu'elle n'avait pas envie de faire le trajet en voiture jusqu'à Washington. Chia essaya vaguement de se rendre utile, ne lui donna pas les bons horaires, et quand Zikora arriva à l'église Saint-Jean-l'Évangéliste de Columbia l'office était déjà terminé. Un prêtre proposait cependant d'entendre les confessions, et elle se dirigea vers le confessionnal, tomba à genoux dans le box mal éclairé où le prêtre était assis derrière une grille. Il lui demanda son prénom, et elle ressentit de nouveau la peur qui lui soulevait le cœur quand, adolescente, elle masquait sa voix pendant la confession, inquiète à l'idée que le père Damian aille raconter à sa mère ce qu'elle lui confiait. Mais ce prêtre, ce Blanc américain qui lui dit s'appeler père Tillman, ne ressemblait pas au père Damian ni à aucun des autres prêtres qu'elle avait connus au Nigeria. Il n'adopta pas le débit monotone d'un doctrinaire, ne la réprimanda pas sévèrement ni ne lui donna en pénitence les classiques « trois *Pater* et cinq *Ave* » sur le ton machinal de celui qui s'ennuie parce qu'il a déjà répété ces paroles cent fois ce jour-là. Il lui sembla que le père Tillman l'écoutait vraiment. Peut-être parce qu'il n'était pas harassé de travail ; au Nigeria, tout le monde se confessait, alors que dans ce pays les gens le faisaient rarement.

« Il n'y a pas de péché que Dieu ne puisse pardonner, dit le père Tillman. Tout ce que Dieu exige de nous, c'est un repentir véritable.

— Mais qu'est-ce qu'un repentir véritable ?

— Le repentir véritable est ce qui vous a poussée à venir ici aujourd'hui. »

Quand sa mère sortit de la chambre pour aller à la cafétéria, l'infirmière entra avec les formulaires d'autorisation pour la circoncision.

« Est-ce vraiment l'idée de faire souffrir votre enfant qui vous inquiète ? » demanda-t-elle gentiment.

Zikora la fixa du regard, elle et ses cils qui l'empêchaient de la prendre tout à fait au sérieux.

« Le bébé ne se souviendra pas de la douleur. Si, dans votre culture, tout le monde pratique la circoncision, vous devriez l'accepter vous aussi. Les enfants détestent être différents des autres. C'est au moins une chose que j'ai apprise quand je travaillais dans le cabinet d'un pédiatre. Nous n'avons pas encore d'enfants – mon fiancé suit une formation d'agent de police – mais, le jour où j'en aurai, je ne l'oublierai pas. »

L'infirmière lui tendit les documents puis, au bout de quelques secondes, les posa sur la table. Il y avait dans les manières de cette femme quelque chose qui fit monter de gros sanglots à la gorge de Zikora. C'était de la compassion ; cette infirmière estimait que les sentiments de Zikora, quels qu'ils soient, avaient de l'importance. Avait-elle manqué de s'en rendre compte plus tôt, ou bien cette infirmière avait-elle soudain changé ?

« Merci », dit Zikora, qui eut envie de lui saisir la main, tout en sachant que ce geste serait sans doute un peu excessif, mais l'infirmière avait déjà tourné les talons. Sur le seuil, elle faillit se cogner au docteur K, revenu pour faire ses adieux.

« Votre mère est merveilleuse. Elle s'exprime tellement bien. C'est agréable d'entendre un anglais correct. Ma famille, en Iran, parle de cette manière. Elle dirige une école privée au Nigeria ?

— Oui, répondit Zikora, en se demandant quand sa mère le lui avait confié.

— C'est merveilleux qu'elle ait pu venir pour être auprès de vous.

— Oui », acquiesça Zikora. Elle n'avait jamais douté que sa mère la rejoindrait afin d'être à ses côtés ; pourtant, le jour où elle l'avait appelée pour lui annoncer la nouvelle – « Je suis enceinte et Kwame a disparu » –, elle était tendue, comme quand, adolescente, quelqu'un racontait à sa mère qu'elle avait mal agi. Zikora s'attendait à d'amères récriminations de la part de sa mère, à ce que celle-ci lui reproche aussitôt d'être tombée enceinte et d'avoir perdu Kwame. Pourtant, elle se contenta de demander : « Quelle est la date présumée de l'accouchement, afin que je prenne mes dispositions ? »

Dans la salle de soins de la pouponnière, son fils fut placé sous une lampe chauffante, bras et jambes attachés au moyen de sangles pour l'empêcher de bouger. On aurait dit un sacrifice. Elle voulait tendre la main vers lui, repousser le médecin, arracher les sangles et le libérer. Pourquoi avait-elle accepté ? Pourquoi avait-elle signé les formulaires pendant que sa mère regardait par-dessus son épaule ? Elle croyait presque aux paroles vides et combatives qu'elle avait prononcées plus tôt, à l'idée qu'elle infligeait à son fils une souffrance inutile. Son fils. Ces deux mots : son fils. C'était son fils. Il était à elle. Elle l'avait mis au monde, elle était responsable de lui, et il la connaissait déjà, dirigeant à l'aveuglette son visage vers ses seins. On appelait cela le fouissement. Comment les nouveau-nés savaient-ils faire cela ? Il était à elle, et ses minuscules bras translucides reposaient précieusement contre sa peau. Il était à elle. Elle était prête à mourir pour lui. À cette pensée, elle éprouva un étonnement inédit, car elle savait que c'était vrai ; quelque chose qui, de sa vie, n'avait jamais été vrai l'était soudain. Elle était prête à mourir pour lui. Un sursaut neuf dans sa poitrine, qui lui était entièrement étranger ; le désir ardent de vivre, de rester en vie pour quelqu'un qui n'était pas elle. Une fois que les sangles furent ôtées, il ouvrit sa toute petite bouche rose d'où sortit un vagissement aigu. Son garçon, à la peau qui pelait, aux gencives nues, avec entre les jambes une vilaine excroissance à vif. Elle le berça, l'apaisa et poussa un mamelon dans sa bouche. « Je serais prête à mourir pour lui », dicta-t-elle à son téléphone avant d'envoyer ce message à Chia, parce qu'elle avait besoin d'énoncer cette chose miraculeuse et capitale, qui était vraie. Chia se trouvait à Milan, sur le point d'embarquer pour Dulles, et elle n'arrêtait pas d'envoyer des textos qui contenaient plus d'émojis en forme de cœur rouge que de mots :

Envoie d'autres photos !
Zikor, tu y es arrivée. Odogwu ! *Si fière de toi. Je t'aime !*
Sa couleur de peau est-elle normale ?
Il vaudrait mieux le faire examiner, Zikor.
Fais une vidéo.
Zikor ndo.
Il pleure encore ?

À cause du faible signal wifi de l'hôpital, le visage de son père se figea sur l'écran au milieu d'un sourire et, pendant un instant, grimaçant, yeux écarquillés, il ressembla à une caricature de lui-même.

« Baby-Z ! » lui lança-t-il.

Son père était un homme qui blaguait, riait et charmait tout le monde, qui cassait des choses et dansait sur leurs débris sans même se rendre compte qu'il les avait brisées.

« Papa », répondit-elle gaiement. Le voir ainsi, affichant sa bonne humeur espiègle, lui rappelait sa vie passée, quand elle n'était encore que sa fille, pas une mère.

« Félicitations, ma princesse ! Mon Baby-Z ! Où est mon petit-fils ? »

Zikora avait huit ans quand sa mère lui apprit que son père comptait prendre une autre épouse mais que rien ne changerait, qu'ils continueraient d'habiter leur maison et que parfois papa rendrait visite à sa nouvelle épouse dans sa maison à elle.

« Ton père vivra ici. Il reviendra toujours ici auprès de nous », déclara sa mère avec insistance. À l'entendre, il fallait considérer cela comme une victoire.

« Mais pourquoi il épouse une autre femme ? demanda Zikora. Je n'ai pas envie d'avoir une nouvelle maman.

— Elle ne sera pas ta nouvelle maman. Simplement ta tantie. »

Tantie Nwanneka. Peu de temps après, son père l'emmena chez tantie Nwanneka pour une courte visite, alors qu'ils se rendaient au club de tennis. Tantie Nwanneka était grassouillette, et sa peau luisait comme si on l'avait trempée dans de l'huile. Elle n'arrêtait pas de sourire. Elle entrait et sortait sans cesse du salon, et réapparaissait chaque fois avec une nouvelle source d'enchantement pour Zikora : un tube de Smarties, un sachet de *chin chin*, une tasse de Ribena. Elle l'appelait Zikky, et non Zikor comme tout le monde, et cela plaisait à Zikora parce que ce surnom lui donnait l'impression d'être plus cool et plus âgée, parce que tantie Nwanneka la prenait au sérieux. Zikora l'aimait bien. Plus tard, elle comprit que tantie Nwanneka, pour survivre, faisait preuve de gentillesse avec subtilité, ainsi que l'on manie un couteau affûté. Une fois aux États-Unis pour y faire ses études, Zikora commença à dire que tantie Nwanneka était l'*autre* épouse de son père, car les gens présumaient que « seconde épouse » désignait la nouvelle femme de son père après qu'il avait divorcé de la mère de Zikora. Mais avec Kwame elle employait l'expression « seconde épouse », parce qu'il comprenait. Kwame et elle riaient chaque fois qu'elle imitait l'une de ses camarades de l'école de droit, une Américaine au caractère passionné qui lui avait un jour demandé : « Comment faut-il appréhender la contradiction que ta mère incarne ? » Cela s'était passé après son exposé sur les lois traditionnelles igbos en matière de propriété privée, et Zikora s'était servie de l'histoire de sa mère pour l'illustrer : une femme instruite issue d'une famille éminente épouse un homme instruit, également issu d'une famille éminente, elle donne naissance à une fille, puis fait de nombreuses fausses couches, après quoi son époux décide de se remarier parce qu'il a besoin d'avoir des fils, et la femme accepte justement parce que son époux a besoin d'avoir des fils, et ce sont ces derniers qui hériteront de tous ses biens.

« Ma mère n'incarne pas une contradiction. Son vécu est singulier, mais dans la norme », avait répondu Zikora à cette autre étudiante, avant de corriger ce qu'elle venait de dire : « Singulier *et* dans la norme. »

« Une réponse parfaite », assurait Kwame chaque fois qu'ils riaient de cette anecdote. Un de ses oncles ghanéens, un ministre du gouvernement, avait pris une seconde épouse.

« Ça n'a pas dû être facile pour l'une et l'autre de ces femmes », disait-il ; Zikora acquiesçait et l'aimait pour sa sensibilité. Ils se racontaient constamment des histoires de leurs vies passées respectives, au point que chacun finissait par avoir l'impression d'avoir vécu celles de l'autre. Dans la chambre d'hôpital aux lumières trop crues, elle fut submergée par la tristesse. Elle ne pouvait s'imaginer avec quelqu'un d'autre, un homme qui ne serait pas Kwame, qui ne la connaîtrait pas comme Kwame la connaissait, qui ne dirait pas les choses que Kwame disait, qui n'aurait pas le rire décontracté de Kwame.

« Il me ressemble vraiment ! annonça son père quand sa mère plaça le téléphone au-dessus du visage de son petit-fils.

— Zikky, félicitations, Dieu nous comble de bonheur », dit tantie Nwanneka, et une partie de son visage rond apparut au-dessus de celui de son père sur l'écran. « Comment tu te sens ?

— Fatiguée », répondit Zikora, qui perçut la désapprobation de sa mère. Celle-ci aurait préféré qu'elle dise à tantie Nwanneka qu'elle allait très bien, merci.

« Tantie, félicitations », dit tantie Nwanneka à la mère de Zikora. Elle l'avait toujours appelée « tantie », pour lui témoigner son respect.

« Merci, dit sa mère d'une voix sereine.

— Baby-Z, y a-t-il quelqu'un d'autre auprès de toi à part maman ? demanda son père.

— Non, papa. »

Kwame est-il là ? Kwame a-t-il téléphoné ? Kwame est-il au courant ? Telles étaient les questions qu'il avait envie de poser mais qu'il s'abstenait de formuler. Sa mère ne l'avait pas non plus interrogée à ce sujet. Zikora devinait que sa mère avait des soupçons, comme si elle ne lui avait pas dit l'entière vérité à propos de Kwame – car comment celui-ci aurait-il pu la quitter simplement parce qu'elle était tombée enceinte ? Lui, Kwame, qui s'était rendu à Enugu et avait voulu que le père de Zikora le renseigne sur les coutumes de mariage chez les Igbos.

Son père demanda à revoir le visage du bébé, et sa mère baissa le téléphone au-dessus de la minuscule forme endormie.

« Baby-Z, en définitive, je ne vais pas pouvoir venir, mais je le verrai sans faute avant qu'il ait un mois, annonça son père.

— D'accord, papa. » Zikora s'y attendait. Quand il avait annoncé qu'il viendrait de Lagos pour la naissance du bébé, elle avait deviné que c'était l'une de ses nombreuses promesses non tenues.

« J'ai un rhume qui ne me lâche pas, ajouta-t-il. C'est mieux que je ne m'approche pas d'un nouveau-né.

— Oui », acquiesça Zikora, même si elle savait que c'était une raison comme une autre. Il aurait pu prétexter un rendez-vous d'affaires ou un problème de dernière minute avec un contrat. Sa mère lui tendit le téléphone et se dirigea vers la fenêtre.

« Ça fait maintenant deux semaines que j'ai pris froid, et le fait que cette maison soit comme un congélateur n'arrange rien, précisa son père. La climatisation est vraiment glaciale, mais ta tantie tient à baisser encore la température. Je lui ai dit qu'il allait falloir trouver un compromis, vu que nous ne sommes pas atteints de la même affection ! » Il s'esclaffa de son rire malicieux, signifiant que sa plaisanterie était plutôt inconvenante, il le savait. Mais de quoi retournait-il, au juste ? Zikora rit doucement, parce qu'elle riait toujours aux blagues de son père. Puis elle comprit qu'il s'amusait aux dépens de tantie Nwanneka, qui avait toujours plus chaud que tout le monde à cause de sa ménopause. Zikora regarda sa mère, debout près de la fenêtre, le dos tourné, résolument à l'écart de la conversation. Son père n'aurait jamais plaisanté sur la ménopause de sa première épouse. En sa présence, ses moqueries se faisaient plus anodines et prudentes, et il prenait toujours soin de lui montrer du respect. Du respect, une déférence empesée, une série de rituels poussiéreux. Le respect était ce que sa mère avait reçu en récompense de son assentiment, pour n'avoir pas créé de problèmes au sujet de tantie Nwanneka, ne pas s'être opposée à son mari et ne pas avoir semé la discorde dans la famille. Sa mère achetait toujours des cadeaux de Noël et d'anniversaire aux fils de tantie Nwanneka. Elle restait polie, correcte, maîtresse d'elle-même, dirigeait ses écoles, s'habillait toujours convenablement, avec un éclat tamisé dans les yeux derrière ses lunettes cerclées d'or. L'épouse aînée. C'était la mère de Zikora qui prenait place au côté de son père lors des mariages et des cérémonies. C'était elle qui apparaissait en tant que sa femme sur la photographie figurant dans la brochure que le club de tennis de son père avait publiée à l'occasion du soixantième anniversaire de ce dernier. C'était sa mère qui s'était mariée à l'église, tandis que tantie Nwanneka avait seulement pris part à une cérémonie du vin, selon la loi traditionnelle. L'épouse aînée. Tantie Amala, la sœur de son père, l'appelait « épouse aînée », comme s'il s'agissait d'un titre convoité, d'un rang qui donnait droit à une couronne. « Tu es l'épouse aînée, rien ne changera jamais ça », dit tantie Amala à la mère de Zikora, quelques jours après que son père eut quitté leur maison.

Ugonna, le frère de Zikora (son demi-frère), alors qu'il était encore à l'école primaire, tricha pendant un examen et fut pris sur le fait. Un enseignant le vit sortir en douce un bout de papier de sa poche et lui ordonna de le lui remettre, mais plutôt que d'obéir, Ugonna fourra le papier dans sa bouche et l'avala. Le père de Zikora décida d'aller s'installer chez tantie Nwanneka afin de remettre Ugonna sur le droit chemin. « Il faut qu'il me voie tous les matins quand il se réveille. Il est facile pour les garçons de mal tourner, les filles, elles, ne tournent jamais mal », dit-il à la mère de Zikora. C'était un dimanche empreint de la lassitude paresseuse des dimanches, et ils jouaient au Scrabble dans le salon, à l'étage, comme à leur habitude après le déjeuner, avant que son père n'aille passer le reste de la journée chez tantie Nwanneka et que Zikora et sa mère ne se rendent à l'église pour la bénédiction. Les souvenirs que Zikora gardait de cet après-midi-là étaient des images statiques, défilant en continu : son père lâchant ces mots, les yeux rivés sur le plateau de jeu, des mots qu'il avait dû se répéter pendant des jours en se demandant comment les formuler, et sa mère le fixant du regard, le corps rigide, parfaitement immobile. Plus tard, celle-ci se planta en haut de l'escalier, bloquant le passage à son mari, qui voulait gagner le rez-de-chaussée. Elle tendit les bras devant elle, le poussa en arrière et lui, surpris, chancela. « Ce n'est pas ce que nous avions convenu ! » hurla sa mère. Elle était quelqu'un d'autre ce jour-là, ébranlée, morcelée, et, comme sur le point de basculer, elle se cramponnait à la balustrade. Le père de Zikora partit malgré tout. Le lendemain, ses employés vinrent récupérer ses vêtements et sa collection de raquettes de tennis pour les emporter chez tantie Nwanneka. Durant des semaines, Zikora, maussade, ne s'adressa à sa mère que par monosyllabes, considérant que celle-ci aurait pu mieux gérer la situation. Si elle n'avait pas crié, si elle n'avait pas poussé son père, il serait peut-être resté.

Ses parents restèrent brouillés pendant quelques mois. Son père ne passait pas les voir ; le week-end, son chauffeur venait chercher Zikora et l'emmenait au club de tennis, où ils buvaient des *chapman* tandis qu'il lui racontait des blagues sans jamais mentionner son départ de la maison. Peu à peu, les relations se dégelèrent, et sa mère accepta le fait qu'il ne reviendrait pas auprès d'elles, qu'elles étaient désormais la famille à laquelle il se contenterait de rendre visite. Sa mère commença à suspendre ses robes neuves dans l'armoire de son père, presque vide, où seules quelques chemises qu'il n'aimait pas étaient encore rangées.

À présent Zikora observait sa mère, debout près de la fenêtre de cette chambre d'hôpital. Comment se faisait-il qu'elle ne l'ait jamais réellement vue ? C'était son père qui détruisait, et c'était à sa mère qu'elle reprochait les ruines que cet homme avait laissées derrière lui. Ses parents avaient très tôt décidé qu'elle ferait ses études dans une université étrangère et le soir, après l'école, les professeurs particuliers se succédaient à la maison afin de la préparer aux SAT et aux A-levels. Son père voulait qu'elle aille aux États-Unis parce que ce pays représentait l'avenir, et sa mère préférait le Royaume-Uni parce que l'enseignement y était plus rigoureux. « Je veux aller en Amérique », avait déclaré Zikora. Le désirait-elle vraiment ? Ou avait-elle désiré ce que son père voulait ? À moins qu'elle n'ait simplement pas désiré ce que sa mère voulait. La manière dont celle-ci énonçait le mot « rigoureux » l'avait irritée ; l'obsession de sa mère pour la dignité l'irritait tout autant et suscitait son hostilité, mais Zikora avait toujours évité de s'appesantir sur la raison de son choix.

Son fils se réveilla et se mit à pleurer. Sa langue minuscule frémissait tandis qu'il poussait son cri perçant, strident. La mère de Zikora s'approcha précipitamment du berceau aux parois transparentes placé près du lit, prit l'enfant et commença à marcher de long en large, le gardant dans ses bras jusqu'à ce qu'il se rendorme.

NEUF

Sur l'acte de naissance, elle inscrivit son patronyme et « petit garçon » en guise de prénom ; elle le changerait quand elle en aurait un.

« Je n'ai pas réfléchi à des prénoms masculins, dit-elle à sa mère. J'étais tellement sûre que ce serait une fille.

— Ton père en choisira un.

— Qu'est-ce que tu aimes comme prénoms ?

— Chidera, répondit sa mère. Mais attendons de voir ce que ton père choisira. »

Zikora répéta ce prénom tout bas – Chidera, c'est la décision de Dieu, Dieu a déjà décidé, c'est la volonté de Dieu.

Ils quittèrent l'hôpital en début d'après-midi. Sa mère habilla son fils avec la grenouillère jaune qu'elle avait apportée, un vêtement de taille naissance mais encore trop grand pour lui, dont les manches flottaient autour de ses bras minuscules. Dans le taxi, alors qu'il était installé dans son siège de voiture entre sa mère et elle, Zikora sentit un souffle la traverser et la vider entièrement. Elle fut assaillie par le désir intense de se cacher de sa mère et de son fils. Son appartement lui parut étrange. Quand elle l'avait quitté elle était une personne différente, une personne sans enfant, et elle y revenait avec un regard neuf. Elle se déplaçait gauchement à cause de la douleur qui palpitait entre ses jambes et, quand elle voulut l'apaiser en s'asseyant sur un coussin, cette position lui sembla tout simplement instable et inconfortable. Tout était inconfortable. On ignore à quel point les serviettes hygiéniques sont irritantes tant que l'on n'est pas passé des serviettes post-accouchement de l'hôpital à des protections classiques. Elle était constipée et, aux toilettes, essayait de ne pas pousser tout en poussant malgré elle, avec hésitation et une sensation de panique dans tout le corps, craignant que ses points de suture ne lâchent. Une angoisse soudaine, tel un geyser, avait jailli au plus profond de son être, et elle était gagnée par une peur incontrôlable. Elle prenait des bains de siège tièdes, inquiète à l'idée de ne pas y rester assez longtemps alors qu'elle réglait bien le minuteur sur un quart d'heure. Et si elle attrapait une infection ? Elle devrait alors prendre des médicaments qui seraient nocifs pour son lait et son fils. Son fils. Son fils n'arrivait pas à saisir ses seins correctement ; son mamelon ne cessait de glisser hors de sa petite bouche affamée. Il vagissait sans répit. Ses cris lui transperçaient le crâne et l'ébranlaient tellement qu'elle avait envie de casser quelque chose. Sa mère appela une infirmière spécialisée en allaitement pour une visite à domicile, une femme minuscule aux cheveux platine qui, avec force cajoleries et câlineries, essaya d'obliger l'enfant à ouvrir et fermer la bouche, mais il n'arrêtait pas de s'écarter et de gémir de nouveau. Était-ce en raison de leur retour à la maison ? Elle lui avait donné le sein à l'hôpital. L'infirmière lui remit un protège-mamelon en plastique à placer entre son sein et la bouche de son fils, qui téta en silence pendant un court instant, puis recommença à pleurer. Des tubes fixés à ses mamelons, elle tira son lait au moyen d'un appareil qui vibrait tandis que des jets d'un liquide peu épais remplissaient les bouteilles reliées à la machine. C'était un processus d'une lenteur tortueuse ; ses seins semblaient récalcitrants face à l'appareil, offrant leur lait à contrecœur, comme pour dire qu'elle n'était encore une fois pas parvenue à faire les choses comme il le fallait. Son fils dormait dans un berceau en osier près de son lit. Au début, sa mère s'installa dans la chambre adjacente, puis elle plaça son matelas dans celle de Zikora, à côté de la coiffeuse. La nuit, sa mère donnait à son fils un biberon de lait maternel avec une mince tétine incurvée.

« Dors, essaie de dormir », lui conseillait-elle, mais Zikora n'arrivait pas à trouver le sommeil, elle somnolait à peine et entendait, dans le silence de son appartement luxueux, les gargouillis de son fils qui déglutissait. Entre ses jambes, la déchirure qui avait été recousue la démangeait affreusement. Son appétit revint, féroce, et elle se mit à manger des miches de pain entières, de grosses portions de saumon. Le soleil entrait à l'oblique à travers les stores que sa mère ouvrait tous les matins. Le carillon du mobile de son fils. Les fréquents accès d'une nostalgie triste. Kwame lui manquait. Elle voyait devant elle un avenir mort, chargé du poids de son absence. Elle envisagea de prendre un nouveau numéro de téléphone et de l'appeler pour lui dire qu'ils s'en sortiraient, qu'il pourrait en faire le moins possible s'il le voulait, à condition qu'il joue son rôle de père. Mais elle se lassait de son rejet, de ses textos qu'il ignorait, de son numéro bloqué, et elle se sentait translucide, si fragile qu'un rejet de plus la détruirait irréparablement.

Certains soirs, sa mère et elle récitaient ensemble une dizaine du rosaire, égrenant toutes deux leur chapelet agenouillées près du lit de Zikora. Quand le bébé pleurait ou se réveillait après un court somme, sa mère s'interrompait toujours pour aller le voir, comme si plus rien d'autre ne comptait.

« Et si j'appelais ses parents pour les mettre au courant ? Ils méritent de savoir », proposa sa mère un soir, alors qu'elle donnait le biberon au bébé.

La question surprit Zikora. « Quels parents ? » demanda-t-elle bêtement.

Sa mère la dévisagea. « Ceux de Kwame.

— Non, non, pas tout de suite.

— Ton père n'est pas le premier homme que j'ai voulu épouser. »

Zikora la regarda fixement, craignant d'ouvrir la bouche au cas où ce qu'elle dirait inciterait sa mère à se taire. Jamais celle-ci n'avait parlé ainsi à sa fille.

« Quand j'étais étudiante à Ibadan, il y a eu quelqu'un d'autre. Il était originaire du Nord. Nos deux familles ont refusé. À l'époque, il m'a dit une chose : "Tu passeras toujours avant tout le reste." Oui, c'est ce qu'il m'a dit. La religion était un gros obstacle ; si ce n'avait été qu'une question d'ethnie, nous aurions peut-être pu le surmonter, mais pas la religion. La dernière fois que je l'ai vu, juste avant son mariage, il m'a répété : "Tu passeras toujours avant tout le reste." »

Sa mère plaça le bébé sur son épaule pour lui faire faire son rot. « C'est très bien, mon chéri, tu es un bon petit garçon, s'extasia-t-elle avant de lever les yeux vers Zikora. Les hommes affirment toutes sortes de choses. Ce qui importe, ce sont leurs actes. »

Zikora garda le silence, un peu abasourdie. Sa mère devenait une personne sous ses yeux.

« Je n'ai pas de lait, je ne comprends pas pourquoi je n'ai pas de lait », dit Zikora, en pleurs, les seins douloureux, les mamelons irrités, le ventre ulcéré par l'anxiété, terrifiée à l'idée de manquer de nouveau à ses devoirs envers son fils. « Je dois exclusivement le nourrir au sein. Des études montrent que l'allaitement exclusif est ce qu'il y a de mieux pour le bébé et...

— Zikora, ça suffit. Je vais acheter du lait en poudre, nous lui en donnerons et il ira bien. À mon époque, le lait maternel venait en supplément. Je t'ai nourrie au lait en poudre. As-tu mal tourné ? Regarde-toi. Tu as toujours été si forte, et maintenant tu es forte et tout te réussit. Regarde-toi. »

Zikora essaya de cacher son étonnement. Sa mère la trouvait forte ? Tout ce dont elle se souvenait, c'étaient des critiques pareilles à des flammes lui léchant la peau, le sentiment de ne jamais suffire, d'être constamment consciente de tous les coups qu'elle avait portés aux attentes de sa mère.

« Quand je t'ai eue, je n'aurais jamais réussi à te donner exclusivement le sein. L'accouchement a été extrêmement difficile. Après ta naissance, les infirmières de l'hôpital universitaire ont raconté mon histoire pendant des années. J'ai failli mourir. Sans mon médecin, je serais morte. Ça a duré deux jours. C'est pourquoi il a fallu me faire une hystérectomie.

— Ah bon ? » Zikora l'ignorait.

« Oui.

— J'ai lu que parfois des femmes ont subi une hystérectomie alors que d'autres méthodes auraient pu sauver leur utérus, répondit Zikora, si décontenancée qu'elle ne savait pas quoi dire d'autre.

— Non, j'étais suivie par le médecin le plus brillant de l'hôpital universitaire, le docteur Nkanu Esege, le meilleur obstétricien de tout l'est du pays ; les femmes venaient de partout pour le supplier de les prendre comme patientes. Cet homme a fait tout son possible pour moi. S'il m'a dit qu'il n'y avait pas d'autre solution, c'est que c'était vrai. »

Le bébé se mit à pleurer, et la mère de Zikora se précipita vers lui. Après lui avoir donné le dernier biberon de lait maternel, elle ne reprit pas son histoire. Elle appela un taxi qui l'emmena au supermarché, et Zikora n'en reparla pas non plus, le cœur encore tout attendri par la sensation étrange d'être proche de sa mère.

Quelques jours plus tard, tout en préparant un biberon de lait en poudre, sa mère lui dit : « Ton père ne sait pas que je n'ai plus d'utérus. Je ne le lui ai jamais avoué.

— Quoi ?

— À l'époque, les hommes n'entraient pas dans les salles d'accouchement, et lui, tout particulièrement, se désintéressait de ce genre de choses. Il disait souvent qu'il aurait de nombreux fils, trois ou quatre, parce qu'il y a beaucoup de garçons dans sa famille. Quand il fut décidé que je devais subir une hystérectomie, j'étais complètement paniquée. Une épouse sans utérus ne servait à rien. Je savais combien les enfants comptaient pour lui, et je savais aussi que je venais d'avoir une fille. »

Zikora se redressa dans son lit en tentant d'assimiler ces paroles.

« Tu ne lui as donc rien dit ?

— Non.

— Tu pensais qu'il te quitterait ?

— Ton père est un homme bon. Ce n'est pas un mauvais homme, ajouta-t-elle comme si cette tournure de phrase pouvait être plus facile à digérer.

— Dans ce cas... » Zikora marqua une pause. « Tu as fait tes fausses couches avant moi ? »

Elle savait depuis longtemps que sa mère en avait fait après sa naissance, mais cela ne rimait plus à rien désormais, et peut-être avait-elle mal compris lorsque sa mère racontait cette histoire, souvent le dimanche, quand son père était présent. Elle le faisait avec un humour vaillant, insouciant : « Quand j'ai fait ma troisième fausse couche, je crois que le docteur Esege était prêt à me rayer de la liste de ses patientes ! »

Sa mère secouait le biberon.

« Il n'y a pas eu de fausses couches », dit-elle.

Zikora la dévisageait. « Que veux-tu dire ? »

Sa mère soupira. « Il n'y a pas eu de fausses couches. »

Elle nourrissait le bébé, qui tétait et déglutissait avec une joyeuse précipitation sans cesser de gargouiller. Zikora s'étendit de nouveau, envahie par une tristesse douce et des plus poignantes, parce qu'un souvenir lui était revenu en mémoire : toutes deux assistant à la bénédiction, agenouillées côte à côte dans l'église presque vide un dimanche soir pluvieux, leurs voix jointes en un chant grégorien parfumé par l'encens. *Tantum ergo sacramentum, veneremur cernui*[1].

Chia leur rendait souvent visite, tenant le bébé dans ses bras avec un émerveillement révérencieux, demandant à lui donner le biberon, racontant ses voyages à la mère de Zikora.

1. « Ce sacrement est admirable, vénérons-le humblement. »

« Zikor, Chuka a envie de venir avec moi dimanche pour voir le bébé et faire enfin ta connaissance », dit Chia.

Ce à quoi Zikora répondit : « Non. »

Assise non loin, sa mère intervint : « Zikora, si des gens ont envie de voir le bébé, laisse-les venir. » Elle voulait en réalité dire qu'il n'y avait aucune honte à avoir, rien à cacher. Mais Zikora ne se cachait pas, ce n'était plus le cas, ou du moins pas comme avant la naissance de son fils. Elle avait simplement besoin de temps pour parachever le visage qu'elle souhaitait montrer au monde extérieur. Elle exerçait déjà son esprit aux commentaires que les autres formuleraient, se chuchotant pour elle-même les pires remarques qu'on pourrait lui faire, afin d'adoucir leur mordant et d'assourdir la peine à venir.

« D'accord », dit Zikora. Le nouveau petit ami de Chia devrait être gérable, neutre, et ses jugements, s'il en exprimait, n'importeraient pas tellement puisqu'il n'avait pas connu Zikora par le passé. Il arriva avec une pochette cadeau, se tenant derrière Chia, son corps massif se découpant dans l'encadrement de la porte. Costaud, la tête rasée, barbu ; il était trop masculin, et cet excès de virilité rendit aussitôt l'atmosphère du salon suffocante. Comme si cela ne suffisait pas, il fallait ajouter l'éclat raffiné que lui conférait sa qualité d'« homme bien », son attitude attentive, respectueuse, qu'on décelait au premier regard. L'infâme supercherie de la bonté qu'un homme affiche en public. Cela l'irrita au plus haut point. Lorsqu'il s'approcha pour la saluer, Zikora sentit jaillir en elle une hostilité brûlante, incontrôlable. Quelles sortes de monstres se cachaient sous ses apparences de type bien ? Et quand finiraient-ils par émerger pour tourmenter Chia ? Elle lui tourna brusquement le dos, un comportement qu'elle n'avait jamais eu avec quiconque auparavant. Après leur départ, elle regarda avec méfiance le sac cadeau bleu clair parsemé d'étoiles. Des vêtements pour bébé et des jouets de dentition.

« Il est un peu trop tôt pour les poussées dentaires, dit-elle avec aigreur.

— Zikora. » Sa mère l'observait, le bébé endormi au creux de son bras. « Ne t'avise plus jamais de traiter comme ça un invité à qui tu as ouvert ta porte, plus jamais.

— Il dégage quelque chose qui ne m'inspire pas confiance, répondit Zikora, troublée par le ton sévère de sa mère.

— Chuka n'est pas Kwame. Aucun homme, à part Kwame, n'est responsable de ce que Kwame a fait. »

Zikora se sentit réprimandée et en fut agacée. Elle n'avait pas envie de se montrer raisonnable, elle méritait de tenir qui elle voulait pour responsable du chaos et du dérèglement de sa planète, qui désormais ne décrivait plus son orbite habituelle.

« Ces jouets de dentition sont très jolis, dit sa mère en les examinant. Je me souviens que ton père te donnait ses os de poulet quand tes premières dents ont percé. Il trouvait amusant de te regarder les ronger. Je te les enlevais très vite. J'avais toujours peur que tu t'étouffes ou que tu t'égratignes la langue. »

Comment certains souvenirs, même indésirables, s'imposent-ils à la mémoire ? Zikora se rappelait la soirée d'anniversaire de tantie Nwanncka, une grande fête, des barnums entourés de ballons prenant toute la place dans la cour de leur résidence. Son père lui demanda de venir et sa mère lui demanda de ne pas y aller. Peu de temps s'était écoulé depuis le départ de son père, et les tensions entre ses parents étaient encore vives et palpables.

« Reste et soutiens-moi », dit sa mère, et Zikora se moqua

d'elle en silence, avant de répondre que son père avait besoin d'elle pour préparer des plateaux. Elle se rendit à la fête. Quand elle rentra en titubant à la maison, ayant subtilisé avec des amies du vin de la glacière pour le boire au goulot, la domestique lui ouvrit. Sa mère lisait dans le salon. Zikora avait la gorge serrée par l'appréhension et par une autre émotion – sans doute de la honte, songeait-elle à présent. « Bonsoir, maman », la salua-t-elle. Sa mère n'ouvrit pas la bouche, leva les yeux de son livre, comme pour montrer qu'elle l'avait entendue, puis détourna le regard.

Son père choisit le prénom Okechukwukelu, Dieu nous a donné notre part.

« Nous l'appellerons Okey. C'est un beau nom », dit sa mère.

C'était en effet le cas, mais Zikora trouvait qu'il n'allait pas. « Je l'appellerai Chidera », déclara-t-elle.

Son fils se mit à pleurer. Il avait mangé, son petit ventre était tendu et arrondi, et pourtant il pleurait. Il n'arrêtait pas de pleurer.

« Il pleure tellement. Est-ce à cause du lait en poudre ? Il ne lui convient peut-être pas, dit Zikora.

— Certains bébés pleurent, c'est ainsi », répondit calmement sa mère.

Que suis-je censée faire de lui ? se demanda Zikora. Des journées, des semaines semblables l'attendaient, sans qu'elle sache comment s'y prendre avec cet être braillard dont elle craignait de ne jamais connaître les besoins. Il n'y avait que dans les bras de sa mère que ses vagissements diminuaient, brièvement, avant de reprendre. Il n'y avait que quand il s'endormait qu'il était entièrement délivré des larmes. Sa mère balança son berceau d'osier pour l'endormir et, au bout d'un moment, dit : « Regarde, il a levé les bras ! »

Elle riait. Zikora n'avait jamais vu sa mère afficher une joie aussi pure. Son fils avait levé très haut au-dessus de lui ses bras minuscules, comme un salut au sommeil. Zikora rit à son tour. Plus tard, lorsqu'il se réveilla, elle regarda sa mère le bercer dans ses bras, baissant la tête pour le humer, la peau de son visage en contact avec celle du bébé.

« *Nne.* Y a-t-il bienfait plus grand que celui-ci ? » demanda sa mère.

Le désir irrépressible que Zikora ressentait depuis quelques jours de lui présenter ses excuses ne cessait de grandir. Mais elle n'avait pas les mots qu'il fallait et ignorait encore le motif de ces excuses, ou alors de simples excuses lui semblaient peut-être insuffisantes, un geste si modeste et tardif qu'il valait sans doute mieux s'en abstenir. Elle regarda sa mère, qui se frottait les côtés du nez, où ses lunettes avaient laissé de petites marques sur la peau.

« Maman, je ne sais pas ce que je ferai quand tu seras partie.

— J'ai obtenu un visa de long séjour, répondit sa mère. Je n'ai pas l'intention de repartir de sitôt. »

KADIATOU

UN

Le matin, dans la lumière diffuse de l'aube, Kadiatou se réveillait avec un sentiment de perte, car elle savait que Papa était déjà parti. Elle essayait de se réveiller tôt, simplement pour le voir s'en aller, mais il était toujours trop tard, et elle ouvrait les yeux dans une pièce où planait l'odeur aigre du sommeil, au bruit de la respiration régulière de ses frères et sœurs. Parfois, au moment du coucher, elle tirait sur ses doigts et se pinçait les joues pour chasser le sommeil, mais elle n'y parvenait jamais et se réveillait étonnée de s'être endormie, en le sachant parti à cause de la lumière bleutée qui filtrait à l'oblique à travers les volets en bois. Ce silence qui succédait à l'aube, avant que le matin ne se dévoile pleinement, lui évoquait toujours une perte. Un jour, elle lui demanda pourquoi il s'en allait si tôt, dans l'obscurité, et il répondit que la mine, où il détachait de l'or du ventre de la terre, se trouvait très loin. Elle l'imaginait s'enfonçant dans un puits aux parois constellées de pépites d'or chatoyantes, plus belles que les boucles que sa grand-mère, Nembero Joulde, avait fixées à ses oreilles.

Binta disait que ce n'était pas comme ça du tout : Papa et les autres hommes n'avaient même pas trouvé d'or et, s'ils y arrivaient, le métal ne brillerait pas autant que des boucles d'oreilles, pas encore. Binta avait raison, Binta savait des choses, mais Kadiatou continuait d'imaginer Papa descendant lentement dans la mine en se tournant d'un côté et de l'autre pour contempler l'éclat de l'or. S'il les quittait pour de si longues périodes, il fallait que ce soit parce qu'il travaillait péniblement pour accomplir une tâche remarquable, digne de son épuisement. Il rentrait toujours à la maison accablé de fatigue, avec de la terre noire sous les ongles, grognant pendant que Mama lui massait le dos. Mais une bonne nuit de sommeil suffisait à le délasser. Le matin il revêtait son bon boubou dont l'ourlet n'était pas effiloché, puis il allait à la mosquée, rendait visite à des amis et bavardait avec les voisins dans la cour. De ses longs bras minces il soulevait les petits garçons et les lançait haut dans les airs avant de les rattraper et de les faire tournoyer, leurs rires résonnant alentour. Il dînait pendant que tous les enfants l'observaient et attendaient les histoires qui suivaient son repas. Ses contes populaires démarraient toujours par une chanson. Alors les enfants se rapprochaient et s'asseyaient à ses pieds, le bébé se déplaçant à quatre pattes entre les pieds de sa chaise. Mama s'affairait à côté, décortiquant des arachides et lui faisant remarquer qu'il se trompait sur tel ou tel détail, que de toute manière ce n'était pas aux hommes de raconter des histoires, et qu'un autre passage était faux, et il lui disait de raconter l'histoire elle-même, et elle répliquait qu'il valait mieux qu'il poursuive puisqu'il avait déjà commencé, et ensuite ils riaient. À la lueur tremblante de la lampe à pétrole, une chaleur enveloppante et apaisante les encerclait tous. Il racontait des histoires de vaches, de hyènes et de serpents magiques, de vampires qui se transformaient en lucioles, et comment le monde était né d'une goutte de lait gigantesque. Papa grimaçait, modifiait sa voix, faisait des gestes et tapait dans ses mains. Parfois il étirait tellement ses mots, comme le babillage d'un petit enfant, que tout le monde éclatait de rire avant la fin de l'histoire. Kadiatou, assise contre le mur, regardait les pieds de Papa dans ses babouches en cuir, si fermement plantés dans le sol. Ses petits pieds à elle ressemblaient exactement aux siens, plats, sans cambrure. Quand la dernière histoire s'achevait et qu'ils entonnaient une chanson, le chagrin se profilait dans son esprit, car elle savait que Papa repartirait avant le lever du soleil.

Des années plus tard, Mama lui raconta qu'elle s'agrippait tout le temps aux jambes de Papa les soirs qui précédaient son départ, les serrant si fort qu'il fallait la supplier de les lâcher. Elle ne s'en souvenait pas. Binta lui montra la photo d'un homme portant un boubou et un chapeau en lui disant que le chapeau de Papa ressemblait à celui-ci. Mais elle ne se souvenait pas du chapeau de Papa ; elle ne se rappelait même pas qu'il en portait un. Plus elle grandissait, plus ses souvenirs lui filaient entre les doigts. Même son visage semblait s'éloigner, comme un dessin aux contours qui s'estompaient. Mais elle se souvenait du jour où il ne rentra pas à la maison, des fugaces bourrasques de fraîcheur au-dehors et de l'odeur des premières pluies de la saison, quand l'eau entrait en contact avec le sol desséché.

Papa ne rentra pas à la maison parce qu'il était mort dans un éboulement, à l'intérieur de la vieille mine d'or. On raconta qu'il avait lancé un cri d'avertissement avant que les pierres se mettent à pleuvoir, qu'il avait essayé de sauver les autres hommes malgré le danger qu'il courait. Kadiatou plaqua les mains sur ses oreilles pour ne pas entendre ces histoires. C'étaient les autres qu'on aurait dû laisser dans cette mine, coincés et écrasés par les rochers. Ça n'aurait pas dû être Papa. Elle pleura jusqu'à en perdre ses forces, le corps vidé de larmes, puis sombra dans un sommeil agité. Dans des rêves violents, elle vit des rochers délogés au cours d'une chute impétueuse, tant de rochers qui s'écroulaient, des rochers énormes, et le corps de Papa, cible impuissante simplement faite de chair et d'os. Quand enfin on le sortit de la mine, il ne ressemblait plus à un humain. Du moins à en croire leur cousin Bhoye. Personne ne vit Papa avant qu'on l'enterre, mais Bhoye déclara que rien de Papa n'était resté entier. Rien de Papa n'était resté entier. Ces mots la tourmentaient. Elle imaginait son corps devenu du sable, ce qui ne lui semblait ni vrai ni normal, alors elle pleurait à n'en plus pouvoir. Binta affirma que Bhoye mentait ; il baratinait, inventait toujours des histoires, ses yeux brillant dans son visage hypocrite. À chaque fête de l'Aïd, quand ils allaient au village et que tous les enfants se rassemblaient pour manger, c'étaient les doigts de Bhoye qui se glissaient égoïstement dans le grand bol de *namma* destiné à tout le monde pour y prendre des morceaux de poisson avant le moment du partage.

« Kadi, il ment. Papa ressemblait à une personne, dit Binta. Papa n'avait pas changé. » Sa voix si ferme fit comprendre à Kadiatou que Binta était déterminée à la réconforter, à les réconforter tous. Quand des visiteurs venaient présenter leurs condoléances, Binta interrompait ses sanglots pour se composer un visage qu'aucune larme ne maculait, preuve que le toit sous lequel ils vivaient s'était en effet effondré mais qu'ils y survivraient.

Binta. Binta était née rêveuse : elle parlait sans cesse d'autres endroits, d'autres mondes où les filles allaient à l'école, où de l'eau propre jaillissait de robinets. Elle marchait d'un pas rapide, comme si elle réfrénait une faim immense qui ne demandait qu'à être soudain assouvie ; elle faisait tout très vite, elle frémissait, agitée par des rêves qui n'avaient pas encore vu le jour. Ses yeux et son cœur avaient déjà parcouru les voies qui menaient à son avenir. Il suffisait de regarder Binta pour se demander ce qu'elle deviendrait, car elle deviendrait forcément quelqu'un, cela ne faisait aucun doute, restait à savoir quand cela arriverait. Kadiatou l'aimait comme on aime la lumière du soleil. Elle ne demandait pas mieux que de rester dans l'ombre enchantée de Binta, heureuse d'être dans les coulisses des désirs de Binta. Il semblait à Kadiatou qu'aller à l'école, apprendre dans les livres plutôt qu'apprendre à tenir une maison, était une perte de temps, mais elle répondait oui quand Papa lui demandait : « Et toi, Kadi ? Veux-tu aller à l'école, toi aussi ? » Elle répondait oui, pour Binta, à cause de Binta, parce que Binta en avait envie, Binta qui demandait sans arrêt à Papa de les envoyer à l'école, tandis que Papa souriait et disait qu'elles étaient trop précieuses à ses yeux, que les filles devenaient des enfants gâtées à l'école occidentale.

Mais Papa n'empêchait pas Binta de regarder les manuels scolaires de leur voisin Idris ; elle s'asseyait sur les marches devant la maison, les livres sur les genoux, tournant une page après l'autre, ses yeux s'attardant sur chacune d'elles. Idris racontait ce qui se passait à l'école et Binta l'écoutait, fascinée. Un jour, Idris dit que son professeur avait battu un élève pour avoir parlé le maninka, parce que seul le français était autorisé à l'école. Idris montra comment la correction s'était déroulée, riant et battant l'air de sa main, en ajoutant que l'élève s'était uriné dessus. Binta hocha la tête en riant avec Idris, mais Kadiatou en fut interloquée ; elle attendit qu'elles soient seules pour demander : « Comment pouvons-nous aller à l'école, Binta ? On ne parle pas le français.

— On apprendra à l'école », répondit Binta. Kadiatou n'en était pas convaincue ; comment apprendraient-elles une langue qu'elles ne parlaient pas, dans un endroit où elles ne pourraient pas parler la langue qu'elles connaissaient ? Mais elle garda le silence. Plus tard, Binta dit qu'aller à l'école changerait leur vie. Une fois qu'elles connaîtraient le français, elles pourraient gagner de l'argent en traduisant des lettres du français au peul, et elles auraient un meilleur logement, pas une seule pièce dans une cour surpeuplée. Elles n'auraient plus à se précipiter dehors, tôt le matin, pour plonger leurs seaux dans le puits avant que l'eau ne devienne marron à force d'être troublée. Elles n'auraient plus à se rendre aux latrines collectives, toujours humides, toujours sombres. Il n'était jamais venu à l'idée de Kadiatou de se plaindre de leur existence, une existence qu'elle croyait agréable ; mieux valait utiliser les latrines qu'aller dans un champ où les mouches tsé-tsé vous tournaient autour, mieux valait avoir un puits que faire un long chemin jusqu'à une rivière, mais les rêves que Binta caressait scintillaient, et Kadiatou l'écoutait, enchantée, désirant qu'ils s'accomplissent, pour elle.

Si seulement ces rochers malfaisants ne s'étaient pas éboulés, disait Binta, Papa aurait fini par accepter de les envoyer à l'école ; il attendait simplement que la mine donne de l'or. Maintenant, Bappa Moussa voulait qu'ils aillent s'installer au village, à des kilomètres de l'école occidentale la plus proche, affirmant qu'ils n'auraient plus jamais faim, car personne ne souffrait de la faim dans un village peul, il y avait toujours de quoi manger. En entendant parler du village, Binta se raidit et refusa catégoriquement. Elle dit que Bappa

Moussa voulait juste des paires de bras supplémentaires pour travailler dans sa ferme, qu'après tout ils ne mouraient pas de faim en ville ; et Mama ne réussissait-elle pas à les nourrir depuis des années grâce à son commerce de yaourt ?

« Tu sais bien que nous devons obéir à Bappa Moussa », dit Kadiatou.

Bappa Moussa était l'aîné des dix-sept frères de Papa. Il parlait en marmonnant d'une voix étouffée, comme s'il y avait des nappes d'eau dans sa bouche. Quand Kadiatou regardait ses yeux, elle voyait s'y réfléchir le monde, comme un endroit effrayant qui effrayait Bappa Moussa. Sans aucune raison, il grommelait souvent : « Ils vont envoyer des gens pour vous tuer et personne ne dira rien. » Binta expliqua que le gouvernement avait tué des Peuls et fermé leurs entreprises, dont la compagnie de transport où Bappa Moussa travaillait autrefois.

« Mais ça s'est passé il y a longtemps, et il aurait déjà dû trouver un autre emploi », ajouta Binta, et Kadiatou garda le silence, craignant de dire du mal d'un aîné, du nouveau chef de leur famille. Binta s'opposait tellement à une installation au village qu'une idée folle germa dans son esprit : elle irait à Conakry pour habiter chez la sœur de Mama, tantie Fanta. Kadiatou en resta bouche bée. Conakry ! Le centre de tout, l'autre monde lointain où les histoires s'inventaient. Il semblait qu'aller vivre là-bas à un si jeune âge était un projet trop ambitieux et audacieux, même pour Binta.

En chuchotant d'un ton pressant, Binta dit à Mama que, là-bas, elle pourrait aller à l'école, qu'après les cours elle travaillerait comme employée dans un magasin et que bientôt elle serait en mesure d'envoyer de l'argent aux siens. Mama conseilla à Binta de se montrer patiente, de rester au village quelque temps, d'apaiser Bappa Moussa, mais Binta demandait sans cesse à partir, insistant et agaçant Mama au point que celle-ci lui interdit de parler de tantie Fanta et de Conakry. Durant toutes les années où elles vécurent au village, l'esprit de Binta le survola, décrivant des cercles sans jamais s'y poser, attendant que sa vraie vie débute à Conakry avec tantie Fanta. Quand celle-ci venait au village, ses visites transformaient les journées en cérémonies. Tantie Fanta, magique, mince et élancée, la peau pareille à de la gaze très fine qui laissait passer la lumière. Elle leur apportait des sardines, du fromage emballé et des miches de pain frais. La voiture s'arrêtait toujours sur la place du village, parce que le chemin menant à leur maison était trop étroit ; Kadiatou et Binta s'élançaient vers tantie Fanta et se battaient pour être celle qui ferait glisser de son épaule l'anse de son sac à main afin de le porter jusqu'à la maison. Kadiatou ne se battait jamais vraiment ; elle laissait Binta tenir le sac. La présence de tantie Fanta lui suffisait, ses bras entourant leurs épaules, et ses paroles, les questions qu'elle leur posait. Elle exhalait l'odeur de la ville, de parfum et de métal, une senteur grisante, intimidante. Binta disait que c'était l'odeur de splendides avenues bordées d'arbres où, si l'on tend bien l'oreille en passant, on entend des enfants choyés jouer du piano. Non que tantie Fanta vive dans un quartier semblable, Kadiatou le savait, car elle était secrétaire au ministère du gouvernement. Kadiatou regardait les longs doigts de tantie Fanta prendre la nourriture, elle observait ses cheveux défrisés, brillants, aux fines mèches, le miroitement de son collier en or, sa robe dont la ceinture affinait sa taille, ses ongles peints en rouge. Binta l'observait elle aussi, mais différemment, non pas en l'admirant mais en l'absorbant, afin d'imiter ce qu'elle deviendrait, elle le savait. Elle deviendrait davantage encore, songeait Kadiatou, et cela la rendait heureuse d'imaginer Binta dans le futur, les ongles peints en rouge, les cheveux lissés, qui reviendrait la voir en apportant des sardines et du pain pour les enfants de Kadiatou.

Même si Binta ne l'exigeait pas de sa part, Kadiatou aurait voulu ne pas aimer le village, par solidarité. Mais elle appréciait son atmosphère tranquille, sereine, et les rassemblements sur la place le soir, les enfants jouant avec une insouciance que l'on ne voyait pas en ville. Elle aimait bien faire rentrer les poules au crépuscule, se réunir avec ses frères, ses sœurs et ses cousins autour d'un plat commun, bavarder et manger du *fondé* et du *namma*, en se léchant les lèvres pour y récupérer de petits grains de fonio. Leur grand-mère, Nembero Joulde, les observait depuis son petit lit en bois, avec son chapelet et son sac de noix de kola, qu'elle mâchait en clignant les yeux. Son beau visage flétri était attentif à chaque enfant, à chaque mouvement, à chaque chèvre et chaque poule qui s'éloignait des autres. Kadiatou pensait que les noix de kola étaient sucrées, jusqu'au jour où Binta profita de ce que leur grand-mère était à la mosquée pour en prendre une dans le sac et mordre dedans. « Très amer », déclara-t-elle avant de cracher le morceau. Kadiatou crut Binta sur parole et n'y goûta pas.

« Binta, la prochaine fois que tu veux manger une noix de kola, demande-moi », dit Nembero Joulde à son retour.

Binta rit. « Comment tu l'as su ? »

Nembero Joulde secoua la tête comme pour signifier que les enfants étaient ingérables de nos jours. Mais ses yeux pétillaient, une lueur que seule l'espièglerie de Binta pouvait faire apparaître. Celle-ci était aussi présente dans le regard de Mama, le jour où Binta et Kadiatou montèrent dans un arbre.

Alors qu'elles revenaient d'une commission chez leur tante Yaaye, Binta proposa à Kadiatou : « Grimpons à cet arbre.

— Mais les filles ne grimpent pas aux arbres. Et si quelqu'un nous dénonce ?

— Personne ne nous dénoncera.

— On va tomber, dit Kadiatou.

— Et on se relèvera », répliqua Binta.

C'était un acacia robuste dont les branches déployées formaient des bras accueillants. La journée était tout étourdie de soleil ; Kadiatou releva sa jupe et, la tenant d'une main, monta derrière Binta, le cœur battant, effrayée à l'idée de sortir de ses propres sentiers battus. Elle s'arrêta sur une fourche tandis que Binta montait plus haut. Elle vit les toits pentus du village qui s'étendait en contrebas et, dans le lointain, la majestueuse vallée que baignaient les vapeurs changeantes de la brume. Elle avait bel et bien grimpé à un arbre, elle était perchée dans un arbre, suspendue au-dessus de la terre. Il était si exaltant de se découvrir capable de franchir les limites qu'elle s'était elle-même fixées. Plus tard, en redescendant, elle fut heureuse d'être montée là-haut, tout en étant consciente qu'elle ne recommencerait jamais. Elles ne surent jamais vraiment qui en parla à Bappa Moussa. Il les gronda, déclara qu'elles déshonoreraient la famille en se comportant comme des filles vulgaires. Kadiatou s'excusa, tandis que Binta le dévisageait d'un air sombre, sans un mot. Kadiatou répéta alors à plusieurs reprises qu'elle était désolée, pour contrebalancer le silence de Binta. La situation lui rappela les fois où le chef du village passait près d'elle : Kadiatou le saluait en baissant respectueusement les yeux, pendant que Binta le regardait sans ciller, ce qui incitait Kadiatou à se courber plus bas encore, comme pour compenser. Kadiatou savait se faire toute petite en présence de ses supérieurs, alors que Binta ignorait tout bonnement que des personnes lui étaient naturellement supérieures. Plus tard, elle dit à Mama : « Je peux même grimper plus haut que Bhoye. » Mama, occupée à étaler des pétales d'hibiscus sur une natte, rit et, les yeux pétillants, s'exclama : « Binta ! » Kadiatou savait que Mama l'aimait, parce qu'elle était obéissante et qu'on pouvait compter sur elle, mais parfois, en secret, elle aurait voulu que Mama l'aime comme elle aimait Binta, parce que celle-ci était libre.

La première fois que Kadiatou prépara du *ndappa* et du *foléré* pour la famille, Mama y goûta et, surprise, lui dit que, malgré son jeune âge, sa sauce était déjà parfaite, avec juste ce qu'il fallait de fadeur pour accompagner la saveur forte et piquante de l'hibiscus.

« Ton père adorait le *foléré*, dit Mama. Tu te rappelles ?

— Oui », répondit Kadiatou, sans trop savoir si c'était le cas. Ils n'avaient pas vécu au village avec Papa, et il n'y avait rien ici, aucune chaise, aucun arbre, ni aucune odeur pour raviver un souvenir. Pourtant elle sentait qu'il était proche, elle percevait sa présence et son essence parce qu'il avait grandi là, bien avant qu'elle existe, et lui aussi avait arraché des tiges de céréales du sol humide, était passé devant des cases aux portes desquelles on clouait des calebasses. Elle vivait la vie qu'il avait autrefois vécue. Elle le voyait dans les petits garçons qui s'éclaboussaient au bord de la rivière quand elle lavait des vêtements. Il avait travaillé dans le potager de sa Nembero Joulde ; c'était à présent Kadiatou qui le désherbait et l'arrosait, qui nourrissait la terre avec des restes de repas et le fumier ramassé dans l'enclos aux animaux. Son fantôme planait même au-dessus d'elle quand elle cuisinait. Tamiser le fonio sec lui apportait un réconfort inhabituel, presque spirituel, ses doigts enfoncés dans les grains minuscules disparaissaient puis réapparaissaient, lui réchauffant le cœur. Elle coupait les gombos en rondelles, cueillait les feuilles amères, pilait le manioc, sachant d'instinct qu'elle n'aimerait pas autant ces activités si elle n'avait pas commencé à cuisiner ici, avec Mama, tout près de l'endroit où la mère de Papa avait cuisiné elle aussi.

« Kadi cuisine si bien, elle fera une bonne épouse, et elle n'a pas encore été coupée, dit Yaaye à Mama.

— Il n'est pas trop tard », répondit Mama, sur la défensive. Elles étaient dehors, en train de décortiquer des arachides, et Mama jeta une coque d'un geste vif, irrité.

« Les autres filles de leur âge ont toutes été coupées », insista Yaaye.

Plus tard, Binta demanda à Mama : « Que se passe-t-il vraiment quand on est coupée ?

— Arrête de poser des questions », dit Mama.

Le jour où on les coupa, Kadiatou songea : Elles vont nous couper aujourd'hui, mais elles ne nous ont pas dit qu'elles nous couperont aujourd'hui. Cela eut lieu pendant la saison des pluies, dans la case de leur grand-mère. Il y avait dans l'air une odeur d'humidité et de moisi qui venait des cabinets extérieurs. Mama les réveilla, Binta et elle, en les secouant doucement ; des silhouettes indistinctes se déplaçaient autour d'elles ; Mama et les tanties chuchotaient. Si tôt que le ciel était d'un noir bleuté, aucun coq ne chantait, et de la fumée s'élevait du poêle dans un coin de la pièce. Mama maintint Kadiatou en place, la plaquant fermement sur la natte, tandis que sa tante Nenan Mawdo se penchait entre ses cuisses. Dans la main de Nenan Mawdo, la lame du rasoir était brûlante après avoir été plongée dans l'eau bouillante. Elle avait dû être longuement affûtée pour pouvoir entailler si rapidement la chair humaine. Kadiatou sentit le métal chaud, puis une pression contre sa peau avant la douleur foudroyante. Elle fut stupéfaite d'avoir été coupée, tellement stupéfaite qu'elle resta muette. Une douleur si douloureuse. Il lui semblait que sa tête était une cascade piégée à l'intérieur d'une coque. Binta hurlait pendant que les tanties lui disaient de se taire, d'être courageuse, d'être une femme. « Mama, tu es méchante ! cria Binta. Mama, tu es maudite ! Comment peux-tu nous faire une chose pareille ? » Mama parla d'une voix apaisante, réconfortante, appliquant entre les jambes de Kadiatou un morceau de tissu trempé dans une décoction d'herbes médicinales. Elle eut mal au contact du tissu, comme si une centaine d'insectes l'avaient piquée en même temps. Kadiatou flottait au-dessus du sol, elle ne pesait plus rien, vidée de toute substance. Le visage de Mama se métamorphosa en tête luisante de serpent magique, et Kadiatou la fixa du regard, trop abattue pour hurler, jusqu'au moment où ses traits s'adoucirent et le visage de Mama se reforma. Un trône apparut, immobile, suspendu dans le vide. Des piments étaient répandus sur le siège, et le trône se mit à trembler en tous sens, puis à tournoyer, et les piments rouges voltigèrent.

« Kadi, Kadi, dit Mama. Tu veux de l'eau ? »

Kadiatou essaya de dire non, mais sa langue s'était dissoute dans sa bouche.

« Laisse-les se reposer. D'ici quelques jours, elles ne s'en souviendront même pas, dit une tantie.

— Je me rappelle la mienne, ajouta une autre tantie. Du pus a coulé. Je sentais si mauvais. »

Des jours passèrent avant que Kadiatou ne parvienne

à regarder, apeurée, entre ses jambes, tout le bas de son corps paraissait détaché d'elle, une chose distincte, qui ne lui appartenait plus. Tous les jours, Mama les lavait, chantant doucement et leur caressant les jambes. Binta s'écartait de Mama en se tortillant. « Tu ne nous as pas dit, lançait-elle d'un ton accusateur. Tu ne nous as pas dit ce qui allait nous arriver. »

Pourtant, une fois seule avec Kadiatou, Binta expliquait : « Elles étaient obligées de nous couper, sinon, on ne pourrait pas se marier.

— Oui », acquiesçait Kadiatou. C'était aussi ce que Mama et les tanties leur avaient dit, mais, venant de Binta, ces mots l'apaisaient, le choc qu'elle avait subi s'estompant peu à peu.

« Nous devons d'abord avoir nos règles », précisa Binta.

Kadiatou ne savait pas grand-chose des règles, simplement que les vieilles femmes allaient à la mosquée parce qu'elles n'avaient plus leurs règles, que les jeunes femmes n'avaient pas le droit de s'y rendre si elles avaient leurs règles, qu'il fallait les avoir pour donner naissance à ses enfants et que les filles pouvaient se marier dès que leurs règles arrivaient. Kadiatou rêvait d'épouser son cousin Tamsir, d'avoir sept enfants et de vendre du yaourt, si bien qu'elle attendait ses règles avec impatience. Celles de Binta arrivèrent peu de temps après qu'elles eurent été coupées, un sang sombre, épais, plein de caillots comme des morceaux de foie cru, et pendant quelques jours Binta resta étendue en se tordant de douleur. Lorsque Binta souleva sa jupe pour montrer à Kadiatou le bout de tissu menstruel plié dans sa culotte, Kadiatou recula brusquement, un peu dégoûtée. Quand ses règles arrivèrent à leur tour, elle en fut troublée car elle n'éprouva aucune douleur, seulement l'annonce du sang, et elle aurait aimé avoir mal car il lui semblait que quelque chose clochait avec les siennes, comme si elles imitaient celles de Binta, bien réelles.

DEUX

Des années plus tard, submergée par une tristesse féroce, Kadiatou songea qu'elle aurait dû savoir que quelque chose n'allait pas, Mama aurait dû savoir, tantie Fanta aurait dû savoir. Mais même si elles avaient su, qu'auraient-elles pu faire ? Si c'est la volonté du destin, peut-on changer ce qui est écrit pour nous ? Et Binta, comment pouvait-elle en savoir autant et pourtant ne pas savoir que quelque chose clochait ? Binta, qui avait appris à lire et à écrire le français sans l'aide de personne. Kadiatou l'avait vue feuilleter les manuels scolaires d'Idris, mais ce fut le jour où elles se rendirent toutes les deux à la clinique qu'elle découvrit l'étendue de ses connaissances. Kadiatou avait de nouveau de la fièvre ; cela lui arrivait trop souvent, et d'après Mama c'était parce que les moustiques aimaient les enfants nés à la saison des pluies. Binta massait les articulations de Kadiatou en disant : « Je veux faire partir ton mal » ; elle la frictionnait un peu trop fort, comme si par sa vigueur elle avait pu déloger cette douleur. La clinique du gouvernement distribuait des médicaments gratuits, mais elle se trouvait dans le village voisin et l'attente était toujours trop longue, or Mama ne pouvait pas passer une journée sans vendre de yaourt, sinon ils n'auraient rien à manger pour le dîner. Alors Mama cueillait des herbes et préparait des infusions que Kadiatou inhalait. Binta disait que ces infusions n'avaient aucun effet. Kadiatou et elle n'étaient pas assez grandes pour se rendre si loin toutes seules, mais Binta insista : « Je l'emmènerai, Mama, je peux aller à la clinique avec Kadi. Je connais le chemin. On se débrouillera. »

À la clinique, les couloirs étaient bondés, des gens attendaient, des bébés pleuraient, et Binta s'adressa à la femme qui distribuait les formulaires d'une voix forte, dans un français rapide, et Kadiatou resta bouche bée, ébahie, parce que Binta était soudain devenue un être nouveau, un ange ailé fait de rayons du soleil, et non la sœur à côté de laquelle elle avait marché pendant plus d'une heure dans la chaleur moite.

« Tu parles le français ! s'exclama Kadiatou.

— Mais enfin, Kadi, j'écoute la radio », répondit Binta, comme si Kadiatou n'écoutait pas la même radio, elle aussi, comme si tous ceux qui écoutaient la radio étaient capables d'ouvrir la bouche pour que des mots en français s'en écoulent aisément. Lorsque Bappa Moussa, des années plus tard, finit par autoriser Binta à aller à Conakry, celle-ci leur rendit visite au village et parla à tout le monde, même à leur grand-mère, dans un peul regorgeant de mots français. Elle dit « Partagez » en français quand elle donna un paquet de biscuits aux petits enfants. Elle semblait de nouveau transformée par le français, mais différemment cette fois, comme un ange assombri, aux yeux soulignés d'un khôl très noir. Binta brûlait de parler à Kadiatou d'un jeune homme malinké prénommé Fodé, Fodé par-ci, Fodé par-là, Fodé pensait ceci et Fodé aimait cela, Fodé lui avait appris ceci et Fodé lui avait acheté cela ; elle était tellement sous son charme qu'elle n'avait pas conscience du charme lui-même. Un vague malaise plana au-dessus de Kadiatou comme un nuage. Binta déplia la longue jupe en jean qu'elle avait achetée pour Kadiatou avec l'argent donné par Fodé. « Essaie-la, Kadi. À Conakry, toutes les filles en portent », dit Binta et, voyant que Kadiatou se changeait trop lentement, elle prit la jupe et défit la fermeture éclair. Kadiatou n'aimait guère cette jupe, serrée aux hanches, mais elle fit mine d'être ravie quand elles regardèrent toutes deux dans le miroir fêlé appuyé contre le mur. Il y avait quelque chose de nouveau en Binta qui, Kadiatou le pressentait, ne supporterait pas une réaction trop tiède. Il lui fallait de l'enthousiasme à son comble ou le silence total. De dessous la pile de vêtements rangée dans son sac, Binta sortit une cassette des discours de Sékou Touré et la montra à Kadiatou.

Un sentiment de transgression planait dans l'air. Kadiatou jeta un coup d'œil vers la porte, comme si Bappa Moussa s'apprêtait à entrer dans la pièce. Elle ignorait quel mal exactement le premier dirigeant de la Guinée avait fait aux Peuls, mais elle percevait depuis l'enfance les passions qu'il provoquait, l'amertume des oncles et des tantes. Certains Peuls refusaient même de mentionner son nom sous leur toit. Et Binta brandissait à présent les paroles de cet homme.

« La Guinée préfère la pauvreté dans la liberté à la richesse en esclavage ! » entonna Binta en riant. Au moins Kadiatou avait déjà entendu ces mots français. Binta dit que tantie Fanta avait sifflé de colère à la vue de cette cassette, lui demandant de la jeter, de penser à ce que cet homme avait fait aux Peuls, et Binta avait répondu qu'il ne s'en était pas pris à tous les Peuls, seulement aux opposants politiques qui lui avaient fait du tort.

« Tu veux écouter la cassette ? proposa Binta. C'est très instructif. On peut se servir du lecteur de Bhoye.

— Non, je ne comprendrais même pas ce qui s'y dit », répondit Kadiatou, son malaise tournant à l'inquiétude. Les mues de Binta étaient trop rapides, sa flamme brûlait de façon impure, crûment, comme si le monde pouvait se dérober à son éclat aveuglant. En songeant à Fodé, cet inconnu qui s'était introduit dans la vie de Binta, Kadiatou sentait sa peau la picoter. Si Binta ne pouvait plus se voir avec clarté, si ses rêves se retrouvaient dissimulés derrière le brouillard de Fodé, alors elle n'accomplirait jamais les grandes choses auxquelles elle était destinée. Kadiatou voulait voir Fodé. Elle demanda à Mama si elle pouvait repartir avec Binta, pour une ou deux semaines ; après tout, tantie Fanta lui avait proposé de lui rendre visite, de venir découvrir Conakry. Binta se hérissa quand Mama demanda d'attendre quelques jours de plus afin de gagner assez d'argent pour payer le voyage de Kadiatou. Je manque mes cours, dit Binta, irritée, et Kadiatou songea, attristée, que ce n'était pas à cause de ses cours. À Conakry, Binta montra à Kadiatou l'école de secrétariat où elle apprenait la dactylographie et la sténographie, le stand du marché où elle était employée et le quartier de la ville où se succédaient des avenues bordées d'arbres. Mais elle ne lui montra pas Fodé. Il était en stage de formation, dit Binta, et Kadiatou hocha la tête, même si elle ne savait pas ce qu'était un stage de formation. Tout ce qu'elle savait, c'est qu'une personne aussi proche de Binta aurait dû prendre le temps de venir saluer la sœur de Binta. Elle prépara du *latchiri* et du *kossan* pour tantie Fanta, tamisant la farine de maïs dans la minuscule cuisine du studio. Le soir, elles regardaient la télévision, des films anglais avec des sous-titres en français qui défilaient lentement, et elles dormaient dans le lit placé le long du mur, leurs corps se confondant, celui de tantie Fanta, celui de Binta et le sien. Une sorte de bonheur réchauffait Kadiatou, une sensation qu'elle avait connue dans l'enfance, il y avait bien longtemps, quand ils vivaient en ville avec Papa, tous ensemble dans une seule pièce. La veille de son départ de Conakry, Binta lui donna des espèces en disant que c'était de la part de Fodé. Elles se tenaient près de la table où le miroir à main de tantie Fanta reposait face cachée, ses crèmes et ses parfums disposés en lignes ordonnées comme s'ils étaient en vente dans un magasin. « Il dit que tu peux t'en servir pour acheter quelque chose pour la famille, au village », précisa Binta.

Kadiatou dissimula son hésitation. Si Fodé était absent, alors comment avait-il fait pour envoyer cet argent ? « Comment puis-je le remercier ? » demanda-t-elle, et Binta, sans croiser ses yeux, répondit : « La prochaine fois que tu viendras. » Kadiatou eut soudain envie de pleurer et de supplier Binta, de dire S'il te plaît, s'il te plaît, s'il te plaît, mais sans vraiment en connaître la raison. S'il te plaît, soyons telles que nous étions autrefois. S'il te plaît, n'évite pas mon regard. Un souvenir ressurgit nettement, dans lequel, assise par terre, aux aguets, elle observait Papa qui dînait de *ndappa*, impatiente de remplir d'eau sa tasse en émail, mais, dès qu'il buvait la dernière gorgée, Binta se levait d'un bond pour se saisir de la tasse.

En retournant au village, coincée entre d'autres voyageurs dans une Peugeot bringuebalante, Kadiatou fut presque soulagée. Elle était contente d'avoir vu Conakry, mais elle ne pourrait pas vivre dans cet endroit jamais au repos, à inspirer les souffles exhalés par trop de gens. Elle aspirait à une vie plus modeste, plus paisible ; à quoi bon essayer d'atteindre ou de ressentir des choses susceptibles de semer la discorde ?

Qui aurait pensé qu'elle aurait un jour un petit ami, elle, Kadiatou, avant Binta, et qu'elle s'assiérait avec lui sous l'arbre à côté de la maison abandonnée, au sommet de la colline ? C'était l'année précédant le départ de Binta pour Conakry. Ils appelaient cette maison la Cuisine de Mariama et, au crépuscule, pendant les rassemblements des villageois, les adolescents s'éloignaient et allaient s'asseoir là-bas pour bavarder, les filles un peu à l'écart des garçons. Certains d'entre eux, équipés de bâtons, donnaient de petits coups dans les avant-toits pour déloger les termites noirs qui s'y cachaient. Une femme prénommée Mariama avait vécu dans la maison abandonnée jusqu'à quelques années auparavant, quand son mari, parce qu'elle lui avait servi du *kossan* insuffisamment caillé, l'avait tant et tant battue qu'elle n'arrivait plus à ouvrir son œil enflé. Il menaçait souvent de prendre une seconde épouse, et elle le suppliait souvent de n'en rien faire, mais cette fois, la main plaquée sur son œil, elle lui dit : « S'il te plaît, divorce-moi. » Elle en avait assez. Même quand les aînés et les imams intervinrent, Mariama continua de dire qu'elle en avait assez. Binta aimait se percher sur la véranda de la petite maison miteuse dont le toit s'affaissait déjà, où on entendait les bruissements des souris dans l'unique chambre à coucher. « Mariama est peut être en ville, elle travaille peut-être à Conakry, disait Binta d'un air rêveur.

— Si ça se trouve, elle mendie dans les rues », répondait Amadou, et alors Binta et lui se querellaient, Amadou avançant que d'autres femmes étaient battues sans pourtant abandonner leur époux, Binta répliquant Tu te rends compte, toutes les années où Mariama a été battue depuis son mariage à quinze ans.

Ils étaient bons amis, Amadou et Binta, et ils se ressemblaient ; tous deux étaient nés en rêvant. Il existait un os qui engendrait le courage, et Kadiatou pensait que cet os lui faisait défaut, ou bien, à supposer qu'elle le possède, il devait être frêle, mou et pouvait être mâché comme un biscuit. Les os de courage de Binta et d'Amadou étaient durs, robustes, ils pliaient peut-être mais jamais ne se brisaient. Kadiatou fut stupéfaite le jour où Binta lui dit : « Amadou te veut. » Elle n'avait rien de commun avec eux ; silencieuse, timide, elle ignorait tout de ce qu'ils savaient. Comment était-il possible qu'Amadou la veuille ? Amadou, populaire, Amadou à la démarche assurée, les mains dans les poches de son jean, un garçon décontracté de la ville en visite au village. Il blaguait et passait son temps à se vanter des entreprises qu'il créerait dès qu'il aurait terminé son apprentissage dans la maroquinerie de son oncle. Il pointait du doigt un camion qui passait avec fracas, chargé de sacs de céréales, et disait qu'il en posséderait vingt, qui transporteraient du fonio, des tissus et des poteries, et qu'il aurait aussi vingt breaks qui emmèneraient des passagers sur toutes les grandes routes d'un bout à l'autre de la Guinée. Il fumait des cigarettes sans se cacher, dans le bosquet. Les autres garçons se rassemblaient autour de lui, l'écoutaient et voulaient être comme lui ; ils voulaient être lui. Enflammée par l'attention qu'il lui portait, Kadiatou fondit, ne cessant jamais de s'étonner qu'il l'ait choisie. Derrière la Cuisine de Mariama, main dans la main, ils contemplaient au loin la vallée embrumée, comme dans un rêve. Il l'embrassa, le premier baiser de la vie de Kadiatou, sa langue pareille à un poisson chaud glissant dans sa bouche. Ce ne fut pas agréable, mais ce ne fut pas non plus désagréable, car avec Amadou rien ne pouvait l'être. Elle tendait toujours son visage vers le sien de son plein gré. Il lui épluchait des tiges de canne à sucre qu'elle mangeait lentement, du jus collant lui dégoulinant entre les doigts comme un métal argenté liquide. « Tu seras ma femme », disait-il. Kadiatou voulait un foyer harmonieux et, dans ce cas, il fallait épouser un parent proche afin de conserver une lignée pure. Ainsi que l'avaient fait Papa et Mama, qui étaient cousins germains. Elle avait donc rêvé de se marier avec son cousin Tamsir. Il avait des yeux patients, comme Papa, il s'en sortait bien, travaillait dans le commerce au Sénégal avec des parents à lui, et Mama et la mère de Tamsir faisaient souvent remarquer que Kadiatou et lui, déjà fiancés ou tout comme, allaient bien ensemble. Les rares fois où elle voyait Tamsir, au village pour la fête de l'Aïd, elle lui lançait des regards timides, tous deux étant conscients, dans le silence épais et pudique qui les enveloppait, d'un avenir déjà tout tracé. Soudain, elle ne voulait plus de Tamsir. Elle l'avait choisi sans rien connaître, avait accepté Tamsir sans savoir qu'une simple conversation avec un garçon pouvait procurer une telle joie. Elle voulait devenir l'épouse d'Amadou, c'était son désir le plus cher, mais Bappa Moussa rejetterait Amadou : il n'avait pas de lien de parenté avec eux, il n'était pas riche, était trop jeune, trop proche de Kadiatou en âge. Amadou parlait de leur futur comme un aveugle, indifférent aux obstacles en travers de leur chemin. « Je gagnerai de l'argent, j'achèterai une Peugeot blanche et je reviendrai te chercher pour t'emmener à Conakry », disait-il souvent.

D'autres fois, il affirmait : « Il y a quelque chose qui s'appelle la loterie des visas, j'en décrocherai un, j'irai en Amérique et ensuite je te ferai venir. »

Elle le taquinait gentiment : l'emmènerait-il d'abord à la ville dans la grosse auto blanche ou bien la ferait-il venir en Amérique ? Et il répondait : « Tout dépendra de ce que Dieu nous apportera en premier. » La dernière fois qu'elle vit Amadou, elle ne savait pas que ce serait la dernière fois, jusqu'au jour où son cousin vint lui transmettre un message : Amadou était parti précipitamment en Amérique, il avait soudain obtenu son visa et ne pouvait pas attendre. Le cousin glissa une enveloppe dans la main de Kadiatou. À l'intérieur se trouvait une photographie en noir et blanc d'Amadou bébé, légèrement effacée. Même petit, il arborait déjà son sourire exubérant. « Amadou te demande de la garder et de l'apporter quand tu le rejoindras en Amérique », dit son cousin.

Elle prit la photo et dit : « D'accord. » Paris était une fable à portée de main, elle avait entendu parler des Champs-Élysées et de la tour Eiffel, mais l'Amérique était trop éloignée de la sphère de son imagination ; elle ne pouvait se voir vivant là-bas. Quand elle pensait à l'Amérique, elle ne pensait qu'aux films.

Kadiatou conserva la photo au fond de son petit coffre de métal, protégée par des boules de camphre. Des mois s'écoulèrent dans le silence d'Amadou, jusqu'à ce que presque deux ans sans lettre, sans message, sans mot de sa part soient passés. Signe, si tant est qu'elle en ait eu besoin, qu'ils n'étaient tout simplement pas destinés à être ensemble. Non qu'elle ait jamais véritablement cru qu'elle épouserait Amadou ou partirait pour l'Amérique ; son futur, durci par le feu, était trop solide pour pouvoir changer sans engendrer du chaos, or elle redoutait le chaos. Il lui était insupportable de penser qu'elle pouvait exister sans l'approbation de sa famille, chassée, seule et grelottante. Pourtant elle en était là, alors que tout ce temps avait passé, continuant d'imaginer son mariage avec Amadou, les imams rassemblés pour prier au milieu des chants joyeux de ses tantes, puis les enfants qu'ils auraient, quatre garçons et trois filles. Un jour, dans un rare moment d'imprudence, tandis que Mama était penchée au-dessus d'un feu de bois et que Kadiatou épluchait du manioc, elle parla d'Amadou à Mama, lui apprit qu'il était parti en Amérique, qu'il l'enverrait chercher dès qu'il le pourrait. Mama se redressa et dit : « Kadi, tu dois conserver une lignée pure et épouser quelqu'un de chez nous.

— Oui », acquiesça Kadiatou. Qu'avait-elle espéré, en ouvrant ainsi la bouche ? Mama avait eu la réponse qu'on attendait de n'importe quelle bonne mère. Mama dit que le père de Tamsir donnerait bientôt des nouvelles, très bientôt. « Tamsir est ton mari, Kadi », dit Mama, et Kadiatou dit : « Oui », résolue à affamer son esprit de tout désir. Quand, un soir, la nouvelle arriva, ce furent Yaaye et une autre tantie qui se présentèrent d'un pas traînant, la tête baissée mais avec des yeux brillant d'excitation à cause du scandale. Elles annoncèrent que Tamsir avait épousé une fille soussou au Sénégal, que celle-ci était déjà enceinte, que les parents de Tamsir étaient accablés de honte. Kadiatou les écouta sans tout à fait comprendre.

« La fille est-elle sénégalaise ? demanda Mama – une question étrange, comme si elle n'avait rien trouvé de mieux à dire tant sa stupeur était grande.

— Non, guinéenne. Mais elle vit au Sénégal, comme lui, dit Yaaye.

— Une fille soussou, dit Mama avant de lâcher un grognement incrédule. La lignée sera maintenant souillée par le sang de cette tribu déloyale. »

Mama lança un regard à Kadiatou, qui détourna les yeux.

La lignée serait restée pure si c'était elle qui avait donné naissance aux enfants de Tamsir. Elle se sentait honteuse, voire coupable, comme si en désirant Amadou elle avait incité Tamsir à renoncer à sa parole et provoqué ce scandale. On fit passer de main en main la photographie d'une fille svelte, sombre de peau, de l'âge de Kadiatou. La personne choisie par Tamsir. L'héritière du futur de Kadiatou. À en juger uniquement par la photo, elle semblait irréprochable : un joli visage, un air pieux, un doux sourire. D'autres tanties et d'autres cousines encore s'étaient rassemblées, dirigeant leur mépris pareil à des vapeurs poivrées sur la fille soussou, et leurs voix, qui n'étaient plus étouffées, affirmaient qu'elle avait pris Tamsir au piège, qu'elle était diabolique, car comment expliquer autrement que Tamsir, si stable et responsable, ait pu se retrouver dans cette situation fâcheuse, honteuse ? Quoique désorientée, Kadiatou ressentit un soulagement contraint, un brin d'espoir. Amadou pouvait maintenant venir et faire connaître ses intentions, pendant que la déception causée par Tamsir était une blessure encore fraîche. Bappa Moussa l'accepterait, ne serait-ce que pour cacher leur honte, parce que peu importait la fille soussou, Tamsir avait rejeté Kadiatou. Il l'avait abandonnée. Mais l'ampleur et la soudaineté de sa trahison le rachetaient presque, ce pour quoi elle éprouvait une sombre gratitude – elles occupaient tant les autres que sa propre humiliation en était oubliée, invisible. Si Tamsir l'avait laissée pour une fille peule, son rejet l'aurait davantage entachée.

Au cours des mois qui suivirent, Kadiatou se laissa porter par les événements. N'espérant plus épouser Tamsir et avoir des enfants. Se sentant les mains vides, ce qui ne voulait pas dire qu'elle était vide. Toute pensée se rapportant à Amadou avait enfin été chassée de son esprit ; plus question de poursuivre des rêves fantaisistes avec un homme qui l'avait oubliée, se disait-elle. Un morne néant avait remplacé ces idées. Mama lui dit que Tamsir n'était pas ce que Dieu souhaitait pour elle, qu'un meilleur mari se présenterait, mais la honte flamboyait en Mama, dans le défi factice de ses paroles. Seule Binta restait sereine, voire contente.

« Je t'avais dit que Tamsir ne serait jamais ton époux, déclara Binta. Amadou reviendra. Même sa propre famille n'a plus de nouvelles de lui depuis son départ. Ce n'est pas facile, à l'étranger. Il essaie sûrement de s'installer avant de te faire venir. »

Kadiatou secoua la tête pour se débarrasser des mots de Binta, craignant qu'ils ne ravivent son espoir. Binta était de retour à la demande de Bappa Moussa, et il annonça qu'elle devait se marier la première en tant que fille aînée, comme pour détourner l'attention de l'échec de Kadiatou. Seul leur cousin Thierno serait capable de gérer Binta, dit Bappa Moussa. Il avait terminé le lycée et faisait maintenant du commerce en Côte d'Ivoire, il était riche et tourné vers l'avenir, il réprouvait les hommes qui prenaient une seconde épouse et avait assuré à Bappa Moussa que Binta pourrait travailler comme secrétaire si tel était son souhait.

Un parti idéal, songea Kadiatou : un homme imposant, qui avait réussi, une belle cérémonie, des pansements parfumés pour l'orgueil brisé de Mama.

« Kadi, il ne me plaît pas, dit Binta.

— Tu l'as vu trois fois. Tu finiras par bien l'aimer.

— Il ne parle pas beaucoup.

— Parce qu'il sait que tu parleras pour deux, la taquina Kadiatou.

— Le collier qu'il m'a envoyé ne vaut rien.

— Il commencera à t'acheter de plus jolies choses après avoir apporté ton *taignai.* »

Binta lâcha une exclamation moqueuse, puis elle dit : « Les hommes malinkés ne sont pas aussi radins que les Peuls. »

Kadiatou garda le silence.

« Ils prennent bien soin de leur épouse. D'après tantie Fanta, ils nous veulent nous, les femmes peules, seulement pour notre beauté, mais c'est faux. »

Kadiatou continuait de se taire, oppressée. Elle ne s'indignait jamais du comportement de Binta, mais cette fois elle n'en était pas loin ; Binta pouvait avoir tous les amis malinkés qu'elle voulait, en revanche, s'agissant du mariage, elle devait évidemment faire preuve de bon sens. Épouser son Fodé, ou tout autre homme qui ne serait pas peul, était aux yeux de Kadiatou un blasphème inconcevable.

« Kadi, tu ne dis rien.

— Il n'y a rien à dire.

— Tamsir a épousé une fille soussou, et tout le monde est mécontent, oui, mais quand il amènera son enfant, ils l'accueilleront et bientôt ils accueilleront aussi la fille soussou, affirma Binta.

— Ce n'est pas pareil pour les hommes.

— À Conakry, j'ai vu des femmes peules mariées à des hommes malinkés.

— Elles ne viennent sûrement pas de bonnes familles. Nous, nous venons d'une bonne famille.

— C'est vrai », reconnut Binta en soupirant, résignée. Kadiatou souffla. Binta ne pensait pas ce qu'elle avait dit, c'était impossible, elle se montrait simplement joueuse, un pied taquin suspendu au-dessus d'une eau trouble.

Plus tard, Kadiatou s'interrogea : si Binta avait insisté

pour épouser son Malinké, les choses se seraient-elles passées différemment ? Ou bien était-ce la destinée de Binta, écrite à l'avance, qui devait forcément s'accomplir, peu importe le mari qu'elle prendrait ? Kadiatou se posait souvent des questions sur les gens qui cherchaient à connaître leur avenir. Pourquoi souhaitaient-ils être informés des tragédies qui leur fonçaient dessus et qu'ils ne pouvaient éviter d'un pas de côté ? Ce fut Binta qui voulut être opérée avant sa cérémonie de *djamougol* avec Thierno. Tantie Fanta était d'accord, mais c'était Binta qui y tenait. Un médecin de Conakry lui avait dit que les saignements abondants s'arrêteraient, que c'en serait fini des journées passées pliée en deux par la douleur. Binta n'en parla pas à Thierno car selon elle les hommes s'alarmaient à l'idée que leur épouse aurait peut-être des difficultés à avoir des enfants. Seuls Kadiatou, Mama, Bappa Moussa et tantie Fanta le savaient. Binta aurait préféré ne pas mettre Bappa Moussa au courant, mais Mama dit qu'il le fallait, par respect pour lui. Elles auraient peut-être dû écouter Bappa Moussa. Réticent, il redoutait les interventions chirurgicales en général et demanda : « Pourquoi elle doit être opérée au lieu d'endurer ça comme les autres femmes ? » Des choses poussaient dans l'utérus de Binta, expliqua tantie Fanta, et l'opération permettrait de les enlever, ce qui mettrait un terme à ses règles abondantes. Bappa Moussa n'était toujours pas convaincu. Pour qu'il accepte, il fallut que tantie Fanta lui dise que Binta ne pourrait pas tomber enceinte sans cette opération.

La première pensée qui vint à Kadiatou fut : Pourquoi tantie Fanta est-elle venue, alors qu'elle était censée nous envoyer un message, et pourquoi tous ces parents l'accompagnent-ils ?

Déjà les ténèbres s'amassaient dans l'esprit de Kadiatou. Tantie Fanta ouvrit la bouche et prononça cinq mots, puis sa voix se brisa en morceaux. Elle dit : « Binta ne s'est pas réveillée. »

Kadiatou ne comprenait pas. « Elle ne s'est pas réveillée ? Que veux-tu dire ? » demanda Mama, et c'était la question exacte que Kadiatou voulait poser.

« Ils l'ont opérée et, après l'opération, elle ne s'est pas réveillée, répondit tantie Fanta.

— Quand est-ce qu'elle se réveillera ? cria Mama. Fanta, quand est-ce qu'elle se réveillera ? »

Un mouvement soudain, furieux et confus. Mama gisait sur le sol, secouée de violentes convulsions, et de ce même sol monta un nuage de poussière ; quelqu'un essayait de retenir Mama, mais son corps refusait d'être maîtrisé. Du fond de sa gorge jaillit une lamentation gutturale aussi ancienne que la terre naissante, le son le plus hideux, le plus glaçant que Kadiatou ait jamais entendu. Il ébranla l'air étouffé par la stupeur. Alors Kadiatou comprit que sa sœur était morte. Elle sentit son cœur imploser, les prémices d'un chagrin impérissable, l'instant où l'amour se transforme à jamais en perte. Par la suite, pendant des années, elle se réveilla en sursaut après avoir rêvé de Binta, un songe si douloureusement pénétrant qu'elle fouillait toujours la pièce des yeux comme s'il était possible que Binta s'y trouve. Dans le rêve, Binta s'étonnait de sa propre mort et, dans l'hôpital du gouvernement qui ressemblait étrangement à la Cuisine de Mariama, vêtue d'un caftan qui tombait jusqu'au sol, elle répétait : « Kadi, tu as dit que tu arrêterais les saignements. Kadi, pourquoi as-tu dit que tu arrêterais les saignements ? »

La maison se dilata et s'emplit de l'ombre de Binta, de l'odeur de Binta, de la voix de Binta. Parfois, dans le balancement des palmiers et le souffle vif de la brise près de la maison abandonnée, Kadiatou percevait Binta, un léger frémissement, quelques frissons se déversant en cascade sur sa peau. Binta était partout. Une cruelle offrande de fausses espérances. Kadiatou regardait pleurer Mama et ses frères et sœurs, et elle n'éprouvait nul désir de les consoler. Ils se trouvaient dans la même pièce qu'elle et pourtant ils lui semblaient bien lointains. Mama, avec son foulard blanc, un foulard de veuve, drapé sur la tête. Changerait-elle de foulard ? Mais il n'existait pas de foulard à porter lorsqu'on pleurait un enfant, parce qu'une mère n'était pas censée perdre un enfant.

Aux visiteurs qui venaient présenter leurs condoléances avec de modestes cadeaux, Mama disait : « J'ai d'autres enfants, Dieu m'a donné d'autres enfants. » Mais c'était un mensonge et Kadiatou éprouvait de la colère quand Mama parlait ainsi, comme si Binta pouvait être remplacée. Binta était son enfant-soleil et le cœur de Mama était mort avec elle. « Tu es maintenant ma première fille, Kadi », lui dit sa mère, et Kadiatou ne répondit pas, sentant de nouveau la colère se répandre en elle. Je ne suis pas ta première fille, avait-elle envie de répliquer, personne ne peut l'être à part Binta. Lorsqu'elle entendit sa mère confier à une amie proche : « Binta serait devenue quelqu'un. Elle m'aurait apporté la gloire », Kadiatou en fut également furieuse, mais cette colère la purifiait parce que c'était une réaction, enfin, à la vérité. Binta aurait apporté la gloire à Mama. C'était vrai, Binta avait été l'enfant dotée de qualités propices à la gloire, et Mama n'aurait pas dû faire comme si Binta pouvait être remplacée. La colère de Kadiatou commença alors à se tourner contre Binta parce qu'elle était morte, parce qu'en mourant elle avait altéré leur vie à tous et leur avenir, laissant Kadiatou avec un fardeau qu'elle ne savait pas comment soulever. Apporter la gloire à Mama, devenir quelqu'un.

TROIS

Ce fut une année maudite, l'année où Binta leur fut enlevée. L'harmattan fut redoutable, les cultures flétrirent, et des cadavres de béliers gisaient dans les champs desséchés, pareils à de l'étoffe froissée. Kadiatou cuisinait du *namma* avec trop d'eau pour que la sauce puisse prendre, des petits morceaux de gombo flottant à la surface de la malheureuse soupe. Les cliniques ne distribuaient plus gratuitement les vaccins ni les remèdes contre le paludisme. Tantie Fanta expliqua que l'Amérique et la France avaient forcé le gouvernement à arrêter de proposer un enseignement primaire gratuit et de donner des médicaments ; c'était le seul moyen de redevenir ami avec la France et l'Amérique, cesser de se comporter comme des communistes. Lamin, le petit-fils de Yaaye, mourut du paludisme. Quand Mama et Kadiatou allèrent présenter leurs condoléances, Yaaye les fixa d'un air absent sans cesser de gratter son sol en terre battue. La mort était partout, la vie se dissipait à tout instant, et, quand Bappa Moussa parla pour la première fois de leur parent Saidou, Kadiatou crut qu'il était mort, lui aussi. Elle l'avait vaguement connu avant qu'il quitte le village pour aller travailler dans une mine, quelque part dans le Nord-

Ouest. « C'est ton mari, dit Bappa Moussa à Kadiatou. Tu vois combien les choses sont difficiles. Il nous aidera.

— Je ne veux pas te désobéir, Bappa Moussa, mais je n'épouserai pas un homme qui descend dans une mine.

— Son travail de mineur est différent. Il n'est pas employé par une des petites mines artisanales, mais par une grosse entreprise dirigée par des Blancs, dit Bappa Moussa.

— Je ne veux pas te désobéir... », insista Kadiatou, mais Bappa Moussa lui coupa la parole et déclara : « Mon frère aurait été d'accord. »

Kadiatou fut contrariée qu'il mêle Papa à la conversation. Bappa Moussa savait qu'en mentionnant Papa il embrouillerait les émotions de Kadiatou. Papa aurait-il eu une bonne opinion de Saidou ? Ses souvenirs de lui semblaient plus estompés encore, comme des photos délavées, et l'image de Papa était figée dans son enfance ; elle parvenait à l'imaginer entonnant les chansons des contes populaires, en revanche, elle ne le voyait pas lui parler d'un mari. Aurait-il accepté qu'elle prenne pour époux un homme qui travaillait dans une mine ? Mais qu'avait-elle à perdre, de toute façon ? Si elle épousait Saidou et qu'il mourait dans un éboulement de rochers, qu'il en soit ainsi. Binta était morte. Amadou était en Amérique, comme perdu à jamais. Autant épouser Saidou, beaucoup plus âgé qu'elle, au front parcouru de veines épaisses. Portant une montre avec un gros cadran brillant, il vint les voir. Son oncle l'accompagnait, un vieil homme qui travaillait à Conakry, et tantie Fanta et lui discutèrent de la situation du pays pendant que Bappa Moussa écoutait, feignant de comprendre ce qui se disait. Binta, elle, aurait compris ; Kadiatou ne comprenait pas non plus, et n'en avait pas envie.

Nous produisons de la bauxite que des pays dans le

monde entier utilisent pour fabriquer de l'aluminium, mais voyez nos souffrances. Tous ces programmes d'austérité qui n'en finissent pas. Pourquoi devrions-nous sacrifier notre éducation et notre santé afin de payer des dettes dont nous ne savons rien ? Il faudrait immédiatement chasser ces entreprises françaises et russes qui volent notre bauxite.

Tantie Fanta dit qu'un Guinéen peul avait été tué en Amérique. Un immigré en Amérique. Il sortait son porte-monnaie quand des policiers lui avaient tiré dessus quarante fois, transperçant son corps de nombreuses balles, trop de balles pour un seul corps. C'est affreux, dit Saidou. Tantie Fanta fit de l'humour noir en disant que ce Peul, forcément pingre, avait simplement voulu s'assurer qu'ils ne lui prendraient pas son argent. La plaisanterie n'eut pas l'air d'amuser Saidou et son oncle. Saidou avait entendu dire que de nombreux journalistes américains prévoyaient de venir pour couvrir l'affaire.

« Aucun d'eux ne savait que la Guinée existait jusqu'à ce que cet Amadou soit tué », dit son oncle.

Amadou ? La victime s'appelait Amadou. Un frisson saisit Kadiatou, son estomac se souleva, sur le point de lui monter à la gorge.

« Il paraît qu'il appartient à la lignée des Diallo, les fameux négociants », dit tantie Fanta.

Et Kadiatou, chancelante, en défaillit tant elle était soulagée. Ce n'était pas Amadou, son Amadou.

« En Amérique, la police tire sur les gens sans raison, dit Saidou.

— Au moins, ces affaires s'ébruitent. En Amérique, tout le monde en parle, dit son oncle.

— Ici, on vous tue et tout le monde se tait », ajouta

Bappa Moussa avec empressement, enfin capable de se joindre à la discussion.

Kadiatou voyait bien que tantie Fanta avait une bonne opinion de Saidou, elle était tout sourire pendant qu'il se vantait de son agréable appartement de trois pièces dans une résidence réservée aux mineurs et disait que la mine possédait une clinique pour les employés et leur famille, avec de vrais médecins qui soignaient les fractures et ne se contentaient pas de traiter le paludisme. Bappa Moussa opinait du chef et s'efforçait de paraître moins impressionné qu'il ne l'était. Une lueur de plaisir inattendu brillait dans ses petits yeux, comme s'il avait réussi à vendre de vieilles marchandises à prix neuf. Il ne dit pas combien de vaches la famille de Saidou avait offertes en *taignai*, se bornant à marmonner que c'était bien, très bien. Il fit même l'éloge des noix de kola que Saidou et les siens avaient apportées pour le *djamougol*, disant qu'elles avaient dû coûter cher, qu'elles n'étaient pas abîmées et que leur peau était fraîche. Une tantie en mit une dans la bouche de Kadiatou, puis toutes la firent tourner sur elle-même sept fois, vérifiant après chaque tour qu'elle ne l'avait pas recrachée. Kadiatou la garda évidemment dans sa bouche, mais elle se demanda ce qui arriverait dans le cas contraire. Recommenceraient-elles depuis le début, tandis qu'elle serait là, avec son voile étincelant, sa robe brodée, les prières des imams, la cohue des tanties qui chantaient, les conseils pressants sur le mariage, chacun se mêlant à la foule, heureux pour elle, les danses et le bruit, et tous les rituels de purification pour la maison de son époux ? Pour finir, elle but le lait caillé cérémoniel, soudain consciente d'une absence dont l'écho se répercutait autour d'elle. Une absence mélancolique aussi palpable qu'une présence.

Dans l'étreinte parfumée des tanties, elle se mit à pleurer, des larmes que la plupart des participants mirent sur le compte de sa joie.

La ville minière n'était que bruit et poussière. Kadiatou fut réveillée par les grondements incessants des machines qui entaillaient la terre, la creusaient et extrayaient le minerai, par les camions qui partaient, revenaient, puis repartaient. La poussière la stupéfia, il y avait partout de la poussière, de la poussière sur les poules qui fouillaient dans les ordures, de la poussière sur les cheveux des enfants qui jouaient. Son corps commença à se plaindre au bout d'une journée seulement, et des milliers de minuscules excroissances apparurent sur sa peau, son visage, sa poitrine et ses jambes. Elle toussait et éternuait tout au long de la journée, et les boutons la démangeaient tellement qu'elle rêvait de gratter le centre de son âme. Des traînées de larmes s'échappaient de ses yeux rougis et une sensation terreuse revenait sans cesse sur sa langue. Saidou l'emmena faire un tour en motocyclette pour lui montrer les environs, et ils sortirent de la résidence des employés, laissant la mine derrière eux pour gagner la ville. Ils longèrent des champs de céréales qui semblaient mal en point, les jeunes tiges se racornissant déjà, pareilles à de la paille. La rivière était devenue de la gadoue à la surface de laquelle flottaient quelques poissons morts aux yeux arrondis. Kadiatou regardait autour d'elle sans y croire. Elle avait l'impression d'avoir été jetée dans un monde dépouillé de ses plumes. L'air était souillé, le sol aride. Quand elle contempla la mine, sur le chemin du retour, elle frissonna face à la vaste et âpre étendue de terre éventrée, désespérément béante, nue, privée de vie. Un désir ardent s'empara d'elle : courir vers la gare routière et rentrer dans son village où l'herbe continuait de pousser comme l'herbe le devait.

« Cet endroit a-t-il toujours été aussi affreux ? demanda-t-elle à Saidou, qui la dévisagea avec surprise.

— Tu t'y habitueras. C'est juste un peu de poussière, répondit-il.

— Les enfants en bas âge toussent tout le temps.

— Tu veux que les Blancs ferment la mine et que nous perdions nos emplois ?

— Les rivières sont asséchées, les gens qui vivent ici n'ont pas d'eau.

— Ça suffit ! » Saidou, comme Bappa Moussa quand il réprimandait Binta pour ses paroles, affichait une expression de colère, mais aussi de la stupéfaction à l'entendre s'exprimer aussi ouvertement. Kadiatou éprouva une soudaine bouffée de fierté à la pensée d'avoir produit le genre de réaction que Binta provoquait. À la pensée d'être comme Binta. Peut-être l'esprit de sa sœur était-il présent, la guidant vers le courage.

Saidou changea de sujet et dit que sa mère se demandait si Kadiatou était enceinte.

« Mais nous venons juste de nous marier.

— Elle veut savoir, répondit Saidou avant de hausser les épaules.

— Ça arrivera par la grâce de Dieu », dit Kadiatou, perdant déjà tout l'entrain ressenti un peu plus tôt.

La paisible langueur de son village, ses frères et sœurs, ses tanties lui manquaient, de même que les silhouettes majestueuses des fourmilières les nuits de lune. Pour atténuer cette mélancolie, elle se pliait entièrement à ses devoirs, cuisinant, lavant, balayant, s'agenouillant pour servir Saidou. Rien de tout cela n'était désagréable, pas davantage que Saidou, du moins pas toujours. Il la complimentait sur sa cuisine et parfois sur sa peau, dont elle entretenait la souplesse avec du beurre de karité, maintenant que ses rougeurs avaient disparu, que les démangeaisons s'étaient apaisées, son corps s'étant habitué à inspirer un air chargé des débris de la mine. Saidou commença à lui enseigner le français. Sinon, puisque personne ne parlait le peul dans cette région de la Guinée, comment ferait-elle pour communiquer avec les commerçants sur le marché où elle achetait de quoi manger ? Une petite pointe critique se glissa dans ses paroles, le fait qu'elle ne sache pas parler le français, même un peu, comme la plupart des gens. Il avait raison, elle aurait dû apprendre certains mots, elle aurait pu suivre les traces de Binta. Elle était à présent bien décidée à acquérir les nouveaux mouvements de langue et de lèvres que le français exigeait de sa part. Saidou décida qu'ils ne parleraient plus peul le week-end, et elle accepta, se démenant maladroitement pour se frayer une voie vers la compréhension. Pourquoi tout devait-il être masculin ou féminin, des chaises aux arbres, jusqu'à la terre ? Elle ne comprenait pas. Ni pourquoi une seule personne ou un groupe de gens avaient besoin de mots différents pour faire une même chose. Saidou lui demandait de répéter des expressions entendues à la radio et, pendant qu'elle faisait le ménage ou la cuisine, elle se chuchotait des mots français. Elle les saisissait de mieux en mieux, même si, quand ils sortaient de sa bouche, ils ne ressemblaient en rien à ce qui se disait à la radio. Saidou lui conseilla de s'exercer en discutant avec les voisins, mais elle voyait de la moquerie sur leurs lèvres pincées, comme s'ils peinaient à se retenir de rire des inflexions rurales de son mauvais français. Un jour, elle entendit quelqu'un l'appeler « l'épouse villageoise de Saidou ».

Elle était vaincue par la poussière ; elle essuyait le sol à genoux, bras tendus pour passer le chiffon mouillé sous la table avant de l'essorer, puis, quelques instants plus tard, une nouvelle couche de poussière se déposait – sur le plancher, les fauteuils, le téléviseur, le moindre objet, comme si elle ne les avait pas déjà nettoyés. Elle recommençait, sans répit, frottant et récurant tandis que ses larmes coulaient, et elle se réprimandait d'en avoir versé. Pourquoi pleurait-elle, de toute façon ? Il était parfaitement idiot de se lamenter simplement parce qu'une pièce était poussiéreuse. Elle pensa à Amadou qui, en Amérique, conduisait une grosse auto blanche, et elle entrevit son propre avenir, nettoyant jour après jour de la poussière, la peau de ses genoux desséchée à force de s'agenouiller, les os endoloris par la solitude.

Un jour, quand Saidou rentra à la maison, elle sentit l'odeur qu'il dégageait avant même qu'il pénètre dans la pièce.

« Tu bois de l'alcool ! » constata-t-elle, horrifiée, en reculant.

Il passa près d'elle en titubant, puis se retourna afin de l'attirer dans son haleine maudite. Elle savait qu'elle devait céder parce qu'elle était son épouse. Elle ne se refusait jamais à lui. « Ne te refuse jamais à lui, ne te refuse jamais à lui », avait répété Mama, et ce conseil retentissait toujours à ses oreilles. Elle se sentait pourtant profanée par l'alcool ; cette odeur était celle du mal à l'état pur. Comment Saidou pouvait-il boire ? Comment pouvait-il courir le risque d'attirer une malédiction sur la famille ? Tout le monde connaissait l'histoire de leur parent Mammadou et de ses nombreuses entreprises, si fructueuses qu'il avait fait construire une mosquée au village, ce qui lui avait valu la *baraka*, la bénédiction spéciale de Dieu, parce que celui qui fait bâtir une mosquée se bâtit une demeure pour lui-même au paradis. Puis il se mit à boire et ses affaires déclinèrent les unes après les autres, et il fit faillite. Comment Saidou pouvait-il boire ?

Kadiatou retint son souffle pour empêcher l'odeur de l'alcool d'imprégner son corps. « S'il te plaît, prends d'abord un bain, Saidou », dit-elle. Plus tard, après son bain, alors qu'il sentait encore, mais un peu moins fort, elle lui dit : « Tu vas attirer une malédiction sur nous. »

Elle sut qu'elle avait été enceinte le jour où elle fit une fausse couche. Elle n'avait pas eu de règles pendant deux mois, c'était vrai, mais celles-ci avaient toujours été irrégulières. Un après-midi, alors qu'elle lavait les vitres, elle sentit un liquide poisseux couler entre ses jambes, des douleurs lancinantes se propager depuis son ventre jusqu'à son dos, et elle s'appuya contre le mur avec un sentiment d'impuissance, de déloyauté ; il n'y avait rien d'autre qu'elle puisse faire. Elle se garda bien de respirer et de bouger par crainte d'aggraver la situation : si elle restait aussi immobile que possible elle parviendrait peut-être à retarder la chose, voire à l'arrêter. Mais retarder quoi ? Déjà davantage de liquide poisseux et gélatineux glissait entre ses cuisses. Son corps détruisait ce qui lui était précieux. Elle pensa aux saignements de Binta, au fait qu'elle ne s'était pas réveillée à l'hôpital du gouvernement, et elle se demanda si son sang était le même que celui de sa sœur. Non, c'était impossible, évidemment. Les saignements de Binta provenaient des excroissances vengeresses qui avaient envahi son utérus, tandis que les siens étaient provoqués par un rejet qui se produisait dans son corps sans sa permission. Elle se baissa prudemment vers le sol, très prudemment, prise de vertige tant elle avait mal, et attendit que son corps achève de la trahir.

Saidou lui dit que la fausse couche était sa faute parce qu'elle avait lavé ses vêtements penchée au-dessus du seau au lieu de se tenir droite. Elle ne répondit pas. C'était parce qu'il buvait qu'elle avait fait une fausse couche. Il le savait, il avait attiré une malédiction sur eux et, pour se justifier, il racontait n'importe quoi, soutenant qu'elle n'aurait pas dû faire la lessive le dos courbé. « Tu retomberas enceinte, dit-il. Mais tu dois faire attention. »

Elle retomba effectivement enceinte, quelques semaines plus tard seulement, et même si elle n'avait pas cru Saidou, elle veilla à ne plus faire la lessive penchée en avant, jusqu'au jour où elle mit son fils au monde à l'hôpital de la mine, dans une salle blanche, claire et spacieuse, si paisible qu'elle n'avait plus envie de rentrer chez elle. Son fils ressemblait à Papa, son visage mince et son front en témoignaient, et elle se sentit profondément consciente de l'intimité et de l'immensité des mystères de la vie. Elle l'enveloppa dans une couverture douillette que Saidou avait apportée à l'hôpital et le tint contre sa poitrine, caressant la peau glabre où ses sourcils n'avaient pas encore poussé. Son corps minuscule lui procura une joie qu'elle n'avait jamais ressentie auparavant, tremblante, accablante, et pourtant sublime. Elle avait envie de rester ici, seule avec son bébé, dans cet hôpital climatisé au sommet d'une colline, loin de la poussière implacable qui s'insinuait partout. Mais ils rentrèrent à la maison, il le fallait, dans un taxi, Saidou tenant son sac. Ce soir-là son bébé eut de la diarrhée, son estomac gargouillant toute la nuit, et au matin il était mort, se raidissant déjà sur le matelas près d'elle. Une poupée macabre aux yeux vides reposait à côté d'elle et, tout ce qu'elle voulait, c'était son fils. Saidou pleura bruyamment, comme une femme. Pendant que ses collègues emportaient le petit corps rigide, elle resta assise, telle une statue, demandant sèchement à voir son fils. La nuit, un vent froid s'était engouffré dans sa poitrine, et elle savait à présent que ce n'était pas dû à l'allaitement ; c'était un esprit qui avait prédit cette atrocité – mais pourquoi l'aurait-il avertie d'un événement dont elle ne pouvait changer le cours ? Elle avait dans le cœur une froideur terrible, une froideur glaciale, engourdissante, et cette froideur l'irrita et se transforma en rancœur contre Saidou. Parfois, cette rancœur basculait du côté de la haine. Kadiatou scrutait sa nuque pendant qu'il regardait la télévision, et elle s'imaginait brandissant une casserole qu'elle assenait violemment sur son crâne. La violence de ses propres pensées lui paraissait normale. Un jour, elle le vit assis dehors, les larmes aux yeux, en train d'observer des enfants qui jouaient. « Nous n'avons même pas pris une photo de lui », dit-il en parlant du bébé. Sa tristesse résignée la mettait en rage. Il osait croire qu'il avait droit au chagrin. Il savait ce que son alcoolisme provoquerait, et pourtant il buvait, et maintenant son fils n'était plus, l'image de Papa, le bébé envoyé par Dieu pour la réconforter, le seul compagnon véritable qu'elle aurait pu avoir. Le comportement malfaisant de Saidou lui avait enlevé son enfant. Et Saidou continuait de sentir l'alcool, même après que sa malédiction avait détruit leurs vies. La nuit, quand il essayait de la toucher, Kadiatou tressaillait, lui opposant d'abord de la résistance et ensuite, étendue sur le lit, elle s'imaginait morte elle aussi, ou agonisante.

Après un retard de règles de deux mois, elle fut ravagée par la peur. Une peur qui respirait à travers elle. Il fallait protéger des griffes de la malédiction cette vie délicate qui grandissait en elle, mais comment ? Elle l'ignorait. Elle attendrait que son ventre commence à s'arrondir, puis dirait à Saidou qu'elle ne s'était pas rendu compte qu'elle était enceinte. Les hommes, évidemment, ne connaissaient rien à ces choses.

Elle éviterait Saidou, éviterait tout contact physique avec lui, éviterait de manger les mêmes plats que lui ; la malédiction resterait peut-être concentrée sur lui seul. C'était Saidou qui aurait dû être emporté plutôt qu'un innocent don de Dieu. C'était Saidou qui avait craché sur les lois de Dieu. Au cours de ces premières semaines, elle ne cessa de prier, et elle était en train d'essuyer la table tout en priant quand une femme prénommée Salamata, la seule autre personne peule de la résidence, se présenta à sa porte avec des employés de la mine. Quand ils viennent à votre porte avec Salamata, qui est presque comme une parente parce qu'elle parle le peul, on sait que c'est pour annoncer une nouvelle non pas mauvaise, mais terrible. « Il s'est passé quelque chose, Kadiatou, il faut venir à la clinique », dit Salamata, et Kadiatou, dans sa robe d'intérieur et ses claquettes en caoutchouc, les suivit sans un mot et découvrit le corps sans vie de Saidou, recouvert des pieds à la tête d'un drap fleuri, étendu sur un lit à même le matelas.

Elle vacilla. La stupeur la terrassa, comme de lourdes gifles. Elle priait quand Salamata avait frappé à sa porte, mais priait-elle pour qu'il arrive un grave accident à Saidou ? Elle lui avait voulu du mal, c'était vrai, mais pas ça, pas une mort précipitée. Ou bien avait-elle prié pour que cela se produise, sans en avoir conscience ? Ses supplications avaient eu pour but de désamorcer la malédiction, de veiller sur la vie qui grandissait dans son corps. Elle n'avait pas souhaité la mort de Saidou. Les frères et la sœur de Saidou étaient venus à l'hôpital. Des mineurs leur expliquaient que Saidou avait touché quelque chose, ou marché sur quelque chose. Kadiatou n'en était pas certaine, la signification des mots français échappant soudain à son cerveau. Elle ne posa pas de questions, n'osa pas poser de questions, et demeura assise, parfaitement immobile, rongée par la culpabilité. Sa haine avait dû provoquer cet accident. Mourir ainsi ne pouvait pas être le destin de Saidou.

« Je n'ai pas souhaité sa mort, dit Kadiatou.

— Quoi ? demanda l'un des frères. Qu'est-ce que tu racontes ?

— Tu l'as empoisonné ? Tu l'as empoisonné ? » hurla la sœur.

Salamata parla aux frères et à la sœur de Saidou pour les calmer, expliquant que Kadiatou était une veuve sous le choc ; ignoraient-ils que le chagrin était une forme de brève folie ? Qu'aurait-elle à gagner du meurtre d'un époux qui l'habillait et la nourrissait ? La sœur de Saidou parut s'apaiser, mais l'un de ses frères ne cessait de lancer des regards furieux à Kadiatou. Ils enveloppèrent le corps de Saidou dans un linge blanc. Ils emportèrent sa motocyclette, son téléviseur et son poêle. Puis sa sœur fouilla dans le sac et les tiroirs de Kadiatou pour s'assurer qu'elle n'avait pas volé et caché l'argent de Saidou. « Si seulement Kadiatou était enceinte, il nous resterait quelque chose de lui », déclara la sœur en l'observant après l'enterrement, et Kadiatou s'empressa de s'éloigner des yeux pénétrants de cette femme qui elle-même avait beaucoup d'enfants. Si les parents de Saidou savaient, ils la garderaient près d'eux, et elle se sentait incapable d'habiter chez la mère de son mari, en supportant le fardeau de sa culpabilité et sa peur d'une malédiction.

Dix doigts et dix orteils. Son bébé avait dix doigts et dix orteils. Elle les comptait presque tous les matins et presque tous les soirs, parfois elle se réveillait juste pour les compter, et cela la réconfortait de savoir qu'il y avait bien là dix doigts et dix orteils. Un bébé complet, le sien, rien qu'à elle. Après avoir été délivrée du paysage lugubre de la ville minière, elle avait trouvé de la consolation à Conakry avec tantie Fanta, où elle avait vécu paisiblement en regardant son ventre s'arrondir.

Elle installait sa petite fille sur le lit, dormant par terre par crainte de rouler sur elle dans son sommeil, et elle se réveillait au milieu de la nuit pour poser doucement la main sur sa minuscule poitrine et sentir le souffle du bébé ; la terreur logée au centre de son amour était si grande. Elle l'appela Binta. Elle attachait Binta dans son dos pour travailler ; elle sentait parfois un liquide chaud se répandre sur elle quand Binta faisait pipi. Tantie Fanta l'avait aidée à trouver ce poste d'employée de maison chez une riche famille de Conakry, où elle faisait le ménage et cuisinait au frais dans la demeure de marbre. Quand elle avait du temps libre, elle déposait Binta près de la haute fontaine du jardin à l'avant de la maison, où le bruit de l'eau était reposant, pareil à l'éternité. Elle envoya un message à la famille de Saidou pour annoncer qu'elle amènerait bientôt le bébé, sans dire quand exactement. Leurs réponses furent pleines d'une colère âpre. Comment osait-elle leur écrire à propos d'un bébé alors qu'ils ignoraient tout de sa grossesse ? Des parents intervinrent, demandant à voir Binta, à prendre Binta pour la confier à la famille de son père. Kadiatou ne haussait jamais la voix ni ne levait les yeux vers eux afin de ne pas leur manquer de respect. Elle disait doucement qu'elle leur amènerait Binta, mais pas tout de suite. Elle voulait que l'enfant soit un peu plus grande, pour s'assurer que la malédiction s'était dissipée, mais elle refusa de parler de cette malédiction à sa belle-famille. Elle avait déjà précipité la mort de Saidou sans en avoir l'intention, elle ne le déshonorerait pas davantage en exposant son péché. Au village, des rumeurs folles se propageaient, et, d'après Mama, c'étaient les parents de Saidou qui les avaient lancées ; le bébé n'était pas de Saidou, disaient-ils, sinon Kadiatou le leur aurait déjà amené. « Je ne les laisserai pas souiller le nom de ma fille », déclara Mama ; elle confia alors à Aminatou, la commère du village, que l'enfant était bien de Saidou mais qu'une malédiction posait problème. Il fallait d'abord neutraliser son pouvoir. « Quelle malédiction ? » demanda Aminatou, et Mama répondit en chuchotant, consciente que la nouvelle scandaleuse de l'alcoolisme de Saidou se répandrait à travers le village avant le crépuscule. Ce fut le cas, et ses parents arrêtèrent de parler à Mama. Parfois, Kadiatou aurait souhaité que Saidou lui apparaisse en rêve afin qu'elle puisse le supplier de lui accorder son pardon, mais il ne se montrait pas. Rien de lui ne perdurait. Il ne lui manquait pas et elle ne pensait pas à lui, elle lui en voulait amèrement de la mort de son fils, mais elle avait aussi l'impression d'avoir mal agi vis-à-vis de son mari. La mort était trop définitive ; Kadiatou aurait préféré qu'il subisse une punition limitée dans le temps.

QUATRE

Monsieur disait apprécier la discrétion de Kadiatou, qui vaquait à ses tâches sans le déranger. Il lui demandait souvent de préparer son *fondé* et son *namma*, et il adorait le *latchiri* et le *kossan*, comme tout homme peul digne de ce nom, car il était peul, après tout, même s'il avait pris les habitudes d'un étranger et que son peul était gâté par le français. Le soir, il recevait des invités, des hommes fortunés comme lui, parfois des employés du gouvernement qui arrivaient dans des voitures de fonction, et Kadiatou allait porter des assiettes à leurs chauffeurs et aux gardes en uniforme. Madame vivait à Paris, où les enfants étaient scolarisés, et ils vinrent en visite une fois, pendant leurs vacances, se déplaçant avec la démarche des gens nés à l'étranger, qui ressemble à celle d'un âne, se moquant avec mépris du fonio que Kadiatou leur servait. Quand Madame fit venir un Sénégalais sophistiqué, chef dans un restaurant, pour lui enseigner la cuisine, Kadiatou ne montra pas combien elle était offensée.

« Tu fais tellement de bruit quand tu bâilles. » Ce furent les premières paroles que le cuisinier sénégalais lui adressa. « Pourquoi tu fais ce bruit quand tu bâilles et puis, pourquoi tu bâilles ? »

Elle avait bâillé une seule fois. Binta était souffrante, fiévreuse, son petit corps frémissant secoué par des quintes de toux, si bien que Kadiatou, qui l'avait tenue dans ses bras toute la nuit, était fatiguée, mais elle n'avait bâillé qu'une fois. « Excuse-moi, désolée », dit-elle poliment. Ce Sénégalais cherchait simplement à la rabaisser, il avait les mêmes manières pompeuses que Madame. Elle l'écouta et l'observa pendant qu'il faisait mijoter du poulet dans une sauce à l'oignon, mélangeait du riz à de la sauce tomate et préparait de la purée de pommes de terre. Du *poulet yassa**, du *riz gras** – et tout autre plat aussi fade qu'il cuisinait. Il demanda à Kadiatou de dresser la table en ajoutant : « Je viendrai l'inspecter. » Kadiatou se hérissa en silence. Monsieur, tout juste rentré du travail, était dans le salon, allongé sur un canapé.

« J'ai engagé le chef de *Chez Simone* pour lui donner des cours, dit Madame à Monsieur, tandis que Kadiatou s'appliquait à dresser la table.

— Oh, mais Kadiatou est très douée. Elle n'a pas besoin de cours. Elle devrait ouvrir son propre restaurant, un jour », répondit Monsieur. Kadiatou continua calmement à mettre le couvert tandis que son cœur dansait. Elle ne put s'empêcher de lancer un coup d'œil à Madame, qui décochait des regards noirs à Monsieur. Celui-ci mangea les plats du chef sénégalais, mais plus tard, après le départ de Madame et des enfants, il dit à Kadiatou : « Tu peux maintenant recommencer à me servir de bons plats. »

Kadiatou vivait dans le bungalow réservé aux domestiques à l'arrière de la propriété, une grande pièce munie d'un ventilateur, au sol couvert d'un joli linoléum. Elle demanda à Monsieur l'autorisation de prendre certaines des vieilles affaires des enfants entassées dans la réserve, et il accepta avec un vague geste de la main. Elle envoya des vêtements, des jouets et deux petits vélos à Mama, puis commença à prendre des choses sans le dire à Monsieur, parce qu'elle savait qu'il ne s'en apercevrait jamais et que Madame, au cours de ses brèves visites, ne jetait jamais ne serait-ce qu'un regard aux pièces du rez-de-chaussée. Mama ne savait pas se servir de la machine à coudre envoyée par Kadiatou, et celle-ci lui conseilla de la vendre. Une autre fois, elle envoya de vieilles paires de chaussures de Monsieur, et Mama dit qu'elle les vendrait elles aussi, sans les montrer à Bappa Moussa.

Chaque fois que Monsieur se rendait à Paris, il tenait à ce qu'elle reste afin de veiller sur la maison, mais il demandait aux parents qui séjournaient chez lui de partir, affirmant qu'il faisait davantage confiance à Kadiatou qu'aux gens de son sang. Elle se sentait comblée, reconnaissante ; peut-être une certaine paix lui était-elle enfin accordée, raison pour laquelle elle remerciait Dieu dans ses prières. Le matin où des soldats firent irruption dans la propriété, Monsieur était à Paris. Kadiatou eut l'impression que la troupe de soldats, coiffés de bérets rouges, armés de longs fusils d'un noir terne dans la lumière vive, était apparue dans un battement de paupières. C'était comme dans un film où des hommes partent à la guerre, des hommes dont les pieds martèlent le sol d'un pas lourd, bien décidés à tuer. Ils étaient venus tuer Monsieur. Un fonctionnaire du gouvernement les avait envoyés ici pour tuer Monsieur et, puisque celui-ci n'était pas là, qu'allaient-ils faire à Kadiatou ? Elle serrait fort son bébé contre elle, les jambes tremblant tellement qu'elle eut peur de s'écrouler. Un soldat prit une canette de jus d'orange dans le réfrigérateur. Les autres se dispersèrent dans la maison comme s'ils connaissaient déjà les lieux. Ils ouvrirent brutalement les meubles du salon sans les refermer, saccagèrent la chambre à coucher de Monsieur. Ils arrachèrent le matelas du lit et le secouèrent. Ils insultaient Monsieur, le traitaient de chien. Binta pleurait de sa voix aiguë, stridente. Leur chef lança : « On s'en va. » Et un autre ordonna à Kadiatou : « Suis-nous ! » Mais le chef lâcha un grognement et dit : « C'est juste une domestique, pourquoi tu l'interrogerais ? On s'en va. »

Kadiatou fit ses bagages aussi vite que possible et les chargea dans un taxi qui les emmena, Binta et elle, chez tantie Fanta.

Quand les hommes apprenaient qu'elle était veuve, ils affichaient un sourire lumineux. Ils auraient souri même si son visage avait été répugnant. Elle était veuve, et une veuve laissait dans son sillage un parfum de vulnérabilité mêlée à de la disponibilité. Elle travaillait comme serveuse au restaurant de la plage en sachant qu'ils voyaient en elle une occasion à saisir, endurant leurs regards lubriques parce que les hommes étaient ainsi. Elle commença à se couvrir les cheveux, et elle continuait d'arborer une expression plaisante avec les yeux, mais plus avec les lèvres ; un homme était susceptible de mal interpréter n'importe quel sourire. Elle n'attendait pas du propriétaire, François, un homme important très occupé, qu'il la protège, mais il aboyait après quiconque osait davantage qu'un regard lubrique : comme le client qui lui effleura la hanche, ou un autre qui lui saisit le bras alors qu'elle posait une assiette devant lui. Elle lui était reconnaissante de ce qu'il daigne la protéger. François possédait d'autres restaurants, et elle projetait de l'impressionner par son travail avant de lui demander d'être employée comme cuisinière, plus comme serveuse. Quand elle avait obtenu cet emploi, elle avait parlé de sa cuisine, mais François avait déjà deux cuisiniers. L'autre jour, elle l'avait entendu crier après l'un d'eux parce que les frites étaient trop salées. Kadiatou lui demanderait au moins de l'autoriser à aider les cuisiniers. Elle expliquerait qu'un chef sénégalais l'avait formée, ce qui n'était pas tout à fait un mensonge, mais lui faisait l'effet d'en être un. Tandis qu'elle s'occupait du service et du ménage, elle s'imaginait propriétaire d'un restaurant, les paroles de Monsieur à jamais gravées dans son esprit. Son rêve lui remontait le moral. Elle servirait des plats guinéens, non pas le poulet et les frites que tout le monde mangeait dans les restaurants, et elle les présenterait joliment, à la manière du chef sénégalais, formant de petits dômes élégants avec le riz, dessinant des motifs au sirop sur les desserts comme une artiste. Si François acceptait de la laisser travailler en cuisine, elle apprendrait comment les restaurants conservaient les aliments, quelles quantités ils en achetaient quand ils faisaient leurs courses. Elle était intimidée à l'idée de demander à François, mais elle le ferait ; il voyait déjà qu'elle travaillait dur comme serveuse, et il la protégeait de ces hommes ; il dirait peut-être oui. François avait la peau claire, les yeux également clairs, pareils à des billes, des cheveux bouclés hérités de sa mère libanaise ; il était très beau, comme quelqu'un à la télévision. Il ne prêterait jamais attention à elle, évidemment, pas de cette façon. Elle aurait aimé que ce soit le cas, mais elle s'abstenait d'en rêver, parce qu'elle ne rêvait que d'objectifs à sa portée. Un soir, alors qu'elle était en train de fermer la petite réserve où on empilait des caisses de bouteilles de soda, François vint la trouver. « C'est du bon boulot, Kadiatou », lui dit-il, se tenant sur le seuil, et elle rougit d'émoi car François l'avait complimentée, car il était là, près d'elle. Il entra dans la pièce. Il sentait le gingembre. Il suçotait toujours quelque chose, sans doute un bonbon au gingembre, les lèvres plissées en une moue insolente. Elle songea à lui demander maintenant, mais il lui sembla que ce n'était pas le bon moment, il était tard, l'heure de la fermeture, on manquait d'air dans la réserve, et il n'était passé qu'un bref instant. La semaine prochaine, peut-être. Elle se dit qu'il partirait après avoir examiné les caisses, mais il ne bougea pas. Alors qu'elle avait terminé, elle resta là, respectueusement, attendant qu'il s'en aille le premier. Il se dirigea vers elle. La pièce était trop petite pour les caisses de soda, lui et elle. D'habitude, quand l'autre serveuse y entrait, Kadiatou patientait jusqu'à ce qu'elle ait terminé pour y pénétrer à son tour. François ne se trouvait plus qu'à quelques centimètres d'elle à présent, et Kadiatou se sentit gênée, désireuse de s'excuser, de lui demander s'il avait besoin de son aide pour quoi que ce soit. Il la poussa alors contre la table en disant : « Juste un petit peu, juste un petit peu, sois gentille avec moi. » Surprise, elle le regarda. Puis, brutalement, il lui apparut en pleine clarté que François avait l'intention de lui faire du mal.

« Non, monsieur, non, monsieur », répéta-t-elle. Pas comme ça, avait-elle envie d'ajouter. Pas comme ça. Son corps pesant, si peu familier, la sidéra. Il était tellement lourd, pareil à un gigantesque sac de manioc pressé contre elle, lui coupant le souffle. Pourquoi ne lui avait-il pas demandé, pourquoi la traitait-il comme si elle ne valait pas la peine d'être consultée ? Les choses auraient pu se passer autrement, il aurait pu lui demander, elle aurait gentiment caressé ces cheveux doux, étrangers. Quand il eut terminé, une ou deux minutes plus tard, il la dévisagea franchement, et pendant quelques secondes d'incrédulité, elle s'imagina qu'il allait lui dire qu'il tenait à elle. Mais, les lèvres retroussées par le dégoût, il se contenta d'ordonner : « Couvre-toi. » Il lui disait de se couvrir, alors que c'était lui qui avait relevé sa robe d'un coup sec et baissé sa culotte. Il se tenait au-dessus d'elle, massif, son dégoût si palpable que l'air en devint rance. Elle perçut de la haine dans sa voix. Il ne la connaissait pas, mais il la haïssait, et il n'avait pas besoin de la connaître pour la haïr. « Couvre-toi », répéta-t-il d'un ton menaçant. Comptait-il lui faire de nouveau du mal ? Il voulait qu'elle couvre son corps et le crime qu'il avait commis, qu'elle reprenne l'apparence qu'elle avait avant qu'il n'entre dans la réserve. Comme s'il ne s'était rien passé. De la honte, une honte brûlante, se répandit en elle comme de l'eau bouillante. Et de la stupeur. Honte et stupeur. Elle baissa sa robe et serra ses bras autour d'elle. Ses jambes tremblaient mais elle le regarda, elle le regarda droit dans les yeux pour lui faire comprendre qu'elle le voyait, qu'elle voyait qu'il était un monstre, non pas un homme. Il ne méritait pas d'être un humain. Le cœur de François était plein de feuilles mortes. Il évita de croiser son regard, tourna les talons et s'en alla. Elle resta un instant de plus pour reprendre son souffle, en contemplant les caisses de soda empilées contre le mur, l'entrelacs de toiles d'araignée au-dessus. Pour finir, quand elle ouvrit la porte, elle fit un faux pas et faillit tomber, se rattrapa en trébuchant. La pièce l'avait recrachée. Elle avait maintenant si peu de valeur qu'elle inspirait du dégoût même à une réserve. La honte l'oppressait, une honte imposée aux innocents, imprégnée d'injustice. Elle n'avait rien fait de mal, c'était à elle qu'on avait fait du mal, et pourtant elle ressentait de la honte comme si en elle l'ordre des choses avait été profondément bouleversé. Elle résolut alors d'enfouir cette honte jusqu'à la fin de ses jours. Personne ne saurait jamais. Elle raconterait à tantie Fanta et à Mama que François l'avait renvoyée parce qu'elle avait demandé à être cuisinière et non plus serveuse.

Amadou, tout sourire, apparut sur le seuil de la maison de tantie Fanta, sans prévenir, après des années d'absence. « Comment vas-tu, ma Kadi ? » demanda-t-il. Son amoureux blagueur, au pas léger, aux grands rêves. Il restait le bon vieil Amadou, mais apportait aussi de la fraîcheur et de la nouveauté en abondance, et il était plus ample, plus rebondi ; il y avait dans sa démarche un allant qu'elle ne lui connaissait pas. Il la supplia de lui pardonner son silence, disant qu'il était désolé, vraiment désolé, il avait des ennuis, sa demande de papiers était incomplète, il trimait. Il répéta plusieurs fois qu'il « trimait », et ce mot étranger remplit Kadiatou d'un enchantement pour tout ce qui était inconnu. Il serra si fort Binta contre lui que son corps de fillette se tortilla pour se dégager. « Elle ressemble à Binta », dit-il, le visage décomposé et les yeux voilés par les larmes. « Tu pleures », constata Binta en le regardant avec curiosité, et il répondit : « Non, non, j'ai du sable dans l'œil ; tu peux souffler dessus pour le faire partir ? » Binta s'empressa d'obéir, ses petites joues se gonflant et se dégonflant, puis Amadou annonça que ses yeux allaient tout à fait bien à présent et il lui demanda de fermer les siens et d'ouvrir la main. Un petit paquet de bonbons gélifiés colorés apparut. Pour Kadiatou, une bouteille de parfum. Amadou en ôta le bouchon et, d'un doigt, en appliqua quelques gouttes derrière ses oreilles. « Maintenant, tu sens le jasmin », dit-il. Elle entendit son propre rire s'évanouir et prit conscience que la dernière fois qu'elle avait ri ainsi sa sœur était encore en vie. Elle sentit jaillir les souvenirs, revenir des émotions fugitives : l'amour, la confiance, la volonté d'être heureuse et la conviction qu'elle pouvait l'être.

Amadou alla voir des amis, des endroits qu'il avait connus, et il joua au football sur le terrain où il avait disputé des matchs avant son départ. Sa formidable présence n'avait pas changé, attirant les gens à lui. Il échangea des dollars contre un grand sac de francs guinéens et répartit les espèces en petits tas sur le lit, dressant la liste de nombreux parents, essayant de veiller à ce que chacun reçoive une somme d'argent, même modeste. Il y avait en lui de la bienséance, une bonté qui lui avait été donnée à la naissance. Il racontait à tout le monde qu'il était venu chercher Kadiatou et Binta pour les emmener, et elle l'obligeait à se taire, disant qu'il ne fallait pas parler de ce qui était incertain. La façon décontractée dont il ajoutait « et Binta » procurait à Kadiatou un plaisir infini ; la facilité avec laquelle Amadou avait ouvert son cœur ; il comprenait qu'elle n'existait plus comme un seul être.

« Incertain ? Qui a dit que c'était incertain ? Kadi. Je vous emmènerai toutes les deux avec moi », assura Amadou.

Il connaissait quelqu'un, un homme prénommé Dee, qui avait travaillé à l'ambassade américaine.

« D'après Dee, la seule option que nous avons, c'est de demander l'asile », expliqua-t-il, comme si Kadiatou connaissait les autres options.

Tandis qu'il parlait de ses grands projets pour eux, elle souriait, comblée, au chaud dans ses bras dans la petite pièce de la maison de son cousin. Étant donné que l'ambassade rejetait tant de personnes, des personnes instruites, qui parlaient bien l'anglais, elle ne voyait pas comment sa demande serait acceptée. Cela ne la dérangeait pas qu'Amadou vive en Amérique. Elle connaissait un couple dans cette situation, des amis de tantie Fanta ; l'homme habitait en Amérique et la femme ici, et il lui rendait visite deux fois par an. Amadou et elle n'auraient qu'à se marier et elle essaierait d'avoir un bébé tout de suite. Tant qu'Amadou lui enverrait de l'argent et reviendrait la voir chaque fois qu'il le pourrait, elle serait satisfaite. « Non, non, protesta Amadou quand elle le lui expliqua. Nous serons ensemble. »

Il lui dit qu'ils achèteraient une maison en Amérique, on pouvait facilement en acheter une et la payer petit à petit tous les mois, une maison avec une salle de jeux. Imagine une pièce où Binta pourra jouer, dit-il, une pièce entière juste pour jouer. Kadiatou songea que c'était du gâchis, un enfant jouant tout seul dans une pièce. Puis Amadou parla des écoles, et Kadiatou sentit poindre le goût de ce rêve sur sa langue. « Binta ira dans une très bonne école, gratuitement, elle apprendra les sciences et la musique, et elle pourra même voyager dans d'autres pays avec ses camarades de classe, et plus tard elle pourra faire ce qu'elle voudra, tout ce qu'elle voudra. » Kadiatou repensa à sa sœur, et elle sut qu'Amadou pensait à elle, lui aussi. Soudain, elle se vit en Amérique, où acheter une maison était aussi ordinaire qu'un coquillage sur la plage, et elle vit Binta pleinement épanouie.

« Bon, comment on l'obtient, cet asile ? demanda-t-elle.

— D'après Dee, tu dois parler des MGF pour avoir l'asile, répondit Amadou.

— Les MGF ?

— L'excision.

— L'excision ? répéta Kadiatou, intriguée. Pourquoi ?

— C'est ce que les Américains aiment entendre. Si tu leur

dis la vérité, que tu veux une vie meilleure, ils rejetteront ta demande. Tu raconteras qu'on t'a tout coupé, qu'on t'a cousue et que maintenant tu ne peux plus faire pipi correctement. » Il riait, et le grondement de son rire était grave, chaleureux, et elle fut parcourue par cet agréable frisson étrange que l'on ressent quand le corps se souvient.

« Tu raconteras que tu t'enfuis pour protéger Binta, pour lui éviter de subir le même sort que toi, même si nous savons que tu ne la feras pas couper », reprit Amadou.

Kadiatou le considéra d'un air interrogateur. « Mais si.

— Tu veux faire exciser Binta ? »

Était-ce de la déception qu'elle lisait sur son visage ?

« Oui, bien sûr.

— Kadi, Kadi, non, tu n'as pas à accepter cet acte barbare.

— Mais comment elle trouvera à se marier, dans ce cas ?

— Kadi, de nombreuses femmes ne font plus ça, et elles se marient quand même. »

Kadiatou se mordit la lèvre. L'Amérique s'était insinuée en lui. C'était une bonne chose sur certains points, mais ça l'était moins sur d'autres, comme celui-ci, quand il qualifiait de barbares les traditions de leur peuple.

« D'accord, je leur dirai que j'ai été coupée. »

Amadou échafaudait quantité de projets, appelait des gens, courait en tous sens, et elle eut bientôt un passeport ainsi que la date d'un entretien pour un visa à l'ambassade américaine. « Dee a un mauvais pressentiment, lui dit-il quelques jours avant cet entretien ; d'après lui, ça ne suffit pas de parler des MGF parce que trop de gens s'en servent. Il nous faut des raisons en plus. Alors maintenant, nous raconterons que tu as été violée. Que de nombreux hommes t'ont violée. »

Kadiatou tressaillit, et un violent mal de tête lui fendit instantanément le crâne.

« Il m'a donné une cassette pour que tu t'entraînes, dit Amadou.

— Qu'est-ce que c'est ?

— Le récit du viol. » Il glissa la cassette dans un lecteur. C'était une voix de femme, qui s'exprimait comme dans une pièce radiophonique. « *Ils ont dit que j'avais enfreint le couvre-feu. Ils sont entrés dans le restaurant déjà ivres... l'un d'eux a dit qu'il se servirait de son fusil quand ce serait son tour.* »

Kadiatou était bouleversée, la poitrine tellement oppressée qu'elle eut l'impression qu'on la comprimait pour la vider de son air.

« Je n'ai pas envie de dire ces mensonges, Amadou. »

Il s'approcha d'elle, l'embrassa tendrement.

« C'est juste une histoire, mon amour. Il nous faut une histoire valable qui te permettra d'aller en Amérique. Tu ne mens pas. C'est juste une histoire. D'après Dee, de plus en plus de demandes d'asile sont rejetées ces temps-ci, donc il faut qu'on améliore notre histoire, pour qu'elle se démarque des autres. D'après lui, tu devras d'abord parler de ton excision et dire que tu veux empêcher que Binta soit coupée, avant de leur raconter l'histoire de viol de la cassette. »

Ils ont dit que j'avais enfreint le couvre-feu. Ils sont entrés dans le restaurant déjà ivres... l'un d'eux a dit qu'il se servirait de son fusil quand ce serait son tour... Je saignais de partout...

Elle s'exerça et mémorisa les mots, mais seulement en surface, restant au fond d'elle à l'écart de ce récit, très loin. La dernière fois qu'elle s'entraîna devant Amadou, elle se mit à pleurer, parce que les barricades qu'elle avait dressées s'effondraient avec fracas et qu'elle se revoyait dans la réserve quand François lui avait ordonné de se couvrir.

« Mon amour, qu'y a-t-il ? Qu'y a-t-il ? demanda Amadou en la tenant contre lui. Ne pleure pas, c'est juste une histoire.

— Mais c'est arrivé à quelqu'un, répondit Kadiatou. J'ai entendu parler de ce que des soldats ont fait pendant la période du couvre-feu. »

Amadou garda le silence, la serrant dans ses bras.

CINQ

Une ambulance filant bruyamment dans des rues bondées pour sauver une vie. Juste une vie. Quel pays merveilleux. S'il lui arrivait quelque chose, une ambulance la rejoindrait à toute allure pour la secourir, elle aussi, sans que personne lui demande d'avancer un sou. Elle voulait rester en Amérique pour toujours, ne serait-ce que pour cette seule raison. Un miracle vertigineux, penser que c'était ce dont Binta hériterait, cette terre d'aisance. La procédure pour obtenir l'asile avait été trop facile, et elle en éprouvait encore une certaine gêne, un sentiment d'inachèvement, tant cela avait été facile. À l'ambassade, la préposée aux visas se montra agréable et patiente pendant que Kadiatou parlait, puis hocha la tête lorsque l'interprète prit la parole, comme si elle s'intéressait au mariage auquel Kadiatou prétendait aller assister à New York. L'employée à l'aéroport, une autre femme blanche agréable, tressaillit quand Kadiatou raconta que sa tante l'avait coupée avec une lame de rasoir, et offrit une sucette à Binta en disant à Kadiatou : « Bonne chance. » Kadiatou avait marqué une pause. Il avait été facile de faire le récit de son excision, les mots se succédant, un souvenir si lointain que cela aurait pu arriver à quelqu'un d'autre. Mais elle avait marqué une pause avant d'entamer la seconde histoire. Pour rassembler ses idées, pour s'armer du courage dont elle avait besoin, parce que répéter en écho la voix de la cassette revenait à réveiller ses propres fantômes, enchaînés et bannis. Elle relatait l'histoire d'une autre femme, d'une femme qu'elle ne connaissait pas, mais aussi d'une douleur qu'elle avait elle-même ressentie. Si bien qu'elle marqua une pause. Puis elle redressa les épaules. Elle s'apprêtait à dire « Il y avait quatre soldats » quand l'agréable femme blanche lui souhaita « Bonne chance » et fit glisser une feuille de papier vers elle. Kadiatou regarda la femme, puis l'interprète. C'est fini, lui dit celle-ci en français. Votre demande est approuvée. Kadiatou inspira profondément pour cacher son étonnement. Était-ce une ruse ? Comment se faisait-il que l'entretien soit déjà terminé ? Amadou avait dit que ce serait très difficile, il avait conseillé de commencer avec son excision, seulement comme une introduction, avant de répéter l'histoire de la voix sur la cassette. Il avait dit que cette histoire les influencerait, consoliderait son dossier. Mais l'agréable femme blanche lui souriait d'un air encourageant, indiquant d'un léger mouvement de la tête : « Vous pouvez y aller. » C'était bel et bien terminé, et Kadiatou n'avait pas raconté l'histoire pour laquelle elle s'était exercée. Elle n'avait pas envie de la raconter et pourtant, maintenant qu'elle ne la raconterait finalement pas, elle se sentait abattue. Tous ces mots mémorisés, qui l'avaient salie, pour n'aboutir à rien. Y avait-il une autre étape dans cette procédure ? On la ferait peut-être revenir pour l'interroger. Mais Amadou lui dit qu'il n'y avait pas d'autre procédure. « Tu vois, tu n'as pas menti ! Tu n'avais pas envie de mentir, et Dieu t'a aidée, tu n'as pas menti ! Tu es en Amérique, mon amour ! Il ne nous reste plus qu'à attendre que tes papiers arrivent au courrier ! »

Elle passa les premiers mois dans un brouillard linguistique, sans toujours comprendre les phrases qui flottaient autour d'elle. L'anglais américain se parlait avec une voix plus aiguë que la normale, et elle se demandait si elle parviendrait un jour à parfaire cette hauteur de ton, même si elle employait les bons mots. Elle se sentait mal assurée sur ses jambes dans les rues bondées du Queens, comme si le sentiment d'appartenir véritablement à cet endroit était un secret qui ne lui avait pas encore été révélé. La proximité d'inconnus la désorientait, de même que les graffitis inscrits sur les murs des immeubles, les longs bus qui avançaient par à-coups. Au début, le métro l'effraya, l'idée de s'enfoncer profondément sous terre, mais quand on remontait les escaliers pour émerger de nouveau dans la lumière du jour, un étourdissement la saisissait, comme si elle avait gravi une cime inattendue.

« Je veux que vous logiez chez mon oncle, Binta et toi, je ne veux pas déshonorer ta famille, dit Amadou.

— Amadou, en ce qui me concerne, je suis ton épouse.

— Laisse-moi du temps, mon amour. Je tiens à faire les choses correctement. Tu peux rester avec moi toute la journée, mais je veux que tu dormes chez mon oncle jusqu'à ce que nous soyons officiellement mariés. »

Et pour quand c'est prévu exactement ? eut-elle envie de demander, mais elle s'en abstint. À Conakry, il avait dit qu'il renverrait des noix de kola au pays dès leur arrivée en Amérique, afin que leur vie de couple marié puisse commencer, mais maintenant il lui demandait d'attendre. Binta et elle s'installèrent donc chez son oncle, dans une chambre en sous-sol, sombre même l'après-midi. L'oncle en question, Elhadji Ibrahima, était un homme chaleureux et sage et, avec lui, Kadiatou avait l'esprit en paix. Il lui racontait souvent sa participation à la construction du monument du 22 novembre 1970 avec des Chinois et d'autres ouvriers étrangers, tous fiers que la Guinée ait pu empêcher cet affreux coup d'État portugais. Kadiatou ne savait pas de quoi il parlait, mais elle comprenait sa nostalgie, son besoin de s'épancher sur son pays avec une personne récemment arrivée de ce même pays. Il restait dans la cuisine pendant qu'elle préparait les repas, lui demandant comment il pouvait l'aider, tandis qu'elle essayait de cacher son embarras d'avoir un homme dans la cuisine.

« Certains disent que nous autres, Peuls, ne savons pas gouverner, qu'on devrait se contenter de faire du commerce. On a produit un homme comme Diallo Telli, et ils affirment qu'on ne sait pas gouverner ? Ils l'ont tué au camp Boiro et ont chassé un si grand nombre d'entre nous hors de Guinée, vers le Sénégal, la Sierra Leone et la Côte d'Ivoire. Et alors, que s'est-il passé ? Le pays est aujourd'hui plus divisé encore. Mais je continue à croire qu'on peut être unis. Ce gouvernement doit reconnaître l'injustice qui nous a été faite à nous autres, Peuls, et, de notre côté, on doit se considérer comme des Guinéens avant d'être des Peuls, sinon, les autres auront raison de nous traiter d'étrangers. Ils disent que nous ne sommes pas des citoyens à part entière comme eux, parce qu'ils sont les véritables héritiers de l'Empire mandingue, mais la citoyenneté n'a rien à voir avec ça. Sékou Touré était un grand libérateur mais aussi un grand dictateur, et on ne peut enseigner l'histoire qu'en faisant le récit complet des événements.

— Oui », répondait Kadiatou. Quand elle était en compagnie de gens aussi cultivés que lui, elle songeait toujours avec une lancinante mélancolie que sa sœur Binta aurait su quoi répondre, elle. Tous les soirs ou presque, Elhadji parlait sans répit, et elle était légèrement consternée par son émotivité, car il lui manquait la réserve stoïque des vrais hommes peuls. Mais il était bon, d'une infinie bonté, et il lui expliqua comment les choses fonctionnaient en Amérique, l'emmena à l'école publique pour y inscrire Binta, lui apprit à conduire, lui montra quels programmes regarder à la télévision pour apprendre l'anglais.

Amadou lui acheta un short qu'il lui demanda de mettre à l'occasion d'un barbecue estival, et elle se rebiffa ; elle avait l'impression d'être nue. Elle ne pouvait pas le porter à l'extérieur, horrifiée par les femmes qui, dans les rues, dévoilaient tant de peau avec leurs shorts et leurs hauts minuscules. Mais elle le porta pour lui, dans son appartement, et il lui demanda de marcher pour pouvoir la regarder, ce qu'elle fit, timidement, riant comme une jeune fille, avant de se laisser tomber sur le canapé près de lui. Elle n'avait pas l'habitude d'observer son propre corps et, ainsi exposées, ses cuisses lui paraissaient étranges, et leur peau, sous laquelle s'entrecroisaient de minces veines, beaucoup plus claire. Quand les amis d'Amadou passaient, elle courait se cacher dans sa chambre afin qu'ils ne la voient pas ainsi découverte, et il riait. « Il faut que tu te détendes un peu, Kadi. Juste un petit peu », disait-il. Elle ne porta pas le short à l'occasion du barbecue dans le parc, mais elle goûta à certains des plats préparés dans de grandes casseroles couvertes de papier alu minium, parce que c'était ce qu'il attendait d'elle, Kadiatou le savait, avec sa nouvelle personnalité qui apprenait à se détendre. De la salade de pommes de terre, de la salade de pâtes, du gratin de macaronis, tous aussi insipides que de la craie. Binta courait de toutes parts en poussant des cris de bonheur, pendant qu'Amadou la pourchassait. Il lui avait peint le visage en bleu et rouge, et de la crème glacée à la vanille, tombée de son cône, avait laissé une tache sur le devant de sa robe. Kadiatou les regardait et son cœur se serrait de bonheur. Elle espérait ne jamais oublier ce moment, le ciel d'un bleu clair sans bornes, leur vie qui commençait dans le nouveau monde de Binta.

Mais Amadou était différent en Amérique, son pas n'était pas aussi léger qu'au pays, son esprit non plus. Il ne répondait pas franchement à ses questions, les yeux toujours distraits par une chose ou l'autre. « J'ai envie d'emmener Binta à Coney Island, disait-il. J'ai envie de lui montrer le zoo du Bronx ; c'est le plus grand du monde. » Une mine anxieuse s'affichait sur son visage chaque fois que son téléphone sonnait, et il jetait un coup d'œil à l'écran, puis se tournait de nouveau vers Kadiatou avec une gaieté fausse et forcée. Parfois, il restait assis au bord du lit, l'air déprimé, les yeux dans le vague, et disait qu'une affaire était tombée à l'eau, une histoire avec un fournisseur chinois. Elle saisissait qu'il n'avait pas encore atteint ses objectifs et que ses rêves inassouvis, ses échecs, le minaient. Maintenant qu'elle était là, auprès de lui, il ne pouvait plus dissimuler.

« Amadou, dis-moi comment tu t'en sors vraiment, s'il te plaît.

— Mon amour, tout va bien. Pas de problème.

— Je veux trouver un travail. Nous y arriverons ensemble. »

Elle décida de ne pas attendre davantage, de se mettre à chercher même si elle ne parlait pas encore bien l'anglais. Elle trouva un emploi dans un salon de tressage qui appartenait à une Ivoirienne grincheuse et, à la fin de chaque journée, elle recevait une commission en espèces, quelques dollars pliés. Le salon était animé par les bavardages, du français parlé avec des accents ivoirien, guinéen et malien, et auprès des autres femmes Kadiatou glanait de petites informations utiles, par exemple le meilleur yaourt grec pour faire du *kossan*, le magasin africain où elle pouvait acheter des feuilles amères, et même, à l'occasion, des aubergines à œuf bien fraîches. Mais le salon la payait mal, et Elhadji Ibrahima lui dit qu'elle pouvait faire mieux ; après tout, elle avait des papiers, à la différence de nombreuses autres tresseuses. Il lui trouva un travail d'aide à domicile, qui consistait à s'occuper d'un Américain âgé, mais après qu'elle eut parlé avec quelqu'un au téléphone, on refusa de l'engager car, lui dit-on, son anglais n'était pas compréhensible. L'oncle d'Amadou lui apprit qu'il y avait un poste vacant de femme de chambre dans un très bon hôtel, mais c'était à Washington. Kadiatou ne voulait pas quitter New York sans Amadou. Le temps fraîchissait, l'été céda la place à l'automne. Amadou s'absentait souvent. Parfois il lui annonçait qu'il ne rentrerait pas pendant plusieurs jours ; il « trimait », disait-il, et c'était pour leur offrir la meilleure vie possible, à Binta et à elle. Il l'emmena à la banque pour lui ouvrir un compte, puis il ajouta qu'il devait mettre de l'argent de côté sur ce compte, lui racontant une histoire d'impôts qu'elle nc comprit pas et qu'elle n'avait pas besoin de comprendre. Elle voulait seulement que leurs projets fusionnent, ne forment plus qu'un tout.

Les amis guinéens d'Amadou étaient peuls, malinkés et soussous, et il y avait même parmi eux quelques chrétiens de la région forestière. Tous étaient des papillons de nuit attirés par la flamme de son charme rebelle. Dans son appartement, ils se prélassaient, pieds nus, discutant âprement dans un mélange d'anglais et de français de politique guinéenne, de football, de choses inutiles et vagues. Amadou commençait toujours avec véhémence, puis terminait sur des rires et des boutades. Un jour, Kadiatou les entendit plaisanter à propos de viande de porc, et comme son ami Joseph bégayait, elle ne saisit pas tout à fait. Elle espérait avoir mal entendu. Ils étaient tous très tendus ce jour-là, ne cessant de consulter leurs téléphones à la suite de la manifestation dans le stade de Conakry. « J'aurais été au premier rang ! » déclara Amadou, et l'un de ses amis ajouta : « Le gouvernement ne peut pas ignorer ce qui s'est passé, c'est important ! »

Elle l'appela pour lui parler à voix basse dans la chambre, incapable d'attendre le départ de ses amis.

« As-tu mangé du porc chez Joseph ? » Même cette question, sortie de sa propre bouche, l'horrifia, la pensée qu'Amadou avait peut-être ouvert la porte à une autre malédiction, maintenant que Binta et elle semblaient enfin libres.

« Joseph a-t-il dit que tu avais mangé du porc chez lui ? » insista-t-elle, en souhaitant qu'il soit offensé par le fait même qu'elle le lui demande. Il fronça les sourcils, et elle vit qu'il passait mentalement de la manifestation à Conakry à la viande de porc.

« Quoi ? Oh, ne fais pas attention à ce que Joseph raconte.

— Alors ? demanda Kadiatou.

— Alors quoi, mon amour ?

— Tu as mangé du porc ?

— Et si le porc était le dernier aliment qui restait au monde ? » Elle comprit à son ton qu'il se moquait d'elle sans se moquer d'elle. Un de ses amis l'appela depuis le salon pour lui dire que ça se tendait à Conakry, et elle le regarda s'éloigner pour être de nouveau absorbé par les autres.

Elle ne pouvait imaginer tantie Fanta participant à une manifestation, mais elle alla malgré tout acheter une carte téléphonique pour prendre de ses nouvelles. Plus tard, elle dit à Amadou : « Tantie Fanta m'a expliqué que des soldats avaient tué des Peuls pendant la manifestation.

— Il n'y avait pas seulement des Peuls. On doit arrêter de jouer les victimes. Les soldats ont tiré sur tous les manifestants.

— Bhoye lui a raconté. Il a été obligé de se coucher près des cadavres et de faire le mort.

— Bhoye ment comme il respire ! » s'exclama Amadou.

Kadiatou en resta interdite : son antipathie pour Bhoye était plus virulente qu'elle ne l'avait cru, sa voix plus cinglante que nécessaire. Elle avait l'impression qu'elle ne lui suffisait pas, ou que son choix ne s'était pas porté sur elle, mais sur autre chose. Elle se tut et s'écarta de lui.

« Désolé, mon amour, reprit-il. Tout ce que je veux dire, c'est qu'on est tous des Guinéens et que ce qui s'est passé à Conakry est terrible. »

L'expression moralisatrice qui illuminait son visage la troubla.

« As-tu mangé du porc chez ton ami, Amadou ? demanda-t-elle doucement.

— Qu'est-ce que ça signifie, Kadi ?

— Si c'est le cas, tu as attiré une malédiction sur nous. »

Il rit, il éclata vraiment de rire, un rire court et brutal. Malgré tout ce qu'il savait, il n'avait pas la sagesse de savoir que les malédictions étaient réelles.

« Non, Kadi, je n'ai pas mangé de porc chez qui que ce soit », répondit-il.

Elle avait cru qu'il en avait mangé, qu'elle avait entendu Joseph en parler, mais Amadou ne lui aurait jamais menti. Son soulagement chassa les nuages sombres.

Les week-ends où Amadou n'était pas là, elle se rendait chez lui pour faire le ménage pendant que Binta regardait la télévision. Un jour, dans son tiroir, elle trouva deux photos d'un enfant de deux ans environ, qui souriait dans une poussette, coiffé d'un bonnet de laine. C'était le fils d'Amadou, il suffisait de voir son visage pour s'en rendre compte. Ce sourire exubérant. Un visage qui ressemblait tant à celui de la photo en noir et blanc d'Amadou bébé qu'elle conservait désormais dans son portefeuille.

Elle hurla, cria contre Amadou. Cela ne lui ressemblait pas, car elle existait mieux en se montrant d'un naturel discret, mais elle cria pour lui montrer la férocité de sa douleur. Amadou expliqua que c'était juste une aventure, terminée depuis longtemps, que l'enfant était au Texas avec sa mère, une Malienne qui encaissait les chèques qu'il lui envoyait mais refusait de le laisser voir son fils. La Malienne connaissait même l'existence de Kadiatou, affirma-t-il, elle savait qu'elle était son seul amour, la femme qui lui était destinée. Tandis qu'il parlait ainsi, les grincements du doute résonnaient dans l'esprit de Kadiatou.

« Un enfant. Un enfant, un être si précieux, et tu ne m'as rien dit.

— Je comptais le faire au bon moment.

— Je croyais que tu m'avais tout raconté. » Elle se sentait trahie, non pas parce qu'il avait un fils, mais parce qu'il ne le lui avait pas dit. Si elle était vraiment le grand amour d'Amadou, alors il aurait dû se confier à elle. Elle sentit le sol se dérober sous elle, soudain convaincue qu'il y avait d'autres choses qu'elle aurait dû savoir et qu'il lui cachait. Ce soir-là, elle annonça à Elhadji Ibrahima qu'elle acceptait, qu'elle irait à Washington pour travailler dans l'hôtel si le poste était toujours vacant. Elhadji Ibrahima parut surpris. « Tu en as discuté avec Amadou ?

— Oui.

— Parfait. Ils paient bien. Je connais une femme peule chez qui tu peux habiter en attendant de prendre ton propre appartement.

— Merci », dit Kadiatou. Elle essaya de ne pas montrer à quel point sa décision l'effrayait. Les battements de son cœur galopant qui la traversaient. Trouver son logement à elle sans l'aide de personne. Seule avec Binta.

« Washington n'est pas trop loin, dit Elhadji gentiment, comme pour l'apaiser.

— Oui », acquiesça Kadiatou. Elle regarda vers l'avenir et s'imagina vide sans Amadou, Binta le réclamant, en pleurs, et elle vit l'entaille douloureuse de la distance entre elle et lui. Mais elle vit aussi, se déployant doucement, les premières fines pousses de sa propre autonomie.

SIX

Elle frappa à la porte en lançant : « Femme de chambre ! » La famille qui occupait la suite lui dit d'entrer pour nettoyer ; ils s'apprêtaient à sortir, et la mère rassemblait ses sacs de courses. Ils étaient nigérians, Kadiatou le vit d'emblée à l'assurance qu'ils dégageaient et à la perruque coûteuse de la mère, le genre de perruque que Kadiatou ne voyait que sur des Nigérianes, suffisamment soyeuse pour ressembler à de vrais cheveux d'étrangères. Les Africains qui avaient les moyens de séjourner dans cet hôtel la rendaient fière, et il s'agissait presque toujours de Nigérians. Cette famille était probablement igbo ; la mère et la fille avaient le ton de peau légèrement jaune des marchands igbos qu'elle connaissait à Conakry. Elles étaient si belles qu'elles auraient pu être des femmes peules, avec leurs traits finement ciselés.

« Comment vous appelez-vous ? » l'interrogea la fille en souriant, ce qui surprit Kadiatou ; elle devait vivre en Amérique depuis longtemps, car les riches Africains ne demandaient jamais leur nom aux domestiques.

« Kadiatou Bah.

— Oh, vous êtes africaine ! Je n'en étais pas sûre. Je pensais que vous étiez peut-être originaire de Haïti. Êtes-vous sénégalaise ?

— Je viens de Guinée-Conakry.

— Vive Sékou Touré ! » dit le père, et il sourit.

Sa fille avait le même sourire franc, chaleureux et engageant que lui.

La mère était trop préoccupée par sa propre personne pour sourire. « Oh, une francophone », dit-elle sur un ton déçu, l'attention retenue par ses sacs.

« Vos cheveux sont si bien coiffés, où les avez-vous fait tresser ? » demanda la fille comme pour compenser le dédain de sa mère. Kadiatou répondit qu'elle les tressait elle-même ; s'ensuivirent d'autres propos admiratifs de la part de la fille, et elles échangèrent leurs numéros de téléphone. La fille s'appelait Chiamaka, et elle expliqua que ses parents séjournaient dans cette suite parce qu'elle faisait réaménager leur cuisine et que les travaux n'étaient pas terminés. Il sembla à Kadiatou qu'elle n'avait pas besoin d'en savoir autant, mais les Américains se comportaient tout le temps ainsi, dévoilant des détails que personne ne leur avait demandés, et Chiamaka devait vivre depuis longtemps dans ce pays. Elle précisa qu'elle venait de rentrer du Sénégal et qu'elle avait justement dans son sac un livre acheté là-bas qui plairait peut-être à Kadiatou. Jamais celle-ci ne s'était sentie aussi flattée, à l'idée qu'on puisse la prendre pour une personne sachant lire.

Plus tard, elles riraient de cette anecdote. « Vous avez fait meilleur cadeau que j'utilise jamais », disait Kadiatou, et Chia se cachait le visage entre les mains. Kadiatou commença par tresser les cheveux de Chia, puis elle se mit à faire le ménage chez elle. Chia la payait bien et s'émerveillait des choses ordinaires qu'elle effectuait. *Comment avez-vous réussi à enlever cette tache sur la moquette, Kadi ? Vous avez déjà changé la moustiquaire ?* Les gens riches, ceux qui étaient bons, se montraient parfois impressionnés par les choses normales qu'ils ne faisaient jamais, au point qu'ils étaient prêts à payer plus que nécessaire pour qu'on les fasse à leur place. Quand l'hôtel ferma pour rénovation et que le directeur dit ne pas être certain de réembaucher Kadiatou, Chia déclara que Zikora connaissait quelqu'un pouvant l'aider, et bientôt Kadiatou fut engagée au George Plaza, un meilleur emploi, avec un meilleur salaire. Chia, si belle, qui essayait toujours de rendre les autres heureux, se porta garante pour l'appartement de Kadiatou, apprit à Binta à jouer du piano. La première fois qu'elles passèrent la nuit chez Chia, ce fut quand celle-ci décréta que Binta avait besoin de s'exercer au piano, et ce fut la première de nombreuses nuits, de sorte que Kadiatou devint bientôt son employée de maison, allant et venant à sa guise avec sa propre clé même quand Chia s'absentait. Ce tout premier soir, Omelogor, la cousine de Chia, était en visite, assise à la table de la salle à manger tandis que Chia et Binta étaient au piano. Elle les observait ; ses regards mettaient Kadiatou mal à l'aise. Omelogor était bizarre, difficile à cerner ; elle vous dévisageait froidement, pour vous dire un mot gentil l'instant d'après, et puis elle souriait avant de vous traiter d'imbécile. Pensait-elle que Chia perdait son temps en apprenant à l'enfant d'une domestique à jouer d'un instrument qu'elle ne pourrait jamais posséder ? Omelogor se contenta pourtant de dire : « Chia, arrête de tourner autour de Binta, laisse-la prendre confiance en elle. » Kadiatou était toujours envahie par une sorte de circonspection quand Omelogor se trouvait là. Elle se montrait prudente, sans savoir au juste pourquoi. Omelogor, qui vivait au Nigeria, ne faisait pas mine d'avoir oublié l'ordre hiérarchique qui régissait la vie des uns et des autres ; elle ordonnait à Kadiatou de lui rendre des services sans s'en excuser. *Kadi, pouvez-vous faire bouillir de l'eau pour le thé ? Kadi, pouvez-vous nettoyer mes chaussures ?* Chia ne lui aurait jamais demandé quoi que ce soit sur ce ton, Zikora non plus. L'Amérique s'était insinuée en elles et leur avait enseigné à semer les graines du pardon sur les réalités de la vie, comme pour dire : Je suis navrée de devoir vous le demander, mais je vous le demande malgré tout. *Désolée, Kadi, lavez ceci ou cela*, disait Chia. C'était pareil avec certains Blancs qui la considéraient avec pitié quand elle venait nettoyer leur chambre et qui la remerciaient avec effusion, si bien qu'elle se désolait d'être l'objet de leur pitié, une pitié qui lui était complètement inutile. Ses collègues, des Chinoises, des Caribéennes et d'autres Africaines, en plaisantaient entre elles en partageant leurs casse-croûte et en échangeant des histoires. Lin racontait les meilleures anecdotes ; elle était la plus animée de toutes, la minuscule Lin, une Chinoise. C'était elle que Kadiatou avait suivie comme son ombre pendant sa formation, et elle avait été étonnée par sa force, par la rapidité avec laquelle elle déplaçait les meubles, retournait un matelas, passait l'aspirateur dans les longs couloirs.

Lin racontait que le directeur escortait toujours les clients jusqu'à son étage – le vingt-huitième, l'étage important où se trouvaient les suites –, comme s'ils ne pouvaient pas prendre l'ascenseur tout seuls. Une nuit, un client qui séjournait à l'étage de Lin avait saccagé sa chambre, déchirant les draps, brisant les miroirs, cognant dans les murs. On aurait dit une zone de guerre, dit Lin. Kadiatou était perplexe. Pourquoi un client détruirait-il sans raison une chambre d'hôtel ? « Les Blancs sont bizarres, déclara Lin. Les Noirs riches font pas ça, les Asiatiques riches font pas ça, les Hispaniques riches non plus, seulement les Blancs riches. Ils s'ennuient, alors ils détruisent. »

L'histoire préférée de Lin était celle d'une cliente qui l'avait appelée dans sa chambre pour lui faire savoir que les fleurs du bouquet d'accueil n'étaient pas fraîches.

« Et elle me montre la tige d'une fleur ! Une seule tige ! Ces gens sont fous », disait Lin en riant. Kadiatou riait elle aussi, discrètement ; se moquer des clients la mettait mal à l'aise, et elle lançait toujours un regard furtif autour d'elle pour s'assurer que les responsables n'étaient pas dans les parages, inquiète à l'idée que son rire puisse compromettre son emploi. Quand les autres lui demandaient si des clients avaient fait quelque chose de fou dans l'une de ses chambres, elle protestait, répondait non, rien. Ce qui était vrai. Même si elle ne se serait pas vue colporter des histoires sur des clients fous. « Vous ne vous plaignez jamais », lui dit un jour le directeur d'un ton admiratif, mais ces paroles déplurent à Kadiatou. Il donnait l'impression que, par son attitude, elle condamnait ses collègues. Des semaines à l'avance, Lin lui chuchota qu'elle remporterait le prix de la Meilleure Employée à l'occasion de la fête de Noël, et Kadiatou refusa de la croire, jusqu'au jour où la gouvernante de l'étage, Shaquana, la convoqua dans le bureau du directeur pour le lui annoncer, et ils lui remirent le certificat. Chaque fois qu'elle regardait le sceau étincelant au-dessous d'*Hôtel George Plaza*, elle avait le sentiment d'être une personne instruite qui possédait un diplôme et dont le nom était inscrit en lettres dorées.

Son téléphone sonna, et quelqu'un lui demanda si elle acceptait de prendre l'appel qui venait d'Arizona et de payer les frais. Oui, elle acceptait. L'Arizona lui évoquait un désert parce que c'était ce qu'Elhadji Ibrahima avait dit en lui apprenant où Amadou était envoyé en prison. *J'espérais que ce serait un lieu proche, mais on l'emmène en Arizona, et cet endroit est un désert.* Cette idée resta gravée dans l'esprit de Kadiatou – *cet endroit est un désert* –, et chaque fois qu'ils discutaient, elle imaginait Amadou assoiffé dans un paysage inhospitalier, jusqu'à ce que sa voix et son rire chassent cette image. Son ton optimiste, tandis qu'il tournait à la plaisanterie les histoires de sa vie derrière les barreaux, racontait qu'on leur faisait porter des sous-vêtements roses et qu'il y avait toujours une pomme pourrie dans son panier-repas. Il parlait des autres détenus comme s'il vivait parmi eux par hasard, en toute innocence : c'étaient des types bien, et il s'était fait de nombreux amis. La nourriture était affreuse, disait-il, un repas chaud par jour, une sorte de pâtée dont les ingrédients restaient mystérieux.

« Je rêve tous les jours de ton *fouti* et de ton *latchiri*, Kadi. Non, je rêve de toi, mais aussi de *fouti* et de *latchiri* ! » Depuis qu'il avait obtenu des privilèges grâce à son comportement toujours discipliné, elle versait de l'argent sur son compte de la prison et il lui disait ce qu'il achetait à l'intendance – des filets de poulet panés cuits dans une huile de mauvaise qualité, des *Philly cheesesteaks* aux petits pains trop cuits. « Ils devraient te confier le contrat de restauration de la prison, mon amour. Personne ne voudra plus être libéré ! » Quand il ne riait pas, il s'excusait, expliquant qu'il ne lui avait pas dit qu'il vendait de la marijuana parce qu'il voulait qu'elle reste *clean*, affirmait-il. Il glissait le mot anglais *clean* dans sa phrase en peul, comme si sa signification n'était pas la même que dans leur langue natale.

Elle répondait que ce n'était pas grave, parce que c'était le cas. Elle en était venue à comprendre que la dissimulation impliquait des nuances, des strates, des détours et des subtilités qui lui étaient propres. Parfois, nous mentons par amour, d'autres fois nous mentons pour rendre service à ceux que nous aimons ou pour les secourir. Elle ne parvenait pas à se débarrasser de son sentiment de culpabilité, de la honte constante qui se distillait peu à peu en elle, car dès qu'elle avait quitté New York, Amadou s'était visiblement effondré, perdant d'abord son appartement, avant d'être arrêté. Si elle était restée, elle l'aurait peut-être sauvé. Sans compter qu'il n'avait rien volé ; il s'était contenté de vendre quelque chose qui lui avait été donné. Il n'y avait là aucun vrai motif de déshonneur. Elle entreprit d'économiser pour s'acheter un billet d'avion alors qu'il était emprisonné depuis quelques semaines seulement, mais plus d'une année passa avant qu'elle ne parte en Arizona. Elle avait des papillons dans le ventre, comme une fiancée que l'on a autorisée à choisir son époux, pendant que Chia s'occupait de la paperasse, remplissant des formulaires, demandant une vérification de casier judiciaire, et que Binta consultait les directives adressées aux visiteurs sur le site Internet de la prison. Kadiatou ne devrait rien porter de transparent ou au-dessus du genou, ni haut décolleté, ni Lycra, ni tenue camouflage ou orange. Elle trouva étrange ce règlement si précis et détaillé, comme si les personnes rendant visite à leurs proches en prison se préoccupaient autant de leurs vêtements.

Chia lui paya une chambre dans un motel situé non loin de la prison ainsi qu'une voiture de location, une petite berline aux roues propres et brillantes. Kadiatou, qui n'était pas habituée au paysage, conduisit prudemment ; même le soleil était différent, se réfléchissant à la surface scintillante du pare-brise. Lorsqu'elle s'approcha du vaste complexe pénitentiaire, elle sentit son excitation refluer et les premiers frémissements de la honte se manifester. Elle n'avait pas honte de ce qu'Amadou avait commis, c'était une honte plus intime qui courait sous sa peau tandis qu'elle se tenait dans la file, un détecteur de métaux frôlant son caftan, qu'on la fouillait avec des gestes rapides. Deux chiens marron la reniflèrent, et le dégoût lui monta à la gorge. Des chiens, des chiens sales. Elle venait d'une famille intègre, honnête, même si les siens ne possédaient pas grand-chose. Ils n'étaient pas des voleurs. Or Amadou n'avait rien volé. Dans la file d'à côté, une femme vêtue d'une longue robe rouge se mit à crier contre les gardes – « Putain, qu'est-ce que vous voulez dire par incorrecte ? » – pendant que ses deux petites filles, aux tresses ornées de perles colorées tintillantes, demandaient : « On va pas voir papa alors ? On va pas voir papa alors ? »

Les gardes aux visages durs expliquaient à la femme qu'elle aurait dû consulter le code vestimentaire des visiteurs. Kadiatou les observait, stupéfaite. Ces gens appliquaient vraiment leur règlement à la lettre ; ils contrôlaient non seulement les hommes détenus dans cet endroit mais aussi les femmes restées au-dehors. Quel mal y avait-il à porter une robe dans une prison ? Le tissu rouge collait à la peau de la visiteuse, la moulant de la tête aux pieds, son ventre, ses seins, ses fesses, le genre de robe que les Américaines portaient tout le temps. La femme tourna les talons et appela les enfants, qui hésitèrent avant de la suivre tout en regardant derrière elles. Ces fillettes innocentes, privées de visite à leur père à cause d'une robe moulante. Mais pourquoi leur mère l'avait-elle enfilée, au juste ? La coupe de la honte de Kadiatou était pleine, elle débordait à présent pour s'étendre à cette femme qu'elle ne connaissait pas et à ses deux petites filles.

Elle s'assit dans un box, avec la sensation d'être prise au piège derrière les parois de plexiglas qui l'entouraient. Devant elle, le téléphone noir permettant de parler au prisonnier lui parut vieux et lourd, et une mince trace de crasse était visible sous le combiné. Un rouleau de papier toilette abandonné reposait sur le rebord de la vitre, sans doute pour les visiteurs qui auraient besoin de sécher leurs larmes. Amadou fut amené par un garde, Amadou, assuré et plein d'entrain, dans une tenue ressemblant à un sac orange. Avant de s'asseoir, il décocha au garde un sourire docile. Même s'il n'avait pas perdu de poids, il paraissait diminué. Le creux entre ses clavicules était plus accentué. Kadiatou comprit alors comment la prison vous avilissait réellement, au point que l'on ne s'appartenait plus. Soudain, elle n'eut plus envie d'être là, ne voulut plus voir cet Amadou qui la regardait en rayonnant, à travers le plexiglas, et parlait si vite dans le téléphone. Kadiatou tenait mollement son combiné contre son oreille.

Il dit : « Tu es belle, mon amour. »

Il dit : « Te voir, c'est comme voir le lever du jour. »

Face à son silence, il finit par demander : « Kadi, qu'y a-t-il ?

— Je veux m'en aller », répondit Kadiatou. Elle lâcha alors le téléphone et se leva, et Amadou eut l'air abasourdi. Il l'appela peut-être, mais elle ne l'entendit pas, parce qu'en replaçant le combiné sur son support elle avait renoncé à son désir de l'entendre. Elle n'aurait pas dû venir ici juste pour le regarder, comme un animal en cage. Séparée de lui par une paroi de verre dure, si loin de lui qu'il ne pouvait même pas sentir son parfum au jasmin.

Quand elle rentra d'Arizona, Chia lui dit « Oh, Kadi, j'aime votre amour » d'un ton mélancolique, comme une enfant qui rêve d'un bonbon imaginaire. Chia aimait l'idée de l'amour avec un tel enthousiasme, une telle imprudence. « J'aime le fait que vous attendiez Amadou. J'espère qu'il sera relâché plus tôt, qu'il puisse se dépêcher d'apporter des noix de kola ! » dit Chia. Elles étaient dans la cuisine avec Omelogor, et Kadiatou n'avait pas du tout envie de parler d'Amadou. Elle préparait du *fouti* ; Omelogor, qui venait d'arriver du Nigeria, avait amené sa mère pour un bilan de santé, et Chia pensait que sa tante aimerait la sauce de Kadiatou. Les légumes bouillaient dans une petite casserole. Et à présent Chia parlait gaiement d'Amadou à Omelogor, révélant des détails de la vie de Kadiatou, comme si elle la déshabillait : il était son amour de jeunesse, il avait fait venir Kadiatou aux États-Unis, il était maintenant en prison pour détention de marijuana.

« Le juge qui l'a condamné a probablement fumé un joint pour se détendre en rentrant chez lui », dit Omelogor.

Kadiatou ne comprenait pas, or elle voulait comprendre. Elle versa dans une passoire les légumes, aubergines, gombos et poivrons ramollis par l'eau bouillante. Mais elle retarda le moment de les mixer afin de mieux entendre Omelogor.

« Il n'aurait pas dû être envoyé si longtemps en prison juste pour avoir vendu de l'herbe, poursuivit celle-ci. L'autre jour, je lisais un article sur les incarcérations. Les Américains blancs consomment autant de marijuana que les Américains noirs, mais ces derniers ont quatre fois plus de risques d'être arrêtés pour ce motif.

— Je l'ignorais ! dit Chia. Même si je sais qu'ils traitent différemment les problèmes de crack et de cocaïne.

— C'est de la folie pure. C'est en Amérique que la population carcérale est la plus élevée au monde. La plupart des détenus n'ont rien à faire en prison. »

Kadiatou observa une pause pour digérer ces paroles, avant de mettre le mixeur en marche. Elle n'aurait pas dû laisser Amadou ainsi ; elle se sentit soudain faible et déloyale, honteuse d'avoir succombé à sa honte. Il ne méritait pas vraiment d'être en prison ; il n'avait ni volé ni tué, et elle n'aurait pas dû ressentir de honte. Une résolution neuve grandit en elle : mieux se comporter envers Amadou, se purifier des émotions qui ne leur profitaient pas. Elle économiserait pour acheter un billet afin de retourner en Arizona et, cette fois, ils se souriraient à n'en plus finir à travers la paroi de plexiglas.

« Kadi, Amadou ne mérite pas cette peine de plusieurs années. Vous devez vous accrocher à lui, ce ne sera pas facile, mais il faut vous accrocher à votre amour », dit Chia, comme si elle avait lu dans ses pensées. Pour la première fois, Kadiatou apprécia la manière rêveuse dont Chia comprenait l'amour. Depuis quelque temps, elle percevait l'insatisfaction montante de Chia au sujet de son petit ami, M. Luuk, le grand Blanc qui semblait incapable de tenir en place. Chia le quitterait bientôt, elle n'avait pas trouvé ce qu'elle cherchait, et elle ne savait pas qu'elle ne le trouverait jamais, simplement parce que cela n'existait pas. Kadiatou aurait aimé que Chia descende de son nuage et se marie ; un bébé l'ancrerait dans la réalité, apaiserait son agitation. Kadiatou s'interrogea : devait-elle dire à Chia que ce serait une erreur de quitter M. Luuk ? Elle ne donnait cependant jamais son opinion de son propre chef, attendant toujours qu'on la lui demande. Le week-end où il était venu en visite depuis le Mexique, il ne cessait d'entrer dans la cuisine pour discuter avec Kadiatou, qui aurait préféré qu'il la laisse travailler en paix. Mais elle l'aimait bien parce qu'il aimait Chia ; il n'avait rien de commun avec ce Darnell, le professeur. Darnell, qui s'était efforcé, avait pris la peine de l'ignorer avec impolitesse quand elle l'avait salué – elle, Kadiatou, une simple employée de maison. Elle n'avait jamais vu un mépris aussi gratuit de sa vie. Elle avait alors tant prié pour Chia, pour que l'aveuglement de Chia prenne fin.

Kadiatou éteignit le mixeur, satisfaite du résultat ; la texture liquide du mélange était parfaite. Tandis qu'elle étalait le *fouti* sur du riz et versait sur le tout un filet d'huile de palme tiède, elle perçut le regard intense d'Omelogor.

« Bon Dieu, c'est dégoûtant, dit celle-ci.

— Omelogor ! » s'exclama Chia, qui pourtant riait, et Kadiatou ne put réprimer un sourire. Elle s'amusait de l'assurance des Nigérians, convaincus que leur cuisine sans imagination était supérieure aux autres. Exactement comme Madame, la mère impériale et impérieuse de Chia.

« Les noix de kola pour les mariages, dit soudain Omelogor. On est tous de la même famille, nous autres, Africains noirs, vraiment, les idées culturelles de base sont les mêmes. C'est beau, c'est si beau. » La passion étincelait dans ses yeux, une passion disproportionnée, trop grande par rapport à ce qui l'avait déclenchée. Et puis cela faisait un moment que la conversation avait dérivé loin des noix de kola. Il y avait chez Omelogor une pointe d'instabilité, comme si un jour ses pensées la conduiraient vers la folie.

En sortant du métro, elle adorait marcher d'un bon pas jusqu'à l'hôtel, puis prendre l'ascenseur de service pour descendre dans la salle du personnel où elle mettait son uniforme. Elle s'était accoutumée aux collants ; au début, ils la démangeaient, adhéraient à ses jambes, et elle les pinçait, les distendait et tirait dessus, si peu habituée à porter quelque chose aussi près de sa peau. Son uniforme lui donnait l'impression d'être une professionnelle : une robe très comme il faut, assortie d'un tablier. Dans cette tenue, elle devenait une personne qui avait un but, toujours prête à l'action. Parfois, elle travaillait en fredonnant, suspendant la pancarte MÉNAGE, défaisant le lit, rétablissant l'ordre des choses jusqu'alors bouleversé. Le vrombissement sonore de l'aspirateur l'apaisait. Un jour, un homme d'affaires blanc entra pour récupérer son bagage alors qu'elle était dans la chambre. « Merci pour le ménage », dit-il avant d'enfoncer la main dans sa poche et de lui offrir des billets froissés.

Il était rare que les clients laissent un pourboire et, quand cela arrivait, elle frémissait d'embarras avant de ressentir de la gratitude. N'était-il pas cupide de recevoir des pourboires alors qu'elle gagnait vingt-cinq dollars de l'heure et que Binta et elle bénéficiaient en plus d'une assurance maladie ? Elle avait récemment obtenu plus d'avantages encore sous la forme de congés maladie entièrement payés, et elle trouvait miraculeux que des syndicalistes se battent pour les droits des employés. Elle leur souhaitait toujours de recevoir la grâce spéciale de Dieu.

Souvent, pendant qu'elle cuisinait, s'occupait d'une chambre ou parlait à Binta, elle marquait un temps d'arrêt et songeait que c'était là sa vie, que c'était vraiment sa vie, une vie de stabilité, agrémentée de menus plaisirs. Elle envoyait de l'argent à sa mère et réglait les frais de scolarité de ses frères et sœurs, qui vivaient maintenant à Conakry. Elle payait le loyer de son trois-pièces. Elle avait une voiture. Binta suivait des cours préparatoires pour l'université – son accent américain était impeccable et Binta elle-même se montrait parfois déconcertante tant elle était familière et étrangère à la fois. Elle manifestait une supériorité puérile ; elle refusait désormais de manger du pain avec de la mayonnaise. « La mayonnaise est un condiment que l'on met dans un sandwich ; c'est du beurre qu'il faut tartiner sur le pain », disait-elle. Chaque fois que Binta incorporait à son peul un peu plus de mots anglais, c'était une petite perte que Kadiatou déplorait, et pourtant le fait que sa fille puisse disposer de deux mondes était son vœu le plus cher. Le matin, Kadiatou priait, laissant libre cours à des inquiétudes qu'elle espérait endormir. Détends-toi, se répétait-elle, mais il subsistait toujours un tourment. Des nuages qui s'amoncelaient, ou déjà amoncelés. La cruelle promesse de la perte, toujours présente.

SEPT

Les années s'écoulaient au fil de l'attente. Parfois elle se demandait, mais toujours fugacement, si son avenir avec Amadou supporterait le poids de leur passé, de l'attente qui constituait leur passé. L'étreinte forcée de la solitude. L'absence de contact physique, une relation fondée seulement sur la voix. Il y eut une année de tristesse irrépressible, quand elle accueillit dans sa vie un homme prénommé Mamady, parce qu'elle fut saisie par l'envie soudaine de combler les vides avec la présence d'un homme, une figure paternelle pour Binta. Le désir s'atténua et s'en alla ; elle fit sortir Mamady de sa vie en douceur. Quand elle confia à Binta son souhait qu'elle ait une figure paternelle, sa fille parut étonnée. « Pourquoi, maman ? » Parfois elle se sentait indigne d'avoir mis Binta au monde, une enfant si facile à satisfaire. Binta attendait elle aussi Amadou. Elle lui envoyait des photos et des lettres, car elle ne voulait pas qu'il soit un détenu qui ne recevait jamais de courrier, et Amadou disait à Kadiatou : « Binta écrit si bien le français et l'anglais ! » sur un ton jubilant, comme un père plein de fierté. Elle pensait souvent à son fils, ce petit double d'Amadou, ce secret découvert qui vivait au Texas avec sa mère malienne.

Amadou ne faisait qu'effleurer le sujet de son fils, craignant d'offenser Kadiatou, mais elle savait que la Malienne refusait maintenant de lui envoyer ne serait-ce qu'une photo de l'enfant. Elle ne blâmait pas cette femme, Amadou avait dû la laisser avec des blessures à panser, cependant, si Amadou n'avait pas gagné le droit de connaître son fils, au moins ce dernier méritait-il de connaître son père. Kadiatou était disposée à se faire l'intermédiaire d'Amadou, à plaider sa cause auprès de la Malienne une fois qu'il serait enfin sorti de prison.

Alors que sa libération approchait, ils ne parlaient plus que de l'avenir, et tous les jours Kadiatou se sentait exaltée et impatiente, une émotion comparable à l'épluchage d'un fruit sucré. Leurs appels téléphoniques paraissaient plus pressants, avec un sens exacerbé de la temporalité, même si durant des années ils s'en étaient tenus aux quinze minutes imparties, toujours conscients qu'un inconnu écoutait et enregistrait leur conversation.

« Je t'emmènerai en Floride », disait-il, ou bien : « On fera une belle lune de miel », et Kadiatou avait l'impression d'être transportée à l'époque de leurs toutes premières années, dans la Cuisine de Mariama, quand il parlait de venir la chercher dans une grosse auto blanche. Tant de projets, chacun d'eux délicatement enveloppé dans du papier brillant, que l'on déballait afin de les savourer, puis qu'on mettait de nouveau de côté. Elle préparait son *djamougol*, qu'elle voulait célébrer à New York, près des leurs, tout particulièrement d'Elhadji Ibrahima. Amadou lui disait souvent, de sa voix rieuse, qu'il offrirait toutes les vaches et toutes les terres du Fouta-Djalon pour son *taignai*.

« Kadi, où avez-vous appris ce que vous savez de la sexualité ? » lui demanda un jour Omelogor.

À l'époque, celle-ci séjournait chez Chia après avoir abandonné ses études, expliquant qu'elle avait besoin de se remettre, bien que Kadiatou ne comprenne pas en quoi il était nécessaire de se remettre d'études qu'on n'avait même pas terminées. Omelogor ne se lavait pas et se nourrissait à peine ; par à-coups, elle se mettait à taper frénétiquement sur son ordinateur portable, puis s'interrompait avant de s'endormir sur le canapé et d'y passer le reste de la journée. Il semblait que chaque fois que Kadiatou la voyait réveillée, Omelogor était occupée à se verser du whisky ou à en boire. Kadiatou avait des haut-le-cœur à cause de l'odeur d'alcool qui planait dans le salon, où des verres éparpillés contenaient les dernières gouttes du liquide couleur noisette. Kadiatou savait à quel point Chia s'inquiétait. Mais pour elle, se tourner vers la boisson en situation de détresse était une faiblesse complaisante ; elle en éprouvait de la déception plutôt que de l'inquiétude, jusqu'au jour où elle découvrit le téléphone d'Omelogor dans la machine à laver. Elle l'avait ouverte pour y placer des draps quand elle vit un iPhone argenté qui reposait à l'intérieur du tambour vide. Elle le récupéra et le donna à Omelogor.

« Mon téléphone ? » demanda-celle-ci, hébétée.

Le lave-linge n'avait pas servi depuis quelques jours, alors Omelogor l'avait ouvert pour y déposer son téléphone. La bizarrerie de ce geste effraya Kadiatou. Ce n'était pas de la pure complaisance, Omelogor était aux prises avec quelque chose d'extérieur à elle-même. Kadiatou passait tous les jours après le travail pour voir comment elle allait, lui proposant à manger, faisant son lit, et, sans pouvoir s'en empêcher, ouvrait chaque fois la machine à laver pour regarder à l'intérieur. Omelogor secouait invariablement la tête, refusant toute nourriture ; elle mangeait des noix de cajou et buvait son whisky. Pour finir, Chia la persuada de goûter à un plat préparé par Kadiatou. « C'est comme du *swallow* nigérian, sans être aussi lourd que du *garri*, expliqua Chia.

— Qu'est-ce que c'est ? demanda Omelogor en baissant les yeux vers l'assiette posée devant elle.

— Du fonio, répondit Kadiatou.

— Ah. C'est donc ça, le fonio. Il paraît que c'est le dernier aliment miracle en date en Amérique.

— Aliment miracle, répéta Kadiatou en secouant la tête. Mon peuple mange du fonio depuis longtemps, et maintenant on appelle ça un aliment miracle. »

Omelogor gloussa. Elle riait sans pouvoir s'arrêter en battant des mains. Kadiatou était perplexe, car elle n'avait rien dit de très amusant. Plus tard, Chia lui chuchota : « Je suis tellement contente que vous l'ayez fait rire, Kadi. » Elle ajouta que ce rire, ou le fonio, ou les deux, avaient revigoré Omelogor comme un fortifiant et le lendemain elle se doucha, le visage un peu plus radieux ; ce fut ce jour-là qu'elle demanda : « Kadi, où avez-vous appris ce que vous savez de la sexualité ? »

Kadiatou était entrée pour allumer l'éclairage de sécurité ; Omelogor leva la tête de son ordinateur et demanda : « Kadi, où avez-vous appris ce que vous savez de la sexualité ? »

Kadiatou resta impassible. « Ma sœur, Binta. Elle m'explique ce qu'on fait quand on est mari et femme.

— Où est Binta ?

— Elle est morte.

— Oh, désolée. Je suis vraiment désolée, Kadiatou.

— Merci. » Elle voyait un peu de l'esprit de Binta chez

Omelogor, dans la manière dont celle-ci n'était pas entravée par la peur. Et elles avaient la même façon de vous scruter, un regard troublant, comme en quête d'une chose qu'on ne confierait pas de son plein gré. Kadiatou ne parlait jamais de Binta à personne, sauf à sa fille, Binta, mais elle se surprit elle-même, lorsque ses mâchoires se desserrèrent, à dire : « Ma sœur Binta. Elle a pas peur, comme vous. »

Omelogor resta silencieuse.

« Comme vous aussi, finit-elle par dire.

— Moi ?

— Oui, vous », insista Omelogor avant de reporter son attention sur son ordinateur. Kadiatou éprouva une soudaine bouffée de plaisir en prenant conscience, avec timidité et étonnement, qu'Omelogor la respectait.

Une autre fois, Omelogor lui demanda : « Kadi, quel est votre rêve ?

— Mon rêve ? » Elle n'était pas certaine de bien saisir.

« Oui, si vous aviez le choix, que voudriez-vous faire de votre vie ? »

Kadiatou songea que seuls les gens oisifs étaient capables de se poser ce genre de question. Elle haussa les épaules. « J'adore mon travail. Je suis très heureuse de venir dans ce pays, comme ça Binta peut avoir ce pays.

— Ne soyez pas si reconnaissante ! s'exclama brusquement Omelogor avec une véhémence qui surprit Kadiatou. Les États-Unis ne sont pas merveilleux à ce point. Et puis vous n'êtes pas ici à l'œil ; vous travaillez et c'est en partie grâce à vous que les États-Unis sont ce qu'ils sont.

— Oui, répondit Kadiatou, simplement pour calmer Omelogor.

— Récemment, j'ai lu un livre sur votre pays. Vous avez entendu parler de l'opération Persil ?

— Persil pour cuisiner ?

— Oh, bien sûr, on emploie aussi ce mot en français pour l'aromate. C'est intéressant, les associations qu'on peut faire avec le persil. Il y a eu le massacre du Persil, quand les Dominicains ont assassiné des Haïtiens dans les années 1930. Ils demandaient à chaque personne noire qu'ils croisaient de prononcer le mot “persil”, et si celle-ci le répétait avec un accent haïtien français plutôt qu'avec l'accent espagnol, elle était tuée. »

Kadiatou garda le silence. Ce n'était pas la première fois qu'Omelogor lui racontait une histoire qui, pour elle, n'avait ni queue ni tête, et ce ne serait pas la dernière. Elle préparait du fonio pour Omelogor, et cela lui faisait plaisir que celle-ci l'aime autant. Ce qui la tourmentait quand elle avait abandonné ses études avait desserré son emprise, un seul verre de whisky restait posé dans le salon la journée, et il y avait du linge sale dans son panier, ce qui signifiait qu'elle avait recommencé à se changer.

« L'opération Persil a été une chose terrible commise par la France pour déstabiliser votre pays. La Guinée était le seul pays d'Afrique francophone à refuser la Constitution de De Gaulle, si bien que celui-ci a demandé que toutes les possessions françaises en Guinée soient détruites, comme un enfant mesquin qui casse un jouet dont il ne veut plus afin que personne d'autre ne joue avec. Ils ont donc préparé l'opération Persil, en imprimant de la fausse monnaie guinéenne pour en inonder le pays, et l'économie s'est effondrée.

— OK », dit Kadiatou.

Omelogor se mit à rire. « Comme vous dites, OK. Vous pouvez me faire du thé ? De l'English Breakfast.

— OK. »

Quand elle revint avec le thé, Omelogor soutint son regard. « Kadi, vous devez bien avoir un rêve. Et quand vous prendrez votre retraite ? Je sais que les Peuls de Guinée, comme nous autres, Igbos, sont doués pour le commerce et les affaires. Rêvez-vous d'avoir un commerce ? »

Kadiatou réfléchit un instant. C'était vrai, elle avait un rêve.

« Quand je terminerai le travail, j'ouvrirai un restaurant. Quand Binta finit université. Maintenant, je dois garder mon travail pour gagner argent régulièrement. Des fois je tresse les cheveux. Pour faire argent en plus. Un jour, peut-être, je vends des extensions pour cheveux.

— Vous pouvez le faire dès maintenant.

— D'abord, j'économise.

— Donnez-moi vos coordonnées bancaires. Ma banque possède un fonds qu'elle réserve aux petites entreprises dont les propriétaires sont des femmes. C'est une subvention, pas un prêt. L'argent est simplement déposé sur votre compte, et voilà. Mais il faut que vous l'utilisiez pour votre entreprise. »

Kadiatou la fixa du regard. Omelogor était instable, et c'était trop beau pour être vrai, car dans la vie rien n'était jamais gratuit ; mais, en observant le visage d'Omelogor, Kadiatou comprit que celle-ci disait la vérité. « Merci, répondit-elle. Dieu vous bénisse. »

HUIT

Le jour qui changea sa vie débuta comme à l'ordinaire, ainsi que c'est le cas de la plupart des jours extraordinaires. Il n'y avait aucun vent froid dans sa poitrine, aucune sensation de désastre imminent. Elle se réveilla en pensant au film qu'elles avaient prévu de voir, heureuse que Binta aime encore aller au cinéma avec elle. Binta et elle s'assiéraient côte à côte dans la salle obscure avec de grandes boîtes de pop-corn, leurs doigts graisseux couverts de beurre fondu. La friandise lui causait toujours des problèmes de digestion, mais ce qui comptait, c'était le plaisir qu'elle éprouvait auprès de sa fille, son odeur chaude, si familière et pourtant si neuve. Dire qu'elles parlaient à présent de la météo, comme les Américains !

« En fin de compte, il ne va pas faire trop froid aujourd'hui, maman.

— Non. » L'air s'était légèrement réchauffé en ce mois de décembre.

Elle portait un pull marron très doux, un vêtement neuf acheté le mois précédent chez Ross, assez joli pour le cinéma ; elle s'y rendrait directement en sortant du travail et rejoindrait Binta sur place. Son jean la serrait un peu, elle prenait plus de poids qu'elle ne l'aurait voulu. Amadou aimait ses hanches larges – il surnommait son corps « pause-travail » parce qu'il le déconcentrait –, mais elle ferait peut-être mieux de se surveiller. Il ne fallait pas qu'Amadou, en sortant de prison, la trouve désormais trop grosse à son goût.

Au food-truck, elle prit son café habituel, avec du lait et du sucre.

Le propriétaire était un Hispanique qui entretenait soigneusement sa barbe. Elle ne savait pas comment il s'appelait, mais après qu'elle lui eut acheté un chocolat chaud pour Binta, il s'était mis à lui demander tous les jours : « Comment va votre fille ? » À quoi elle répondait : « Très bien, merci. »

Lin avait pris un jour de congé car elle était malade, et Kadiatou se vit confier le vingt-huitième étage. Elle espérait que les clients n'avaient pas décidé de profiter du départ tardif, parce qu'elle voulait s'en aller suffisamment tôt, peut-être même traîner un moment avec Binta dans la boutique près du cinéma.

Le panneau NE PAS DÉRANGER était accroché à la porte de presque toutes les chambres. Elle passa devant chacune d'elles, découragée, en pensant au temps que cela lui prendrait maintenant. Près du placard à linge, Jeff, le garçon d'étage, s'éloignait avec une table roulante.

« La 2806 est vide, lui dit-il. Tu peux y aller.

— Oh, super. » C'était le genre d'expression qu'elle employait pour avoir l'air américaine. *Oh, super. Oh là là.* Dans sa bouche, ces mots lui semblaient appartenir à une autre langue, comme s'ils étaient plus étrangers encore. La 2806 était la plus grande suite de l'étage, mais si elle s'y mettait immédiatement, elle arriverait peut-être à terminer à temps – à condition qu'il n'y ait pas de départs tardifs dans les autres. Elle frappa bien fort, au cas où, en lançant : « Il y a quelqu'un ? Femme de chambre ! Femme de chambre ! Il y a quelqu'un ? »

Elle déverrouilla la porte et entra dans la pièce. Si du moins on pouvait qualifier de pièce cet espace décoré dans des tons doux, plus grand que son appartement. Chaque fois qu'elle pénétrait dans une suite, elle se disait que c'était un tel gâchis de place, ces lits aussi vastes que des champs et ces parties entières que les clients laissaient souvent intactes. Les clients aimaient ces chambres, mais elle pensait qu'ils aimaient l'idée d'avoir séjourné ici davantage que les suites elles-mêmes. Comment la stupeur interrompt-elle brutalement nos paisibles songeries ? Elle aperçut un mouvement rapide avant de voir l'homme blanc tout nu. Il avait les cheveux argentés, il n'était pas grand mais grassouillet, avec le ventre bombé, et il s'approchait d'elle. Avant qu'elle puisse détourner le regard, elle entrevit son érection, masse floue agressive et rosâtre. « Je m'excuse ! Je m'excuse ! » s'exclama-t-elle. Elle porta aussitôt les mains à son visage pour se couvrir les yeux, en reculant, morte de honte, réfléchissant déjà à la façon dont elle expliquerait à Shaquana qu'elle s'était immiscée dans l'intimité d'un client VIP. *Jeff dit la chambre est vide et quand je frappe personne répond, et la prochaine fois j'attendrai une minute de plus…*

Mais l'homme avait continué d'avancer, il se trouvait maintenant à côté d'elle, sans chercher à se couvrir du tout. Il tendit la main et claqua la porte qu'elle avait laissée entrebâillée.

« Ne t'excuse pas », dit-il en lui empoignant les seins. Ses mains sur ses deux seins, comme s'ils lui appartenaient, comme si son corps lui appartenait, comme si elle le connaissait et qu'il la connaissait. Une sensation d'irréalité l'enveloppait lentement à la manière d'un brouillard.

« S'il vous plaît, monsieur, non. S'il vous plaît, arrêtez, s'il vous plaît, monsieur. »

Il la poussa en direction du lit et l'obligea à s'asseoir. Il était vigoureux, ce qui la surprit, car ce n'était plus un jeune homme. Elle eut l'impression d'avoir été propulsée davantage que poussée par une force autonome, indifférente. Elle était abasourdie, hébétée, se demandant si cela se produisait vraiment alors même qu'elle savait que c'était en train de se produire.

« Monsieur, s'il vous plaît. Arrêtez. Ma cheffe est dans le couloir.

— Il n'y a personne dans le couloir. »

Tout arriva précipitamment, avec une vitesse qui l'étourdit. Il souleva sa robe d'un geste vif et, tandis qu'elle essayait de la rebaisser, il tira brutalement sur son collant et glissa furieusement ses doigts entre ses jambes. Elle le repoussa, mais pas trop fort – il était un client VIP, elle ne pouvait pas se permettre de perdre cet emploi – et elle courut vers l'entrée de la suite, mais il était implacable, d'une rapidité effarante, de nouveau sur elle, pareil à un animal, comme possédé, une bête brutale. Il l'obligeait à présent à s'agenouiller, dos au mur, appuyant sans ménagement sur ses épaules pour qu'elle se baisse, pour la maintenir dans la position qui lui convenait, et son épaule craqua et se démit en signe de protestation. Il lui mit de force son pénis dans la bouche. Elle pinça fermement les lèvres en secouant la tête. La main de l'homme, serrant son visage d'un mouvement vif et brusque, l'obligea à ouvrir les mâchoires. Elle sut à cet instant qu'il ne la considérait pas comme une personne de chair et de sang, semblable à lui. Elle était une chose, une chose qu'on peut posséder, envahir et jeter, et elle en fut effrayée. Son pénis était dans sa bouche et, des deux mains, il poussait son visage contre son bas-ventre. Il donnait des coups de reins rapides en grognant, et elle garda la bouche ouverte, car malgré sa stupeur elle craignait de lui faire mal, à ce client VIP, à ce Blanc tout nu. Un dernier coup de reins violent, et il se retira. La bouche de Kadiatou était pleine d'asticots. Elle s'enfuit de la chambre en crachant le liquide aigre, infect. Sa gorge la démangeait, son estomac se soulevait, et elle sentit par-dessus tout que son corps, son esprit et son âme se révoltaient. Elle crachait, crachait encore. Elle crachait sur le sol somptueux qu'elle était chargée de nettoyer, mais c'était plus fort qu'elle. Près de l'ascenseur, elle s'arrêta, empoignant son ventre pour réprimer une envie de vomir.

Puis il apparut, vêtu d'une veste et de chaussures cirées, tirant derrière lui une valise à roulettes. Elle fut stupéfaite par la rapidité avec laquelle il s'était habillé, par la grande indifférence qu'il affichait après ce qu'il venait de faire. Il la vit, debout dans le couloir, et la dévisagea avec impassibilité, comme si elle était transparente, puis entra dans l'ascenseur. Sa peau la picotait. Elle avait vraiment l'impression d'avoir rencontré un djinn maléfique, une créature mi-fantôme mi-animal, pas un humain. Elle ne savait pas quoi faire. Elle alla dans la chambre 2820, qui était inoccupée, et regarda, désorientée, le lit impeccablement fait, puis ressortit de la pièce. Elle fut prise de haut-le-cœur. Ce qui s'était produit s'était-il réellement produit ? Elle était entrée dans une suite et, pareil au mal incarné, un Blanc tout nu, un client VIP, s'était précipité sur elle. Elle entendit un bruit de pas et sursauta, paniquée.

C'était Shaquana. « Tout va bien, Kadi ? »

Kadiatou voulut opiner et répondre que tout allait bien, mais la sensation diffuse de perdre le contrôle la submergea. Il était déjà difficile de s'exprimer en anglais ; maintenant, les mots refusaient de se former.

« Qu'est-ce qui se passe si un client… » Elle s'interrompit, sentant le vent froid dans sa poitrine, la peur croissante que tout allait s'effondrer.

« Que s'est-il passé, Kadi ? Que s'est-il passé ?

— Le client me pousse et me force. Dans ma bouche, il met… Je recrache », ajouta-t-elle en joignant le geste à la parole.

Shaquana écarquilla les yeux. « Oh, mon Dieu. Dans la chambre 2806 ? »

Kadiatou hocha la tête.

« C'est un client VIP, mais je m'en moque », déclara Shaquana en s'emparant déjà de son téléphone.

Son épaule gauche lui fait mal, comme si, à l'intérieur, quelque chose n'était plus à sa place habituelle. Elle a très envie de tenir cette épaule, d'essayer de la garder intacte ou d'empêcher qu'elle se fracture davantage, mais elle ne veut pas attirer l'attention sur elle. Entre ses jambes, là où il l'a saisie avec une force animale, elle n'éprouve pas de douleur mais la sensation sourde d'une profanation, un vague élancement. En apparence, elle se tient raide, près de Shaquana, mais en réalité son corps entier vacille, en équilibre instable, dérouté. Toutes les parties d'elle qui autrefois étaient en paix ne le sont plus. Mike, le chef de la sécurité, lui parle. Elle le croise parfois dans les couloirs, et il lui dit toujours : « Salut, comment ça va ? » Il est grand et marche d'un pas autoritaire, le dos bien droit. Il s'adresse à elle d'une voix gentille : « Nous allons au rez-de-chaussée, maintenant, nous allons au rez-de-chaussée, dans le bureau du directeur. » Il s'exprime lentement, comme s'il pensait qu'il s'est produit un événement empêchant Kadiatou de comprendre. Quand les portes de l'ascenseur s'ouvrent en coulissant, il s'écarte pour la laisser entrer la première. Shaquana reste près d'elle, forme indistincte dans un uniforme noir, et lui dit : « Tout ira bien pour vous, Kadi, tout se passera bien. »

Dans l'ascenseur, ils gardent le silence. Elle a un goût aigre dans la bouche. Elle est prise de dégoût à l'idée de ce qui est encore dans sa bouche, les restes tenaces d'asticots, les asticots ondulants, visqueux qui s'y attardent et qu'elle n'a pas complètement crachés, et à présent la nausée lui monte à la gorge comme pour s'opposer à eux, elle a l'estomac barbouillé, le mouvement de l'ascenseur lui donne envie de se mordre les lèvres pour s'obliger à rester immobile, mais se mordre les lèvres ne servira qu'à permettre aux asticots de s'enfoncer davantage dans sa bouche, de s'insinuer dans sa salive et de la souiller elle, de la salir d'une manière irréversible.

« Je veux laver ma bouche, dit-elle.

— Vous ne pouvez pas vous rincer, Kadi, répond Shaquana. Pas pour l'instant. »

Shaquana frotte l'épaule de Kadiatou pour lui manifester son soutien, mais c'est l'épaule gauche, celle qui la fait souffrir, et Kadiatou s'efforce de ne pas tressaillir. Le directeur attend près de la porte de son bureau, l'air inquiet et agité, serrant dans sa main un téléphone portable anormalement grand. Shaquana lui apprend le nom du client, et le directeur s'exclame « Mon Dieu ! », puis, comme soudain accablé, il lève les yeux vers le plafond, contraint d'en appeler à son Dieu.

« Racontez-moi ce qui est arrivé, Kadiatou, dit-il.

— Je veux laver ma bouche, répète-t-elle.

— Non, c'est impossible. Il faut que vous alliez à l'hôpital pour qu'on vous examine et qu'on rassemble des preuves, explique le directeur. Et nous appellerons la police.

— Je vous laisse leur téléphoner, dit Mike. Je me mettrai en relation avec l'inspecteur.

— Non, non, objecte Kadiatou. Je veux pas hôpital. Je veux pas police. S'il vous plaît. »

Tout arrive trop vite, les choses enflent, prennent de l'ampleur. Elle cause trop d'ennuis, avec ces histoires d'hôpital et de police. Elle a simplement besoin de se rincer la bouche, de prendre un paracétamol et elle s'en remettra, elle persévérera. Elle ne peut pas perdre son travail.

Elle regarde le directeur, craignant qu'il ne la renvoie parce qu'elle en fait tout un plat, ce qui le rend vraiment nerveux, cet homme qui d'ordinaire semble tout gérer avec beaucoup d'assurance.

« Racontez-moi ce qui est arrivé », reprend-il.

Gentiment, Shaquana frotte de nouveau l'épaule de Kadiatou.

« Jeff dit que le client est parti, mais je frappe, toc-toc. Je dis "Femme de chambre !". Je dis deux fois. J'entre et je vais voir dans le bureau, rien, alors je veux commencer. Et alors, tout de suite, je vois un homme nu, il vient d'autre côté, de la salle de bains. Je dis "Excusez-moi ! Excusez-moi !". Et je commence reculer. Je suis très surprise, parce que quand je rentre, il y a pas bruit, je sais pas que quelqu'un est là. Il approche de moi vite, très vite, il dit que je dois pas m'excuser. Il va vite vers porte et ferme, il claque fort. Il… touche mes seins. Je dis "S'il vous plaît, non, monsieur, s'il vous plaît". Je dis ma cheffe est dans le couloir, parce que je veux qu'il arrête. Je dis je veux pas perdre mon travail. Il dit “Vous allez pas perdre votre travail”. Tout arrive vite. J’ai très peur. Ça arrive alors que je suis pas souvent à étage des suites. Je vois jamais une chose comme ça dans ce travail, jamais. Il lève ma robe, mais je tiens et je dis non, non. Alors il baisse ça, mon collant, et il enfonce sa main dans… ma partie intime. Et puis il pousse. Il est fort, très très fort. Il oblige moi. Je suis surprise parce que c’est pas un homme jeune. Il pousse. Il pousse avec violence.

— Où donc ? »

Kadiatou indique son épaule. « Là. Alors je suis par terre. Il enfonce sa… chose dans ma bouche. Et il tient ma tête et… il termine et je cours et je crache. »

Le directeur l’observe sans un mot.

« Je suis vraiment navré, Kadiatou, dit Mike.

— Je veux pas la police. C’est OK.

— Kadiatou, nous devons appeler la police. Il s’agit d’un crime. Nous devons faire ça dans les règles, dit Mike.

— Non, s’il vous plaît, c’est OK. »

Le directeur est déjà au téléphone avec la police. Il paraît hésitant, comme s’il n’était pas sûr de lui. « Une de nos femmes de chambre a été agressée par un client important », explique-t-il.

Shaquana lui demande de s’asseoir. Mike dit qu’il faut faire vite, que l’inspecteur de police chargé des victimes spéciales est en route. En entendant « victimes spéciales », Kadiatou repense à une émission de télévision que Binta aime bien. Il fait très chaud, elle a envie de se rincer la bouche, de se laver le visage et de se frotter tout le corps. Elle se sent sale, tellement sale. « Votre collant est déchiré », constate Shaquana ; Kadiatou baisse les yeux et voit le trou aux bords irréguliers qui court le long de sa jambe, et sa peau dénudée, par contraste, ressemble à une blessure. Elle tend la main pour la toucher, comme pour la cacher.

« Maintenant, nous partons pour l'hôpital, Kadi, dit Shaquana. Allez chercher vos affaires, le sac qui contient vos vêtements.

— Mon sac ? » Elle veut revenir ensuite et finir le ménage dans ses chambres. S'ils veulent qu'elle emporte ses affaires maintenant, alors ils veulent peut-être la renvoyer.

« Ils garderont votre uniforme, il leur servira de preuve », explique Shaquana.

Kadiatou se rend dans la pièce du personnel en priant pour que personne ne la voie récupérer ses affaires. Elle croise la nouvelle femme de chambre, originaire de Haïti. « Qu'est-ce qui se passe ? demande celle-ci.

— Rien, rien », répond Kadiatou qui se dépêche de prendre son sac. Elle se sent sale et salie, et elle tient son sac au niveau de ses jambes en espérant qu'il dissimulera son collant déchiré.

Dans la voiture qui l'emmène à l'hôpital, elle se fait toute petite dans le coin de la banquette, à l'écart de Shaquana, pour éviter de la contaminer, en serrant son sac contre sa poitrine. Son sac marron orné d'un monogramme avec une seule fermeture solide. Une des meilleures contrefaçons, lui a dit Amadou quand il le lui a offert. C'était il y a quelques années, et il est encore en bon état. À travers le faux cuir, elle sent la bosse de son jean et de son pull, la forme dure de son portefeuille. Les paroles du directeur résonnent à ses oreilles. *Une de nos femmes de chambre a été agressée par un client important.* Bloquée dans la circulation, elle regarde les passants en manteau, un gobelet de café à la main, tenant en laisse un chien pelucheux, dans leurs vies normales et inchangées, leur journée qui se déroule exactement comme ils l'ont escompté quand ils se sont réveillés. Des larmes lui montent aux yeux, mais elle refuse de pleurer, elle ne pleurera pas. Quelqu'un les attend déjà dans le hall de l'hôpital. Une infirmière aux manières vives, dans un uniforme bleu. Elle les conduit à l'étage et explique à Kadiatou que l'infirmière chargée de l'examiner va arriver. « Elle sera là d'une minute à l'autre », dit-elle.

Alors que Kadiatou avance, une bouffée de colère la saisit : dire qu'elle faisait son travail, qu'elle se contentait de faire son travail, et qu'un client s'est transformé en animal sauvage, et maintenant elle est dans cet hôpital, où des gens malades dans des lits roulants passent près d'elle, mais elle n'a rien à faire ici, elle n'est pas malade. Une infirmière lui lance un regard inquisiteur, comme si elle s'interrogeait sur la raison de sa présence ici dans son uniforme de femme de chambre, avec son tablier blanc fermé à la taille par un joli nœud. Ils montent au deuxième étage, et quelqu'un parle à Shaquana, puis quelqu'un d'autre encore, et il y a tant d'agitation autour d'elle, tout le monde semble pressé, en mouvement. « Tout ça pour moi », pense Kadiatou, et elle éprouve de la gratitude, mais aussi de la contrariété, parce que ça aurait dû être pour une bonne raison, pour une chose bénéfique. Par exemple si Binta tombait gravement malade ou si cela lui arrivait à elle, Kadiatou, alors toute cette peine que les gens se donnent aurait un sens. Shaquana lui dit qu'elle a le droit d'avoir un avocat dans la salle d'examen mais qu'elle n'est pas obligée d'accepter, et elle fixe Shaquana du regard sans vraiment savoir ce qu'« avocat » signifie. Une personne qui la protégera, comme un agent de sécurité, mais elle ne saisit pas pourquoi elle en aurait besoin ici.

« Comprenez-vous ? » demande l'infirmière à Kadiatou, avant

de se tourner vers Shaquana. « Parle-t-elle français ? Je peux essayer avec Google Translate.

— Je comprends », répond Kadiatou.

Un policier en uniforme apparaît, une caméra fixée à sa poitrine, un talkie-walkie attaché à sa manche. Il lui demande de raconter ce qui est arrivé, avec exactitude. Sa façon de demander lui donne l'impression qu'elle a fait quelque chose de mal, et une lumière rouge clignote sur sa caméra. Elle explique que l'heure des départs était passée, que Jeff lui a dit que la chambre était vide, et elle a crié « Femme de chambre ! » deux fois, il n'y a pas eu de réponse, alors elle est entrée, et un homme blanc tout nu s'est précipité vers elle. Kadiatou raconte ça d'une voix forte pour que Shaquana puisse l'entendre elle aussi et n'oublie pas que Kadiatou a frappé à la porte et a dit « Femme de chambre ! ». Elle a suivi le règlement, elle n'est pas entrée dans la chambre sans s'annoncer.

« Et ensuite, que s'est-il produit ? demande le policier.

— Ensuite, juste il m'attrape... il me force.

— Il vous a attrapée ? Où ça, madame Bah ? »

Elle baisse les yeux, embarrassée de se confier ainsi à un homme qu'elle ne connaît pas. Il préférerait qu'elle s'abstienne de signaler ce qui s'est passé, qu'elle garde le silence, elle le sent bien. Son uniforme semble serré ; leurs uniformes lui semblent toujours serrés, inconfortables, avec toutes les armes accrochées à leur taille. Elle se demande s'ils ne courraient pas plus facilement dans des vêtements plus amples. Mais les policiers américains ne courent pas, ils tirent plus souvent qu'il ne courent. Ils ont abattu Amadou Diallo.

« Madame Bah ! reprend-il un peu brusquement, comme pour l'inciter à se concentrer. Il faut que vous me racontiez exactement ce qui s'est passé, madame Bah, de la manière la plus détaillée possible. »

L'infirmière qui doit l'examiner est arrivée. Même si elle est jeune, elle dégage quelque chose de maternel, une autorité souriante. Une tension palpable s'installe entre elle et le policier.

« Je m'appelle Krystal. Je suis une infirmière spécialisée dans les agressions sexuelles. Je suis formée pour aider les personnes qui ont subi ce que vous avez subi », explique-t-elle à Kadiatou. Ses cheveux attachés en queue-de-cheval tirent sur le jaune, alors qu'ils sont beaucoup plus sombres, presque noirs, sur la photo du badge fixé à sa manche. « J'apprécierais que cet interrogatoire ait lieu après mon examen médical », dit-elle au policier d'un ton cassant. Elle conduit Kadiatou dans une pièce dont elle ferme résolument la porte ; elle tire les rideaux, et Kadiatou est contente de se retrouver dans ce cocon, un espace où elle oubliera peut-être ce qui s'est produit. Krystal lui demande si elle a mal quelque part, et Kadiatou répond par la négative, même si son épaule est en feu maintenant, une douleur cuisante d'os brisés.

« Vous en êtes sûre ? N'hésitez pas à me dire si vous souffrez, ce n'est pas un problème.

— Là, mais pas trop grave », dit alors Kadiatou.

Krystal appuie gentiment la main sur son épaule, puis lui bouge le bras tout aussi délicatement, et un petit gémissement s'échappe de la bouche de Kadiatou, surprise par la douleur ; elle a honte de ne pas être capable de la supporter. « Il va falloir faire une radio, déclare Krystal. Mais nous allons d'abord procéder à l'examen, d'accord ? »

Kadiatou hoche la tête.

« J'aimerais que vous me racontiez ce qui s'est passé.

Racontez-moi ce que vous pouvez. Racontez-moi ce dont vous vous souvenez. Rien de ce que vous pourrez dire n'est mal, vous n'avez rien fait de mal, et je suis vraiment navrée que cela vous soit arrivé », assure Krystal, comme si elle savait, ou comme si elle avait entendu de quelle façon le policier s'est adressé à Kadiatou. Elle lui est si reconnaissante de cette petite attention qu'elle se sent moins oppressée, son cœur s'apaise, et il est plus facile de parler à Krystal. Celle-ci l'écoute en prenant des notes et en hochant la tête de temps à autre pour l'encourager, parfois pour compatir. À aucun moment elle ne paraît choquée ou surprise, et Kadiatou sait pourquoi : Krystal a entendu cette histoire de nombreuses fois, sous des formes différentes, de la bouche de toutes sortes de femmes, mais au bout du compte c'est toujours la même histoire.

« Vous avez un bleu sur le cou, à cet endroit, indique Krystal. Ça vous fait mal ?

— Non. »

« Ecchymose dans le cou, collant déchiré », dicte Krystal dans son téléphone avant de consulter son écran, la tête légèrement penchée en arrière, pour vérifier qu'il n'y a pas d'erreur.

« Nous devons garder vos vêtements comme preuves. Avez-vous une tenue de rechange ? Sinon, ce n'est pas un problème, je vous apporterai de quoi vous habiller.

— Non, oui, j'ai vêtements », répond Kadiatou. Ils comptent réellement lui prendre son uniforme ? Elle en a un deuxième, mais elle a déjà l'impression qu'il s'agit là d'une perte, d'un échec. Krystal ajoute qu'elle va sortir un instant afin que Kadiatou puisse enlever ses vêtements pour les mettre dans un grand sac en plastique et s'étendre sous la couverture jetable. Une fois seule, Kadiatou ôte son uniforme, plie le tablier et la robe avant de les poser sur la table. Elle frissonne. La pièce est froide. Elle range son soutien-gorge et sa culotte dans son sac, sous son jean par souci de discrétion, en attendant de pouvoir les remettre. Elle s'étend, nue, couverte de minces couvertures de papier, avec l'envie de serrer ses bras contre sa poitrine pour se réchauffer, mais elle n'en fait rien, d'une certaine façon cela lui semble inconvenant, comme si ce genre de posture pouvait offenser Krystal, alors elle laisse ses bras mollement étendus le long de son corps à la manière d'un cadavre. Elle ne veut pas offenser qui que ce soit ; elle a déjà causé trop d'ennuis. Krystal toque à la porte avant d'entrer.

« Je vais procéder à un examen de la tête aux pieds, d'accord ? Je prendrai tout en photo. N'hésitez pas à me dire si vous souhaitez faire une pause à n'importe quel moment, ou si vous avez des questions, n'importe lesquelles. »

Pendant que Krystal enfile ses gants, Kadiatou l'observe, tendue, sans savoir exactement en quoi cet examen consistera.

« Je vais faire des prélèvements de différentes parties de votre corps, d'accord ? »

Kadiatou ouvre la bouche ; elle n'a pas envie de se sentir ainsi consumée par la honte, mais elle ne peut rien y faire. Krystal place un coton-tige dans sa bouche, puis un autre, puis encore un autre.

« Je vais soulever la couverture et regarder votre poitrine, ça vous va ? »

Krystal prend soin de recouvrir chaque parcelle de son corps qu'elle a terminé d'examiner, comme pour protéger de nouveau l'honneur de ce corps autant que possible. Un coton-tige humide sur son visage, ses lèvres, son cou, sa jambe.

« Je vais prendre votre jambe en photo, d'accord ? Vous avez un bleu sur le genou. »

Si elle en est aux jambes, c'est qu'elle a probablement bientôt terminé, pense Kadiatou. Elle tâche de se détendre quand Krystal dit gentiment : « Maintenant, Kadiatou, je dois examiner vos parties intimes. »

Elle déplie les étriers et demande à Kadiatou d'y placer les pieds et de se déplacer un peu vers l'avant de la table.

« Êtes-vous confortablement installée ? »

Kadiatou ne l'est pas, il est impossible de l'être, mais elle répond « Oui ». Étendue sur la table, les jambes écartées, les pieds plus hauts que le reste de son corps, elle repense à la naissance de son fils, dans cet hôpital là-bas, dans cette ville minière pleine de poussière. La mince couverture remontée jusqu'à la taille semble superflue. Elle est exposée aux regards. Être ainsi exposée pour mettre un enfant au monde ou pour un examen bénéfique à sa santé lui paraît normal, en revanche, cette situation-ci est un affront.

« Je constate une inflammation et des rougeurs dans la zone vaginale, dit Krystal. Ressentez-vous une douleur quelconque ?

— Non. »

Cette fois, sa réponse est négative parce que ce n'est pas une douleur, c'est une profanation, et celle-ci ne peut être guérie. Une autre vague de colère se répand en elle. Ses dernières règles sont tout juste terminées ; mais que se serait-il passé si elle les avait eues aujourd'hui ? Si ce client, cette bête sauvage, avait profané son corps pendant ses règles ? Si elle avait été obligée d'ouvrir ainsi les jambes tout en saignant ?

« Je vais prendre des photos, d'accord ? » dit Krystal.

Kadiatou se redresse brusquement, et la couverture de

papier qui cache sa poitrine glisse et tombe par terre. Elle s'apprête à la ramasser. Krystal la devance et la lui rend.

« Des photos de ça ? demande Kadiatou, horrifiée.

— Tout va bien, Kadiatou. Vous ressentez ça comme une intrusion physique, j'en ai conscience. Je suis vraiment désolée. Nous devons tout consigner. Nous devons nous assurer de ne rien oublier qui puisse être utile aux poursuites judiciaires. Je sais que c'est difficile, mais il nous faut veiller à ce que vous obteniez justice. »

Kadiatou ferme les yeux ; il est insupportable de regarder quelqu'un en train de vous photographier dans cette position. Krystal lui demande de se mettre à genoux afin qu'elle puisse prendre d'autres photos. À genoux ?

« Oui, je suis désolée. Je sais que c'est difficile. »

Kadiatou a le sentiment d'être un chien condamné, une chose inutile, détestée. Elle est à quatre pattes, la couverture posée sur son dos comme un tour cruel qu'on lui jouerait, soulignant son humiliation, ne couvrant absolument rien. Elle s'est réveillée ce matin pour aller au travail et, à présent, une inconnue est en train de photographier ses parties les plus intimes. Où vont se retrouver ces images ? Qui les verra ?

« Nous devons faire tout ce qui peut appuyer votre plainte », insiste Krystal d'un ton apaisant. « Votre plainte ». Ces mots emplissent soudain Kadiatou de terreur. Elle donnerait n'importe quoi pour que toute cette affaire soit effacée, pour se remettre à faire le ménage dans une chambre vide, et puis ensuite aller au cinéma avec Binta pour voir *The Maid's Bride*.

« Avez-vous besoin d'aller aux toilettes ou d'autre chose ? demanda Krystal.

— Je veux rincer ma bouche », dit Kadiatou.

Devant le lavabo, elle remplit sa bouche d'eau, se gargarise et crache avant de répéter l'opération. Elle se gargarise encore et encore, se lave les mains et se racle la langue du bout du doigt. Elle remplit sa bouche d'eau, puis recommence, sans relâche.

« Tout va bien ? » demande Krystal derrière la porte des minuscules toilettes.

Kadiatou observe son visage dans le miroir, surprise de ne pas avoir changé ; après tout ce qui s'est passé, elle n'a pas changé. Elle retourne dans la pièce, toujours enveloppée dans la couverture. Krystal lui donne un flacon de comprimés pour soulager son épaule douloureuse et lui explique comment les prendre.

« J'ai des questions à vous poser, mais nous n'êtes absolument pas obligée de répondre à toutes. »

Kadiatou a du mal à comprendre ; pourquoi lui poser une question pour ensuite lui dire qu'elle n'a pas à y répondre ? Krystal lui demande depuis combien de temps elle travaille au George Plaza, si elle a eu d'autres emplois, où elle habite, depuis combien de temps elle vit là.

« Il y a aussi des questions pour nos statistiques », poursuit Krystal, et Kadiatou sent son estomac se nouer, son inquiétude grandir, car elle redoute d'être interrogée sur sa demande d'asile. Mais Krystal veut simplement savoir de quel pays d'Afrique elle est originaire et s'il est possible d'indiquer qu'elle est de race noire, et Kadiatou est étonnée : à quelle autre race pourrait-elle appartenir ?

« Vous vous en êtes très bien sortie, Kadiatou », dit Krystal.

Elle lui tend un paquet qui contient des culottes neuves en coton. « Je crois que ça doit être votre taille. »

Il y en a trois, une rose et deux blanches. Kadiatou prend

le paquet, le retourne et voit la photo d'une femme blanche qui a un beau corps, une silhouette parfaite, un slip rose remonté jusqu'au nombril.

« Même mes sous-vêtements ?

— Oui, la police aura besoin de tout ce que vous portiez pendant l'agression. »

Krystal lui donne un petit sac, et Kadiatou hésite à regarder à l'intérieur, comme si elle se méfiait d'y trouver d'autres culottes. Elle y voit une brosse à dents, du dentifrice, du savon, du déodorant, de la crème pour les mains et des brochures avec des photos de femmes à l'air abattu. Kadiatou touche le déodorant en se sentant de nouveau gênée, comme si on la récompensait de l'outrage qu'elle a subi.

Krystal quitte la pièce pour la laisser s'habiller, et Kadiatou sort de son sac sa culotte et son soutien-gorge. Tous deux noirs, le soutien-gorge, au bon maintien, confortable, est son préféré, même s'il s'effiloche un peu à l'arrière à force d'être agrafé et dégrafé. Elle examine sa culotte, à l'avant de laquelle pend un fil qu'elle a envie d'arracher, mais elle s'en empêche. Si elle avait su qu'il lui faudrait leur donner ses sous-vêtements, elle aurait mis son soutien-gorge le plus neuf ; au moins il n'est pas aussi usé. Elle soupire. Ses sous-vêtements sont tout à fait corrects, mais elle n'a pas envie que d'autres personnes les voient. Elle les range dans le sac en plastique posé sur la table, où se trouve déjà son uniforme. Elle réorganise son contenu afin que l'uniforme dissimule les sous-vêtements, puis elle contemple le sac, effleure le plastique, triste de devoir laisser ses affaires derrière elle, comme si elle les abandonnait. La culotte neuve ne lui va pas, glisse entre ses fesses dès qu'elle l'enfile. Elle passe son jean. Cela lui fait vraiment bizarre de porter son pull sans soutien-gorge. Elle ne demandera pas à Krystal si elle peut avoir un soutien-gorge, elle ne veut pas paraître impertinente, mais il est troublant de sentir sa poitrine ainsi relâchée ; elle ne se souvient pas d'être jamais sortie en public sans soutien-gorge.

Krystal toque à la porte pour savoir si elle va bien, si elle veut de l'eau ou un café avant d'aller passer la radio. « Non, merci », répond Kadiatou. L'idée d'avoir quoi que ce soit dans la bouche lui donne la nausée.

Krystal la conduit dans une autre pièce pour qu'on lui fasse une prise de sang. Un homme est là, qui la regarde comme s'il avait pitié d'elle, et quand il noue solidement une fine bande autour de son bras, elle tend instinctivement la main pour l'enlever ; elle est nerveuse, agitée à la pensée d'être entravée de quelque manière que ce soit. Lorsque l'aiguille pointue s'approche de sa peau, elle détourne les yeux. Krystal l'emmène dans une autre pièce où elle enlève encore une fois son pull et plaque son dos nu contre du métal très froid. L'homme lui dit de rester immobile, complètement immobile, de ne surtout pas bouger, et elle aimerait pouvoir rester ainsi, parfaitement inerte, silencieuse, et s'enfoncer dans le métal de l'oubli. Krystal la serre gentiment dans ses bras en lui disant au revoir et, d'une voix plus basse, ajoute : « Prenez soin de vous. » Kadiatou la remercie, puis a un bref accès de panique ; elle ne veut pas que Krystal s'en aille. En voyant Shaquana qui patiente près de l'ascenseur, elle éprouve un grand soulagement. Elle est reconnaissante de ne pas être seule, et désolée que Shaquana soit ici à cause d'elle, dans un hôpital, au lieu d'arpenter les couloirs de l'hôtel et de superviser les femmes de chambre. Shaquana lui apprend que l'inspecteur de police les attend au rez-de-chaussée et qu'il les ramènera à l'hôtel. Le découragement envahit Kadiatou. La présence de l'inspecteur signifie qu'il va falloir recommencer, alors qu'elle aspire à ce que tout soit terminé. L'inspecteur ne porte pas d'uniforme, de sorte que Kadiatou, d'abord déconcertée, se demande s'il s'agit vraiment d'un policier. Elle n'a pas envie de raconter cette histoire de nouveau, et pas à un homme. Mais elle n'a pas d'autre choix. « Comment allez-vous ? » lui demande-t-il. Il a un regard chaleureux, patient, à la manière d'un oncle protecteur. Il veut qu'elle lui montre où tout s'est produit, c'est difficile mais nécessaire, explique-t-il. Elle pénètre dans l'hôtel à côté de lui, les yeux baissés, en espérant que le directeur ne sera pas là. Elle n'a pas envie de voir son visage, d'être témoin de l'étrange perte de contrôle qu'elle a provoquée. Ils prennent l'ascenseur de service pour gagner la chambre. Elle a presque envie de ne pas y entrer. Shaquana ouvre la porte et l'inspecteur franchit le seuil le premier.

Quelqu'un prend des photos avec un gros appareil collé à son œil. Il y a quatre ou cinq autres hommes. L'inspecteur demande à Kadiatou de lui montrer exactement où chaque chose s'est produite – où elle se trouvait quand elle a vu le client nu, où il l'a tirée, où il l'a forcée à s'agenouiller. Dès qu'elle indique l'endroit où elle a craché, l'un des hommes se penche et entreprend de découper la moquette avec un petit couteau qui vrombit. Elle est horrifiée. Non, aimerait-elle dire, non, s'il vous plaît, ne l'abîmez pas. Elle va perdre son travail, ils ont abîmé la moquette de la chambre à cause d'elle. Elle a soudain l'impression d'étouffer, une sensation pesante dans la poitrine. Si ce client n'avait pas été aussi rapide, pareil à un animal pris de folie, incapable de se maîtriser, elle n'aurait pas été aussi ébranlée, elle aurait eu le temps de se ressaisir, elle n'aurait rien dit et tout serait normal à présent. Le poids dans sa poitrine est de plus en plus oppressant. À cet instant, elle sait qu'elle a perdu son travail, qu'elle ne reviendra jamais ici pour faire le ménage dans les chambres, pour rétablir l'ordre des choses. Comment retrouvera-t-elle un emploi ? Son agence de placement dira qu'elle est restée suffisamment longtemps au George Plaza pour obtenir une lettre de recommandation, mais elle ignore si le directeur acceptera de lui en écrire une après qu'elle a signalé un incident qui l'a autant secoué.

« Ça va, Kadiatou ? » demande l'inspecteur. Il est au téléphone, mais il éloigne l'appareil de sa bouche pour lui parler.

« Oui. » Elle veut rentrer chez elle. Elle voulait terminer le ménage de ses chambres, mais en réalité elle a envie de rentrer chez elle, de s'asseoir sur son lit et de réfléchir au moyen de garder son emploi, et serrer Binta dans ses bras.

« Vous voulez vous asseoir ? Nous aurons bientôt terminé ici », dit l'inspecteur en indiquant le fauteuil dans le salon de la suite. Kadiatou a un mouvement de recul. Non, non. Elle ne peut évidemment pas s'asseoir ; rendez-vous compte, s'installer dans un fauteuil d'une suite réservée aux clients VIP. Quand elle fait les chambres, elle ne s'assoit jamais, prenant toujours soin de ne pas compromettre son emploi. L'inspecteur lui dit qu'elle identifiera le client quand ils arriveront au commissariat, comme si elle savait déjà qu'elle devait s'y rendre après l'hôtel.

« Je peux appeler ma fille ? demande-t-elle.

— Oui, bien sûr », répond l'inspecteur.

Elle parle en peul à Binta, lui chuchote qu'il y a eu un accident au travail et qu'elle lui racontera en détail plus tard. Désolée, nous ne pouvons plus aller au cinéma, dit-elle.

« Maman, pourquoi tu chuchotes ? s'étonne Binta. Tu es blessée ? Quel genre d'accident ? »

Kadiatou assure que ce n'est pas grave et qu'elle lui expliquera quand elle rentrera à la maison. Elle raccroche en se sentant honteuse. Il va falloir qu'elle dise à sa fille qu'un inconnu a mis de force son sexe dans sa bouche. Ce n'est pas une conversation qu'elle a envie d'avoir avec sa fille. Elle pourra peut-être lui raconter autre chose, inventer une histoire. Mais si elle perd son travail, elle devra expliquer pourquoi. Non, elle racontera tout ce qui s'est passé à Binta. Elle est mûre maintenant, elle est au lycée, en première, et plus avisée que les jeunes de son âge. L'inspecteur demande si elle souhaite manger quelque chose, et elle fait non de la tête avant même qu'il ait terminé sa phrase, incapable qu'elle est de simplement penser à se nourrir.

Au commissariat de police, elle avance les yeux baissés en regrettant de ne pas avoir un foulard pour dissimuler son visage. Cet endroit est plus bruyant que ce à quoi elle s'attendait, beaucoup de voix discutent, il y a trop de gens, et elle s'imagine qu'ils la regardent. Sa culotte n'arrête pas de lui rentrer dans les fesses. Elle est trop embarrassée pour la rajuster, alors elle se déplace d'un pas gauche, et sa démarche ne fait qu'ajouter à sa gêne. Dans une petite pièce meublée d'une table et de quelques chaises, l'inspecteur lui demande de nouveau si elle veut manger ou boire quelque chose. Elle secoue la tête. Même s'il sait que c'est difficile, dit-il, il a besoin de savoir ce dont elle se souvient dans le moindre détail, mais il faut d'abord qu'elle identifie son agresseur. Il prononce le mot « agresseur » doucement. Elle commence par faire non de la tête, effrayée à l'idée d'être confrontée au client, parce qu'il s'est comporté comme un animal et parce que c'est un homme important.

« Il ne vous verra pas, Kadiatou. Il sera dans une autre pièce et vous le regarderez à travers une vitre derrière laquelle il ne pourra pas vous voir. D'accord ? »

L'inspecteur lui parle comme si elle avait de l'importance. Il fait partie de la meilleure catégorie d'Américains, un homme simple, sage et travailleur ; il considère chaque personne comme une personne, elle le voit bien. Au fond d'elle, elle lui souhaite tous les bienfaits possibles, à lui et à sa famille.

La pièce est mal éclairée et elle regarde dans l'autre pièce, où des hommes sont debout. Sans hésiter elle le pointe du doigt, le cinquième de la rangée. Le client. Lui, oui, c'est lui. Elle le reconnaîtrait n'importe où. « Numéro cinq », dit-elle. Les hommes sortent un par un de la pièce, un autre groupe entre à son tour, et le client est là, en troisième position, le plus petit de tous. Elle le désigne : « Numéro trois. »

Le client a l'air irrité, son visage est crispé, comme si la police l'ennuyait.

L'inspecteur demande à Kadiatou de raconter de nouveau ce qui s'est produit et, tout en parlant, elle a l'impression que le client lui met encore une fois de force son pénis dans la bouche, et le dégoût monte en elle. Pour finir, l'inspecteur et son coéquipier la ramènent chez elle en voiture. Elle fait une boule du mouchoir qu'elle a à la main et, tandis qu'ils roulent dans les rues, elle le porte à ses lèvres et crache à l'intérieur, doucement, discrètement. Elle a hâte de se doucher.

Binta ouvre la porte avant que Kadiatou ait le temps de sortir sa clé. Elle attendait dans l'entrée, aux aguets.

« Maman, que s'est-il passé ? »

Kadiatou la serre dans ses bras, la tient contre elle, inspire son parfum. Une eau de toilette fruitée qu'elle achète au centre commercial.

Puis elle s'écarte, inquiète à l'idée que Binta s'aperçoive qu'elle ne porte pas de soutien-gorge.

Dans son appartement par bonheur silencieux, son corps est soudain désorienté. Elle détourne le regard, évite de croiser les yeux de Binta.

« Laisse-moi d'abord me doucher et me brosser les dents, dit-elle à Binta.

— Tu veux que je te prépare du *ndappa* ? » Elle a l'habitude de cuisiner pour Binta, et cela lui réchauffe le cœur que sa fille propose de lui faire à manger.

« Non, non, je n'ai pas faim. Merci, ma douce enfant.

— Qui étaient ces hommes ?

— La police, répond Kadiatou après avoir observé une pause.

— La police ?

— Ne t'inquiète pas, ce n'est rien de grave. Je vais juste me doucher »

Sa chambre lui fait l'effet d'une étreinte. Elle baisse les yeux vers son lit, les lève vers les taches d'humidité du plafond, puis les pose sur le tissu *lépi* replié sur sa commode, qu'elle a porté pour l'anniversaire de l'enfant d'un cousin deux semaines plus tôt, et elle les dirige ensuite vers son téléviseur, où elle a regardé un film de Nollywood que Binta lui avait lancé et au milieu duquel elle a pris en photo sur son téléphone une actrice portant une perruque qui lui plaisait. Elle enlève ses vêtements et regrette de ne pouvoir se précipiter aussitôt à la laverie automatique pour les jeter dans une machine. Sous la douche, elle se frotte tout le corps une première fois, puis recommence. Elle est tellement reconnaissante d'avoir de l'eau chaude ; jamais elle n'a été aussi reconnaissante d'avoir de l'eau chaude qui jaillit du pommeau de douche, un merveilleux miracle américain qui la purifie. Elle se sèche, s'assoit sur son lit. Elle songe à envoyer un message vocal à Shaquana pour lui demander ce qu'il en est de son emploi, ou bien elle se contentera d'aller à l'hôtel le lendemain. Si on la voit, prête à travailler, elle ne sera peut-être pas renvoyée. Elle téléphonera à Lin et lui demandera conseil, peut-être pour savoir comment parler au délégué syndical. Elle est déroutée par les événements, oppressée de nouveau. Elle allume la télévision, se lève pour appeler Binta en réfléchissant encore à la façon de lui raconter ce qui est arrivé, à ce qu'elle doit ou ne doit pas lui dire. Au début, elle ne prête pas attention à l'image sur l'écran, elle a déjà presque dépassé le téléviseur quand elle s'arrête, stupéfaite, le regard fixe. Le client. Son visage en gros plan. Un cri s'échappe de sa bouche. Sur l'écran, elle voit des mots qu'elle n'arrive pas à lire, puis reconnaît l'expression « femme de chambre ». Il y a une vidéo de lui dans laquelle il parle français. Il est français ! Binta est dans la chambre. « Maman, qu'est-ce qu'il y a ? Qu'est-ce qu'il y a ? » Intriguée, elle pose les yeux sur l'écran, puis de nouveau sur sa mère. Kadiatou, incrédule, continue de hurler.

Dans son rêve, Amadou cognait contre la porte de sa grand-mère, au village, et elle se réveilla au bruit des coups, convaincue qu'il s'agissait encore de son rêve. D'abord des toc, toc, puis de grands coups contre sa porte. Cette porte-ci, la porte de son appartement en Amérique, la porte située à quelques mètres de sa chambre. Son cœur battait vite. Elle se leva précipitamment, déroutée, en appelant Binta. L'appartement était désert. Binta était partie à l'école.

Les gens postés derrière sa porte avaient dû l'entendre. Ils criaient à présent.

« Kadiatou, ouvrez, s'il vous plaît ! Kadiatou, nous voulons entendre votre version des faits ! Kadiatou, c'est comme ça que vous obtiendrez justice ! »

Elle tremblait de peur. Qui était-ce ? Comment avaient-ils trouvé son appartement ? Elle se dirigea très lentement, aussi silencieusement que possible, vers le judas. Elle vit quatre personnes, dont deux qui tenaient des appareils photo. Un coup soudain contre la porte la fit sursauter.

« Kadiatou ! Nous voulons juste vous parler ! »

Quand étaient-ils arrivés ? Binta était-elle tombée sur eux ? Elle se souvint alors des deux cachets que sa fille lui avait apportés la veille au soir, avec un verre d'eau sur un plateau. « C'est pour le rhume, mais ça t'aidera à dormir, maman », avait-elle dit. Kadiatou avait la sensation que sa tête était remplie de coton. Elle consulta son téléphone. Binta lui avait laissé un message vocal : elle allait bien, elle était au lycée et disait à tout à l'heure. « Maman, mange, s'il te plaît », ajoutait-elle à la fin du message.

Les coups redoublèrent. Il semblait que d'autres personnes encore étaient arrivées. Kadiatou tremblait. Comment une chose pareille pouvait-elle se produire en Amérique ? Des inconnus cognant à sa porte, exigeant qu'on leur ouvre. Elle ne leur faisait absolument pas confiance. Certains d'entre eux devaient être des journalistes, mais le client avait peut-être envoyé quelqu'un pour la tuer. Les gens puissants étaient capables de tout. Et si l'un d'eux tirait à travers sa porte ? Elle avait entendu parler de quelqu'un qui avait été abattu de cette façon. Elle se mit à quatre pattes et retourna ainsi dans sa chambre. Les coups recommencèrent. « Kadiatou ! Ouvrez ! Nous n'avons que quelques questions à vous poser ! »

Son téléphone sonnait, un numéro qu'elle ne connaissait pas. D'autres appels se succédèrent, tous de numéros inconnus. Elle envoya un message vocal à Binta pour lui conseiller d'aller directement chez son amie Yaa après l'école. « Il y a des gens qui cognent contre la porte, je ne sais pas quoi faire », expliqua Kadiatou. Puis elle regretta ces paroles, elle ne voulait pas inquiéter Binta. Toujours à quatre pattes, elle repartit vers le salon et, aussi discrètement que possible et par légers à-coups, elle poussa son canapé contre la porte. Elle tremblait de tout son corps. De retour dans sa chambre, elle s'enferma à clé. Son appartement était si exigu qu'elle les entendait frapper aussi distinctement que si elle s'était tenue derrière le judas, dans le salon. Elle percevait de nouvelles voix. « Kadiatou ! »

Elle tremblait. Le client allait envoyer des gens pour se débarrasser d'elle. Un homme aussi important enverrait des gens pour la tuer, c'était évident. Elle pensa à Bappa Moussa et à ses yeux effrayés, disant que les hommes puissants pouvaient vous tuer et que tout le monde se tairait. Elle frissonna davantage. Avaient-ils aussi trouvé le lycée de Binta ? Elle appela sa fille à plusieurs reprises. Son téléphone devait être dans son casier, elle devait être en cours à présent, mais Kadiatou s'obstina. Ses mains tremblaient fort. Elle n'arrivait pas à éclaircir ses pensées. Des appels entrants arrivaient à la suite sur son téléphone, encombrant sa ligne et l'empêchant de passer ses propres coups de fil. Elle éteignit l'appareil. Elle le ralluma et s'empressa d'appeler Chia.

« Kadi », dit Chia.

La ligne était mauvaise à cause des vibrations des doubles appels.

« Mademoiselle Chia, il va envoyer des gens pour me tuer ! Il va envoyer des gens pour me tuer ! » Elle sentit qu'elle perdait le contrôle d'elle-même, qu'elle se brisait en minuscules éclats de peur.

« Kadi, que se passe-t-il ? Où êtes-vous ? Pourquoi parlez-vous ainsi ?

— Hier, à l'hôtel, un client, il me force...

— Non ! s'écria Chia. C'est vous ! Je viens de voir ça à la télévision ! J'allais justement vous demander si vous étiez au courant ! C'est vous ? Oh, mon Dieu. Kadi, est-ce que ça va ? »

La stupeur de Chia était apaisante, elle permit à Kadiatou de se ressaisir, de remettre de l'ordre dans ses pensées. Elle expliqua à Chia qu'il y avait des inconnus devant chez elle, qu'elle craignait qu'ils lui fassent du mal. Chia lui conseilla d'appeler l'inspecteur de police afin qu'il vienne l'aider à quitter son appartement, puis de la rejoindre immédiatement chez elle. Kadiatou téléphona donc à l'inspecteur, qui lui présenta ses excuses ; ils envisageaient justement de l'emmener en lieu sûr avant que son nom ne soit divulgué à la presse. Kadiatou ne comprit pas tout à fait. Il lui dit de ne pas ouvrir sa porte, qu'il envoyait une équipe. Désemparée, elle prépara un petit sac. Elle y mit son jean puis l'en ressortit. Deux policiers en uniforme arrivèrent. Elle les entendit lancer « Police ! » et ordonner à la foule de bien vouloir les laisser passer, de bien vouloir s'écarter. Au téléphone, l'inspecteur lui demanda de déverrouiller sa porte sans l'ouvrir, puis de se rendre dans sa chambre, afin que les agents puissent entrer d'eux-mêmes. Il ne voulait pas qu'on la prenne en photo. Même les policiers l'effrayèrent, des hommes blancs massifs avec une arme accrochée à la taille, qui prenaient toute la place dans son petit appartement. Ils avaient apporté une pièce de tissu blanc, comme une couverture. Ils lui demandèrent si elle était prête à partir, puis drapèrent la couverture sur sa tête et la firent sortir de chez elle, et passer près des inconnus massés devant sa porte pour se diriger vers la voiture garée dehors. La couverture blanche, semblable au drap qu'on utilisait dans son pays pour envelopper un mort avant de l'enterrer. Dans le froid impitoyable de cette fin de matinée, le véhicule de police sentait le vieux café, et l'agent qui était au volant paraissait agacé. « La chaleur vous va ? » lui demanda-t-il d'un ton cassant, et elle eut d'abord envie de répondre « Désolée », croyant qu'elle était en faute, avant de comprendre qu'il lui demandait si elle avait assez chaud. Pendant le trajet, Kadiatou, dont les jambes ne cessaient de trembler, garda les yeux fixés sur un accroc dans la banquette arrière. Elle songea qu'elle avait eu le plus grand mal à voir quoi que ce soit derrière le tissu blanc, le policier la guidant d'une main ferme, et qu'elle avait eu envie de demeurer ainsi, un nuage blanc et aveugle en mouvement. Ils lui apprirent qu'ils l'emmenaient d'abord au commissariat, où elle resterait un moment au cas où des journalistes les auraient suivis, puis qu'une autre voiture la conduirait chez Chia. « Merci, dit-elle. Merci. »

Elle raconta à Chia ce qui s'était passé, ainsi qu'elle l'avait raconté à l'inspecteur, à l'infirmière, au directeur, à l'enquêteur, mais en parlant à Chia elle s'autorisa à revivre chaque instant de la scène, le Blanc tout nu qui s'était rué sur elle, sa force. Une force indifférente, d'une si grande indifférence, comme s'il maniait une chose inanimée qui ne pouvait pas se briser. Une chose. Il avait déjà agi ainsi, de nombreuses fois, elle en était convaincue, parce que sa force était si désinvolte, si naturelle et instinctive. Son indifférence ne connaissait pas l'hésitation, sa conscience ne le tourmentait pas. Mais Kadiatou n'était pas une chose. Elle était une femme et elle était fragile. Cet homme puissant, qui pouvait avoir toutes les femmes qu'il voulait, lui avait pourtant infligé ça. Sa vie d'avant était terminée, la vie qu'elle avait soigneusement bâtie pour Binta et elle, l'avenir avec Amadou ; les certitudes auxquelles elle était attachée, toutes avaient disparu. Sa peur s'aigrit, s'estompa, maintenant remplacée par une rage qui grandissait en elle, qui tournoyait et montait au point que bientôt elle ne ressentit plus que cette rage.

Personne ne comprenait. Elle se sentait seule, démunie. Chia et Mlle Zikora déploraient le fait que les journalistes disent d'elle qu'elle était une « femme de chambre », et elle ne saisissait pas pourquoi. Et alors ? Pourquoi ne l'auraient-ils pas désignée comme « femme de chambre » ? Elle en était une, en fin de compte, et elle aimait beaucoup son travail ; son vœu le plus cher était de revenir en arrière et de redevenir une femme de chambre, avec une fille parfaite et un homme qui s'apprêtait à enfin rentrer chez lui. Au téléphone, après avoir dit à Amadou ce qui était arrivé, de lentes et interminables secondes de silence laissèrent la place à ses sanglots hoquetants. Il pleurait. « Je ne suis pas là pour te protéger, j'ai fait quelque chose de stupide, on m'a emprisonné et je ne suis pas là pour te protéger », dit-il. Ses larmes firent horreur à Kadiatou. Il était censé se montrer stoïque, en homme peul digne de ce nom. Plus tard, il la réconforta, lui dit que tout s'arrangerait, et il s'emporta contre le vieux Blanc, ce salaud, ce déchet humain, mais ses pleurs avaient déjà laissé dans leur sillage un vestige de rancœur. Amadou dit que le client était riche, qu'il devait payer, qu'il devait payer des millions à Kadiatou, ce sale chien. Le ton excité d'Amadou la contraria, de même que sa façon d'insister sur le mot anglais « millions », comme si c'était juste un jeu qu'ils allaient gagner. Elle cria contre Amadou ; il ne savait pas que le client était capable d'envoyer des gens pour leur faire du mal, à Binta et à elle ? Et pourquoi n'avait-il que ce mot à la bouche, l'argent, l'argent, l'argent ? Son travail ne suffisait donc pas ? Ses jeunes frères et sœurs restés au pays n'allaient-ils pas à l'école ? Ne veillait-elle pas bien sur sa mère ? Elle lui raccrocha au nez et répondit froidement « non » quand la standardiste lui demanda si elle acceptait de prendre un appel depuis l'Arizona et de payer les frais. Son téléphone sonnait constamment, sa famille ne cessait de l'appeler. Une cousine hargneuse demanda : « C'est ce qui s'est vraiment passé ? Est-ce que tu nous as tout raconté ? » Une autre cousine lui dit : « Kadi, tu n'as jamais eu ce genre d'ambition », comme si quiconque aspirait à être agressé par un Blanc important. « Il est à la tête des Multilateral Nations, il les dirige, c'est un homme puissant dans le monde entier », dit tantie Fanta, comme si c'était ce qui importait le plus, et Kadiatou raccrocha sans un mot en faisant croire que la communication avait été coupée. Elle n'avait pas envie de parler à tantie Fanta, ou à qui que ce soit d'autre, pas même à sa mère. Mama avait lancé une malédiction sur le client, sur ses enfants et leurs enfants, d'une voix plus vigoureuse que d'habitude, comme si elle avait mis de côté ses récents ennuis de santé. Et elle n'arrêtait pas de lui demander ce qui allait arriver maintenant, ce qui allait arriver à son emploi et à Binta, et Kadiatou lui répondait invariablement qu'elle l'ignorait, qu'elle n'en avait tout simplement pas la moindre idée. Chaque fois que son téléphone sonnait, Kadiatou le fixait du regard, jusqu'à ce que Binta s'empare de l'appareil et lui dise : « Maman, je l'éteins maintenant. Tu as besoin de te reposer. »

Mais, naturellement, elle ne se reposait pas, elle n'y parvenait pas. L'inspecteur lui dit que Binta et elle devraient quitter la maison de Chia afin d'être placées sous protection policière pendant un certain temps – une semaine, voire deux ou trois, il ne savait pas encore. Elles logeraient dans un hôtel, sans leurs téléphones portables, et Binta ne pourrait pas aller au lycée. Pourquoi ? Kadiatou l'ignorait, elle ne comprenait pas. La nostalgie qu'elle avait de son appartement, ce petit bout de monde qui n'était qu'à elle, lui causait une douleur larvée. La consolation que lui offrait sa cuisine. Elle repensa au jour de congé, pas si lointain, où elle s'était trouvée dans cette pièce et avait ressenti un profond contentement, des vagues apaisantes, rafraîchissantes de contentement, tandis qu'elle se tenait près de l'évier, à tamiser de la farine de maïs, à dépecer du poisson séché, s'interrompant pour observer un piment entier flotter dans sa casserole et libérer son piquant et sa chaleur.

Zikora dit qu'un avocat américain, un spécialiste des affaires d'agression, souhaitait représenter gracieusement Kadiatou. Mais Elhadji Ibrahima en avait déjà trouvé un, un Afro-Américain qui, disait-il, avait aidé de nombreux Guinéens à obtenir leurs papiers. Kadiatou faisait confiance à Elhadji Ibrahima, le mieux placé pour juger, qui l'avait soutenue pendant toutes ces années avec son affection indéfectible d'oncle bienveillant. Elle avait hésité à lui raconter en détail ce qui s'était produit dans la chambre d'hôtel, honteuse à l'idée que son histoire le dégoûte, un dégoût qu'il ressentirait aussi à l'égard de Kadiatou. Mais le ton de condamnation inébranlable contenu dans sa voix la délivra. Le prestige du client ne l'intimida pas ni n'amenuisa sa vive indignation. À aucun moment il ne chuchota. Il dit qu'il entendait depuis longtemps des histoires racontées par des employés de l'industrie hôtelière à propos du comportement inacceptable d'hommes puissants.

« Il était nu et attendait une femme de chambre. Ça aurait

pu être n'importe quelle employée, n'importe quelle femme. Quel représentant impie de l'espèce humaine ! dit-il. C'est l'Amérique, cet homme paiera pour ses crimes, peu importe qui il est. Il t'a déshonorée, Kadi, mais Dieu a un projet pour toi. Je prédis que des générations honoreront ton nom, parce que cette affaire empêchera tous ces animaux sauvages qui se prennent pour des hommes d'abuser des femmes de chambre. Nous avons un bon avocat, et c'est une affaire simple à gagner. Tu verras, de nombreuses personnes te béniront à l'avenir. »

Et tandis qu'il parlait ainsi, elle versa des larmes, cette fois plus légères et moins tourmentées.

Zikora demandait à présent le nom de l'avocat à Chia.

« Je vérifierai ses antécédents, je n'ai jamais entendu parler de lui », dit sèchement Zikora.

Lorsqu'elle se leva pour prendre congé, Kadiatou la suivit jusqu'au porche. « Mademoiselle Zikora, merci. » Elle ne voulait pas que Zikora se sente offensée. Si elle n'avait pas déjà eu un avocat elle aurait évidemment pris celui que Zikora lui proposait. Mais elle ne pouvait rien refuser venant d'Elhadji Ibrahima.

« Aucun problème, Kadi. »

Zikora était différente de Chia, aussi fermée que Chia était ouverte ; elle ne dévoilait d'elle-même que ce qu'elle voulait que vous sachiez, rien de plus. Depuis le début, Kadiatou sentait entre elles une affinité ; elle aussi comprenait le désir de se replier pleinement sur soi, de rentrer dans sa coquille. Elle perçut la fragilité neuve de Zikora après que quelqu'un avait lancé une malédiction sur Kwame, sa paranoïa et sa vulnérabilité, la confusion d'être menacée par une malédiction, incapable de se protéger soi-même. Mais le pouvoir maléfique des malédictions diminuait au fil du temps, et Kwame reviendrait, pour Zikora et pour être père. Kadiatou avait cessé de le dire à Zikora, et il s'était écoulé plus de temps qu'elle ne l'avait prédit, mais elle était certaine que Kwame reviendrait. Un jour, il serait délivré. Le petit Chidera aurait un père.

« Merci, mademoiselle Zikora », répéta Kadiatou.

Kadiatou n'avait envie de rencontrer personne, pas même l'avocat recommandé par Elhadji Ibrahima. Mais Chia lui dit qu'il le fallait. « Kadi, je sais que vous n'aimez pas parler. Vous allez pourtant devoir parler afin d'obtenir justice. Je resterai auprès de vous. Omelogor et Zikora pourront être là elles aussi, en visio. »

Chia proposa de l'emmener en voiture jusqu'au cabinet de l'avocat, mais celui-ci préféra venir les voir ; il ne voulait pas courir le risque que quelqu'un reconnaisse Kadiatou et la suive. Zikora, prise par son travail, ne put appeler, mais Omelogor était libre, et son visage emplit l'écran de l'ordinateur de Chia. Kadiatou était tendue. L'avocat s'appelait M. Junius. Il arriva vêtu d'un costume impeccable et d'une cravate bleue qui l'intimida ; dire qu'il avait fait le trajet depuis Washington dans cette tenue juste pour la rencontrer. Elle trouvait que ça ne valait vraiment pas la peine de s'habiller ainsi. Il arborait un air décontracté, aimable, qui ne cadrait pas avec l'élégance de son costume. Dans le salon de Chia, il s'assit au bord du canapé, comme pour mieux se concentrer, craignant peut-être de ne pas y parvenir s'il s'enfonçait plus confortablement dans le siège.

Il demanda à Kadiatou d'où elle était originaire et lui apprit qu'il connaissait bien la Guinée, qu'il l'avait sillonnée de part en part, Kankan, Kindia, Koundara. Et Conakry, évidemment.

« Pourquoi ? demanda Omelogor.

— Pardon ? » Il se tourna vers l'ordinateur, placé un peu de biais.

« Pourquoi la Guinée ? Ce n'est pas un pays très connu. Quand j'étais à l'université, quelqu'un l'appelait encore la Guinée française. »

Il se mit à rire, un son inattendu, et Omelogor rit à son tour ; aussitôt une équipe se forma, composée d'Omelogor et de l'avocat, tandis que les personnes qui ne connaissaient pas la Guinée restaient sur la touche.

« Eh bien, d'abord à cause de Stokely Carmichael. J'ai grandi dans une famille très politisée. Encore aujourd'hui, mon père ne tolérerait même pas que je l'appelle Stokely ! Mais j'étais aussi fasciné par le pays et ses liens avec le Mouvement pour les droits civiques. John Lewis a raconté la visite qu'il fit à Sékou Touré. En Géorgie, personne n'avait de respect pour lui, alors qu'en Guinée c'était tout le contraire.

— Fannie Lou Hamer s'est rendue en Guinée, elle aussi, dit Omelogor.

— Oh oui, c'est vrai. De nombreux autres…

— Cette affaire angoisse Kadiatou, ainsi que vous pouvez l'imaginer », l'interrompit Chia.

M. Junius semblait avoir du mal à détourner les yeux d'Omelogor sur l'écran de l'ordinateur. Il dit à Kadiatou qu'il la guiderait tout au long de la procédure, que tout irait bien, et qu'ils gagneraient l'affaire. Il répéta tant de fois « tout ira bien » que Kadiatou sut que ce ne serait pas le cas. Si le contre-interrogatoire était aussi facile qu'il le soutenait, il ne lui aurait pas dit à tant de reprises « Préparez-vous au contre-interrogatoire, au contre-interrogatoire, au contre-interrogatoire ».

NEUF

Tous les jours, Kadiatou regardait l'heure affichée sur le four à micro-ondes, les chiffres changeant minute après minute, en songeant qu'à tel ou tel instant elle aurait dû être en train de passer l'aspirateur dans une chambre, de rajuster un drap ou de bavarder avec Lin pendant une pause.

Lin l'appelait souvent pour prendre de ses nouvelles. On avait appris qu'au fil des années le client, l'homme nu qui s'était rué sur elle, avait demandé à des employées de l'hôtel de venir boire du champagne dans sa chambre. Shaquana disait qu'il le lui avait quelquefois proposé. La femme de chambre haïtienne dit qu'il le lui avait demandé récemment.

« Personne est monté là-haut pour boire son champagne, vraiment ? commenta Lin. Celles qui ont refusé sont les seules qui en parlent. Il aime peut-être pas les petites dames chinoises, car il m'a jamais invitée. »

Lin essayait de faire de l'humour, mais Kadiatou ne put trouver en elle l'énergie de sourire.

« Au lieu de te demander de boire du champagne, il t'attaque et te force. Un homme affreux. Il doit te payer beaucoup d'argent, Kadi, et tu peux prendre ta retraite. »

Kadiatou remua sur son siège et Lin, percevant son

malaise, ajouta : « En Amérique, la justice c'est l'argent. Tu vois pas comment on fête les jugements où on gagne beaucoup d'argent ? Cet homme t'a attaquée, alors tu mérites la justice américaine : l'argent. »

Kadiatou garda le silence.

« Tout ira bien, Kadi. Il y a tellement de gens qui te soutiennent. Tu sais combien de lettres sont arrivées pour toi, même par coursier d'autres pays ? »

Kadiatou l'ignorait. Elle demanda à Lin de les ouvrir et de les lui lire. La première que Lin lut venait de France, envoyée par DHL, et elle entendit l'enveloppe étrangère crisser à l'autre bout du fil pendant que Lin la décachetait. *Tu vas mourir. Tu as détruit un grand homme. Il est innocent. Tu vas mourir.* Lin se tut, leva la carte pour que Kadiatou puisse la voir, comme si elle n'arrivait pas à croire ce qu'elle venait de lire. Quelque part en France, quelqu'un avait pris la peine de chercher l'adresse de l'hôtel, puis s'était assis pour écrire *Tu vas mourir* sur une carte rose et bleu avec l'image d'un champ de fleurs. Lin déclara qu'elle n'en lirait pas d'autres. « Peut-être plus tard. Tu te reposes, Kadi, tu te reposes. » Le lendemain, Lin lui fit apporter un somnifère chinois, un flacon contenant de fins tortillons d'écorce séchée peu alléchants, qu'une amie de Lin laissa devant la porte de Chia.

L'homme n'arrêtait pas de lui demander de raconter, et de raconter encore, ce qui s'était passé dans la chambre d'hôtel. Il remuait sans cesse sur son siège, son corps témoignant ouvertement de son impatience irritée. Elle sentait qu'il voulait une autre version de son histoire, sans comprendre pourquoi. Ses yeux d'un bleu glacial clignaient rarement, constamment posés sur elle, rivés sur elle, un regard hostile chargé de mépris. Tom Bone, dont même le nom paraissait froid, cet homme blanc aux cheveux pâles, au visage pâle, affichait une expression impassible qui s'était juré de le rester. Il était l'enquêteur du procureur. Chia lui disait que le procureur était dans son camp, qu'il se battait pour elle, mais dès qu'elle arriva, elle sut que ceux qui l'entouraient n'étaient pas des amis. Il ne perdit pas de temps à se montrer poli ni n'essaya de la mettre à l'aise ; il commença immédiatement à poser des questions, avant qu'elle soit tout à fait installée. La pièce était surchauffée, et l'eau tiède, dans un gobelet en carton, avait un goût de javel. Une femme était déjà assise à la table. Elle semblait africaine, son tissage ghanéen peu élaboré remonté en queue-de-cheval. « Je suis Mariama, dit-elle. Je suis peule, comme vous, et je serai votre interprète. On m'a demandé de vous informer que vous devez dire toute la vérité, répondre à toutes les questions, et que tout serait enregistré. » Kadiatou eut du mal à comprendre cette femme, comme si chacun de ses mots était à demi effacé avant d'être énoncé. Elle parlait le peul, mais pas le peul guinéen, le pular ; c'était du peul sénégalais, prononcé avec des modulations wolofs. Il y avait des mots qui n'étaient pas les mêmes dans leurs dialectes respectifs, des significations que Kadiatou devait déduire. « Aviez-vous des informations, la moindre information, sur ce client avant de frapper à cette porte ? » demanda Bone.

Kadiatou comprit cette question ; malgré tout, pour s'en assurer, elle attendit que l'interprète la traduise.

« Non, répondit-elle.

— Non ? insista Bone.

— Non.

— Non ? En êtes-vous certaine ? »

Elle hocha la tête, puis la secoua, déconcertée, repensant

à la question, en quête d'un sens qui lui aurait échappé, sinon pourquoi s'obstinerait-il à la poser si elle en était sûre et qu'elle lui avait déjà dit plusieurs fois ne rien savoir ?

« Que s'est-il produit quand vous avez ouvert la porte ? demanda Bone. Réfléchissez bien et dites-moi exactement ce qui s'est produit. »

Mais elle le lui avait déjà raconté, trois fois. Elle recommença. En peul, il était plus facile de décrire la force surprenante du client, sa stupeur quand elle l'avait vu se précipiter, tout nu, dans sa direction, un spectre macabre dont l'image serait à jamais gravée dans son esprit. L'interprète lui demanda de répéter à quelques reprises, peut-être pour deviner le sens de certains mots.

Après que le flot de paroles en anglais de l'interprète fut terminé, Bone reprit : « Vous êtes retournée faire le ménage dans la chambre après l'agression ? Mais ce n'est pas possible !

— Non, non », protesta Kadiatou sans attendre l'interprète. Ce que disait cette femme, Mariama, ne correspondait pas tout à fait à ce qui était arrivé, mais Kadiatou ne connaissait pas assez bien l'anglais pour intervenir et la corriger. Il fallait peut-être qu'elle parle anglais, lentement, afin que l'enquêteur la comprenne.

« Je dis je vais dans la chambre près de l'ascenseur. J'entre et je sors, après… » Elle marqua une pause, ne sachant comment qualifier cette profanation. Les Américains disaient « agresser ». Elle avait appris ce mot quand Shaquana l'avait employé devant le directeur. Il l'a agressée. « Après qu'il m'agresse », précisa-t-elle.

Bone plissa les yeux. « Pourquoi avez-vous besoin d'une interprète ? »

Kadiatou fut persuadée d'avoir mal compris. « Veut-il

savoir pourquoi j'ai besoin d'une interprète ? » demanda-t-elle en peul à Mariama. Celle-ci, contrariée, acquiesça.

« Il me semble que vous parlez bien l'anglais. Vous n'avez pas besoin d'une interprète », affirma Bone. Dans un autre endroit et à tout autre moment, elle aurait été contente d'entendre un Américain la complimenter ainsi sur son anglais. Cet homme semblait convaincu qu'elle était coupable d'un crime dont elle ignorait tout. Mais avoir une interprète n'était pas un crime, tout de même. Son avocat lui avait dit qu'elle pouvait en demander une et s'exprimer en peul, si elle le préférait, et naturellement cela l'avait soulagée : elle n'aurait pas à chercher des mots anglais corrects que souvent elle ne trouvait pas.

« Avez-vous requis la présence d'une interprète afin d'avoir le temps de décider comment répondre à mes questions ? demanda Bone.

— Non. » Kadiatou ne savait pas ce qu'il voulait dire, seulement qu'il lui prêtait une sombre intention contre laquelle elle devait se défendre.

« Il faut que vous soyez franche, complètement franche », reprit-il.

Elle hocha la tête, accablée par sa propre confusion.

« Je vais à présent vous poser des questions sur votre demande d'asile aux États-Unis », dit Bone, et le cœur de Kadiatou bondit. Quel rapport y avait-il entre cette affaire et sa demande d'asile ? Amadou disait toujours que les immigrés ne demandaient jamais aux autres immigrés comment ils étaient arrivés en Amérique, l'histoire de chacun restant un mystère qui ne regardait personne, car c'était le fait d'être en Amérique qui comptait. Elle n'avait jamais parlé à qui que ce soit de son dossier de demande d'asile.

« Toutes les informations contenues dans votre demande d'asile étaient-elles vraies ?

— Oui.

— En êtes-vous certaine ? Il faut que vous soyez complètement franche. »

Pourquoi lui demandait-il si elle en était certaine ? Elle ne voyait pas ce qu'il voulait dire, mais avait l'impression de se diriger, trébuchante, vers un piège. « Non. Oui.

— Non ? Oui ? Alors, est-ce oui ou non ?

— Oui. »

Il leva les yeux au plafond et rejeta la tête en arrière, débordant d'exaspération. Elle devina qu'il avait eu vis-à-vis d'elle des attentes plutôt négatives qu'elle venait de satisfaire.

« Quel était le motif de votre demande d'asile ? Pourquoi avez-vous demandé l'asile ?

— Je sais pas.

— Vous ne savez pas pourquoi vous avez demandé l'asile aux États-Unis ? »

Elle tendit la main vers le gobelet d'eau tiède et but une gorgée. Elle ne comprenait pas pourquoi il l'interrogeait sur sa demande d'asile, avec l'air de quelqu'un déjà au courant d'un terrible secret la concernant. De la sueur s'accumulait sous ses aisselles. Il devait chercher une raison lui permettant de les renvoyer en Guinée, Binta et elle, afin de mettre un terme à toute cette histoire à propos du client. Bone travaillait pour le client. Ou bien il était simplement en colère parce qu'une petite femme de chambre insignifiante comme elle avait dénoncé un client VIP et causé tellement d'ennuis.

« Vous n'avez pas répondu à ma question, reprit Bone.

— Je vous raconte ce qui se passe dans la chambre.

— En réalité, nous ne savons toujours pas ce qui s'est passé dans cette chambre. »

Elle le regarda fixement, ébahie. Il ne la croyait pas. Il pensait que l'histoire qu'elle avait racontée n'était pas arrivée du tout. Elle était entrée dans une chambre pour faire son travail, et un client s'était transformé en animal sauvage avant de se jeter sur elle. Elle l'avait expliqué de nombreuses fois, dans le même ordre, avec les mêmes mots, et pendant tout ce temps Bone pensait qu'elle mentait. Ce n'était pas parce qu'elle avait osé dénoncer un client de marque. C'était parce que cet enquêteur ne croyait pas au contenu de sa dénonciation. Pourquoi aurait-elle menti ? Elle n'avait pas voulu cette situation. Elle voulait reprendre le travail, parler au téléphone avec Amadou, aller au cinéma avec Binta, cuisiner de l'*attiéké* le week-end, s'occuper de la maison de Chia, regarder ses films de Nollywood. Elle avait une vie agréable. Pourquoi mentirait-elle à propos de quelque chose qu'elle ne voulait absolument pas ?

« Je vous raconte ce qui se passe dans chambre, répéta-t-elle. Pourquoi je mens ?

— En effet, pourquoi mentiriez-vous ? »

Il planait dans la pièce une irritabilité odieuse, les véritables positions de chacun se voyant révélées, le gouffre qui les empêchait de se rejoindre l'un l'autre se creusant. Kadiatou ne le regarda pas. Par la fenêtre, elle vit passer de tristes rafales de neige.

« Cette affaire repose entièrement sur votre crédibilité. Le comprenez-vous ? » Bone avait légèrement haussé la voix. Son visage étroit, sa barbe blanche, ses cheveux blancs, son regard glacial. Il lui faisait peur.

Il lui posait maintenant des questions sur l'argent qu'Amadou avait déposé sur son compte, et elle faillit lâcher une exclamation paniquée. Ses oreilles s'emplirent de liquide avec fracas. Comment était-il au courant de cette histoire, qui datait de plusieurs années ? S'il l'interrogeait au sujet d'Amadou, alors il était peut-être au courant pour la cassette qu'Amadou lui avait donnée, la voix de la femme qui parlait des soldats, ses mots toujours vivaces dans son esprit. Il savait peut-être combien ça avait été facile, que la femme si gentille lors de l'entretien pour l'asile l'avait félicitée trop tôt. Mais quel rapport avec cette affaire ? Il était arrivé quelque chose dans une chambre d'hôtel et Bone l'interrogeait sur sa demande d'asile ?

Mariama tapotait la couverture de son carnet avec son stylo, et le mouvement silencieux de cet objet donnait le vertige à Kadiatou. Tout semblait mal se dérouler. Elle était venue parler de la profanation commise à son égard par le client de l'hôtel, à une personne censée être dans son camp, au lieu de quoi elle était assise là, tendue et incapable de s'exprimer.

« Si vous avez menti dans votre demande d'asile, c'est maintenant qu'il faut l'avouer », dit Bone.

Mais elle n'avait pas menti. Pourquoi n'arrêtait-il pas de le suggérer ? Tout ce qu'elle avait dit pendant l'entretien était vrai – la lame de rasoir avec laquelle sa tantie l'avait coupée – ou bien l'était devenu – le fait qu'elle ne voulait pas que Binta soit coupée. Depuis l'instant, des années auparavant, où Amadou lui avait mis en tête qu'une fille pouvait se marier sans être coupée, elle y avait réfléchi et, au fil du temps, elle avait acquis la certitude que Binta ne devait pas être coupée.

« S'il y a des contradictions dans votre demande d'asile, n'importe lesquelles, il faut que je le sache tout de suite », dit Bone.

Un mal de tête croissant, à force de trop réfléchir, à cause des confusions tortueuses de la pensée. Il attendait quelque chose d'elle, et elle ignorait quoi.

« Non, répondit-elle.

— Non ? Cachez-vous quoi que ce soit ? Que cachez-vous ? Que refusez-vous de me dire ? »

Soudain, les mots de la cassette refirent surface dans son esprit et jaillirent de sa bouche.

« Il y avait quatre soldats. Ils ont dit que j'avais enfreint le couvre-feu. Ils sont entrés dans le restaurant déjà ivres... l'un d'eux a dit qu'il se servirait de son fusil quand ce serait son tour. Je saignais de partout... » Elle s'interrompit brusquement, avec au creux du ventre une effrayante sensation d'angoisse.

« Vous avez été violée dans votre pays natal ? demanda Bone.

— Non, non.

— Vous venez de me dire que vous avez été violée.

— Non, je me trompe. C'est juste la cassette.

— Vous vous êtes trompée en disant que vous aviez été violée ? » Il lâcha un rire pareil à un aboiement. L'interprète recula sur son siège, comme pour s'écarter de Kadiatou.

« C'est une cassette, reprit Kadiatou. Mais je me sers pas de la cassette.

— Quelle cassette ? » demanda Bone.

Qu'avait-elle fait ? Elle aurait voulu que la foudre les frappe, que quelqu'un fasse irruption dans la pièce, que quelque chose, n'importe quoi, les interrompe. Si elle tombait par terre, elle réussirait peut-être à le déconcentrer. Elle repoussa alors sa chaise derrière elle et s'écroula sur le sol en se tordant et en faisant monter de force des larmes dans ses yeux.

« Je crois que nous devrions faire une pause », dit quelqu'un.

Kadiatou laissa d'autres mains l'aider à se relever. Ses fausses larmes étaient devenues de vraies larmes, et elle pleurait, son nez coulait. Comment une chose pareille avait-elle pu lui arriver ? Et où cela allait-il la mener ?

Alors qu'elle sortait de la pièce, elle entendit Bone qui disait : « C'est une arnaqueuse. »

Plus tard, elle demanda à Binta : « Arnaqueuse, qu'est-ce que ça veut dire ?

— C'est quelqu'un qui ment très bien, quelqu'un qui trompe les autres.

— Oh. » Kadiatou en eut le souffle coupé.

« Pourquoi ? Est-ce qu'on t'a traitée d'arnaqueuse, maman ?

— Non, non », répondit Kadiatou.

Zikora arriva chez Chia avec des bouteilles de *zobo* pour Kadiatou. Celle-ci n'aimait pas la version nigériane du jus d'hibiscus, mais elle la remercia et en but une gorgée. La cuisine était tout imprégnée d'une attente anxieuse qui ne cessait d'enfler et de grandir. Un appel en visio était en cours avec Omelogor, l'iPad en appui sur l'îlot central. Chia était juchée sur un tabouret de bar, près de Kadiatou, qui fut prise d'une envie soudaine de se lever et de sortir, comme l'on quitte une cérémonie éprouvante à laquelle on nous aurait forcé à assister.

Zikora, debout près de la fenêtre, entreprit de lire les chefs d'accusation sur son téléphone :

Attouchements non consentis
Agression sexuelle au premier degré et au troisième degré

Séquestration illégale
Tentative de viol
Acte sexuel criminel au premier degré

« Quel est le plus grave ? demanda Omelogor.

— Agression sexuelle au premier degré, répondit Zikora. Il est passible de vingt-cinq ans de réclusion.

— Parfait, déclara Chia.

— Si on veut. Seulement cinq pour cent des affaires de viol débouchent sur une condamnation, précisa Zikora.

— Cinq pour cent ? répéta Chia, les yeux écarquillés.

— C'est tout simplement monstrueux, dit Omelogor. Franchement. Pourquoi les hommes commettent-ils des viols ?

— Tu vas probablement nous l'expliquer en détail et ça aura forcément un rapport avec la pornographie et ton site Internet, répliqua Zikora.

— Justement, la faute en revient en partie à la pornographie. Toute la violence présente dans la pornographie contemporaine peut donner l'impression aux hommes que le viol est acceptable.

— Est-ce aussi à cause de la pornographie que les hommes volent, tuent et mentent ? demanda Zikora.

— Zikora, sérieusement », dit Omelogor d'un ton glacial.

Chia, les traits tirés, paraissait fatiguée. « Quelle est la stratégie des avocats de la défense, Zik ?

— Ils disent qu'il s'agissait d'une relation consentie.

— Il ne lui a pas donné d'argent. Ce n'est pas un bel homme. Ça s'est passé trop rapidement pour qu'il ait eu le temps de la séduire. Dans ce cas, pourquoi elle aurait accepté de baiser avec lui ?

— Omelogor ! N'emploie pas ce mot ! Il s'agit d'une agression sexuelle ! s'exclama Zikora.

— Je me contente de réagir à leur stratégie de défense, qui met en avant le consentement. Si les choses ne se sont pas déroulées comme Kadiatou l'affirme, alors comment s'est passée la version consentie des faits ? En onze minutes, soit elle est irrésistiblement attirée par lui et se dépêche d'accepter une relation sexuelle, soit elle conclut rapidement une transaction qui, sans qu'on sache comment, ne serait pas monétaire ?

— Leur version paraît logique seulement si on s'imagine que la femme concernée est une idiote », dit Chia.

Face à leurs mots, Kadiatou se replia sur elle-même, l'estomac tout remué, imaginant ces mêmes mots échangés dans un endroit plus vaste, un tribunal où tout lui serait étranger, avec des Américains parlant vite, son nom prononcé par des inconnus hachant son histoire en menus morceaux avec un couteau, comme si elle était la seule à ne pouvoir discerner ce qui lui était réellement arrivé. La vision menaçante de ce tribunal prenait toute la place dans son esprit. Ils la découperaient avec une machette et inviteraient des vautours à festoyer alors qu'elle serait étendue là, encore en vie, ses blessures exposées à tous les regards.

À la télévision, elle vit des employées de l'hôtel rassemblées devant le palais de justice, dans leur uniforme semblable au sien, et elle repensa à ses tenues de travail, la première, solitaire, restée dans son casier à l'hôtel, l'autre dans un sac plastique au commissariat. Les journalistes interviewaient certaines des femmes. « Ça arrive souvent, dit l'une d'elles. Des clients puissants nous agressent. Ça m'est arrivé deux fois, mais je n'en ai pas parlé. »

Kadiatou regrettait d'être la cause de toute cette agitation, de perturber leur journée ; elle espérait que les heures qu'elles passaient dehors, à manifester et à la soutenir, leur seraient payées. Le monde tournoyait autour d'elle et refusait de ralentir, son téléphone ne cessait de sonner et de vibrer, Chia toujours derrière elle, Binta la surveillant. Une photo apparut sur son écran, envoyée par l'une de ses cousines. Kadiatou la regarda sans comprendre, désorientée : on y voyait deux hommes blancs, mais cela n'avait aucun sens parce qu'ils étaient dans la cour de Mama, dans son village, avec à l'arrière-plan les arbres qu'elle connaissait, près du potager où elle cueillait les feuilles amères. Elle reconnut aussi le sol de mosaïque aux motifs marron-gris – c'était elle qui avait envoyé de l'argent à Mama pour le faire poser ; elle reconnut les seaux et les plateaux de métal empilés dans un coin. « Des journalistes sont au village et ils interrogent tout le monde, lui apprit la cousine dans un message vocal. Bhoye dit qu'il leur donnera une photo de toi s'ils le paient bien. »

Ils avaient cogné contre sa porte, l'avaient chassée de son appartement, s'étaient postés aux aguets devant l'école de Binta, et maintenant ils étaient allés jusqu'en Afrique, en Guinée, dans son village du Fouta-Djalon. Ses journées avaient revêtu la texture d'un rêve dont elle souhaitait tellement se réveiller. Tant de choses se consumaient ou étaient déjà consumées.

Quand elle vit le visage de sa fille, elle sut que celle-ci lui taisait quelque chose.

« Qu'y a-t-il ?

— J'ai vu ça hier », répondit Binta ; puis, non sans réticence, elle tourna son téléphone vers Kadiatou. C'était un gros titre de journal imprimé au-dessus d'une photo d'elle.

PROSTITUÉE. Elle savait ce que ce mot voulait dire, mais c'était inconcevable.

« C'est bien ce que je pense ? » demanda-t-elle.

Binta hocha la tête. « Maman, ils ne te connaissent pas », répondit-elle doucement.

Kadiatou continua de fixer l'écran sans y croire. Comment était-ce possible ? Comment osaient-ils la traiter de prostituée ? Dieu merci son père n'était plus en vie, Dieu merci il était mort depuis longtemps, ce qui lui épargnait cette honte, de voir sa fille traitée de prostituée aux yeux du monde entier. Elle se mit à pleurer. Tous les pleurs qu'elle n'avait pas versés, toutes les larmes qu'elle avait retenues jaillirent d'elle en lamentations féroces, et elle se retrouva par terre, et tout autour d'elle se répandait un désespoir épouvantable. Tout ça n'aurait jamais de fin ; elle ne voyait pas comment une fin était envisageable. Elle n'effacerait jamais cette souillure. Sa vie ne serait plus jamais la même. Comment réussirait-elle à la rebâtir, à partir de quoi la rebâtirait-elle, comment trouverait-elle un travail maintenant qu'elle était une prostituée aux yeux du monde ? Elle n'avait jamais souhaité de mal à personne. Qu'avait-elle fait pour mériter ça ?

Chia était entrée dans la chambre, Kadiatou ignorait quand exactement, mais Chia était près d'elle par terre, lui touchant doucement le bras, disant : « Kadi, vous n'êtes pas seule. Kadi, vous n'êtes pas seule. » Mais elle était seule, elle se sentait seule, jamais elle ne s'était sentie aussi seule de sa vie qu'à cet instant.

OMELOGOR

UN

Tôt un matin, au début du mois de janvier, l'air si vif et sec qu'il pourrait se fendiller. Depuis le balcon principal de ma maison, je contemple ce jour nouveau. Un glacis de poussière ocre s'est posé sur le monde, baigné d'un éclat voilé, et les collines au loin dessinent maintenant des formes floues, spectrales. L'harmattan apporte son lot d'inconvénients – lèvres gercées et toux rauque, yeux irrités et léthargie –, mais il y a dans cette saison une qualité qui m'a toujours plu, car la vie s'en trouve asséchée, réduite à une austérité qui semble plus pure, plus vraie, dépouillée de tout excès, comme si la terre nous disait qu'il existe tant de choses dont nous pouvons nous passer. Le vent s'anime. Bientôt des tourbillons de poussière balaieront la ville et laisseront sur les arbres, les voitures et les panneaux publicitaires un vernis plus épais encore. En janvier, mes fenêtres restent closes, car quand on recherche de l'air frais, c'est de la poussière fraîche que l'on trouve. Le klaxon strident d'un camion résonne devant le portail, et Mohammed sort précipitamment de la maison du gardien en enfilant ses claquettes. On sait qu'il est chez lui quand ses claquettes de caoutchouc bleu sont posées sur le pas de sa porte. Vu d'en haut, il a l'aspect d'une mince colonne d'étoffe blanche agitée par le vent.

Il lève les yeux et agite la main en lançant : « Bonjour, madame !

— Bonjour, Mohammed ! »

Il ouvre le portail, et le camion de livraison de diesel entre lentement, vieux et bruyant, vrombissant et hoquetant. Les gaz d'échappement mêlés à la poussière sont probablement nocifs pour les poumons, mais j'en inspire de grandes bouffées car c'est une odeur que j'aime. Mohammed crie au chauffeur de s'arrêter, puis de manœuvrer vers la gauche pour ne pas écraser les fleurs de Madame. Mes lis de l'harmattan filiformes sont en floraison orangée. J'adore leur forme ouverte en cornet, pleine d'espoir, le fait qu'ils survivent d'une année sur l'autre et osent éclore sans pluie. Mohammed doit penser que l'importance excessive que j'accorde aux végétaux est une faiblesse idiote. Non qu'il le montre, avec son visage maigre toujours impassible et son air stoïque et rassurant. Il aurait dû voir de quelle manière ma mère veillait fiévreusement sur ses fleurs dans notre résidence sur le campus quand j'étais enfant. Il fait signe au camion de s'immobiliser, à l'écart de mes plantations mais suffisamment près du réservoir de diesel. Celui-ci est presque vide : je le vois à travers le plastique blanc, installé au-dessus du groupe électrogène. Le chauffeur descend d'un bond de son véhicule et entreprend de dérouler le tuyau. Les paroles de tantie Jane tournoient dans ma tête. *Ne fais pas semblant d'aimer la vie que tu mènes*. Elle a appelé ce matin – la vibration du téléphone m'a réveillée –, parce qu'elle voulait discuter d'un sujet grave. Tout le monde parle du virus chinois, mais elle, ce qui la préoccupe, c'est de me téléphoner aux aurores pour me dire que je devrais adopter un enfant.

« Omelogor, je voulais discuter avec toi au village, mais tu as dit que tu devais rentrer à Abuja pour une réunion importante. »

Tu as dit. Comme si j'avais menti.

« Oui, tantie, j'avais une réunion.

— Ça marche vraiment bien pour toi et nous remercions Dieu, mais tout ce travail a fait fuir les hommes et maintenant, à quarante-six ans, tu n'as pas d'enfant. Il est malheureux que tu n'en aies pas eu quand il était encore temps, et la seule option qui te reste, c'est adopter un bébé. J'ai prié pour que ça arrive et je me suis renseignée auprès d'une excellente pouponnière d'Awka. »

Cela n'aurait pas dû autant me surprendre. Tantie Jane, fouineuse et jacasse, qui se dessine des rectangles noirs sur le front en guise de sourcils et parle sans discontinuer des choses les plus triviales. Je ne comprendrai jamais comment mon père et elle peuvent être issus des mêmes parents. À Noël, pendant les réunions de famille, ses mots flottent toujours au-dessus de nos têtes avant de se dissiper dans les limbes de l'oubli comme une musique de fond. Durant de nombreuses années, elle n'a cessé de me demander s'il n'y avait pas d'hommes dans les entreprises où je travaillais, puis, il y a deux ans environ, elle a arrêté de m'interroger, s'avouant sans doute vaincue en prenant conscience de mon âge. Et à présent elle m'appelle sans prévenir, comme pour me révéler de toute urgence un secret, et me conseille d'adopter un enfant.

« Tantie, *mba*, merci, je ne veux pas adopter, ai-je répondu sur le ton serein qu'il vaut mieux employer avec les personnes instables.

— En réalité, il vaut mieux en adopter deux et les élever comme des jumeaux, pour qu'ils puissent jouer ensemble. »

Comment est-elle si rapidement passée d'un bébé à deux bébés ?

« Tantie, je ne veux pas adopter.

— C'est la seule option qui te reste si tu veux que ta vie ne soit plus aussi vide », a-t-elle répliqué, à croire que nous nous étions déjà mises d'accord sur le vide de mon existence. « Ce n'est pas parce qu'aucun mari ne s'est présenté que tu dois mener une vie aussi vide. Même dans le temps, les femmes célibataires pouvaient adopter. Il suffit d'organiser des cérémonies et, si le bébé est un garçon, il deviendra un membre à part entière de ta lignée et pourra hériter de tes biens comme n'importe quel autre enfant mâle de la famille.

— Tantie, je ne veux pas adopter.

— Omelogor, a-t-elle repris en soupirant, ne fais pas semblant d'aimer la vie que tu mènes. »

Ces paroles m'ont transpercée, se sont ancrées en moi, blessantes. *Ne fais pas semblant d'aimer la vie que tu mènes.*

Paul, mon chauffeur, entre dans la cour, comme toujours méticuleusement vêtu de son jean ajusté et de sa chemise à col boutonné. Il a un peu de retard. Je sais qu'il m'a vue sur mon balcon, de ses yeux vigilants et sournois, mais il fait comme s'il n'en était rien. Il ne me rend jamais la monnaie des courses que je l'envoie faire à moins que je ne la lui réclame, et ces derniers temps il m'écrit sans arrêt des textos interminables pour quémander de l'argent. Je le soupçonne d'être submergé par les dettes de paris sportifs, puisqu'il a toujours les yeux furtivement rivés à son téléphone. Juste avant Noël, l'un des hommes de ménage employés au bureau est venu me trouver en pleurant comme un acteur, pour me dire qu'il avait tout perdu sur Nigerbet. « Madame, je vais boire du Sniper si personne m'aide pour payer les frais de scolarité de mes enfants. J'ai du Sniper chez moi et je jure que je vais en boire.

— Dans ce cas, rentrez au plus vite pour avaler cette mort-aux-rats ! » ai-je répondu en imitant son ton théâtral ; cependant, je l'ai appelé un peu plus tard avant de virer de l'argent sur son compte bancaire en précisant que c'était la première et la dernière fois. Il faut que je parle à Paul avant qu'il n'arrive à ce stade, celui de l'imbécile rusé qui s'attend à ce que quelqu'un d'autre rembourse ses dettes.

Le camion-citerne fait marche arrière pour sortir de la propriété, et Paul se met à agiter les mains et à crier après le conducteur.

« Attendez ! Je vais déplacer l'auto avant que vous rouliez sur les fleurs de Madame. »

Un petit numéro à mon intention. Si je n'étais pas là-haut, en train de l'observer, il laisserait la voiture exactement où elle se trouve, dans l'espoir que le camion, par ses manœuvres, écrase mes plantes, et il s'empresserait de m'annoncer avec délectation que ce chauffeur est un bon à rien. Je me penche en avant, regarde en contrebas et touche la balustrade couverte d'une fine couche de poussière ; quand j'ôte mes mains, l'empreinte de mes doigts est visible sur le métal. Mes ixoras sont secs et pour l'heure dépouillés de leurs fleurs, mais d'ici quelques semaines ce sera une explosion de milliers de grappes d'un rouge très vif, presque trop belles pour qu'on en supporte la vue. Le bougainvillier s'est enfin déployé pleinement, les murs de ma propriété sont maintenant entièrement ornés de ses feuilles, et chaque fois que je rentre chez moi j'ai le sentiment de pénétrer dans un jardin secret intime aux charmes éthérés. La bâche goudronnée verte qui surmonte l'abri de voiture est émaillée d'étoiles blanches imprimées, et l'arrière bombé de mes deux SUV en dépasse.

Le camion-citerne parti, un silence brumeux retombe, et je suis émue de me tenir ainsi sur mon balcon en ce nouveau matin de la nouvelle année. Je suis la maîtresse des lieux. Sache, tantie, que je l'aime ma vie. Il m'arrive de peiner à y trouver du sens, peut-être trop souvent, mais c'est une vie bien remplie, une vie qui en outre m'appartient. J'ai appris ceci sur moi-même : je ne peux me passer des autres et je ne peux non plus me passer de périodes d'isolement prolongé. La solitude ne signifie pas toujours qu'on se sent seul. Parfois je me retire à l'écart du monde pendant des semaines simplement pour être avec moi-même, et je me plonge dans la lecture, mon plus grand plaisir dans l'existence, je réfléchis, et j'apprécie le silence de mes propres songeries. Parfois, libérée des besoins du corps, je me livre avec délice à de longues et satisfaisantes périodes d'abstinence sexuelle. Parfois ma maison est tout illuminée par les dîners et les soirées de jeux, et je réunis différents groupes d'amis qui, peut-être, ne se seraient jamais rencontrés autrement. Des gens avec lesquels j'ai grandi à Nsukka font la connaissance de camarades d'université d'Enugu, et des personnes que j'ai connues au fil de nombreux changements professionnels rencontrent d'autres habitants d'Abuja que je fréquente en dehors du travail. Je peux compter sur quantité d'amis fiables et proches. Jide est le plus ancien et le plus intime de tous, et il y a Hauwa, évidemment. Hauwa, ces dernières années. Cela me rend heureuse de penser à ses éclats de rire stridents et à sa façon de plisser les sourcils lorsqu'elle aspire à fond une bouffée de son Loud. Ces temps-ci, je sors moins souvent le soir, mais je continue d'apprécier le whisky sec, de danser jusqu'à l'aube dans les clubs et de rentrer chez moi avec mon maquillage dégoulinant, fatiguée, heureuse et ivre. J'aurais dû répondre à tantie Jane : « Il existe toujours une autre façon de vivre, tantie, il y a d'autres façons de vivre. »

Philippe toque et attend devant la porte de ma chambre à sa manière hésitante, qui me semble feinte ; il veut savoir s'il peut retirer le sapin de Noël aujourd'hui. Je réponds par l'affirmative et lui demande ce qu'il compte préparer pour le dîner. Des amis viennent à vingt heures, un groupe moins nombreux que d'habitude, car tout le monde n'est pas encore rentré de vacances et certains sont bloqués ailleurs, leurs vols intérieurs annulés en raison de la brume de l'harmattan. Il y a tant de poussière à Kano qu'on y roule phares allumés en plein après-midi. C'est du moins ce que soutient Hauwa, même si, cette année, elle n'a pas passé les fêtes dans sa ville natale ; elle a emmené ses enfants à Dubaï, où son mari les a rejoints pour quelques jours. Elle arrivera tôt au dîner parce qu'elle doit également repartir tôt ; elle ne reste jamais après vingt-deux heures trente quand son mari est en ville. Elle portera son parfum oriental vanillé, comme si elle était ma cohôtesse, qu'elle organisait cette soirée avec moi, et nous pourrons papoter tranquillement avant l'arrivée des autres invités.

« Puis-je servir son petit déjeuner à Madame ? s'enquiert Philippe.

— Oui. En bas. »

Sur mon téléphone apparaît un texto de mon père, ce cher homme qui, ces derniers temps, demande souvent « Est-ce que quelqu'un a vu mes lunettes ? », même quand il les a sur le nez. Maman et lui veulent savoir si ma toux s'est calmée. Je réponds que c'est le cas, que mâcher des graines de petit cola m'a fait du bien, que je les appellerai plus tard, et je termine avec un émoji cœur. Bien entendu, on n'en trouve aucun dans les messages méticuleux de mon père, auxquels il ne manque jamais le moindre point ni la moindre virgule. J'envoie aussi à ma mère un émoji cœur en sachant qu'elle ne le verra sans doute pas avant des jours vu qu'elle a le plus grand mal à se servir de son téléphone pour autre chose que passer des appels.

Je parcours les unes des journaux avant de chercher de nouveaux articles sur l'affaire de Kadiatou, ainsi que je le fais tous les jours, comme si je montais la garde, comme si, en les lisant, je pouvais dans une certaine mesure la protéger. « Kadiatou Bah, ange ou démon ? » s'interroge un gros titre. Un autre journaliste émet l'hypothèse qu'elle ferait partie d'une conspiration tramée par les adversaires politiques de l'homme qui l'a violée. Je manque de lâcher un grognement à l'idée que Kadiatou puisse tremper dans un sombre complot politique. Je l'appellerai d'ici quelques heures, quand elle sera réveillée, afin de prendre de ses nouvelles. Elle n'est jamais très loquace au téléphone, non qu'elle l'ait été par le passé. Je repense souvent à l'expression de son visage en ce jour de décembre, quand la police l'a amenée chez Chia, comme si, à cet instant même, la foudre la frappait.

Philippe me sert mon petit déjeuner sur un plateau de bois laqué que Chia m'a rapporté de Séoul, avec des bords décorés d'oiseaux longilignes en plein vol. Philippe plie la serviette en papier en forme de tente miniature. Ce repas, invariablement composé de *moi-moi* et de fruits, m'apporte jour après jour un plaisir renouvelé. Philippe a appris à préparer le *moi-moi* exactement comme je l'aime : sans écrevisses ni œufs, simplement avec des tomates et des haricots réduits en purée et cuits à la vapeur dans des feuilles fraîches que l'on déplie une à une, comme on ouvre un cadeau exquis. Je me contenterais volontiers d'ananas tous les jours, mais Philippe confectionne parfois d'ambitieuses salades de fruits avec des cubes de mangue et de banane – je mange rapidement la banane en premier parce que j'ai toujours l'impression que c'est dangereux pour la santé si elle reste trop longtemps à l'air libre. Philippe vient de Cotonou ; il semble qu'au Nigeria tous les chefs de cuisine sont originaires de la République du Bénin, mais je n'en connais aucun autre dont les prétentions francophiles sont aussi marquées. Il essaie depuis des années de me convaincre de manger ce qu'il appelle de la « haute cuisine », comme si cette expression ne pouvait s'appliquer qu'à la gastronomie française.

« Madame mange seulement du *moi-moi*, du *garri* et de la soupe, du riz wolof, des ignames et du ragoût. Tout le temps la même chose. »

Tout en procédant à l'énumération des aliments que j'aime, il les compte sur le bout de ses doigts pour montrer que ces choix sont effroyablement limités.

« Je peux faire un soufflé pour Madame, propose-t-il de temps à autre.

— Je sais que vous en êtes capable, Philippe, mais c'est inutile.

— Et de la bouillabaisse pour Madame ? Madame aimera ça.

— Non, Philippe. Je préfère la soupe du pêcheur de Cross River. »

Je le laisse libre de cuisiner ce qu'il veut seulement quand je reçois à dîner, mais il faut toutefois qu'il prépare du riz wolof. Il y a des années de cela, alors que Philippe venait d'entrer à mon service, ma mère, lors d'une de ses visites, m'a apporté de l'*okpa*, et pas n'importe lequel : de l'*okpa* de Ninth Mile. Il n'en existe pas de meilleur que celui-ci, confectionné par des femmes agiles qui le vendent à la criée à Ninth Mile, dans des bassines en équilibre sur la tête. J'étais tellement enthousiaste que j'ai dit à Philippe que je le mangerais sur-le-champ, pour le petit déjeuner, ce à quoi il a marmonné : « *Sauvage**. »

Debout au milieu de ma vaste cuisine où le ventilateur tournoyait au plafond, l'allure soignée dans son uniforme blanc à manches courtes, il a dit : « Sauvage. » Mes pensées se sont aussitôt éparpillées dans mon esprit, et je me suis entendue hurler contre Philippe comme il ne m'était jamais arrivé de hurler contre quelqu'un : « Idiot ! Espèce d'imbécile ignare ! Allez faire vos valises et partez immédiatement ! Vous êtes viré ! Fichez le camp ! »

Yeux écarquillés et bouche bée, Philippe était sous le choc. Ou peut-être confus. Oui, il était plus confus que choqué. Ma mère venait de monter à l'étage pour prendre un bain. Mary, ma femme de ménage, est entrée précipitamment ; ma jeune cousine, qui était à Abuja pour passer un test d'aptitude professionnelle et séjournait alors chez moi, a accouru elle aussi. Atasi, elle, était à l'époque en pension.

« Madame, qu'est-ce qui est arrivé ? a demandé Mary.

— Tantie, qu'est-ce qui est arrivé ? » a demandé ma parente.

Elles avaient déjà posé sur Philippe des yeux plissés, accusateurs, car il m'avait forcément volé quelque chose. J'ai expliqué qu'il m'avait traitée de sauvage parce que je voulais de l'*okpa* au petit déjeuner et, déconcertées, elles sont bientôt ressorties de la cuisine d'un pas hésitant. L'histoire selon laquelle Madame avait failli renvoyer Philippe parce qu'il l'avait insultée s'est mise à circuler. Mais ce n'était pas ce qui s'était réellement passé. Plus tard, j'ai expliqué à Philippe que j'avais manqué de le renvoyer parce que, dans ma maison, je ne tolérais pas que les Africains haïssent ce qui est africain.

« Savez-vous que l'*okpa* est beaucoup plus nourrissant que vos crêpes ? » lui ai-je demandé. Il a docilement répondu oui, mais simplement parce qu'il était encore consterné à l'idée d'avoir failli être mis à la porte. Il ne m'a pas crue et ne me croit toujours pas, mais il se montre désormais suffisamment malin pour manifester sa francophilie sans pour autant afficher son mépris vis-à-vis de la cuisine africaine. Jide a raconté cet incident à de nombreuses reprises à des amis au cours de mes dîners, et cela déclenche toujours leur hilarité.

Le pauvre homme a dû penser que sa Madame avait perdu la tête !

Omelogor, tu n'es pas croyable !

*C'est le problème quand on lit trop de livres, Omelogor ; après tout, l'*okpa *est de la nourriture de brousse, non ?*

Je ris de concert, non pas parce que je suis d'accord avec eux, mais parce que je comprends la cause de leur amusement. J'ai toutefois réagi différemment la fois où Jamila a fait observer : « On dirait que tu te mets très en colère pour de petites choses.

— Ce sont de petites choses pour les petits esprits », ai-je répliqué avant de faire une grimace pour lui indiquer que je me bornais à la taquiner, bien qu'il n'en soit rien en réalité. Elle possédait le charme calculé des personnes capables de se retourner violemment contre vous en un battement de cœur. Je la tolérais, mais tout juste, seulement parce qu'elle était l'amie d'enfance de Hauwa.

« Aïe ! a lancé Ehigie.

— Jamila, il paraît que ton cerveau a la taille d'une arachide, a dit Chinelo.

— Et le tien est aussi vide qu'une noix de coco », a riposté Jamila trop gaiement, pour montrer que ces remarques ne la touchaient pas.

C'était la première fois que Hauwa entendait cette histoire et elle a ri avec les autres mais, plus tard, elle m'a dévisagée avec un tendre étonnement et m'a dit : « Tu es tellement passionnée. Tu crois vraiment en ce que tu crois… »

Cela reste l'une des plus belles choses qu'on m'ait jamais dites.

DEUX

Je me réveille en pensant à tantie Jane. Des jours ont passé et pourtant ses paroles continuent de m'irriter. Mon trouble prolongé doit bien avoir un sens, mais lequel ? Sans doute n'est-elle pas loin de la vérité, sinon, pour quelle raison serais-je en train de passer ma propre vie au crible ? Il est tellement simple de fabriquer un problème ; je ne m'étais jamais demandé si j'aimais ma vie, sans même parler de devoir prouver que c'était le cas, avant que tantie Jane affirme le contraire. Je devrais lui envoyer un lien vers For Men Only, mais quand bien même elle comprendrait, ce qui m'étonnerait, en quoi ce site démontre-t-il que j'aime la vie que je mène ? On peut publier des textes populaires sur Internet, on peut posséder des choses en abondance et néanmoins mener une existence vide de sens, de sorte qu'il est en vérité impossible de prouver à qui que ce soit que sa vie est bien remplie. La véritable expérience qu'on en fait en est l'unique preuve.

En début de soirée, parmi mon chaleureux groupe d'amis, je me tiens à distance de moi-même et je m'observe, comme pour évaluer l'une des scènes éphémères qui composent ma vie. Je sers du vin rouge, choisis des playlists sur mon téléphone et taquine Belema qui porte une épaisse chaîne de cheville : « Tu es sûre d'arriver à marcher avec ce truc ? » Des rires planent au-dessus de vieux airs à succès écoutés à bas volume. Neuf individus qui, sans moi, ne seraient peut-être pas amis mangent en racontant leurs petits chagrins et leurs triomphes. Ehigie nous apprend qu'en cette nouvelle année il a résolu de ne plus fumer de Loud, Jide fait remarquer que c'est là de l'autopunition gratuite, et Belema lui demande s'il lui en reste chez lui afin qu'elle passe le récupérer. Hauwa garde le silence, se bornant à porter son verre à ses lèvres, et j'admire les volutes ornées au henné qui encerclent son poignet et courent gracieusement le long d'un doigt. Elle est très prudente, voire méfiante, et même si tout le monde sait qu'elle ne boit pas d'alcool, peu de gens savent qu'elle fume. Au centre de la table, Philippe a déposé des feuilles qui flottent dans un vase rempli d'eau ; très belles, elles dégagent une senteur de fines herbes.

« Ne me dites pas que Philippe s'attend à ce que nous les mangions aussi ? » demande Chinelo en les scrutant. Elle est le boute-en-train, la fille joviale qui connaît des blagues à revendre. Nous nous sommes rencontrées au Youth Service Corps, et j'apprécie sa gaieté constante, même si je ne crois pas que quelqu'un puisse être à ce point heureux tout le temps. Ahemen déclare que les vacances de Noël la dépriment. Eval et sa femme, Edu, échangent un regard et éclatent de rire, car c'est exactement ce qu'ils se sont dit en venant ici. « Noël prochain, nous n'irons nulle part et nous ne ferons rien, annonce Edu.

— C'est le blues de janvier des gens fauchés. Tu es déprimée parce que tu regrettes d'avoir dépensé autant d'argent, répond Chinelo avant de se servir un autre morceau de dinde au poivron.

— Moi, ce qui m'ennuie, c'est que tout le monde à Abuja se prend en photo en pyjama sur Instagram, dit Adaora. J'ai sommeil rien que de les regarder. »

Belema explique que, dans sa famille, la prière de la Saint-Sylvestre a eu pour unique but de la réconcilier avec son mari. « Il est encore au chômage ! Ils feraient mieux de prier pour qu'il trouve un travail. C'était moi qui l'entretenais, et il me battait. Il faudrait au moins qu'il ait un boulot s'il veut recommencer à me battre. »

Tout le monde est servi en riz wolof, et je constate avec satisfaction que la dinde au piment et le ragoût de chèvre sont plus prisés que le poulet à la française de Philippe, avec son odeur de moutarde trop prononcée. De la pointe de sa fourchette, Jide met un morceau dans sa bouche et déclare : « Ce virus chinois est vraiment grave. » Et, l'espace d'un instant, je crois qu'il parle de la nourriture.

« Grave à quel point ? demande Hauwa.

— On nous cache des choses, répond Jide. Mon cousin vit en Chine. Il est rentré pour Noël, mais il a décidé de ne pas y retourner. Il habite Canton, où il y a de nombreux autres Nigérians, et même si c'est assez loin de la ville où le virus s'est déclaré, il dit que les hôpitaux sont pleins de gens contaminés et que la maladie se répand à une vitesse incroyable. » Jide se lève pour attraper une autre canette de bière sur le buffet où sont disposées les boissons. Il réussit toujours à avoir l'air débraillé, comme si sa tenue avait besoin d'être rajustée, et je ne compte plus le nombre de fois où, après lui avoir jeté un coup d'œil, je dois remettre son col en place ou lisser son pantalon qui bouffe au niveau des passants de sa ceinture. Il était plaisamment joufflu quand nous étions enfants, et il est maintenant plaisamment grassouillet.

« Et s'il arrivait jusqu'au Nigeria ? Nous serions fichus, dit-il.

— Mais ce n'est pas à cause d'un truc que les gens ont mangé sur le marché de cette ville ? s'enquiert Edu.

— En Chine, ils mangent de tout et n'importe quoi, même des grenouilles, déclare Chinelo.

— Quoi qu'ils aient mangé, ce qui est fait est fait, et cette chose a démarré. Si elle se propage jusqu'au Nigeria, nous sommes fichus », insiste Jide. Il boit trop vite, une canette de bière après l'autre, comme c'est le cas quand il vient d'avoir ses parents au téléphone. J'ai envie de l'apaiser. La langue me pique à cause de la dinde pimentée et aussi du riz wolof, un peu trop poivré.

« Jide, le Nigeria ne risque rien, lui dis-je. J'ai lu la déclaration de l'OMS. Il n'y a pas de transmission entre humains.

— Omelogor a parlé, dit Ehigie. Jide, laisse tomber.

— Mon cousin affirme que c'est vraiment pire qu'Ebola, ajoute Jide, presque d'un ton de défi.

— Dieu nous en garde », dit Chinelo.

Ahemen, comme pour changer de sujet, nous raconte pour la énième fois l'histoire de l'ancienne domestique qui lui a dérobé des bijoux à deux reprises. On peut être en train de discuter de fusées envoyées dans l'espace, Ahemen trouvera toujours le moyen de faire dévier la conversation sur ses bonnes malhonnêtes qui lui ont volé tout son or. Elle a maintenant des femmes de ménage philippines et me prédit souvent, d'un air vaguement menaçant, que mes domestiques montreront tôt ou tard leur vrai visage.

« Avec les étrangers, on les paie et ça s'arrête là. Ils ne vous volent pas et ne vous parlent pas de la jambe malade de leur mère ou de l'insuffisance rénale de leur sœur », déclare-t-elle pour conclure son histoire ressassée. Elle n'accepte pas que j'aime l'africanité des frontières imprécises avec le personnel de maison. Sinon, je ne paierais pas les frais de scolarité des enfants de Paul, ni les factures d'hôpital de la mère de Mohammed, ni le loyer de l'atelier de couture où Mary passe le reste de ses journées une fois son ménage terminé.

Philippe apparaît et entreprend de débarrasser les assiettes vides.

« Le plat *au gratin** était très bon, dit Eval.

— C'est comme ça qu'on appelle ces pommes de terre fades avec plein de fromage ? demande Chinelo. C'est le problème quand on va faire ses études à l'étranger, on se met à donner des noms compliqués à des aliments insipides.

— Ma sœur ! » acquiesce Ahemen.

Pour le dessert, Philippe nous présente un gâteau renversé à l'ananas avec un grand geste plein de suffisance.

J'annonce : « Monsieur Philippe ! » Et nous nous livrons à notre routine habituelle d'applaudissements et de huées joyeuses ; je me souviens d'une remarque que Chinelo m'a faite un jour : « Tu sais pourquoi tout le monde aime venir chez toi ? Tu as une grande maison, tu n'as pas de mari avec lequel il faut y aller sur la pointe des pieds et tu es une hôtesse extrêmement généreuse. La plupart des riches ne t'offrent même pas à manger quand tu vas chez eux. »

Des tranches d'ananas glacé luisent sur le gâteau. Philippe s'excuse et repart en hâte vers la cuisine pour y chercher un couteau. Un élan d'affection monte doucement en moi, et tout aussi lentement se propage d'abord vers mes amis réunis autour de ma table nimbée de lumière, puis vers l'univers entier, phosphorescent. J'aime vraiment ma vie. Hauwa se penche au-dessus de la table pour humer le vase d'herbes de Philippe. « Oh, comme ça sent bon », dit-elle, ses boucles d'oreilles en diamant formant des O entrelacés qui scintillent. Elle les porte souvent au travail. Je les ai remarquées d'emblée le jour où nous avons fait connaissance, avec leurs diamants trop gros et trop voyants pour le bureau, exactement ce à quoi on s'attendait de la part d'une femme venue du Nord qui, d'après Amanze, était l'épouse gâtée d'un homme infiniment riche. Amanze, la reine des ragots, dont les critiques acrimonieuses n'épargnaient personne à Abuja. Elle racontait que Hauwa était, comme toutes les autres personnes originaires du Nord, une ignorante, employée dans une agence gouvernementale seulement grâce à ses relations. « Une coquille vide », telle était l'expression qu'Amanze employait pour la qualifier. « Cette Hauwa est juste une coquille vide, et elle a été promue à la tête d'un département alors qu'elle ne sait rien du tout. »

Ainsi, quand Hauwa m'a apporté des documents comptables méthodiquement et clairement rédigés, je lui ai demandé : « Qui les a préparés ? J'ai quelques questions à poser à cette personne. »

Elle a lâché un rire aigu légèrement déplacé. Son air vif et enjoué semblait peu adapté à un cadre professionnel.

« On vous a dit que tous les gens du Nord qui viennent ici sont les enfants de Big Men et qu'ils ne connaissent rien à rien.

— Oui », ai-je répondu franchement. J'étais revenue des États-Unis peu de temps auparavant, et je devais encore avoir des manières désagréables après mes aventures américaines qui avaient tourné à l'aigre. Je voulais simplement que mon projet se déroule bien, me convaincre que j'avais pris la bonne décision en renonçant à mon poste à la banque pour lancer mon propre cabinet de conseil.

« C'est moi qui ai préparé ces documents, a-t-elle précisé. J'ai un master. »

Je ne l'avais pas observée avec attention avant ce jour. Tant de femmes du Nord possédaient un charme inattendu, des traits réguliers et la peau claire – or Hauwa était ainsi, sans l'être entièrement. Elle avait de grands yeux interrogateurs, et ses petites lèvres enfantines dessinaient un arc de Cupidon prononcé. Elle me faisait l'effet d'une personne curieuse de la vie. Elle avait dit « J'ai un master » sans plus la moindre trace de gaieté dans la voix, et j'ai regretté la brusquerie de mon « Oui » franc. Elle devait souvent être confrontée au poison des préjugés et, pour s'en protéger, laissait certainement fuser ce rire avec une grande facilité. Je comprenais en partie les pressions qu'on subissait pour faire ses preuves.

« Je constate qu'on s'est trompé sur votre compte, ai-je dit, songeant que j'aurais dû m'excuser de mon attitude initiale, sans pourtant savoir comment m'y prendre.

— On ne s'est pas trompé, a-t-elle répliqué. Tous les autres gens du Nord qui travaillent ici sont bêtes. Ne demandez rien aux femmes du deuxième étage, elles passent leur temps à faire des commérages et à réfléchir aux tenues qu'elles porteront pour tel ou tel *nikah*. »

Nimbé d'un foulard de soie rose, son visage était impassible. Je l'ai regardée en pensant : Voilà quelqu'un qui aime déstabiliser les autres. Elle m'a paru manquer de naturel. C'étaient des paroles qu'elle avait répétées maintes fois à de nombreuses personnes, et cette idée m'a agacée, car soudain j'ai eu envie qu'elle me dise seulement ce qu'elle n'avait jamais dit à personne.

« Comment le sauriez-vous ? ai-je demandé d'une voix plutôt glaciale.

— Quoi ? » Ma réaction l'avait apparemment déçue. J'étais censée rire de son étonnante démesure. J'étais censée admirer le courage qu'il fallait pour plaisanter ainsi de son propre peuple.

« Comment sauriez-vous qu'elles passent leur temps à faire des commérages ? » ai-je insisté, m'abstenant toutefois d'ajouter : « Si vous n'en faites pas avec elles. »

« C'était une plaisanterie », a-t-elle répondu.

J'ai reporté mon attention sur les documents et dit : « Merci. »

Elle a fait mine de partir, mais elle ne l'a pas fait. Plus tard, nous en avons ri, parce qu'elle m'a avoué que si, à cet instant, elle était sortie de ce bureau, elle m'aurait détestée pour le restant de ses jours, moi, Igbo impolie et arrogante.

TROIS

Il est minuit quand tout le monde s'en va, sauf Jide, affalé sur un canapé avec sa millième canette de bière posée en équilibre sur la poitrine.

« Ma mère a trouvé une autre fille, m'annonce-t-il. Et tiens-toi bien, elle a fait un *IUT*. Un IUT. Tu te rappelles l'époque où ma mère disait "Jide, tu devrais épouser une docteure en médecine" ? Tu vois à quel point elle est désespérée, maintenant ? Récemment, elle a même commencé à pleurer et à s'apitoyer sur son propre sort : pourquoi son fils est-il différent ? Toutes ses amies ont des petits-enfants, et ainsi de suite. Elle ne me demande jamais comment je vais avant de s'y mettre. Et puis mon père s'est amené pour me dire que je devais faire forer un puits sur notre domaine au village. »

L'accent nasillard de la voix plaintive de Jide m'irrite et je me sens coupable d'éprouver de l'irritation. Il est fils unique, et les attentes familiales l'accablent déjà assez, sans parler de la pression pour qu'il trouve une femme. L'autre jour, ses parents lui ont annoncé qu'il devait faire construire une maison dans leur village, comme si quelqu'un qui travaille dans les télécommunications en avait les moyens.

« Omelogor, est-ce qu'on peut se marier ? » demande Jide.

Je le dévisage, surprise. « Quoi ?

— Et vivre ensemble quelques années, histoire qu'ils arrêtent de me harceler ?

— Cette situation incestueuse serait du jamais-vu, Jide. Même tes parents n'y croiraient pas. » Je m'imagine pourtant épousant Jide. Ça rabaisserait vraiment le caquet de tantie Jane. *Regarde, tantie, j'ai un époux ! Et c'est ce que tu appelles une vie vide de sens ?*

« Ils veulent juste que je me marie, que j'épouse une femme que je veux bien épouser », s'embrouille Jide d'une voix empâtée.

Il a perdu le contrôle de sa langue ; ses mots jaillissent, mutilés, tronqués, puis il finit par s'assoupir, son menton retombant sur sa poitrine. Ses ronflements sonores s'élèvent, vibrent et s'achèvent sur une note lugubre. Je le couvre d'un plaid. Son corps prend toute la largeur du canapé. Je me souviens du soir où, des années plus tôt, Jide m'a dit « Reste sur le canapé », pendant qu'il essuyait mon matelas avec un chiffon mouillé et du savon. Je me sentais si nauséeuse que j'avais brusquement vomi partout, sur mon lit, sur les murs, par terre. Pendant que Jide nettoyait des traces de bave sur le sol, il a levé les yeux vers moi et m'a dit « *Ndo,* désolé, reste sur le canapé », comme pour me protéger de mes propres miasmes. Il n'en a jamais reparlé et, quand j'ai récemment abordé le sujet, il l'a éludé. Tandis que je le regarde dormir en repensant à ce jour-là, mes yeux se remplissent de larmes.

Atasi entre dans le salon et je comprends aussitôt qu'elle a quelque chose à me demander ; elle me demande des choses seulement quand j'ai bu, et j'ignore si sa combine est à mettre sur le compte d'un comportement pardonnable d'adolescente ou si je devrais m'en inquiéter.

« Tu es encore debout ? » Pourvu qu'elle n'ait pas remarqué mes larmes et n'aille pas s'imaginer que j'ai pleuré parce que je suis ivre. Un adorable chaton est imprimé sur sa chemise de nuit bleue. Elle est tellement maigre qu'elle nage dans le vêtement. Elle me dit qu'elle a besoin d'un entraîneur personnel pour résoudre son problème.

« Quel problème ?

— J'ai des *hip dips*.

— Et c'est quoi, au juste ? »

Elle m'explique longuement de quoi il s'agit, mais je ne comprends pas, jusqu'au moment où elle plaque sa chemise de nuit contre ses hanches. À en croire Instagram, celles-ci ne s'évasent pas comme elles le devraient, et les creux qui se forment à cet endroit constituent une épouvantable difformité que des exercices suivis, heureusement pour nous, devraient corriger. Je repense à tantie Jane et songe qu'il est si facile de s'inventer un problème là où il n'y en avait pas auparavant.

« Quand est-ce que tu l'as su ?

— Su quoi ?

— Est-ce que tu savais que tu avais des *hip dips* avant de voir la vidéo sur Instagram ? »

Elle soupire et lève les yeux au plafond pour manifester son agacement.

« Atasi, un matin, quelqu'un s'est réveillé et, après avoir bu son café, a décidé d'appeler une partie parfaitement normale du corps un *hip dip* et d'en faire un problème, parce que cette personne voulait créer du contenu ou vendre un produit, ou encore avoir l'impression d'être importante ou se sentir mieux. Ton corps est normal, et c'est très bien d'être normale », dis-je, et j'ajoute sur un ton taquin : « Et si tu manges un peu plus, tu passeras d'un corps normal à un corps parfait. »

Mais Atasi ne sourit pas. Sans un mot de plus, elle sort de la pièce en boudant. Elle est toujours en train de faire la moue et de se photographier, son téléphone fixé à un trépied ou bien Philippe ou Mary jouant les photographes, tandis qu'elle pose près des fleurs, le corps contorsionné, un crop top dévoilant son ventre et moulant sa silhouette anguleuse. Presque tous les jours, des prospectus pour des écoles de mannequinat apparaissent comme par enchantement sur la table de la salle à manger ou parfois dans mon bureau ; on y voit des filles retouchées avec Photoshop, sans expression, au teint invraisemblable. Mais quand je dis non, c'est non ; hors de question qu'elle suive des cours de mannequinat. *Stimulez votre confiance en vous*, propose l'un des prospectus, et j'ai expliqué à Atasi que le contraire était vrai : « Le mannequinat te donnera une mauvaise opinion de toi-même. » Elle m'a regardée avec de la pitié, oui, de la pitié, mais trop brièvement pour que ça puisse être considéré comme un manque de respect.

Elle était la championne du cent mètres à l'école avant d'arrêter brusquement cette activité en classe de seconde parce qu'elle craignait de prendre du muscle comme un homme.

Je me souviens de lui avoir dit : « Les gens musclés vivent plus longtemps et sont en meilleure santé. » Je crois à présent que j'aurais dû m'exprimer différemment. J'aurais dû la rassurer sur le fait qu'elle ne ressemblerait jamais à un homme et que faire de l'exercice lui serait bénéfique. Avec Atasi, je dis des choses et puis, plus tard, je les regrette.

Jide se réveille, sobre et sombre, en annonçant qu'il doit rentrer chez lui et que non, ce projet de m'épouser ne marchera pas, il en est conscient. Étendu là, il ressemble à un gigantesque oreiller fripé, son mécontentement profondément gravé dans les zones ombrées de son visage. Cela fait des années qu'il souhaite partir s'installer à Lagos pour échapper au lent gâchis de sa vie amoureuse. Il soutient qu'Abuja est comparable à une scène préfabriquée, peuplée de vieux fonctionnaires qui cherchent à faire des affaires et d'hommes plus jeunes auxquels on a seulement appris à tout rafler, alors que lui aspire au simple prodige d'une conversation, d'un contact physique, de temps. Dernièrement, il me demande continuellement si je ne perçois pas la menace qui plane sur la ville. Sa tristesse, mûre à point, ne l'incite toutefois pas à passer à l'action, comme si la tristesse en question avait uniquement besoin d'un témoin. « Va au Canada, Jide. De nos jours, les Nigérians colonisent ce pays. Je prendrai tous tes frais en charge jusqu'à ce que tu sois bien établi », lui dis-je souvent ; et chaque fois il répond d'accord, qu'il va se renseigner, puis s'abstient de réaborder le sujet à moins que je ne le fasse. Jide entreprend mais ne finit pas ; il commence des choses ou s'apprête à les commencer, puis il s'arrête. Cela me contrarie que rien ne lui soit trop intolérable à supporter, et il supporte tout, tellement geignard et passif à la fois. On ne s'arrête pas à des aspirations ; on se sert de l'élan né de ces mêmes aspirations pour permettre à la vie que l'on désire de voir le jour, ou, au moins, on essaie. En une occasion, je lui ai tenu un discours de ce genre, je ne me rappelle pas mes paroles exactes, et sa réponse, dans laquelle j'ai entrevu un ressentiment dont j'ignorais jusqu'alors l'existence, m'a stupéfiée : « Nous ne sommes pas tous intrépides comme la grande Omelogor. »

Il se lève lentement du canapé. Je l'épouserais si cela pouvait l'aider, mais quiconque nous connaît même vaguement devinerait facilement cette farce flagrante. Nous nous sommes rencontrés au jardin d'enfants de l'université, mais c'est en cours élémentaire que nous sommes devenus meilleurs amis, assis côte à côte dans la classe de M. Ngwu. Jide venait jouer chez moi après l'école et le fait qu'il ait le droit de traverser tout seul le campus m'émerveillait. Nous aimions pourchasser les papillons qui voltigeaient sans relâche au-dessus des plantations de ma mère. Un jour, Jide a lâché un vent bruyant, et j'ai crié, avec une jubilation accusatrice : « Tu as pété ! » Et il s'est empressé de répondre : « Je n'ai pas pété, c'est les papillons ! » Je me souviens encore de ce qu'il portait ce jour-là, un tee-shirt des Maîtres de l'univers avec un Musclor entouré d'un halo et armé d'une épée. Cela fait plus de trente ans, et nous blaguons toujours sur les papillons péteurs.

Nous avons été néophytes à Abuja ensemble, Jide et moi, à l'époque où nous avons décroché notre premier emploi dans cette ville. Nous ne savions pas nous orienter, partant en voiture pour le marché et atterrissant dans des rues résidentielles bordées d'arbres ; nous ne savions rien des jeunes hommes riches originaires du Nord qui font la course sur les avenues dans des autos de luxe, ni de la chaleur parfois brutale du soleil. Nous ne savions rien non plus de la somnolence qui règne dans les bureaux le vendredi quand tant de gens se rendent à la mosquée, ni que les hommes ne sont pas autorisés à entrer dans certains salons de coiffure. Un samedi, j'ai cherché en ligne un salon dédié aux cheveux naturels et demandé à Jide de m'y retrouver une fois mes tresses terminées afin d'aller directement visiter le petit deux-pièces qu'il souhaitait louer. À l'époque, il habitait encore chez son oncle. Contrairement à la plupart de ces salons, il ne flottait dans celui-ci aucun effluve de cheveux roussis, aucun parfum douceâtre de produits chimiques corrosifs. Des odeurs mêlées de beurre de noix de coco et de karité, d'huiles essentielles de lavande et de menthe embaumaient les lieux. Des pommades fraîchement mélangées reposaient dans des bols sur les plans de travail, si appétissantes qu'on aurait pu en manger. Les femmes présentes étaient toutes originaires du Nord, leur foulard drapé sur le dossier de leur siège. Elles avaient de si belles chevelures, souples et bouclées, aux racines épaisses et fournies, qu'il me semblait extrêmement dommage qu'elles ne puissent exposer ces cheveux, si joliment apprêtés, aux regards extérieurs.

« Mon cuisinier m'a préparé un grand bol de yaourt avant que je sorte », a dit l'une d'elles.

Elles étaient si étranges et exotiques, ces femmes du Nord qui mangeaient des quantités de yaourt chez elles. Je ne voyais pas ce que pouvait représenter un « grand » bol de yaourt fait maison, parce que c'était pour moi un aliment qu'on achetait dans de petits pots au rayon frais des supermarchés. J'avais affaire à des personnes dont les ancêtres étaient gardiens de vaches, tandis que mes aïeux avaient vécu dans les forêts, et cette distinction ancienne les rendait intéressantes à mes yeux, davantage que le fait qu'elles étaient musulmanes et moi chrétienne. Elles s'exprimaient dans un haoussa parsemé de mots anglais. À l'époque, je parlais déjà bien leur langue, apprise au cours des quelques mois où je cherchais un travail.

« Je fais toutes mes courses alimentaires à Londres. Je prends un vol de nuit de la British Airways, je passe la journée là-bas, et puis je rentre », a expliqué celle qui avait mangé un grand bol de yaourt. Elle a lancé des regards discrets d'un côté et de l'autre afin de s'assurer que tout le monde l'avait bien entendue, ses cheveux lui tombant dans le cou comme de la laine noire luisante. Quand Jide est apparu à la porte du salon, la réceptionniste a poussé un cri strident, et ces femmes impériales, frappées d'horreur, se sont emparées de leur foulard ou de leur serviette pour se couvrir la tête, tout en cherchant des yeux la fourbe, coupable d'avoir amené un homme dans ce lieu. J'ai aussitôt compris et j'aurais dû m'excuser, dire que j'ignorais que les hommes n'étaient pas les bienvenus, j'aurais dû avouer et affronter leurs yeux furibonds. Je n'en ai rien fait. Jide avait précipitamment battu en retraite ; j'ai gardé le silence et me suis abstenue de répondre à ses appels au cas où cela me trahirait. Je voulais être de ces gens qui savaient ce que tous les autres savaient. Il y avait tant de choses que j'ignorais encore les premiers temps et j'en étais désorientée, car j'étais habituée à savoir tant de choses. Je connaissais bien l'Igboland et assez bien Lagos, mais le Nord possédait une texture sans rapport aucun avec ces lieux – non qu'Abuja, posée au centre de la carte du Nigeria, soit même véritablement située dans le Nord. Territoire de la capitale, siège du gouvernement, agglomération de parcs aux arbres touffus. Je m'étais toujours imaginée vivant à Lagos, mais le poste que j'avais trouvé à Abuja était trop tentant pour que je puisse le refuser, bien au-dessus de ce que les jeunes diplômés obtenaient d'ordinaire. Je prévoyais déjà de gravir d'autres échelons encore, et si cela impliquait que je doive habiter une ville guindée, sans imagination, je m'en contenterais. Abuja était trop morne, trop enfermée dans le conformisme de sa propre existence, bâtie pour une raison précise, comme une maison de Lego. Du moins le pensais-je, jusqu'au jour où, dans une boutique de téléphonie du centre commercial Ceddi Plaza, quelqu'un m'a appelée par mon surnom d'adolescente : « Logos ! » C'était une femme à la peau très claire, vêtue d'un boubou et chaussée de claquettes de marque à talons plats, l'uniforme décontracté des privilégiés. Je l'ai regardée, la tête penchée sur le côté. Elle connaissait peut-être quelqu'un qui me connaissait.

« Logos ! Je suis Nodebem, a-t-elle dit avec une chaleureuse suavité. Nous étions ensemble au lycée de l'université. »

Elle ne ressemblait absolument pas à Chinodebem, une fille si sombre de peau que les autres élèves la surnommaient « Maria la Noire » ; les garçons soutenaient qu'elle sentait la transpiration et que ses dents étaient jaunies parce qu'elle ne se les brossait pas régulièrement. Elle souriait à présent en révélant des dents si blanches qu'elles accaparèrent toute mon attention, comme si Chinodebem avait collé du papier à imprimante dans sa bouche. Je ne l'aurais jamais reconnue avec son nouveau visage au teint jaune, un visage blasé, celui de l'épouse oisive d'un riche Igbo, aplati par des couches de fond de teint appliquées sans tenir compte des contours naturels du visage humain.

« Je me fais appeler Nodie, maintenant », a-t-elle dit, passant d'une main à l'autre son sac griffé, incrusté de métal, au cas où je ne l'aurais pas remarqué. Nous avons échangé nos numéros en sachant que je ne lui téléphonerais jamais, mais, tandis qu'elle s'éloignait, j'ai admiré la hardiesse avec laquelle elle s'était donné une nouvelle apparence et l'audace qu'il lui avait fallu pour m'annoncer amicalement : « Je suis Nodebem, du lycée », comme si le spectaculaire blanchiment de peau auquel elle avait eu recours n'était qu'une broutille. Cette rencontre a ébranlé mon opinion, m'a moi-même déroutée, et j'ai saisi que les marges sociales à Abuja pouvaient fluctuer. Il était possible de s'y réinventer en dehors du courant dominant, et peu à peu je me suis dit que l'endroit ne serait peut-être pas une simple étape dans ma carrière, que j'y resterais sans doute. Ainsi a commencé ma découverte des zones d'ombre et des surprises d'une ville que je ne connaissais pas encore. À l'occasion de mon premier stage de formation en finance, un cours banal sur la gestion des risques, les autres participantes et moi avons été soumises à un dépistage de drogue. Le coordinateur a remis à chacune un badge, une chemise cartonnée ainsi qu'un flacon en plastique pour recueillir un échantillon d'urine. J'étais déconcertée, mais comme les autres ne semblaient pas étonnées, j'ai tâché de les imiter. Nous nous sommes dirigées vers les toilettes pour femmes, parfumées à l'Izal, où une dame corpulente portant un badge AGENT DE SERVICE attendait près des lavabos avec un air empressé et légèrement fuyant.

« Faites pipi pour moi, s'il vous plaît », lui a dit une femme prénommée Hadassah. Elle avait une montre tape-à-l'œil incrustée de pierres précieuses au poignet et un foulard bleu autour de la tête. Elle a tendu son flacon à la femme de ménage, qui s'est enfermée promptement dans une cabine. Est arrivée une deuxième femme de ménage avec un petit air de matrone dont les yeux sont rapidement passés d'une personne à l'autre pour offrir son urine en silence. Elle en avait l'habitude ; elle s'était probablement précipitée afin d'arriver avant le début du stage, car il y avait à l'évidence de l'argent à se faire. Une stagiaire qui s'appelait Chikamso, vêtue d'un chemisier en soie sous son tailleur, a tendu son flacon à la deuxième femme de ménage en disant : « Je vous ferai un virement bancaire, je n'ai pas d'espèces. »

Je suis entrée dans une cabine. J'ai entendu une collègue décréter que la femme de ménage devait boire pour uriner davantage, et une autre a dit : « Tenez, j'ai une bouteille d'Eva. » Toutes ces femmes redoutaient ce que leur urine était susceptible de révéler, et cela m'a surprise. Avaient-elles consommé de la drogue pendant le week-end, ou bien sniffé quelque chose tout en enfilant leur tenue très convenable avant de partir travailler ? Pour finir, moi exceptée, chacune de celles qui étaient venues prélever un échantillon dans ces toilettes en est ressortie avec celui d'une femme de ménage. Chikamso et moi sommes plus tard devenues amies, et parfois, au milieu d'une conversation, je lâche : « Faites pipi pour moi, s'il vous plaît ! »

QUATRE

Plusieurs jours se sont écoulés et pourtant je réfléchis à l'idée de faire semblant, et me demande pourquoi tantie Jane pense que c'est mon cas. *Ne fais pas semblant d'aimer la vie que tu mènes.* Feindre d'aimer sa vie semble apporter si peu de bienfaits. Fait-on semblant vis-à-vis de soi ou seulement vis-à-vis des autres ? Si c'est aussi vis-à-vis de soi, le fait de feindre en devient-il, d'une certaine manière, réel ? Et puis, de toute façon, qu'est-ce qui est réel ? Les opinions des gens qui ne comptent pas à mes yeux me sortent en général facilement de la tête, alors pourquoi suis-je à présent à ce point obnubilée par les paroles d'une tante gâteuse ? Ma nature superstitieuse me signale peut-être que cette nouvelle année débute sous de mauvais auspices. Je reste au lit longtemps après m'être réveillée en sentant mon esprit s'aigrir, mon corps bizarrement alourdi, comme s'il fallait qu'il se déleste de certaines parties de lui-même. Je devrais probablement me servir de mon tapis de course, bien que je déteste faire de l'exercice. La marche est la seule activité supportable, mais comme le soleil est déjà brûlant je dois attendre le crépuscule rafraîchissant. J'informe Philippe que je ne veux pas de petit déjeuner. « Un peu d'ananas pour Madame ? propose-t-il.

— D'accord, juste de l'ananas. »

Je mange des tranches de fruit frais en parcourant les informations. L'OMS annonce à présent que le virus se transmet entre humains, ce qui signifie qu'ils ne savent pas de quoi ils parlent et ne l'ont sans doute jamais su. Mais comment le sauraient-ils ? Un coronavirus inédit est inédit parce que personne ne le connaissait auparavant. Il y a des centaines de nouveaux articles sur l'affaire de Kadiatou et partout la même photo d'elle peu flatteuse où ses yeux sont bouffis, brillant d'un éclat factice. Dans une tribune libre, on parle d'elle comme d'« un choix improbable ». Un choix improbable pour une agression sexuelle. L'auteur commence par ces mots : « On ne se serait pas attendu à ce que la femme de chambre ressemble à cela. » Il poursuit en disant qu'elle a dû accepter un rapport sexuel pour de l'argent. Qui est capable d'écrire une chose pareille, puis de rentrer chez lui et de passer une bonne nuit ? La tribune est publiée dans le *Post*, mais je me demande qui s'est assis devant son clavier et a tapé que Kadiatou était physiquement assez bien pour être payée en échange d'un rapport sexuel, mais pas assez pour être violée. Je tombe sur quelques articles qui parlent de lui, l'homme qui l'a violée. Ils adoptent tous un ton lugubre tandis qu'ils énumèrent tout ce qu'il a accompli et les rêves auxquels il lui faut désormais renoncer. Le mois dernier, en regardant à la télévision la lecture de l'acte d'accusation, j'ai essayé d'étudier son visage chaque fois que la caméra faisait un gros plan sur lui. Il n'était pas rasé, ses lèvres minces formaient une ligne implacable, et de temps à autre il observait la cour et semblait se retenir de secouer la tête face à l'absurdité de devoir supporter cette affaire grotesque, parfaitement infondée. À en juger par son exaspération, son exaspération palpable, il croyait vraiment que c'était lui qui subissait une injustice. Il avait une petite ecchymose violacée sur le menton, et je me suis dit que sa femme l'avait peut-être giflé, laissant une marque visible de tous. La femme riche et séduisante dont la photo s'étale à la une des journaux à chaque nouvelle édition. Elle a loué une maison dans le quartier de Georgetown, une cage dorée de sept pièces où ils séjourneront en attendant le début du procès. D'après Chia, Luuk l'a un jour rencontrée en France, et elle serait charmante. Évidemment. Ils ont toujours une épouse charmante.

Sur For Men Only, j'ai lu le message d'un homme qui a collecté des fonds pour que sa mère, sa sœur et lui puissent rejoindre Lampedusa sur une barque de pêche en bois, et quand celle-ci a chaviré, il a vu sa mère et sa sœur se noyer. Il habite maintenant à Lomé et sa femme veut le quitter parce qu'il pleure tout le temps et dépense le peu d'argent qu'ils ont pour s'acheter du gin local. Personne ne devrait s'attendre à ce qu'il s'en remette un jour, et pourtant tout le monde l'espère. Sa famille l'encourage à être un homme, maintenant qu'il a une vie meilleure, avec un travail et une maison offerts par son beau-père. Il doit jouer les héros parce qu'il est un homme, mais peut-être qu'il n'en a pas envie ou qu'il n'est pas fait pour ce rôle. Je compte écrire un texte que je publierai pour lui dire : Vous n'avez pas besoin d'être un héros, mais vous pouvez sans doute trouver d'autres façons de gérer votre chagrin – un peu moins de gin, un peu plus d'efforts pour voir ce qui vous entoure, votre femme et votre bébé –, ou bien vous pourriez vous demander ce que votre mère souhaiterait. Mais les mots ne me viennent pas. Les mots ne me viennent pas alors je referme mon ordinateur. Je regarde par la fenêtre et vois

Mohammed qui prie dans un coin, près du mur de la propriété. La grâce avec laquelle il s'agenouille, front contre terre, et se redresse ; l'humilité avec laquelle il s'incline et s'agenouille de nouveau. Ses mouvements sont sincères et fluides, presque joyeux, si du moins la joie pouvait être contenue ; ce n'est pas simplement par habitude ou par devoir qu'il se comporte ainsi, Mohammed est un véritable croyant. J'ai toujours eu le sentiment que cela expliquait sa grande honnêteté, sa langue étant incapable d'articuler le moindre mensonge. J'ai en lui une confiance absolue. Fait-il partie de ces personnes qui ont la bonne fortune d'être nées avec un esprit pur, ou bien est-il ainsi parce qu'il a été élevé dans la foi ? Peut-être est-ce un peu des deux. Il existe après tout tant de gens élevés dans la foi complètement différents de lui. Les hommes qui ont assassiné oncle Hezekiah ont été élevés dans la foi. Je ressens une violente agitation et le sang me monte brusquement à la tête : des sensations que j'éprouve inévitablement quand je pense à oncle Hezekiah. Il faut que je m'assoie, sinon mon corps vacille et menace de s'écrouler. Oncle Hezekiah, le seul frère de mon père, un homme que j'aimais, et pourtant je n'ai pas pleuré quand il est mort. Réaction à attribuer à la distance, sans doute, puisque je ne le voyais que quelques fois par an ; mais alors, pourquoi me suis-je effondrée peu de temps après, quand un autre homme, un parfait inconnu, a été assassiné ? J'ai versé des larmes et me suis morfondue, enveloppée durant des semaines dans un linceul de langueur, me laissant aller dans son étreinte. Je lisais des livres sur le chagrin et j'apprenais que celui-ci est imprévisible, que c'est notre corps qui sait l'exprimer le mieux, et que parfois nous pleurons longtemps après avoir oublié la raison de notre chagrin. Verser des larmes pour cet inconnu revenait donc à les verser pour mon oncle. Je me le répète souvent, sans en être convaincue. Je continue d'être entachée par la honte et la trahison. Oncle Hezekiah était un homme bon et gentil, un homme méritant, et je ne comprends pas quelle terrible défaillance en moi m'a empêchée de le pleurer. Il est tellement humiliant, tellement dégradant de l'avoir pleuré en pleurant quelqu'un d'autre.

C'est un dimanche léthargique et Hauwa passe me voir après avoir déposé ses enfants chez des amis qui les ont invités pour jouer. Elle m'apporte des chips de plantain, la variété très chic qu'elle commande dans de petits sachets fermés par une cordelette dorée.

« Merci, lui dis-je, et c'est seulement après avoir prononcé ce mot que j'entends le manque d'énergie dans ma voix.

— Omelogor, qu'est-ce qui ne va pas ? Tu n'es pas comme d'habitude ces derniers temps. Il s'est passé quelque chose au village ? » L'inquiétude adoucit son visage. Je ne sais pas très bien pourquoi je ne lui ai pas confié ce que tantie Jane m'a dit, mais c'est ainsi. Peut-être espère-t-elle qu'il se soit réellement produit quelque chose au village, car elle m'a suppliée de ne pas y aller pour l'accompagner plutôt à Dubaï, et j'ai refusé. Je sais que c'est injuste de le penser, et sans doute faux, mais j'en suis tout de même convaincue. Je me souviens de sa question lancée avec désinvolture : « Pourquoi vous autres, Igbos, vous retournez toujours dans votre village ? Qu'est-ce qu'il y a donc là-bas ? »

En guise de réponse, je lui ai montré des photos du château du père de Chia – il n'y a pas d'autre mot que « château » pour décrire cette maison –, et elle les a regardées les unes après les autres avant de dire : « Je constate que personne ne se sert des courts de tennis », accompagnant ces paroles de son rire carillonnant. C'était vrai, les mauvaises herbes se frayaient un chemin sous le béton aux abords de ces terrains, et pourtant j'ai eu l'impression que sa remarque avait pour seul but de m'agacer. Je n'aurais pas dû lui montrer ces photos, de toute manière. Une réaction impulsive et idiote de ma part, comme si le ton de sa question exigeait que je mobilise mes moyens de défense et, chose prévisible, que j'y réponde en brandissant des maisons cossues. En soutenant que le village n'est pas tel qu'on l'imagine. La maison du père de Chia n'a évidemment rien à voir avec mon attachement à Abba, et c'est évidemment une anomalie dans le paysage, la majeure partie du village étant aussi villageoise que Hauwa se le représente. Si je passe Noël et le Nouvel An ailleurs, j'ai l'impression qu'on m'a servi un repas de restes froids sur le point de tourner. J'aime le parfum du village, une odeur ancienne de pluies, de feux de bois et de culte rendu à la terre, accumulée au fil des siècles ; j'aime aussi observer les chauves-souris qui voltigent au coucher du soleil, comme soudain libérées de prison. Je pense à une époque où les femmes allaient à la source et ôtaient leur pagne en signe de dévotion, offrant à la déesse leurs sacrifices et leur désespoir. J'aime les modulations de l'igbo rural, les conversations franches et exubérantes des habitants, qui ne tolèrent pas les imbéciles. Et les efforts, les efforts que tous déploient, chacun souhaitant créer sa petite entreprise, chacun nourrissant de grands rêves de négoce. Je mange toujours trop, de l'*ukwa* frais que ma mère confectionne avec du poisson séché ; l'*abacha* que tantie Nneka apporte d'Agulu ; la soupe d'*onugbu* que la vieille Nne Matefi, la sœur de ma grand-mère, prépare dans sa cuisine de pisé enfumée qu'elle a refusé de faire démolir.

Nos parentes taquinent Chia et la traitent d'étrangère parce qu'elle déteste l'*ukwa* et ne veut pas toucher à la soupe d'*onugbu* dans sa marmite couverte de suie. Ce Noël, elle a dit à notre grand-tante : « D'accord, je vais en manger. » Je lui ai lancé un regard d'avertissement afin qu'elle arrête d'essayer de leur faire plaisir, mais elle s'est obstinée et a avalé l'igname en bouillie et la soupe, puis m'a murmuré d'une voix tendue : « Omelogor, je vais vomir.

— Chia, s'il te plaît, pas sur moi », ai-je répondu.

Dès mon arrivée, plusieurs jours avant Noël, une petite femme au physique maigre et nerveux s'est présentée à notre portail et a demandé à me voir afin de me montrer son rickshaw *keke* neuf. Je l'ai réprimandée en lui disant qu'elle n'aurait pas dû venir, car elle sait que la seule vraie façon de me remercier consiste à aider une autre femme. Mais, en secret, mon cœur s'est gonflé de fierté. Il y a deux ans, quand je lui ai accordé une subvention Robyn Hood, elle vendait des petits piments rouges sur un plateau rouillé. De toutes les villageoises qui ont reçu des subventions de ma part, une seule, une couturière, a fait faillite. Hauwa ne comprendrait pas comment tout cela me comble et me met en état de grâce.

« Il s'est passé quelque chose au village ? insiste Hauwa. Qu'est-ce qui ne va pas ? Tu as l'air déprimée. Ou alors tu n'as pas envie de me voir ? »

Elle passe si rapidement de la gaieté à l'irascibilité ; elle sait que cela n'a rien à voir avec sa compagnie. Ses prochaines paroles seront : « Bon, j'y vais. » Ce qui m'incitera à répondre : « Non, reste. »

Comme de bien entendu, elle reprend : « Si je te dérange, si tu veux que je m'en aille, dis-le, tout simplement. »

Son visage arbore une expression qui m'évoque une

mégère, et je me sens coupable d'avoir cette pensée, étant donné que les mots comme « mégère » et « harpie » me déplaisent car ils n'ont pas d'équivalents masculins.

« Hauwa, tu sais que tu ne me déranges pas. Il ne s'est rien passé. C'était comme d'habitude au village, avec tout le monde qui prie pour que je trouve un époux.

— Sérieusement ? *Wallahi.* Tu m'avais pourtant dit qu'ils avaient arrêté, non ?

— C'est ce que je croyais.

— Tu n'as pas envie de te marier du tout, dit-elle en m'observant, comme si c'était là une révélation pour elle. Tu n'as jamais rêvé à une robe de mariée et tout ça ?

— Non. » Je rêvais parfois à un enfant, un petit garçon que je tenais par la main tandis que nous traversions la rue, mais il n'y a jamais eu de mari dans ces songes tamisés.

« Moi, j'aime bien être une épouse. Une fois mariée, tu es libre de faire ce que tu veux. Si tu ne te maries pas, la famille sera toujours sur ton dos. Ou bien, au moins, marie-toi et divorce ensuite. »

Elle ne parle que très rarement de son propre mariage. Je sais seulement que son époux est un parent de sa mère et qu'il est tout le temps en voyage d'affaires. Il apparaît dans la conversation comme une raison plus que comme une personne. *Rabiu est en ville, alors je ne peux pas rester tard.*

« Je constate que tu es bien cynique, aujourd'hui, dis-je.

— C'est juste la vérité. Tu sais que je serai toujours sincère avec toi », répond-elle en insistant sur ce dernier mot, à croire qu'elle ment aux autres. « C'est assez drôle, et loin de moi l'idée d'ajouter à la pression qu'on te met au village, mais on arrêtera de parler de toi à Abuja si tu te maries.

— Comment ça ?

— Le frère de Hadassah fait courir le bruit que tu sors

avec le vice-président, et il est prêt à jurer que c'est toi qui as fait capoter son appel d'offres. »

Son ton de commère me surprend, et j'en ressens soudain de l'irritation. Les histoires qui circulent sur mon compte sont celles que toutes les célibataires fortunées, jeunes ou moins jeunes, traînent dans leur sillage à Abuja. Les gens racontent que j'étais une fêtarde à l'université, époque où j'aurais commencé à coucher avec des gouverneurs, obtenu mes promotions grâce à mes aventures avec des directeurs généraux, décroché des contrats auprès des ministres avec lesquels j'aurais également couché, et que mon cabinet de conseil est une société-écran permettant de blanchir les profits d'un ancien gouverneur. Naturellement, cette dernière accusation est en partie vraie, mais je travaillais encore à la banque quand j'ai blanchi de l'argent. Les gens propagent ces histoires parce que ce sont les hommes qui ont bâti ces antres secrets où se font les fortunes, et il faut bien expliquer la présence d'une femme parmi eux d'une manière ou d'une autre. Lors d'un dîner, Jamila, avec un sourire malicieux, a fait allusion à une rumeur me concernant, et Hauwa l'a aussitôt écartée d'un geste rapide de la main. « Tous ceux qui parlent d'Omelogor veulent être à sa place », a-t-elle déclaré avant d'embrasser la table du regard et de passer à un autre sujet. J'ai éprouvé de la fierté, comme une brusque décharge de sucre dans le sang, de la fierté et du plaisir en voyant de quelle manière elle avait fait taire Jamila. À présent c'est elle qui adopte ce ton de commère, donnant de l'importance à ces histoires.

« Le frère de Hadassah doit être très influent pour que tu aies soudain le temps de te livrer à des ragots futiles, dis-je.

— J'ai juste cru bon de t'en faire part. » Elle paraît blessée ; elle a l'impression d'avoir été injustement réprimandée.

Nous sommes dans ma chambre, et elle se lève de sa chaise devant la coiffeuse pour se diriger vers la porte qui mène au balcon. Elle porte un jean et une tunique à boutons, et ses cheveux sont remontés dans une sorte de turban parsemé de pierres précieuses.

« Tu vas fumer ?

— Je ne devrais pas ? demande-t-elle.

— Je croyais que tu allais chercher tes enfants ensuite.

— Et alors ? Tu crois qu'ils s'en rendent compte, quand je suis stone ? Reconnais simplement que tu ne veux pas que je fume. Tu te comportes toujours bizarrement quand je fume.

— Ce n'est pas vrai, Hauwa. »

Lorsque je fume du Loud, le corps me démange et j'ai ensuite le cerveau embrumé, mais elle choisit parfois de l'oublier et me tend un joint et, quand je refuse, elle affirme que je porte sur elle un jugement moral.

« D'accord, je ne fumerai pas, désolée », dit-elle d'une façon qui me rappelle qu'elle est beaucoup plus jeune que moi. De huit ans. Je suis heureuse d'entendre mon téléphone vibrer et de voir que c'est ma mère, et même si je sais qu'il s'agit de l'un de ses appels décousus ayant pour but de prendre de mes nouvelles, je fais signe à Hauwa que ma mère et moi avons à parler sérieusement. J'ai envie que Hauwa s'en aille. C'est la première fois que cela m'arrive, mais je tiens à présent à ce qu'elle parte. En mon for intérieur je ressens une agitation que je ne parviens pas à circonscrire. Elle ne me salue pas, pas vraiment ; elle se borne à vaguement lever la paume tandis qu'elle reprend son sac à main posé sur mon lit.

Le lendemain matin, je lui envoie trois textos pour lui demander comment elle va, et elle les ignore. Je finis par lui écrire : *Nous n'étions pas raccord, hier* ; elle m'appelle presque aussitôt pour demander : « Qu'est-ce que ça veut dire, franchement ?

— Je me suis dit que tu réagirais si je t'envoyais quelque chose d'idiot de ce genre. »

Elle garde le silence un instant. « Omelogor, tu te montres parfois froide. Très froide. Comme un homme. »

Ce n'est pas la première fois qu'on m'accuse de froideur, mais, venant d'elle, cela m'ébranle. « Je m'excuse.

— Il se passe quelque chose dont tu n'as pas envie de me parler.

— C'est rien. Mon séjour au village m'a simplement fait réfléchir.

— Tu es toujours en train de réfléchir, mais là, ce n'est pas pareil.

— Hauwa, tu te trompes, en toute honnêteté. » Je marque une pause. « Tu as vu que quelqu'un était mort du virus en Chine ?

— Oui, j'ai vu ça. Et il y a des cas confirmés au Japon et en Thaïlande. On doit veiller à ce que personne ne dise à Jide que ce truc se propage. »

Je ris, et elle m'imite.

« Pourquoi ai-je autant besoin de ton approbation ? me demande-t-elle, et cette question me rend soudain heureuse.

— De la même manière que je tiens à la tienne. Ce n'est pas ça, l'amitié ? Désirer une approbation mutuelle ? » Je prononce ces mots en ayant le sentiment d'être légèrement hypocrite. L'amitié devrait avoir des préfixes, des suffixes, des gradations. Afin de saisir expressément le contentement que j'éprouve quand Hauwa est près de moi.

« Vraiment ? s'étonne-t-elle. J'ai beaucoup d'amies, mais je n'ai jamais rencontré quelqu'un comme toi. »

Je suis revenue des États-Unis l'esprit rempli d'amertume et d'une humeur ténébreuse. Sans Hauwa, je n'aurais sans doute pas réussi à me relever si vite. Elle regorgeait d'idées de menus cadeaux et de petites découvertes : où acheter les meilleurs *kulikuli* réchauffés avec du gingembre et du poivre, des huiles de bain trop salissantes pour ma baignoire mais qu'elle m'encourageait à essayer, et quand elle me demandait ce que j'en avais pensé, je reconnaissais, penaude, qu'elles étaient relaxantes. J'adorais son rire, surtout quand elle avait fumé et qu'il atteignait des sommets presque hystériques. « Je n'aime pas la salade, parce que mes crottes ressemblent ensuite à des boulettes », disait-elle avec ce même rire hystérique.

Nous nous sommes fâchées en une occasion, à propos d'un groupe de musulmans chiites assassinés par l'armée nigériane parce qu'ils s'étaient massés sur une route, empêchant les voitures de passer.

« Ils n'auraient pas dû bloquer la circulation, a-t-elle déclaré en examinant des teintes de vernis à ongles.

— Tu dis ça simplement parce que c'étaient des chiites. S'ils avaient été sunnites, tu t'en soucierais davantage.

— Évidemment. Tu te soucies de la même manière de ta mère et d'une inconnue dans la rue ? »

Je me suis tue, ne sachant comment répondre à cette remarque. La simplicité joyeuse et franche de ses opinions était rafraîchissante, de même que ses réactions instinctives, presque impulsives, la légèreté qu'elle m'apportait. Contrairement à mes vieux amis, elle ne s'intéressait pas à mon séjour américain, et mettre de côté mon moi blessé me libérait.

La première fois que je suis allée chez Hauwa, je la connaissais depuis quelques mois. Elle a ouvert elle-même l'énorme porte d'entrée en bois et s'est écartée pour me laisser passer. Des urnes émaillées étaient disposées en rangée et les boules de faux buis qu'elles contenaient, arrondies à la perfection, donnaient à ce vestibule une allure familière, semblable à celle de n'importe quel grand hall d'hôtel. Ses enfants se trouvaient à l'étage avec leurs nourrices. Son mari était en voyage. Elle a voulu me montrer ses livres, dans une petite pièce carrée aux murs entièrement recouverts d'étagères.

« Je t'avais dit que j'avais des livres, a-t-elle précisé avec son rire aigu. Tu vois, je t'avais bien dit que mon père m'avait donné de vieux volumes de Shakespeare.

— Je n'en doutais pas.

— Si. Tu croyais que les gens comme moi ne lisent pas de livres. »

Elle portait un boubou de satin violet qui gainait son corps, l'enveloppant d'un éclat royal, et, quand elle marchait, les franges qui bordaient ses manches ondulaient.

« Y a-t-il dans cette maison des tableaux qui ne représentent pas des chevaux au galop ?

— Tu me juges.

— Normal. Ces peintures sont affreuses.

— Nous n'avons pas tous des goûts pointus et de fines connaissances en art, madame Omelogor, a-t-elle dit, écorchant mon nom avec cet accent du Nord que j'aimais tant.

— Franchement, Hauwa, tu pourrais t'acheter des tableaux corrects.

— Je préfère m'offrir un sac ou des bijoux. Pourquoi gaspiller son argent en peintures ?

— Les sacs à main sont de très mauvais investissements.

— Si ça me procure du plaisir, c'est un bon investissement. Moi, j'achète des diamants. Tout le monde aime l'or, pas moi. »

Nous étions dans son salon, ou plutôt dans l'un de ses nombreux salons. Elle a croisé les jambes, et son boubou légèrement remonté a dévoilé un mince bracelet scintillant autour de sa cheville. J'ai avisé une photo de son mari et elle accrochée au mur. Il était plus vieux que je ne me l'imaginais, soixante ans peut-être, corpulent, bel homme à la manière des individus qui ont réussi.

« Bon, Omelogor, j'ai quelque chose à te dire. Il y a une fête, vendredi, chez une amie. Je ne sais pas si tu aimerais venir.

— Tu pourrais m'inviter avec un peu plus d'enthousiasme.

— Eh bien, ce n'est pas... c'est un peu original. Écoute, il y aura des strip-teaseuses et des types qui font des massages tantriques. Je ne suis pas sûre que ça t'intéresse, en fait...

— Tu es sérieuse ?

— Tu crois que je plaisante ?

— Je suis bien entendu intéressée. »

Elle riait à présent, comme soulagée. « Je m'inquiétais, en me demandant comment tu allais réagir.

— Pourquoi ?

— Tu sais bien que tu n'es pas normale. »

Désormais habituée aux tournures inattendues que la vie à Abuja pouvait prendre, j'étais pourtant étonnée que Hauwa m'invite à une soirée avec des strip-teaseuses dans un appartement loué.

« Qu'est-ce qu'elle fête, ton amie ?

— La vie, a-t-elle répondu. Il n'y aura que des femmes, toutes mariées. Tu seras la seule célibataire. »

Durant cette fête, j'ai fait une crise de timidité qui m'a laissée toute tremblante, ce qui m'arrive rarement. Les appartements loués pour de courtes durées me dépriment à cause de leur atmosphère éphémère, comme si de nombreuses personnes y étaient entrées en bande et en étaient ressorties insatisfaites. J'ai sonné et quelqu'un a crié : « C'est ouvert ! » Une musique douce résonnait à bas volume, et les enceintes devaient être encastrées dans les murs de chaque pièce. Un chef vêtu de blanc préparait des amuse-bouche dans la cuisine, d'où venait une odeur de *puff-puff* frits, tandis qu'un homme en uniforme bleu installait des chichas dans le salon. J'ai jeté un coup d'œil dans la pièce. Deux femmes, assises sur le canapé, regardaient l'écran d'un téléphone en riant. Je me suis aventurée un peu plus loin, à la recherche de Hauwa. Dans la première chambre, un homme sans une once de graisse massait le dos d'une femme nue, allongée sur un grand lit. La pièce était sombre et, l'espace d'un instant, j'ai cru qu'il s'agissait de Hauwa, puis j'ai vu, à la faveur de la lumière de la salle de bains, le tissage qui lui tombait sur les épaules. Ce ne pouvait pas être Hauwa. La femme gémissait d'une manière qui m'a paru théâtrale, et je suis restée sur le seuil à l'observer, en me sentant moi-même légèrement théâtrale et en songeant que les muscles du masseur l'étaient également, luisant dans la pénombre comme ceux d'un culturiste au corps huilé.

« Tu veux un *happy ending* ? » lui a-t-il demandé. Elle a gémi de nouveau avant de répondre : « Non, j'ai fait venir des strip-teaseuses. Je préfère me réserver pour la suite. » Puis elle s'est esclaffée. L'homme s'est tourné vers moi et m'a proposé : « Tu veux que je te masse ? »

Son effronterie m'a déplu, et j'ignorais qu'il s'était aperçu de ma présence ; de plus, il n'y avait pas mieux que son accent villageois pour me faire passer toute envie. « Non », ai-je froidement répondu. À l'idée de me trouver dans cet endroit sordide, en train d'assister à cette scène, tandis que cet homme s'adressait à moi avec, dans la voix, une pointe d'irrespect moqueur, j'ai soudain éprouvé du dégoût vis-à-vis de moi-même. Puis Hauwa est apparue et cette sensation s'est dissipée. C'était la première fois que je la voyais sans son foulard, ses tresses plaquées, serpentines, lui descendant dans le cou, et elle semblait plus jeune, plus petite et plus enjouée, comme une lycéenne déléguée de classe, populaire et très jolie.

« Je suis allée au rez-de-chaussée pour te chercher ! a-t-elle dit. Viens. J'ai veillé à ce qu'il y ait du bon whisky. »

Quand les deux strip-teaseuses sveltes et bien proportionnées, âgées de moins de vingt-cinq ans, sont arrivées, je les ai regardées danser nues, se touchant, se léchant et se trémoussant. Lorsque l'une d'elles, par jeu, a fait mine de mettre son mamelon dans ma bouche, j'ai souri en détournant les lèvres et lui ai demandé : « Depuis combien de temps fais-tu ce métier ?

— Omelogor ! Laisse cette fille faire son numéro ! Ne transforme pas tout en étude intellectuelle ! m'a lancé Hauwa en riant.

— Celle-ci est si belle, a fait observer l'une des invitées en plaçant la main sur la taille exceptionnellement mince de la strip-teaseuse.

— Elle est pas mal, mais j'ai une fille incroyable qui vient s'occuper de moi à domicile chaque fois que mon mari part en voyage, a dit une autre femme. Si vous la voyiez... »

L'une des strip-teaseuses faisait courir sa langue sur le corps de Jamila.

« Tu veux essayer ? m'a demandé Hauwa en se tournant vers moi.

— Non, ce n'est pas mon truc. »

Hauwa s'est levée, a fait passer son long boubou par-dessus sa tête et l'a jeté sur le canapé. Dessous, elle portait un court négligé noir aux fines lanières et, pendant un instant, j'ai cru qu'elle s'apprêtait à l'enlever aussi et à faire signe à la strip-teaseuse d'approcher. Mais elle l'a gardé et a annoncé qu'elle allait appeler son dealer, parce qu'elle n'aimait pas le Loud de la soirée. « Il est trop doux, il n'a aucun effet sur moi ! »

Jamila a pris le joint de Hauwa et en a tiré une bouffée. « Comment tu peux dire ça ? Rien ne te fait de l'effet, aujourd'hui. »

J'ai accompagné Hauwa sur le balcon. Dans son négligé, ses épaules nues paraissaient d'une douceur exquise. Chi-Chi et Jamila nous ont bientôt rejointes.

« Tu as de la came ? a demandé Hauwa au téléphone. Sept grammes. Dépêche-toi, s'il te plaît.

— Demande-lui de la rouler ! a dit Chi-Chi, et Hauwa a secoué la tête en raccrochant.

— Tu sais bien que je ne fume rien que je n'ai pas roulé moi-même, a-t-elle répliqué. J'ai mes feuilles de Raw.

— Hauwa est une vraie pro pour effriter et rouler », a dit Jamila.

Le dealer n'a pas tardé à la livrer. Les petites grappes d'un gris verdâtre que Hauwa a déballées m'ont rappelé les fines herbes que ma mère faisait sécher et incorporait à ses œufs pour le petit déjeuner. J'ai dit à Hauwa que je n'avais jamais fumé de ma vie parce que cela ne m'avait jamais intéressée.

« Omelogor, à te voir aussi branchée, personne ne se douterait que tu es super ringarde. »

Elle se moquait de moi, et cela me plaisait. J'ai alors compris que cette soirée était un acte de confiance, elle voulait que je la voie pleinement, que je découvre cet aspect secret de sa vie.

« La ringarde va se mettre au goût du jour. Roule-m'en un », ai-je dit, et elle s'est exécutée.

J'ai inspiré, toussé, et les démangeaisons ont commencé après ma deuxième bouffée. Mais ça ne me gênait pas. J'apprenais à aspirer la fumée avec Hauwa à mes côtés, nos visages si proches qu'ils se touchaient presque. Hauwa inhalant le front plissé, comme absorbée dans ses pensées. Hauwa expirant et rejetant la tête en arrière, dans une sorte d'extase. Hauwa, capable de tenir des flammes comme des fleurs et des fleurs comme s'il s'agissait de flammes. Hauwa.

Une femme qui ne portait qu'un soutien-gorge s'est penchée au-dessus de nous et m'a demandé : « Je peux tirer une taffe ?

— Non », ai-je répondu.

Le rire carillonnant de Hauwa a résonné. « Omelogor, tout le monde partage.

— Pas moi. Je ne veux pas des microbes des autres », ai-je dit d'un ton ferme.

La femme en soutien-gorge est repartie, et Hauwa m'a demandé : « Et les miens, de microbes ? »

C'est alors qu'est survenue ma crise de timidité. Soudain, je ne pouvais plus regarder Hauwa en face, alors je me suis levée pour aller dans la cuisine, en disant que je voulais des amuse-bouche dont je n'avais en réalité pas envie du tout. En retournant au salon, j'ai vu qu'une assiette de minuscules comprimés blancs circulait. Quand on me l'a présentée, je l'ai simplement passée à la personne suivante. Comment peut-on avaler quelque chose dont on ne connaît pas la provenance ? Aspirer, oui, mais avaler ? Avaler me semble beaucoup plus intime, et ses conséquences plus risquées. La femme en soutien-gorge – brillant, orné de strass et de fausses pierres – jouait avec un ballon, soufflant dedans puis le laissant se dégonfler.

« Je n'aime pas les ballons, a dit Hauwa, l'effet est trop court. On les remplit de gaz et ensuite on inhale.

— Oh », ai-je fait, car j'ignorais tout de cette pratique.

Les yeux à présent vitreux, Hauwa parlait sans discontinuer, expliquant que la cocaïne était surfaite, qu'un Libanais de la ville de Kano la fournissait mais que sniffer lui provoquait des saignements de nez et que la défonce n'arrivait même pas en douceur. « Je préfère cent fois le Loud ! » s'est-elle exclamée sur le ton de quelqu'un qui fait une annonce.

S'approchant de nous, Chi-Chi s'est mise à danser lentement, interminablement. Elle était potelée et étincelante, tout en elle se manifestait avec éclat.

« Omelogor, tu ne veux pas nous accorder le bonheur de nous montrer ton corps ? » a dit Chi-Chi. Dans mon ample pantalon palazzo et mon haut de satin décolleté, j'étais la seule à ne pas avoir ôté le moindre vêtement.

« Tu n'as pas mérité ce bonheur », ai-je répliqué.

Chi-Chi a éclaté d'un rire qu'elle n'aurait pas fait entendre si elle n'avait pas été défoncée. « OK, mais prends garde aux vieilles femmes riches de cette ville !

— En quoi ça me concerne ? ai-je demandé, amusée.

— Elles aiment les jolies nanas comme toi, qui ont ce qu'il faut à l'arrière et à l'avant, et elles cherchent tout le temps des filles qui sont nouvelles à Abuja.

— Omelogor n'est pas nouvelle ici, a sèchement répondu Hauwa. Elle est juste allée aux États-Unis pour reprendre ses études et puis elle est revenue. Elle est capable de se débrouiller avec toutes ces vieilles tanties. »

Une fois que Chi-Chi s'est éloignée, Hauwa m'a demandé : « Pourquoi tu riais avec elle ? »

Si Hauwa avait été un homme, j'aurais su gérer son caractère possessif, je l'aurais balayé d'un geste ou choyé ; mais j'ai simplement haussé les épaules en silence, en proie aux derniers tremblements de ma crise de timidité.

CINQ

Je me réveille dans une brume de mélancolie que je ne parviens pas à dissiper, et je rejette la faute sur le temps qu'il fait car j'ai besoin de rejeter la faute sur quelque chose. L'harmattan est après tout susceptible de nourrir des tendances nihilistes, lorsqu'on observe le monde submergé par la poussière, irradié par la poussière, voilé par la poussière et qu'on commence à s'interroger – à quoi bon l'eau, à quoi bon la vie ? Prise d'une impulsion, j'allume mon ordinateur afin de chercher des pouponnières à Awka, en me demandant laquelle tantie Jane a bien pu contacter. C'est vrai, je devrais peut-être adopter un enfant. Une idée absurde. Je me demande toutefois comment on procède. Suffit-il d'entrer dans une pièce et de choisir le bébé qu'on veut ? Comment sait-on lequel on veut et comment ressort-on de cette pièce remplie d'orphelins aux yeux pleins d'espoir sans en avoir le cœur brisé ? Je parcours les unes des journaux sur les cas confirmés de coronavirus en France, en Allemagne et en Italie. Ce virus m'a tout l'air d'un harceleur macabre qui surgit sans s'annoncer et sans être invité, où que l'on soit. J'envoie un texto à Chia pour lui dire qu'elle ne devrait sans doute pas se rendre à Bilbao pour l'instant ; attendons de voir comment ce virus évolue. Chia me répond qu'elle a déjà remis à plus tard son voyage en Espagne ; ai-je vu que les médias ont découvert Amadou, l'homme de Kadiatou ? Dans sa maison du Maryland Chia est au lit, incapable de trouver le sommeil, inquiète pour l'affaire de Kadiatou, et elle veut organiser un appel de groupe avec Zikora afin de réfléchir ensemble à la situation. Ensemble, vraiment ? J'ignore sincèrement pourquoi Zikora et moi devrions réfléchir ensemble. Chia s'imagine que nous formons un trio uni, comme si sa relation intime et distincte avec chacune de nous deux nous avait étroitement liées – une illusion dont les raisons m'échappent. Comment ma Chia chérie peut-elle être aveugle au point de ne pas voir le venin de Zikora ?

Lis cet article, me dit-elle par texto.

L'article sur Amadou déploie déjà ses tentacules sur Internet en étant republié sur plusieurs autres sites, tantôt avec de légères modifications, tantôt tel quel. L'un des gros titres clame : « Le petit ami de la femme de chambre est un dealer incarcéré ». À les lire, on a l'impression d'avoir affaire à un escroc de grande envergure genre mafieux, plutôt qu'à un type qui vend des sacs de contrefaçon dont tout le monde sait qu'ils sont faux, et qui a parfois dealé de petites quantités d'herbe par le passé. Je me souviens que Kadiatou a un jour montré à Chia un sac griffé de contrefaçon qu'il lui avait offert, un cabas en similicuir dont les parties métalliques étaient de mauvaise qualité.

Chia m'envoie l'horaire de notre appel vidéo de groupe et, même si je n'en ai pas envie, je ne peux pas lui dire non, elle est trop inquiète. Sur l'écran, Zikora est maquillée, son teint lissé, ses cils longs et charbonneux. Il est encore tôt chez elle en ce samedi matin, et si je ne participais pas à cet appel, je sais qu'elle serait en pyjama, le visage non lavé et le foulard qu'elle porte la nuit encore enroulé autour de la tête.

Les yeux bouffis, Chia manque manifestement de sommeil. « Comment peut-on publier tous ces mensonges sur Kadi ? Les gens les lisent et ils y croient ! Je viens de voir que quelqu'un prétend que c'est une dealeuse de drogue vu l'argent qu'il y a sur son compte ! Je ne sais pas comment l'aider. Zikor, on ne peut pas engager quelqu'un, un conseiller en relations média, par exemple ?

— Un conseiller ne pourra pas faire des miracles, répond Zikora.

— Qu'en pense Junius, son avocat ? interviens-je.

— Tu sais, c'est un avocat des droits civiques, dit Zikora.

— Hein ? Tu crois qu'il ne lui convient pas ?

— C'est préoccupant, mais attendons de voir », conclut Zikora.

Préoccupant, un autre mot exécrable et insaisissable que les Américains aiment employer, dont il est facile de modifier le sens pour en faire ce que bon vous semble, un peu comme quand on vous propose d'« explorer » des sujets difficiles à la fac. *C'est préoccupant*. J'ignore si elle veut dire par là que cet avocat est incompétent ou non, et j'ignore également pourquoi il a fallu tout ce temps pour apprendre que c'était préoccupant.

« Devrait-elle en changer ?

— C'est l'oncle d'Amadou, que Kadiatou respecte, qui lui a recommandé cet avocat, me répond Chia. Elle refuse d'en changer.

— Laissez-moi d'abord en parler avec Junius, dit Zikora. Pendant ce temps, ce bon à rien d'Amadou est en prison et Kadi lui envoie des colis. C'est bien les hommes. Franchement. Vous savez qu'il a un enfant dont il ne lui a rien dit pendant des années ? Je parie qu'il essaiera de tirer profit de cette situation.

— Je ne pense pas, dit Chia. Il a des défauts, mais Kadi compte pour lui. »

Zikora lâche un grognement. « Oui, elle compte tellement pour lui qu'il s'est servi en douce de son compte en banque pour y placer de l'argent de la drogue. Il faut qu'elle arrête de parler de l'affaire avec lui. »

Chia fait mine de reprendre la parole, mais garde le silence. Ma mélancolie s'accentue. Je regrette d'avoir accepté de participer à cet appel morose qui me donne le cafard. Depuis que le père de son fils l'a abandonnée, Zikora s'abîme en partie dans une amertume qu'elle prend pour de la sagesse. Imaginez un peu que l'on demande à Kadiatou de cesser de discuter avec Amadou de ce qui a détruit sa vie. Et si Amadou était la seule vraie consolation de Kadiatou ? Et s'il n'y avait que lui qui comprenait ses silences ?

« Un homme avec les antécédents d'Amadou ne verra là qu'une occasion de faire de l'argent, déclare Zikora. Et il n'hésitera pas à mentir. Ils sont tous pareils. Ils mentent sur tout et n'importe quoi. Parfois ce sur quoi portent leurs mensonges n'a même aucun sens. C'est exactement comme ton Anglais, Chia, qui avait oublié de te dire qu'il était marié.

— À quoi bon aborder ce sujet, Zikora ? » interviens-je. Bon sang, l'Anglais de Chia. Une liaison vieille de dix ans.

« Ce que je cherche à dire et qui me semble aller parfaitement de soi, c'est que toutes les femmes ont vécu une histoire semblable : un homme leur a menti ou les a trahies et les a laissées en assumer les conséquences. Vous voyez bien que la réputation de Kadi risque d'être mise à mal simplement parce qu'elle a fait confiance à Amadou.

— C'est vrai », acquiesce Chia, mais j'ai l'impression qu'elle veut uniquement apaiser Zikora ; je suis sûre que cet appel ne se déroule pas ainsi qu'elle l'avait prévu.

« Toutes les femmes, répète Zikora.

— Sauf Omelogor, évidemment », ironise Chia. Elle aurait probablement dû s'en abstenir, mais elle a adopté un ton espiègle pour alléger l'atmosphère pesante de cet appel.

Zikora observe une pause pleine d'expectative, voire d'encouragement ; elle veut que je détrompe Chia. Que je relate de quelle manière j'ai découvert sur Facebook que mon petit ami était en réalité fiancé, ou qu'un autre m'a pris de l'argent pour conclure une affaire frauduleuse, ou a soudain cessé de me contacter après m'avoir demandée en mariage, et peut-être réduira-t-elle l'intensité de son venin.

« Je suppose que j'ai la chance de n'avoir connu que des hommes bien pour la plupart, dis-je.

— Qui détestent tous le porno, j'en suis sûre », réplique Zikora en affichant une mine sombre, comme si elle était confrontée à une traîtresse. Ses rapports avec les autres femmes se fondent seulement sur la souffrance que leur causent les hommes. Je ne raconte jamais d'anecdotes sur les blessures que l'amour m'a infligées, tel est mon impardonnable défaut. Une fois que nous avons raccroché, Chia me rappelle en riant, et je suis heureuse de l'entendre rire. « Des hommes bien pour la plupart ? Dis-moi, s'il te plaît, avec lesquels es-tu restée suffisamment longtemps pour le savoir ? »

Chia a inventé le sigle BAP pour désigner un « bref accès de passion ». Si je lui confie que j'ai rencontré quelqu'un, elle fredonne : « Alerte, un nouveau BAP ! » Jide, de son côté, parle de « désir-assouvi » en un seul mot, à la fois pour désigner la personne en question et le processus lui-même, souvent abrégé en « assouvi ». « Tu vois ton assouvi aujourd'hui ? » me demande-t-il par exemple. Ou bien il dit : « Ce pauvre assouvi est en train de tomber amoureux et il ne sait pas que l'assouvi touche à sa fin. » Pour ma part, j'appelle ça un émoi. Un émoi se produit, c'est ainsi que je désigne ce phénomène. Je rencontre quelqu'un et un émoi se produit. Parfois je crois qu'un émoi va survenir avec un homme emprunté, ou cérébral, ou à la peau très sombre – ceux qui m'attirent d'ordinaire –, mais rien ne se passe. D'autres fois, c'est avec l'homme le plus improbable qui soit que l'air crépite, que nos yeux se croisent et se cherchent et qu'un frisson me parcourt la nuque. J'atteins alors un état d'exaltation où tout est exacerbé ; son regard devient un rayon lumineux et mes pensées se bousculent, torrentielles. Un émoi survient, un émoi soudain me saisit et m'étreint. Il m'apporte toujours d'insouciantes bouffées de bonheur. Il ne grandit pas ; il s'impose à moi entièrement formé, électrique et intense, mon esprit est imprégné de cet homme, et je veux tout tout de suite, sur-le-champ, sans attendre. Ça dure quelques mois tout au plus. D'habitude, j'en suis l'instigatrice, et c'est toujours moi qui y mets un terme. Je n'ai jamais eu de regrets, sauf s'agissant du Big Man qui avait la grosse tête, juste avant mon départ pour les États-Unis, ma liaison la plus étrange et la plus brève de toutes jusqu'à aujourd'hui. La première bouteille de parfum reçue de sa part était censée être un cadeau sans ambiguïté, en remerciement des bons conseils que nous avions prodigués à Adic-Petroleum pour lever des fonds en vue d'acheter leur centrale. Se sont ensuivis des appels, des textos et d'autres bouteilles de parfum que j'ai données à des amies. Il n'était pas mon type de Big Man ; je les préfère effacés, les Big Men, alors qu'il se faisait mousser, pire que des haricots en train de bouillir. Quand nous avions entamé le projet, il avait mis en doute mes compétences en demandant, avec un haussement de sourcil arrogant : « C'est elle qui dirige l'équipe ? » Je le trouvais assommant, cet homme rustaud, mal éduqué et devenu riche fortuitement ; il déclarait des choses du genre : « Cet individu a annoncé avoir fait l'acquisition du véhicule pour l'institution tertiaire », parce qu'il pensait que « Cet homme a dit avoir acheté la voiture pour l'université » était un énoncé trop simple et par conséquent peu convaincant. Je n'ai pas répondu à ses textos ni à ses appels jusqu'au matin où il s'est présenté à la porte de mon bureau en demandant : « Que voulez-vous que je fasse pour que vous décrochiez votre téléphone ? » Il souriait et, à la vue de ce sourire, un émoi s'est produit et l'air a crépité, du moins l'ai-je cru sur le moment. Je lui ai proposé de venir chez moi ; il a paru enchanté, mais m'a expliqué qu'il devait veiller à sa sécurité et qu'il préférait recevoir les gens dans le pavillon réservé à ses invités. « Justement, je ne suis pas les gens », ai-je répliqué, après quoi il a gloussé. Il est arrivé chez moi avec une casquette de base-ball juchée au sommet de son crâne, comme si, trop petite, elle ne pouvait en épouser la forme. Une certaine catégorie de Nigérians âgés s'imaginent que pour paraître plus jeune il faut porter des baskets et une casquette de base-ball. Il a ôté l'énorme bague qui ornait son majeur, puis sa montre, et les a toutes deux posées sur ma table de chevet avec un soin cérémonieux. Je savais qu'il n'était pas des plus minces, car il semblait toujours un peu serré dans ses costumes, mais j'ai été interloquée par le volume de son ventre, une fois celui-ci entièrement libéré. « Est-ce que je te fais mal ? » m'a-t-il demandé sans répit tandis que je songeais : Avec quoi pourrait-il bien me faire mal ? Je n'ai presque rien senti – sans parler de devoir manœuvrer avec cette bedaine. J'imaginais une flopée de simulatrices dans son sillage ; rien d'autre ne pouvait expliquer pourquoi il n'avait cessé de me demander s'il me faisait mal.

Il s'est rendu dans la salle de bains, en est ressorti, puis s'est dirigé vers la fenêtre pour tirer les rideaux sans montrer la moindre inhibition, cet homme corpulent et nu qui aimait tant ses propres attributs défectueux. Il m'a semblé qu'il aurait dû avoir la bonne grâce d'être confus, ne serait-ce que fugacement.

« Je ferai pour toi ce qu'aucun autre homme n'a fait pour toi », a-t-il assuré, et son sourire lascif m'a rebutée. De même que sa façon de s'affaler après l'amour, jambes écartées sur mon lit, comme si c'était le sien. Pourquoi avais-je invité cet homme chez moi ? Ma peau était moite, balayée par des vagues de dégoût. Il a voulu me reprendre dans ses bras mais je me suis esquivée pour consulter l'heure sur mon téléphone.

« Tu dois partir, s'il te plaît. J'ai envie de prier.

— Hein ?

— Je prie tous les soirs à une heure précise », ai-je dit, et son étonnement a cédé la place à de l'approbation, ou à de l'admiration, ou bien aux deux. Il a rassemblé ses vêtements en disant : « D'accord. Envoie-moi un texto à ton réveil. »

Je ne m'étais jamais servie de ce prétexte – *Je prie tous les soirs à une heure précise* –, mais je me doutais qu'il fonctionnerait, c'est invariablement le cas quand on invoque la religion. Il suffit de mentionner la prière pour interrompre toute pensée. Il y avait également la pointe de superstition qui s'en exhalait, parce que le fait que je prie à une heure précise non seulement me conférerait à ses yeux une certaine aura morale, mais il n'oserait pas non plus mettre en question cette habitude, par crainte que cela ne lui porte malheur. J'ai changé mes draps et me suis frottée sous la douche, sans doute pour me débarrasser du dégoût que j'éprouvais vis-à-vis de moi-même. J'entends régulièrement des hommes me dire : « Tu es tellement différente. Je n'ai jamais rencontré une femme comme toi. » C'est la plupart du temps un compliment, parfois non. Avec Grosse Tête, il n'en était rien, parce qu'il n'est pas arrivé à comprendre que je veuille couper tout contact avec lui. *Quel genre de femme es-tu ?* demandait-il dans l'un des nombreux textos auxquels je n'ai pas répondu et dont il m'a inondée avant que je bloque son numéro. Il s'est officiellement plaint auprès du PDG en soutenant que j'avais commis une grave erreur dans la rédaction du dossier de financement ; sa mesquinerie m'a indignée, alors que je n'aurais pas dû m'en étonner.

Le PDG a tourné la chose à la plaisanterie. « Certains hommes peuvent se montrer très puérils. Je sais qu'il vous court après et n'a pas obtenu ce qu'il voulait. »

Vraiment ? À mon retour des États-Unis, mon cabinet de conseil a rapidement perdu deux projets à la suite, avec deux entreprises parapétrolières. Plus tard, j'ai appris que Grosse Tête avait dit aux sociétés en question que j'étais incompétente et que le PDG m'avait recommandée simplement pour me récompenser d'avoir réchauffé son lit. Deux années entières s'étaient écoulées, et j'étais choquée de constater que son amour-propre avait saigné pendant tout ce temps et que le sang s'était répandu aussi loin. Je l'ai récemment revu à Lagos, à l'occasion du mariage de la fille d'un sénateur que j'avais aidé à acheter une maison à Dubaï avec de l'argent blanchi. J'ai eu la sensation d'être observée et je me suis retournée : il me dévisageait de ses yeux de fouine, dans l'expectative, impatient de savoir comment j'allais réagir. Si j'avais pensé le croiser là, je me serais peut-être imaginée furieuse. Mais c'était juste l'un des nombreux Big Men qui, pour une raison mystérieuse, refusaient que leurs tailleurs leur confectionnent des caftans plus larges et qui s'affichaient avec une bedaine mettant à rude épreuve leur tenue de coton tout en aspirant à la délivrance.

Si j'éprouvais quoi que ce soit, ce n'était pas vis-à-vis de lui, mais de ma propre personne : de la perplexité combinée à du dégoût vis-à-vis de moi-même. Comment avais-je pu ouvrir ma porte à cet homme que je ne désirais absolument pas et qu'il me semblait impensable d'avoir désiré un jour ? J'ai parlé de lui à Chia, de la taille insuffisante de son équipement, d'autant plus gênante qu'il avait aussi un ventre imposant, un homme qui avait pourtant eu le culot de ne cesser de me demander, soufflant et pantelant : « Est-ce que je te fais mal ? »

Chia a ri, ainsi qu'elle le fait toujours quand je lui raconte mes liaisons, mais elle a perçu, je le sais, que je me dégoûtais moi-même. Aucun émoi n'avait eu lieu, preuve en était également la douloureuse avalanche de regrets qui s'abattait sur moi chaque fois que je repensais à lui. Aucune autre rencontre n'a conduit à des regrets, et toutes ont eu un dénouement plus heureux. La rupture avec Arinze, dont je me suis brièvement demandé si je l'aimais parce que je n'étais jamais restée aussi longtemps – onze mois – avec quelqu'un, n'a pas été aussi indolore que les précédentes, sans pourtant susciter de regrets. Je comprends que la fin est proche quand je commence à m'adresser à mes rideaux, quand je prononce des paroles destinées à l'homme avec lequel je suis tout en regardant les rideaux couleur de bronze tirés devant mes fenêtres.

Il y a eu un homme aux longs doigts élégants. Un homme charmant et secret, à l'esprit rempli de sombres allées. Je le soupçonnais de se livrer à des fraudes à la carte bancaire, mais il soutenait être importateur de voitures. Nous riions tellement ensemble. Nous parlions toute la nuit et jusqu'au matin de choses que nous oubliions bien vite, parfois jusqu'à ce que je doive me lever et m'habiller pour partir au travail, sonnée, étourdie de fatigue.

« Je n'ai pas soudain perdu la capacité de conduire en plein jour, m'a-t-il dit, vers la fin.

— Quoi ?

— Au cas où tu penserais que le soleil brille trop pour que je puisse prendre le volant. Parce que tu ne m'invites plus la journée, seulement le soir maintenant, et très tard. »

Notre liaison s'est terminée dans un éclat de rire, et encore aujourd'hui nous sommes bons amis. Il y a eu un homme qui répétait sans arrêt « je t'aime » quand nous étions au lit, comme un chant incantatoire destiné à ressusciter les morts, qui me déconcentrait et perturbait mon désir.

« Arrête de dire ça, s'il te plaît. »

Il m'a regardée d'un air méfiant. Il fréquentait une église pentecôtiste et je m'imaginais ce qu'il devait penser. Seul un démon pouvait inciter une femme à vous demander de ne plus lui dire je t'aime. Il m'avait demandée en mariage peu de temps après notre rencontre, affirmant que l'Esprit lui avait révélé que j'étais son épouse. Je laissais de petits autocollants en forme de cœur partout sur ses affaires, ses chaussures, la sacoche de son ordinateur portable, et chaque fois qu'il en découvrait un il riait et me demandait si j'avais dévalisé la trousse d'un enfant.

Il y a eu un homme adorable qui m'a fixée du regard

pendant une conférence à Lagos, jusqu'au moment où je me suis approchée pour lui demander son numéro. Comme il aimait le tambour grillé, je lui commandais ce poisson ainsi préparé et le lui faisais livrer à des heures incongrues. À la fin, il m'a interrogée : « Est-ce que je t'ai causé du tort ? Dis-moi, et je le réparerai. » Le mot « réparer » et le fait qu'il soit si désireux d'être blâmé m'ont remplie d'un chagrin mélancolique.

« Non, non, c'est moi, ai-je répondu. Je suis désolée. J'ai tendance à décrocher, c'est tout. Je ne peux pas m'engager comme tu en aurais envie. »

Il y a eu un homme que je regrette de ne pas avoir pu aimer, un homme que je voulais aimer. Chijioke. Je me suis toujours sentie à l'aise avec lui. J'ai entendu sa voix avant de voir son visage. « Le capital-investissement est un cancer épouvantable, il finit toujours par l'emporter », disait-il dans son téléphone tout en marchant devant moi dans le hall de la banque. Il était mon genre d'homme, érudit et maître de lui, beau mais pas au point d'en être renversant ; rien ne m'ennuie davantage que la haute opinion d'eux-mêmes qu'ont certains hommes, à force d'être encensés depuis toujours pour leur physique. Mais quand enfin nous avons fait connaissance, Chijioke et moi, je n'ai pas senti monter en moi d'énergie particulière ni d'élan de pure exaltation. Le PDG l'avait recruté en Angleterre, et Chijioke s'exprimait comme s'il avait vécu là-bas depuis l'âge de six ans. Dans les réunions, sa voix britannique harmonieuse détonnait, comme quelque chose de décalé qui n'était pas à sa place. Tandis que les directeurs discutaient de façon décontractée d'un emprunt qu'il fallait faire annuler, il opinait du chef comme un nouvel apprenti enthousiaste. À en croire Amanze, les directeurs le surnommaient la Chèvre de Londres. Dans le bureau du PDG, je l'ai entendu se plaindre d'un membre de son équipe : « Elle a menti, alors que les faits sont là. Elle m'a menti en me regardant dans les yeux. » Il paraissait abasourdi. Le PDG s'est montré vaguement apaisant, murmurant qu'on interrogerait la personne en question, plus concerné par un problème de conformité à résoudre.

Aucun émoi soudain ne s'est produit, et pourtant j'ai ressenti le besoin de le protéger, ou de le préserver. En sortant du bureau du PDG, je l'ai invité à déjeuner. Je me sentais intransigeante, sophistiquée et pleine de sagesse. Je voulais lui apprendre à survivre dans ce milieu.

« Écoute, tu dois comprendre qu'ici, au quotidien, le mensonge et la tromperie ne sont pas des questions morales, ce sont juste des outils, des outils de survie. Les scrupules n'entrent même pas en ligne de compte, car il faudrait pour ça envisager ces questions d'abord d'un point de vue moral. Et nombre d'entre nous ne le font pas. Quand les Nigérians abordent des questions morales, ils veulent en réalité parler de sexualité, et certains de ceux qui ont des principes plus élevés veulent parler de corruption. Mais il y a une sorte d'amoralité dans les hypocrisies et les faux-semblants ordinaires car ce sont simplement des outils de survie. Alors, ne sois pas scandalisé si cette collègue a menti, tu devrais t'y attendre et gérer ce problème, mais ne montre pas aux autres à quel point tu es scandalisé. »

Il avait l'air las, les yeux rivés sur sa petite bouteille d'eau.

« Je sais que la vie est difficile en général, a-t-il fini par répondre. Après tout, c'est un pays pauvre.

— Il y a des pays plus pauvres où ce genre de folie n'existe pas. »

Il m'a dévisagée comme pour me demander : « Mais alors, que veux-tu dire, au juste ? » Il n'avait pas touché à son plat, une brochette de poulet accompagnée de deux tranches de poivron vert.

« Le problème du Nigeria, ce n'est pas la pauvreté, c'est son matérialisme virulent, ai-je dit. L'argent est au cœur de tout, littéralement de tout. Nous n'avons aucune admiration pour les principes et la détermination. Même les gens qui peuvent se permettre de prendre des idées et des idéaux au sérieux ne le font pas. Nous vivons sans noblesse. »

Ses yeux se sont légèrement agrandis, et même moi je me suis demandé d'où sortait ce discours. J'avais eu l'intention de l'aguerrir à la vie ici, lui, le fils récemment revenu dans un pays qui était étranger mais aussi le sien, et voilà que je me mettais à parler à tort et à travers de noblesse.

Mais il arborait un sourire tendre et, plus tard, il m'a confié qu'il était tombé amoureux à l'instant où j'avais dit « noblesse ».

« Et toi ?

— Et moi quoi ?

— Tu admires les principes et la détermination ? »

J'avais envie de dire oui, mais il m'a semblé que cela reviendrait à m'absoudre trop aisément, alors j'ai simplement fait une légère moue. Peu de temps après, il a quitté la banque pour fonder une petite société d'investissement spécialisée, et il n'arrêtait pas de me proposer de le rejoindre. « Ma réputation est trop ternie, Chijioke, répondais-je invariablement. Tu mérites mieux. »

Quand, lors de mes dîners, Jide a l'ivresse joyeuse, il se vante de la rapidité avec laquelle les hommes tombent amoureux de moi tandis que je papillonne sans jamais aller bien loin. Mes amis rient, me surnomment l'amante de fer et, d'un ton taquin, s'interrogent sur celui qui finira bien par me conquérir. La première fois que Jamila, de son air oblique et narquois, a écouté Jide en parler, elle s'est ensuite tournée vers moi pour me demander : « Crois-tu que tu ferais plus d'efforts avec les hommes si tu n'avais pas d'argent ?

— Omelogor a toujours été ainsi, a précisé Jide, mais Jamila n'était pas convaincue.

— *Wallahi*. C'est parce que Omelogor a de l'argent. »

Je n'en avais pas quand, à seize ans, j'ai déclaré à Obinna, le garçon populaire qui me plaisait, que je n'avais pas envie d'être sa petite amie parce que j'avais envie d'être libre. Mais Jamila veut dire en réalité que l'argent est une armure, et elle a raison. L'argent est une armure, mais c'est une armure poreuse. Non, l'argent est une armure *et* c'est une armure poreuse. Elle vous sert de bouclier, vous nourrit de la drogue puissante de l'indépendance, vous octroie du temps et la possibilité de choisir. Grâce à l'argent, je peux aller où bon me semble, quand bon me semble, et c'est encore grisant, cela continue de m'enivrer. Quand j'ai commencé à gagner plus que je ne m'étais imaginé gagner un jour, je m'encourageais à être dépensière, chuchotant pour moi-même : « J'en ai vraiment les moyens, maintenant, j'en ai les moyens. » Puis il y a eu cette implosion d'argent, presque du jour au lendemain, quand la PGT a été introduite en Bourse et que les titres ont fait de nous des millionnaires – nous, c'est-à-dire un cercle fermé, très restreint, les hommes dans l'antre secret et moi. J'ai fixé du regard les sommes qui figuraient sur mon compte personnel en me disant qu'elles étaient bel et bien à moi et pas à un client, électrisée et tout étourdie, en pensant à ce que je pouvais maintenant faire pour les gens que j'aimais, à la façon dont je pouvais d'un geste atteindre des rêves la veille encore trop inaccessibles pour que je puisse les caresser. L'argent vous trompe pourtant sur tout ce qu'il est incapable d'empêcher, sur tout ce dont il ne peut vous protéger.

SIX

Je me réveille fatiguée, ébranlée par un rêve. Je n'aurais pas dû lire ce livre sur les cellules terroristes allemandes avant de m'endormir. C'est sans doute pour cette raison que j'ai rêvé d'oncle Hezekiah. Un homme dans une djellaba blanche crasseuse lui bandait les yeux et, au début, je me sauvais pour leur échapper, puis je m'élançais dans leur direction, oncle Hezekiah agenouillé tandis que l'homme en djellaba me narguait, affirmant qu'il épargnerait mon oncle si je courais suffisamment vite ; alors j'ai continué de courir, et puis j'ai trébuché et me suis réveillée en entendant le rire jubilant de l'homme et en apercevant l'éclat d'un couteau brandi. Je suis nerveuse. Il est rare que je fasse des rêves aussi saisissants et, chaque fois que cela m'arrive, je me demande pourquoi car ce ne peut pas être un hasard si certains d'entre eux sont ainsi colorés et d'autres pas. S'il s'agit d'un rêve perturbant, il rôde sombrement autour de moi, chaque événement de la journée chargé d'un lourd pressentiment, parce que je vois les rêves comme des aperçus de l'au-delà, comme si on mourait chaque fois qu'on se met à rêver. D'habitude, je me brosse les dents avant de lire les nouvelles, mais aujourd'hui je commence par les nouvelles, impatiemment, comme pour y trouver un indice susceptible d'expliquer mon rêve, ou une raison permettant de comprendre cette prémonition de catastrophe imminente. De nombreuses autres personnes sont décédées du coronavirus en Chine. Maintenant, c'est officiellement « une urgence de santé publique de portée internationale ». Le médecin chinois qui a alerté sur la gravité possible de ce virus en est mort. Sur l'écran, la photo de son visage ouvert et confiant me donne l'impression, pour la première fois, que ce virus est de terrifiant augure. Et s'il se propageait jusqu'au Nigeria ? La voix de Jide résonne dans mon esprit : « Nous sommes fichus, nous sommes fichus. » Si seulement il y avait des précautions à prendre, si seulement on nous donnait des recommandations plus fermes que Lavez-vous les mains, lavez-vous les mains et ne vous touchez pas le visage.

Ma mère m'appelle : tantie Jane lui a demandé de me persuader d'entamer le processus d'adoption dès maintenant au cas où le virus chinois arriverait au Nigeria.

« Tantie Jane t'a-t-elle dit qu'un ange lui était apparu ? D'où lui vient cette idée fixe que je devrais adopter un enfant ?

— La famille de ton père et leurs bizarreries, soupire ma mère.

— Oui, dis-je en sachant que si sa sœur à elle agissait de la même manière, elle ne parlerait pas de bizarrerie.

— Jane est bien intentionnée, ajoute ma mère, presque à contrecœur. Elle a de la peine pour toi. »

J'ai parfois l'impression que je déçois ma mère en n'étant pas dévastée par le fait de ne pas avoir d'enfants. « Ne t'inquiète pas, tout le monde n'est pas destiné à être parent », me dit-elle de temps à autre en cherchant à éveiller du chagrin en moi. Je ne me suis jamais lamentée sur ma condition, mais les paroles de tantie Jane ont engendré le ruissellement froid de la mélancolie face à la réalité : à quarante-six ans, il est désormais presque certain que je n'aurai pas d'enfants. Ce que je veux, c'est la possibilité de choisir, de laisser des portes ouvertes. Il suffit que l'une d'elles se ferme, que je n'ai pourtant jamais eu envie de franchir, et je pleure quelque chose de perdu.

« Comment va papa ?

— C'est l'anniversaire aujourd'hui, celui de ton oncle Hezekiah. Alors tu sais comment c'est.

— C'est aujourd'hui ? » Je hurle presque. J'en ai la chair de poule. J'ai rêvé de mon oncle le jour de l'anniversaire de sa mort, dont j'avais même oublié la date : qu'est-ce que cela peut bien vouloir dire ?

« Oui. Pourquoi ?

— Pour rien. J'avais juste oublié. »

Me confier à ma mère reviendrait à dresser un inventaire d'inquiétudes et à déclencher une discussion sans fin. Plus elle prend de l'âge, plus elle devient superstitieuse, et elle attribue des causes surnaturelles à des coïncidences et des maladies. Le jour du Nouvel An, un pauvre oiseau désorienté a percuté la fenêtre de sa chambre à coucher, et ma mère s'est lancée dans des prières à propos de forces spirituelles inconnues et d'armes conçues contre nous.

J'envoie un texto à Chia pour lui dire que j'ai rêvé d'oncle Hezekiah le jour de l'anniversaire de sa mort, alors que j'avais oublié cette date, et termine mon message par un émoji déconcerté. *C'est assez beau que tu aies rêvé de lui aujourd'hui, tu t'en es souvenue inconsciemment*, répond-elle. Elle regrette d'avoir oublié, elle aussi, et vient d'envoyer un texto à tantie Nneka, l'épouse d'oncle Hezekiah. Je lui écris un message à mon tour : *Que l'âme si bonne de mon oncle continue de reposer en paix.*

Quand j'ai obtenu mon poste à la banque, quelqu'un m'a dit : « Parler haoussa à Abuja ouvre des portes. » J'ai aussitôt appelé tantie Nneka et, pendant quelques semaines, elle m'a enseigné suffisamment de haoussa pour que je puisse prendre part à des conversations élémentaires. Le haoussa est élégant, mélodieux et facile à apprendre, mais je l'ai assimilé si vite que je me suis dit que ma langue conservait peut-être encore les souvenirs estompés du haoussa rudimentaire qu'oncle Hezekiah m'avait enseigné quand j'étais enfant. Il venait de Kano pour nous rendre visite et nous apportait des bâtons de sucre de canne dans un sac en sisal, et lorsqu'il m'a appris à compter jusqu'à dix en haoussa il en a fait une chanson. Un-*daya*, deux-*bui*, trois-*ukwu*, quatre-*hudu*… et, en prononçant les derniers mots, dix-*gwoma*, il m'applaudissait comme si j'avais accompli un grand exploit. Il était d'un tempérament doux, à l'instar de mon père, et tous deux parlaient à voix basse pendant des heures, assis dans le salon à demi éclairé. Des années durant, j'ai cru qu'il portait un prénom igbo, Izikaya, jusqu'au jour où j'ai vu mon père l'écrire sur une carte de Noël, ce qui m'a amusée ; lorsque je l'ai revu, je l'ai appelé oncle HEZEKIAH avec le ton pompeux d'une adolescente, et il m'a dit de ne pas le prononcer ainsi au village, sinon personne ne saurait de qui je voulais parler. J'étais à l'université quand il a été assassiné. Une partie de mon père s'est alors endormie. Souvent, à propos de rien, il se prenait à dire d'un air songeur : « Par le passé, nous étions quatre. » Chaque fois qu'il parlait ainsi, je comptais, pour de bon : mon père, la mère de Chia, oncle Hezekiah et tantie Jane. Par le passé, ils étaient quatre.

À l'occasion de mon dernier anniversaire, j'ai envoyé des photos de ma petite fête à mes parents, et ma mère a voulu savoir qui étaient mes amis, ce qu'ils faisaient dans la vie et d'où ils étaient originaires ; quand elle m'a interrogée sur Hauwa – « Cette belle femme du Nord, avec un foulard, d'où vient-elle ? » –, je n'ai pas eu envie de répondre de Kano, car Kano représentait oncle Hezekiah, Kano représentait l'homme dont la tête avait été promenée, empalée au bout d'un poteau sur lequel un panneau publicitaire était autrefois fixé ; j'ai donc répondu : « Elle vient de Kaduna. » Un endroit suffisamment proche de Kano mais exempt de la blessure qu'évoquait Kano.

Mon rêve saisissant me laisse un arrière-goût de peur, une peur diffuse qui me cerne. Tout au long de la journée, j'éprouve de la crainte sans savoir ce qui m'effraie. Peut-être les Africains ont-ils une tendance héréditaire à considérer les événements inhabituels avec de la peur plutôt qu'avec de la curiosité. Pendant les obsèques d'oncle Hezekiah, ma grand-tante Nne Matefi m'a donné un sachet en plastique qui contenait du petit cola. « Nous devons être prudents », a-t-elle déclaré, solennelle, avant de me raconter que les enfants Okonkwo étaient revenus pour l'enterrement de leur grand-mère et, quand ils avaient quitté le village, quelques jours plus tard, ils étaient très malades, le corps couvert de furoncles purulents. Ils s'étaient montrés imprudents ; ils n'avaient pas pris leurs précautions, par exemple en gardant tout le temps un morceau de petit cola dans la bouche. Les villageois étaient tellement envieux qu'ils guettaient les gens devenus prospères qui revenaient pour les enterrements, puis ils pratiquaient l'*ogwu* pour les tuer, les rendre malades ou bien pour que leur affaire fasse faillite. Je n'ai pas répliqué de mon ton moqueur habituel : « Pourquoi est-ce qu'ils ne pratiquent pas l'*ogwu* pour faire cesser les coupures d'électricité ou pour réparer les routes défoncées ? »

En réalité, pendant les trois jours qu'ont duré les obsèques d'oncle Hezekiah, j'ai constamment gardé dans la bouche, sans l'avaler, un morceau de petit cola qui me gonflait légèrement la joue. Et, par moments, je glissais la main dans la poche de ma robe et frottais entre mes doigts les graines bien lisses, un geste que je trouvais étrangement apaisant. Chia, qui venait de se faire opérer de l'appendice aux États-Unis, n'avait pas pu venir, et elle a ri, me demandant si le petit cola ne me laissait pas un goût répugnant dans la bouche. C'était un peu sec, mais absolument pas répugnant. Je n'avais jamais goûté de petit cola auparavant. Je le croyais aussi peu satisfaisant que l'amère noix de kola, mais il était en réalité nimbé des vertus d'une herbe médicinale. Je mâche désormais du petit cola dès que je pense avoir attrapé froid, et son amertume tonifiante me purifie et écourte toujours mon rhume. Je ne pense pas que ces petites graines m'ont préservée de forces spirituelles maléfiques pendant l'enterrement d'oncle Hezekiah, mais après ces obsèques j'ai commencé à me dire que je pouvais respecter ce en quoi je ne crois pas. Il est parfaitement absurde de croire en l'*ogwu*, ce vaste assemblage d'éléments disparates, fondamentalement dépourvu de logique. Mais tant d'autres choses manquent de logique. Quelle logique y a-t-il à se sacrifier à un dieu omniscient, à quoi sert-il que Jésus meure avant que Dieu puisse nous sauver ? Sans doute la logique n'est-elle pas le but de la foi ; sans doute le secours l'est-il.

Chia est amusée quand je m'exprime ainsi. Pour les fêtes de Noël précédant la fin de ses études universitaires, elle était venue en visite avec son amie noire américaine,

LaShawn. Nous avions passé une journée à nous promener dans le village, où LaShawn avait envie de tout photographier. Dans une boutique qui vendait des extensions, quand une femme lui a demandé en igbo pourquoi elle prenait en photo des magasins miteux, LaShawn a soudain fondu en larmes. « Elle croit que je suis d'ici, elle croit que je suis igbo », a-t-elle dit. En l'observant, j'ai eu l'impression de basculer en arrière dans l'histoire. Peut-être était-elle en effet originaire d'ici ; l'un de ses ancêtres avait très bien pu être enlevé à cette terre deux cents ans auparavant. Cette idée m'a émue et m'a rendu LaShawn sympathique ; quand nous sommes retournées chez Chia, je lui ai donné un livre sur l'histoire de notre village, un ouvrage imprimé sans soin que j'ai ouvert à la page qui racontait comment le frère de mon grand-père avait été enlevé, enfant. Ce soir-là, tous les journaux télévisés parlaient de l'homme arrêté à Lagos avec un sac contenant des restes humains encore frais – deux seins, une tête, un rein et deux mains.

Il était filmé assis par terre dans la cellule d'un poste de police, vêtu d'un maillot de corps et d'un slip sales, le corps émacié, comme si ses crimes l'avaient vidé de sa substance et laissé affamé.

« Ce n'est pas à lui que je me fierais si j'avais besoin d'un rein », a déclaré LaShawn.

Chia a éclaté de rire et lui a expliqué que ces restes humains n'étaient pas censés être utilisés pour des greffes d'organes, que des personnes s'en servaient pour accomplir des rituels permettant de devenir riches. Chia riait, comme pour dire : « Tout ça, c'est tellement stupide », et LaShawn se mit à rire elle aussi ; je me suis d'abord sentie mal à l'aise avant d'être agacée par Chia. « Ne te moque pas de nous, sinon LaShawn ne sera plus fière de son héritage africain », lui ai-je dit plus tard, et Chia m'a regardée d'un air incrédule. « Quel rapport y a-t-il entre *nous* et des rituels pratiqués avec des restes humains ? » Elle affichait l'expression résignée qui signifiait « Omelogor est égale à elle-même », comme impuissante à aider sa cousine qui racontait parfois n'importe quoi.

« Je ne veux pas parler de meurtres rituels, mais de *jazz* en général ; c'est en lien avec un système de croyances et une vision du monde. Il y a le bon *jazz* et le mauvais *jazz*, et cet homme pratique à l'évidence le second, mais quand tu en ris comme ça, on a l'impression que tout est négatif », ai-je dit. Et Chia a répliqué, moqueuse : « Notre mari a de nouveau perdu la tête[1]. »

C'est à l'université que j'ai appris à employer *jazz* à la place d'*ogwu*, parce que c'était un terme plus branché pour la jeune génération et un mot anglais, donc pan-nigérian, de sorte qu'on pouvait parler de *jazz* yoruba, de *jazz* haoussa et de *jazz* igbo. En dernière année, une étudiante que je connaissais à peine, dont la chambre était au même étage que la mienne dans mon foyer, a dit à une fille de ma fac que je pratiquais le *jazz*, seule raison pour laquelle les garçons n'arrêtaient pas de me courir après. Je m'imaginais entrer en me courbant dans la maison sinistre d'un *dibia*, pleine de ses tortues, de ses poussins morts et de je ne sais quoi encore, puis en ressortir avec de petites fioles crasseuses remplies de potions ou avec une cordelette nouée autour de la taille qui obligerait les hommes que je croiserais à me suivre. Afin que la colporteuse de commérages soit satisfaite de m'avoir blessée et s'imagine que j'allais

1. Allusion à la célèbre pièce *Our Husband Has Gone Mad Again* (1966) du dramaturge nigérian Ola Rotimi (1938-2000).

m'en prendre à la première fille, j'ai haussé la voix : « N'importe quoi ! Comment ose-t-elle dire des choses pareilles sur moi ? » La commère est repartie, l'air contente ; certaines personnes trouvent de la satisfaction à mettre en scène les batailles des autres. Je ne m'en suis évidemment jamais prise à la première fille, mais chaque fois que je la voyais je la dévisageais, fascinée, en songeant : Elle y croit, elle y croit vraiment.

Le rêve sur oncle Hezekiah, la propagation du coronavirus, la médiatisation de Kadiatou. C'est beaucoup trop pour moi, et j'examine d'un air absent le riz et le ragoût dans mon assiette, sans plus d'appétit. Philippe ne dit pas un mot en débarrassant la table, et il referme la porte de la cuisine plus doucement qu'à l'ordinaire. Je me déplace lentement et sens en moi quelque chose de fluide s'amollir, comme s'il suffisait d'un petit effort physique pour que mes organes se liquéfient. Soudain, tout ce dont j'ai envie, c'est m'asseoir près d'Atasi. Quand elle était petite, elle restait sur mes genoux pendant que je lui lisais une histoire, ou pendant que je mangeais, et je lui donnais un morceau de poisson ou de viande de temps à autre. Il y a un an ou deux seulement, j'arrivais encore à la persuader de sortir de son isolement pour regarder des jeux télévisés avec moi ou parfois pour faire une promenade. Il semble à présent que nous parlons simplement quand elle a quelque chose à me demander. Je la trouve dans sa chambre, allongée sur son lit jonché de magazines de mode. Elle me lance un regard perplexe, comme si j'étais entrée dans sa chambre pour une raison précise qu'elle aurait oubliée.

« Que fais-tu ? »

Elle hausse les épaules, puis me tend son téléphone, où s'affiche une fille en bikini.

« C'est des exercices pour les abdos, dit-elle.

— La pauvre est restée à jeun pendant vingt heures avant de prendre cette photo, et elle rentre son ventre. »

Atasi lève les yeux vers le plafond pour me montrer qu'elle s'attendait à ce que je la déçoive, comme à mon habitude, et je regrette de ne pas avoir répondu différemment.

« As-tu entendu parler des femmes qui sont mortes à Lagos, après un lifting brésilien ? » Je lui pose cette question en désignant mon propre téléphone, comme si c'était à présent mon tour de le lui offrir. Elles avaient vingt-deux et vingt-trois ans. Elles n'avaient pas les moyens de prendre le chirurgien formé aux États-Unis chez qui tout le monde allait, et quand son infirmière leur a proposé de réaliser l'intervention pour une somme plus abordable, elles ont accepté. Sur les réseaux sociaux, on trouve des photos de cette infirmière posant dans la pièce qu'elle appelait sa salle d'opération, ainsi que des images des filles avec les lettres *RIP* inscrites en travers du corps, de jolies jeunes femmes aux sourcils arqués et aux joues rehaussées de fard scintillant.

« C'est vraiment affreux, ce que cette infirmière a fait, dit Atasi.

— Oui, épouvantable. » J'espère qu'elle ajoutera un commentaire, mais elle garde le silence.

Je lui demande si elle s'est décidée sur sa tenue pour l'anniversaire d'une amie, qui fête ses seize ans demain soir.

« Pas encore, répond-elle, puis elle me dévisage d'un air impatient, attendant que je m'en aille.

— C'est à Maitama ?

— Oui.

— Paul t'y conduira.

— Est-ce que Chiso et Cynthia peuvent venir se préparer chez nous ?

— Oui. » J'aime la façon dont elle a dit « chez nous ».

Ma mère était mécontente quand j'ai acheté cette maison. Elle a parcouru les pièces à contrecœur, comme si, en manifestant de l'enthousiasme, elle craignait de porter sur la maison un jugement favorable que celle-ci ne méritait pas.

« Ce sol de marbre n'est pas un peu glissant ? a-t-elle demandé, au milieu de mon vaste salon.

— Non.

— Tu es trop jeune pour posséder ce genre de propriété. Les hommes en seront intimidés. Pourquoi ne pas avoir choisi un appartement, un très grand appartement, plus grand que le précédent ?

— Il n'y avait pas de grands appartements sur le marché », ai-je joyeusement répondu.

Elle s'est arrêtée sur le seuil de la chambre adjacente à la mienne. « *Ahn-ahn*, il y a des affaires dans cette pièce.

— C'est la chambre d'Atasi. »

Ma mère a soupiré. « Pourquoi a-t-elle une chambre ? Un homme qui voudra t'épouser n'appréciera peut-être pas cet arrangement.

— Et si je trouve un homme qui l'apprécie ? »

Ma mère était à Abuja parce que, la semaine suivante, je l'emmenais aux États-Unis pour un bilan de santé. Elle n'était pas souffrante, mais disait vouloir faire un check-up aux États-Unis. Ces derniers temps, parmi ses amies, il fallait pouvoir se vanter que vos enfants vous organisaient un check-up à l'étranger. L'Inde était un lieu prisé, avec des soins de qualité, autant que l'Angleterre, et ils y étaient moins chers, mais c'étaient les États-Unis qui assuraient le plus de prestige pour se faire mousser. Je l'avais entendue confier à une amie au téléphone : « Omelogor m'emmène aux États-Unis pour un check-up. Tu sais comment sont les enfants, je lui ai dit que tout allait bien et que je n'en avais pas besoin, mais elle insiste. »

Je me suis retenue de rire. Ma mère maniait la fausse modestie avec une habileté qui me surprenait souvent. J'avais hâte de faire ce voyage simplement pour voir Chia. Ma chère Chia. « Tu as vraiment du temps à consacrer à Chia, m'avait un jour dit ma mère comme si elle avait préféré que ce ne soit pas le cas.

— C'est ma cousine.

— Ce n'est pas la seule. »

Tout au long de mon enfance, ma mère m'a sans cesse poussée à me rapprocher de Chinyere, la fille de son frère, mais nous n'avions pas grand-chose à nous dire ; Chinyere avait une personnalité éteinte, donnant l'impression qu'elle aurait sans doute été pleine d'entrain dans une autre vie. Puis Chinyere est morte en couches et, durant des semaines, j'ai évité de penser à elle parce qu'une culpabilité irrationnelle m'accablait, le sentiment que si j'avais été plus gentille avec elle et que j'avais répondu à ses textos ennuyeux elle serait peut-être encore en vie.

Oui, j'ai du temps à consacrer à Chia. Elle est facile à aimer et, même dans le cas contraire, je l'aurais quand même aimée. Il arrive que deux êtres humains éprouvent une parfaite tranquillité d'esprit ensemble et, par chance, nous appartenons aussi à la même famille. Ma mère se plaît à dire : « Chia se contente de parcourir le monde sans rien entreprendre de sérieux. Si on s'en remet à elle, à la génération suivante, tout leur agent aura été gaspillé. »

Que ma chère mère soit bénie, mais elle boit tous les matins un verre d'arrogance à la saveur igbo très prononcée, le genre d'arrogance qui fait paisiblement croire aux parents éloignés que le fruit de votre dur labeur leur appartient aussi dans une certaine mesure.

« Une seule personne ne peut pas porter autant d'or italien à la fois, disait souvent ma mère à propos de tantie Adaeze quand j'étais adolescente, époque où son ressentiment était à son comble.

— Maman, tantie Adaeze ne nous doit rien », répondais-je. J'énumérais ensuite les bonnes actions de celle-ci : elle avait acheté une voiture à mon père, envoyé de l'argent quand les professeurs d'université s'étaient mis en grève et que le gouvernement avait cessé de payer leurs salaires.

« Ils pourraient en faire davantage sans même que ça les gêne. Ils auraient pu t'envoyer à l'université à l'étranger ; ils savent combien tu es intelligente. » Puis ma mère marmonnait que mon père se montrait trop distrait et ne s'intéressait absolument pas à ces choses, sinon il aurait forcé sa sœur à en faire plus. Je ne voulais pas que tantie Adaeze en fasse plus pour nous parce que je n'avais pas envie de me noyer dans un lac de remerciements. Je voulais être en mesure, moi, d'en faire plus pour nous – c'est-à-dire pour moi-même, mes parents et mon jeune frère Ifeatu –, et par conséquent conserver une peau intacte, exempte des stigmates de la gratitude éternelle. À quatorze ans, j'envisageais déjà d'étudier la finance sur le campus d'Enugu parce que j'avais lu l'histoire d'un jeune banquier devenu extrêmement riche. Quand les résultats de nos examens de fin de collège ont été annoncés, Mme Orjiani, mon enseignante préférée, a entrepris de tendrement modeler mon avenir. « Omelogor est notre meilleure élève, elle fera des études de médecine, naturellement », a-t-elle dit dans la salle des professeurs, et j'ai aimablement souri en sachant qu'elle se trompait.

Avec l'argent récolté grâce à mes parts dans la PGT, j'ai pu financer les recherches de mon père, envoyer mon frère au Royaume-Uni et apaiser les prérogatives archaïques de ma mère. Ifeatu a fini par faire un master d'ingénierie et n'est pas rentré une seule fois pendant toutes ces années ; il vit au pays de Galles, en solitaire, et n'appelle jamais. « Je ne sais pas, Ifeatu aurait peut-être dû rester au Nigeria », s'est mise à dire ma mère avec, dans sa voix tendue, une légère note de reproche. C'est pourtant elle qui m'a obstinément poussée à payer le master de mon frère et son loyer jusqu'à ce qu'il trouve un travail. Elle m'a poussée à acheter une maison neuve au village, une autre maison à l'extérieur du campus, à Nsukka, la voiture, les bijoux en or qui étaient « si coûteux », disait-elle d'un air contrit tout en continuant de les réclamer. Il me semblait qu'elle ne pouvait plus s'offrir le luxe d'en vouloir à tantie Adaeze et à Chia, mais cela faisait partie d'elle depuis si longtemps qu'elle ne pouvait pas mettre un terme à ses critiques sournoises, ses calculs et ses jugements.

Elle était en visite chez moi quand le vol de Malaysia Airlines a disparu et, à la télévision, tout le monde se demandait comment un avion avait pu tout simplement s'évaporer.

« Il vaut mieux vérifier si ta cousine n'était pas à bord, puisqu'elle est toujours par monts et par vaux », a fait observer ma mère. C'était la première fois qu'une de ses piques contre Chia me contrariait autant. J'ai trouvé cette plaisanterie mesquine et inacceptable.

« Si Chia était vraiment en voyage là-bas, c'est ainsi que tu en parlerais ? ai-je demandé.

— Je sais qu'elle n'est pas en Malaisie, évidemment.

— Comment tu le sais ? »

Elle m'a alors regardée, le visage figé dans une expression de doute hésitant. « Elle n'est pas là-bas, n'est-ce pas ? » a-t-elle fait d'une petite voix.

Je savais que Chia était en Allemagne avec son nouveau copain, le Suédois aux longs cheveux de hippie, mais je l'ai quand même appelée, bêtement, juste pour m'en assurer. « Oui, je suis à Berlin, a-t-elle dit, comme abattue, en marmonnant dans le téléphone.

— *Kedu ?* Est-ce que ça va ? ai-je demandé, plus préoccupée que d'habitude car les commentaires de ma mère m'avaient mis les nerfs à vif.

— Oui, nous revenons d'un dîner chez une Allemande. Je te raconterai plus tard.

— Mais tu n'as pas d'ennuis ?

— Non. »

Ce Suédois me faisait l'impression d'être le genre de Blanc désinvolte heureux de vivre sans avoir à vraiment travailler. Chia, qui possédait déjà ce gène, avait besoin de quelqu'un qui gardait les pieds sur terre, et s'il fallait que ce soit un Blanc, alors mieux valait quelqu'un comme Luuk. Quand j'ai fait sa connaissance, à New York, nous sommes allés dîner au restaurant ; il a étudié le menu et a lâché un son pour signifier qu'il trouvait une chose absurde : « Qu'est-ce que c'est, de l'encre de calamar ? Ça a l'air mauvais, pas vrai ? Si on veut servir un plat avec de l'encre de calamar, alors il faut lui donner un autre nom ; qui a envie de manger de l'encre ? Sans parler de l'encre de calamar. »

Je l'ai d'emblée apprécié. (Quand nous sommes allés nous baigner, je l'ai observé qui flottait sur l'eau, maigre et longiligne, et sa pâleur m'a évoqué du poulet cru – non sans que j'en ressente de la culpabilité. J'ai observé Chia nageant jusqu'à lui et lui touchant tendrement la joue, et j'ai songé : Il est stupéfiant d'aimer ce que nous aimons.)

Luuk avait au moins le sens de l'humour, contrairement à Darnell, l'homme de sa vie, qui ne ressentait aucune émotion mais pouvait parler de la sémiotique des émotions. Je me souviens que Chia, cherchant partout des clés, grattait sans cesse une surface de terre dure et résistante, sans jamais regarder du côté de Darnell. Elle affirme que l'Anglais a été son grand amour, mais c'est Darnell qui l'a laissée couverte de cicatrices. Ma chère Chia, grande voyageuse si sophistiquée et pourtant si innocente et inexpérimentée.

Elle possède des vertus désespérément féminines, avec son beau visage et son petit corps mince : sa vulnérabilité, sa disposition à la rêverie.

SEPT

Je suis affaiblie, mes bronches sont prises, comme si un rhume s'annonçait, l'harmattan s'apprêtant à me dispenser une nouvelle dose de mal-être. Un article apparaît sur l'écran de mon téléphone : le coronavirus pourrait devenir une pandémie, un fléau semblable à la peste noire. Ces spéculations lugubres me sont insupportables. Pour me distraire, je fais une recherche en ligne sur les pouponnières, me limitant d'abord à l'État d'Anambra avant d'étendre mon exploration à tout le Nigeria, et je consulte les maigres informations qu'on trouve sur Internet. Certaines pouponnières s'appellent maintenant des établissements pour orphelins ou des foyers pour enfants. Sur leurs pages Facebook, il y a des photos de célébrités posant avec des sacs de riz et des boîtes de nouilles Indomie, d'enfants jouant dehors, d'autres rassemblés autour d'un gâteau d'anniversaire peu appétissant. À l'extrémité de cette dernière photo, je remarque un petit garçon dans un tee-shirt déchiré qui lui arrive aux genoux, trop grand pour son corps frêle. La tristesse me gagne à l'idée que des enfants grandissent dans un endroit baptisé « foyer » qui n'en est pas un du tout. Dans un commentaire, un internaute demande comment cela se fait qu'adopter un bébé garçon coûte deux cent mille nairas de plus, et on lui répond : *Parce qu'ils se font rares et qu'il y a une forte demande*. Quelle idée m'a prise, de lire ça ? Quelle est cette sensation de morcellement que je ressens au fond de moi ? Je ferais mieux de consulter les messages postés sur For Men Only et de rédiger quelques textes dont j'échelonnerai la publication tout au long de la semaine. Au fil de ces années d'écriture, j'ai appris qu'il existe dans le monde tant d'espaces où l'amour devrait résider mais d'où il est absent. Et qu'il est trop facile, sur Internet, de faire semblant de proposer des expertises. Le manque d'amour nous fait croire à ces expertises alors que nous n'avons aucune raison d'y croire, parce que le manque d'amour creuse en nous des cavités douloureuses que nous remplissons de tout ce qui, selon nous, est susceptible de nous consoler. J'ai tant d'abonnés qui ont besoin de croire que je sais de quoi je parle, parce que tant de douleur circule dans le monde. Certains jours je pense avoir aidé des gens, d'autres jours je pense le contraire. C'est le cas aujourd'hui.

Chers hommes,

Je comprends que l'avortement vous déplaise, mais le meilleur moyen de réduire cette pratique consiste à surveiller où vous laissez vos fluides corporels. Gardez vos fluides pour vous et ne les laissez pas dans des endroits qui ne les méritent pas.

N'oubliez pas, je suis dans votre camp, chers hommes.

Chers hommes,

Je suis sûre qu'on vous a appris, dès le plus jeune âge, à être forts sur le plan affectif, endurcis, et quand vous êtes accablés par des émotions vous ne pouvez pas les montrer parce que vous avez le devoir de rester stoïques. Si bien que vous portez ce fardeau seuls, en silence. Certains hommes sont capables d'être stoïques, d'autres pas. Si vous n'y arrivez pas, je vous suggère de ne pas l'être. Des tas de femmes veulent des hommes stoïques et des tas d'autres veulent des hommes capables de montrer leurs émotions quand ils sont bouleversés. Ne prêtez pas attention aux peurs que certains propagent en disant qu'il n'y a qu'une façon possible d'être un homme. Il y en a des quantités, assez pour tout le monde.

N'oubliez pas, je suis dans votre camp, chers hommes.

Chers hommes,

Je suis capable de compatir à votre situation et je comprends ce que vous voulez dire quand vous déclarez que, de nos jours, les femmes ne s'excusent jamais ni n'assument leurs responsabilités. Quelles créatures idiotes. Cependant, certains hommes (pas tous les hommes ! pas tous les hommes ! pas tous les hommes !) se fâchent sans raison véritable quand les femmes prennent la parole, quand les femmes se lèvent, quand les femmes rayonnent. Veillez s'il vous plaît à ce que ce ne soit pas votre cas avant de continuer à me lire.

N'oubliez pas, je suis dans votre camp, chers hommes.

Chers hommes,

Vous faites étalage de montres, de bijoux et de voitures sur Instagram, et vous dites que les femmes sont des croqueuses de diamants parce que tout ce qui les intéresse, c'est l'argent ? Puis-je gentiment vous proposer une expérience ? Postez des photos de vous en train de bâtir un pont à mains nues ou de travailler bénévolement dans une soupe populaire. Et tenez-moi au courant de la suite. On attire forcément ce qu'on met en évidence.

N'oubliez pas, je suis dans votre camp, chers hommes.

Chers hommes,

Votre petite amie gameuse n'exagère pas. Les femmes qui s'adonnent aux jeux vidéo en ligne n'aiment pas se servir de leur vraie voix, sinon, des hommes se mettent à les menacer de viol. Les types bien comme vous doivent dénoncer cette situation. Si vous êtes l'un de ceux qui menacent une femme de viol parce qu'ils ont entendu sa voix, vous mettez juste en évidence votre personnalité de raté, et justement, quand on est un raté, on ne devrait pas s'en vanter. Cachez donc vos gènes de raté.

N'oubliez pas, je suis dans votre camp, chers hommes.

Chers hommes,

Écoutez, je comprends. Quand vous étiez petits, on vous a raconté des tas de choses sur la façon dont les garçons sont censés se comporter, et soudain, on vous dit qu'un type ne devrait pas avoir ce comportement. Mais personne n'explique clairement comment il faut s'y prendre maintenant, et personne ne semble même le savoir. On vous dit que vous êtes sexistes alors que vous êtes bien intentionnés. Vous êtes forts, mais on vous dit maintenant que c'est mal. Alors vous vous mettez en colère, et parce que vous êtes en colère vous buvez et vous frappez des personnes plus petites que vous. Mais voilà – en réalité, s'en prendre aux femmes et abuser de l'alcool veut simplement dire que vous êtes faibles, pas que vous êtes forts et en colère. Vous, les hommes, vous ÊTES forts. Tous ceux qui soutiennent le contraire sont des menteurs. Alors affirmez-vous et montrez-le. Être fort signifie être capable de se maîtriser. Parlez à d'autres hommes. Secouez-les.

N'oubliez pas, je suis dans votre camp, chers hommes.

Jide m'appelle pour me dire qu'il est au travail depuis seulement une heure et qu'il a hâte que la journée se termine. Je l'imagine à son bureau, son ordinateur clignotant devant lui, la cravate de travers, le pantalon mal ajusté. Son collègue vient d'obtenir un visa américain et se dépêche de quitter le Nigeria sans attendre parce qu'il a peur. Les États-Unis ont à présent fermé leurs frontières aux voyageurs venus de Chine, et ils risquent d'étendre l'interdiction au monde entier d'un jour à l'autre. Je vois bien que Jide déprime à cause du départ imminent de son collègue.

« Je ne devrais pas rester dans cette ville, il n'y a rien pour moi ici, dit-il.

— Et si tu essayais les États-Unis ? Fais une demande de visa.

— Tu as détesté les États-Unis.

— Oui, mais je suis l'une des seules. Il est possible que tu t'y plaises.

— C'est au Royaume-Uni que je me vois parfois. Il y a trop de racisme en Amérique. Nnaemeka m'a raconté que sur les applis de rencontres, il ne met pas de photo de profil ni n'indique d'appartenance ethnique, juste ses centres d'intérêt, et des tas de gens le contactent, ils se lancent dans des discussions animées, et puis ils demandent à voir sa photo et, dès qu'il l'envoie, ils le bloquent. Ça lui est arrivé six fois, oui, six fois, et il n'est même pas gros comme moi. Il est tout le temps fourré dans son club de gym. »

Je suis agacée par cette conversation, que nous avons eue si souvent, chaque fois aussi statique et immuable que la fois précédente. Jide croit que ses espoirs sont contrariés avant même d'en avoir.

« On ne sait jamais », dis-je ; j'essaie de ne pas laisser transparaître ce que je pense, à savoir qu'il ne fait pas d'efforts et ne poursuit jamais une idée jusqu'au bout, même si c'est exactement ce que je pense. La dernière fois, lorsqu'il m'a dit : « Nous ne sommes pas tous intrépides comme la grande Omelogor », j'en ai été blessée, même si je ne le lui ai pas avoué. Il a pourtant tenté de partir en une occasion : il a envoyé son CV à une agence de graphisme de Lagos afin de postuler à l'emploi de ses rêves. On lui a gentiment répondu par la négative. Sur un coup de tête, je lui ai demandé de raccourcir son prénom et de remplacer son patronyme par son deuxième prénom, et « Jideofor Thomas Okeke », nom ostensiblement igbo, est alors devenu « Jide Thomas », qui pouvait passer pour yoruba. Il a candidaté de nouveau et, à sa grande stupeur, s'est vu proposer le poste.

« Comment je pourrais travailler dans cette agence en sachant qu'ils ne veulent pas d'Igbos ?

— Jide, c'est le boulot de tes rêves. » Je voulais qu'il parte car, en allant vivre à Lagos, il se dégourdirait les ailes et prendrait son envol ; et puis il pourrait toujours trouver un autre emploi, ou bien il s'apercevrait que, dans cette agence, tout le monde n'était pas comme la personne chargée des embauches.

« Je ne peux pas », a-t-il dit, et il est resté.

L'incident qui s'est produit avec le gardien de son nouvel immeuble m'a remplie de colère, et j'espérais que cela le pousserait enfin à agir, en vain. Son appartement précédent, dans le quartier de Gwarinpa, n'avait pas l'eau courante, et comme le portail était trop étroit pour qu'un camion-citerne puisse entrer dans la cour et le livrer, Jide payait sans arrêt de jeunes porteurs haoussas qui lui apportaient de l'eau dans des récipients en plastique, effectuant de nombreux trajets pour remplir ses réservoirs. Puis il a trouvé le nouvel appartement, juste ce qu'il lui fallait, clair, spacieux et propre, avec un puits dans la cour et suffisamment de place pour garer sa voiture. Au début, le gardien paraissait plutôt inoffensif, jusqu'au jour où il a frappé à la porte de Jide et lui a dit : « J'ai vu cet homme, le week-end dernier. C'est pas votre frère, et il dort dans votre lit. »

Jide m'a dit qu'il lui avait fallu un moment avant que ces paroles ne prennent dans son esprit la forme d'une menace, car tel était bien leur but. Il est rentré dans l'appartement et en est ressorti avec de l'argent, qu'il a silencieusement donné au gardien ; celui-ci a dit : « *Oga*, c'est pas beaucoup. » Jide lui a alors demandé son numéro de compte, et l'homme, les bras croisés, a attendu que le virement soit effectué, comme en paiement de son honnête labeur.

En écoutant Jide, j'ai su que je pourrais enfin tirer parti de la photo sur laquelle je posais avec le président. Le PDG m'avait conviée à un déjeuner avec le président et un membre du Parlement européen ; il était plus facile de rencontrer le président quand il était en déplacement à l'étranger. La salle à manger élégante, aux tables couvertes de nappes blanches, d'un hôtel bruxellois. Le président fouillait distraitement dans ses poches à la recherche d'un objet apparemment introuvable. Il a examiné sa salade de mesclun et de fromage avant de prendre une cuiller, puis une fourchette. À un moment, il a reposé ses couverts et, de ses doigts minces, a massé ses poignets légèrement enflés. « C'est de l'arthrite, paraît-il », a-t-il dit au député européen assis à côté de lui, tendant le bras comme si son interlocuteur était en mesure de l'éclairer en lui prodiguant d'excellents conseils sur l'état de ses poignets. Tout au long du repas, le président s'est souvent penché vers l'Européen avec une déférence inconsciente, appartenant au passé, qui m'a embarrassée. Son attitude m'a fait penser aux hommes de sa génération comme à des garçonnets enthousiastes fréquentant des écoles coloniales, avec des directeurs anglais exigeants qu'ils révéraient.

« Le Nigeria est extrêmement corrompu », a dit le président, et le député européen a eu un hochement de tête rapide en tâchant de cacher son grand étonnement. Le président a bu une gorgée d'eau et laissé une trace de nourriture mâchonnée au bord de son verre. Comment pouvais-je être originaire d'un pays dirigé par cet homme aussi peu remarquable ? À le côtoyer de si près, j'ai senti mon mépris enfler comme une bulle qui explose pour se libérer.

Plus tard, tandis que nous prenions des photos, le PDG se montrant empressé et excité, j'ai humé le parfum du président, une odeur d'un autre temps, d'un monde bien révolu.

« Dites aux responsables des relations publiques de veiller à ce que ces photos soient largement diffusées, m'a dit le PDG.

— Oui, monsieur », ai-je répondu.

J'étais vaguement gênée par la photo où je figurais en compagnie du président. Mais c'était l'arme idéale contre le gardien de Jide. Je me suis rendue jusqu'à son immeuble en voiture, je me suis arrêtée devant le portail et j'ai fait signe à l'homme d'approcher. Debout près de ma vitre, il m'a dit que M. Jideofor était sorti, et j'ai répondu que j'étais au courant, que c'était lui que je voulais voir. Je lui ai alors montré la photo sur mon téléphone, sur laquelle on me voyait debout à côté du président, et il en est resté bouche bée. « J'ai le numéro du président dans mes contacts, ai-je précisé en tapotant l'écran de mon téléphone afin de dramatiser un peu la situation. J'ai son numéro. Jideofor est mon frère. S'il a un problème avec quelqu'un, j'ai moi aussi un problème avec cette personne. Si jamais vous vous conduisez de nouveau ainsi avec lui, votre famille et vous disparaîtrez. Vous entendez ? »

J'espérais que le gardien ne décèlerait pas le caractère incertain de ce petit numéro, ce mélodrame flamboyant et spectaculaire typique de la vie nigériane. Il agitait les deux mains devant lui en répétant *Désolé, désolé*, puis, fidèle au scénario habituel, il est tombé à genoux en continuant de dire *Désolé, désolé, ça n'arrivera plus jamais.*

« Je te prédis que certains pays vont commencer à fermer leurs frontières, m'annonce Jide.

— Nous ne voulons pas de tes prédictions. »

Par la fenêtre, je regarde mon paisible jardin de devant, tamisé par la poussière. Paul le traverse avec un seau d'eau prélevée au robinet situé à l'arrière, et disparaît sous l'abri à voitures afin de les laver. Cet après-midi, il emmène Atasi chez ses parents ; celle-ci dit souvent pour plaisanter que je partage sa garde avec eux. Sa mère tient à ce qu'elle passe plus de temps avec moi, mais je me demande si Atasi n'aurait pas un caractère plus aguerri si elle avait davantage vécu auprès de ses parents. Le son d'un klaxon se fait entendre derrière le portail, que Mohammed va ouvrir pour laisser entrer un SUV noir aux vitres teintées. Chiso, l'amie d'Atasi, en descend d'un bond, vêtue d'un short extrêmement aguicheur qui dévoile un morceau de ses fesses, comme pour relever un défi. Elle va rester un moment ici jusqu'à ce qu'Atasi s'en aille, et Chiso partira alors elle aussi. L'autre vie d'Atasi, chez ses parents, est pareille à un club privé qui, sans être secret, est fermé à ses amies de pensionnat. Je descends dans le petit salon et les trouve assises côte à côte sur un canapé, le visage penché sur leurs téléphones, des AirPods enfoncés dans les oreilles. Chiso en enlève un et donne un petit coup de coude à Atasi. « Comme elle l'a appelé son petit ami et qu'il n'a rien dit, j'imagine qu'ils sont en couple, maintenant. »

J'ai un serrement de cœur, mais je fais mine de ne rien avoir entendu. Est-ce ainsi que les relations débutent désormais à leurs yeux, les filles complotant et faisant ensuite des suppositions ? Les choses sont censées être plus faciles pour leur génération ; les filles devraient être mieux loties que leurs mères.

« Bonjour, tantie Omelogor », me salue Chiso en me voyant.

Atasi lève les yeux vers moi, je lui souris et, l'air grave, elle reporte son attention sur son écran. Je sens entre nous une distance inévitable sur laquelle je n'ai pas envie de m'appesantir, parce que cela reviendrait à considérer qu'elle ne sera peut-être jamais abolie. Je n'aurais sans doute pas dû l'envoyer en pension. Mais c'était ce que ses parents souhaitaient, et je les imagine, annonçant fièrement aux membres de leur famille : « Elle va dans un pensionnat privé. » Depuis quelque temps, Atasi saute de plus en plus de repas, demandant à Philippe de lui préparer du bouillon d'os, alors que ses bras sont aussi maigres que des pattes d'oiseau. Je ne cesse de l'observer pour déceler de la tristesse en elle, et je ne cesse d'en trouver, une tristesse immergée, dont elle-même est incapable de concevoir pleinement les contours. Elle est obnubilée par le mannequinat, cet océan de tristesse chatoyante, un métier dans lequel on attache du prix à l'absence de joie. Les plaisirs paraissent tellement retouchés, sans rien présenter de sensuel ou de réel. Chaque fois qu'elle me montre une énième photo de mannequins sur un podium, je pense au peu qu'elles doivent manger. Ces sylphides efflanquées aux épaules carrées, dont les clavicules saillantes évoquent des doigts osseux, affichent toujours de la morosité, une morosité terne, une morosité commune à toutes, parce que la notion même de personnalité est devenue démodée.

« Tu lui enlèves la graisse du ventre et c'est automatiquement une abdominoplastie, déclare Atasi.

— Et des cuisses aussi, réplique Chiso, il faut injecter plus de graisse parce qu'en fait certaines cellules de graisse meurent au bout d'un moment. »

Elles discutent des femmes décédées après un lifting brésilien à Lagos. Elles ne remettent pas en cause le désir d'avoir de grosses fesses, qui vous pousse à accepter de subir une anesthésie générale dans une pièce sombre à la peinture écaillée. Elles savent manier l'ironie, l'hyperbole et le toupet, mais l'amour de soi leur est étranger. Je pense à celle que j'étais à seize ans. Tout allait plus lentement à l'époque, et nos problèmes étaient différents, évidemment, mais nous n'étions pas aussi disposées à penser le pire de nous-mêmes. Si nos filles ignorent combien elles sont belles, naturellement belles, alors nous avons assurément manqué à notre devoir.

J'appelle Chia simplement parce que j'en ai envie, et elle me dit : « Ce n'est pas ta journée, je le sens bien. »

J'explique que je m'inquiète pour Atasi, que je n'ai pas réussi à lui apporter ce dont elle a besoin. Il est facile d'être triste ; la tristesse est un fruit qui pousse sur les branches basses. Pour cueillir l'espoir et le bonheur, il faut tendre les bras plus haut, et je ne lui ai pas appris à le faire.

« Elle ne mange pas, elle n'a plus que la peau sur les os, dis-je.

— Tu crois qu'elle est en colère ? » demande Chia, et il me semble que c'est là une question typiquement américaine. Même son ton est américain, ainsi que l'accent avec lequel elle prononce le mot « colère ».

« En colère ? je répète, même si j'ai compris.

— Contre toi. Parce que tu es sa bienfaitrice, la bienfaitrice de sa famille. »

Un début d'agacement germe au milieu de mon inquiétude, comme souvent quand je reçois de nouveau l'Amérique en pleine figure. C'est pour cette raison que les filles comme Atasi sont tristes. L'Amérique leur transmet ce genre d'absurdités. Être en colère contre la personne qui vous aide, votre famille et vous, être en colère contre la personne qui paie vos frais de scolarité et le loyer de vos parents.

« Chia, je n'ai pas l'énergie de me pencher sur cette idée américaine maintenant.

— D'accord, c'est peut-être une idée américaine, mais tu crois qu'Atasi est en colère ? »

Je me sens découragée et épuisée. « Oui, probablement. »

Atasi n'a pas été une enfant facile à aimer. Je l'ai su dès le premier jour, quand le destin l'a poussée jusqu'à l'endroit de la route vers lequel je me dirigeais. Je ne roulais pas vite, mais plutôt distraitement. C'était au début, à l'époque où nous étions tout nouveaux à Abuja et où Abuja nous était si étrangère. Enfoncé dans le siège passager, Jide lisait en ligne des informations sur les frottis de dépistage. Nous étions sur une avenue dont je ne connaissais pas encore le nom, un tronçon large et cabossé où des piétons se faufilaient comme des flèches entre les véhicules, une voie bordée d'une mosaïque de toutes sortes de magasins imaginables vendant des légumes et des vêtements d'occasion, des pneus et du pain. J'allais à la clinique afin de refaire mon frottis. Le médecin m'avait appelée pour m'informer que mes résultats étaient anormaux, ce qui ne voulait peut-être rien dire, mais elle tenait à s'en assurer. Je vivais alors dans un minuscule studio du quartier de Wuse, mon premier logement à Abuja, et je tenais le téléphone plaqué contre mon oreille, la laissant parler sans un mot, tout en songeant : Elle n'a pas terminé sa phrase, ce qui signifie soit que mes résultats ne veulent rien dire, soit que c'est peut-être un cancer. Lors de mon premier bilan de santé, en voyant mon nom, elle m'avait demandé si mon père était le grand professeur ; elle avait ensuite pris son temps pour s'occuper de moi, m'appuyant sur le ventre avec trop de vigueur à mon goût. Elle m'a conseillé d'être prudente à Abuja, où tout le monde prenait du Tramadol ou du Benylin avec de la codéine. « Dans cette ville, tout le monde est accro à quelque chose. Les plus pauvres sniffent les latrines pour se défoncer », m'a-t-elle dit. Je me suis demandé pourquoi elle s'imaginait que j'avais besoin de cette mise en garde, et si elle la prodiguait à tous les nouveaux arrivants en ville.

Soit ce n'était rien, soit c'était un cancer, si bien que je roulais l'esprit ailleurs. Ma toute première automobile, une voiture à hayon avec de mauvais amortisseurs, achetée si rapidement après avoir commencé à travailler qu'il se chuchotait naturellement qu'un homme me l'avait offerte. Je conduisais d'habitude avec prudence, me méfiant des croisements d'Abuja mal agencés, où personne ne se cédait le passage, où tout le monde arrivait précipitamment en même temps. Je faisais d'habitude attention aux passants sur le bas-côté, tout particulièrement sur les routes de ce genre où la foule était si proche des véhicules. Jide a prononcé quelques mots avant que je percute la fillette. Je n'ai pas entendu ce qu'il a dit, mais il semblait paniqué, et c'est ce qui m'a incitée à freiner. La fillette, un mouvement fugace, la tête couverte d'un foulard rouge. « Bon Dieu ! Bon Dieu ! » a hurlé Jide. Je me suis arrêtée et déjà je me précipitais hors de la voiture, tandis que Jide essayait de me retenir à l'intérieur. La petite fille gisait sur le flanc. Elle était parfaitement immobile, comme une poupée de bois. Il y avait des voix, des gens, des coups de klaxon et de la poussière.

La vie peut changer à cause de ce qui aurait pu se produire. La fillette n'est pas morte. Elle me fixait du regard, son visage rond sans expression, et j'ai craint que son cerveau n'ait été endommagé. Puis elle a baissé les yeux vers le sang qui couvrait sa cuisse et maculait sa robe d'un rouge plutôt sombre. La mère, assise sous un petit parasol, vendait des paquets de biscuits et de bonbons décolorés par le soleil, et il a fallu que quelqu'un l'appelle pour qu'elle se rende compte que sa fille était blessée. Alors que je roulais fébrilement vers l'hôpital, la mère, installée sur la banquette arrière, pleurait en se lamentant : « Je lui dis ne joue pas au bord de la route, ne joue pas au bord de la route. » Elle a fait mine de prendre l'enfant dans ses bras, mais celle-ci l'a repoussée. La petite est restée assise dans son coin, seule et inconsolée. Elle était si jeune. J'ai songé : Pourquoi lui a-t-on même permis de se trouver au bord de cette route ?

Elle se prénommait Atasi. Elle parlait le haoussa, mais sa famille était gbagyi, la population native d'Abuja, les propriétaires des terres confisquées par le gouvernement afin de construire une capitale. Son père était agent de service dans un ministère, et sa mère l'appela sur son téléphone portable, lui parlant d'un ton pressant dans leur langue et répétant le nom de l'hôpital. Je n'étais jamais entrée dans une salle d'hôpital pour enfants, et la tristesse moite de celle-ci m'a surprise. Des enfants allongés sur des lits étroits, en pleurs ou abrutis par les médicaments, des enfants qui souffraient, des mères fatiguées étendues sur des nattes à côté d'eux. Une assiette émaillée graisseuse était posée près de l'une de ces femmes. Les infirmières se prélassaient, comme s'il n'y avait aucune urgence. Atasi a été placée sur un lit sans drap. J'ai observé les infirmières avant d'en choisir une, aux sourcils dessinés d'un trait au crayon, et de la prendre à part. Je lui ai glissé de l'argent dans la main et demandé où se trouvait le distributeur de billets le plus proche, achetant ainsi une protectrice pour Atasi. L'adolescent dans le lit voisin avait une jambe cassée qui n'était pas encore plâtrée. « Vous savez, la mère de ce garçon apporte de la nourriture, et puis elle s'assoit sur son lit et mange devant lui, m'a dit l'infirmière.

— Pourquoi ?

— Pour que ça lui serve de leçon. Il s'est cassé la jambe en allant voler du ciment sur un chantier.

— Dans ce cas, que mange-t-il ?

— Les repas de l'hôpital. Dont même nous, nous ne voulons pas. »

Plus tard ce jour-là, j'ai vu la mère du garçon, et quand elle a prononcé le nom de son fils, Olisa, je lui ai parlé en igbo. « Oh, ma sœur, bonsoir », a-t-elle répondu. Elle s'est assise et s'est mise à manger un morceau d'*agidi* après avoir déroulé son emballage de feuilles. « Olisa, le docteur est passé ? » s'est-elle contentée de demander à son fils, avant de se taire. Elle m'a regardée, puis a dévisagé Atasi et la mère de celle-ci, assise sur le lit, près de la tête de sa fille.

« Les gens comme vous ne viennent pas dans ce genre d'hôpital, m'a-t-elle dit en igbo.

— Nous avons eu un accident. C'était le plus proche.

— J'ai vu votre mari qui parlait à l'infirmière.

— C'est mon ami », ai-je précisé.

Elle m'a lancé un coup d'œil oblique. « Vos copines se marient et vous, vous en êtes encore à avoir un "ami". »

Elle m'amusait. Je lui ai demandé si elle ne pensait pas que son fils avait faim, et elle a répondu qu'il n'avait pas besoin de manger ; ce qu'il lui fallait, c'était une bonne gifle pour lui remettre les idées en place. Elle avait dépensé trop d'argent en transport pour venir jusqu'ici, a-t-elle continué, après une journée passée à courir d'un endroit à l'autre et essayer de récupérer les papiers nécessaires pour que les forces spéciales de la police ne démolissent pas de nouveau sa boutique.

« Et Papa Olisa ? ai-je demandé.

— Oh, ce bon à rien a déguerpi au village il y a longtemps parce qu'il n'y arrivait pas. C'est moi qui élève les enfants. »

Elle m'a soudain regardée avec des yeux plissés, éclairés d'une lueur calculatrice. Où est-ce que je travaillais ? Pouvais-je l'aider à renouveler ses papiers pour son épicerie ? À cet instant, Jide est venu me dire que nous pouvions partir maintenant que l'état d'Atasi s'était stabilisé ; il voulait aussi savoir si j'avais appelé ma clinique. Non, je ne l'avais pas fait. Je lui ai répondu que j'avais envie de rester. J'ai observé Atasi en pensant : Et si cette enfant était morte ?

Atasi, fillette maussade et solitaire, me fixait sans un mot.

Quand j'ai essayé de la serrer dans mes bras, elle a eu un mouvement de recul, le visage toujours aussi inexpressif. Plus tard, Jide m'a expliqué pourquoi il avait tenté de me retenir dans la voiture : il avait entendu dire que les foules, dans les quartiers les plus dangereux d'Abuja, se rassemblaient pour frapper le conducteur d'un véhicule après un accident, et que le mieux à faire était de rouler jusqu'au poste de police le plus proche. J'ignore où il avait entendu cette histoire, mais nous étions tout nouveaux à Abuja, et Abuja nous était si étrangère.

Maintenant qu'Atasi est partie, un silence strident règne dans la maison. Je sais que les journaux mentent, mais je suis atterrée d'y lire un récit détaillé de la vie de Kadiatou inventé de toutes pièces. Elle a appartenu à un réseau de prostitution employant du personnel hôtelier, a été patronne de maison close, a été vendue enfant, a fait du trafic d'enfants elle aussi, elle avait prévu de lui voler son téléphone, elle le lui a volé, elle était à la solde du gouvernement français, elle lui a envoyé un message pour réclamer dix millions de dollars, et, plus important encore, c'était un coup monté. Elle est associée avec ses ennemis politiques et on l'a payée pour qu'elle lui tende un piège. Chia m'envoie un texto afin de planifier un autre appel de groupe parfaitement inutile pour que nous réfléchissions ensemble à la situation.

« Son avocat veut qu'elle accorde une interview à la télévision, qu'elle raconte sa version des faits, me dit Chia. Selon lui, c'est le seul moyen de s'opposer aux histoires qui circulent dans la presse.

— Avant le procès ? N'est-ce pas inhabituel ?

— Elle n'a rien à perdre, réplique Zikora. J'ai discuté

avec Junius, et d'après lui, une interview obligera les gens à la voir comme un être humain et forcera peut-être les médias à couvrir cette affaire plus justement. Pour l'instant, ils donnent presque tous l'impression que c'est l'État contre Kadiatou, plutôt que l'État contre ce Français Très Important.

— C'est apparemment aussi l'avis des procureurs, ajoute Chia. Vous savez que Kadi n'est pas très loquace. Mais hier elle m'a confié quelque chose à propos des procureurs. Elle m'a dit : "Ils m'interrogent comme si c'est moi qui fais quelque chose de mal."

— Zikora, est-ce qu'elle se déroulera en anglais ?

— Quoi donc ?

— Est-ce que l'interview sera en anglais ?

— Je suppose, dit Zikora avec la patience affligée de quelqu'un qui doit répondre à une question idiote.

— On ne pourra pas lui fournir un interprète peul ?

— Kadi parle anglais.

— Il sera plus facile de ne pas la croire si elle ne s'exprime pas dans la langue qu'elle connaît le mieux, dis-je.

— Kadi parle anglais », répète Zikora. J'ignore si c'est simplement pour me contredire ou parce qu'elle possède ce trait de caractère typiquement américain qui consiste à mentir au sujet des personnes défavorisées. Kadiatou parle assez mal anglais, et affirmer le contraire ne lui sera pas d'une grande utilité. Lors des semaines de récupération que j'ai passées auprès de Chia, après avoir été maltraitée par l'Amérique, l'africanité de Kadiatou m'a fait l'effet d'un baume, sa façon de se courber au-dessus de son assiette quand elle mangeait, sa façon d'annoncer « Mademoiselle Omelogor, je m'en vais », tout en restant plantée là, une pause radieuse qui manifestait une entente mutuelle et signifiait : J'ai eu l'obligeance de vous prévenir, et vous m'avez prêté attention.

« Quand doit avoir lieu l'interview ? demande Chia.

— L'avocat négocie encore avec les chaînes de télévision », répond Zikora.

HUIT

Le coronavirus est là. Un Italien qui travaille à Lagos a passé Noël à Milan et, à son retour, son test était positif et il est maintenant en quarantaine dans le quartier de Yaba. Je regarde fixement l'article pendant un moment.

Jide m'appelle, paniqué. « Je te l'avais bien dit, Omelogor, je te l'avais bien dit !

— C'est juste une personne.

— On n'arrivera jamais à contrôler ce truc. Nous sommes fichus.

— Jide, calme-toi. Tu te rappelles quand le virus Ebola est arrivé au Nigeria. Nous n'en sommes pas tous morts, non ?

— Nous n'avons même pas de test pour ce coronavirus.

— L'État de Lagos affirme que si.

— Nous sommes fichus. J'ai entendu dire qu'il n'y a aucun respirateur et un seul ballon d'oxygène à l'Hôpital national.

— Ça ne peut pas être grave à ce point.

— Tous les politiciens de ce pays feraient mieux d'aller récupérer l'argent volé déposé dans les banques suisses, ils en auront besoin pour lutter contre cette maladie. »

Je m'esclaffe. « Jide, d'où veux-tu qu'ils le transfèrent, et vers où ?

— Je suis sérieux. L'autre jour, des gens disaient qu'il n'y avait pas un sou à la Banque centrale. Il va nous en falloir.

— La majeure partie de l'argent volé n'est plus dans les banques suisses. Il est ici, au Nigeria. Il y a plus de dollars sur les comptes dans notre pays qu'à la Banque centrale. »

Je suis forcément au courant. C'est moi qui en ai donné l'idée au PDG. Nous aimions bien les banquiers zurichois car ils posaient peu de questions, et les transactions étaient toujours discrètes et rapides, comme s'ils craignaient que nous ne changions soudain d'avis. Jusqu'à ce que le gouvernement américain entreprenne d'enquêter et de fouiner, en quête de fraudeurs fiscaux et de je ne sais quoi d'autre, et les banques suisses se sont montrées nerveuses et prudentes ; le PDG a alors annoncé que nous ne pouvions plus transférer de dollars en Suisse, qu'il nous fallait trouver un autre pays. « Mais pourquoi y sommes-nous obligés, monsieur ? » ai-je demandé et, voyant son regard interrogateur, j'ai ajouté : « Pourquoi ne pas consolider nos propres comptes en devises afin de garder l'argent ici ? »

Il a acquiescé, opinant lentement du chef, et j'ai su qu'il allait convoquer le conseil d'administration et dire à tout le monde qu'il en avait eu l'idée. Je n'avais pas besoin d'être reconnue. Je voulais simplement être son bras droit vedette, lui murmurer à l'oreille et exercer ce pouvoir d'une main douce et sûre. C'est ce que j'ai voulu dès mon premier jour de travail, quand on m'a dit que le PDG demandait à me voir alors que j'étais à peine installée dans mon box. Son bureau était tout de marbre et de verre, baigné par la lumière qui venait des larges fenêtres, aux imposants stores grands ouverts. Il était assis, vêtu d'un costume, un petit homme presque englouti par l'envergure de sa table bordée de dorures.

« Bonjour, monsieur. »

Il a paru surpris. Il m'a regardée de haut en bas, puis de bas en haut.

« Vous avez obtenu le meilleur score à notre examen d'entrée ? a-t-il demandé, comme s'il s'attendait à ce que je réponde par la négative.

— Oui, monsieur. »

Dans un coin de la pièce, où il consultait des documents, M. David s'est levé de son siège et s'est approché de moi d'un air appréciatif.

« Ah, c'est elle ? Dieu vous a donné de l'intelligence, mais il vous a aussi généreusement dotée recto verso comme ça ?

— Davantage verso que recto, monsieur », ai-je dit.

Pendant un instant, ils sont restés abasourdis puis, désarmés, ont éclaté de rire.

« Cette fille me plaît ! » a déclaré M. David.

Pourtant, au bout de seulement un an, il ne m'appréciait plus du tout, car j'avais acquis trop de pouvoir trop vite. Chaque fois que nous nous croisions dans le bureau du PDG, il me jaugeait de ses yeux méfiants, inquisiteurs, comme pour mesurer en détail mes dernières sombres intentions en date. Si j'avais été, comme lui, le directeur le plus proche du PDG, je n'aurais pas non plus apprécié mon avidité alerte et juvénile, mon enthousiasme, la marque infamante et éclatante de mon ambition sans frein. J'avais étudié le fonctionnement de la société, examiné ses entrailles, et je savais quelle vaine apathie résidait en son centre. La plupart des employés travaillaient machinalement. Partisans du moindre effort, ils cherchaient toujours l'issue la plus simple ; ils négligeaient certains détails et prêtaient peu d'attention à quoi que ce soit, comme si chacun d'eux s'était résigné à faire preuve d'une volonté médiocre, à l'impossibilité collective d'une vision. Presque tous les livres de comptes que je vérifiais en interne contenaient des analyses erronées de prêts irrécouvrables. La situation m'a enhardie. Je soumettais des idées neuves au PDG, et je lui disais toujours : « Nous devons agir avant eux, monsieur », *eux* désignant un autre propriétaire de banque à Lagos qui, en public, était l'ami du PDG. En privé, celui-ci prononçait son nom comme s'il crachait quelque chose d'immonde resté sur sa langue. Leur haine était mutuelle, ardente, et trouvait son origine dans plusieurs trahisons professionnelles datant de leurs débuts. Je ne cessais de parler au PDG de son héritage – Il faut que votre héritage soit plus important que le leur, monsieur, Tenez compte de votre héritage, monsieur –, tant et si bien qu'il a assimilé le mot et s'est mis à parler à tout bout de champ de *mon héritage* par-ci, *mon héritage* par-là. L'ego masculin est un phénomène facile à prédire. Il trottinait plus qu'il ne marchait, ce qui seyait à sa petite taille, la tête haute et les yeux braqués droit devant lui, comme trop occupé pour se soucier des gens insignifiants et des problèmes insignifiants, et, quand il passait dans les couloirs, les employés se terraient dans les coins. Au siège social, à Lagos, personne ne s'aventurait dans les corridors tant qu'il n'était pas entré dans son bureau.

La première fois que j'ai impressionné le PDG, c'est quand je lui ai dit que j'avais un espion haut placé dans la banque de son meilleur ennemi, ce qui était un mensonge, mais, pour devenir son bras droit, il m'a fallu attendre l'enquête dans l'affaire des bons du Trésor des États-Unis. Durant ces longues semaines de tensions, tout le monde retenait son souffle et courait dans tous les sens, le PDG hurlait comme un petit enfant et nous jetait des objets à la figure – son calendrier de bureau, son téléphone portable, même son élégant stylo hors de prix. Un adulte se conduisant de la sorte ? C'était le genre de chose qu'on voyait au cinéma. Confrontés à sa terrible rage, les directeurs tremblaient, nerveux et bafouillants, et M. David s'est mis en congé maladie en expliquant qu'il avait fait une petite attaque, ne revenant au bureau qu'une fois que tout a été terminé, avec une meilleure mine qu'auparavant. Les transactions avaient été conclues avant mon arrivée à la banque, mais le PDG m'accablait d'injures, disant que j'étais complètement nulle au poste de contrôleur financier, me traitant d'imbécile, de prostituée, d'écervelée. Je baissais toujours les yeux et j'attendais que son accès de colère passe, puis je continuais à lire des documents pour montrer que tout allait bien. Je restais tard au bureau, je répétais des platitudes, je respirais le sang-froid et montrais plus d'espoir que je n'en avais en réalité. *Ils n'ont pas les moyens de vérifier chaque transaction bancaire, monsieur. Ils ne peuvent pas prouver la collusion, monsieur, parce qu'il n'y a pas eu collusion. Nous devons clairement préciser, monsieur, que nous faisons tout importer et qu'il nous faut par conséquent des devises étrangères.* Je ne bredouillais pas ni ne disais, contrairement aux autres employés, « oui, monsieur, oui monsieur, oui monsieur » avant qu'il ait fini de parler. Je m'opposais à ses propositions. Je ressortais des documents qu'il aurait préféré oublier. Je mémorisais de menus détails et les lui récitais, et, quand un point avait été négligé, je le lui rappelais. Cependant, malgré mon audace, je ne manquais jamais de manifester mon respect. Il s'agit d'atteindre un équilibre délicat avec des hommes puissants tels que lui, dont j'ai appris à bien connaître la terrible susceptibilité. L'un des directeurs m'a hurlé dessus quand j'ai affirmé qu'il y avait une erreur dans l'analyse effectuée par son équipe. « Vous m'insultez ? Vous me prenez pour votre copain ? » On aurait dit une vendeuse braillarde sur le marché, toujours prête à enlever son pagne pour se mêler à une bagarre. Il leur en fallait si peu, à ces hommes, ces individus qui détenaient tant de pouvoir au creux de leurs mains, pour fondre comme un morceau de sucre dans du thé, incapables qu'ils étaient de supporter la moindre critique. Le PDG, soyons juste envers lui, valait mieux que la plupart d'entre eux, et il a même eu la décence de s'excuser, une fois la banque lavée de tout soupçon dans l'affaire des bons du Trésor américain.

« Omelogor, je suis navré de la manière dont je vous ai parlé, j'étais stressé, m'a-t-il dit.

— Cela serait arrivé à n'importe qui, monsieur. »

Il m'observait. Ses lunettes couvraient presque tout son visage, amaigri à la suite de ces semaines de tensions.

« J'ai remarqué quelque chose chez vous. Vous ne pleurez pas.

— Je ne suis pas venue au travail pour pleurer, monsieur. »

Il a ri sottement en secouant la tête, et j'ai pensé : Je suis en train d'atteindre mon objectif, celui de lui devenir indispensable. Je riais à ses blagues salaces et j'ignorais la lubricité de ses amis. Plus ils parlaient de mon intelligence, moins ils mentionnaient mon corps ou me demandaient mon numéro ou proposaient, pour plaisanter, de me raccompagner chez moi. Devant le miroir de ma salle de bains, je m'exerçais sans relâche à me composer un visage neutre, des traits parfaitement inexpressifs, impassibles mais ouverts, mon visage de stratège. Je l'endossais tous les jours comme on enfile des chaussures de sécurité. Lorsqu'il était question d'une affaire louche, je discutais de la meilleure façon d'en rendre compte et de la stratégie à adopter. Le PDG m'appelait et, passant majestueusement devant son attaché de direction, j'entrais dans son bureau.

Là, j'ai vu le cœur putride de la finance nigériane et son pus suintant. Je connaissais déjà les petites escroqueries du monde de la banque, les minuscules profits supplémentaires qu'on empoche dans les transactions en devises, le client qui n'a pas les garanties requises mais auquel on accorde un prêt modeste en échange d'une part du prêt en question, mais avec le PDG j'ai vu s'accumuler d'énormes prêts non performants et aussi de l'argent disparaître comme par magie au moyen d'une signature griffonnée à l'encre. J'ai découvert avec stupéfaction que les hommes les plus fortunés empruntaient en signifiant clairement et calmement leur intention de ne jamais rien rembourser, et quand ils manquaient à leurs engagements, la banque épongeait la dette en passant le prêt en pertes et profits. C'était une sorte de vol – ou plutôt du vol, purement et simplement. Ces mêmes hommes exhibaient des richesses qui n'étaient en réalité qu'une coque vide et creuse, ce dont ils étaient conscients. Si je volais autant d'argent, je ne ferais pas étalage de mes voitures ni de mes avions privés, mais ce ne sont jamais des gens subtils qui commettent des vols éhontés. Les étrangers parlent constamment des défis auxquels les marchés émergents doivent faire face, sans savoir que le plus grand de ces défis est l'orgueil démesuré d'individus irresponsables.

Une fois, l'un de ces hommes fortunés s'est brouillé avec le PDG. Dans une interview accordée à un journal, il avait affirmé que la banque du PDG était seulement locale et qu'il préférait détenir des comptes à l'étranger, alors que nous lui avions octroyé l'un des prêts les plus importants ; le PDG a alors envoyé la division des prêts irrécouvrables dans son entreprise. L'homme fortuné leur a crié dessus, a menacé le PDG, a dit qu'il envahirait la banque avec des militaires et mettrait le PDG à la porte.

« Il me menace parce qu'il ne veut pas payer ce qu'il doit ? C'est de la folie. Comment peut-il maintenant soutenir que je m'en prends à lui parce qu'il est yoruba ? Si j'étais yoruba moi aussi, il n'oserait pas me manquer de respect. »

Chaque fois que le PDG plaisantait sur le fait qu'il était issu d'un minuscule groupe ethnique du nord de l'État de Cross River, je voyais resurgir une rancœur ancienne sous ses costumes coupés à la perfection.

« Monsieur, vous devez riposter, par amour-propre et pour votre héritage. Il est bon d'entamer un peu l'assurance de certains de ces gens, sans les faire fuir », ai-je dit.

Le PDG a hoché la tête avec son habituelle lenteur théâtrale. Il a exigé le remboursement du prêt, et les hôtels que l'homme fortuné possédait à Abuja ont été fermés ; alors que ses immeubles de Lagos étaient sur le point de l'être aussi, l'homme fortuné s'est dégonflé et a appelé le PDG pour lui dire : « Mon frère, discutons, inutile de se disputer. » Le PDG, en gloussant de satisfaction, lui a laissé son prêt.

Quel ego en prendrait un coup, quelle volonté serait brisée, qui s'agenouillerait devant qui, voilà ce à quoi le monde de la banque se résumait en grande partie. C'est à peu près à cette époque que le PDG m'a nommée auditrice trésorerie. « Je sais que vous réfléchirez avec circonspection à qui doit toucher ou non notre excédent d'argent en prêts », m'a-t-il déclaré d'un ton solennel, comme si nous étions dans un cours de finance pour débutants, mais j'ai bientôt découvert que le PDG lui-même faisait à la banque des emprunts qu'il ne remboursait pas, et j'ai immédiatement su qu'il cherchait à me tester. Il voulait savoir comment je réagirais. Je suis entrée dans son bureau avec des documents déjà rédigés et lui ai dit : « Monsieur, je connais un meilleur moyen de dissimuler tout ça. »

Mes promotions rapides ont provoqué des récriminations croissantes qui se sont propagées, aussi nébuleuses que des nuages, à tous les départements et toutes les filiales de la banque, mais si les gens avaient raison de se plaindre, personne ne le faisait ouvertement. Le PDG était notre seigneur à tous.

Les autres employés ont commencé à l'appeler « ton mentor », dissimulant leur mépris sous des sourires, sollicitant des faveurs de ma part afin d'avoir accès à lui. *Ton mentor*. Il l'était, à certains égards, si du moins on peut avoir pour mentor quelqu'un qu'on ne respecte pas. Il m'a promue directrice générale adjointe trop rapidement et m'a dit qu'il m'aurait nommée directrice exécutive s'il n'avait fallu pour cela consulter le conseil d'administration. « Or nous ne voulons pas trop attirer l'attention afin d'être en mesure de poursuivre le travail entrepris », a-t-il ajouté. Le travail en question consistait à aider ses amis politiciens. Il suffisait que le PDG m'annonce : « Son Excellence a besoin de nous. » Le front de l'employé du bureau du gouverneur qui soulevait de gros sacs remplis d'espèces fraîchement imprimées se couvrait de perles de transpiration. Toujours tard le soir, une fois que notre immeuble était vide. Dans un coin du vaste bureau du PDG trônait un fauteuil rembourré de cuir rouge. C'était près de ce siège qu'on déposait les sacs, puis on apportait des compteuses de billets. Les gouverneurs détenaient des pouvoirs moyenâgeux, et leurs acquisitions bêtes et fébriles valaient le détour.

Je transférais des millions sur de nouveaux comptes, les changeais en dollars, puis les renvoyais au gouverneur dans des valises dont je verrouillais les fermetures à glissière avec des cadenas en argent. J'étais fière des valises ; des liasses de billets rangées dans une valise faisaient plus net et plus classe que de l'argent fourré dans de grands cabas mous à carreaux. Généralement, le secrétaire personnel venait chercher les valises. Parfois, il n'y avait que le chauffeur et un soldat muni d'un fusil passé à l'épaule. Ce n'étaient pas toujours des espèces ; dans la plupart des cas, ce n'étaient même pas des espèces. Nous émettions des garanties de paiement anticipé pour des contrats surfacturés de trois ou quatre cents pour cent, et je virais l'excédent depuis le compte du fournisseur sur des comptes que le gouverneur possédait mais qui, bien sûr, n'étaient pas à son nom. L'un d'eux était au nom de son cuisinier. D'autres portaient ceux d'amis, de frères et sœurs qui avaient des patronymes différents, de sociétés immatriculées aux Caraïbes. Il avait des amis comme usufruitiers de ses propriétés à l'étranger, conscient que les choses pouvaient réellement mal tourner si la loyauté de ceux-ci cédait un jour la place à leur cupidité. Telle était la sécurité précaire des richesses volées. Il était toujours entouré de nombreuses personnes mais se fiait à très peu d'entre elles, parce que son pouvoir l'avait privé de son aptitude à la confiance. Le PDG aimait raconter qu'un politicien avait fait de son chauffeur l'unique signataire d'un compte, compte que le chauffeur avait alors vidé de ses millions de dollars – de dollars, oui, pas de nairas – avant de s'enfuir au Canada. Le politicien n'avait rien fait ; qu'y a-t-il à faire quand quelqu'un vous vole ce que vous avez volé ? La morale de l'histoire, selon le PDG, était la suivante : « Servez-vous d'employés dignes de confiance que vous connaissez depuis des années. »

Le PDG parlait souvent des gouverneurs qui perdent leur immunité une fois leur mandat terminé, et ses paroles conféraient à nos actions une saveur de prudence rituelle.

« C'est une opération délicate, dont il ne faut pas qu'on puisse retrouver la trace après la passation des pouvoirs », me disait le PDG, et parfois je prononçais le mot « délicate » avant lui. Nous le répétions à la manière d'un mantra, un code spécial grâce auquel nous étions liés par un sens du secret grisant. Les histoires s'ébruitaient de toute manière, parce qu'il y a toujours trop de gens impliqués dans un projet de vol à cette échelle, et ils en parlent à quelqu'un en qui ils ont confiance, à quelqu'un qu'ils aiment ou veulent impressionner. Le conseiller chargé de l'urbanisme et des travaux, l'employé qui organise le faux appel d'offres, le secrétaire qui le tape, les chauffeurs, les soldats, les gardes postés devant la porte. Je déplaçais des centaines de millions via la Thaïlande et les États-Unis, entre autres pays, et ces sommes revenaient propres en apparence. Le Lichtenstein était facile, avec son système de déclaration laxiste. Nous y déposions de l'argent et, à la question « Origine des gains ? », nous répondions : « Conseil. » Ce mot signifiait ce que bon vous semblait ; il possédait la sainte aura de la dissimulation. En quelques années seulement j'ai appris à faire disparaître les fraudes sous une couche de peinture aux jolies teintes. Je savais quoi inscrire dans les livres de comptes pour cacher des transactions malhonnêtes et comment faire pour que des transactions fictives paraissent réelles, j'écrivais d'élégantes notes de service accordant des prêts à des sociétés qui n'existaient pas et, en nantissement, j'acceptais de faux titres fonciers, des actes notariés qui ne valaient rien et des documents assommants qui ne voulaient rien dire. Le PDG se montrait généreux ; je recevais des primes, j'avais deux voitures de fonction, et il donnait toujours son accord aux stages de formation que je suivais à l'étranger. J'étais cependant insatiable. J'écoutais des discussions en douce et lisais tous les documents disponibles, même s'ils portaient sur des opérations qui ne me concernaient pas. Je jetais des coups d'œil dans les antres où se font les fortunes nigérianes, des antres pleins d'hommes, certains intelligents, d'autres non, mais qui tous discutaient, échangeaient des informations, pratiquaient la collusion. Puis, la semaine où je les ai entendus dire qu'ils achetaient et s'activaient autour des titres de la PGT, j'ai prélevé de l'argent sur des comptes inactifs de clients oubliés et acheté des parts en mon nom.

Le PDG était dans tous ses états parce que le gouverneur venait en personne plutôt que d'envoyer ses employés comme à son habitude. Il n'arrêtait pas de repousser ses lunettes sur son nez alors que celles-ci ne glissaient pas. Une première équipe est arrivée en éclaireur, trois hommes aux lunettes de soleil en plastique, dans des costumes bon marché peu seyants. Ils ont arpenté le bureau du PDG avec une assurance comique afin de veiller à ce que tout soit sécurisé, avant que le gouverneur lui-même ne fasse son entrée. Cet homme à l'apparence tout ce qu'il y avait de plus ordinaire, qui arborait un air facilement distrait, avait meilleure allure à la télévision. On racontait qu'il avait été emprisonné pour fraude à Londres. À la lumière vive du bureau du PDG, il avait le teint blafard d'une personne atteinte d'un certain type de maladie, un problème de reins, peut-être. Je l'ai observé de plus près avant de comprendre que c'était autre chose : cette pâleur anormale et ces taches décolorées étaient à mettre sur le compte de crèmes blanchissantes. La vanité est une chose bien étrange. Il m'a rappelé une ancienne stagiaire qui s'éclaircissait la peau avec des crèmes bon marché donnant à son visage l'aspect d'un citron pelé, car, des années plus tôt, elle s'était portée candidate pour un emploi d'hôtesse dans une soirée d'entreprise et on lui avait dit qu'elle avait la peau trop foncée. On aurait pu penser que ce gouverneur aux pouvoirs moyenâgeux aurait au moins utilisé des crèmes de meilleure qualité, comme celles que Michael Jackson avait dû employer.

Le gouverneur a contourné le bureau, s'est installé dans le fauteuil du PDG et a pivoté d'un côté puis de l'autre. « C'est donc le siège du vrai pouvoir, où vous vous asseyez et contrôlez tout cet argent ! Tout cet argent ! s'est-il exclamé.

— Votre Excellence, comparé au vôtre, ce n'est pas du pouvoir », a répondu le PDG sur le ton servile qu'il adoptait avec tous les politiciens, jusqu'au jour où ceux-ci quittaient leurs fonctions – il cessait alors de prendre leurs appels.

Le gouverneur avait apporté son propre brandy. Son assistant a sorti la bouteille d'une longue boîte en daim, a demandé un verre, puis s'est rendu dans les toilettes du PDG pour le rincer comme si nous avions pu l'empoisonner. Le gouverneur a vidé le verre d'un trait et s'est mis à parler du meilleur quartier de Dubaï pour acquérir une maison ; il en avait déjà une à Green Community mais il en achetait une seconde à Emirate Hills. Puis il s'est soudain tourné vers le téléviseur à l'autre bout de la pièce et a pointé du doigt une présentatrice du journal sur l'écran. « Je veux cette femme. Trouvez-moi son numéro. »

Le PDG a affiché un air un peu dérouté, mais s'est rapidement ressaisi. « Oui, oui, oui », a-t-il marmonné. Nous aidions le gouverneur à déplacer des millions de dollars, et il a à peine jeté un coup d'œil aux papiers que je lui présentais. Il était si désinvolte et nonchalant, avachi sur son siège de bureau, jambes allongées. Si quelque chose tournait mal, il y aurait toujours plus d'argent à voler. Je regardais les chiffres sur mon écran : tant de zéros, des zéros à n'en plus finir, alignés les uns après les autres, vertigineusement et audacieusement. Tout cet argent pouvait changer de si nombreuses vies. Il pouvait réaliser tant de rêves. Je pensais à Mama Olisa, qui m'envoyait régulièrement des textos pour prendre des nouvelles. *Comment ça va, sœur Omelogor ? Joyeux mois, sœur Omelogor. Je me suis dit que j'allais vous souhaiter le bonjour, sœur Omelogor.*

En réalité elle voulait dire : Ne m'oubliez pas et aidez-moi quand vous le pourrez. Sa patience était une stratégie, et je la trouvais admirable. Rendez-vous compte de ce que Mama Olisa aurait pu faire avec une toute petite partie de cet argent. Si elle en possédait une toute petite partie. Et si elle en avait la possibilité ? Je n'y avais encore jamais réfléchi, mais, à cet instant, un plan très net s'est formé dans mon esprit, comme voué à exister depuis longtemps. Quand nous déplacions de l'argent, nous immatriculions souvent de nouvelles sociétés ; j'ai donc appelé l'avocat pour savoir si le nom Robyn Hood – Robyn avec un Y – était déjà pris. Quand il m'a répondu par la négative, j'ai eu envie de laisser échapper un rire dément et joyeux. Je n'ai même pas éprouvé de peur lorsque j'ai subtilisé les premières liasses de billets d'un sac apporté dans le bureau du PDG ce soir-là. Cette disparition aurait pu se produire par la faute du personnel du gouverneur – le chauffeur qui avait chargé le coffre, l'employé qui avait déposé les sacs dans le bureau du PDG. Non que le gouverneur vérifie quoi que ce soit.

Quelle différence feraient quelques centaines de milliers de nairas ? Quand, la fois suivante, un sac de billets en dollars est arrivé, j'en ai glissé deux liasses dans la sacoche de mon ordinateur portable. Un moment plus tard, j'en ai pris deux autres. Ces liasses étaient beaucoup plus fines et faciles à manier que les nairas. Bientôt, je suis allée au travail avec des sacs à main de grande taille, puis je me suis mise à subtiliser les espèces en fin de journée, dans le silence des bureaux, après que les billets avaient été comptés mais avant qu'ils ne soient emportés dans les coffres. Jide trouvait que distribuer de l'argent à des femmes qui géraient de petites entreprises était une idée folle.

« De l'argent gratuit, comme ça ? Elles vont le dépenser. Elles ne s'en serviront jamais pour leur affaire, disait-il.

— Tu ne connais pas les femmes.

— Il y a deux catégories de gays, ceux qui aiment les femmes et ceux qui les détestent. Heureusement pour toi, tu as deviné à laquelle j'appartiens », a dit Jide. C'était l'une de ses remarques préférées quand il avait l'ivresse joyeuse.

« Aimer les femmes ne veut pas dire qu'on les connaît », ai-je répliqué.

Quand j'étais au lycée, j'ai appris en lisant les journaux de mon père que le général Abacha avait créé un tribunal des banques en faillite, jeté des Big Men dans des prisons délabrées de Lagos parce qu'ils dirigeaient des banques en faillite. On les appelait ainsi, ces établissements, comme s'ils avaient accidentellement failli à leur devoir, comme s'ils avaient échoué à un examen. Il y a une histoire que je n'ai jamais oubliée, à propos d'une enseignante qui devenait aveugle et économisait un peu tous les mois pour une opération des yeux. Quand elle a enfin pu réunir la somme nécessaire, elle est allée à la banque pour faire un retrait, et un caissier au visage crispé lui a dit : « Désolé, madame, l'argent a disparu.

— Disparu où ça ? a-t-elle demandé. Où ça ? » Sur la photo publiée dans le journal, elle semblait hébétée, les yeux laiteux derrière d'épaisses lunettes. Elle n'a jamais récupéré son argent, aucune personne ordinaire n'a jamais rien récupéré. Qu'est-elle devenue, cette femme qui perdait la vue ? Qu'est-elle devenue quand elle l'a perdue ? J'ai pensé à elle pendant mon premier voyage consacré à Robyn Hood, quand je me suis rendue dans mon village pour distribuer dix subventions. J'y ai rencontré une femme qui perdait elle aussi la vue mais qui continuait de travailler sur un vieux métier à tisser, et je lui ai donné une somme deux fois plus élevée qu'aux autres, comme pour apaiser cette enseignante dont j'avais entendu parler tant d'années plus tôt.

Mais, avant d'aider les femmes de mon village, j'ai accordé une subvention à Mama Olisa. Un soir, je suis allée la trouver dans son magasin, alors que les acheteurs se faisaient plus rares et que les vendeurs fermaient leurs boutiques et rangeaient leurs marchandises avant de rejoindre leur arrêt de bus. Mama Olisa a crié, dansé et m'a serrée dans ses bras, m'a confié que son pasteur lui avait dit qu'elle verrait un signe, que celle qui l'aiderait viendrait cette semaine. « J'ai su dès le premier jour que Dieu vous avait fait entrer dans ma vie pour une raison. »

Elle m'a demandé si j'étais restée en contact avec la fillette qui avait eu l'accident des années auparavant, et quand j'ai répondu qu'Atasi vivait chez moi la moitié du temps, elle m'a dit : « Juste à cause d'un petit accident. Vous avez payé ses notes d'hôpital. Est-ce que vous étiez aussi obligée de l'accueillir chez vous ? Qui fait une chose pareille ?

— Mama Olisa, arrêtez de dire n'importe quoi.

— J'ai sept enfants, au cas où vous en chercheriez un autre à qui payer ses frais de scolarité. » Elle a alors éclaté de rire et m'a de nouveau prise dans ses bras, m'a assurée qu'elle priait pour moi et demandait à Dieu de me donner un mari avant la fin de l'année.

Je connaissais un peu les premières femmes auxquelles j'ai donné des subventions. Elles étaient originaires de mon village, Abba, et de villages voisins – Abagana, la terre ancestrale de ma grand-tante, Umunnachi, où est née ma grand-mère maternelle, et Nimo, où mon grand-père a autrefois vécu. Je me suis rendue dans leurs boutiques, je les ai saluées et elles m'ont saluée à leur tour, contentes d'avoir la visite d'Omelogor, la fille du professeur, celle qui avait réussi à Abuja.

« Je veux soutenir votre commerce. Utilisez ceci pour le développer, et que ça reste entre nous ; pour me remercier, aidez simplement une autre femme quand vous le pourrez. »

Abasourdies et joyeuses, elles se lançaient dans des prières, des danses et des chants, sans arriver à croire à cet argent qu'elles avaient entre les mains.

« Ne le gaspillez pas », disais-je, tout en sachant qu'elles n'en feraient rien, car elles avaient des rêves à revendre. Ces femmes qui avaient grandi dans leur village et à peine terminé l'école primaire, grincheuses, sages et caustiques, se montraient prudentes avec leur argent et le dépensaient avec bon sens, sans que rien leur manque jamais. Je m'asseyais avec elles et les écoutais tandis qu'elles regardaient fixement les billets reposant dans leurs paumes. *Je veux aller à Anam et acheter des plantains. Je me suis renseignée sur le prix d'un sèche-cheveux neuf pour mon salon. Je vais acheter un moulin à main pour moudre mes grains moi-même. J'achèterai une machine à coudre électrique.*

Je suis allée à Asaba en avion et j'ai pris un taxi pour me rendre dans une ville que je ne connaissais pas. Sur le bas-côté de la route, une femme faisait frire des *akaras*, une opération ambitieuse qui requérait trois grandes poêles, quelques assistants et une petite foule d'acheteurs. J'ai attendu qu'elle ait terminé ses ventes pour lui tendre une enveloppe pleine d'espèces. On était en fin de matinée, et une poule égarée picorait dans la poussière. La femme s'est essuyé le front avec le bord de son pagne et m'a regardée d'un air soupçonneux. Était-ce une sorte d'escroquerie, les billets étaient-ils faux, cherchais-je à l'amener insidieusement à prendre part à un rituel ? Pourquoi lui donnais-je du liquide, de surcroît une somme aussi importante ? Elle a secoué la tête et agité les mains devant elle. « Non, non, gardez votre argent, s'il vous plaît. Je n'en veux pas. »

Une fois que je suis remontée dans le taxi, le chauffeur m'a dit : « Tantie, vous n'avez pas parlé de Dieu.

— Comment ça ?

— Vous avez expliqué que vous vouliez aider son commerce mais vous n'avez pas parlé de Dieu. Le commerce et Dieu vont de pair. »

J'ai observé la petite chéloïde qu'il avait sur la nuque. De quel droit avait-il écouté notre conversation ?

« Comment vous appelez-vous ? ai-je demandé.

— Eze. »

J'ai engagé Eze pour explorer les villages et y trouver des femmes qui possédaient de petites entreprises. Il était généreux, maigre, doté d'un long cou et d'un franc-parler sincère qui convenait parfaitement à cette tâche. Il me faisait des comptes rendus et des suggestions, et je prenais l'avion pour rejoindre les aéroports d'Asaba, d'Owerri ou d'Enugu, puis il m'emmenait en voiture jusqu'aux villages qu'il avait déjà visités, où je plaçais des billets dans la main d'une femme, lui montrais ma carte professionnelle et lui disais : « Dieu m'a accordé des bienfaits et je veux rendre la pareille à mes sœurs. Utilisez cet argent pour votre commerce. Ne venez jamais me voir pour me remercier. *I mekatakwana bia I kene m*. Priez pour moi, c'est tout. Pour me remercier, aidez simplement une autre femme quand vous le pourrez. »

NEUF

Par jeu, je recule quand mon cousin Afam veut me serrer dans ses bras. « Tu n'es pas contagieux ? Vous autres, à Lagos, vous avez le virus. »

L'Italien malade est peut-être en quarantaine, mais on raconte à présent que les autres passagers de l'avion dans lequel il se trouvait ne seront finalement pas testés, pas davantage que les employés de la clinique de son entreprise à Lagos. Les médecins n'ont pas les équipements de protection nécessaires. Certains ont été testés positifs, mais refusent de se mettre en quarantaine.

« Je vais bien. Je n'ai pas été en contact avec un seul Italien », répond Afam.

Notre étreinte est chaleureuse et prolongée. Je lui fais observer qu'il arbore désormais le symbole des hommes nigérians qui ont réussi : une bedaine. Quand il sourit, je reconnais le père de Chia dans le plissement bienveillant de ses yeux et dans ses deux incisives de devant un peu larges. Chaque fois qu'il vient à Abuja pour affaires, il me rend visite, et nous aimons passer du temps ensemble. Il a une mine chaleureuse, engageante, contrairement à son jumeau, Bunachi, cet homme exaspérant et si pompeux. Chia dit toujours qu'il ne faudrait jamais nous laisser seuls dans une pièce, Bunachi et moi, par crainte d'y retrouver un cadavre et un autre corps à peine en vie. Afam, qui m'a apporté du whisky, pose la bouteille sur une table basse et annonce : « Une boisson réservée aux mecs. » Je l'ai un jour accompagné à un mariage à Lagos, où un homme de sa connaissance me tournait sans arrêt autour, me demandant mon numéro, voulant savoir ce que j'avais envie de boire. Quand j'ai dit un whisky sec, il a répliqué d'un air mécontent : « Ce n'est pas une boisson féminine, c'est une boisson réservée aux mecs. » Afam a été pris d'un fou rire. « Ne fais pas attention à ce type de la brousse », m'a-t-il dit, mais depuis il a pris l'habitude de m'envoyer des textos du genre : *Je prends juste des nouvelles du mec.*

« Ce coronavirus fait peur, lui dis-je.

— Je ne crois pas qu'il nous touchera de près. Tu sais que le Nigeria a le chic pour se retrouver à la périphérie des événements, pour le meilleur et pour le pire. » Quelque chose dans sa voix si raisonnable me rassure.

« Oui, je sais.

— Alors, comment ça se passe avec ton cabinet conseil en solo ?

— Pas mal. Tu devrais voir la liste de mes clients.

— Le type de Vestex Investments t'a appelée ?

— Oui. Merci, Afam, mon cousin chéri de toujours.

— Je ne t'ai pas encore dit quel pourcentage de tes honoraires je veux toucher en tant qu'intermédiaire. »

Nous rions. « Je n'ai pas encore repris le travail cette année. J'ai décidé de prendre un congé et de rester à la maison à ne rien faire.

— Ne t'endors pas sur tes lauriers, prévient Afam.

— Tu me connais. Ça n'arrivera pas.

— Ce n'est pas aussi prestigieux, de travailler seule », dit Afam, et je repense au fait que, pendant des années, j'ai été heureuse de me voir en photo dans les journaux auprès des puissants et des riches, lors des soirées organisées par la banque et de toutes les fêtes des grandes entreprises. Cela ne me manque pas. Ces années m'ont rassasiée, et je n'ai plus désormais aucun appétit.

« Tu regrettes parfois d'être partie ? » me demande Afam. Je n'ai pas besoin de réfléchir pour répondre fermement : « Non. »

Au fil du temps, j'avais sans doute quelquefois caressé l'idée de partir, fugacement, mais j'ai pris ma décision quand ma mère m'a dit que M. Nduka était mort. C'était la veille de mon anniversaire, et ma coiffeuse était venue me poser une perruque ondulée. Je lui ai fait signe d'interrompre l'ajustage pour me concentrer sur l'appel de ma mère. M. Nduka n'avait pas reçu sa pension de retraite depuis onze mois, et le gouvernement n'arrêtait pas de retarder le paiement, de lambiner et de mettre en place d'interminables vérifications, soutenant que des gens décédés continuaient de percevoir leur pension. M. Nduka était donc arrivé à sept heures du matin pour prouver qu'il était bien en vie et, après avoir attendu au soleil pendant des heures, ne se sentant pas très bien, il s'est effondré et il est mort ; son corps a été emporté dans le coffre d'une voiture depuis le centre de vérification des pensions jusqu'à la morgue. M. Nduka était un vieil ami de mon père, un fonctionnaire à l'ancienne, et l'image que je conservais de lui était celle d'un homme portant une cravate et une chemisette impeccable, toujours sérieux et très comme il faut. Je venais de blanchir de l'argent pour le gouverneur de son État. Une minuscule partie de cette somme aurait suffi à payer les pensions de milliers de personnes comme lui.

Quand j'ai obtenu mon diplôme avec la mention très bien, il m'a apporté en cadeau un coq gris avec une crête rouge tombante que nous avons gardé pendant des semaines avant de finir par le manger un dimanche pour le déjeuner. Le soir de sa mort, j'ai rêvé de lui, maigre et dégingandé, alors qu'il était trapu de son vivant. Et puis il s'est écroulé et s'est aussitôt transformé en ossements secs. Un tas d'os séchés blanchâtres.

Le gouvernement disait ne pas payer les retraites parce que les familles continuaient de les réclamer après la mort des intéressés, mais, de mon côté, j'avais mis en réserve des milliards de nairas publics sur un compte à haut rendement et à court terme ; je l'avais fermé au bout de quelques mois et j'avais déposé les intérêts sur les comptes personnels du gouverneur, avant de replacer l'argent sur un autre compte à haut rendement. Un processus cyclique, où l'argent public servait à fabriquer de l'argent privé. Pendant que M. Nduka s'affaissait lentement et mourait, sa pension de retraite rapportait des intérêts au gouverneur de son État, ce à quoi j'avais illicitement contribué. Mon mépris vis-à-vis de moi-même arrivait par vagues qui me donnaient la nausée. J'avais d'abord tourné autour de la médiocrité avant de l'épouser, et j'étais maintenant devenue cette médiocrité.

Ma mère a dû percevoir que j'éprouvais un peu trop de peine pour un homme que je n'avais après tout pas très bien connu. « *Nne*, ça ne va pas ?

— Si, si, je m'en veux, c'est tout.

— C'est triste, mais ça n'a rien à voir avec toi. »

Elle n'avait pas la moindre idée de ce que je faisais, de ce que je faisais réellement ; mes parents étaient naïvement ignorants de tant des nombreuses tromperies qui avaient cours au Nigeria. Ils attendaient en toute confiance que l'université leur vire leurs salaires chaque mois, ils avaient un seul compte bancaire et ne comprenaient rien aux placements financiers. Ils croyaient que je faisais un travail honnête et remarquable. Pour mon anniversaire, le message de mon père commençait par « Notre fierté et notre joie ». Mes domestiques m'ont fait une surprise en me présentant un petit gâteau et une carte faite main sur laquelle chacun d'eux avait inscrit un message à l'encre bleue. J'ai découvert avec étonnement que Mohammed savait écrire l'anglais ; son message, le plus court, était le suivant : *Madame vous êtes bonne*. Cela m'a fait l'effet d'une raillerie, d'un reproche, ou bien d'une ultime occasion de rédemption. Pourquoi ne s'étaient-ils pas inspirés des années précédentes, quand ils entraient dans le salon pour me souhaiter un bon anniversaire et me remercier pour le gâteau que Philippe leur avait donné ?

Une agence externe était à présent chargée d'embaucher tous les nouveaux employés de la banque, et j'ai découvert que le PDG en était le propriétaire. S'octroyer des emprunts qu'il ne remboursait jamais était une chose, mais posséder une agence qui prélevait une petite part des salaires déjà modestes du personnel récemment embauché ? Sa cupidité mesquine me dégoûtait. Il se plaignait souvent d'un ulcère, son visage se tordant de douleur au beau milieu d'une réunion, et il paraissait de plus en plus affaibli, privé de sa vivacité. Un jour, il est arrivé au bureau avec des lunettes à la lourde monture noire impassiblement posées sur son nez, et il ressemblait à un vieil homme qui aurait emprunté les lunettes tendance de son fils.

« Vous ne les aimez pas ? m'a-t-il demandé.

— Vos fines montures de métal sont plus flatteuses, monsieur.

— Quand vous prendrez la relève, nous aurons peut-être un PDG qui pourra porter de vraies lunettes griffées qui lui iront », a-t-il répondu. Il lui arrivait de s'exprimer ainsi, de faire allusion à sa succession, me jetant des miettes de la même manière qu'on attire un oiseau dans un piège. Mais je regardais déjà ailleurs, submergée par le désir de retrouver un goût moral et de purifier ma vie de mes fautes.

J'attendais encore le bon moment pour annoncer au PDG que je souhaitais partir. Un jour, il m'a demandé de gérer une transaction de gestion de patrimoine pour un nouveau client qu'il avait débauché à la banque de son meilleur ennemi en lui offrant un taux d'intérêt parfaitement absurde. Le client figurait toujours sur les listes des Africains les plus fortunés que dressaient les magazines, mais il était loin d'être aussi riche que ceux-ci le soutenaient. Il portait une montre tape-à-l'œil avec l'air frimeur d'un odieux arriviste.

« Omelogor ? Quel genre de nom est-ce donc ? a-t-il demandé.

— C'est mon nom, monsieur.

— Je ne l'ai jamais entendu. De quelle origine ? De l'État de Rivers ?

— Non, de l'État d'Anambra.

— Oh, une fille igbo. » Une moue de mépris est passée sur ses lèvres. « Vous savez ce que vous faites ? Je ne veux pas que cette transaction se déroule n'importe comment. »

Peut-être n'aimait-il pas les Igbos, peut-être les femmes pleines d'assurance lui déplaisaient-elles, à moins que ce ne soit les deux ; à moins que ce ne soit pour aucune de ces raisons et que j'aie simplement affaire à un énième être humain naturellement doté d'une propension à la méchanceté. Mais, à ce moment-là, les cartes étaient jouées.

Je me suis levée. « Veuillez m'excuser, monsieur. Permettez-moi d'aller voir si l'un de mes collègues est disposé à s'occuper d'un client grossier, parce que je ne le suis pas. »

J'ai quitté la pièce en imaginant déjà la colère du PDG, qui me hurlerait après avant d'aller aussitôt apaiser cet homme. Ça n'a pas manqué, mais il a aussi plissé les yeux et m'a observée en se disant que cette réaction ne me ressemblait absolument pas. J'avais laissé passer bien pire, je m'étais esclaffée quand un client m'avait annoncé qu'il ne pouvait pas se fier à une banquière igbo, j'avais haussé les épaules quand un autre avait exigé de traiter avec un homme parce que les transactions importantes rendaient les femmes nerveuses.

« S'est-il produit autre chose ? a demandé le PDG.

— Non, monsieur. » J'ai réfléchi un instant. « Je souhaite solliciter un congé pour aller étudier aux États-Unis.

— *Ahn-ahn*. Parce que je vous ai crié après ?

— Non, monsieur, ce n'est pas la première fois que ça arrive.

— Mais alors, pourquoi ?

— Je sens que j'ai besoin d'une pause pour recharger mon cerveau.

— D'accord. Nous pouvons vous payer cette formation professionnelle. »

Il croyait que je voulais parler d'un de ces stages courts et excessivement chers que suivent les hommes et les femmes d'affaires désireux d'apposer le nom prestigieux d'une université américaine sur leur CV minable.

« Je tiens à faire un vrai master.

— Non que vous ayez besoin d'un MBA, a dit le PDG.

— Pas un MBA. Un master en études culturelles. Je m'intéresse à la pornographie.

— La pornographie », a-t-il répété, puis il a ri comme s'il s'agissait simplement d'une autre des remarques bizarres qu'il m'arrivait de faire. « Vous comptez ensuite revenir et partager vos compétences nouvellement acquises avec la banque ?

— Oui, monsieur. »

Il a hoché la tête, mais il n'était pas idiot et il savait, je le sentais, qu'un séisme menaçait sous mon apparente sérénité.

DIX

J'ai commencé à m'intéresser à la pornographie après qu'un jeune homme m'a giflé un sein. Où, me suis-je demandé, apprenons-nous ce que nous apprenons ? Et d'où tirons-nous nos connaissances ?

Mon amie Ejiro parlait sans arrêt d'hommes plus jeunes : « Il faut que tu essaies un type plus jeune, de vingt-six ans ou moins ; ils se soucient vraiment de nous donner du plaisir.

— Vingt-six ans ? C'est étrangement précis, ai-je répondu. Pourquoi pas vingt-cinq ou trente ? Il leur arrive quelque chose après vingt-six ans ? C'est l'âge limite pour donner du plaisir à une femme ?

— Tu verras. »

L'homme d'Ejiro, plus jeune qu'elle, avait un ami aux bras couverts de tatouages. Elle a discrètement organisé une sortie à quatre et, à un moment, ce garçon s'est penché vers moi pour demander : « Tu veux voir les tatouages que j'ai dans le dos ?

— Non. » Était-ce son baratin habituel ? « Tu sais, les tatouages deviennent laids avec l'âge ; ils prennent une teinte gris-verdâtre et ressemblent à de vieilles algues dans un labo. »

Il m'a dévisagée avec stupeur.

« Les miens sont très bien, a-t-il fini par dire.

— Ce ne sera plus le cas au fil des années, quand tu seras plus vieux.

— Oh.

— Quel âge as-tu ?

— Pourquoi tu me le demandes ? »

Le fait qu'il me pose cette question signifiait qu'il voulait d'abord avoir la preuve qu'il m'intéressait avant que nous nous attaquions à l'obstacle possible que représentait notre différence d'âge. J'ai trouvé ça touchant. Il avait vingt-six ans. Juste la limite d'Ejiro, par chance. J'avais quatorze ans quand il était né. J'aurais pu être sa baby-sitter. En y pensant, j'ai failli rire. Nous avons beaucoup bu et il a fumé une chicha. Son ami et lui parlaient de célébrités, de leurs voitures, de montres, et je m'ennuyais tant que je me suis sentie très vieille. À un moment, désignant le bol et le tuyau de la chicha, il m'a dit : « L'eau filtre la fumée, c'est donc bon pour la santé.

— Non, la chicha est dix fois pire que la cigarette. On se tue, à fumer ça », ai-je répliqué.

Il m'a regardée avec méfiance, comme s'il se demandait dans quoi il s'était embarqué.

« Ne fais pas attention à Omelogor, elle parle toujours comme ça, a prévenu Ejiro. Elle a l'air un peu folle, mais elle est très gentille. »

Je l'ai revu à quelques reprises pour m'assurer que je n'avais pas affaire à un psychopathe, puis, un soir, je lui ai demandé de rester.

« Ils ont le souci de nous donner du plaisir, avait dit Ejiro, de nous faire atteindre l'orgasme. » C'était certainement vrai s'agissant de ce jeune homme, mais cette expérience m'a paru bizarre. Il est resté complètement silencieux, et sa façon de faire courir ses doigts sur mon corps m'a évoqué le mot « imitation ». Il recréait quelque chose qu'il avait vu. Soudain, toute mon envie est passée, et je n'ai plus voulu de lui dans mon lit. Que désirais-je ? L'imperfection du réel. D'autres mouvements exercés de doigts et de langue ont suivi. J'avais la sensation qu'il s'observait, en spectateur captivé de lui-même. Je n'arrivais pas à jouir. J'en avais envie, ne serait-ce que pour ne pas avoir l'impression d'avoir prodigieusement perdu mon temps, et puis j'ai pris conscience que si j'avais un orgasme il en sortirait victorieux. Ils se soucient peut-être réellement de nous donner du plaisir, mais seulement pour pouvoir dire ensuite : « Ouah, regarde ce que j'ai accompli. » Un acte d'éloge de soi plutôt que de don de soi. Encore quelques gémissements dramatiques, ai-je décidé, puis je lui demanderai d'arrêter. Plutôt que de lui avouer que je m'ennuyais, j'expliquerais que j'étais trop stimulée. Je voulais protéger son amour-propre parce que je l'aimais bien, qu'il était gentil et que, la veille, il m'avait dit : « Tu vois ce qui arrive à mes doigts ? Ma peau se détache au niveau de mes ongles. Tu sais ce que ça signifie ? » Bon sang, pour quelle raison s'imaginait-il que je saurais pourquoi ses doigts pelaient ? J'ai tout de même trouvé cette question touchante. Elle m'a laissé une impression de franchise et de douceur, comme si nous avions pu être des amis qui se souciaient tendrement de ce qui pouvait arriver à l'autre. J'ai lâché un deuxième gémissement et m'apprêtais à lui dire d'arrêter quand il m'a giflé la poitrine. Je l'ai regardé. Il a recommencé. Le sein gauche. Et ce n'était pas une claque légère, mais même s'il s'était montré plus doux, je n'en aurais pas été moins choquée. « Tu as perdu la tête ? ai-je demandé. Arrête ça. »

Il a paru hésiter, comme s'il ne savait pas très bien si je parlais sérieusement.

Après son départ, j'ai allumé mon téléviseur et suis aussitôt tombée sur une chaîne qui diffusait des arts martiaux mixtes ; il avait dû changer de chaîne à un moment de la soirée.

« Il regardait du MMA, ai-je raconté à Jide. C'est ce que les enfants regardent, de nos jours ?

— J'en regarde moi aussi. »

À mes yeux, ce garçon était simplement un Homme Plus Jeune, une expérience, et parce qu'il était gentil, je me sentais un peu coupable de le considérer ainsi. Mais c'était peut-être une expérience pour lui aussi. En me voyant en sous-vêtements, il m'avait dit : « Tu es vraiment pas mal », sans ajouter « pour ton âge » mais il avait dû le penser parce que j'ai perçu sa fascination et sa légère répulsion pour les femmes plus âgées.

« Pourquoi est-ce qu'il a voulu me gifler un sein ? Et ce n'était pas une caresse, mais une vraie claque, ai-je dit à Jide.

— Si tu regardais du porno, ça ne te semblerait pas aussi étrange, c'est ce qui se fait dans les films X hétéro. » Il riait. « Tu fréquentes des hommes plus âgés qui regardaient du porno quand les acteurs avaient encore des poils pubiens et que les femmes étaient un peu mieux traitées, si bien qu'ils ne pratiquent pas ces nouvelles dingueries.

— Mon Dieu », ai-je fait, déroutée, presque déçue de ne pas l'avoir su.

Bien avant que cet homme plus jeune ne me gifle la poitrine, ma cousine Mmiliaku, la fille de tantie Jane, m'avait raconté une histoire de ceinture. Le dimanche, Mmiliaku et son mari, Emmanuel, vont à la messe du matin, puis ce dernier la dépose à la maison avec les enfants et retourne à l'église pour l'Opus Dei. Il ne mange pas de viande le vendredi et pense que la contraception est un péché terrible. Peu de temps après leur mariage, Mmiliaku a commencé à dire : « Il est toujours préférable d'épouser quelqu'un qui a les mêmes valeurs que soi », parce que Emmanuel avait arrêté ses études après le lycée – et il possédait une entreprise très prospère.

Mmiliaku buvait du Bournvita à ma table de salle à manger, la tasse près de ses lèvres, quand elle m'a confié : « Certaines personnes refusent d'entendre raison.

— Qu'a encore fait Emmanuel ? ai-je demandé.

— Il s'y est pris comme à son habitude, en me grimpant dessus pendant mon sommeil. Je me suis réveillée en ayant mal, et j'ai essayé de le repousser. Il s'est mis en colère, alors je l'ai laissé terminer. Le soir, à son retour, je m'étais faite belle, et après le repas, j'ai commencé à l'embrasser, à le toucher, et il m'a repoussée en me disant d'arrêter de me comporter comme une prostituée. Je veux juste que nous ayons des rapports sexuels agréables et que nous communiquions en tant que mari et femme. C'est affreux, c'est toujours la même chose : il s'introduit en moi de force pendant que je dors. Bref, plus tard, je lui ai proposé : "Essayons de regarder un film X pour voir si nous pouvons apprendre quelque chose." Je n'ai pas dit que c'était à lui d'apprendre, j'ai dit que c'était pour nous, afin qu'il n'aille pas dire que je l'insultais. Il s'est mis à crier. "C'est ce que tu fais, maintenant ? Tu regardes des films X ? C'est pour ça que tu es devenue dépravée ?" Il a alors défait sa ceinture, l'a brandie et m'a fouettée, trois fois, et c'est une épaisse ceinture en cuir. » Elle m'a d'abord parlé sur un ton larmoyant, mais, au milieu de son récit, elle s'est mise à rire. « Il a un équipement dont il ne sait pas se servir et il refuse d'apprendre. Tu te rends compte ? Et c'est lui qui m'accuse d'être dépravée. »

« Dépravée », ce mot si souvent entendu. À l'école primaire, on nous traitait de dépravées si on parlait avec les garçons. « Dépravée » incarnait la souillure, le sexe et toutes les choses en rapport avec la sexualité qu'il était préférable de ne pas mentionner. Les filles étaient dépravées. À l'école primaire, je n'ai jamais entendu un garçon se faire traiter de dépravé.

« Tu penses que les films porno sont la bonne méthode d'apprentissage ? ai-je demandé à Mmiliaku.

— Par quelle autre méthode pourra-t-il apprendre quoi que ce soit ? »

Entre l'histoire de ma cousine et celle de l'homme plus jeune qui m'avait giflé un sein, une autre raison a éveillé mon intérêt, en la personne de l'homme auquel j'avais tiré les cheveux. Arinze, le plus long de mes émois. Comme notre relation a duré onze mois, j'ai commencé à croire que c'était peut-être enfin l'amour dont tout le monde parlait. Il était intelligent mais manquait de créativité ; il avait des lectures éclectiques et toujours des idées éclairantes sur ce que d'autres avaient écrit, et cela aurait suffi à de nombreuses personnes. Mais pas à lui, parce qu'il désirait par-dessus tout créer, si bien que sa vie se résumait à une réaction vexée face à cette incapacité à créer. La plupart des romans contemporains étaient banals, disait-il. Il refusait de lire des livres publiés après 1960, et il levait les yeux au ciel quand il entendait le moindre morceau de musique contemporaine. Il travaillait comme directeur dans une agence de publicité et tournait en dérision les pubs que sa propre société produisait. Elles sont tellement rudimentaires, sans imagination, affirmait-il. Un jour, il m'a fait lire une nouvelle qu'il avait écrite dans un style rigide et, quand je lui en ai fait la remarque, il a répondu que c'était justement le but, la rigidité du récit étant censée refléter celle du personnage.

Au début de notre relation, il était incapable de casser un œuf correctement. De minuscules éclats de coquille tombaient dans le bol, et je le regardais essayer de les repêcher avec une fourchette, l'air désemparé et concentré, et je trouvais cela tellement drôle et adorable. Sa détermination à me faire une omelette dans sa cuisine, dont il ne se servait presque jamais et où le grille-pain arborait toujours son étiquette. Sur la fin, je trouvais cette manie complaisante et je-m'en-foutiste : était-il à ce point difficile de casser un œuf correctement ? Ce qui m'avait d'abord charmée a fini par m'exaspérer. Prenez garde à ce qui vous enchante au départ. Parfois, quand je rencontre un homme, je sais d'emblée ce qui m'irritera bientôt, mais avec Arinze je n'arrivais pas à le savoir ; il était si différent, un mystère palpitant que j'avais envie de percer.

J'ai commencé à me dire que c'était peut-être de l'amour quand, un matin, il s'est réveillé en sursaut en poussant un cri à cause d'une crampe au mollet. Il se donnait des coups de poing dans la jambe, le visage tordu par une douleur atroce, que j'ai ressentie au plus profond de mon être. J'étais tellement paniquée, tellement inquiète. Jamais auparavant je n'avais éprouvé une sensation de souffrance par procuration avec un homme.

« Je t'emmène à l'hôpital, il faut qu'on aille tout de suite à l'hôpital, ai-je continué de répéter alors même que la douleur s'était calmée.

— C'est juste une crampe musculaire », a-t-il dit.

Tout au long de la journée, je l'ai observé, lui ai préparé

du thé, ai proposé d'appeler mon masseur. J'étais peut-être amoureuse.

C'est lui qui m'a dit : « Tu es pareille à un homme », parce que je voulais qu'on me laisse tranquille après l'amour, m'endormir en paix. Au début, il tentait de me prendre dans ses bras et je le repoussais, à sa plus grande surprise et perplexité. Jusqu'au jour où il a compris et m'a laissée tranquille tout en me taquinant de temps à autre. *Tu es pareille à un homme.*

C'est lui aussi qui m'a confié : « J'ai l'impression de ne pas te connaître et de ne pas arriver à te connaître. Tu es inconnaissable.

— Dans ce monde, nous sommes tous inconnaissables. Nous ne pouvons connaître pleinement les autres quand nous nous sentons parfois étrangers à nous-mêmes. » Il a lâché un rire moqueur et m'a priée de ne pas citer de poèmes, même s'il ne s'agissait évidemment pas d'une citation.

Il m'a aussi dit : « Tu n'aimes pas les hommes.

— Ah bon ? ai-je répondu, railleuse, avant de le regarder de la tête aux pieds d'un air suggestif.

— Je veux parler des hommes en général, des hommes en tant que catégorie, tu n'aimes pas les hommes qui ne sont ni tes amis ni des membres de ta famille.

— Parce que tu aimes n'importe quelle femme prise au hasard ? » ai-je demandé ; une question perfide, car je comprenais ce qu'il voulait dire, mais j'avais choisi de faire dévier la conversation, ce qui, sur le moment, me semblait plus facile. « De toute façon, tu affirmes que je suis comme un homme. Dans ce cas, décide-toi : je n'aime pas les hommes ou je suis comme un homme ?

— Tu éludes la question.

— Toi, je t'aime bien. »

J'aurais pu dire « Je t'aime », mais il n'avait pas encore eu sa crampe au mollet, et je ne me croyais pas encore capable d'éprouver un vrai sentiment, seulement un sentiment fantôme. Depuis si longtemps, je ressens des émotions sans en faire partie intégrante, comme si les ressentir revenait simplement à les observer, mes émotions et moi semblables à des entités séparées, perpétuellement incapables de fusionner.

Il appréciait la pornographie. Il voulait que nous regardions un film ensemble. Il lui a fallu des mois pour me l'avouer.

« D'accord », ai-je acquiescé. J'y étais indifférente ; à l'adolescence, j'avais regardé à la hâte quelques films X, mais je ne m'y intéressais vraiment pas.

« Je croyais que tu me jugerais, a-t-il dit.

— Pourquoi ?

— À cause de tes grands principes si louables. Franchement, il suffit de voir ça », a-t-il répondu en désignant la citation de Thomas Sankara dans un cadre accroché au mur de ma chambre.

> *La révolution et la libération de la femme vont de pair. Et ce n'est pas un acte de charité ou un élan d'humanisme que de parler de l'émancipation de la femme. C'est une nécessité fondamentale pour le triomphe de la révolution.*

« Je ne dis pas que ça fait prétentieux d'avoir des mots sur son mur, a-t-il ajouté.

— C'est un coup trop bas pour que je le sente passer », ai-je répliqué, et nous avons ri.

Nous avons regardé un film sur son ordinateur, tous deux allongés sur le ventre, l'un contre l'autre.

Rien à voir avec les scènes plongées dans la pénombre, peuplées d'hommes moustachus, du film des années 1980 que j'avais visionné chez une amie au lycée. Je ne m'attendais pas à ce que ce soit le cas, et pourtant j'ai été frappée par l'éclairage de qualité, la production de bon goût. Nous avons d'abord regardé en silence, puis il a voulu savoir ce qui me plaisait dans la scène. Les gémissements simulés de la femme me donnaient envie de rire, mais, voyant qu'il prenait la chose au sérieux, je m'en suis abstenue.

« Pourquoi est-ce qu'il l'étrangle et lui tire les cheveux ? » ai-je demandé.

Il s'est tourné vers moi, l'air amusé. « Ça intensifie le plaisir, a-t-il répondu.

— Pour qui ?

— Eh ! »

Je n'ai pas réagi et, constatant que je n'étais guère enthousiaste, il a proposé : « Et si on regardait autre chose ?

— D'accord. » Je me suis écartée de lui, créant un mince espace entre son corps et le mien.

Nous avons décidé de regarder un documentaire à la télévision, mais j'avais l'esprit encore absorbé par certaines séquences du film. « Je me souviens d'un camarade d'école primaire qui disait : "C'est honteux de jouer dans les films porno mais, au moins, on peut devenir millionnaire" », ai-je raconté.

Arinze a ri. « C'était moi ce garçon.

— En réalité, j'étais déjà une adulte quand j'ai lu un article sur cette industrie et appris à quel point elle était affreuse, et celle que j'avais été à l'école primaire en a été scandalisée.

— Ce qui veut dire que tu as dû être inconsciemment tentée par l'idée de devenir millionnaire.

— Tu es bête. Non, vraiment, ça m'a paru horrible. Les gens sont très peu payés, les femmes agissent sous la contrainte ; ça ne semble pas valoir la peine du tout.

— Oui, mais c'est comme les ateliers clandestins, ça fait partie du capitalisme moderne.

— À la différence que ces ateliers produisent au moins des choses utiles. »

Il me dévisageait. « Tu n'as pas conscience que cette industrie est le plus grand professeur pour les hommes à l'échelle mondiale ? Qui, d'après toi, apprend des trucs aux hommes ? »

Je n'ai pas répondu, parce que je n'avais pas envie de poursuivre cette discussion sur le porno et parce que son sourire en coin m'a soudain paru déplaisant, comme s'il y avait en lui des côtés sordides que je ne lui connaissais pas ; j'ai toutefois réfléchi à ses paroles – *Qui, d'après toi, apprend des trucs aux hommes ?* – et je me suis mise à les plaindre. Ai-je le droit de dire que je me suis mise à plaindre les hommes ? Il s'est écoulé un peu de temps avant que je crée un site anonyme et paie les services d'analyse d'audience et de publicité, et au bout de quelques semaines, des hommes ont commencé à m'envoyer des messages, à moi, une femme anonyme qui dirait les choses sans détour, mais en étant dans leur camp.

Un jour, j'étais furieuse contre lui. De nombreux mois avaient passé et nous n'avions plus regardé de film porno ensemble ; il ne me l'avait pas proposé et je me doutais qu'il ne le ferait plus. J'étais furieuse contre lui, et ma colère était sans fondement ; c'était son arrogance au mécanisme parfaitement huilé qui commençait à m'horripiler. Chez les femmes, l'arrogance offre une perspective stimulante parce qu'elle est subversive, mais chez les hommes elle est toujours réactionnaire, et par conséquent ennuyeuse, tout particulièrement l'arrogance d'un genre chevaleresque, cette attitude du sexe fort ayant pour devise *Noblesse oblige*. Tout dans son comportement laissait entendre « Le monde a de la chance de m'avoir », et c'était horripilant. Le jour où j'étais furieuse contre lui, nous étions au lit, et j'ai baissé les yeux vers sa tête, sa tête couverte d'une épaisse chevelure. J'ai tendu la main et saisi une poignée de son afro courte et douce, puis j'ai brièvement caressé son crâne avant de lui tirer violemment les cheveux. Je n'avais jamais pensé à le faire au lit ; ma colère était jusqu'alors une réaction à son orgueil démesuré, mais, à cet instant, alors que j'empoignais ses cheveux, elle s'est avivée en un geste singulièrement lumineux.

Il a bondi, a laissé échapper un petit cri de surprise et de douleur mêlées.

« Qu'est-ce que tu fais ?

— C'est pour intensifier le plaisir », ai-je répondu.

Il s'est rassis en s'écartant de moi et, dans ses yeux – incrédules, empreints de méfiance, de fureur –, je me suis vue comme une personne à l'esprit dérangé.

« Putain, qu'est-ce qui ne va pas chez toi ? Tu cherches une raison ? Ne prends pas cette peine. »

Il se levait déjà, brusquement, renfilant précipitamment ses vêtements, puis il est parti tout aussi vite. Ce qui m'a manqué après notre rupture ? Porter sa chemise m'a manqué. Ces soirées dominées par notre hâte à nous déshabiller, nous lécher, nous mordre. Ainsi que les soirées joyeuses où nous n'avions aucun rapport sexuel, où nous passions du temps ensemble à parler avec plaisir ; et nos fous rires aussi m'ont manqué, nos fous rires si fréquents ; un jour, nous

nous étions tous deux accordés pour dire qu'une vie sans rire était invivable.

« Je ne t'oublierai jamais, m'a-t-il dit. Avant toi, je n'avais jamais rencontré de femme qui déteste les baisers avec la langue le matin avant de se brosser les dents. »

Quand, au début de notre relation, j'avais détourné le visage pour éviter un baiser alors qu'il venait de se réveiller, il m'avait demandé s'il y avait un problème.

« Je n'aime pas les baisers avec la langue le matin avant de se brosser les dents », avais-je répondu. C'était une manie dont nous riions, mais cette dernière remarque de sa part m'a blessée. C'était délibéré et ingénieux, comme lui, et il savait qu'en choisissant cette chose sans importance comme souvenir de moi j'en serais blessée. Je l'avais blessé moi aussi, avec ma colère injuste. Nous avons donc rompu et emporté nos blessures avec nous.

ONZE

Je dis à mes amis que ce sera sans doute notre dernier dîner, parce qu'un confinement me paraît inévitable. Ma bande au grand complet est réunie, nous avons descendu des sièges de l'étage, certains invités sont assis sur le canapé du salon avec leurs assiettes sur les genoux. Hauwa ressemble à une stèle d'une grâce à l'état pur, couverte de motifs. Un foulard de soie pêche flotte au-dessus de son turban en wax, le reste de son corps enveloppé de la tête aux pieds dans le même imprimé gris-pêche, tandis que la teinte de son rouge à lèvres se rapproche de celle de son foulard. « Trop de beauté pour une seule personne », dis-je, et je sais qu'elle aime que je m'exprime ainsi à portée de voix des autres.

La présence qui compte le plus est celle de Chijioke, qui m'a appelée pour m'annoncer qu'il venait d'arriver de Lagos et qu'il était en ville. Il intrigue mes amis, qui ne sont pas habitués à lui et qui l'entourent.

« Si tu n'étais pas un homme aussi bien, je ne m'assiérais pas à côté de toi, car je ne sais pas ce que vous, gens de Lagos, avez attrapé, dit Chinelo, et Chijioke s'esclaffe.

— Comment va Lagos ? demande Ehigie.

— Lagos est égale à elle-même, répond Chijioke. Les gens continuent de vaquer à leurs occupations, mais l'un de mes amis a fait installer un lavabo devant sa porte d'entrée pour que les gens se lavent les mains.

— Si j'habitais à Lagos, personne n'aurait même le droit de venir chez moi, déclare Jide.

— Tu n'arrêtes pas de parler de Lagos, comment sais-tu que ce virus n'est pas déjà à Abuja ? demande Edu.

— Ici, les gens n'ont pas l'air de penser qu'il se prépare quelque chose, fait observer Chijioke. Je suis passé voir ma tante à Jabi. Quand je lui ai appris que j'étais invité à dîner chez une amie, elle m'a dit de prendre garde, et j'ai cru qu'elle voulait parler du coronavirus, mais en réalité elle me disait : "Méfie-toi quand tu manges chez une femme." J'étais mort de rire.

— Que sous-entendait-elle ? Que les femmes mettraient du *jazz* dans ta nourriture ? dit Hauwa sur un ton mesquin.

— *Ahn*, oui *o*. De nos jours, les femmes sont prêtes à tout, affirme Ahemen. Et avec quelqu'un comme Chijioke ? Elles fabriqueront tous les philtres d'amour possibles. »

Quelqu'un comme Chijioke : un bel homme, financièrement à l'aise, qui n'a pas commis d'escroquerie ni laissé dans son sillage des femmes trahies et amères.

D'un air aguicheur, Ahemen demande : « Et pourquoi tu n'es pas marié, Chijioke ?

— Je n'ai pas trouvé la personne qu'il me faut », répond-il. Il me regarde et je le regarde à mon tour en regrettant de nouveau de ne pouvoir être saisie que d'un simple émoi, pas davantage. De ne pouvoir, enfin, éprouver davantage.

« Est-ce que quelqu'un pourrait détruire ce coronavirus grâce au *jazz*, s'il vous plaît ? dit Chinelo.

— On n'aurait pas dû permettre à cet Italien de débarquer à Lagos, franchement, dit Jide.

— Mais ce n'est pas comme s'il revenait de Chine, répond Ahemen.

— Tous les ouvriers chinois immigrés sous-payés qui fabriquent des sacs griffés en Italie et qui ont dû aller en vacances en Chine ont ramené le virus, dis-je.

— Je ne comprends pas, dit Ahemen.

— Les stylistes ne peuvent pas faire confectionner leurs sacs en Chine, sinon ils ne pourraient pas y mettre une étiquette "Fabriqué en Italie". Si l'étiquette indiquait "Fabriqué en Chine", les objets de marque perdraient de leur valeur. Alors ils font venir en Italie des ouvriers chinois sous-payés pour les fabriquer, et quand nous voyons "Fabriqué en Italie", nous imaginons qu'ils l'ont été par une famille typiquement italienne, qui reçoit un salaire éthiquement correct et qui travaille le cuir depuis cinq cents ans.

— Est-ce une critique du concept consistant à maximiser les profits que j'entends là ? Tu n'as plus l'air d'être une bonne capitaliste », dit Chijioke. Je ris et remarque que Hauwa nous observe, ses yeux inquisiteurs passant de Chijioke à moi, puis de moi à lui.

« Le gouvernement va forcément fermer les frontières et imposer la quarantaine, c'est une question de jours, affirme Ehigie.

— Et ma soirée entre filles ? dit Chikamso. J'ai déjà réservé le restaurant ! »

De temps à autre, elle organise une sortie de ce genre. Nous sommes une dizaine ou une quinzaine à louer les services de bonnes maquilleuses pour nous transformer le visage, de coiffeuses talentueuses qui vont de maison en maison pour nous poser une perruque frontale et lisser nos racines.

Ensuite, notre groupe de femmes glamour et affranchies dîne dans un restaurant, le dernier à avoir ouvert ou celui dont tout le monde parle. Puis nous nous rendons dans un bar du quartier de Wuse 2 ou de Maitama, pour nous abreuver de cocktails et danser ensemble en lançant des paroles idiotes telles que : « On danse jusqu'au bout de la nuit ! » Hauwa ne peut pas nous accompagner car elle ne sort pas le soir dans les lieux publics.

« Il va falloir interrompre provisoirement nos soirées entre filles, dit Ehigie.

— Dieu nous en garde, répond Chikamso. La vie ne peut pas s'arrêter à cause d'un virus.

— Quand on nous dit de ne pas nous toucher le visage, est-ce parce que le virus est déjà à l'intérieur de nous tous et qu'il va nous infecter si nos doigts entrent en contact avec notre visage ? » interroge Chinelo.

Nous nous esclaffons, mais notre rire est plein de questions.

Jide annonce qu'il ne parlera plus du virus du tout, et demande si les autres sont au courant que je connais la femme de chambre guinéenne qu'on voit aux infos et qui va enfin prendre la parole dans une interview le lendemain. Je ressens une pointe d'irritation. Jide vacille presque tandis qu'il jacasse ainsi, les yeux rougeâtres tant il est ivre, transformant en spectacle un sujet que je n'ai pas envie d'aborder, il le sait. Je n'ai jamais parlé de Kadiatou à mes amis parce que je lui dois ce tant soit peu de discrétion. Trop de choses ont déjà été réduites en miettes.

« La femme de chambre qui soutient que le directeur des Multilateral Nations l'a violée ? demande Ahemen.

— Elle ne soutient pas qu'il l'a violée, il l'a violée, réplique Jide.

— C'était un coup monté, déclare Ahemen. Personne n'a violé cette femme. Il faut qu'elle se calme un peu.

— Seule une imbécile aurait fait un travail d'amateur pareil », dit Jide.

Ahemen lâche une exclamation de mépris. « Pourquoi un homme comme lui aurait besoin de violer qui que ce soit ? Sans parler de violer quelqu'un comme elle.

— Des hommes beaux commettent des viols, des hommes riches commettent des viols, des hommes qui ont réussi commettent des viols. Des hommes violent des bébés, des hommes violent des vieilles grand-mères, répond Jide.

— Il ne lui a peut-être pas donné la somme sur laquelle ils s'étaient mis d'accord. J'espère qu'elle obtiendra l'argent qu'elle réclame. C'est une simple question d'argent, affirme Ahemen.

— *Ahn-ahn*, Ahemen. Cette femme t'a fait quelque chose ? » demande Chinelo.

Ahemen hausse les épaules. « Je préfère être franche. »

Je la dévisage et songe qu'il ne s'agit pas de ce viol en particulier. Il s'agit de n'importe quel viol. Ahemen préfère les hommes. Confrontée à une histoire de viol, elle élaborera les excuses les plus formidables qui soient pour les disculper, et elle se méfiera d'instinct des femmes.

« N'oubliez pas qu'il est français. Ils n'ont pas la même façon de voir ce genre d'affaire. De nombreuses Françaises le soutiennent. Certaines se sont même manifestées pour dire que ce n'était pas un viol », ajoute Ahemen.

Je pense à la galanterie à la française et à ses poisons régressifs. À l'immaturité qui réside en son centre, sa puérilité rétrograde, plutôt que son aspect enfantin, qui aurait sans doute eu quelque attrait. Je viens de lire un article signé par des Françaises qui prennent la défense de cet homme, et des vestiges de découragement demeurent dans mon esprit. Je demande :

« Comment ces femmes savent-elles que ce n'était pas un viol ?

— Comment sais-tu que c'était un viol ? riposte Ahemen.

— Ahemen, Omelogor connaît personnellement la femme de chambre, dit Jide.

— C'est donc vrai, tu la connais ? » m'interroge Ahemen, sans renoncer à son combat et s'exprimant encore avec fougue ; si seulement le Français voyait ce petit soldat dévoué.

« Ma cousine Chia la connaît. » Je refuse de disséquer l'histoire de Kadiatou pour amuser la galerie.

Chinelo est occupée à taquiner Lon, dont le nom complet est Lalong Jang. « Vous autres, gens de l'État de Plateau, vous avez des noms qui ont des sonorités chinoises. J'espère que vous n'avez pas attrapé le virus *o*.

— Les blagues sur la Chine, ça suffit, dit Ehigie.

— Que pensez-vous de la strangulation érotique ? interviens-je alors.

— La strangulation érotique ? répète Chijioke.

— Omelogor passe son temps à nous demander ce que nous faisons dans nos chambres à coucher *o*, dit Chinelo.

— J'aime bien ça, mais il faut de la douceur, répond Belema.

— Dieu interdit l'étranglement, déclare Chikamso. Si un homme s'avise d'essayer ça sur moi, on sera deux à mourir ce jour-là.

— Je n'aurais jamais cru que ça me plairait, mais maintenant, je trouve ça agréable, assure Chinelo.

— Tu aimes ça maintenant ? » lui dis-je. Mais elle ne

m'écoute pas, tirant vers elle un plat où reposent des pommes de terre que Philippe a fait cuire dans du lait beurré.

L'alcool nous amollit et nous détend, nous nous lançons des piques, nous nous taquinons, nous rions.

Jide, toi et la nourriture !

Omelogor, t'es sûre que ce gros derrière peut rentrer dans ce fauteuil ?

T'es folle !

J'imagine mon cercle de non-amis, à l'université américaine, se livrant à ce genre de badineries, et je suis prise d'un fou rire incontrôlable.

Chia m'envoie un lien pour regarder l'interview. La nervosité me pèse sur l'estomac.

Kadiatou a une mine de papier mâché, son fond de teint a été mal appliqué, et je l'ai vue porter des perruques qui avaient meilleure allure. La journaliste déborde de compassion, lui adressant des hochements de tête sensibles et pensifs. Elle pose des questions en arborant une expression résolument aimable.

Kadiatou est pour elle impossible à connaître, Kadiatou est une curiosité, Kadiatou existe en dehors de son imagination. Si on la mettait dans le monde de Kadiatou, elle se déplacerait à l'aveuglette, en trébuchant. Kadiatou observe une pause, s'exprime par gestes, marque une nouvelle pause et fait des gestes de nouveau. À une ou deux reprises, la journaliste finit une phrase hésitante avec un mot qui n'est pas celui que Kadiatou cherchait, mais celle-ci accepte sa proposition et poursuit laborieusement. J'imagine les producteurs dans les coulisses, juste avant l'interview, lui demandant : « Est-ce que ça va ? Vous avez besoin de quoi que ce soit ? » Ils entendent par là : Avez-vous besoin d'un verre d'eau, d'un ibuprofène, d'aller aux toilettes ? Ce dont elle a besoin, c'est un interprète du peul et une intervieweuse qui comprenne que les immigrés sont prêts à tout pour élever des enfants qui pensent avoir le droit de rêver, et ce dont elle a besoin, c'est une Amérique qui le comprenne. L'interview s'achève et, sur le plan final, juste avant que le générique ne défile sur l'écran, Kadiatou recule sur son siège, l'air épuisée et soulagée, comme si elle savait qu'elle ne s'en est pas très bien tirée mais se disait qu'au moins c'est fait.

Je pense à la gentillesse de la journaliste et au pouvoir rayonnant, à l'état brut, qu'elle recèle. Les Américains exercent leur pouvoir si négligemment.

La première fois que je suis allée aux États-Unis, j'ai transité par Francfort et, à l'aéroport, les Allemands s'exprimaient normalement ; puis j'ai atterri à Atlanta, où les Américains ne parlaient pas : ils aboyaient. Depuis la personne annonçant « Citoyens américains, par ici », jusqu'à l'agent des douanes au visage de marbre qui examinait les passeports, tout était énoncé d'une voix grossière. Cela m'a rappelé le ton braillard que le PDG, qu'il soit content ou mécontent, adoptait toujours pour s'adresser à son chauffeur, comme si parler correctement avait pu faire oublier au chauffeur qu'il était beaucoup plus bas que lui sur l'échelle escarpée du pouvoir. Naturellement, la préposée aux visas à l'ambassade des États-Unis à Lagos m'avait hurlé après dans son microphone puisqu'il était hors de question de s'exprimer sur un ton égal. *Vous pourriez présenter un risque pour le gouvernement des États-Unis.* J'avais un visa de tourisme sur mon passeport, de l'argent sur mes comptes, une maison et une société à Abuja. En quoi aurais-je pu présenter un risque pour le gouvernement américain ? Derrière la vitre, ses yeux noisette ont lancé des éclairs en réaction à mon manque d'égards. *Quelle est la source exacte de ce revenu ? Pourquoi devrais-je vous croire ?* Il était possible qu'elle ne possède plus jamais ce genre de pouvoir nauséabond, de sorte qu'elle se cramponnait à lui et en profitait au maximum. *Parlez plus fort !* a-t-elle crié. De toute ma vie personne ne m'avait jamais ordonné de parler plus fort. Il m'avait toujours été facile de rester indifférente aux affronts, tant que j'atteignais mes objectifs, mais une partie de cet instant s'est enfouie en moi, dans les profondeurs de mon être où je remisais la douleur. C'était ce pouvoir nauséabond, puant, et la façon moralisatrice irréfléchie dont elle en usait, la manière dont elle piétinait ma dignité pour me la jeter ensuite à la figure simplement parce qu'elle en avait la possibilité. *Parlez plus fort !* Elle voulait que je me sente diminuée, telle était son intention. Les gens payaient des frais de visa tellement élevés, puis se présentaient ici pleins d'espoirs craintifs, pour finalement se faire humilier et essuyer un refus. Si elle le voulait, elle pouvait toujours dire non et respecter leur dignité. Je n'avais pas envie d'aller en Chine, mais au moins, avec les Chinois, on ne déboursait de l'argent qu'une fois le visa accordé. *En quoi un master en... études culturelles obtenu dans une université américaine vous sera-t-il utile au Nigeria ? Que savez-vous des études culturelles ?* J'avais la langue pâteuse tant ma répugnance était grande. Pourquoi m'infligeais-je cela en oubliant que j'avais d'autres options ? Je pouvais aller au Royaume-Uni ou quelque part en Europe. Je pouvais aller au Canada. Je n'avais pas à me tenir là, comme un détenu suppliant qu'on lui accorde la liberté surveillée. Je l'ai donc interrompue pour lui demander : « Pourquoi criez-vous ? » Elle a tressailli, a légèrement reculé comme pour mieux bondir, puis elle a glissé le formulaire sous la vitre et m'a dit : « Désolée, vous ne remplissez pas les conditions requises pour un visa. Vous aurez la possibilité de refaire une demande au cas où votre situation changerait. »

Ma situation n'a pas changé. Je me suis contentée de réitérer ma demande quelques semaines plus tard et, cette fois, un autre agent peu loquace a examiné mon dossier puis m'a demandé de venir récupérer mon visa deux jours après.

J'ai considéré comme un mauvais présage l'entretien initial à l'ambassade, puis les maux de tête qui se sont déclenchés quelques semaines seulement après le début de mon premier semestre aux États-Unis. Un étau inflexible m'a fermement et implacablement enserré le crâne par intermittence, des semaines durant.

J'avais prévu d'aller faire les musées new-yorkais le week-end, ainsi que j'en avais l'habitude lors de mes précédentes visites aux États-Unis, mais ces séjours passés me paraissaient maintenant différents, plus plaisants, comme si à l'époque j'avais vu un autre pays, une Amérique parallèle. De toute manière, comment étais-je censée observer des œuvres d'art avec la tête prise en tenailles ? À la clinique de l'université, on m'a envoyée faire un scanner. Tandis que je glissais à l'intérieur de l'énorme machine et que j'en ressortais, je me suis imaginée mourant d'une tumeur qui enflait sous mon crâne et j'ai songé : Mon corps sera-t-il renvoyé chez moi dans un cercueil ou bien simplement enveloppé dans un linceul par souci d'efficacité ?

Je n'avais jamais eu de pensées aussi morbides auparavant, mais je n'avais jamais vécu non plus dans un pays aussi douloureusement différent du mien. Le nom KOFI était inscrit sur le badge du technicien. Il avait un accent ghanéen. Je lui ai adressé un sourire familier en ayant envie de lui dire : « Mon frère africain. » Mais il a sciemment évité de croiser mes yeux.

« OK, c'est fait et vous vous en êtes bien tirée, vous avez été super », m'a-t-il dit. Si Kofi s'était exprimé ainsi à Accra, sa compatriote incrédule lui aurait demandé : « Je m'en suis bien tirée ? Comment, au juste ? » Au moins, il ne m'a pas lancé en partant un « Passez une bonne journée ! » avec cette gaieté américaine parée d'une hypocrisie si évidente que je me demandais pourquoi les gens se donnaient la peine de l'afficher.

Je suis sortie du bâtiment amère et pleine de rancœur envers Kofi qui, pendant ces instants passés avec moi, avait fait un choix délibéré. Or le fait de ne pas choisir l'Afrique revenait à nous rejeter, moi et la solidarité dont on peut faire preuve dans un monde qui ne nous est pas familier. J'ai appelé Chia, je l'appelais tout le temps, pour lui parler de l'exaspérant traître ghanéen qui, à ma vue, avait décidé d'être plus américain que les Américains eux-mêmes.

« *Vous vous en êtes bien tirée, vous avez été super !* l'ai-je imité avec un mauvais accent ghanéen.

— Tu ne connais pas sa situation. Ses collègues sont peut-être condescendants avec lui et, quand il est au travail, il n'a sans doute pas envie d'être considéré comme un Africain.

— Aucun de ses collègues n'était présent. Il n'y avait que lui et moi. *Vous vous en êtes bien tirée, vous avez été super !*

— Il a voulu dire que tu n'as pas eu de sensation de claustrophobie, que tu n'as pas hurlé ni quoi que ce soit de ce genre », a répondu Chia avec un petit rire. Elle approuvait visiblement que l'on couvre de louanges banales des personnes qui ont simplement fait ce qu'elles étaient censées faire, de surcroît pour leur propre bien. Chia, l'Américaine.

Le scanner n'a rien révélé. À la clinique de l'université, un médecin dégingandé m'a demandé si je faisais de l'exercice en observant d'un air dubitatif mon corps plus arrondi et imposant depuis mon arrivée aux États-Unis. J'ai répondu que j'allais en cours à pied. Est-ce que je mangeais bien ? Philippe me manquait. Presque tous les jours, je commandais dans un restaurant caribéen un curry de chèvre savoureux mais trop salé, et je buvais ensuite des litres d'eau sans parvenir à étancher ma soif. Combien d'heures dormais-je et que faisais-je pour gérer mon stress ? J'ai dit que je pratiquais le yoga, mais le médecin dégingandé était trop honnête pour cacher son incrédulité. J'ai alors souri et avoué que je n'avais jamais fait de yoga de ma vie. « Voir un psychothérapeute vous ferait peut-être du bien », a-t-il conclu. Ses paroles m'ont donné l'impression d'être profondément défaillante, un cas désespéré, mais quel mal y avait-il à essayer ?

C'était dans les livres que j'avais appris des choses sur la psychothérapie, toujours ternie par une sorte de faiblesse complaisante. Je savais que ce n'était plus pareil à présent, mais cette pratique continuait de m'évoquer des Blancs gâtés, affalés sur un divan. Le cabinet de la psychothérapeute, situé non loin du campus, était bien éclairé en ce milieu d'après-midi. Deux ampoules fluorescentes. Elle portait plusieurs foulards drapés autour du cou et ne cessait de demander : « Ce n'est pas trop lumineux pour vous ? » Elle a ensuite ajouté : « Où ressentez-vous un poids ? Ici ou là ? » Elle a alors désigné sa poitrine, puis son ventre avec un regard entendu, comme si elle allait démêler tout ce qu'il y avait en moi. Sur le rebord de sa fenêtre était posée une orchidée dont les fleurs pourpres, regroupées à l'extrémité de la plante, semblaient fausses. J'ai gardé les yeux rivés sur elles. « Sont-elles vraies ? » ai-je demandé, et elle a acquiescé.

« Y a-t-il quelque chose que vous aimeriez me dire ? »

Je n'ai pas répondu « Je suis venue en Amérique en quête d'une régénération, et je ne l'ai pas trouvée ». J'aurais dû le lui confier, mais cela ne lui aurait laissé aucune possibilité de réponse.

« Quelles que soient vos émotions, elles sont légitimes », m'a-t-elle dit. Légitime. Ce mot a envahi la pièce, béant, d'une telle fadeur, ce légitime ; j'ai eu l'impression qu'on m'avait offert un trophée pour me récompenser de mes efforts et non d'une réussite, une reconnaissance que je ne méritais pas vraiment. Elle le répétait sans arrêt, *légitime légitime légitime*. Ce mot retentissait à mes oreilles de façon troublante, comme un moustique, aggravant mes maux de tête, et j'ai alors cessé de la voir. À ces céphalées constantes se sont bientôt ajoutées des palpitations. D'après Chia, il fallait les attribuer au stress engendré par mes études et par tous les cours supplémentaires que je m'imposais. Mais le travail n'avait absolument rien d'éprouvant. Il était trop mou, comme de l'écume spongieuse, glissante. Tout était affaire d'exploration ; nous explorions tous, nous explorions sans relâche et pouvions avouer ne pas avoir de réponse parce que nous nous bornions à explorer, de sorte que nous n'avions pas à nous hasarder, audacieusement, à tirer des conclusions claires. Croupissant dans le miasme de l'exploration, nous nous affranchissions de toute clarté. Nous étions soumis à une pression minime et il n'y avait aucune rigueur véritable. Un jour, pendant un cours de licence auquel j'assistais en auditeur libre parce que l'intitulé, « Neurosciences et émotions », m'intéressait, un étudiant a levé la main pour dire qu'il rendrait son devoir en retard car son chien avait une otite. J'ai cru qu'il voulait plaisanter et que nous étions censés rire, mais le professeur a dit Très bien, puis lui a demandé des nouvelles du chien. Est-ce ainsi que les États-Unis sont devenus le leader du monde ? Si la Russie ou la Chine s'apprêtaient à vous bombarder, leur demanderiez-vous un délai afin de pouvoir nettoyer l'oreille de votre chien ?

J'ai senti très tôt que ma vie était blâmable aux yeux des autres étudiants de ma classe. À leurs rapides échanges de regards quand je disais quelque chose, au fait qu'ils restent à part quand nous étions réunis dans la zone de la machine à café, tous penchés loin de moi, comme repoussés par des rayons que j'aurais émis inconsciemment. Ils étaient tous plus jeunes et avaient récemment décroché leur licence ; l'un d'eux avait travaillé dans une association à but non lucratif, un autre venait de créer un commerce de tee-shirts de surf en Californie. Leur discours extrêmement contraint refusait de brouiller les frontières ou de mêler des idées différentes à leurs propres idées.

Quand je parlais de mon travail à Abuja, ils échangeaient des coups d'œil, des expressions crispées, des regards lointains, et j'en suis venue à comprendre que la profession de banquier était, croyaient-ils, blâmable ; non pas les abus de ce métier, mais l'activité en soi. L'industrie bancaire est par nature défectueuse, m'a dit une femme prénommée Kaley, *elle est par nature défectueuse,* et je me suis surprise à bégayer, car je ne savais comment expliquer une chose qui me paraissait aussi évidente.

« Où mets-tu ton argent ? ai-je fini par lui demander.

— Ce n'est pas un argument valable. Je n'ai pas d'autre choix, mais ça ne veut pas dire que les choix que j'ai sont acceptables.

— Comment les Néerlandais auraient-ils dû s'y prendre quand ils ont inventé le système bancaire ? »

Une autre femme, qui s'appelait Eve, a dit : « C'est de droite ! » Tous les sujets sur lesquels elle se trouvait en désaccord étaient « de droite », un énoncé forcément ponctué d'un point final. Le débat était clos.

Un jeune homme au teint olive disait souvent « en tant que personne multiraciale » avant de faire une remarque. J'ignorais de quelles races il voulait parler et j'étais curieuse de le savoir, mais il aurait été mal de lui poser la question, bien entendu. Il était la vedette de la classe, avec ses bracelets de perles enroulés autour de son poignet et sa chevelure formant comme un énorme halo bouclé. Les autres se penchaient vers lui et attendaient qu'il donne son point de vue. Il a hoché la tête d'un air approbateur le jour où Eve a déclaré que pour résoudre les inégalités les riches devaient donner leur argent – pas sous forme de petites donations déductibles des impôts, mais la majeure partie de leur fortune.

« Personne n'acceptera de donner son argent, ai-je dit. Ça semble plus logique de réparer un système qui permet à des gens de gagner autant, plutôt que d'attendre des êtres humains qu'ils se comportent comme des saints.

— Dixit celle qui déplace de l'argent pour des dictateurs sanguinaires », a-t-elle répondu.

J'avais dit que certains de mes clients étaient des politiciens, mais elle avait transformé ça en « dictateurs », et comme cette appellation ne suffisait pas, il fallait qu'ils soient aussi « sanguinaires ». Une enfant redoublant de larmes de crocodile.

« Ce n'est pas comme ça qu'on crée un monde meilleur. On ne crée pas un monde meilleur en se fondant sur des idées fantaisistes », ai-je souligné.

Remarque à laquelle le garçon mystérieusement multiracial a répliqué : « Va dire ça à toutes les personnes qui ont réellement changé le monde. »

Mon père disait souvent : « Ton carnet d'adresses est plus épais que la moyenne », ce qui signifiait que j'avais beaucoup d'amis, peut-être trop à ses yeux, je le savais. En revanche, aux États-Unis, je n'en avais aucun.

Il y avait bien Andy, un Sud-Africain blanc, mais c'était un jeune homme amical sur un mode agressif, qui était ami avec tout le monde, proposant sans arrêt d'aller prendre un verre quelque part, et je ne le considérais pas comme un véritable ami, plutôt comme quelqu'un qui collectionnait les gens et m'avait ajoutée à sa collection. Andy avait décrété qu'il serait mon guide, m'indiquant où on mangeait le mieux, quels bars étaient fréquentables, à qui il valait mieux parler et qui il fallait ignorer.

Il m'a présenté Jerry, une femme qui parlait sans discontinuer, avec un enthousiasme démesuré, de la dégustation de champignons sauvages cueillis dans les Catskills. Puis elle a dit que son frère, un type riche qui travaillait dans les nouvelles technologies, se faisait transfuser du sang de jeunes garçons afin de vivre plus longtemps – une anecdote qu'elle a racontée en simulant un frisson, mais j'ai bien vu qu'elle l'admirait en secret.

En revanche, Andy n'avait pas une bonne opinion de Chinedu, l'Américano-Nigérian plus jeune que moi qui préparait un master en relations internationales et portait un manteau matelassé branché.

« C'est un connard qui appartient à la Federalist Society et qui n'a pas compris que ces gens ne l'aimeront jamais », a dit Andy, et j'ai ressenti un élan protecteur vis-à-vis de Chinedu. J'ai commencé à le fréquenter parce que lui au moins ne donnait pas l'impression de chercher tout ce qui était blâmable chez moi. Ça a duré quelques semaines. Il adorait les films Marvel. Il m'a emmenée voir un match de football américain car quelqu'un lui avait donné des billets, et il m'a dit qu'il n'avait jamais imaginé qu'il se retrouverait un jour assis tout près de l'action, tandis que je songeais que le football américain était incompréhensible, le terrain si petit que c'en était risible. Pourquoi les joueurs prenaient-ils la peine de faire des pauses ? N'avaient-ils jamais vu un vrai terrain de foot ? Chinedu s'est animé quand nous sommes allés au cinéma, et je l'ai envié en voyant qu'une chose simplement source de plaisir puisse autant lui tenir à cœur. Assise près de lui dans la salle obscure, j'ai regardé les effets clinquants sur l'écran, les gros objets brillants, le feu et la fumée et les bruits d'explosion. Le divertissement à l'américaine était fondamentalement infantile. Peut-être était-ce pour cette raison que la pornographie américaine était la plus ridicule de toutes, les hommes adoptant des gestes mécaniques, exagérés, comme des robots dont la programmation se serait déréglée.

Un jour, j'ai rejoint Andy et ses amis pour prendre un verre à l'O'Malley's. Il m'a présenté tout le monde mais j'ai aussitôt oublié leurs noms, à l'exception d'un homme au prénom irlandais accrocheur, Darragh.

J'ai donc souri à Darragh et lui ai dit que j'aimais bien son prénom.

« Tu es rentrée sans problème, l'autre soir ? » m'a-t-il demandé.

Je l'ai fixé du regard, certaine de ne l'avoir jamais rencontré auparavant.

Andy, parlant vite et avec aisance, s'est empressé de changer de sujet et a voulu savoir si j'avais envie de goûter à une bière.

« Tu m'as prise pour une autre ? » ai-je demandé à Darragh.

Il a rougi et s'est excusé, et je souriais, curieuse de savoir avec qui il m'avait confondue. J'étais sur le point d'ajouter : « Au moins, j'espère que c'est une belle fille », quand Andy m'a interrompue : « C'est bon, c'est bon, je vais te commander une bière. »

Plus tard, j'ai dit à Andy : « Ne t'avise pas de me refaire un coup pareil. » Il a paru vexé, blessé, très injustement traité, comme s'il n'arrivait pas à croire que j'ose critiquer sa façon de gérer la situation.

Quand je lui ai raconté cette histoire, Chinedu a souri d'un air narquois. « C'est le problème, avec ces progressistes. Ils veulent mettre fin au racisme mais ils ne sont même pas capables d'en parler avec franchise. Essaie d'aborder avec eux des sujets importants comme le racisme ou l'avortement, et soudain, c'est de tout autre chose qu'ils débattent ; ils te reprochent ta façon de parler, utilisent des mots à la mode qui ne veulent rien dire, et pour finir, ils discutent de sémantique et la vraie question est oubliée. Avec les conservateurs, tu peux réellement aller au fond des choses.

— Possible, ai-je répondu. Mais tes opinions conservatrices sont du grand n'importe quoi.

— Lesquelles, par exemple ?

— Sérieusement ? »

Il répétait sans cesse pragmatique ceci, pragmatique cela, l'économie de marché décide ceci et décide cela, et je répliquais : « Ton problème, c'est que tu t'es bourré la tête des notes prises en cours, mais tu ne sais pas comment les gens vivent.

— Le problème, c'est que les progressistes n'ont pas le sens des réalités. » Sa repartie habituelle.

« Les syndicats, les réglementations et l'aide sociale me semblent être des points de départ réalistes pour bâtir une société qui fonctionne. Il faut des règles pour conserver une économie de marché. Tu n'auras jamais une économie de marché si tu laisses les entreprises prendre trop d'envergure.

— Tu vois, je ne suis pas offensé quand tu me dis que mes opinions c'est des foutaises, même si je sais que tu as tort.

— Félicitations.

— Dans ce cas, devenons tous marxistes et pratiquons l'assistanat à grande échelle.

— Marx ne voulait pas que les gens deviennent des assistés. Il était en faveur du travail. Il voulait simplement que les personnes qui effectuent réellement le travail puissent en récolter les fruits.

— Ça reste irréaliste. »

Il n'était jamais allé au Nigeria et, après notre rupture, je lui ai dit : « Il faut que tu viennes me voir à Abuja un de ces jours. »

Ma directrice de mémoire m'embrouillait les idées. Avec sa longue chevelure argentée et son visage grave, elle correspondait exactement à son nom distingué. « Il y a de plus en plus de travaux universitaires sur les horreurs de l'industrie pornographique, et sur le fait qu'elle relève inéluctablement de la prédation et de l'exploitation, mais il nous incombe, me semble-t-il, de prêter attention aux sensibilités des uns et des autres, sachant évidemment que le travail sexuel est un travail. »

Sachant évidemment. Comment savait-elle que je savais, et pourquoi étais-je censée savoir, et si je ne savais pas ? Sa façon même de l'énoncer – « sachant évidemment » – ne laissait aucune place à la contradiction.

« Je m'intéresse à la pornographie en tant qu'outil éducatif », ai-je répondu.

Elle affichait un sourire pincé, comme pour dire : « Enfin, un peu de sérieux, je vous prie. » J'expliquais que j'entendais par là comment on apprenait ce qu'on savait de la sexualité, et elle reprenait déjà la parole, alignant de nombreux mots, et je n'arrêtais pas de l'entendre répéter « libération ». Tout ce qu'elle disait était sans vigueur, sombrant dans l'oubli une fois énoncé.

« Libération ? Que voulez-vous dire ? Comment se manifesterait-elle ? » ai-je demandé. Elle a cru que je cherchais à la provoquer, ce qui n'était pas le cas du tout. Je songeais parfois que le fait de ne pas être allée à l'université aux États-Unis expliquait peut-être pourquoi les choses me semblaient à ce point dissimulées derrière plusieurs épaisseurs de voiles ; à peine en avais-je soulevé un que d'autres apparaissaient.

« Vous savez évidemment ce que j'entends par libération », a-t-elle répliqué.

Plus tard, elle m'a dit qu'elle estimait ne pas pouvoir encadrer mon mémoire de master, vu la direction que je souhaitais prendre, et m'a recommandé une autre personne avec laquelle je pouvais essayer de travailler, mais je n'avais alors plus envie de travailler avec qui que ce soit. J'avais seulement envie de rentrer chez moi.

Mes maux de tête avaient déjà commencé quand j'ai parlé d'oncle Hezekiah en cours. J'ai parlé d'oncle Hezekiah et de Gideon Akaluka, dont la tête plantée au bout d'un poteau de métal avait été promenée dans les rues de Kano. Plus tard, j'aurais voulu n'avoir rien raconté du tout et, à la honte que je ressentais pour n'avoir pas pleuré oncle Hezekiah, s'est ajoutée davantage de honte encore à la pensée d'avoir parlé de lui à une classe d'Américains sans égards, imbus de leurs propres convictions. J'ai fait de sa mort une chose qu'ils ont pu banaliser et enfouir sous la poussière. Il s'agissait d'une discussion sur la population en temps de guerre civile, et je n'aurais jamais dû ouvrir la bouche ; après tout, une émeute contre des Igbos chrétiens dans le nord du Nigeria n'était pas une guerre civile. Ce n'était même pas l'une des émeutes les plus graves, et celle-ci s'était déroulée à si petite échelle qu'un journal de Lagos avait parlé de « désordres meurtriers ».

La barbe d'oncle Hezekiah a continué de pousser même après sa mort, a dit tantie Jane. Elle est allée voir le corps, l'un de ceux qui avaient été ramenés, entassés dans une remorque, afin que les familles puissent faire le tri et identifier leurs proches parmi les formes rigides trempées de sang. Oncle Hezekiah a été assassiné à l'époque où j'étais étudiante, par des hommes qui faisaient leurs courses dans son épicerie, des hommes avec lesquels il échangeait des salutations depuis des années. Mais c'est seulement quand Gideon Akaluka, un parfait inconnu, a été assassiné au poste de police où il était venu chercher secours après que sa femme avait été accusée d'avoir utilisé une page du Livre saint pour essuyer les fesses de son bébé, c'est seulement là que j'ai pleuré, en regardant une photo granuleuse et macabre. Une tête. Une tête humaine. J'étais censée pleurer mon oncle, au lieu de quoi j'ai pleuré un inconnu.

Mes mots ont formé un entrelacs ainsi que cela arrive parfois avec les mots et à peine avais-je terminé que j'ai eu envie de les ravaler. Un silence a suivi. Personne dans la salle ne remuait, ne toussotait discrètement, ne se raclait la gorge ou n'échangeait de regards avec les autres. Puis la personne multiraciale a pris la parole :

« Il y a tellement d'islamophobie à travers le monde ; n'en rajoute pas. »

Il me regardait, penché en avant au-dessus de sa table, dans une attitude de pur dégoût, non pour la barbarie infligée à oncle Hezekiah, mais pour moi. Il y avait dans ses yeux cette expression réprobatrice particulière, rendue plus grave encore par le fait qu'il l'imaginait douce et juste. Je l'ai dévisagé moi aussi, trop interloquée pour réagir.

« Tu instrumentalises la perte qu'a subie ta famille et c'est problématique », a-t-il dit.

J'ai embrassé la salle du regard, comme on le ferait en Afrique pour demander : « Suis-je ici la seule à trouver ça ahurissant ? »

Une femme a replacé ses cheveux derrière son oreille d'un geste sévère et a continué de regarder droit devant elle. Un homme opinait du chef. De nombreuses personnes évitaient de croiser mes yeux, trop bouleversées par mon crime pour même poser les leurs sur moi.

Moi-même abasourdie, je me suis contentée de repousser ma chaise, de ramasser mon sac et de partir. Si je n'avais pas senti le sang me monter brusquement à la tête et dans les oreilles, si je n'avais pas été sur le point de défaillir, j'aurais demandé : « Vous ne ressentez donc rien d'autre ? Les chambres de votre cœur ne sont pas assez spacieuses ? » La professeure gardait les yeux baissés sur ses notes, tapotant son bureau avec le stylet de son iPad, tel un arbitre partial feignant d'être juste. Le problème, ce n'était pas qu'ils se sentent offensés, c'était qu'ils ne ressentent rien d'autre. De parfaits progressistes américains moralisateurs. Du moment que vous montez dans leur train idéologique, ils ferment les yeux sur votre malfaisance. Faites-vous le champion d'une cause autorisée, et vous gagnez le droit d'être cruel.

J'étais venue aux États-Unis dans l'espoir de trouver en moi une partie plus noble et bonne ; j'étais venue en quête de réparation. Parce que je voulais désespérément porter mon regard plus haut et qu'on me rappelle ce en quoi je pouvais croire de nouveau, mon désenchantement était douloureux. Un désenchantement déçu, ou une déception désenchantée, un sentiment avec en son centre de la dureté, comme si une tante bien-aimée, vers laquelle je me serais élancée afin d'être secourue, s'était retournée vers moi pour m'assener plusieurs gifles stupéfiantes. Dans l'immeuble où je vivais, il y avait une salle de jeux, une terrasse sur le toit ainsi qu'un salon paisible réservé aux résidents, où l'aspirateur était passé deux fois par jour. J'ai franchi les portes vitrées en regrettant que ce que j'avais en moi ne soit pas en harmonie avec la luminosité de ce salon. Il m'avait toujours semblé que la tristesse était une émotion intense et dramatique, mais je savais à présent qu'elle était furtive et se diffusait lentement, une immersion de surface qui paraissait éternelle.

Puis la tristesse s'est accrue pour se transformer en rage, et ma rage est devenue si vorace qu'il a fallu l'alimenter. Je me retrouvais mêlée à des disputes qui semblaient parfaitement dénuées de sens. J'en étais toujours l'instigatrice. Elles étaient gratuites et peu édifiantes, mais je les provoquais malgré tout. Non, les démocrates ne se sont pas toujours souciés de l'Afrique ; aucun des deux partis ne se soucie de l'Afrique parce qu'ils n'ont pas à s'en soucier. Quel parti a bombardé l'usine pharmaceutique au Soudan ? Quel parti a détruit la Libye ? Quel parti s'est ingéré dans les élections de mon pays et nous a imposé un nigaud ? J'espérais que quelqu'un mordrait à l'hameçon afin qu'on puisse crever l'abcès, en vain. Ils voulaient que je repose mon verre, que je me lève et sorte du bar, afin de pouvoir continuer à passer un bon moment. Quelqu'un portait un badge accroché à sa chemise sur lequel était inscrit : *La race est une construction mentale* ; je l'ai pointé du doigt en demandant d'un ton moqueur : « Mais alors, comment la drépanocytose et la mucoviscidose savent qui elles doivent toucher ? »

Je savais évidemment ce que signifiait cette devise, que la race n'est pas une notion gravée dans le marbre, qu'elle dépend toujours d'un contexte social, qu'une personne peut, par exemple, être considérée comme noire aux États-Unis et différemment au Brésil ou en Afrique du Sud. Après avoir posé ma question sur la drépanocytose et la mucoviscidose, j'ai ajouté : « Ça ne suffit pas. On ne peut pas dire ça et s'en satisfaire. La race est une construction mentale, mais – car il y a toujours un mais – il faut aussi tenir compte de la race dans le domaine de la santé, car ça peut avoir de vraies conséquences. Les femmes noires ont des cancers du sein plus agressifs, les femmes noires ont des fibromes plus gros et les femmes noires meurent plus souvent en couches. »

Ils me fixaient tous du regard, une exclamation de surprise suspendue entre nous, sans que celle-ci dissimule le mépris dans leurs yeux. Les couches de vêtements d'hiver que je portais me donnaient l'impression d'être assourdie ; mes pensées étaient émoussées et je ne m'entendais pas moi-même.

« Ça ne valait pas la peine de se mettre autant en colère, m'a dit Chia plus tard.

— Si.

— Tu sais que la dépression peut se manifester par de la colère. »

La dépression peut se manifester par de la colère. L'Amérique nous a tous déboussolés. Nous définissons notre univers avec des mots venus d'Amérique.

« Je ne me souviens plus de la dernière fois où je t'ai entendue rire, a dit Chia.

— Encore faudrait-il que quelque chose soit amusant. Ces gens ne rient pas.

— Tu es déprimée.

— Je ne suis pas déprimée. » Horrifiée, je me suis rendu compte que les larmes m'étaient montées aux yeux et que je pleurais.

La régénération que j'attendais de la part des États-Unis n'était pas un dû, et pourtant j'avais l'impression que c'était le cas, comme si ce pays avait manqué à une promesse qu'il ne m'avait jamais vraiment faite. Je buvais du whisky toute seule dans mon appartement et j'allais si souvent au magasin de vins et spiritueux que le type derrière sa caisse me saluait puis me disait : Nous avons un nouveau single malt, vous pouvez le tester. J'ai fait mes cartons tout en buvant, et j'aimais bien mon haleine qui sentait le whisky, une odeur qui me tenait compagnie. J'ai entrepris d'écrire le seul texte pour For Men Only qui ne soit pas en réaction aux messages que je recevais, mais je l'ai effacé des jours plus tard, alors que j'étais chez Chia et me sentais légèrement mieux à manger le fonio de Kadiatou, auquel je n'avais jamais goûté auparavant.

Quelques réflexions sur ma brève expérience dans une université américaine, pas entièrement en lien avec le fait d'être dans votre camp, chers hommes.

L'Amérique est terriblement provinciale, comme un homme immense originaire d'un village de brousse qui avance d'un pas lourd, plein d'une suprême conviction, sans savoir qu'il est un plouc parce qu'il est aveuglé par sa force. Si vous avez vécu toute votre vie dans une région du monde où les gens sont sensés – c'est-à-dire l'Afrique, l'Asie ou l'Amérique latine –, prenez garde si vous décidez d'aller faire un master en sciences humaines aux États-Unis. Les études scientifiques ne posent aucun problème, ni les MBA, du moment que ça ne vous dérange pas de devenir un robot qui fait du par-cœur. Dès que j'ai commencé mon cursus, j'ai dit beaucoup de choses qu'il ne fallait pas dire, mais j'ignorais pourquoi, et personne ne me l'expliquait parce que même le demander était mal vu. Pour les autres, j'étais censée savoir. Bienvenue dans le monde des Américains de la classe vertueuse. Un jour, nous parlons de la question de la race en Europe, et je fais observer que lord Haw-Haw, un nazi britannique, soutenait que le père de Churchill avait du sang africain, quand quelqu'un intervient : « Pour toi, c'est un jeu intellectuel, alors que des Noirs sont en train de mourir ! »

J'étais perplexe. On comprend mieux l'Amérique quand on l'observe de loin. Les Américains veulent que votre vie corresponde à leurs théories qui ne tiennent pas debout et, quand ce n'est pas le cas, ils laissent éclater leurs certitudes provinciales.

Quelqu'un qui lisait un roman sur la guerre du Biafra m'a dit : « C'est vraiment fascinant, mais très franchement j'ai encore du mal à saisir pourquoi les Igbos ont été massacrés. » J'ai dit que pour comprendre le peuple igbo au Nigeria, il faut les considérer comme des Juifs. Les gens disent qu'il ne faut pas se fier aux Igbos parce qu'ils veulent tout contrôler, qu'ils adorent l'argent et sont trop arrivistes.

Une femme a dit : « Oh là là, ne dis pas ça, tu ne peux pas comparer qui que ce soit aux Juifs. » Qu'entendait-elle par « tu ne peux pas » ? Qu'y a-t-il dans les gènes culturels des Américains qui leur fait croire qu'ils peuvent décider de la manière dont le reste du monde devrait penser ? Jamais je ne m'étais doutée qu'il existait sur cette terre une catégorie de gens qui s'imaginent aussi sûrement avoir des droits sur l'esprit des autres.

Londres était au centre de mes rêves d'enfant et même si, petite, j'avais accompagné mon père à Cambridge, je sentais que je devais voir Londres pour véritablement voir l'Angleterre ; j'y suis donc allée dès que j'en ai eu les moyens, et j'ai été déçue que le personnel de mon hôtel sélect soit entièrement composé de Polonais qui parlaient mal anglais, car ce n'était pas le Londres auquel je m'attendais.

Un Américain s'est alors écrié : « Comment tu peux être aussi fasciste et anti-immigration, et perpétuer une dangereuse hostilité vis-à-vis des étrangers ? »

Le professeur n'a pas dit « Restons polis ». À ce propos, ils adorent le mot « poli ». Mais le jour où une femme blanche s'est moquée des femmes blanches qui payaient des nourrices jamaïcaines pour élever leurs enfants blancs, j'ai déclaré que c'était des âneries régressives, que de tout temps les femmes en avaient aidé d'autres à s'occuper de leurs enfants, ce pouvait être un membre de leur famille, ou de celle de leur mari, le village entier, et maintenant, s'il faut payer pour qu'elles le fassent, où est le problème ? La nourrice jamaïcaine a les moyens de faire construire une petite maison dans la banlieue de Kingston pour ses parents – le professeur a alors dit : « Restons polis. »

Restons polis, vraiment ? Comme si le mal discret qu'ils incarnent n'était pas la véritable impolitesse. L'impolitesse du mal discret.

Dans un bar, une Chinoise-Américaine racontait que ses parents chinois étaient racistes parce qu'ils refusaient que sa sœur épouse un Noir. Elle a dit : « J'ai coupé les ponts avec eux et je suis furieuse car ma sœur continue de prendre leurs appels. » Et tout le monde dans le fichu cercle réuni là lui a dit qu'elle était très courageuse. Je l'avais percée à jour et je voyais briller son âme sermonneuse. Elle se croyait resplendissante ainsi drapée dans son attitude moralisatrice, mais c'était juste une personne incapable d'amour. Ils ne savent pas comment on aime, ces gens vertueux, et ils ne connaissent pas l'amour. Même leur façon de s'entraider est bien triste et sérieuse.

J'ai dit que j'aimais beaucoup Kigali, et ils ont répondu Oh là là c'est une dictature. Mais les policiers ont belle allure, les marchés sont propres, les gens font la queue, et j'en suis fière parce que c'est une ville africaine et que je suis africaine. Je leur ai demandé : comprenez-vous que l'amour et la fierté compliquent les choses ? Ils peuvent aussi vous compromettre, mais il faut d'abord voir à quel point ils compliquent les choses. Mais ces gens ne voient rien parce qu'ils n'ont pas d'yeux dans le cœur. Leur cœur est aveugle. Ils sont tellement insensibles aux petites faiblesses humaines, ces Américains de la classe vertueuse. Et ils ne rient jamais. Je veux parler d'un vrai rire, ce son que la nature a créé afin d'alléger nos cœurs et de calmer notre tension artérielle.

Un jour, en passant, j'ai parlé de Paul, mon chauffeur, et une femme avec un piercing dans le nez a dit Tu veux parler de main-d'œuvre exploitée, appelle ça par son nom – tous les employés de maison du tiers-monde sont de la main-d'œuvre exploitée. C'était une célèbre universitaire féministe, mais elle n'aimait pas les femmes. Elle n'aimait que la notion de femme. Elle publiait en ligne des citations énigmatiques sur le féminisme qui étaient censées nous faire éprouver de la culpabilité sans qu'on les comprenne, et elle posait des conditions vaguement menaçantes auxquelles il fallait se conformer pour être féministe ; du genre : Si tu ne sais pas blablabla à propos du Bangladesh, alors tu n'es pas féministe, si tu ne libères pas ceci ou cela, alors tu ne l'es pas davantage. Ses partisans l'aimaient pour son amertume et, à supposer qu'elle ait un jour envie d'y mettre un peu de joie, elle ne pourrait pas se le permettre car alors elle perdrait leur approbation. De toute façon, cette joie prendrait la forme d'une résistance. Ou bien d'un projet subversif antipatriarcat. Pas de la joie toute simple. De la joie.

Un jour, nous énumérons tout ce que Facebook a de répugnant, et afin de ne rien cacher, je dis que je viens justement d'y publier une offre d'emploi car je cherche un logisticien pour ma société à Abuja, quelqu'un de trente-cinq ans ou plus.

Un Américain s'écrie : « Il est illégal de mentionner l'âge dans une offre d'emploi ! »

Eh bien, ça ne l'est pas au Nigeria. Il faut que vous quittiez enfin votre berceau, vous autres, Américains. Vous croyez que le monde entier est américain ; vous ne vous rendez pas compte que seule l'Amérique est américaine. Dire que vous êtes des provinciaux et que vous ne savez même pas que vous l'êtes.

DOUZE

« C'est les riches qui vont à l'étranger qui attrapent ce corona », me dit Paul, et je perçois un geste narquois, un mouvement de tête qui sous-entend : « Les gens comme vous. »

Ma mère m'appelle pour me dire : « Ne te sers pas de ta climatisation. Il paraît que ça propage le Covid. Ouvre toutes tes fenêtres. »

Mon père me demande : « Tu as fait suffisamment de réserves de nourriture ? »

Il est soulagé que tantie Adaeze et le père de Chia soient tout juste revenus de Paris. « Les pays ferment leurs frontières. Personne ne sait rien de ce truc.

— Non, personne », dis-je.

Mon ixora a donné des fleurs d'un rouge splendide, une floraison pareille à un chant. Dans la cuisine, Philippe, qui se sèche les mains avec un torchon, est optimiste. Il dit que ce n'est pas sérieux, cette maladie dont tout le monde parle, qu'elle ne touche pas les Africains. Il suffit de se mettre au soleil l'après-midi, et tout ira bien.

CHIAMAKA

UN

En plein confinement, j'étais comme piégée dans ma maison, avec la sensation que mes journées s'effaçaient sans avoir été vécues, sans que j'aie pu en faire l'expérience. J'errais d'une pièce à l'autre dans cette demeure, ce refuge que je regagnais après mes voyages pour écrire dans mon bureau aux murs pastel et aux tapis à poils longs. Le vestibule haut de plafond, la senteur citronnée qui planait un peu partout, le bourdonnement intermittent et rassurant de la climatisation. J'aimais d'ordinaire m'asseoir sur la terrasse et, à l'automne, contempler les feuilles se parer de teintes dorées dans la splendide réserve d'arbres que ma mère appelait une forêt. À présent ces mêmes arbres m'accablaient, avec leurs branches hostiles et pointues, dépouillées de leurs feuilles. Je rêvais de m'échapper, mais j'étais trop angoissée ne serait-ce que pour m'engager dans l'allée qui descendait vers la boîte aux lettres et récupérer mon courrier. Un jour, je restai plantée près de la porte d'entrée en mourant d'envie de faire une promenade. J'avais si souvent arpenté le sentier tout proche d'un pas léger, rapide, avec de grands mouvements de bras, ralentissant parfois pour observer avec plaisir le plumage orange d'un oiseau, une tortue avançant sur ses orteils ou d'autres petits trésors de ce genre. Quand j'émergeais de nouveau sur la route, accueillie par un signe de la main amical d'un voisin, j'étais grisée par ce que je venais d'accomplir. Une simple promenade, désormais si précieuse. Pendant de longues minutes je regardai l'allée, les plantes flétries qui la bordaient, le gazon mort. Je déverrouillai la porte avec l'intention de sortir, de respirer l'air frais de l'extérieur pour la première fois depuis des semaines, mais j'hésitai en repensant à la femme dont on avait parlé aux informations, qui avait attrapé le virus alors qu'elle n'avait fait qu'entrebâiller une fenêtre. Elle aussi vivait dans une banlieue spacieuse. Je verrouillai de nouveau la porte sans l'avoir ouverte. Comment pouvais-je me sentir léthargique et agitée à la fois ? C'était pourtant le cas. Des rumeurs sourdes circulaient à propos d'une fin imminente ; à la télévision, les manifestations contre le confinement devenaient des gestes de réconfort, évoquant la possibilité d'un dénouement.

Je m'inquiétais pour Kadi. Elle perdait du poids ; sa peau distendue la vieillissait. Elle était la seule dont j'acceptais encore les appels en visio. Elle semblait plus maigre sur l'écran, les clavicules saillantes, les joues creuses. Même si je ne voyais que son visage, je devinais l'abattement général qui affectait sa posture. Elle souffrait. Son visage était marqué d'un tel fardeau, le fardeau de problèmes insolubles. Ses avocats la préparaient avec des appels en visio, les procureurs l'interrogeaient par le même procédé. J'avais le plus grand mal à imaginer la virulence de ces moments.

« Est-ce normal ? demandai-je à Zikora. Est-il normal que les procureurs se comportent comme s'ils n'étaient pas dans son camp ?

— Ils tiennent simplement à ce que le dossier soit en béton, je suppose.

— Mais est-ce normal qu'ils lui inspirent si peu confiance ?

— Chia, je suis spécialisée en droit des sociétés.

— J'ai juste l'impression que quelque chose ne va pas.

— C'est possible, mais s'ils s'y prennent bien, ils devraient aisément l'emporter, quoi que fasse l'équipe d'avocats vedettes du violeur. À condition qu'ils se concentrent exclusivement sur ce jour-là. Sur les faits de ce jour-là. C'est difficile de défendre qu'un acte consenti de quelques minutes a pu se produire dans des circonstances absolument improbables.

— Exactement ! » Zikora réagissait enfin comme je l'escomptais, en mettant de côté sa casquette d'avocate neutre. J'imaginais souvent Kadi descendant les marches du tribunal nimbée de lumière, les yeux brillant de nouveau. Si seulement le procès avait pu commencer sur-le-champ.

« Kadi, vous savez qu'il y a une femme en France, une femme blanche, qui a raconté qu'il lui avait fait la même chose ? » dis-je.

Kadi haussa les épaules, indifférente. « Je sais pas. »

J'avais vu à la télévision cette femme mince et sensible, s'exprimant avec le courage que la vérité suscite parfois. Elle était allée interviewer cet homme dans un appartement, il l'avait empoignée alors qu'elle lui posait une question et elle avait dû soudain se débattre pour tenter de se dégager, son jean déjà brutalement baissé. Je la trouvais impressionnante. Je ressentis une nouvelle forme de tristesse pour Kadi, qui avait eu l'impression de ne pas mériter le droit de repousser son assaillant avec la dernière énergie. Omelogor me dit un jour qu'elle aurait aimé que Kadi le morde, aussi fort qu'elle en était capable.

LaShawn m'envoya un texto pour m'annoncer : *Ma mère nous a quittés. Je n'arrive pas à le croire.*

La mère de LaShawn. J'avais passé Thanksgiving chez eux alors que j'étais en dernière année à l'université, et elle m'avait parlé de l'époque où elle faisait partie des Peace Corps, dans les années 1960 ; elle avait voyagé à travers l'Afrique de l'Ouest et adoré ce séjour sur ses terres ancestrales, à l'exception du fait que tout le monde lui recommandait de ne pas mâcher le *foufou* avant de l'avaler. À quoi bon avaler un aliment qui n'a pas d'abord été mâché ?

« À quoi bon manger du *foufou* ? » me demandait-elle ensuite, chaque fois que nous nous voyions, et nous en riions ensemble. Elle me fit découvrir la tarte à la patate douce. Elle avait élevé quatre enfants dans une ville blanche de Géorgie et, chaque année, pour le Martin Luther King Day, elle refusait de les envoyer à l'école, même si l'État de Géorgie ne reconnaissait pas ce jour férié. Elle était morte à présent. Abominable virus, bien décidé à anéantir, trop tôt, toute une génération. J'appelai LaShawn et, en entendant sa voix, je fondis en larmes. « Je suis vraiment désolée, LaShawn, je ne sais pas quoi dire.

— Elle est tombée malade et elle est morte d'un coup, sans prévenir. C'est arrivé si vite. Je ne vois pas comment elle a pu l'attraper. On a été si prudents, bon sang. Elle est morte d'un coup, comme ça.

— Oh, LaShawn. »

Nous croyons avoir le temps mais nous nous trompons, nous nous trompons lourdement.

Ma mère m'envoyait des messages vocaux : « *Anyanwu ututu m*, s'il te plaît, laisse-moi voir ton visage, s'il te plaît. »

Pleine de remords à l'idée de l'inquiéter, l'esprit assombri par la mort de la mère de LaShawn, je me joignis de nouveau aux appels Zoom. Je regrettai aussitôt cette décision. Mon pessimisme reprit le dessus.

Ayant prématurément atteint son apogée, le monde se fendait en éclats, se fragmentait, sur le point de s'effondrer en emportant avec lui toute clarté et toute certitude. Bunachi parlait constamment des morts européens par milliers. Afam racontait que les politiciens nigérians amassaient des remèdes palliatifs destinés aux pauvres, et j'imaginais ces gens fortunés entassant chez eux des sacs de riz et des boîtes de nouilles instantanées Indomie pendant que les populations affamées erraient dans les rues.

Omelogor me disait qu'elle s'inquiétait quand je refusais de répondre à ses appels en visio, elle savait que je n'écrivais pas ; elle entreprit donc de m'envoyer des textos dans l'espoir qu'ils me feraient sourire, me taquinant sur le fait que je fouillais dans mon passé.

N'oublie pas l'époque où tu préférais les hommes blancs, grands et minces, me rappela-t-elle. Je souris en effet au souvenir d'Omelogor examinant la photo de Luuk, puis celle de l'Anglais, avant de finir par déclarer : « Les gens ont des goûts bizarres. »

Je fis la connaissance de Luuk peu de temps après l'Anglais, trop peu de temps, les semaines qui suivirent mon retour de Londres tellement vides de sens que je dus éprouver le désir d'échapper à l'histoire tragique et singulière de ma vie. Je rechignais à me remémorer l'Anglais, m'interdisant les souvenirs, les repoussant, m'en isolant, mais les souvenirs s'imposent même une fois les photos supprimées et les textos effacés. Je l'imaginais souvent chez lui, occupé à réviser son manuscrit, attendant le retour de son épouse afin de pouvoir la câliner. Dans mon esprit, elle n'avait pas du tout l'allure d'une infirmière, elle appartenait plutôt à une certaine catégorie d'Anglaises : terre à terre, conservatrices, brusques et insensibles, vêtues d'une façon un peu masculine, le genre de personnes qu'on n'oserait pas ennuyer. Le livre de l'Anglais fut publié peu de temps après et, un jour que j'étais à Londres avec Luuk, je le vis sur un présentoir de la librairie Waterstones de Piccadilly. Je le pris en main, puis m'obligeai à le replacer sur l'étagère sans regarder la photo de l'auteur au dos de la jaquette.

Très grand et très mince, Luuk ressemblait effectivement à l'Anglais, mais je me disais que ce ne pouvait pas être un transfert d'attirance, parce que la ressemblance était superficielle. Luuk n'avait rien de commun avec lui. Il était curieux, mais davantage sur le plan matériel qu'intellectuel. Il débordait de ce mélange de connaissances et d'incertitudes si courant chez les hommes qui tiennent à posséder les derniers gadgets en date. L'Anglais aurait trouvé Luuk vulgaire avec sa valise monogrammée et ses cheveux bien coiffés. De son côté, Luuk aurait trouvé l'Anglais éteint et insignifiant.

« Êtes-vous artiste ? » me demanda Luuk dans une galerie d'art de Mexico. J'étais la seule femme noire dans cet espace haut de plafond, où des tableaux conventionnels étaient accrochés aux murs très blancs. Je répondis que j'écrivais un article sur la scène artistique de Mexico.

« Pour qui travaillez-vous ?

— Je suis indépendante.

— Indépendante, répéta-t-il. Mon anglais n'est pas très bon. Ma langue natale est le néerlandais. J'ai parlé l'espagnol et le français avant l'anglais. Vous ne m'en voudrez donc pas si j'ai mal compris, mais indépendante veut bien dire que vous êtes sans attaches ? Vous serez donc libre pour prendre un verre avec moi. »

Il débordait d'un charme flagrant, flamboyant. Il manquait de subtilité, se montrait trop exubérant, et pourtant il n'en était pas moins attirant. J'acceptai de dîner avec lui ; cela occuperait ma dernière soirée à Mexico. Chose inhabituelle, les murs du restaurant étaient en roche volcanique. Luuk tira une chaise pour moi d'un grand geste élégant et, quand je commandai un jus de pomme, il dit d'un air facétieux : « Vous savez que je vous proposais un vrai verre, non ? » Le serveur passa trop de temps à notre table, captivé par Luuk, riant aux plaisanteries de Luuk. Celui-ci voulut connaître son point de vue sur chaque plat, l'écoutant et opinant du chef, pour finir par suivre ses suggestions : des tacos à la figue en entrée, puis du lapin en plat principal. L'idée de manger du lapin m'avait toujours déplu, mais le serveur était si enthousiaste que je gardai le silence.

« Vous voulez goûter ? » demanda Luuk en me tendant son cocktail à l'agave. Je secouai la tête, amusée. Je trouvais tout à fait déplacé et pourtant étrangement désarmant qu'il me propose à moi, une inconnue, de boire une gorgée de son verre. Son comportement me semblait familier, presque africain : expansif, conscient du statut de chacun, ne craignant pas de franchir les limites avec innocence et insouciance. Cadre supérieur dans une société néerlandaise, il était chargé de gérer une filiale mexicaine pendant un an tout en se formant pour devenir PDG de l'entreprise une fois de retour à Amsterdam. J'aurais eu honte de me couvrir ainsi d'éloges, ses mots se déversant de sa bouche avec la même désinvolture que les fleurs qu'il se lançait. Il avait dirigé de grosses sociétés au Brésil, en Inde et en

Russie, et avait été élu meilleur PDG de chacune d'elles ; il faisait de la voile, de la plongée sous-marine et pilotait de petits avions ; il avait un excellent niveau en golf et était plus doué encore au tennis. Luuk était un grand bavard qui n'avait pas besoin d'un auditoire, une personne allergique au silence, et de temps à autre je perdais le fil de ce qu'il disait. Je me souviens du moment où je m'éveillai à lui ; cela ne se produisit pas progressivement, mais à un instant précis, une singulière poussée d'affection. Il racontait sa visite d'une exploitation de pommes dans laquelle il avait investi de l'argent et sa stupéfaction à la vue des vergers remplis de pommiers rabougris. « Les arbres m'arrivaient à peine au-dessus des genoux. Des arbres ! Vous vous rendez compte ? C'était tout à fait contre-nature. Je n'avais pas envie de les regarder. » Pour une fois, sa voix se fit plus rauque et s'assombrit, et je fus émue de voir combien le tort terrible causé à ces pommiers chétifs l'affectait. J'eus soudain envie de le serrer contre moi. Il y avait dans sa vie de profondes déchirures, des sensibilités contraintes, embusquées sous ses dehors extravagants. Je savais que je le reverrais, et pas qu'une fois. J'éprouvais, curieusement, le désir de le protéger et de le sauver.

Il était divorcé ; comme ils avaient été en couple pendant onze ans, même sans être mariés, il appelait leur rupture un divorce. Il avait accepté ce poste au Mexique pour échapper aux tentatives de réconciliation de cette femme. Elle se prénommait Brechtje.

Il ne disait pas « mon ex », mais Brechtje, comme si je la connaissais moi aussi. Ils avaient élevé ensemble son enfant à elle.

« Ce doit être difficile pour vous, fis-je observer. C'est toujours ainsi quand on divorce.

— Oui, mais parfois une relation se termine longtemps avant qu'on se dise “OK, c'est fini”. Je me suis senti enfin libéré. » Il but une gorgée et répéta : « Libéré.

— Est-ce vraiment le mot que vous voulez employer ? Libéré ?

— Oui, comme quand on est relâché d'une prison supportable mais qui est malgré tout une prison.

— Oh.

— Vous en êtes passée par là, vous aussi ? demanda-t-il.

— Non », répondis-je, peu désireuse de répandre de vieilles cendres sur une terre neuve.

« Je suis très heureux de soutenir les galeries de la ville. Autrement, je ne vous aurais pas rencontrée. J'appréhendais de vous adresser la parole, à la galerie.

— Vous n'aviez pas l'air si nerveux. »

Il partit d'un rire qu'on s'attendait à entendre de la part d'un cadre supérieur brillant et qui le savait, un rire satisfait, plein de vigueur. « Vraiment ?

— Je me suis dit que vous étiez peut-être fétichiste des femmes noires.

— Fétichiste ?

— Que je vous intéressais parce que je suis noire.

— Oh, je suis fétichiste, oui, mais seulement des belles femmes », répliqua-t-il.

Je souriais. Il était impossible de ne pas être conquise par ses séduisantes flatteries. Celles-ci lui conféraient du pouvoir, le genre de pouvoir auquel on consent de son plein gré et non sans embarras. La cour excentrique qu'il entreprit de me faire à mon retour dans le Maryland fut si prévisible qu'elle me parut improbable. De fins coffrets à bijoux enveloppés dans du papier mat arrivèrent par coursier contre signature ; des boîtes élégantes contenant des plats gastronomiques surgelés apparaissaient à ma porte, suivies de bouquets de roses sophistiqués, certains si lourds que le livreur devait m'aider à les placer sur l'îlot central de ma cuisine. Chaque fois, en secouant la tête, je me disais : « Oh, mon Dieu, qu'est-ce que Luuk m'envoie encore ? » ; et pourtant je passais le reste de la journée sur un petit nuage enchanté. Je n'aimais pas les roses et je portais rarement des bracelets, mais le fait que l'on pensait ainsi à moi, que je prenais une place aussi somptueuse dans son esprit, me donnait le sentiment d'être hors du commun. Je lui dis que j'adorais les lis et les tulipes, et il m'envoya des compositions de variétés anciennes de tulipes, aux volutes colorées, aux pétales plissés, et il rit quand je lui appris que je préférais les tulipes ordinaires.

Avec Luuk, j'existais dans un univers où primait le sens du toucher, sa paume frôlant constamment mon dos, mon épaule, ma taille. Ce n'était pas de la possessivité, mais de la délicatesse, un acte d'émerveillement, comme pour dire : « Tu es vraiment là. » Il était si grand que je disais en plaisantant que je devais me mettre sur la pointe des pieds quand nous nous tenions par la main. Au lit, je simulais l'orgasme, mais volontiers. Je n'en avais pas, aussi prétendais-je en avoir car j'étais certaine que cela se produirait un jour. Comment était-il possible de ne pas jouir avec cet homme charismatique, la tête nichée entre mes cuisses, les bras levés au-dessus de lui, tel un crucifié doté d'une patience infinie ? Je passais de longs week-ends avec lui à Mexico, et parfois à Monterrey, où il avait un second bureau. Il partait après le petit déjeuner, soigné et fringant dans ses costumes ajustés, et revenait des heures plus tard, tout aussi pimpant, en parlant sans discontinuer, débordant de projets. Nous faisions toujours quelque chose – un spectacle d'humoriste, l'inauguration d'un théâtre qu'il avait soutenu financièrement, une galerie d'art qu'il avait parrainée, un nouveau restaurant, un gala, des verres et un dîner avec des associés de passage. Il me commandait des robes que je sortais de leur emballage en disant : « Luuk, j'ai des seins. Celle-ci est trop décolletée. » Ce à quoi il répondait : « C'est pour cette raison que je l'ai choisie. En la portant, tu seras une femme totale, de la tête aux pieds, totalement femme. »

Il rayonnait de fierté en me regardant, mais ses attentes me tourmentaient et m'entravaient. Comment un sentiment d'insécurité s'insinue-t-il en soi, se répand-il et étouffe-t-il l'esprit à la manière d'une mauvaise herbe ? J'étais flattée d'être le trophée qu'il aimait faire admirer, mais j'avais l'impression de ne pas être à la hauteur, de ne pas être le genre de prix qu'il lui fallait. En prévision du gala annuel de sa société, et parce que cela me paraissait mieux convenir à l'occasion, je renonçai à mes tresses et j'optai pour un long tissage ondulé, passant des heures dans un salon de coiffure de Washington.

À ma vue, Kadiatou aspira de l'air entre ses dents. « Si j'ai des cheveux comme vous, jamais je mets du artificiel. Pour les gens comme nous, c'est le tissage. »

Et elle ôta son foulard pour frotter ses tempes chauves.

« Non, Kadi, je crois que ça lui plaira, c'est le style glam de tout le monde en ce moment. »

Cependant, quand Luuk vint me chercher à l'aéroport, son visage s'assombrit. « Mais j'adore ton look africain, c'est magnifique, les tresses, je préfère même les tresses plaquées. »

Je préfère même les tresses plaquées. Les paroles d'un homme sont un véritable tonique pour vous redonner confiance. Il paraît qu'il faut la chercher au fond de soi, et certaines personnes en sont capables, comme Omelogor, mais j'avais pour ma part une meilleure opinion de moi-même parce que Luuk appréciait mon apparence. *Je préfère même les tresses plaquées*. Je portais des chaussures à talons ainsi que les robes qu'il m'achetait, décolletées mais de bon goût, et je souriais lorsque certaines personnes que nous rencontrions affichaient leur étonnement, parce qu'elles ne s'attendaient pas à le voir avec quelqu'un comme moi. En toute occasion sociale, il s'employait à séduire ses interlocuteurs, surplombant la pièce de sa tête dodelinante. L'attrait que présentait sa grande taille, son corps souple et nerveux, l'éclat indéniable de son charme, son rire retentissant. Les hommes appréciaient son franc-parler, sa façon de dire « connard » quand personne ne s'y attendait. Il plaisait aux femmes, qui lui laissaient entrevoir des possibilités, voire leur disponibilité, et lui adressaient des commentaires sirupeux et équivoques. Luuk flattait et flirtait, toujours d'un ton dégagé, pour souligner qu'il était attaché à moi sans ambiguïté. *Je préfère même les tresses plaquées*. Parfois, il considérait la réussite de certains hommes comme un affront personnel, et il était prompt à interpréter la moindre de leurs actions ou de leurs paroles.

« Il a dit que c'était dur de faire partie des cinq cents plus grandes fortunes, quel connard. C'était pour m'envoyer une pique. Il ne sait donc pas quel bénéfice net nous avons annoncé ? Simplement parce qu'ils sont classés plus haut que nous ? se plaignit-il alors que nous revenions du gala.

— Je ne crois pas qu'il insinuait quoi que ce soit, Luuk, assurai-je.

— Tu as vu comment il m'a serré la main ? Genre "Je suis supérieur à toi".

— Non, en réalité, je crois qu'il t'admire. Tu es plus jeune que lui et sur le point de devenir la star d'Amsterdam.

— Tu le penses vraiment ?

— Oui. Et il est jaloux parce qu'il ne sait pas s'habiller comme toi. Les costumes américains à la coupe carrée sont déjà affreux, mais le sien décroche le pompon. »

Luuk s'esclaffa, cette remarque lui avait plu. Je m'en étais doutée ; il prêtait attention aux montres, aux cravates, à tous les accessoires masculins. Il avait acheté son premier iPad après s'être rendu compte, alors qu'il lisait les pages roses du *Financial Times* dans un lounge d'aéroport, que les autres hommes autour de lui consultaient le journal sur leur iPad. Et il s'était senti idiot. Quand il me raconta cette anecdote, je répondis qu'il n'aurait pas dû se sentir idiot, que les autres voyageurs l'avaient sûrement pris pour un anticonformiste décontracté, et que de toute façon on lit davantage d'articles dans la version papier d'un journal que sur une application où chaque section est clairement définie. Qu'il est donc étrange de patauger ainsi dans les marécages de la vie en croyant que nos insécurités nous sont propres ! Si j'avais observé Luuk de loin sans le connaître, je n'aurais jamais imaginé qu'il était du genre à se soucier des gadgets électroniques dont les autres hommes se servaient. Ses enthousiasmes me paraissaient réfléchis, soigneusement ordonnés, comme sa collection de montres, accumulées telle une pie. « Elle te plaît ? » demandait-il en m'en montrant une nouvelle. Je ne connaissais pas grand-chose à ces objets coûteux, à mes yeux tous identiques avec leurs cadrans illisibles, de confection artisanale.

« Très jolie, répondais-je. Je crois que mon père en a une de ce genre. »

Seul son voilier n'était pas dernier cri. J'aimais l'accompagner en mer car j'avais l'impression que c'étaient là les seuls moments où il cessait d'avoir conscience de sa propre image, où il ne guettait pas la réaction des autres, n'y prêtait pas attention ni ne se comparait à eux. Bien enveloppée dans mon gilet de sauvetage, mal assurée sur mes jambes car je n'avais jamais fait de voile auparavant, je l'observais. Ses manœuvres adroites, les muscles minces aux mouvements ondulants de ses bras levés, et je songeais que cet homme se prêtait à une activité qui lui apportait une joie sans mélange. Je songeais qu'il était aussi heureux quand nous séjournions dans sa maison de Monterrey, où nous nous baignions et nous prélassions, la piscine se parant d'un bleu insondable au soleil. Ou bien quand, à Mexico, nous étions assis dans son jardin verdoyant, cernés par les chants d'oiseaux. Il disait « notre maison », il disait « nous », et je disais « nous » moi aussi, et cela me plaisait de nous entendre dire « nous », même si parfois j'avais le sentiment de rôder à la lisière de cette vie à deux.

Un jour, il revint du bureau plein d'un enthousiasme enfantin, ne tenant plus en place, parce que le directeur de la société, un individu égocentrique, démissionnait enfin, et que d'ici quelques mois Luuk repartirait s'installer à Amsterdam pour reprendre le flambeau.

« Très bientôt, quand nous voyagerons ensemble, ce ne sera plus sur des vols réguliers ! » s'exclama-t-il.

Je souris tout en me balançant dans le hamac de la véranda et j'aurais aimé, pour lui, me sentir concernée. Yatzil, son employée de maison, apparut avec un plateau. Elle lui vouait un culte, rayonnait d'aise lorsqu'il la taquinait ou la complimentait, et tous les jours elle s'efforçait de se surpasser avec une énième assiette de fruits frais, un énième *mole* fraîchement cuisiné. Elle me regardait toujours avec des yeux aiguisés par le soupçon, comme si elle se méfiait de mes intentions vis-à-vis de Luuk. Je me demandais si c'était moi, ou si elle se serait comportée ainsi avec n'importe quelle autre femme. Durant tout le temps que je fus avec Luuk, elle ne me sourit qu'en une unique occasion, un bref sourire qu'elle ravala au plus vite, comme si elle s'était trahie. Elle avait apporté un plateau de fruits composé de *guanabanas*, de sapotes et de mangues, et je lui dis : « Merci beaucoup, Yatzil. J'adore les *guanabanas* ! Quand j'étais enfant, on avait ces arbres et on essayait toujours de laisser mûrir les fruits pour qu'ils deviennent tendres, mais aussi de les cueillir avant que les oiseaux les mangent. Parfois, on attendait trop et on devait enlever les parties qu'ils avaient picorées. Celui-ci a l'air tellement bon et frais ! C'est un corossol, on appelle aussi ce fruit un corossol. »

Son sourire montra que, pour une fois, elle me voyait différemment, comme une personne avec un vécu, une famille, des arbres dans un pays précis, et pas seulement comme la petite amie de Luuk.

« Yatzil l'a préparé spécialement pour toi », dit Luuk. Il n'avait pas conscience de la méfiance de cette femme, convaincu qu'elle avait de la sympathie pour moi. Je ne le détrompais pas. L'antipathie de Yatzil ne me dérangeait pas, je la comprenais, mais si Luuk l'avait su, cela l'aurait contrarié, parce qu'il aimait que les choses soient telles qu'il l'avait décidé.

Il lisait un magazine de voyage sur papier glacé dont il arracha une page. « C'est l'endroit où il faut aller cette année. Il paraît que toute la jet-set y sera cet été », dit-il.

Je simulai un grognement. « Épargne-moi un autre endroit

incontournable, s'il te plaît. » Nous avions visité les îles Vierges des États-Unis parce qu'un magazine soutenait que c'était justement un endroit incontournable. Luuk voulait des destinations à la mode, et moi, des destinations intéressantes.

« D'accord, choisis, toi.

— Non, je te laisse choisir. Quoi que tu décides, ce sera après mon retour de Ramallah.

— À condition que tu obtiennes un visa.

— Luuk ! Ce n'est pas très encourageant.

— Que veux-tu que je te dise ? » Il haussa les épaules et se mit à rire.

Il ne voulait pas que j'aille en Palestine. « Tout ça, c'est trop triste », avait-il dit quand je lui avais fait part de mon souhait d'écrire un article sur les restaurants et la gastronomie de Ramallah.

« Je me demande ce que ça fait, quand quelqu'un qui veut visiter ton pays doit obtenir la permission d'un autre pays.

— C'est horrible, déclara-t-il en jetant un coup d'œil à l'écran de mon ordinateur portable, où je visionnais un documentaire YouTube sur le massacre de Deir Yassin.

— Il faut que je me renseigne un peu sur le plan historique, répondis-je.

— OK, ça suffit. Il est temps de regarder quelque chose de plus réjouissant, d'accord ?

— Et par là, tu n'entends pas une comédie, évidemment. » Je me moquais gentiment de son goût trop prononcé pour ce genre de films. Quand il faisait de la plongée, il rangeait son téléphone dans un boîtier étanche afin de pouvoir regarder des vidéos pendant les longs paliers de décompression. Je l'imaginais au fond de l'eau en train de visionner *Fawlty Towers* tandis que des hippocampes nageaient près de lui.

Il me semblait parfois que la vie qu'il menait lui permettait de fuir le chagrin. Il avait le sommeil agité, ponctué de sursauts. Il me réveillait souvent, le corps parcouru de mouvements convulsifs, comme gagné par une révolte intérieure, et je le tenais alors dans mes bras pour l'apaiser jusqu'à ce que ses spasmes s'arrêtent.

Luuk s'émerveillait de la relation que j'avais avec mes parents. Quand j'étais au téléphone avec eux, il s'approchait de temps à autre et secouait la tête, stupéfait. « Vous parlez aussi longtemps ? Et vous riez comme ça ?

— Ma mère est tellement bavarde. Mon père discute un peu, lui aussi, mais pas autant qu'elle. Comment était ton père ?

— Il ne disait jamais rien. Il préférait l'action. C'était plus efficace, tu vois ?

— Comment ça ?

— Prenons le meilleur exemple. Un jour, dans notre rue, il m'a mis la tête dans une poubelle et m'a prévenu : si jamais je mettais une fille enceinte, il me ferait manger des ordures. »

Luuk hurla de son grand rire. Je le regardais en songeant aux différents usages du rire. Le rire qui protège. Le rire qui sert à détourner l'attention.

« Il est mort quand ?

— Il y a sept ans.

— Ta mère est-elle... était-elle bavarde ? Je veux dire avant. » J'avais du mal à faire preuve de tact à propos de la démence dont elle souffrait.

« Encore moins que lui. » Il marqua une pause, comme s'il s'apprêtait à se confier davantage, avant de changer brusquement de sujet et de demander quand sa grande copine Omelogor prévoyait de revenir afin qu'il puisse enfin l'emmener faire du saut en parachute. Ils étaient devenus amis dès leur première rencontre, ce qui ne m'avait guère surprise. Omelogor déclara que Luuk, jusqu'à son parfum capiteux, était un Nigérian né dans le corps d'un Européen, et Luuk avait souri, ravi. C'était à New York. Omelogor était venue assister à une conférence, tandis que j'accompagnais Luuk, en voyage d'affaires. Nous étions dans sa suite. Il reçut un message lui apprenant que la femme d'un ami avait perdu connaissance alors qu'elle faisait du saut en parachute en Suisse.

« À trois cents mètres d'altitude ! s'exclama-t-il, comme si nous étions censées savoir si c'était une bonne ou une mauvaise chose.

— Est-elle morte ? demandai-je.

— Non, elle récupère.

— Je ne comprends pas ce qui pousse des gens à sauter d'un avion en plein vol, dit Omelogor, ce qui fit rire Luuk.

— Tu m'as l'air très franche, pas vrai ? lui dit-il.

— Omelogor est peut-être une Néerlandaise née dans le corps d'une Nigériane, fis-je observer, et l'intéressée me décocha un regard assassin.

— Je t'emmènerai faire du saut en parachute, et tu comprendras pourquoi, déclara Luuk. La pesanteur est extrêmement puissante. Elle permet de se rendre compte que nous sommes tout petits sur cette terre.

— J'étais déjà au courant », répliqua Omelogor.

À un moment, elle lui demanda : « Où as-tu appris ce que tu sais de la sexualité ? » La question qu'elle posait à tout le monde.

Lorsqu'elle avait interrogé Zikora, celle-ci avait répondu d'un ton guindé qu'elle avait lu des livres sur le sujet, offensée qu'Omelogor ait pu croire que c'était grâce à la pornographie.

« Mais enfin, Zik, nous étions toutes curieuses quand nous étions jeunes, avais-je dit.

— Je n'ai jamais regardé de films porno. » Zikora avait une prédisposition au puritanisme et, si sa vie avait pris la tournure qu'elle désirait, elle serait peut-être devenue extrêmement conservatrice, rétive à toute ouverture d'esprit.

« Ce n'est pas un sujet auquel j'ai réfléchi, répondit Luuk à la question d'Omelogor.

— Tu dois bien avoir regardé un film ou lu un magazine cochon quand tu étais adolescent.

— Oui, mais apprendre des choses de cette manière ? Je ne sais pas, j'ai peut-être appris par la pratique ? »

Luuk me lança un coup d'œil, plaqua les mains sur ses oreilles pour plaisanter et s'exclama : « J'ai oublié, depuis le temps ! »

Quand Luuk me parla enfin de sa mère, je me souvins que, d'ordinaire, dès que je l'interrogeais, il changeait rapidement de sujet. À l'époque, l'instabilité de certains territoires européens me fascinait. Cette ville, autrefois roumaine, était maintenant ukrainienne, ou hongroise ; celle-là, auparavant située en Allemagne, était désormais polonaise. Les villes ne se déplaçaient pas, évidemment, c'étaient les frontières qui bougeaient, et il était possible de quitter sa maison dans un pays donné, puis, des années plus tard, de regagner cette même maison à présent dans un autre pays. L'Alsace-Lorraine se retrouva en Allemagne après une guerre, puis en France à l'issue d'un autre conflit, elle redevint allemande pendant la Seconde Guerre mondiale, puis, quand celle-ci s'acheva, fut de nouveau française. Les âmes des habitants oscillaient-elles d'un côté et de l'autre ? Que faisaient-ils de leur passeport ? Et si je gardais mes anciens papiers afin de me faciliter la vie au cas où les frontières seraient encore une fois redessinées ? Dans un restaurant, j'essayai discrètement de différencier les touristes des autochtones, qui portaient en eux l'histoire de deux nations. Je déambulai dans des villages pittoresques, où les maisons à colombage semblaient tout droit sorties d'un doux conte de fées ; j'aurais souffert de claustrophobie si j'avais habité l'une d'elles. Sur certains toits, des cigognes avaient construit leurs grands nids, empilements de brindilles, de bâtons et d'herbe, et je vis quelques-uns de ces oiseaux voler majestueusement, leurs ailes largement déployées, planant dans les airs. Le chauffeur que j'avais engagé pour la journée parlait continuellement d'eux, répétant des informations qu'il m'avait déjà données : les cigognes sont muettes et claquent du bec pour communiquer, les cigognes sont fidèles à leurs nids mais pas à leurs compagnons, traditionnellement les cigognes portent chance. Je lui dis que c'était absolument charmant, et son rire fusa brusquement quand je lui demandai : avec des cigognes sur leurs toits, les gens découvraient-ils, au réveil, des fientes partout ?

Plus tard, il sortit de son rôle de guide touristique pour me confier que la tournée des caves à champagne était ennuyeuse et que j'aurais froid. J'y participai tout de même, fus prise de frissons à mi-parcours, un état aggravé par mon estomac barbouillé après que j'avais mangé une quiche dans un restaurant pittoresque. Tout était décidément trop pittoresque. Le chauffeur m'apprit qu'un festival littéraire se tenait dans une petite ville au cœur de la Forêt-Noire, et nous roulâmes pendant une heure pour assister aux toutes dernières minutes de l'intervention d'un poète slovène lisant ses textes pleins d'ironie. Je me promenai ensuite dans les rues ; à l'écart du centre, les maisons étaient de plus en plus serrées les unes contre les autres. Les passants me jetaient des regards sans chaleur. Ils étaient peu nombreux, et je ne croisai peut-être qu'une dizaine d'habitants. Une femme qui me rappelait un personnage de babouchka dans un film ralentit pour me toiser de la tête aux pieds. J'avais aperçu une personne noire sur le lieu du festival, mais aucune dans les rues. S'il n'y avait pas de Noirs dans cette ville, pourquoi les gens se montraient-ils hostiles plutôt que simplement curieux ? J'avais déjà une idée pour mon article. *Se sentir noire dans la Forêt-Noire*. Plus tard, j'en parlai à Luuk : « Je me demande d'où leur vient leur opinion sur les Noirs. » Je m'étais exprimée avec douceur, mais son cou s'empourpra et il s'écria : « L'Allemagne est atroce, atroce ! Comment peux-tu demander d'où leur vient ce racisme ? Regarde ce qu'ils ont fait !

— Eh bien, heureusement que je n'ai pas tourné les talons le jour de notre rencontre, vu que je t'ai d'abord pris pour un Allemand. Tu avais l'accent allemand, le taquinai-je.

— Non ! dit-il avec gravité. Tu sais où ces connards ont tué le plus grand nombre de Juifs en Europe occidentale ? Aux Pays-Bas. »

Je fus déroutée par son expression, je ne m'attendais pas du tout à un tel bouleversement de sa tranquillité d'esprit.

« Luuk, chéri, je suis désolée. Je n'avais pas l'intention de te contrarier », dis-je.

Il secoua la tête, comme pour chasser sa détresse.

« Ma grand-mère, la mère de ma mère, a eu un amant nazi pendant la guerre. As-tu déjà entendu parler des Néerlandaises qui ont été punies à la libération ? On les battait, on les faisait défiler dans les rues et on les tondait, on leur versait du goudron sur le corps et j'en passe. Ma grand-mère était l'une d'elles. Elle était alors enceinte de ma mère. Personne n'en parlait dans ma famille. Je l'ai découvert à l'adolescence, quand un parent de mon père a lâché une grossièreté sur ma mère. »

Je le fixai du regard, abasourdie, sans savoir que dire.

« Mon frère continue d'affirmer que l'amant nazi n'est pas notre grand-père. Il dit que c'est le soldat néerlandais auquel ma grand-mère était fiancée. Mais celui-ci est mort au début de la guerre, en 1940. Et ma mère est née en 1945. Tu te rends compte ? À croire qu'il s'est produit des miracles dans ma famille. » Il lâcha un grognement ; je m'approchai, le pris dans mes bras et m'appuyai contre son corps tiède. Était-il devenu ce charmeur raffiné parce qu'il avait grandi avec cette honte héréditaire ? Ou bien ma déduction était-elle trop simple ? Ce sont pourtant des raisons simples qui peuvent expliquer la plupart des choses qui nous arrivent dans la vie ; nous héritons des blessures de nos parents plus souvent que nous ne le croyons.

« Il y avait toujours une odeur de boudin noir chez nous, me dit Luuk. Ma mère tenait bien sa maison, elle tricotait, cuisinait, et il y planait sans cesse cette odeur. »

Je ne connaissais pas l'odeur du boudin noir néerlandais des années 1970, mais, quand nous allâmes aux Pays-Bas et passâmes en voiture devant la maison de son enfance à Haarlem, j'imaginai ces effluves flottant autour de nous.

« La poubelle se trouvait à cet endroit, précisa-t-il, le doigt tendu. Celle dans laquelle mon père m'a mis la tête. »

Nous rendîmes visite à sa mère dans une résidence médicalisée, dans une chambre déprimante, aux petites fenêtres, avec des fauteuils tapissés d'un tissu décoloré. Sa mère ne le reconnaissait plus. Elle le regardait d'un air absent de ses yeux bleus chassieux. Il lui offrit un bouquet de tulipes qu'elle accepta et plaça sur ses genoux. Je voulus quitter la pièce afin de respecter leur intimité, même si elle ne savait plus qui était Luuk. Mais celui-ci refusa et me tint fermement la main. Le personnel s'occupait bien d'elle, ses cheveux argentés clairsemés, propres, avaient été soigneusement brossés. Je la dévisageai et j'imaginai son enfance enveloppée dans un voile de honte. Était-ce un soulagement d'être séparée de son esprit, incapable de se souvenir de son passé meurtri ? Avant de partir, je m'approchai d'elle et l'étreignis, sans qu'ensuite je puisse vraiment me l'expliquer. Dans la voiture, Luuk avait les yeux humides.

« Ta bienveillance africaine, c'était si touchant. Je suis si heureux qu'on soit venus tous les deux ensemble. »

Son ton grave et la visite elle-même m'avaient déstabilisée.

« "Tous les deux ensemble", répétai-je en l'imitant. C'est tellement adorable, la façon dont tu dis ça : "tous les deux ensemble".

— Ça ne se dit pas ?

— Si, mais "ensemble" suffirait.

— Dans ce cas, j'arrêterai de dire "tous les deux ensemble".

— Non, surtout pas, c'est vraiment adorable. »

Brechtje n'allait pas bien, et Luuk voulait lui rendre visite avant notre départ des Pays-Bas. Cela me dérangeait-il ? me demanda-t-il, comme s'il avait envie que ce soit le cas. Il me suggéra de m'occuper pendant son absence : un massage au spa de l'hôtel, à moins que le chauffeur ne m'emmène faire du shopping ? Je lui caressai la joue et lui dis : « Luuk, mon chéri, ça ne me dérange pas. Je trouve que c'est gentil de ta part d'aller la voir.

— Je parlerai de toi à Brechtje. Ce n'est pas à cause de toi que nous ne pouvons pas nous remettre ensemble, évidemment. Mais elle mérite de savoir. »

Je me sentais presque coupable en imaginant Brechtje, cette femme brune aux belles courbes et jolie sur les photos que j'avais vues, et son fils qui appelait Luuk papa, tous deux privés de lui, se raccrochant encore à un espoir – et puis, alors que c'était son premier séjour aux Pays-Bas depuis qu'il était parti pour le Mexique, Luuk lui apprenant qu'il y avait une autre femme dans sa vie. Le caractère définitif de cette nouvelle, le coup que ce serait pour eux.

« Tu ne devrais peut-être pas le lui dire, pas maintenant. Je suppose que ça va lui faire beaucoup de mal.

— Elle se sentira plus mal encore en apprenant que tu es noire. »

Un silence suivit, auquel répondit un silence plus long encore. Je ne dis rien car je ne savais pas quoi dire. Sa franchise m'émouvait, sa franchise m'écœurait. Dans tout ce qui constituait l'humanité de cette femme, quel élément vital lui manquait-il, quel vide béant recelait-elle qui puisse l'inciter à se sentir plus mal encore parce que j'étais noire ?

« Elle répète sans cesse que ce sont les Noirs qui font du bruit dans le train, que les Turcs ou les Surinamais ne la gênent pas tant que ça, mais qu'en revanche les garçons marocains et les garçons noirs… Tu connais le Zwarte Piet néerlandais ? Selon Brechtje, il faudrait arrêter de se plaindre de cette tradition, parce que la peau est noire à cause de la suie des cheminées. Je lui ai demandé pourquoi, dans ce cas, ses lèvres paraissaient si épaisses, si c'était aussi à cause des cheminées. » Luuk affichait une mine triomphante. Il était le héros sans tache et vertueux de cette histoire, et rien d'autre n'importait. Il était incapable de voir les choses de mon point de vue. Du reste, était-il vraiment si vertueux, si Brechtje pouvait lui dire des choses pareilles ?

« Non, je ne connais pas ce Zwarte Piet », mentis-je avant de changer de sujet et de proposer un massage en couple à son retour. Il est des surfaces auxquelles je préfère ne pas toucher par crainte de ce que je découvrirais au-dessous. Quand il revint, il paraissait épuisé, des cernes bleutés sous les yeux. « Elle n'a pas arrêté de pleurer », dit-il.

J'éprouvai un bref élan de pitié à l'égard de cette femme, puis de l'agacement vis-à-vis de Luuk pour m'avoir raconté cela, et pour d'autres choses.

« Luuk, je n'ai pas à en savoir davantage à propos de Brechtje.

— Je veux tout partager avec toi. »

Je me sentais à présent désobligeante. N'était-ce pas là ce que toute femme désirait, un homme qui n'érigeait aucun mur entre eux ? Et pourtant je ne voulais pas entendre un mot de plus. Comme il avait envie de me montrer les jardins du Keukenhof, nous nous promenâmes dans ce paysage à la palette éclatante, aux riches senteurs florales printanières, et découvrîmes les fleurs elles-mêmes, taches colorées qui me redonnèrent le moral. Le soir, nous retrouvâmes son frère dans un restaurant, et j'eus la sensation de pénétrer dans un monde de douceur – un air de piano en sourdine, plusieurs grands lustres modernes scintillant au-dessus de nous. Willem. Quand nous nous levâmes pour l'accueillir, une brève expression passa sur son visage. C'était de la surprise, une surprise mêlée d'embarras. Luuk ne lui avait pas confié que j'étais africaine. Il dit Bonsoir, ravi de vous rencontrer, et nous commandâmes du vin. Nous étions installés près de la fenêtre avec le panorama chatoyant d'Amsterdam en contrebas, des kilomètres de lumières qui se déroulaient comme des joyaux éparpillés. Entre les frères, l'atmosphère était chargée d'une pointe de malveillance. Luuk, l'aîné, celui qui avait le mieux réussi, Willem, qui jouait à le rattraper ; lui aussi était extrêmement grand, mais plus empâté. Willem dit qu'il avait mangé dans un nouveau restaurant à Londres la semaine précédente. Luuk acquiesça, il connaissait l'établissement, qui n'était pas mal, deux étoiles au Michelin. Non, trois, précisa Willem. Leur rivalité adolescente avait mûri au fil du temps sans jamais éclater, ce qui les aurait délivrés. Willem dit quelques mots en néerlandais, auxquels Luuk répondit d'une voix semblable à un grondement bas que je ne lui avais jamais entendu. Willem se raidit, but son vin puis se tourna vers moi pour dissiper les tensions.

« Avez-vous eu l'occasion de découvrir notre belle ville ? » me demanda-t-il.

Pourquoi les Européens agissaient-ils ainsi ? Ils décrétaient que leurs villes étaient belles, comme si vous n'aviez d'autre choix que de souscrire à leur opinion. J'aimais bien le Nigeria, mais je n'attendais pas des autres qu'ils l'apprécient autant, de sorte que cette vanité européenne me dépassait. Je répondais toujours oui, cette ville est belle, même quand je ne le pensais pas. Mais il y avait chez Willem quelque chose qui m'agaçait. Après les salutations initiales, il ne s'était plus adressé à moi, m'avait à peine jeté un coup d'œil et, tout en parlant à Luuk, ne m'avait pas incluse, ne serait-ce que du regard, dans la discussion. Cet intérêt soudain était fortuit et hypocrite. Il avait simplement besoin de quelqu'un qui fasse le tampon entre son frère et lui, et, à cet instant, vu l'urgence, n'importe qui aurait fait l'affaire. Même un chien ou un chat auraient convenu. Un être vivant lui permettant de détourner la conversation.

Par ailleurs, je ne pus m'empêcher de repenser à Brechtje, cette femme que je ne connaissais pas ; Willem et elle ne faisaient plus qu'un dans mon imagination. Ils s'entendaient probablement bien.

« Avez-vous eu l'occasion de découvrir notre belle ville ? » répéta-t-il, inutilement ; peut-être croyait-il aussi que j'étais lente d'esprit.

« Oui, ce n'est pas la première fois que je la visite, répondis-je jovialement. Il émane d'Amsterdam un charme particulièrement moisi. »

Il fronça les sourcils. « Moisi ? » Il lança un regard à Luuk pour que celui-ci lui confirme la signification du mot. « Comme de la moisissure, vous voulez dire ?

— Oui. »

Luuk éclata de rire – un rire pareil à une pluie de fléchettes ciblant son frère. Willem rougit. J'éprouvai du remords, puis me reprochai de vouloir apaiser cet homme qui se fichait manifestement de moi.

« C'était une blague de mauvais goût », repris-je, même si je considérais réellement Amsterdam comme un endroit au charme moisi ; les canaux et les maisons à proximité semblaient avoir besoin d'un vigoureux décapage. « L'architecture est splendide. Ces maisons sur le canal dégagent tant d'assurance.

— Oui », dit Willem, immédiatement amadoué ; il n'était manifestement pas des plus intelligents.

Durant le reste du dîner, Luuk parla sans répit, offrant à Willem une litanie de ses réussites, m'interrogeant sur des points de détail qu'il feignait d'avoir oubliés, tandis que, la majeure partie du temps, je contemplais les lumières d'Amsterdam. Étions-nous à Monterrey ou dans la retraite des Bermudes lorsque la liste des meilleurs PDG avait été publiée dans la *Harvard Business Review* ? voulut savoir Luuk. Je répondis que nous étions aux Bermudes.

Alors que nous regagnions notre hôtel, je lui demandai : « Que t'a dit ton frère qui t'a mis en colère ? »

Il écarta ma question d'un haussement d'épaules. « Oh, juste une de ses bêtises habituelles. Tu sais, maintenant, je ne lui dis plus quand j'achète une voiture neuve, sinon, il essaie d'acheter la même et il n'en a évidemment pas les moyens. »

Le dernier matin de notre séjour aux Pays-Bas, nous décidâmes d'aller dans un café, et devant nous avançait un couple âgé, deux personnes blanches aux cheveux argentés, légèrement voûtées. L'homme et la femme marchaient lentement, main dans la main, puis ils s'arrêtèrent en même temps pour regarder la vitrine d'un magasin. Ils échangèrent peu de mots, leurs visages à quelques centimètres seulement l'un de l'autre. Après avoir contemplé la vitrine pendant un moment ils reprirent leur promenade, l'homme levant le pied tandis que celui de sa compagne prenait appui sur le sol. Il y avait entre eux une sorte de connivence douce et durable ; ils se connaissaient mieux que personne d'autre au monde. À les observer ainsi, je me mis à pleurer.

Luuk remarqua mes larmes. « Chia ? Qu'y a-t-il ? »

Je secouai la tête.

« Ce sont tes crampes ? demanda-t-il, et il m'attira à lui. Et si nous entrions là pour prendre un thé, une boisson chaude ? Sinon, retournons à l'hôtel, que je puisse te masser le dos. »

Il s'était renseigné sur le trouble dysphorique prémenstruel et, les jours où j'allais mal, il me faisait du thé, me massait le dos, m'incitait, cajoleur, à me mettre en mouvement. « Fais juste un petit tour avec moi autour de la piscine », m'encourageait-il en adoptant un pas plus lent qu'à son habitude.

« Oui, rentrons à l'hôtel », répondis-je, le laissant mettre mes larmes sur le compte de mes hormones plutôt que de la mélancolie qui m'avait soudain submergée à la vue de ce que je désirais tant et que je craignais de ne jamais avoir. Plus tard, alors que nous étions en route pour l'aéroport, je regardai par la vitre le calme presque provincial de cet après-midi-là, les femmes à temps partiel qui déambulaient avec des poussettes, profitant de leur jour de congé. Je ressentais déjà la douleur cuisante de la solitude. Je ne pourrais jamais être heureuse ici.

Nous prîmes un vol pour Mexico, puis un autre pour Monterrey. Dans l'avion, un passager assis de l'autre côté du couloir me jetait de fréquents coups d'œil, un Mexicain aux cheveux noirs un peu trop longs, à l'allure un brin décontractée avec sa chemise déboutonnée, son foulard négligemment noué autour du cou. Il me sourit, comme un homme impatient de se débarrasser d'une vie passée, et je lui rendis son sourire. J'imaginai une vie nouvelle avec lui, chaque journée pleine de battements de cœur exaltés. À notre arrivée, alors que nous récupérions nos bagages, je l'observai pendant qu'il serrait dans ses bras un petit garçon autiste ; les gestes répétitifs de l'enfant, son visage ouvert et innocent me remplirent de honte : comment avais-je pu oser désirer un homme dont le fils avait tant besoin ?

« Prête ? » demanda Luuk après avoir placé nos deux valises sur un chariot. Il paraissait intrigué, comme s'il percevait ma réserve inédite. Dans le fastueux bourdonnement de notre vie commune, j'avais eu l'impression d'être une spectatrice, certes comblée et satisfaite, mais une spectatrice malgré tout. Même si notre histoire n'était pas encore terminée, ce jour-là, à l'aéroport de Monterrey, je sus que la fin était proche.

DEUX

Pendant les dernières journées du confinement, je m'étendais sur mon lit en pensant à toutes les choses restées inexprimées au fil des années et à tous mes futurs qui ne s'étaient jamais concrétisés. Pourquoi nous souvenons-nous de certaines choses et pas d'autres ? Quelles séquences de notre passé affirment nettement leur existence avec éclat et lesquelles demeurent dans la pénombre, tout juste hors de portée ? Je me rappelais avec une telle précision certaines rencontres fugaces que je me demandais si cette remémoration même signifiait quelque chose. Il y avait eu le Qatari croisé à Harrods – lieu londonien incongru s'il en est –, venu chercher sa sœur. « Salut beauté », me lança-t-il. Une entrée en matière qui me parut si peu naturelle qu'elle suscita mon intérêt. *Salut beauté*. Il croyait peut-être que c'était ce qu'on était censé dire à une femme, une femme noire sur laquelle on tombait par hasard à Harrods et à laquelle on décidait de s'adresser sur un coup de tête.

« Vous êtes belle, je voulais juste que vous le sachiez », ajouta-t-il.

Il semblait plus jeune que moi et, chose rare, sa peau était sans imperfections, comme entièrement lissée avec du fond de teint. J'aurais dû être rebutée par ses allures de rappeur branché, ses vêtements de sport coûteux et ses énormes baskets. Mais tandis qu'il parlait, je songeai que son accent arabe était le plus sexy au monde, je ne voulais pas qu'il s'arrête de parler, et j'imaginais d'autres mots prononcés avec ce même accent. Il était nerveux, faisant passer d'une main à l'autre son gros téléphone étincelant. Sa nervosité m'enchantait, parce qu'elle trahissait son inexpérience. Sa sœur était à l'étage, et il me demanda si je voulais bien lui donner mon numéro ; en souriant, je lui dis « Allez d'abord chercher votre sœur », parce que j'avais envie d'être enjôleuse et mystérieuse. Il hésita. Ce fut un silence des plus infimes, mais, dans ce court retard à me répondre, un détail me revint soudain à la mémoire : quelqu'un m'avait dit un jour que les hommes arabes sortaient avec des femmes noires seulement en cachette.

« OK, à tout à l'heure, hein ? » fit-il, puis il ajouta : « Promettez-moi de ne pas bouger d'ici. »

Tandis qu'il tournait les talons pour se rendre à l'étage, je me dirigeai vers la sortie du magasin et me retrouvai dans la rue. Cette indécision, ce bref débat avec son incertitude, signifiait qu'il ne voulait pas que sa sœur me voie. Plus tard, je me demandai s'il avait ensuite parcouru les allées de Harrods pour m'y chercher. Et si je m'étais trompée ? Peut-être avait-il hésité seulement parce qu'il avait peur que je parte sans lui avoir laissé mon numéro. Pourquoi ne lui avais-je pas tout simplement donné mon numéro, laissé une chance ?

Il y avait aussi eu l'Argentin au nom de famille danois que j'avais rencontré à Santiago. Son visage taillé à la serpe témoignait des rigueurs d'une vie au grand air ; il escaladait des montagnes et jouait au football. Dans un bar, nous échangeâmes des plaisanteries sur les équipes argentine et nigériane. « Vous êtes bons, mais nous sommes meilleurs », dit-il, et je répondis : « Non, nous sommes meilleurs, nous sommes simplement désorganisés. » Ce à quoi il répliqua : « Oui, ce qui signifie que nous sommes les meilleurs. » Mes vastes connaissances footballistiques l'impressionnèrent. « J'ai deux frères, expliquai-je. Je n'oublierai jamais le jour où le Nigeria a battu l'Argentine aux jeux Olympiques d'Atlanta. J'ai eu la sensation de flotter dans les airs.

— Jay-Jay et Kanu ! Je ne pardonnerai jamais à cette équipe.

— Notre équipe de rêve !

— Il faut que vous reveniez en Argentine. Je vous emmènerai voir un match.

— En fait, j'envisageais d'aller à Bariloche juste pour découvrir les lacs, mais j'ai entendu dire que tous les nazis qui ont fui l'Allemagne se sont réfugiés dans cette ville. M'en sortirai-je vivante si j'y vais ? demandai-je, espiègle.

— Je vous protégerai », assura-t-il, et son genou frôla le mien.

Nous flirtions ; j'appréciais cette atmosphère bon enfant et j'avais envie que les choses en restent là, mais après deux verres il se fit plus pressant, s'approchant trop près, me dévisageant de ses yeux d'un gris délavé.

« Je suis face à une belle femme. Une très belle femme. Vous savez ce que nous voulons tous les deux.

— Pardon ?

— Vous savez ce que nous voulons tous les deux. Vous le savez. Vous préférez qu'on aille à mon hôtel ou au vôtre ? »

Avec quelle rapidité la trame délicate des promesses peut se faire rêche et grossière ! Je m'assombris soudain. Avais-je envoyé un signal qu'il aurait mal interprété ? Mais comment ? Et quand ? Je m'étais montrée charmeuse et franche sans vraiment savoir où cela mènerait, attendant de voir, mais il envisageait déjà un dénouement et pensait à l'évidence que c'était aussi mon cas. Tout était gâché. La pénombre du bar était devenue une menace obscure.

« Il faut que j'aille aux toilettes, dis-je. Je reviens tout de suite.

— Je peux surveiller votre sac, inutile de le prendre avec vous, proposa-t-il.

— Oh, j'ai juste besoin de ma crème pour les mains », bredouillai-je. Avait-il voulu m'intimider ? Essayait-il de contrôler mes actions, de m'empêcher de partir ? Je me dirigeai vers les toilettes, puis bifurquai vers la sortie et quittai le bar. Je me demandai plus tard s'il fallait attribuer ce fiasco à un problème linguistique – je parlais mal l'espagnol, son anglais était fonctionnel et il s'interrompait souvent pour chercher ses mots. L'avais-je mal compris, et avais-je laissé filer une occasion ?

Il y avait eu un Kényan rencontré dans un avion d'Ethiopian Airlines. Au moment de l'embarquement à Addis-Abeba, il demanda à l'hôtesse de l'air si elle avait un stylo. Je fus attirée par sa voix, polie et assurée, pleine de l'élégance typique de l'anglais parlé en Afrique de l'Est. Je lui dis bonjour et lui proposai le mien puis, soudain timide, je m'isolai derrière mon iPad. Je n'avais jamais salué un homme la première ni offert un stylo à un inconnu. Il voulut savoir s'il pouvait me demander comment je m'appelais, ce qui m'amusa. « Cela vous ennuie-t-il que je vous demande votre nom ? » Il prononça Chiamaka à la perfection.

« C'est la première fois que je rencontre une écrivaine-voyageuse africaine », dit-il avec chaleur. Il se montra d'emblée approbateur alors qu'il ignorait si j'avais du talent. « Il faut que les écrivains-voyageurs africains s'intéressent à l'Afrique. Il existe des livres sur le Kenya écrits par des gens qui, encore aujourd'hui, continuent de parler du "Kee-nya". »

Pourquoi ne visitais-je pas davantage de pays africains ? Je n'en connaissais que trois. Je lui dis que j'adorais Accra, pour sa douceur de vivre, Dakar, parce qu'on y comprenait la beauté pour ce qu'elle était, et la grâce d'Abidjan, une ville en pleine ascension, qui se déployait à n'en plus finir, avec ses chaussées sans nids-de-poule. Bientôt l'intérêt mutuel que nous nous portions imprégna l'atmosphère. Il m'apprit qu'il était homme d'affaires, qu'il se mêlait un peu de politique et, à en juger par la modestie accomplie de son ton, je devinai qu'il était célèbre. Un mince anneau luisait à son index. Il parla de l'Afrique, m'expliqua que nous négligions les richesses de notre passé, ne mettions pas en valeur nos mythes glorieux et bridions notre imagination.

« Il nous faut des devises régionales. Imaginez un peu ce qui serait possible s'il existait des échanges commerciaux et des moyens de transport intracontinentaux correctement structurés... »

Ses paroles scintillaient. Elles m'incitèrent à l'action, et je résolus de visiter autant de pays africains que je le pourrais, de me montrer plus généreuse envers notre continent. Plus il s'exprimait ainsi, plus je le trouvais attirant, son profil plein de dignité, avec son haut front et ses pommettes saillantes.

« À bien des égards, la culture kikuyu est très similaire à celle des Igbos », précisa-t-il sur un ton suggestif, et j'acceptai volontiers toutes les suggestions contenues dans ses propos. Pourtant, quand nous atterrîmes à l'aéroport de Dulles, je m'empressai de sortir de l'avion avant lui et, n'ayant pas de bagages à récupérer, de gagner précipitamment la station de taxis.

J'avais rompu avec Darnell peu de temps auparavant, et il m'en restait encore un goût rance dans la bouche, or ce Kényan était un universitaire, comme Darnell, même si, à la différence de ce dernier, il ne brandissait pas son savoir. J'aurais dû attendre afin que nous puissions échanger nos numéros de téléphone. À cause de lui, j'allai visiter les ruines de Gede. Je renoncerais à poser un regard amusé sur les choses pour écrire un essai substantiel sur l'Afrique, et une ville africaine prospère du XIIe siècle me semblait être le sujet idéal. Je prévoyais de me rendre ensuite à Robben Island, et j'imaginais déjà un article sur Mandela en tant que produit d'un passé riche et cosmopolite. Le Kényan, s'il le lisait, serait impressionné. Comme l'ambassade du Kenya procédait à des vérifications supplémentaires pour les passeports nigérians, une fois que j'obtins mon visa, il me fut impossible de faire une demande également pour l'Afrique du Sud, dont la procédure était encore plus drastique. (Je décidai plus tard qu'il était absurde de traiter l'Afrique différemment en écrivant solennellement sur des sujets importants et, au cours de mon voyage suivant, en Zambie, je partis à la découverte de restaurants.)

À Gede, le guide, un individu maigre et extrêmement sérieux originaire de Mombasa, nous fit visiter les ruines aux pierres décolorées presque à contrecœur tout en marmonnant et en pointant le doigt ici et là. Trois Noirs américains, un Jamaïcain et une Anglaise blanche. Le Jamaïcain parlait de son prochain voyage, en Éthiopie.

« Qu'est-ce que c'est, déjà ? » demanda l'Anglaise, désignant une chose qui ressemblait à une souche d'arbre. Le guide grommela quelques mots, et la femme insista : « Hein ? Vous en êtes sûr ?

— Des toilettes ! Des toilettes modernes ! aboya l'homme,

et je sursautai. Vous croyez que vous avez inventé les toilettes ? continua-t-il. C'est nous, en Afrique ! »

En l'espace de quelques secondes, il était passé de la maussaderie à la rage féroce sans se soucier de notre stupéfaction.

« On a inventé les toilettes en Afrique ! » répéta-t-il, puis il se tourna vers moi, sa sœur africaine, me lançant un regard qui disait : « Franchement, ces gens ! » Je hochai la tête par solidarité. Je n'osai pas montrer mon amusement. Je comprenais qu'il s'était emporté en réaction à la question de cette femme et à un millier d'autres railleries. Depuis quand faisait-il visiter des lieux touristiques à des étrangers rougis par le soleil, en tenue de lin et en sandales, qui mettaient en doute ce qu'il disait ? Curieusement, ce fut au Kényan rencontré fugacement dans l'avion que je m'imaginai raconter cette anecdote. Je répéterais : « On a inventé les toilettes en Afrique ! » Et nous échangerions un rire confidentiel, entendu, le genre de rire qui ne peut fuser qu'entre Africains.

Mon souvenir le plus vivace était aussi le plus ancien, celui du jeune Indien dans un vidéoclub de Lagos. Ses yeux mi-clos, aux paupières lourdes, comme s'il était éternellement en train de rêver. Grand, beau et brun de peau, il avait une chevelure épaisse très noire, et il me regardait ; chaque fois que je me retournais, mes yeux croisaient les siens. Les vidéoclubs disparurent en même temps que les vidéocassettes, mais subsiste le souvenir de ses yeux et des rayons remplis de cassettes. Il existe deux sortes de regards ; l'un vous transforme en objet, l'autre vous confère de la dignité. Je le dévisageai, puis me détournai en toute hâte, prise d'une envie soudaine et intense de pleurer. Le désir dans ses yeux, si vain et mélancolique. Allait-il s'écarter de son groupe d'amis pour venir me parler ? Non, bien sûr. Omelogor, déjà passée à la caisse avec les vidéocassettes qu'elle voulait emprunter, me lança : « Chia ! On y va ! » Le gouvernement du général Abacha venait d'exécuter Ken Saro-Wiwa et nous en étions tous attristés, mais Omelogor se comportait comme si elle l'avait connu personnellement, se montrant cassante et renfrognée avec tout le monde. C'était juste avant que je parte pour l'Angleterre afin d'y préparer mes A-levels. Mon oncle Nwoye était en congé sabbatique à l'université de Lagos, et ils habitaient une petite maison munie d'un portail à Ilupeju. On surnommait ce quartier Little India ; au coin des rues, des vendeurs ambulants proposaient des variétés de courges que je n'avais jamais vues et que seuls les Indiens achetaient.

« Chia ! » m'appela Omelogor.

Je la suivis, à contrecœur, avec l'envie de rebrousser chemin et de regarder ce garçon, mais je n'en fis rien. Je n'oubliai jamais ses yeux. Au bout de quelques jours, je retournai au vidéoclub et m'y attardai si longuement qu'Omelogor me demanda si j'avais un problème. Des années plus tard, à Delhi, surprise par la façon dont les hommes me dévisageaient, je repensai au garçon aux yeux mi-clos dans le vidéoclub d'Ilupeju. Un magazine en ligne accepta de faire paraître mon article sur Delhi, à condition que je supprime cette phrase : *Les hommes me fixaient du regard d'une façon qui m'était jusqu'alors inconnue, des regard durs, effrontés, empreints non pas d'une admiration inoffensive mais d'une noirceur qui m'effrayait*. J'y consentis, et l'article fut publié.

TROIS

Le confinement avait pris fin et je m'aventurai dehors. Des voitures sur la route de banlieue venteuse, un arbre flamboyant de fleurs, un trille dans l'herbe. Je m'engageai sur le sentier ; devant moi marchait un homme qui s'immobilisa un court instant pour regarder un oiseau dans un arbre, et je songeai qu'il était merveilleux de pouvoir interrompre sa promenade pour observer un oiseau. Nous continuions à être aux aguets des petits miracles. Il était encore possible que la vie renaisse à la vie. J'appelai Omelogor pour lui dire que notre existence reprendrait peut-être son cours normal, ce à quoi elle répondit : « Oui, il suffit de rêver pour que ça arrive.

— Arrête de te moquer de moi.

— Je viens de renvoyer Paul. Ça faisait longtemps qu'il me volait mais, cette fois, j'en ai eu marre. Quel genre de personne ouvre des briques de lait qu'elle est censée livrer à l'orphelinat pour prendre la moitié de leur contenu et ensuite les refermer avec du scotch ? Et il ne s'en voulait même pas vraiment, cet imbécile. »

Sous sa voix dure, je perçus qu'Omelogor était blessée.

« Il va revenir en te suppliant, te dira "pour ma femme

et pour ma fille", et tu crieras un bon coup et puis tu le réembaucheras. »

Omelogor lâcha un grognement. Lors de mon dernier séjour chez elle, avant les fêtes de Noël, Paul m'avait paru constamment nerveux et agité, comme sur le point de commettre un méfait. Omelogor se moquait de moi chaque fois que je disais que le Nigeria avait une odeur bien particulière ; c'était pourtant vrai. Surtout Lagos, avec son accumulation de pourriture, d'égouts bouchés et d'eaux usées, de vent salé de l'océan. Cette fois, je trouvai qu'Abuja avait une odeur d'espace – de vastes horizons, la sensation d'un air généreux, qu'on pouvait respirer en abondance. Je comprenais pourquoi Omelogor s'était établie dans cette ville sans plus penser à ses projets à Lagos. Elle m'emmena sur son lieu de travail, pour m'exhiber en disant « Voici ma cousine Chia », me présentant d'abord à son patron, un homme plutôt petit qu'elle appelait son PDG. Elle frappait à la porte de chaque bureau, ouvrait et entrait dans la pièce d'un seul mouvement ininterrompu, sans attendre qu'on l'y autorise. L'un des directeurs leva les yeux de sa table de travail, agacé, et je me sentis mal à l'aise d'être la cause de cette irruption.

Il s'obligea pourtant à sourire, accommodant vis-à-vis d'Omelogor. Je ressentis une puissante bouffée de fierté en découvrant le pouvoir de ma cousine : on ne pouvait ni l'éconduire ni l'ignorer. Elle faisait naître chez les autres des émotions extrêmes – admiration et aversion, envie et dévouement –, mais jamais une mortelle indifférence. Même ceux qui ne l'aimaient pas l'écoutaient. Elle menait, semblait-il, une vie bénie des dieux. Il n'y avait qu'à voir le cercle éclectique de ses amies au dîner, certaines pourvues de l'élégance féroce des Nigérianes qui m'étourdissait tant que je ne savais où poser les yeux, sur leurs perruques incroyables qui se balançaient de-ci de-là, sur leur maquillage donnant à leur visage l'aspect d'un masque aux sourcils sévèrement dessinés, ou encore sur leurs vêtements, moulants, brillants, qui balayaient le sol.

Après le dîner, elles jouèrent aux charades et à action ou vérité dans le salon d'Omelogor. Elles parlèrent de leurs domestiques avec un dédain indolent. Au milieu du repas, Ejiro sortit sur le balcon pour rouler un joint ; elles appelaient ça du Loud. Omelogor me raconta un jour que, à l'anniversaire d'Ejiro, toutes les demi-heures des serveurs passaient avec des plateaux de cocktails, chaque verre contenant une pilule blanche. Toutes les demi-heures.

« C'était presque comme si personne ne pouvait supporter d'être simplement soi-même un seul instant.

— Je ne savais pas que tant de drogues circulaient à Abuja, dis-je.

— Chia, à t'entendre, on croirait que cette ville est une sorte de lieu d'extrême perdition.

— Je voulais dire que c'est plutôt à Lagos qu'on entend ce genre d'histoires.

— Enfin, ce n'est pas comme si les gens planaient toute la journée au point de ne plus tenir debout. »

Si elle adoptait ce ton défensif, qui ne lui ressemblait pas, c'était à cause de son amie Hauwa, une amie relativement récente. Cette amitié me surprenait, de même que cette relation intime si improbable, légère et sérieuse à la fois. Hauwa m'évoquait un petit oiseau, un oiseau aux couleurs éclatantes et aux manières de jeune fille, vif et joli, qui ne restait jamais perché assez longtemps pour qu'on puisse faire sa connaissance. Je pensais qu'Omelogor l'aurait trouvée superficielle et inintéressante. Mais l'affection brouille toujours la vue. Hauwa écrivit un texto à son chauffeur pour lui demander d'acheter des sablés. « Je dois lui envoyer une photo sinon il reviendra avec du pain, vous pouvez en être sûres », précisa-t-elle, une remarque qui n'était pas des plus spirituelles, et pourtant Omelogor partit d'un rire plein de fierté, comme pour dire : « Tu vois à quel point Hauwa est drôle. »

Omelogor m'avait proposé d'aller avec elle dans l'Igboland pour une journée afin d'y distribuer ses subventions. J'acceptai, bien entendu, frémissant de plaisir. M'associer à l'audace magique de ma cousine, récupérer de l'argent volé pour le redistribuer aux pauvres. (« Tu n'aurais pas pu baptiser ton entreprise autrement ? » demandai-je la première fois qu'elle m'en parla, à quoi elle répondit : « Tant qu'à être effrontée, autant pousser l'effronterie jusqu'au bout. »)

Puis elle m'apprit que Hauwa voulait venir, elle aussi.

« Elle est au courant, pour Robyn Hood ? demandai-je, contrariée, et étonnée de l'être à ce point. Tu la connais à peine.

— Comment ça, je la connais à peine ? répliqua brusquement Omelogor. Tu crois que je ne suis plus capable de savoir en qui je peux avoir confiance ? »

En définitive, Hauwa ne nous accompagna pas, son mari étant apparemment de retour à Abuja, et elle sortait rarement quand il était là. À Owerri, nous nous arrêtâmes à la banque de Douglas Road pour qu'Omelogor retire plus d'espèces ; des détritus dégoûtants étaient amoncelés en un tas imposant près du bâtiment moderne à l'éclat métallique. L'un des caissiers reconnut Omelogor, leur célèbre experte de la succursale d'Abuja, et bientôt le directeur de l'agence voulut la saluer. Nous nous assîmes sur un sofa rembourré dans son bureau ; les dossiers qui s'empilaient sur sa table donnaient l'impression d'un temps révolu, reliques d'une époque sans informatique.

« Nous avons en réalité deux agences sur Douglas Road », disait le directeur quand Omelogor l'interrompit : « Douglas était un officier colonial anglais qui a assassiné des centaines d'Igbos, et nous avons donné son nom à la plus grande artère de la capitale d'un État. La stupidité tenace des colonisés.

— Eh bien, reprit le directeur, l'air perplexe, vous savez qu'ils ne veulent pas que nous en sachions trop sur notre histoire.

— “Ils” ? De qui parlez-vous ? Vous pensez que des gens s'intéressent suffisamment à la question pour organiser un complot qui vous empêcherait de connaître votre histoire ? C'est à vous de l'apprendre. Il n'incombe à personne de vous l'enseigner. »

Il était maintenant pris de court. « *Ahn-ahn*, est-ce qu'on est en train de se disputer ?

— Vous voulez qu'on se dispute ? » répliqua ma cousine d'un ton suggestif et combatif, et je le vis fondre devant elle comme cela arrivait toujours aux hommes. Je vis ses yeux s'égarer et son esprit anéanti s'abandonner à sa propre imagination ; Omelogor s'en rendit compte elle aussi et, plus tard, me demanda avec espièglerie : « À ton avis, je devrais approfondir la chose ? »

Elle était de mauvaise humeur, et c'était forcément en rapport avec Hauwa, avec les doutes dont je lui avais fait part à propos de Hauwa, mais je ne savais pas vraiment pourquoi. Je réfléchissais au meilleur moyen de le lui demander, de détendre l'atmosphère entre nous. Dans la voiture, après qu'elle eut distribué des subventions à onze femmes, Omelogor me dit : « En fait, Hauwa ne connaît pas en détail le fonctionnement de Robyn Hood. Elle croit simplement que c'est mon argent.

— D'accord, répondis-je, attendant qu'elle m'en dise plus.

— Tu as eu raison de demander si elle était au courant. Je n'aurais pas dû te répondre aussi sèchement. Chijioke et toi êtes les seuls à tout savoir.

— D'accord.

— Tu ne l'aimes pas.

— Non, ce n'est pas ça. » Je marquai une pause. « À dire vrai, il n'y a pas grand-chose à aimer ou à ne pas aimer.

— Aïe ! » s'exclama Omelogor en riant, et la tension entre nous disparut. C'est alors qu'elle demanda, parlant du directeur de l'agence bancaire : « À ton avis, je devrais approfondir la chose ? »

Ce soir-là, elle lui envoya un texto pour savoir s'il voulait la rejoindre dans sa chambre d'hôtel et, naturellement, il accepta ; le lendemain, elle réapparut l'air revigorée et amusée.

« Quand un homme dit qu'il t'aurait bien épousée, est-ce qu'il se demande si toi, tu aurais eu envie de l'épouser ?

— Au moins, il aura droit à ses deux semaines, répondis-je.

— Il manque de curiosité intellectuelle, déclara-t-elle avant de se mettre à rire.

— Tu ne lui accorderas donc pas ses deux semaines ? »

Omelogor n'est pas faite de la même étoffe. Ses brefs accès de passion me fascinent. Mais si je vivais ainsi, mon cœur serait un désert, en proie à une soif insatiable, à jamais insatisfait.

« Mais sérieusement, tu ne rêves jamais d'une existence complètement différente ? demandai-je à Omelogor à la fin du confinement.

— Je ne veux pas d'une vie irréaliste, répondit-elle. Même si tantie Jane m'a vraiment secouée quand elle m'a dit que la mienne était vide.

— Ça t'a secouée parce que tu rêves d'être connue telle que tu es vraiment.

— Chiamaka, arrête de te chercher une complice qui adhère à ta folie. Et puis, qu'est-ce que ça *signifie* au juste, être connue telle que tu es vraiment ? Tu veux que quelqu'un t'étudie et t'apprenne par cœur comme un manuel scolaire ?

— Oui, et sache tout de moi par avance.

— Par avance. Je vois.

— Si tu vis et puis que tu meurs sans qu'une seule personne t'ait jamais parfaitement connue, pourra-t-on dire que tu as vécu ?

— Moi, je te connais parfaitement.

— Il faut que ce soit sentimental.

— Pourquoi ?

— Parce que c'est comme ça.

— Ta thèse ne tient plus debout. Tu ne cherches donc pas à ce que quelqu'un te connaisse, par principe ; tu cherches un homme hétérosexuel qui t'étudiera comme un manuel scolaire.

— Dit comme ça, ça ne paraît pas si agréable... »

Nous nous esclaffâmes, et je songeai que ma cousine m'avait terriblement manqué, que j'avais tant envie de la serrer de nouveau dans mes bras.

« J'ai vraiment perdu mon temps avec Darnell, repris-je. Son ex se scarifiait, une femme qui souffrait, à l'évidence, et lui, il transformait ce geste en quelque chose de séduisant, et j'ai fini par m'en vouloir de ne pas être comme elle.

— Ta voix vient de changer.

— Comment ?

— Ta voix a changé quand tu as commencé à parler de Darnell.

— Que faisait-il avec moi, de toute façon ? Il ne m'appréciait même pas. Pourquoi être en couple avec une personne simplement pour être cruel envers elle ?

— Vous, les Américains, vous ne dites pas que c'est toujours la faute des parents ? Les siens ne lui faisaient peut-être pas de câlin le soir avant qu'il s'endorme.

— Il venait d'une famille équilibrée. Sa mère était charmante, elle tenait un salon de coiffure. Son père l'adorait, et il avait un bon boulot à la Compagnie des eaux.

— Chia, tu ne te demandes pas pourquoi *toi*, tu étais avec lui.

— Que veux-tu dire ?

— Tu as le droit d'être une victime et plus encore, pas seulement une victime. Si tu arrives à endosser une part de responsabilité, si tu es capable de dire : “D'accord, il était cruel, mais je lui ai permis de l'être”, alors tu peux aussi te dire : “La prochaine fois, je ne permettrai pas à un homme d'être cruel.”

— J'ai toujours su que je lui permettais des choses que je n'aurais pas dû, reconnus-je en me sentant penaude. Mais c'est parce que je crois que l'amour doit exiger un sacrifice de notre part.

— Cet homme ne méritait pas de lacer tes chaussures. Tu te rappelles ton nazi suédois ? Tu disais que votre rupture avait été agréable.

— Qui ça ? Oh, Johan.

— *Ahn-Ahn*. Comment tu as pu oublier quelqu'un que tu disais vouloir épouser ?

— Je n'ai jamais dit ça.

— Si. Jusqu'au jour où une de ses amies a justifié la Shoah ou un truc dans ce genre.

— J'ai dit que c'était facile d'être avec lui. Et il n'était pas nazi ! » Je riais.

« Alors, tu as cherché à savoir ce qu'il devenait sur les réseaux ?

— Non.

— Dans ce cas, l'inventaire de tes rêves est incomplet ! »

QUATRE

Pourquoi avais-je oublié Johan ? Le Suédois au torse allongé, qui ressemblait à une pâle gazelle européenne – à supposer qu'une telle créature existe. J'envoyai une photo de lui à Omelogor, qui me répondit : « Ton Anglais a définitivement changé tes critères. »

Je protestai vigoureusement mais, en secret, je m'interrogeai. C'était terminé avec Luuk, et je me retrouvais avec un autre homme blanc, grand et mince. Johan était blond, et il avait l'allure décontractée d'un aventurier capable de vivre pendant des semaines avec un simple sac à dos. Il n'était pas fait pour une vie stable et rangée et, dès le début, je perçus que nous restions à la surface des choses parce qu'il n'y avait là aucune profondeur à explorer.

« Connais-tu le dicton selon lequel l'amour dure trois ans ? » me demanda-t-il, comme pour me préparer, même si notre histoire dura à peine une année et que nous regardions tous deux, non sans bienveillance, notre relation battre de l'aile. Avec lui, je vécus un rare moment durant lequel j'eus la sensation d'être connue telle que je suis vraiment, un jour que nous déambulions entre les étals de fruits et de légumes d'un marché de producteurs, à l'atmosphère empreinte de la justesse propre aux choses imparfaites.

« Ce sont les pêches ou les nectarines, que j'aime ? » lui demandai-je. Je ne m'en souvenais plus.

« Les nectarines. Tu n'aimes pas la peau duveteuse des pêches », répondit-il et, à cet instant, tout fut baigné de splendeur.

Nous nous rencontrâmes à l'occasion d'un salon du livre à Brooklyn, pendant une table ronde sur la littérature de voyage qui se révéla insipide. Le modérateur parla trop longtemps de lui-même, tandis que les invités, mal à l'aise, gardaient le silence, l'un d'eux gribouillant distraitement sur la quatrième de couverture de son livre. « Il faut faire taire cet homme », chuchota Johan, assis à côté de moi, et j'eus la sensation d'être seule avec lui dans cette salle pleine de monde. Il lui manquait une incisive et, chaque fois qu'il souriait, j'essayais de ne pas braquer les yeux sur ce trou carré. Il avait eu un accident, me dit-il. Il s'était fendu le crâne et, après une opération et des complications, une dent perdue lui paraissait insignifiante. Cet accident bouleversant lui avait ouvert les yeux, et il s'était aperçu que ses routines étaient étriquées, qu'il vivait comme quelqu'un qui attend de vivre. Il avait démissionné de son poste de rédacteur de la rubrique culturelle d'un journal de Stockholm, s'était mis à son compte et avait commencé à voyager.

« J'aurais pu mourir sans avoir rien fait de ce dont j'avais vraiment envie », me confia-t-il.

J'eus le sentiment de comprendre ce qu'il ressentait et, par conséquent, de le comprendre, lui.

Il riait à mes plaisanteries et disait souvent : « Tu es si drôle. » Je ne l'étais pas tant que cela – c'était impossible, peut-être ne connaissait-il personne de réellement amusant –, mais je me réjouissais de tenir ce rôle, de mon aptitude à le faire rire aussi facilement. Lorsque nous parlions de voyages, un flot de mots se répandait entre nous tant nous étions impatients de faire part à l'autre de nos expériences et de les comparer, sous le charme de notre passion mutuelle.

« Trieste ? Tu es allée à Trieste ? me demanda-t-il.

— Oui. J'ai lu le livre de Jan Morris sur cette ville et décidé de m'y rendre.

— Ouah. »

Il adorait l'Allemagne et avait vécu un court temps à Francfort et à Berlin. Il rit lorsque je déclarai avoir trouvé Francfort miteux, que cette ville était un peu vieillotte sur les bords. Cela l'amusa de savoir que j'étais allée à Berlin l'année précédente simplement pour monter dans un taxi et admirer les maisons de l'époque de la Gründerzeit.

« Tu n'as pas vu le vrai Berlin, déclara-t-il.

— Pourquoi les coins les plus sales sont-ils les quartiers authentiques ? Des gens vivent dans des endroits crasseux parce qu'ils n'ont pas d'autre choix, non parce qu'ils veulent être authentiques. Ils iraient habiter ailleurs s'ils en avaient la possibilité.

— Mais ce sont ces endroits qui montrent la vraie ville, son vrai caractère.

— Dans ce cas, je crois que je vais continuer à visiter les faux quartiers. »

Johan s'esclaffa. Je lui racontai qu'il y avait des villes que j'aimais dès mon atterrissage, des villes aux bras grands ouverts avec lesquelles j'étais certaine de pouvoir nouer une amitié, d'autres qui ne me faisaient ni chaud ni froid, et d'autres encore qui brûlaient d'une telle animosité que je n'y retournerais jamais, je le savais.

« Celles qui ne t'ont fait ni chaud ni froid ?

— Cracovie. Santiago.

— Celles que tu as aimées dès ton arrivée ?

— Londres, évidemment. Colombo. Auckland. Dakar. Rio.

— Et celles où tu ne remettras jamais les pieds ?

— Moscou. Sydney. Buenos Aires.

— Des endroits très racistes ? demanda-t-il, et je ris.

— Je me prépare mentalement à un accueil hostile dans les petites villes, mais parfois c'est dans les métropoles que la couleur de ma peau me fait l'effet d'un poids mort au-dessus duquel je dois m'élever. C'était ainsi à Moscou. Un sentiment désagréable, voilà tout.

— Je ne suis jamais allé en Russie.

— Sache qu'ils ne savent pas fabriquer les toilettes ; on a beau tirer la chasse, tout reste au fond de la cuvette, à te regarder.

— C'est toujours mieux que les fosses que j'ai connues en Chine ! » Il apprenait le mandarin. Il projetait d'écrire des essais culturels qui établiraient des liens entre les États-Unis et la Chine. « Personne ne le fait. Comment le plus grand marché extérieur d'un pays peut-il aussi être son plus grand ennemi ? Ils devraient coopérer. Ils en tireraient tous deux des bénéfices, et le reste du monde aussi. Mais c'est une question d'ego, d'un côté comme de l'autre. »

Je dis que la Corée et le Japon m'intéressaient, la Chine moins.

« La Chine représente l'avenir, affirma-t-il. Et si nous y allions ensemble à l'automne ? Oh, je sais qu'ils accordent difficilement des visas aux Nigérians. Je n'arrive pas à croire tout ce que tu dois subir avec ton passeport nigérian. C'est dingue, quand même. » Et, sur ces mots, il me dévisagea comme si je l'avais autorisé à pénétrer dans une réalité inédite, palpitante.

Au début, chacun de nous expliqua à l'autre en quoi consistait son univers, et je trouvai grisant cette manière de dévoiler peu à peu des pans de nos vies et de les considérer sous un jour nouveau. Puis je m'en lassai, et je lui en voulus d'ignorer ce qu'il lui aurait pourtant été impossible de savoir.

« C'est fascinant, cette obligation d'envoyer de l'argent à des gens au Nigeria, dit-il.

— Je n'en envoie pas à n'importe qui, seulement à ma famille.

— C'est vraiment gentil.

— Ce n'est pas gentil. Je suis simplement censée le faire.

— Mais alors, c'est une obligation, dit-il.

— Non. Pas dans le sens où tu l'entends. »

Quand il m'apprit qu'il ne vivait aux États-Unis que depuis six mois, je fis observer : « Tu as un accent tellement américain.

— Vraiment ? » demanda-t-il, et il esquissa un sourire ; il était ravi de passer pour américain. « J'ai appris la langue en regardant des émissions américaines à la télévision. »

Cet engouement légèrement écœurant pour les États-Unis me déconcertait, de même que sa façon de citer dans le moindre détail des films américains ou de la musique américaine, tout particulièrement afro-américaine. Il avait visité Détroit des années plus tôt pour la simple raison qu'il adorait la Motown : cela n'avait rien de surprenant, ses parents lui ayant raconté qu'ils écoutaient les Commodores à plein volume quand ils l'avaient conçu. Son visage s'illuminait lorsqu'il parlait de Tupac, de Tina Turner ou de Prince, et pas uniquement au sujet de leur musique, mais aussi de leurs contrats avec les maisons de disques et de leurs relations amoureuses, et il était presque contrariant qu'il en sache autant sur un pays où il n'avait jamais vécu. Il parlait rarement de la Suède.

« Si ça se trouve, tu es en réalité un Américain qui a habité en Suède », suggérai-je, ce qui le fit rire.

Je l'accompagnai en Allemagne, car il essayait de décrocher une interview avec un artiste chinois installé à Berlin. Comme Johan avait brièvement vécu dans cette ville, il y avait des connaissances, et l'une d'elles organisait un dîner. Je fus surprise par la grande maison qu'elle possédait dans un quartier prétentieux de maisons tout aussi grandes, chacune avec un jardin bien entretenu et un portillon en fer.

« Ton amie est riche, donc elle n'est pas vraie », fis-je remarquer, et Johan rit avant de m'expliquer qu'elle avait hérité de cette propriété, comme si cela changeait quoi que ce soit. Anna, l'amie en question, était une Allemande élégante qui se déplaçait avec une canne ; mince, à la chevelure noire, vêtue d'un jean et d'un chemisier blanc impeccable à demi déboutonné qui dévoilait les petites demi-sphères de ses seins. Elle semblait bien assortie au décor hétérogène de sa maison – les sévères canapés modernes et les coffres anciens, les tableaux imposants. Quand elle s'adressait à vous, elle vous dévisageait froidement et soutenait votre regard un peu trop longtemps, comme si elle se réjouissait du malaise qu'elle provoquait. Sous l'effet de l'alcool, les autres invités étaient déjà pleins d'entrain, attablés devant un festin de charcuterie et de fromage.

En anglais, Johan annonça à la ronde : « Sachez tous que Chia s'exprime en anglais.

— Ce n'est pas un problème. J'aime les sonorités de l'allemand », dis-je, ce qui était un mensonge. Les tonalités dures de certains mots me troublaient.

« Seul l'anglais est permis », décréta notre hôtesse en m'observant. Les convives s'exécutèrent et je fus navrée de constater que certains d'entre eux étaient hésitants dans leur discours, ralentis par une langue qui ne leur venait pas naturellement. Ils relataient des anecdotes amusantes, plus bruyamment que je m'y étais attendue, en plongeant la main dans des bols de fins bretzels salés.

« Pour un Allemand, la trajectoire bourgeoise qui mène à la réussite consiste à faire ses études à Berlin, à trouver un premier emploi à Hambourg, puis à fonder une famille à Munich, avec son fleuve si propre – tout le monde adore ce fleuve, dit quelqu'un avec mépris.

— Et si on se racontait des histoires drôles ? » proposa une autre personne, plutôt éméchée. Johan relata une conversation qu'il avait eue en Inde avec un employé d'aéroport, et tout le monde éclata de rire. Vint ensuite mon tour, et j'hésitai. En quoi cela m'importait-il d'amuser ces inconnus ? Dans le doute, mieux vaut rire de soi-même. Je dis que petite, au Nigeria, j'avais lu le mot « bagel » dans un roman et je m'étais imaginé qu'il s'agissait d'un dessert chic, comme des macarons ou des cupcakes ; je fus donc extrêmement surprise quand, aux États-Unis, je goûtai enfin à un bagel. En guise de chute, je m'exclamai : « J'ai demandé un bagel, pas un beignet bourratif ! » Dès que j'eus prononcé ces mots, je regrettai de ne pas avoir choisi une autre anecdote, plus ironique et sophistiquée. Quelques rires résonnèrent. « Un bagel, dit Anna d'un air pensif. C'est une spécialité juive, il me semble ? »

Elle possédait une sorte de hauteur, un dédain délibéré porté par son assurance. Elle insista sur le mot « juive » en le prononçant lentement, sur un rythme différent, lui conférant un poids immérité dans sa phrase. L'air s'emplit de remous inattendus. Son accent allemand, son expression, sourcils à peine haussés et lèvres légèrement retroussées, relevaient du cliché, et je me sentis soudain plongée dans l'histoire de l'Allemagne. Un vertige me saisit tout le corps, et un frisson glacial courut sur ma peau. J'eus envie de fermer fort les yeux pour que passe cet étourdissement.

« C'est une spécialité juive ? » répéta-t-elle sans me lâcher du regard.

Quelqu'un répondit par l'affirmative, oui, c'était bien une spécialité juive. Les bavardages reprirent, comme si Anna, un instant plus tôt, ne m'avait pas interrogée sur l'origine juive du bagel.

Même Johan affichait son indifférence, la tête renversée en arrière pour avaler une gorgée de bière à la bouteille. Quelle était l'histoire de la famille d'Anna ? Les murs oscillaient. Le tableau abstrait accroché à l'autre bout de la pièce me parut soudain enfler, accusateur. Des images se formèrent dans mon esprit, tirées de films et de documentaires portant sur l'Allemagne pendant la guerre, les nazis dans leurs uniformes impeccables, cultivés à la perfection et implacablement meurtriers. Peut-être cette femme était-elle la petite-fille récalcitrante de l'un d'eux. Peut-être les solides fondations de pierre de cette maison étaient-elles tachées de sang. Pendant le reste de la soirée j'évitai de regarder Anna, comme si je craignais de déceler sur ses traits la preuve d'une chose que je préférais ne pas voir.

« Comment, de nos jours, peut-on considérer un bagel comme "une spécialité juive" ? demandai-je à Johan après notre départ.

— Je crois que tu interprètes ça comme une Américaine », répondit-il.

J'observai son visage mal rasé, hérissé de poils blonds. Je lui en voulais à lui aussi.

« C'est elle qui a parlé de spécialité juive. Quelle importance que le bagel soit juif ou pas ? Mon anecdote n'avait rien à voir avec ça, et puis la façon dont elle m'a interrogée et son expression…

— Tu vois cette question d'un point de vue américain, insista Johan, et je m'aperçus qu'il m'avait coupé la parole. Ici, ce n'est pas pareil. Les gens ne mangent même pas de bagels.

— Ah ? » Il secoua la tête et changea de sujet, me demandant si nous pouvions nous rendre au quartier de Kreuzberg plus tôt que prévu car l'artiste chinois avait déplacé l'interview en fin de soirée. Je regardai Johan. Je ne le connaissais pas vraiment ; je n'avais aucune raison d'être étonnée. Notre rupture fut la plus agréable qui soit parce qu'elle fut la moins pesante. Aucun de nous n'avait fait l'effort d'en apprendre beaucoup sur l'autre, de sorte que nous nous séparâmes sans ployer sous le fardeau de la rancœur qui, pour s'installer, exige que l'on se connaisse.

Le confinement s'estompait lentement, comme une chanson qui s'oublie. J'aurais voulu que la vie reprenne immédiatement son cours habituel. Certains bars et restaurants avaient rouvert, tous avec hésitation, tandis que les règles changeaient de jour en jour. Zikora et moi nous retrouvâmes dans un restaurant du centre de Washington et nous installâmes en terrasse sur des chaises de rotin, sous l'auvent. Je regardai autour de moi les trois autres clients. Nous étions tous masqués, sur nos gardes ; nous étions abattus, vaincus par un monde transformé.

« À quoi bon venir avec un masque s'il faut l'enlever pour manger et boire ?

— Je sais. »

Zikora sortit de son sac un flacon de gel hydroalcoolique, en versa une giclée sur ses paumes, se frotta énergiquement les mains. Je l'imitai.

« En venant, j'ai croisé une voiture de police et j'ai paniqué. Dire qu'au tout début du confinement, la police parcourait les rues vides en arrêtant les rares automobilistes désobéissants pour leur demander une preuve de leur statut de "travailleurs essentiels", fit observer Zikora.

— J'ai appris que quelqu'un avait été abattu dans un Walmart pour une histoire de papier toilette. J'imaginais qu'on se battrait plutôt pour de la nourriture.

— On est redevenus des animaux aux bas instincts, répondit Zikora.

— Et on s'est aussi montrés sous notre meilleur jour. Les gens se sont tellement entraidés. Quand je voyais à la télévision ceux qui sortaient pour applaudir les travailleurs essentiels, je pleurais. »

Zikora baissa son masque, dévoilant plusieurs plaques rougeâtres autour de sa bouche. « J'ai presque envie de me joindre aux cinglés qui refusent de porter des masques.

— Oh, mon Dieu. *Ndo*. Tu mets quelque chose dessus ? J'ai une crème apaisante que j'ai achetée en Colombie.

— Ma mère m'a conseillé une crème au zinc, elle passe son temps à lire toutes sortes d'articles. Je crois que ça a un peu amélioré mon état. On a survécu à une épidémie, tu te rends compte, Chia ? Maintenant, Chidera croit qu'il est normal d'avoir un masque ; il a été stupéfait de voir une de mes anciennes photos et il a dit : Maman ne porte pas de masque !

— Il me manque. Son odeur si douce me manque.

— Il a adoré le jeu de casse-tête que tu lui as envoyé. Tu peux le garder ce samedi. Ma mère le déposera chez toi.

— Le traiteur où nous achetions du houmous a fermé.

— Comme tant d'autres endroits. On n'a pas encore idée de l'ampleur des dégâts. On s'apercevra dans les semaines à venir de tout ce qui nous a été enlevé. Comme une noix de coco qu'on a évidée à la cuiller et dont on a ensuite refermé la coque. »

S'étant immobilisé trop loin de notre table, portant deux masques superposés et des gants, le serveur nous jeta presque nos boissons à la figure.

« Au moins, il a réussi à ne pas les renverser », dis-je, et nous nous esclaffâmes. Notre rire me remonta le moral. « Mais quel enfer de travailler dans le service dans ces conditions.

— Je sais. J'ai trouvé un excellent site de psychothérapie. Mais tu n'en as pas besoin, madame Lait-de-Beurre, vu que les gens normaux ont passé le confinement torturés par l'angoisse pendant que tu étais occupée à te renseigner sur tes ex et à faire l'inventaire de tes conquêtes sexuelles.

— L'inventaire de mes rêves, dis-je.

— Alors, combien de rêves as-tu connus ?

— Le monde a changé, et tu reviens sur le passé pour faire le point sur la vie que tu as menée. Et tu as tellement de regrets », dis-je. Je n'aurais pas dû employer ce dernier mot, songeai-je. Chidera aurait bientôt cinq ans, et les parents de Kwame n'étaient pas encore au courant de son existence.

« Le regret est un sentiment qui ne sert à rien. » Zikora observa une pause et déposa une autre giclée de gel hydroalcoolique sur ses mains. « Alors, quelle conclusion as-tu tirée de l'inventaire de tes rêves ? »

Je jouais avec mon verre encore plein, faisant courir un doigt le long de son pied. J'hésitais à le porter à mes lèvres, parce que cela m'obligerait à baisser mon masque. « J'aurais dû faire plus d'efforts avec Chuka. J'ai cru que le désir d'entretenir une relation amoureuse ne suffisait justement pas à l'entretenir. J'ai cherché son nom sur Google et, en voyant les photos de son mariage, j'ai simplement éprouvé...

— Quoi donc ?

— Je ne sais pas. Cette sensation de vouloir revenir en arrière pour tout recommencer.

— Tu es si tendre et si gâtée, Chia, me dit affectueusement Zikora. Lait-de-Beurre. »

CINQ

Quand Zikora nous téléphona, à Omelogor et à moi, alors que nous n'avions pas prévu d'appel de groupe, je sus que cela concernait Kadiatou et que les nouvelles n'étaient pas bonnes.

« Les chefs d'accusation vont être retirés, annonça-t-elle. Il paraît qu'elle a trop menti et qu'on ne peut pas lui faire confiance.

— Quoi ? » Je m'entendis hurler ce mot, comme si ma voix n'était plus la mienne. « Quoi ?

— Le procureur *laisse tomber* l'affaire ? Juste comme ça ? C'est terminé ? intervint Omelogor.

— Oui.

— Ce n'est pas croyable, dit ma cousine sur un ton crispé.

— Ils soutiennent qu'elle a menti ? Comment peuvent-ils le savoir ? demandai-je.

— Pas à propos de l'agression. Des preuves incontestables viennent étayer sa version des faits, mais comme elle n'a pas été franche sur son passé ni disposée à en parler, ils ne peuvent pas lui faire confiance et ils pensent qu'un jury non plus.

— À croire que personne, dans le bureau de ce procureur, n'a jamais proféré un mensonge de sa vie, dit Omelogor.

— J'ai lu le communiqué de presse, reprit Zikora. Ils se débarrassent littéralement d'elle. On a presque l'impression qu'elle les exaspère. C'est très bizarre.

— Elle n'a pas menti à propos du viol mais, parce qu'elle a menti sur certains détails de son passé, un jury composé de citoyens ordinaires refusera de la croire à propos du viol, constata Omelogor.

— Mais Kadi n'a pas menti, protestai-je.

— Ce que je veux dire, c'est que même si elle a effectivement menti sur son passé, ça signifie qu'elle aurait menti sur tout le reste ? Pourquoi ils ne peuvent pas se concentrer sur ce qui est arrivé dans cette chambre, sur ce qu'elle l'accuse d'avoir fait ?

— Que vais-je dire à Kadi ? » demandai-je. J'étais abasourdie, vacillante ; des milliers de petits points lumineux flottaient devant mes yeux et, dans ma tête, j'entendais la voix de Kadiatou crier : *Il va envoyer des gens pour me tuer ! Il va envoyer des gens pour me tuer !*

« Il reste la possibilité d'entamer une procédure civile, reprit Zikora. Il est quasiment certain qu'elle gagnera un procès au civil, qu'elle bénéficiera d'une compensation financière qui lui permettra d'ouvrir son restaurant.

— Mais c'est un piètre prix de consolation, affirma Omelogor.

— Quoi donc ?

— Une victoire dans un procès civil. Les Américains considèrent qu'argent rime avec justice, et je trouve ça détestable. Une somme empochée à l'issue d'un procès civil, ce n'est pas ça, la justice. Comment l'État peut-il renoncer aux chefs d'accusation criminels ? Bon sang, où est passé le courage des Américains ? Et puis, quelle est leur version de l'histoire ? Quand on en dément une, il faut être capable d'expliquer comment les faits se sont réellement déroulés.

— Ils ne disent pas que son histoire n'est pas vraie. Ils disent qu'ils ne peuvent pas la prouver en raison de ce qu'elle a pu raconter par le passé, expliqua Zikora.

— Le procureur est un lâche qui sert ses propres intérêts et qui a peur de vraiment faire son boulot. Les États-Unis sont tellement déglingués ! » La voix d'Omelogor se brisa.

« Oui, parce que c'est mieux au Nigeria », railla Zikora.

Omelogor parut presque blessée, comme si le moment était malvenu pour leurs chamailleries habituelles. « Zikora, le Nigeria ne se targue pas d'être le pays de la liberté et la patrie des braves.

— Je ne sais pas comment l'annoncer à Kadi, repris-je.

— Chia, il faut que tu ailles la voir. Que tu le lui dises avant que son avocat s'en charge, conseilla Omelogor.

— Oui, ce sera plus facile pour elle, renchérit Zikora. Je peux vous rejoindre après le travail.

— Chia ? fit Omelogor.

— D'accord », répondis-je.

J'appelai donc Kadi, mais sans vidéo car je ne voulais pas lui montrer mon visage.

« Kadi, il faut que je vous voie. J'ai quelque chose à vous dire. Zikora a du nouveau. »

J'entendis une inspiration, un bref silence étranglé, puis elle me dit : « Ils vont m'expulser ? Mais Binta peut rester. Binta peut rester.

— Non, Kadi, ce n'est pas ça. Personne ne va vous expulser. À tout à l'heure.

— OK. »

Qu'importait ma tenue pour aller chez Kadi et lui annoncer la nouvelle ? Je me changeai pourtant trois fois. Ma robe d'un gris foncé terne, suffisamment sombre, me parut convenir à la situation. Une odeur de champignon planait sur son palier. Binta, qui portait un masque blanc, ouvrit la porte et me prit dans ses bras, tandis que nos masques fins comme du papier se frôlaient. Ils semblaient pleins de tristesse, les yeux de cette jeune fille ravissante qui n'aurait pas dû vivre cloîtrée avec sa mère dans un petit appartement en attendant d'obtenir justice. Je la serrai contre moi un long moment. Kadi cuisinait, et l'odeur me rappela celle de ma cuisine quand elle préparait du *foléré*. Les vieux planchers de son appartement luisaient, preuve qu'ils avaient souvent droit à un bon nettoyage. Un nettoyage traditionnel, à la brosse. Kadi m'avait un jour raconté qu'Amadou disait en plaisantant qu'elle n'aurait pas dû s'embêter à lui servir les repas dans des assiettes, qu'il pouvait manger à même le sol dans son appartement new-yorkais car celui-ci était d'une propreté si irréprochable qu'il aurait été dommage de ne pas en profiter. Un bruit métallique s'échappa d'un radiateur. Le temps s'était adouci, mais le chauffage était allumé. Le salon était plongé dans la pénombre, les fenêtres avares de lumière, et Kadi était assise dans le coin le plus sombre, dans un fauteuil dont elle agrippait l'un des accoudoirs. Un siège usé, dans lequel elle devait s'enfoncer après une longue journée de travail pour regarder les films de Nollywood qu'elle aimait tant. Une lampe à l'abat-jour garni de franges, posée sur une petite table, détonnait dans ce décor.

« Kadi, commençai-je.

— Mademoiselle Chia. » Elle semblait sur ses gardes, et presque impatiente ; elle savait que j'étais porteuse d'une mauvaise nouvelle et voulait qu'on en finisse au plus vite.

Si l'atmosphère avait été faite d'étoffe, celle-ci aurait été toute chiffonnée. Binta se tenait là, indécise, son angoisse si palpable que j'aurais pu tendre la main et sentir l'air s'épaissir autour d'elle. Je pris une profonde inspiration, tout en plaignant terriblement Kadi. Et dire qu'après tous les interrogatoires, les questions incessantes et répétées auxquelles elle avait dû faire face, cette histoire s'achevait sur une annulation.

« Kadi, l'affaire va aboutir à un non-lieu. Ils laissent tomber les poursuites. Il n'y aura pas de procès.

— Qu'est-ce que ça veut dire, tantie ? » demanda Binta.

Kadi parut intriguée, le front plissé. « Ils laissent tomber ?

— Oui, c'est absurde, ils affirment qu'ils ne peuvent pas prouver ce qui s'est passé, mais c'est aussi parce qu'il a des avocats très importants. » Je m'interrompis, me sentant inepte. Je m'embrouillais dans mes explications.

« Alors, pas de tribunal ? Plus de procès ? demanda Kadi.

— Non, Kadi, mais il existe ce qu'on appelle des poursuites au civil... »

Elle me coupa la parole. « Alors, mademoiselle Chia, pas de procès ? Ils laissent tout tomber ? »

J'eus tout à coup l'agaçante impression que quelque chose clochait, que l'intonation montante de sa voix et l'énergie vibrante qui émanait d'elle n'étaient pas en adéquation avec la nouvelle. N'avait-elle donc pas compris ?

« Oui, ils ont tout laissé tomber. Il ne se passera rien, maintenant. »

Kadi écarquilla les yeux avec une expression non pas tant d'effroi mais d'incrédulité ; le genre d'incrédulité hésitante qui signifiait : *Oserai-je y croire ?*

« Plus de procès ? insista-t-elle.

— Non. »

Et puis Kadi sourit. J'observai attentivement son visage qui se transformait, comme un film d'animation visionné à l'envers où une fleur fanée recommence peu à peu à s'épanouir. Kadi se leva de toute sa hauteur sculpturale et, en un clin d'œil, Binta et elle se jetèrent dans les bras l'une de l'autre dans une forte étreinte, Kadi laissant échapper un son qui ne ressemblait ni à des sanglots ni à un rire, mais à une sourde lamentation.

Je me sentis soudain sans énergie, tandis que tout mon corps se relâchait.

« Oh, tantie Chia, dit Binta. Elle redoutait ce procès. Elle priait pour que ça n'arrive pas. Elle ne voulait pas se retrouver au tribunal, à répondre à des tas de questions sur sa vie privée, et parfois, quand son avocat téléphone, elle ne répond pas parce qu'elle est tellement fatiguée de s'entraîner à répondre, et elle prend peur quand les procureurs appellent, et puis elle ne dort plus, elle passe la nuit à pleurer encore et encore. »

C'était Binta qui pleurait à présent, souriant à travers ses larmes.

Kadi arpenta la pièce, puis s'assit sur le canapé, près de la fenêtre, et Binta s'installa à côté d'elle en lui prenant la main. J'eus le sentiment d'assister à une scène remarquable, à l'épanouissement de Kadi, une femme qui renaissait sous mes yeux. En un instant, tout désespoir avait été balayé.

« Oh, mademoiselle Chia », fit-elle.

Mon téléphone sonnait. C'était Omelogor, mais je ne décrochai pas. Plus tard, sur le trajet du retour, je la rappellerais, et elle décrocherait dès la première sonnerie pour demander d'une voix soucieuse : « Chia, comment ça s'est passé ? Elle doit être anéantie. » Et je répondrais, d'un ton légèrement triomphant : « En fait, non. Absolument pas. »

Mais pour l'heure je laissai mon téléphone sonner. Je voulais savourer ce moment un peu plus longuement, Kadiatou et Binta, ces deux personnes pleines de décence, une mère et sa fille assises sur un canapé, main dans la main, leurs visages nimbés de lumière.

NOTE DE L'AUTRICE

Les romans ne parlent jamais vraiment de ce dont ils parlent. Du moins pour l'autrice que je suis. *L'inventaire des rêves* porte certes sur les désirs entrelacés de quatre femmes, mais d'une façon profondément personnelle qui n'est pas apparente pour le lecteur, en tout cas pas directement, ce roman parle en réalité de ma mère. De la disparition de ma mère. Un chagrin encore obstinément naissant, ses prétendues étapes non pas tant amorcées que parfaitement hors de propos, ses contours intacts et inaltérés – la confusion et l'incrédulité, la myriade de regrets.

Quand ma mère est morte, trop peu de temps après mon père, mon abri m'a été arraché, me laissant avec une sensation de nudité et de déracinement, un désir éprouvant de retour en arrière, l'envie désespérée, compulsive, de détourner les yeux, la terreur de reconnaître les faits, une crainte de l'irrévocable et, par-dessus tout, une tristesse et une colère incessantes, chacune apparaissant parfois comme enveloppée dans l'autre. Il n'est donc pas étonnant que l'on trouve dans ces pages tant de choses sur les mères et les filles, ainsi que le souligne la dernière scène, où Kadiatou et Binta, mère et fille, prennent un nouveau départ.

Je n'aurais pas imaginé que j'inventerais un jour le personnage de Kadiatou, qui est inspiré par Nafissatou Diallo, quand, en mai 2011, j'ai entendu parler pour la première fois de cette immigrée guinéenne, femme de chambre dans un prestigieux hôtel new-yorkais. Il était question d'elle aux informations car elle avait accusé un client de l'hôtel – Dominique Strauss-Kahn, directeur du Fonds monétaire international – d'agression sexuelle. J'ai suivi cette histoire avec attention, voire avec ardeur. Elle faisait écho à de nombreux sujets sensibles dans la vie de l'Amérique contemporaine : le pouvoir et les violences sexuelles, le genre, l'immigration et la race. Les détails de cette affaire avaient tout du mélodrame vulgaire susceptible d'obséder : l'humble femme de chambre, l'homme censé devenir président, son arrestation dans un avion sur le point de s'envoler pour Paris. Et j'ai d'emblée ressenti le désir de la protéger, car même si à de nombreux égards Nafissatou Diallo était différente de moi, elle était aussi une femme originaire d'Afrique de l'Ouest vivant aux États-Unis et par conséquent familière, que je pouvais connaître par intuition ; des sentiments de sororité ont vu le jour.

La déception avait obscurci mon intérêt quand, en août 2011, j'ai publié sur cette affaire un article dans lequel j'écrivais :

> Lorsque Dominique Strauss-Kahn a été arrêté en mai, accusé d'avoir violé Diallo dans une chambre d'hôtel, j'ai applaudi le système judiciaire américain : une femme vulnérable avait porté plainte pour agression contre un Big Man, et ce Big Man avait immédiatement été arrêté. Au Nigeria, mon pays natal, cela ne serait pas arrivé. Pas davantage en Guinée, le pays natal de Nafissatou Diallo. Même si la mise en scène de l'arrestation de Strauss-Kahn m'a gênée – une pratique qui devrait vraiment être abolie pour toutes les personnes accusées car elle sous-entend automatiquement leur culpabilité –, son interpellation m'a rappelé ce que j'admire aux États-Unis. À présent les poursuites ont été abandonnées, non pas parce que les procureurs sont convaincus de l'innocence de Strauss-Kahn, mais parce que Diallo n'est pas une sainte.
>
> Les procureurs ont la preuve qu'une « relation sexuelle hâtive » a eu lieu. Diallo n'a cessé de répéter qu'elle n'avait pas consenti à ce rapport sexuel. C'était la première fois qu'elle voyait cet homme. C'était la première fois qu'il voyait cette femme. Quelques minutes après l'avoir rencontré, elle recrachait son

sperme. Les collègues qui l'ont vue après l'incident ont confirmé qu'elle était bouleversée. Ses avocats à lui ont suggéré que ce rapport sexuel avait été consenti. Comment un rapport sexuel consenti entre deux inconnus survient-il en l'espace de dix minutes ? Ce n'est pas impossible, mais c'est improbable, et un procès aurait peut-être éclairci cette question. À la télévision, l'avocat de Strauss-Kahn a déclaré que Nafissatou Diallo était « mauvaise, ou pitoyable, ou les deux à la fois ». Il a aussi répété « Elle a menti » et, à force d'être affirmées, entre autres par de nombreux journalistes, ces paroles deviennent une vérité universelle. Nafissatou Diallo devient simplement une menteuse. Mais sur quoi a-t-elle menti ?

Le reste de cet article est dans le même esprit, ma position étant loin d'être favorable. La plainte de Nafissatou Diallo a incarné un moment culturel significatif aux États-Unis, une occasion pré-MeToo de repenser les perceptions dominantes sur les agressions sexuelles contre les femmes, notamment sur les affaires impliquant des hommes de pouvoir. Elle a soulevé des questions sur le système judiciaire américain, la trajectoire politique de la France, la couverture médiatique des agressions, les interactions de l'immigration, du genre et de la race. En bref, cette affaire était trop importante pour être aussi minablement classée sans suite.

Je ne pouvais m'empêcher de penser à la femme au cœur de toute cette affaire, ainsi qu'à ses manières typiquement ouest-africaines pendant une interview télévisée, lors de laquelle elle a parlé, d'une voix étouffée, d'un examen intime auquel elle avait été soumise dans un hôpital après l'agression. Elle paraissait sûre d'elle en relatant son histoire, mais hésitante face à cette immersion forcée dans la vie publique. Sa fille, racontait-elle, lui avait dit : « Maman, promets-moi que tu arrêteras de pleurer. » Cette anecdote-là m'a fendu le cœur, m'a émue et m'est restée en tête durant des années.

À cause de l'abandon des poursuites, des avocats la traitant publiquement de menteuse, et parce qu'aucun tribunal ne pouvait lui donner tort ou raison, elle est devenue, dans mon imagination, un symbole, une personne trahie par le pays en lequel elle avait placé sa confiance, sa réputation mutilée par des histoires mensongères dans les journaux, la trame de son existence à jamais déchirée.

L'élan créatif peut être insufflé par le désir de redresser un tort, même très indirectement. Dans ce cas précis, de redresser, au moyen de l'écriture, l'équilibre des récits. Nafissatou Diallo avait accusé un individu si connu et si ostensiblement en vue qu'il était impossible de le réduire à une seule chose : un homme accusé d'agression. En revanche, elle-même est devenue, dans l'imaginaire collectif, la femme dont les poursuites contre un homme important ont été abandonnées parce qu'elle aurait menti. Une représentation mesquine, indigne, aussi incomplète que simplificatrice.

Laquelle se transforme aussi en inspiration pour créer un personnage fictif comme un geste pour lui rendre sa dignité. Un réalisme lucide, mais avec une touche de tendresse. Un portrait implacablement humain, non pas idéologique, parce que l'idéologie empêche de voir les choses sous des angles différents, et l'art exige une grande variété de points de vue. En particulier un aspect récent et singulier de l'idéologie contemporaine, qui semble non seulement incompatible avec l'art mais opposé à lui, en se dérobant à la possibilité trop humaine de la contradiction, et en aboutissant à des réponses avant que les questions ne soient posées, à supposer même qu'elles le soient.

L'art a pour objectif d'observer notre monde et d'en être ému, puis de s'engager à essayer de voir clairement ce monde, l'interpréter, le mettre en question. Une sorte de pureté d'intention doit présider à toutes ces formes d'engagement. Ce ne peut être un artifice, il faut que ce soit vrai à un certain niveau. Ce n'est qu'alors que nous pouvons atteindre une réflexion, une illumination et, finalement, espérons-le, une épiphanie.

En quoi consiste la tentative d'humaniser une personne par le moyen de la fiction ? « Humaniser ». Naturellement, celle-ci est humaine. Cela revient donc à créer un personnage comme une réflexion sur le sens de cette notion d'humanisation, dont on parle si souvent. En tant qu'idée, elle est solennelle, sérieuse, sombre. Mais en tant qu'expérience, elle est confuse et mal définie, elle est rire et douleur, lâcheté et courage, la manière dont nous décevons les autres et nous-mêmes, dont nous surmontons ou non nos failles, notre mesquinerie, nos tentatives de triompher et de faire notre possible pour nous améliorer, la façon dont nous sommes rongés par l'autoapitoiement, dont nous échouons, dont nous nous raccrochons avec ténacité à l'espérance. Il y a de la noblesse dans notre humanité, mais être un humain au jour le jour n'est pas une succession sans fin de vertus et ne devrait pas l'être. Une victime n'a pas besoin d'être parfaite pour mériter d'obtenir justice.

(À propos de vertu, importait-il que les « mensonges » associés à Nafissatou Diallo n'aient en réalité pas pour objet ce qui s'était passé dans cette chambre d'hôtel ?)

Des histoires meurent et s'estompent de la mémoire collective simplement parce qu'elles ne sont pas racontées. Ou bien une unique version prédomine car les autres sont réduites au silence. Il est important de reprendre un récit sur le mode de la fiction. La littérature instruit et enchante réellement – du moins en est-elle capable. La littérature garde la foi et raconte une histoire afin de rappeler, d'observer et de témoigner. Les histoires nous aident à nous voir nous-mêmes et à parler de nous-mêmes. Comme l'écrit Seamus Heaney, citant Neruda sur l'art des maîtres hollandais, « la réalité du monde ne passera pas inaperçue ».

Mais comment faire en sorte qu'elle ne le soit pas ? Quand j'écrivais mon deuxième roman, *L'autre moitié du soleil*, sur la guerre du Biafra, je savais qu'une génération née après le conflit et élevée dans le silence qui s'était ensuivi s'intéresserait à ce roman pour son approche tant historique qu'artistique. Et tandis que mon imagination vagabondait librement, sur le plan du contenu et de la tonalité, je n'ai ni falsifié ni édulcoré le moindre événement important de cette guerre. J'estimais ne pas avoir le droit moral, par exemple, d'apporter des modifications significatives aux épisodes de massacres. Je pouvais les éclairer par des détails, mais j'ai refusé de créer des scènes susceptibles d'altérer la façon dont un individu raisonnable pouvait appréhender cette histoire. Agir ainsi serait revenu à dégrader une histoire colossale qui avait détruit la vie de millions de gens. L'expression « D'après une histoire vraie » en aurait été vidée de son sens.

Le récit que Nafissatou Diallo a fait de l'agression m'a paru sacro-saint. Cette agression même est après tout la raison pour laquelle elle est devenue une figure publique, une personne dont il a été tellement question dans les médias qu'elle pouvait inspirer un personnage de roman. Il me semblait que la scène de l'agression telle qu'elle l'avait décrite était le germe autour duquel mon imagination se déploierait. C'est la seule partie de *L'inventaire des rêves* où je reste le plus proche possible de l'événement tel que Nafissatou l'a relaté. Kadiatou est inspirée de Nafissatou, mais Kadiatou n'est pas Nafissatou. Elle ne peut pas l'être, puisque je ne connais pas Nafissatou Diallo et ne sais rien d'elle, excepté ce qui a été rendu public à son sujet. Rien de ce qui concerne la vie de Kadiatou avant son arrivée aux États-Unis telle qu'elle est relatée dans ces pages ne se fonde sur des faits connus de la vie de Nafissatou. Les scènes qui suivent l'agression ne se fondent que sommairement sur des faits – nous savons que Nafissatou Diallo a subi un examen médical à l'hôpital et qu'elle avait un avocat, mais les nuances et les détails du vécu de Kadiatou sont de mon invention. Tout comme l'est le paysage de sa vie affective. L'écriture créative échoue lorsqu'elle ne s'attaque pas aux sommets affectifs. J'ignore ce que Nafissatou Diallo a ressenti parce qu'il m'est impossible de le savoir, mais je peux l'imaginer en racontant la vie d'un personnage fictif, puis inviter les lecteurs qui le souhaitent à se joindre à ce geste lui rendant sa dignité.

Nous savons d'après ses interviews que Nafissatou Diallo s'est sentie blessée quand les poursuites ont été abandonnées. Une réaction prévisible et compréhensible. Mais l'imagination artistique est aussi le monde du « Et si ? ». Et si, au lieu d'être brisée, elle avait plutôt considéré l'abandon de ces poursuites comme un moyen d'échapper à un système qui, elle le savait, n'était pas conçu pour bénéficier à des gens comme elle ? Et si elle avait accueilli avec un soulagement ambivalent le fait qu'on lui refuse la possibilité d'obtenir justice mais qu'on lui accorde ainsi celle de reprendre sa vie, restée figée tout ce temps dans les glaces de l'inconnu ?

Parfois, quand on écrit de la fiction, des moments magiques flottent jusqu'à soi, des personnages se dévoilent, des pièces révélatrices s'assemblent pour former des scènes, comme cela se produit à la fin de ce roman. Il m'a profondément touchée, ce dénouement, enfanté sur la terre sauvage d'un chagrin personnel et pourtant si éloigné du chagrin.

Je crois que ma mère aurait aimé le personnage de Kadiatou. Je l'imagine lisant ce roman, puis soupirant et disant, avec une sorte de résignation et d'empathie : « *Nwanyi ibe m.* » *Ma semblable.*

GLOSSAIRE

Abacha (igbo) : salade préparée à partir de manioc râpé ou en copeaux.

Agidi (igbo) : sorte de brioche confectionnée avec de l'amidon de maïs fermenté, cuite dans des feuilles de banane.

Ahn-ahn (pidgin nigérian) : onomatopée dénotant la surprise ou l'exaspération, parfois employée de façon sarcastique.

Akara (yoruba) : beignet préparé à partir de pâte de cornilles (haricot aussi appelé niébé en français).

Attiéké : couscous de manioc, spécialité ivoirienne.

Biko (igbo) : « s'il te plaît », « je t'en prie », aussi employé pour exprimer la protestation.

Chapman (anglais) : cocktail nigérian sans alcool, traditionnellement composé d'une boisson gazeuse au citron, de jus d'orange, de grenadine et de concombre.

Chin chin : croquettes frites sucrées typiques de l'Afrique de l'Ouest.

Dibia (igbo) : guérisseur, devin, sorcier.

Foléré : soupe préparée à partir de feuilles amères d'oseille de Guinée, ou hibiscus, l'équivalent du *bissap* au Sénégal.

Fondé : bouillie de mil sucrée typique de l'Afrique de l'Ouest.

Foufou : pâte confectionnée à partir de farine de manioc fermentée, d'igname ou de banane plantain, plat typique de l'Afrique de l'Ouest.

Fouti : Ragoût de légumes typiquement guinéen.

Garri : pâte de semoule de manioc fermentée.

Iku aka (igbo) : expression signifiant littéralement « frapper à la porte », qui désigne la première visite traditionnelle que le fiancé rend à la famille de sa future épouse afin de demander sa main.

Jazz (pidgin nigérian) : magie, synonyme d'*ogwu* (voir ce mot).

Juju : sortilège ou rituel magique traditionnel d'Afrique de l'Ouest (voir *Ogwu*).

Kedu (igbo) : « bonjour, comment ça va ? » ; ce mot peut aussi servir de pronom interrogatif dans divers types d'énoncés.

Keke (haoussa) : vélo.

Kossan (peul) : lait caillé.

Kulikuli (igbo) : petits gâteaux nigérians frits, préparés à base de pâte d'arachide.

Latchiri (peul) : couscous de maïs cuit à la vapeur, qui se mange avec du *kossan*.

Lépi (ou *leppi*) : textile emblématique de la Guinée-Conakry.

Mba (igbo) : « non ».

Moi-moi : pudding nigérian à base de cornilles (voir *Akara*), d'oignons et de poivre.

Mole : sauce et marinade mexicaine traditionnelle qui peut contenir des fruits, des amandes, du cacao, des piments, des épices, etc.

Namma : sauce ou ragoût de gombo.

Ndappa (peul) : variante guinéenne de la polenta.

Ndo (igbo) : « désolé », « je m'excuse ».

Nikah (arabe) : mariage musulman.

Nne (igbo) : « mère » ; plus généralement, terme affectueux employé lorsque l'on s'adresse à une femme (fille, sœur, épouse).

O (pidgin nigérian) : intensif placé à la fin d'une phrase pour marquer l'insistance.

Odogwu (igbo) : un grand homme, un guerrier ou un individu fort.

Oga (pidgin nigérian) : terme de respect – « patron », « maître », « monsieur ».

O gini (igbo) : « quoi ? », « qu'y a-t-il ? ».

Ogwu (igbo) : sorcellerie, médecine, remèdes et talismans (selon le contexte).

Okpa (igbo) : pâte préparée à partir de la farine d'un type particulier de haricots secs (pois bambara ou pois de terre).

Onugbu (igbo) : plante aux feuilles amères, appelée vernonia en français, qui sert à la préparation de soupes.

O zugo (igbo) : « ça suffit », « c'est assez ».

Philly cheesesteak (anglais) : sandwich au steak originaire de Philadelphie.

Puff-puff (anglais) : boule de pâte frite, beignet africain.

Swallow : équivalent nigérian du *foufou*, ainsi appelé car il s'avale (*swallow* en anglais) sans être mâché.

Tufia (igbo) : « Dieu m'en garde ».

Ukwa : plat nigérian préparé à partir du fruit de l'arbre à pain africain (*ukwa* ou *Treculia africana*).

Wallahi (haoussa) : variante de *wallah* (arabe), signifiant « par Allah », « Dieu m'en soit témoin ».

Zobo : boisson nigériane servie fraîche et préparée à partir de feuilles d'hibiscus (appelée *bissap* en Guinée et dans d'autres pays d'Afrique francophone).

Composition : Nord Compo
Achevé d'imprimer par Normandie Roto Impression s.a.s.,
en mars 2025
Dépôt légal : mars 2025
Numéro d'imprimeur : 2500361

ISBN : 978-2-07-308140-7 / Imprimé en France

640019